国家社科基金教育学青年课题

现代道德教育中"正义德性"的重建(CEA160203)结项成果。

道德教育中的正义诗教研究

唐燕 / 著

图书在版编目（CIP）数据

道德教育中的正义诗教研究/唐燕著．—福州：福建教育出版社，2023.9
ISBN 978-7-5334-9683-8

Ⅰ.①道… Ⅱ.①唐… Ⅲ.①古典诗歌—诗歌研究—中国 Ⅳ.①I207.22

中国国家版本馆CIP数据核字（2023）第099179号

Daode Jiaoyu Zhong De Zhengyi Shijiao Yanjiu

道德教育中的正义诗教研究

唐燕　著

出版发行	福建教育出版社
	（福州市梦山路27号　邮编：350025　网址：www.fep.com.cn
	编辑部电话：0591-83726908
	发行部电话：0591-83721876　87115073　010-62024258）
出 版 人	江金辉
印　　刷	福州万达印刷有限公司
	（福州市闽侯县荆溪镇徐家村166-1号厂房第三层　邮编：350101）
开　　本	710毫米×1000毫米　1/16
印　　张	24.25
字　　数	348千字
插　　页	2
版　　次	2023年9月第1版　2023年9月第1次印刷
书　　号	ISBN 978-7-5334-9683-8
定　　价	67.00元

如发现本书印装质量问题，请向本社出版科（电话：0591-83726019）调换。

目 录

引论～1
一、从"孔融让梨"的现代遭遇说起～1
（一）"孔融让梨我不让"：一则现代新闻事件～1
（二）"孔融让梨"：在现代跨文化课堂中～5
二、被误读为权利的故事～9
三、"孔融让梨"背后的现代教化之争～12
四、教化之争重思～17
（一）重思的起点：孔融让梨与正义诗教～18
（二）重思的基础：中、西古典诗教～24
（三）重思的计划：正义诗教研究～67
（四）重思的价值：再识正义诗教的教化价值～72

第一章

中国传统正义诗教——"孔融让梨"典故管窥～77

一、"孔融让梨"：在传统文化中～77

（一）民国前后的不同阐释～78

（二）一个孝悌伦理的教化典范～83

（三）孝悌内涵解析～85

二、孝悌何以为德：基于《春秋》"传闻世"的分析～93

（一）《春秋》中的不义弑亲～94

（二）《春秋》中的正义理念～98

（三）《春秋》中的古典智慧～114

三、"孔融让梨"作为一种正义诗教的儿童版～150

（一）"孔融让梨"负载的正义理念～151

（二）"孔融让梨"负载的教化理念～158

第二章

中、西方古典正义诗教对观～166

一、西方古希腊肃剧中的正义母题：弑亲～166

二、古希腊弑亲肃剧中的"结"与"解"～169

（一）埃斯库罗斯笔下的《俄瑞斯忒亚》三部曲～170

（二）弑亲之"结"：埃斯库罗斯的正义见识～179

（三）弑亲之"结"：索福克勒斯的重释～185

（四）弑亲之"解"：欧里庇得斯对人伦的重建～191

三、古希腊正义诗教中的古典智慧～219

四、中、西方古典正义诗教对观～228

（一）复仇正义、强者正义与司法正义～228

（二）正义的培植：从暴力惩罚到诗学教化、灵魂教化～234

（三）正义诗教：肃剧作为一种灵魂教化～240

（四）正义诗教：作为一种政教～255

第三章

西方现代正义诗教——卢梭《爱弥儿》中的正义故事探幽~262

一、卢梭的正义诗教:"爱弥儿种豆子" ~264

(一)"爱弥儿种豆子"的表层:一个劳动教育故事~265

(二)"爱弥儿种豆子":农业劳动·财产·正义~268

(三)"爱弥儿种豆子"中潜藏的自由危机~277

二、卢梭正义诗教续篇:"爱弥儿择业" ~289

(一)"爱弥儿择业":导师的"就业指导"~289

(二)"爱弥儿择业"与卢梭的正义教诲~296

三、西方现代正义诗教背后的现代正义解法~300

(一)政治解法:正义与政治权力的结合~302

(二)经济解法:正义与经济制度结合~310

第四章

西方古、今正义诗教对观~315

一、西方古典正义诗教的母题：生存技艺~315

二、西方古典正义诗教：以色诺芬的诗学作品为例~317

（一）战争技艺：《居鲁士的教育》中的正义诗教~317

（二）和平技艺：《齐家》中的正义诗教~327

三、西方古、今正义诗教对观：正义与生存技艺~344

（一）劳动正义与战争~344

（二）劳动正义与技术主义的绝对正义~349

（三）劳动正义与僭主式欲望~353

结语

重识"孔融让梨"的现代遭遇~356

一、"孔融让梨"中的正义解法：始于"家" ~356

二、西方现代政治理论中的"无家性" ~361

三、西方现代正义解法：从"让"梨到"造"梨~366

四、政治社会的道德基础再思："让梨"与"造梨" ~372

引 论

讲故事是最常见的道德教育方式。从古至今，孩童最初所接受的道德教育，常常就是聆听故事，尤其是聆听正义故事。那么，这些故事是什么样的故事？这些故事有什么样的德育价值？又如何理解这种讲故事的道德教育方式及其德育价值呢？对此，先从一个传统故事的现代遭遇入手。

一、从"孔融让梨"的现代遭遇说起

在我国，"孔融让梨"是家喻户晓的、代代相传的传统典故，常见于各种儿童经典读物中，偶尔也被选用进小学语文教科书[①]。然而，这样一个经典的传统故事，却有着异样的现代遭遇。

（一）"孔融让梨我不让"：一则现代新闻事件

2012年4月19日《东南快报》报道了"小学生答'孔融让梨我不让'被判错引争议"的新闻事件。据报道，一位上海小学生在回答语文考卷上的问题——"如果你是孔融，你会怎么做"时，写下"我不会让梨"的答案。这一回答，被阅卷老师判错。家长将此考卷拍照发于微博上，随后引发网友争议。新闻还报道了一些网友的观点："小朋友观点有点'萌'"；"谦让是一种美德，不能丢"；"小朋友是按自己的实际想法来写的，是在

[①] 如，小学《语文》（一年级上册）第22课《孔融让梨》，人民教育出版社1984年版；小学《语文》（一年级上册）第15课《孔融让梨》，语文出版社2004年版。

说真话，'说真话怎么能算错呢?'"；"这是开放性考题，只要'言之有理'就算对，说出自己的心里话更不能算错"；"学习了《孔融让梨》，就应该学会'孔融让梨'的精神，会'让梨'"。此外，也有插科打诨的观点："如果问乔布斯，乔布斯会答'把梨卖掉，买苹果'""如果我不爱吃梨，就让给别人吃""我没有哥哥，怎么让？"

从上述网友观点来看，大多数网友对小学生"我不会让梨"的想法持一种宽容态度，认为孩子年幼、童言无忌、敢说真话等，但也有人从捍卫传统美德的角度，并不认可小学生的回答。这一新闻事件似乎并非一件小事。国内几大主流媒体持续关注此事件，并在栏目中发表相关评论文章。

《新华每日电讯》2012 年 4 月 20 日，在评论版"评论·声音"栏目中，发表时评作者陈尧的评论文章——《"孔融让梨我不让"须厘清事实与价值》。作者提出，应从"厘清事实与价值"角度，厘清"孔融让梨"故事所蕴含的谦让、礼貌等仅仅是"价值观"。价值观本身就是主观、多元的，并非客观事实。因此，在教育实践中，不应该设计这类题目，不应该将"孔融让梨"作为客观性题目对学生进行考查。这些价值观属于道德教育的内容，应通过道德教育，将"孔融让梨"中蕴含的人性之善、人性之美传承、弘扬下去。

《中国教育报》2012 年 4 月 25 日的"新闻·观点"栏目，刊发了《"孔融让梨我不让"引发德育之辩》的记者文章。文中引用了若干人士对此热点时事的评论。王传言认为，此问题遭到热议，主要是人们关注"隐藏在中国道德教育背后的隐患"。单士兵认为，"孔融让梨我不让"被判成错，是"一道生动的时代德育考题"，其问题是"我们太习惯于用传统的道德框架，来束缚现代人自由而又真实的心灵"。

《人民日报》2012 年 5 月 3 日"观点"栏目，则刊发了《当代孔融，让不让梨》的评论性文章，将上述新闻事件中蕴含的价值冲突问题，归结为以下几个问题：对于"不让梨"的问题，是该实话实说，还是该信奉标准答案；"不让梨"的判断，是该尊重个性，还是应认为德育有瑕；"不让梨"的做法,是符合竞争规则,还是有违道德律令。随后,刊发了赵晓曦与金苍两人的观点。前者认为,在一个道德思想观念多元的时代,强调个人权利、个性化发展的时代,小学生选择"孔融让梨我不让",无可厚非。只是在这种时代条件下,道德教育更有迫切性。不能采用强迫、灌输的简单粗暴的德育方式,而是要将道德内化为自我意识,帮助学生"更多地了解'不让'的原因,春风化雨地提出'让'的理由,因材因时施教,才能让道德教育取得积极的效果"。后者则基于情境主义的道德观点,认为道德标准应该坚持,但对具体行为进行道德判断时,可以多考虑选择原因,不能用"一刀切"的标准囊括所有的道德行为。"孔融让梨"的故事,是"敬长爱幼""谦让"等基本道德准则的形象化表达。然而,"这并不意味着,每个人在每个时间上都要选择'让'。如果看不到这一点,一些道德标签就只能是削足适履,不仅有违社会发展,更有违基本人性……或许,最重要的是,在基本的道德准则之下,尊重每个人自我的选择,才会迎来一幅多元共生、和而不同的道德图景"。

《南方周末》2012 年 5 月 10 日"自由谈"栏目,刊发了自由撰稿人卡平的《国王的新新衣》一文。文中谈及作者与自家女儿讲故事的经历。其中,提到了女儿对"孔融让梨"的看法——"你们大人能不能不要瞎编这些故事,硬塞一些自以为是的道理来教育我们?你们这样用心良苦地把我们当做傻瓜,不觉得很可笑吗?我们爱听故事,是因为故事好听,而不是因为道理受用"。作者最后说到:西方也有很多"孔融让梨"的故事。但是,这些故事能够传承并不是靠灌输,而是靠不断地反思和改造这些刻板故事。

《中国青年报》2012 年 6 月 12 日"青年话题"栏目,发表了陈思炜《"孔融让梨我不让"怎么就有理了》的评论。文中总结了大多数网友对此事的观点。大多数网友认为孩子没错,因为孩子说的是真话,让不让梨是个人的选择;道德教育不能教孩子说假话,也不能强制学生让梨。对此,作者认为,孩子说真话,当然没错。但"说出了内心的想法就意味着'不让梨'有理了吗?""不让梨"背后的利己主义是不对的,不值得提倡的。"在利己主义、功利主义泛滥的现代社会,人们所强调的'天性''本性''本能'太多,'孔融让梨'这种淳朴的为人之道、传统的谦让美德,反而让我更怀念。道德教育的功能在于'往上拉',而对利己的过分强调却是将人'往下拽'"。

《中国青年报》2013年1月7日"思想者"栏目,发表了周勋章的文章《"孔融让梨我不让"》。文章主要从经济学视角分析"孔融让梨"中的经济行为。作者认为,孔融的行为属于"损己利人"的经济行为。但是除了这种经济行为以外,还有"利人利己"的选择。"当那个孩子高声喊出'我不让'的时候,不要认为这个孩子不是一个好孩子,而是告诉孩子,在面对利益的时候应该怎样取得利益,既能实现自己的利益,又能照顾到别人的利益"。

从国内几大主流媒体刊发的评论文章来看,媒体关注"孔融让梨我不让"这一新闻事件,是因为这是一个反映社会思想观念变迁的重要事件。因此,对这一新闻事件中的不同价值理解,不能随个人喜好,爱怎么理解就怎么理解。主流媒体通过不断跟进此事件,发表多方评论,试图在价值变迁中,建构起主导性的思想立场。这些思想立场概述如下:

从上述评论文章来看,评论的立场不在批评新闻事件中小学生的回答,都是以宽容态度看之。"孔融让梨"作为传统经典文化,培养人谦让等传统美德的内容,属于道德教育范畴。因而,即便出现在语文教育中,也应该把它当作语文课所应完成的间接德育内容。由此,出现"孔融让梨我不让"的想法,只能归因于学校道德教育方法出了问题。学校道德教育不能搞灌输、不能搞"一刀切",要情境化、要具体原因具体分析,帮助学生反思"不让"的原因,理解"应让"的理由。"如果你是孔融,你会怎么做"的问题,不应是一个带有标准答案的客观性考题,而是一个需要通过适切的道德教育,引导学生理解的价值观念问题。这样的价值观念教育,不是一个知道"标准答案"就能完成的教育任务。然而,这一新闻事件背后，真的只是道德教育的方法出现了问题吗？

上述观点似乎避开了这一新闻事件背后所牵涉的价值冲突问题。这种"避开"，并不是说上述评论不涉及新闻事件中的价值冲突，而是说大多数评论都以一种"价值多元论"立场，消解其中存在的价值冲突问题。这种"价值多元论"立场，在此新闻事件中，体现为既认同、肯定学生个体自由选择的权利，同时也注重"孔融让梨"故事中所蕴含的谦让、敬长爱幼等传统价值观。问题是这种价值多元论的观点，是否简化、模糊，甚至掩盖了其中剧烈的"价值之争"呢？因为如果没有新的价值观提出新的价值立场，那么，怀疑和批判"孔融让梨"的立场从何而来呢？因此，在此新闻事件中，那种持价值多元论的看法，可能小觑了其中存在的价值之争。

在诸多观点中，有两个观点较为特别。一是《中国青年报》刊发的陈思炜的评论文章。文中，作者提出，"不让梨"背后其实是利己主义。现代社会泛滥的利己主义、功利主义，就是对人的"天性""本能"强调太多的结果。还有一种观点认为，"孔融让梨"不是一个有新意的好故事，应该将"孔融让梨"改编成符合时代需要的新故事。这后一种观点，离扔掉"孔融让梨"这个旧故事、引进新故事，只有一步之遥。这两种与前述主张价值多元的观点不同。二者表明了"孔融让梨"所代表的价值与"孔融让梨我不让"背后的价值，并非处于和平共处、彼此宽容的局面。两种价值存在着竞争。而且竞争的结果，几乎都是"不让梨"的价值取向战胜了"让梨"的价值取向。因为"孔融让梨"不再是一个适合时代需要的故事。

上述价值之争，不可能是一个简单的事情。正如单士兵所言，"孔融让梨我不让"被判成错，是"一道生动的时代德育考题"。问题是我们真的理解这个"考题"本身吗？或者说，我们读懂了这个题目的"题干"吗？

(二)"孔融让梨"：在现代跨文化课堂中

"孔融让梨我不让"这一新闻事件，不仅引发了诸多主流媒体的关注，也引发了教育研究兴趣，出现了《价值澄清理论的借鉴与超越——美国老师处理"孔融让梨"的德育案例思考》①《从"孔融让梨我不让"透视思想道德建设问题》②《"孔融让梨我不让"：如何应用道德叙事》③ 等一类研究。这些研究着眼于道德教育问题，重思了"孔融让梨"故事背后的传统道德教育的必要性，反思了此故事教育方法上的改善问题。"孔融让梨"的现代遭遇，不仅表现在它成为了新闻热点事件，而且也出现在现代跨文化课堂中。那么，在这些课堂中，"孔融让梨"有什么样的现代遭遇呢？

有两个"孔融让梨"跨文化教学的案例。一个案例来自学习中国文化的美国小学课堂④。在课堂上，教师讲了此故事后，有如下的师生对话：

> 教师问："你会把盘子里的大梨让给邻居男孩吗？"学生回答：不会。因为"他吃什么东西都会剩下，我如果把大梨给他，他会剩很多，那不浪费了吗？"。
>
> 教师问："你会把大梨让给别人吗？"第二个学生：不会。因为"我拣大的吃，我爸爸妈妈才会高兴"。
>
> 教师问："你会把大梨让给弟弟吗？"第三个学生：不会。"大孩子吃大的，小孩子吃小的，这样才公平"。
>
> 教师问："你会把大梨让给哥哥吗？"第四个学生：不会。"我哥哥很坏，我当然不能把大梨让给他"。
>
> 教师问："你会把大梨让给哥哥吗？"第五个学生：会的。"我不

---

① 彭举鸿. 价值澄清理论的借鉴与超越——美国老师处理"孔融让梨"的德育案例思考［J］. 教学与管理，2012（22）.
② 朱晓艳. 从"孔融让梨我不让"透视思想道德建设问题［J］. 才智，2012（21）.
③ 黄华. "孔融让梨我不让"：如何应用道德叙事［J］. 教育科学研究，2013（07）.
④ 彭举鸿. 价值澄清理论的借鉴与超越——美国教师处理"孔融让梨"的德育案例思考［J］. 教学与管理，2012（8）.

爱吃梨，都送给他好啦"。

第二个教学案例来自美国汉语学习班的教学案例。① 教师讲完"孔融让梨"的故事梗概后，向美国学生提了一个问题——"关于'孔融让梨'，你们怎么看？"对此，美国学生并不像国人那样一味地赞扬孔融的美德，而是提出了若干"质疑"。

　　质疑一：为什么梨还有大有小，不能一般大吗？
　　质疑二：既然梨有大有小，爸爸为什么要让四岁的孔融去分，一旦分不公平怎么办？
　　质疑三：为什么要分给每个人吃，谁愿意吃自己拿不行吗？
　　质疑四：孔融这样分也不一定公平啊，所有的兄弟都得根据孔融的喜好而不是自己的喜好得到梨子，拿到最大的梨的兄弟可能恰巧不喜好吃梨呢？
　　质疑五：孔融为什么对哥哥和弟弟实行前后矛盾的标准呢？他难道没有一定的做事原则吗？
　　质疑六：他只是表现了自己的谦让，他为什么不给其他兄弟表现谦让的机会呢？

随后，美国学生得出如下结论：

　　结论一：我不喜欢孔融，他这么做对别人不公平，剥夺了其他兄弟的权利。
　　结论二：孔融不诚实。孔融可能是不喜欢吃梨才给自己拿了一个最小的，但不喜欢吃就该直说，讨巧地编出一堆冠冕堂皇的理由是很

---

① 心路独舞. 孔融让梨遭遇美国孩子 [J]. 读者（原创版），2013（12）.

虚伪的。反过来，要是他喜欢吃梨却把大的都给了别人，那就是口是心非，喜好要大胆承认才行。

结论三：我也不喜欢孔融的爸爸。他不负责任，让年仅四岁的孔融分梨，而且他也没有是非观念，孔融分梨的行为明明很主观武断，却得到了父亲的表扬。

结论四：这个故事不好，鼓励特权，剥夺了民主，这种通过扭曲自己的欲望赢得赞扬的心理是不健康的。

教师最后提了一个问题：假如你是孔融，你会怎么做呢？学生的回答是："把梨放到桌子上，谁吃谁拿好了。"

两个教学案例来自不同的研究者，对美国学生的信息和授课情况也没有太多的背景性介绍，对两个教学案例不适合做横向比较，也不适合做太多普遍性结论。但是，仍可从中得出一些对孔融让梨故事的差异性理解。第一个教学案例中，虽然大多数的美国小学生"不让梨"，但不让梨的理由各不相同。一个理由是，大孩子吃大的，小孩子吃小的，所以，不会把大梨让给弟弟；一个理由是如果小孩吃大的，吃不完，就会剩下很多，这就浪费了。这类"不让梨"的理由，居然与孔融让梨的理由有点类似，都认为年长点的大孩子应该吃大梨。这暗含着"谁能吃大的，谁就吃大梨"自然正当观。另外一些学生"不让梨"的理由是一些情境主义的考量。如，吃大梨，能让父母高兴；不喜欢哥哥，不让梨给哥哥。还有一些孩子从"个人喜好"出发，认为自己"不爱吃梨"，可以送给哥哥吃。

第二个教学案例的讨论过程及结论颇为不同。其中，孔融让梨不仅不会被理解为"谦让"的故事，而且还会被认为是一个不讨喜的坏故事。在上述案例中，美国学生一开始就把"孔融让梨"的故事理解为四岁孔融"分梨"的故事；因此，关心的是孔融如何分梨、分梨的动机问题，以及如何分得公平的问题。这些都是关乎分梨的正义及程序正义的问题。在这种考量下，这群美国学生关注的是平等问题，即每个人能否得到相同分量的梨。同时,也关注分配方式是否照顾个人的喜好和差异;看重分配动机又是出于何种原则。这些关注点使美国学生非常怀疑孔融的做法。他们对这个故事的直接反应就是不喜欢,并把这个故事看成是一个"推崇特权、践踏平等和充满虚情假意"的典型。对此,他们的理由是,孔融并没有一以贯之地按照某一原则进行分配,分配时也没有照顾个人喜好。此外,孔融的做法,看起来像是压抑了自己的真情实感,扭曲了自己的真实欲望。因此,对这群美国学生而言,故事中的"孔融"既不正义也不自由。

对于深受我国传统文化影响的人而言,上述美国学生的思考和结论颇令人吃惊。为什么会这样?对此,表层解释是,在注重现代自由权利文化环境中成长起来的人,很难理解孔融让梨,也很难理解这个故事何以成为了一个家喻户晓的经典。问题是,我们现在的学生又理解这个故事吗?在"孔融让梨我不让"这一新闻事件中,上海小学生及其家长的观点与由此衍生出来的许多评论观点,似乎反映出许多国人也不理解这个故事。"孔融让梨"故事对许多中国人而言,虽是一个颇具传统文化积淀的经典故事,但这个故事存在的根基似乎在慢慢消融。会不会有一天,我们中国的学生也读不懂"孔融让梨"的故事,也不再具备欣赏这个故事所需的文化涵养?此外,价值多元论真的能为"孔融让梨"的现代传播奠定一个稳固的价值基础?也许,这个基础并不牢靠。"孔融让梨"内含的传统价值很有可能在不知不觉中被其他价值悄然排挤和替代,并慢慢淡出了中国人的日常生活和思想深处。就像在"孔融让梨我不让"这一新闻事件中,社会舆论和许多评论观点,似乎与前述美国学生的观点没有实质性差异。这些观点都认为在"孔融让梨"故事中个体选择、个体自由、个体权利没有得到尊重。在崇尚自由和权利的现代价值观中,"孔融让梨"还是一个值得传承的故事吗?

二、被误读为权利的故事

"孔融让梨我不让"这一新闻事件及相关评论,折射出"孔融让梨"

这一经典故事在现代社会的特殊遭遇。从表面上看，前述对"孔融让梨"的评论和关注的角度各不相同。如从个体角度，关注个体的选择、自由、权利、偏好等；从公平角度，关注分梨的原则、分梨的程序等。这些角度也是相互关联的。因为分梨的原则、分梨的程序等公平手段是实现个体自由、权利的必要手段。因此，这些角度可以归结为现代主体的自由和权利角度。"孔融让梨我不让"可以视为现代自由个体从现代权利论立场对"孔融让梨"这一传统故事提出的反驳。那么，这种自由个体的现代权利论立场是什么，它又是如何对"孔融让梨"提出质疑与批判的。

西方现代自由个体的权利论立场与西方近代自由主义的崛起密切相关。这种自由主义包含一种特殊的自由观。吴玉章认为这种自由观念主要有四个方面。首先，这种近代的自由观主要是指"个人的自由"，即指作为个体的人所享有的自由，而不是作为某一个群体的成员所享有的自由。其次，这种个人自由的核心是不受他人或集体或国家的干预，突出个人的自主性和独立性。"自由主义者坚持人们在一定的领域内可以任意行为，任何个人和政府都对此不能干预"。[1] 第三，这种自由观念强调法律约束的个人自由。第四，近代的自由是平等的自由。这是一种所有人都可以享有的自由、普遍的平等的自由。[2] 与上述这种自由观相应的权利观，强调权利就是个人自由，而且是拒绝干预的自由。吴玉章将这种权利观称为"自由主义权利观"。吴玉章认为，西方近代的这种自由主体的权利观不同于西方古代的"伦理式权利观"[3]。

"伦理式权利观"是一种服从于特定的伦理要求，以追求伦理目的为根本精神的权利观念。换句话说，西方古代权利观，并不谈什么绝对的权利，只谈在某种伦理要求、伦理义务下的权利。因此，是一种义务先于权

---

[1] 吴玉章. 论自由主义权利观 [M]. 北京：中国人民公安大学出版社，1997：6.
[2] 吴玉章. 论自由主义权利观 [M]. 北京：中国人民公安大学出版社，1997：5—7.
[3] 吴玉章. 论自由主义权利观 [M]. 北京：中国人民公安大学出版社，1997：8.

利的权利观。这种权利必然以特定的群体身份、特定的公民义务为基础的。同时,这种权利是针对特定对象的权利。在政治上,保护特定群体参与集体决策的自由;在经济上,保护家族而非个人的财产。这种权利并非绝对的,是达到某一更高目标的手段。与此相应的现代自由主义的权利观,它强调权利主体并不是具有特定身份的特定人群,而是所有人;其所针对的权利也并非具体的权利,而是普遍意义的权利,如生命权、财产权等。权利的合法性来源或者基础,不再是某种伦理要求、伦理义务的达成,而是个人与生俱来的"天赋"权利。因此,这种权利也是绝对的,是先于任何政府而存在的。因此,政府的任务就是维护个人的自然权利。权利是绝对的政治原则,是社会和国家生活所围绕的核心。[1] 在西方近代自由主义传统中,个人权利被抬得很高。程燎原、王人博在《权利论》专著中,一开篇就把权利视作人类文明社会的"实质性要素",这种权利"既是人的基本价值追求,也是社会文明演化进取中不可少的力量"。[2]

这种"自由主义权利观"不仅是现代政治实践的核心,成为现代国家承诺并加以保护的对象,而且还扩展到文化、教育等其他社会实践领域,影响现代人的思想观念、思维方式。其中,最大的影响是一种价值观念的影响。这就是将权利视为一种高于其他伦理原则的根本价值准则或道德原则,其他伦理观念、道德义务都要从属于现代权利。[3]"孔融让梨"所内含的道德价值正面临这种权利论价值准则的审查和批判。这种审查和批判,不外乎以下几个层面。

从这种权利论价值观的立场来看,"孔融让梨"故事中的主体及主体间的关系、分配梨的价值原则、分配梨的程序等都受到了考量。首先,就故事中的主体和相关人物而言,现代权利论强调主体权利的平等。因此,

---

[1] 吴玉章. 论自由主义权利观 [M]. 北京:中国人民公安大学出版社,1997:9—16.
[2] 王人博,程燎原. 权利论 [M]. 桂林:广西师范大学出版社,2014:1.
[3] 吴玉章. 论自由主义权利观 [M]. 北京:中国人民公安大学出版社,1997:17.

"孔融让梨"故事中，按照人之间的尊卑、长幼关系来分梨，显然是与现代权利论格格不入的。平等的现代主体都可以合法主张自己拥有梨，而且是大梨、好梨的权利。如果没有"大梨""好梨"，那至少是一样的"梨"。否则，有违现代权利论的平等原则，是不公平不正义之事。"孔融让梨"故事中，没有让每个人都有权利获得相同分量的梨，这个故事不可能是一个关于公平的故事。其次，现代权利论本质是自由主义。现代权利论预设现代人欲望的合法性。与敢于表达自己的真情实感、表达自己的欲望的现代权利主体相比，孔融是一个压抑和扭曲自己欲望的孩子。为了赢得在大人面前表演、表现的机会，他不敢说出自己的真实想法、不敢做真实的自己。因此，对于现代崇尚表达个人真实欲望的权利主体而言，孔融这样的"榜样"看起来虚假、不真实，是一个沽名钓誉者。为什么被传统所津津乐道的"孔融让梨"，在现代权利论者看来，却是一个充满不正义、不自由的故事呢？

三、"孔融让梨"背后的现代教化之争

上述对"孔融让梨"故事的权利论批判，围绕着如何保障主体自由、权利问题而展开。这种批判视角最终将"孔融让梨"故事读成了一个关于"孔融分梨"的故事，并将"孔融如何公平地分梨"视为故事的核心问题。照此批判理路，如若"孔融让梨"值得传承，那么，对此故事的阐释，应该向现代权利论靠拢，适应现代社会崇尚自由、平等的价值要求。问题是这样的阐释策略就能让"孔融让梨"故事在现代社会幸存下去？在一个张扬个性、肯定个人欲望、看重个人自由选择权利的时代，还要让"孔融让梨"来教现代人"让梨"、"不让梨"或"分梨"？其实，按照现代权利主体立场和思路，无需费心改造和挽救一个过时的故事，完全可以从西方引进许多有关公平分配的新故事。比如：

"罗马分面包"：据说，在古罗马军队中，士兵每天定量得到一块

面包充当全天的口粮,而这块面包是从更大块的面包上切割下来的。一开始,切割面包与分配面包的任务是由类似班长这样的长官一人担任,于是,长官往往切割下最大的一块留给自己,然后按关系亲疏对切割下的大小不同的面包进行分配。由于分配不公平造成军队内部矛盾甚至内讧的事不少。为了防止因争夺食物产生的争斗,罗马人很快找到了一个极好的规则即"当两个士兵拿到了一块面包后,规则要求一个士兵来分割,而另一个士兵首先出来选择属于他的一半"。[1]

"罗尔斯分蛋糕":罗尔斯在《正义论》中,用了一个"分蛋糕"的例子,说明完善的程序正义。一些人要分一个蛋糕,假定公平的划分是人人平等的一份,什么样的程序给出这一结果呢?我们把技术问题放在一边,明显的办法就是让一人来划分蛋糕并得到最后的一份,其他人都被允许在他之前拿。他将平等地划分这蛋糕,因为这样他才能确保自己得到可能有的最大一份。[2]

"约翰争苹果":小时候,有一天妈妈拿来几个大小不同的苹果,我和弟弟们都抢着要大的。妈妈把那个最红最大的苹果举在手中,对我们说:"孩子们,这个苹果最红最大最好吃,你们都有权利得到它,但大苹果只有一个,怎么办呢?现在咱们做个比赛,我把门前的草坪分成3块,那么3人一人一块把它修剪好,谁干得最快最好,谁就有权利得到它。"结果我干得最好,就赢得了最大的苹果。[3]

这些新故事直接体现了现代社会的价值理念。每个个体都有平等的权利,得到自己想要的东西;分配要公平分配,保障每个人的个体权益不被侵犯;分配不是按需分配,而是以公平竞争的方式进行分配……能够体现

---

[1] 卢周来. "罗马分面包"与"孔融让梨"[J]. 今日中国论坛, 2009 (10).
[2] [美] 罗尔斯. 正义论 [M]. 何怀宏等, 译. 北京: 中国社会科学出版社, 1988: 85-86.
[3] 李俊. 从"孔融让梨"到"约翰争苹果"[J]. 商周刊, 2012 (01).

这类现代价值的故事才是适合现代社会的好故事。这些故事虽从表述上还不是我们自己的故事，但国人完全可以照葫芦画瓢，创造属于中国人自己的、反映公平分配的新故事。如果实在创造不出来，再费心改造"孔融让梨"之类的传统故事，让它"旧瓶装新酒"。但在这样的文化创造或文化改造中，那个原原本本的"孔融让梨"真的要扔掉吗？或者，我们真要敞开怀抱迎接蕴含西方现代权利论教诲的新故事吗？

100年前，梁漱溟先生在面对以权利为中心的西方思想潮流说道，"西洋人是先有我的观念，才要求本性权利，才得到个性申展的。但从此各个人讲的彼此界限要划得很清，开口就是权利义务、法律关系，谁同谁都是要算账，甚至于父子夫妇之间也都如此；这样生活实在不合理，实在太苦。"① 而被新文化运动视为万恶之源的传统家庭伦理，在梁漱溟先生那里，却有别样的生气。

> 西洋人是有我的，中国人是不要我的。在母亲之于儿子，则其情若有儿子而无自己；在儿子之于母亲，则其情若有母亲而无自己；兄之于弟，弟之于兄，朋友之相与，都是为人可以不计之间的，屈己以从人的。他不分什么人我界限，不讲什么权利义务，所谓孝弟礼让之训，处处尚情而无我。虽因孔子的精神理想没有实现，而只是些古代礼法，呆板教条以致偏敧一方，黑暗冤抑，苦痛不少，然而家庭里，社会上，处处都能得到一种情趣，不是冷漠、敌对、算账的样子，于人生的活气有不少的培养，不能不算一种优长与胜利。②

崇尚自由、权利的人，不免对梁漱溟先生的上述说法提出异议。梁先生认为基于权利的生活"实在不合理，实在太苦"的说法，似乎太武断了。因为许多人都汲汲于拥抱权利、义务关系清楚的自由生活。如若我们

---

① 梁漱溟. 东西文化及其哲学 [M]. 北京：商务印书馆，1999：156－157.
② 梁漱溟. 东西文化及其哲学 [M]. 北京：商务印书馆，1999：157.

暂时悬置这种权利论立场的观点，那么，可以看到梁先生在上述论述中，已经看到了西方和中国传统在生活方式上的不同文化理想。西方是充满个人权利、自由的文化理想；中国则是注重家庭伦理的文化理想。梁先生在《中国文化要义》中，进一步把西方文化归为个体权利本位的，把中国文化归为家庭或家族伦理本位的。[①] 两种文化相遇在19世纪中叶之后的华夏土地上。对于华夏文明来说，到底是继续保持自己的东方化的生活理想，还是西化的生活理想呢？

19世纪中叶，西方列强通过船坚炮利打开中国大门，展现了西方人强大的役物之力。时势紧迫，许多仁人志士奋不顾身地进行"西天取经"。然而，这一从"师夷长技以制夷"到"中体西用"，再到"维新变法"，再到"民主共和"和"民主与科学"的"取经"的过程，却是一个层层展现古老的华夏文明不敌西方文明的过程。在遭遇强势的西方近现代文明之后，此古老文明从科学技术、政经制度，到社会文化层面，样样都处于落下风的位置。从文明间的竞争来看，这是华夏文明与西方文明、东方文化与西方文化在科学技术、政治制度、文化层面的竞争。这种竞争在梁先生看来，更是中、西方文明在生活理想、伦理道德上的竞争。[②]

在新文化运动中的有识者看来，在中国文化与西方文化的竞争中，据守中国传统文化不再可能，那么，剩下的选择要么是"全盘西方"，要么是两种文化的"调和融通"。而据梁先生的判断，那种"随便持调和论"的立场，其最终命运也必然是"西化"。因为在这场文化竞争的开端处，就把两种文化分为"一古一今""一前一后""一是未进的，一是既进的"。[③] 同时，将"今"看作是新的、进步的、好的，"古"看作旧的、落后的、不好的。如果中、西方伦理道德上的文化竞争是一场"伦理之变"，那么，"变"就要变"新"、变"好"。以此观之，中、西文化不可能调和、

---

① 梁漱溟. 中国文化要义 [M]. 上海：上海人民出版社，2011：89.
② 梁漱溟. 东西文化及其哲学 [M]. 北京：商务印书馆，1999：14—15.
③ 梁漱溟. 东西文化及其哲学 [M]. 北京：商务印书馆，1999：20.

融通，最终的结果必然是西化。"从大概情形来看，仅能看出东方化将绝根株的状况，而看不出翻身之道"。① 因为东西文化之争变成了古今之争、新旧之争。作为"古的"、"旧的"东方文化，不可能和代表未来文化方向的、新的西方文化"融通"起来。

"孔融让梨"故事的现代遭遇，仍旧处于梁漱溟先生勾勒出来的中、西方文化之争的洪流中。那么，当下的价值多元论，能够调和、融通"孔融让梨"在当下遭遇的价值冲突？从表面上来看，价值多元论为"孔融让梨"故事在现代社会的存在，提供了一个价值理据。然而，"孔融让梨"故事的现代遭遇，恰恰表明这种价值多元论不能为诸价值提供一个和平共处的环境。"孔融让梨"故事所代表的伦理价值遭到了自由权利伦理价值的批判和解构。因而"孔融让梨"故事的现代遭遇，早就蕴含在梁漱溟先生所批判的"随便调和论"中了。那种"随便调和论"的失败在于，这种立场其实根本不知"东方文化是什么价值"，而那些以价值多元论立场对"孔融让梨"故事进行辩护的人，也未必深知"孔融让梨"的价值是什么。如果"孔融让梨"故事所代表的价值文化没有自身的价值根据，那么，像这种模糊的价值多元论立场不可能为其提供真正的存在根据。"孔融让梨"故事所代表的伦理价值只会在现代性进程中被慢慢改造、遗忘，最终只适合作为文化遗骸存入文化博物馆，供后人观瞻，不再成为活文化赓续人间。面对如此文化局面，梁漱溟先生深问，中国传统文化真的没有"活路"，真的没有"翻身之道"吗？

对此，梁先生有两个想法。一是不同的人类文化不能简单地进行比较，因为不同的文化发展道路是不同的。

> 大约大家都有一个根本的错误，就是以为人类文化总应该差不多，无论他是指说彼此的同点，或批评他们的差异，但总以为是可以

---

① 梁漱溟. 东西文化及其哲学 [M]. 北京：商务印书馆，1999：18.

拿着比的。其实大误！他们一家一家——西洋、印度、中国——都各自为一新奇的、颖异的东西，初不能相比。三方各走一路，殆不相涉，中国既没有走西洋或印度那样的路，就绝对不会产生象西洋或印度的那样东西，除非他也走那路时节。①

　　梁漱溟先生这种文化特殊性的观点，虽然捍卫了不同文化存在的特殊价值，但是这种立场足以捍卫中国传统文化存在下去的根本依据吗？对此，梁先生清醒地意识到，中国传统文化如果真要在现代性"翻身"，那么，这种文化"不能仅只使用于中国而须成为世界文化"②。换句话说，中国传统文化所倡导的生活理想、伦理价值要能够传承下去，除非它自身内含一种普遍性。对这种普遍价值，不论是东方，还是西方，都应该珍视并传承下去。那么，孔融让梨故事内含了值得传承的普遍价值吗？如果此故事内含了普遍价值，又如何理解它的现代遭遇，及其与现代自由伦理之间的价值之争呢？因此，人们不仅要搞清楚"孔融让梨"故事背后的道德价值到底是什么，也要弄明白现代自由伦理的价值。

四、教化之争重思

　　上文梁漱溟先生所言的中、西方在生活理想、伦理道德上的竞争，也必然包含文教事业、文教力量的竞争。③"孔融让梨"作为一种教化内容，其现代遭遇本身就是上述文教事业竞争的一个缩影。那么，孔融让梨背后的道德价值是什么，它代表的文教形式是什么，它所遭遇的现代文教竞争是什么，是需要重新理清的。对此，并非易事。遇到的首要问题即是"如何思入"的问题。"孔融让梨"是一个家喻户晓的典故，人们常关注的是

---

① 梁漱溟. 东西文化及其哲学 [M]. 北京：商务印书馆，1999：120.
② 梁漱溟. 东西文化及其哲学 [M]. 北京：商务印书馆，1999：18.
③ 唐文明. 彝伦攸斁——中西古今张力中的儒家思想 [M]. 北京：中国社会科学出版社，2019：3-9.

这一典故所传递的"内容",即典故内含的教诲。对这个故事的道德教诲,人们一望即知,似乎没有深究的价值。但真的如此吗?从孔融让梨的现代遭遇,尤其是其在跨文化教育中的遭遇来看,对"孔融让梨"的理解并非只有一种。然而,这些理解与国人的理解,不仅不同,甚至相互抵牾。那么,到底如何看待"孔融让梨"所传递的道德教诲?它只是一种国人对谦让美德的地方性想象,而非一种普遍意义的美德?这是"如何思入"的第一层问题。

与此相关的是,人们也常常忽视一个基本的事实:孔融让梨的故事是"被传承、被宣扬"的典故。换句话说,孔融让梨被传承时,希望人们把它理解为一个谦让的美德故事。因此,不管人们实际上对这个故事怎么理解,"孔融让梨"都被希望作为一个美德故事而流传下来。因而,这里面蕴含着一个"教化意图"。这种教化意图往往预设了一个道德教育原则:通过讲故事、通过听故事,实现一种道德教化。因此,孔融让梨故事代表着什么样的教化形式、蕴含着什么样的教化理念和教化价值。这是本书"如何思入"面临的第二层问题。上述问题都牵涉本书的研究思路、研究内容、研究方法。对此,下文详述之。

(一)重思的起点:孔融让梨与正义诗教

1. "孔融让梨"是一个正义故事吗?

在我国,"孔融让梨"是一个人们耳熟能详的故事。人们往往把它当做一个让儿童学会"谦让"的故事。经过一百多年的新文化洗礼,这个故事负载的传统文化思想、伦理内涵已荡然无存,仅剩"谦让美德"作为此故事应流传下去的价值证明。从前述"孔融让梨"的现代遭遇来看,许多现代中国人已不再具备欣赏这个故事的文化素养,不再具备理解这个故事深意的伦理见识。如果"孔融让梨"这样的典故,并不是一个要被改造、被扔掉、被人遗忘的过时故事;如果我们不盲目地跟随西方道德伦理观念的现代转变,那么,我们必须弄清楚"孔融让梨"本身肩负的传统伦理观念。如若连我们自己的传统价值观念都没有搞清楚,我们就很难认识"孔融让梨"这一传统故事的现代遭遇,更弄不清楚这场反映生活伦理观念的事件到底是一场价值变迁抑或价值之争,也更不能看清其后果如何。如若这些问题都没有搞清楚,何谈解出"孔融让梨我不让"所带来的时代德育考题呢?

初看起来,"孔融让梨"似乎与本书研究的正义主题无多大关系。但这个故事真的是一个与正义无关的故事吗?抑或只是人们无法理解这个故事与正义之间的关系呢?

"孔融让梨"中的主角"孔融"并非一个虚构人物,在历史上确有其人。从保存下来的文献来看,"孔融让梨"最早记载于唐朝太子李贤所注的《后汉书·卷七十·郑孔荀列传第六十》中。南朝刘宋人范晔编撰的《后汉书》,是一本记载东汉史的纪传体史书,共有十纪、八十列传和八志。列传中有孔融的传记。孔融传记,首先介绍了孔融的家世谱系。孔融是孔子二十四世孙,是汉元帝刘奭的老师,是孔霸的七世孙。其父孔宙,官至"泰山都尉"。

孔宙碑上刻有"天资醇嘏,齐圣达道,少习家训,治严氏《春秋》,缉熙之业既就,而闺阃之行允恭,德音孔昭"[①]的内容。从这些内容来看,孔融父亲有德性,为人行事信实、恭敬,同时,继承研究严氏《春秋》的家学。据《融家传》,孔融家有"兄弟七人,融第六"。乾隆《曲阜县志》则记载:"宙子七人,传者五:曰晨、曰谦、曰褒、曰昱、曰融。"《孔氏族谱图示碑》刻记了孔宙有五子:"孔晨,字伯时,河南尹。孔谦,字君让,诸曹史。孔褒,字文礼。孔融字文举,大中大夫。孔昱字元世,洛阳令。"[②] 但上述五人中,只有孔谦、孔褒、孔融三人有史料可考。孔谦被认为"幼体兰石自然之姿势,长膺清少孝友之行"[③],修习《春秋经》。孔褒

[①]《隶释·汉泰山都尉孔宙碑》.

[②] 孟凡港. 孔融父兄考:以碑刻为主要依据——兼对史志记载讹误的订正[J]. 福建论坛(人文社会科学版), 2011(03).

[③] 谢志平. 东汉儒家学者丛考[M]. 广州:中山大学出版社, 2019:135-136.

被认为"才学过人,德行高尚,被察举为孝廉"①,也治家业《春秋经》。"一门争死"②的典故就与孔褒有关。《后汉书》中,孔融的传记主要是孔融为官时的言行政绩。在他为官之前的纪事,《后汉书》也记载了三条,分别是孔融十岁、十三岁、十六岁左右发生的事情。

十岁时的纪事,开始的第一句就是"融幼有异才",并以孔融机智见河南尹李膺之事作证。文中,李膺对十岁的孔融评价是"高明必为伟器"。孔融十三岁的纪事主要有两件。一是父亲去世后,孔融"哀悴过毁,扶而后起,州里归其孝";一是"性好学,博涉多该览"。这说明了孔融的孝行和他善学的本性。孔融十六岁的纪事主要有三件。一是帮助哥哥孔褒的朋友张俭避难。二是,因为此事,孔褒、孔融兄弟两人被捕,两人在狱中竞相承担罪责。三是,孔融因上述两件事中的做法而声名远扬,州里、郡里都送来任命文书,但孔融不受。

李贤注《后汉书》,对"融幼有异才"进行注解时,增加了一件孔融的纪事。这就是引自《融家传》(已佚)中孔融四岁让梨之事。转引内容如下:"兄弟七人,融第六,幼有自然之性。年四岁时,每与诸兄共食梨,融辄引小者。大人问其故,答曰:'我小儿,法当取小者。'由是宗族奇之。"③这是"孔融让梨"最早的文献记录。从《融家传》中所记的"孔融让梨"来看,虽仅有50字,却记下了一个非常完整的事。对熟悉传统文化的人而言,孔融让梨与其说是一个"谦让"故事,不如说是一个"孝悌"故事。那么,这个"孝悌"故事到底是一个什么样的故事呢?

---

① 孟凡港. 孔融父兄考:以碑刻为主要依据——兼对史志记载讹误的订正[J]. 福建论坛(人文社会科学版), 2011 (03).

② 张俭为东汉时期名士。党锢之祸时,他受侯览诬陷,四处流亡。因张俭同孔融哥哥孔褒有交情,就到孔褒处避难。到孔褒家后,孔褒不在家,孔融代兄收留张俭。后来,事情泄漏,但张俭得以逃脱,而孔褒、孔融被捕入狱。审问两兄弟,两兄弟争相认罪。后来官吏询问其母。两兄弟的母亲也竞相认罪。一门争死,郡县官吏不能决案,上报朝廷。诏书最终治罪孔褒,孔褒被处死。参见《续后汉书·孔融传》。

③ 李贤注《后汉书·郑孔荀列传》.

卢周来认为，这个简单的故事之所以一直流传到今天，绝不仅仅是为了教育小孩懂得谦让与礼貌。它本身体现了"传统中国人关于公平分配的一些基本思想：公平分配的顺序是要照顾到老幼尊卑，体现传统伦常；而主持分配的人也应该是像孔融这样的有道德的人"。同时，这种"靠伦理道德约束的公平分配，是一种'自我执行'：发乎'仁'的规则使得'抑强扶弱'成为一种社会自觉；同时交易成本最低，不需要外在监督"。[①] 对自由主义权利论者而言，上述正义观念颇为陌生。西方自由主义权利论探讨的正义观念，是适用于政治社会中所有自由、平等的主体之间的正义。而孔融的让梨行为，顶多是在家庭内部的分配，算不上是一种正义行为。问题是，"孔融让梨"真的不是一个正义故事吗？对此，先从一种经验分析入手。

对于"梨"，人们并不陌生。梨的大小不同，味道也有差别……换句话说，生活中的"梨"，具有自然差异性。而梨，尤其是又大又甜的梨，肯定是有限的。对于梨，有人喜欢吃，而且喜欢吃大梨、香梨，想要吃更多的梨；当然，也有人不喜欢吃梨。在生活中，人们往往在家里吃梨，与亲人一起分享梨。那么，谁吃梨？谁不吃梨？谁来分梨？谁吃大梨、香梨？谁又要让梨？……这些日常生活中的经验问题，难道因为它们出现在家庭中，就不是关涉正义的问题吗？对此，可以作进一步的理论探讨。

古希腊哲人亚里士多德提出，任何一种共同体都有某种公正。"拥有善恶观、正义观及其他观念正是人的特征；拥有这种观念的生活者的结合才能组成家庭、城邦"。[②] 只有拥有正义观念，人才能实现比蜜蜂或者其他群居动物更高的政治组织。因此，通过血缘关系而形成的家庭共同体，也必然需要某种正义观念，才能维系其中的共同关系。除了正义，亚里士多德认为，共同体还应该拥有某种情谊或友爱才能持续下去。"在每一种共

---

① 卢周来. "罗马分面包"与"孔融让梨"[J]. 今日中国论坛，2009 (10).
② Aristotle. Politics. In J. Barnes (ed.), *The Complete Works of Aristotle*, vol. 1, Princeton: Princeton University Press, 1991: 4.

同体中，都有某种公正，也有某种友爱。至少是，同船的旅伴、同伍的士兵，以及其他属于某种共同体的成员，都以朋友相称。他们在何种范围内共同活动，就在何种范围内存在着友爱，也就在何种范围内存在公正的问题"。① 所以，亚里士多德认为，情谊（philia）② 同什么人相关，公正就同什么人相关；哪里有情谊，哪里就有公正问题。孔融让梨体现的就是兄弟间的情谊。这种情谊牵涉家人间的义务关系、伦理关系。兄弟间谦让的情谊问题，本身就是某种形式的正义问题。"那些归属于各种关系的期待和义务问题终究不过是某种意义上的正义问题；而且情谊的关系越亲近，正义的要求越强烈"。③

借助亚里士多德对情谊与正义的理解，人们可以初步感知"孔融让梨"应该是一个正义故事，它内含着某种正义理念。问题是，这种正义理念到底是什么呢？人们不再能理解"孔融让梨"是一个正义故事，是不是因为其中的正义理念，对国人来说，已然陌生难解了？

2. "孔融让梨"是一种诗教吗？

"孔融让梨"是我国世代相传的教化故事。对此，没有人能否认。但是"孔融让梨"属于一种诗教吗？这似乎与人们平常理解的"诗教"不太一样。对此，显然要在界定和理解"什么是诗教"的基础上，才能得到更好的论证。这点将在随后的内容中进行论证。在此，本书先引证一种文学上的观点。

谢俊贵研究发现，我国传统的诗经范式，不仅在文学层面，开创了诗

---

① ［古希腊］亚里士多德. 尼各马可伦理学［M］. 廖申白，译注. 北京：商务印书馆，2006：245.

② 对古希腊语中的"philia"，国内译者廖申白先生译为"友爱"，邓文正先生翻译为"情谊"。本文基于对"philia"古希腊原义的理解，采取邓文正先生的译法。参见：邓文正. 细读《尼各马可伦理学》［M］. 北京：生活·读书·新知三联书店，2011：212. 廖申白. 亚里士多德友爱论研究［M］. 北京师范大学出版社，2009：20.

③ ［美］萝娜·伯格. 尼各马可伦理学义疏——对亚里士多德与苏格拉底的对话［M］. 柯小刚，译. 北京：华夏出版社，2011：259.

歌创作范式、主题范式、审美范式和编例范式，而且在教化层面，也开出了"文化传承范式"。在论者看来，这种文化传承范式上的诗经范式，是指"我国历史上多有效仿孔子编订《诗经》之法来传承传统文化的事例"。① 这种范式的特点是，"贴近现实、反映生活、贴近大众，并以诗歌韵文表达、富于美感、吸引力强，通俗易懂、便于记诵、影响广泛"等。这种范式在呈现形式上，内含"一种中国传统文化表述形式的诗化范式"。"诗化范式就是将文化知识转而为诗甚至转而为谣的范式，也即为了便于生童记诵，便于大众接受理解，而将晦涩难懂的传统文化转化为适合民间传诵的诗歌、民谣、童谣的形式"。② 所以，诗经范式作为一种文化传承范式，是"一种借由诗歌韵文的形式以有效传承传统文化、广泛推行社会教化的范式"。③

诗经所开创的文化传承和教化范式，在论者看来，影响了我国古代社会不少文化普及读物的制作和生产。

> 在中国古代社会，不少学者根据所处时代的社会发展特征和现实社会需要，参仿诗经范式撰写或选编了不少用于蒙学或用以传承传统文化的读物。比较典型的有秦代《苍颉篇》、西汉《急就篇》、魏晋南北朝《千字文》、南宋《三字经》、明清时期《昔时贤文》、清代《弟子规》等，与之相关的还有《唐诗三百首》《宋词三百首》等。④

---

① 谢俊贵. 传统文化传承的诗经范式及其创新运用 [J]. 山东社会科学，2021 (6).
② 谢俊贵. 传统文化传承的诗经范式及其创新运用 [J]. 山东社会科学，2021 (6).
③ 谢俊贵. 传统文化传承的诗经范式及其创新运用 [J]. 山东社会科学，2021 (6).
④ 谢俊贵. 传统文化传承的诗经范式及其创新运用 [J]. 山东社会科学，2021 (6).

从上文作者的观点来看，《三字经》这一蒙学读本，正是参照了诗经所开创的文化范式进行编纂的。《三字经》用一种通俗、简练的三字一句的诗谣，展现了文学、历史、哲学、天文地理、人伦道理等经典文化内容，便于儿童学习。正是通过《三字经》中"融四岁　能让梨　弟于长　宜先知"的12字内容，让"孔融让梨"作为典故广泛传播开来。因此，"孔融让梨"在传承形式上，接续了我国《诗》教传统。

上文的分析初步论证了孔融让梨是一个正义故事，并从属于我国《诗》教传统。那么，"孔融让梨"作为一种正义诗教，它到底是什么？为什么有这种教化形式？这种教化形式所负载的教化内容是什么？要弄清楚这些问题，需要更基础的研究。

（二）重思的基础：中、西古典诗教

作为政治社会的道德基础，正义是所有政治社会都关切的议题，也始终是道德教化的关注议题。正义关涉孩子们在成人的过程中，认识到什么样的东西是自己可以正当占有，自己什么样的行为是正当的，自己如何做一个正义的人……这些问题不止是个体如何做事做人的小问题，更是关乎他人、社会的大问题。当一个人过度占有物品，当一个人不考虑自己为人做事是否公平正义时，人们会认为这是个人私德出了问题；然而，当一群人做事不正当，为人不正义时，这就不止是群体中个人的品德问题，而是关涉整个政治社会长治久安的根本问题。没有正义，任何一群人都不可能生活在一起，也不可能形成一个有秩序的、持续存在的共同体。因此，正义教化始终是政治社会的基本问题。它关涉整个政治社会的道德基础，也牵涉人类文明的命运走向。在中、西方的正义教化传统中，常见的道德教育实践就是正义诗教。诗教或者说讲故事是道德教育的常见途径，让孩子们在故事潜移默化地熏陶中，自然接受道德教化。对正义的学习，也离不开这一古老的道德学习方式——正义诗教。正义诗教不仅仅是一种教化实践，它更是一种理论观念，内含着一套政治、道德和教育的观念。不同的理论观念构建起了不同的正义诗教理论和实践形态，如我国古典诗教传统、西方古希腊正义诗教传统。本书将这两种诗教传统的一些理论观点作为研究的理论基础。

1. 我国古典诗教传统

(1) 诗教与《诗》教的政教功能

"诗"是我国传统文化的一大特色。历代诗歌经典、杰出诗人层出不穷，且尤重诗歌的教化功能。在我国的古典教化传统中，"诗教"一词并不陌生。"诗教"二字最早见于《礼记·经解》篇。"入其国，其教可知也。其为人也，温柔敦厚，诗教也"。这里的"诗教"与当代研究中常用的"诗教"概念不同，是指《诗》经之教。而我国的诗教传统，也始于《诗》教。《诗大序》点明了《诗》教的政教特色："故正得失，动天地，感鬼神，莫近于诗。先王以是经夫妇，成孝敬，厚人伦，美教化，移风俗。"我国古典诗教必然关涉政教事业。朱自清先生把"诗教"视为我国传统诗论中的纲领性主题之一，且以政教为旨归。[①] 朱先生的上述判断切中肯綮。然而，在西学的影响下，诗教或者诗的政教功能受到了极大冲击。一些研究者，尤其是文学研究者，有意在观念上保持"诗"与传统政教之间的距离。

当代《中国诗学大辞典》对"诗教"进行界定和评论时，批评了这种以政教为旨归的诗教说。论者认为，《诗》教说是汉儒根据儒家经学的需要而提出的。这种《诗》教说，不仅符合汉代封建大一统的形势要求，而且符合后世封建统治者的根本利益。后世的封建文人，吸收了前人的理论，把汉儒特指的"《诗》教"，改为泛指一般诗歌创作的"诗教"，于是逐渐形成了儒家传统诗论的政教中心说，提倡诗歌创作与评论为封建政教服务。这一"诗教"说，统治了中国封建社会的诗坛，直至清中叶的沈德潜，仍然有巨大影响。此后，随着封建社会的衰落和灭亡，遂成历史陈

[①] 朱自清. 诗言志辨 经典常谈 [M]. 北京：商务印书馆，2011：7.

迹。① 在"温柔敦厚"的词条中，这本工具书再次提及传统诗教观。词条作者认为，"温柔敦厚"在传统诗论中被视为文学的"极则"。沈德潜在《唐诗别裁集序》中，将这种极则归结为：诗教之尊，可以和性情，厚人伦，匡政治，感神明。这种极则是一种"思想教化"，"强调诗歌作为统治阶级思想调节器的职能和功用"。这种观念是一种"狭隘的功利主义"，"促进了诗歌的说教倾向，不利于艺术的发展"。因此，"作为封建社会的特殊产物，儒家诗教早已完成其历史使命"②。

上述工具书对"诗教"的批判和否定，似乎是以某种先在的立场为前提的。其结论先于论证，是受特定时代的风气所致。"近百年来粗暴地全盘否定中国古典文明的风气，尤其那种极其轻佻地以封建主义和专制主义标签一笔抹煞中国古典政治传统的风气，实乃现代人的无知狂妄病，必须彻底扭转"。③ 此外，上述工具书对诗教的传统政教功能的否定，还源于另一种观点。这种观点认为，诗歌本身是一种艺术，诗歌艺术的发展有其自身的规律和特点，如若极度关注诗歌的政教功能，不利于诗歌艺术的发展。所以，传统诗教或者儒家诗教作为时代产物，已完成历史使命，应让诗歌回归它的艺术本性。

上述文学观点，从某种文学本质的角度，有意保持与传统诗教论的距离。但这些观点本身就是文学领域中某一文学理论的产物。1933 年，周作人先生在《中国新文学的源流》一书中，对中国文学提出了一种新见解。这种见解将中国文学的发展历程视为言志派和载道派两种派别力量之间的张力。"中国的文学，在过去所走的并不是一条直路，而是像一道弯曲的河流，从甲处流到乙处，又从乙处流到甲处，遇到一次抵抗，其方向即起

---

① 傅璇琮，许逸民，王学泰等. 中国诗学大辞典 [M]. 杭州：浙江教育出版社，1999：4.
② 傅璇琮，许逸民，王学泰等. 中国诗学大辞典 [M]. 杭州：浙江教育出版社，1999：4.
③ 引自甘阳、刘小枫为华东师范大学出版社出版的"政治哲学文库"丛书所写的总序。

一起转变"。① 而规约这条"中国文学"河流的"两岸"即是言志派和载道派。"言志派"强调"文学只有感情没有目的"②，文学就是作者思想感情的表达，其功能或者目的是"令人聊以快意"，"使作者胸怀中的不平因写出而得以平息"。同时，读者也可以借助文学表达、抒发或者净化他的思想感情。③ 除此之外，文学别无其他目的，更没有政治目的。载道派，在周先生看来，主要是以"八股文"为典型的载道文学。这种文学强调"文以载道"，强调文学对人生、对社会的用处。这种文学观的典型表现就是"明道义、维风俗"。

周先生将言志派和载道派进行两分的标准，主要包括两个方面。一是，文学作品是不是创作者自由抒发所思所想、所情所感的产物；一是，文学创作是不是将预先设定的某种义理，按照一定程式、方法定制出来的。按照上述标准，论者将言志派文学视为"即兴的文学"，载道派文学则是"赋得的文学"。同时，论者还认为，古今有名的文学作品，都是"即兴文学"。论者不喜载道文的原因是："这种有定制的文章，使得作者完全失去其自由，妨碍了真正文学的产生，也给了中国社会许多很坏的影响。"④ 所以，论者反对像八股文这样的载道文学，提倡新文学运动，主张以白话文为载体的言志派文学。这种新言志文学，才能表达人们"现在的"新生活、"现在的"新思想。

对于周先生的论说，金克木先生发表了《为载道辨》予以反驳。金文指出，周先生的论说，并非纯粹的"言志派"，其实质仍是"载道派"。金先生称周先生乃是"载道派中的言志者，因为他以言志的形式载道"⑤。只是周文所载的"道"，不同于古文所载的"道"。金先生指出周先生的文中

---

① 周作人. 中国新文学的源流 [M]. 上海：华东师范大学出版社，1995：18.
② 周作人. 中国新文学的源流 [M]. 上海：华东师范大学出版社，1995：13.
③ 周作人. 中国新文学的源流 [M]. 上海：华东师范大学出版社，1995：14—16.
④ 周作人. 中国新文学的源流 [M]. 上海：华东师范大学出版社，1995：39.
⑤ 金克木. 译匠天缘 [M]. 北京：大众文艺出版社，2000：380.

存在一以贯之的"道",但并未点明其"道"为何道。对此,原文似乎有迹可循。在讨论新文学运动中"古文"与"白话文"这一焦点议题时,周先生认为,古文不足以让时人表达新思想,只有白话文才适合表达人们当时的新思想和新感情。因此,非从古文变为白话文不可。问题是这些"新思想"是什么?

> 现在呢,由于西洋思想的输入,人们对于政治,经济,道德等的观念,和对于人生,社会的见解,都和从前不同了。应用这新的观点去观察一切,遂对一切问题又都有了新的意见要说要写。然而旧的皮囊盛不下新的东西,新的思想必须用新的文体以传达出来,因而便非用白话不可了。①

原来,周文所言的非用白话文表达的新思想,是那些从西学中传来的新的政治、经济、道德观念,以及新的人生、社会见解。可见,周先生所言的"言志的新文学"不是不载道,而是不载国人之"旧道",要载来自西方的"新道"。周先生《中国新文学的源流》这篇"新文",即是上述新道在文学领域的体现。这种"新道"在笔者看来,就是关注个体的自由主义。周先生的文学观是一种自由主义的文学观,强调创作者自由地表达和抒发自己的所情所感、所思所想。周先生推崇这种"新文学",实质上是推崇一种"新道"——人的自由。这种新文学观念影响了我国20世纪的文学理论。前述对诗教的政教功能的拒斥的文学观点,即是这种新文学观念的必然结果。其实,早在周先生这篇《中国新文学的源流》新文中,就已经显露了对传统诗论的政教功能的拒斥倾向。文中,周先生正是以《诗》之开篇《关雎》为例,证明他的言志派文学观点。根据此种文学观点,《关雎》仅是一首新婚时的好诗,并没有那些乡下的塾师所认为的"有天

---

① 周作人. 中国新文学的源流[M]. 上海:华东师范大学出版社,1995:64.

经地义似的道理"在其中①。由此可推，整本《诗》也只是一本诗歌集，不是负载"天经地义似的道理"的《诗》经。这种观点在当下，已经成为了一些当代传统诗教研究不言而喻的"前见"。

如，刘文忠《温柔敦厚与中国诗学》一书的研究。作者按照编年史的方式，对诗教论进行历史分期研究，将诗教论分为魏晋诗教论、唐代诗教论、宋代诗教论、明末清初诗教论、清代诗教论。前言中，论者明确提出，对"温柔敦厚"这一诗教传统的研究，是作为"最大的诗学范畴与美学范畴"来论述的，因此不把"它当作单纯的'政治教化说'"，而是注重"它的审美内涵"。② 言外之意，对诗教传统的研究不是政教传统的研究，而是独立的文学领域的审美研究。作者提到，温柔敦厚的诗教到了魏晋南北朝时期，由于文学观念与美学思想的变迁及社会的其他原因，诗教渐渐衰微。魏晋时期不但是"人的自觉"的时代，同时也是"文学自觉"的时代。汉代以前的儒家比较重视文学的教化功能，而对文学的审美娱乐作用相对忽视。随着文学的自觉，人们对文学的美学特点开始重视起来。

再如，赵新在先秦儒家的诗教的研究中提出在西周早期"诗"虽然扮演着"政典之教"工具角色，但是经过孔门思孟学派的改造，慢慢消退了西周时代乃至春秋中晚期古硬的"政典之教"的面目，而其作为"性情之学"的功用逐渐浮出人文历史的地表。③ 因此，论者提出，思孟学派将"诗"从西周早期乃至春秋中晚期确立的"政典之教"的政治使命，精神嬗变为一种"性情之学"。④ 这种性情之学，是将"诗"视为熏育"君子儒"的有效手段，是一种修身养性的必备资具，其诗学旨趣也呈现出一种

---

① 周作人. 中国新文学的源流 [M]. 上海：华东师范大学出版社，1995：13.
② 刘文忠. 温柔敦厚与中国诗学 [M]. 上海：上海古籍出版社，2016：前言 2.
③ 赵新. 君子的世界：先秦儒家的诗教与欲望 [M]. 长春：吉林大学出版社，2014：62.
④ 赵新. 君子的世界：先秦儒家的诗教与欲望 [M]. 长春：吉林大学出版社，2014：6-7.

对诗意化的生活秩序和生命样态的肯定。① 论者的研究，将先秦儒家的诗教论从政教转变为修身之教，有助于丰富对传统诗教思想嬗变过程的理解。然而，这一论点似乎隐含着一个未曾言明的"预设"。那就是，论者有意将思孟学派的政教与修身之教作两分。值得商榷的是，在思孟学派那里，"诗"的政教与修身功能是否可以截然两分，抑或二者仅是硬币的一体两面？

对此，徐复观先生在《传统文学思想中诗的个性与社会性问题》一文中，没有将"诗"的政教和修身功能进行两分，而是将二者视为"二而一"之事。徐文围绕孔颖达的《毛诗正义》对诗大序中的"是以一国之事，系一人之本"的解释而展开，论述了传统文学理论对文学的个性与社会性的处理。论者认为，传统文学中好的诗歌，必然是"个性之诗"或者"性情之诗"。

> 真正好的诗，它所涉及的客观对象，必定是先摄取在诗人的灵魂之中，经过诗人感情的熔铸、酝酿，而构成他灵魂的一部分，然后再挟带着诗人的血肉（在过去，称之为"气"）以表达出来，于是诗的字句都是诗人的生命，字句的节律也是生命的节律。②

论者同时提出，这种个性之诗不仅仅是诗人一己之情。"诗的个性，同时也即是它的社会性"。在论者看来，人性之诗作为诗人个性的表达，不是"纯主观的个性"，是诗人个性和社会性的统一。

> 诗人先经历了一个把"一国之意"、"天下之心"，内在化而形成自己的心，形成自己的个性的历程，于是诗人的心、诗人的个性，不

---

① 赵新. 君子的世界：先秦儒家的诗教与欲望[M]. 长春：吉林大学出版社，2014：6—7.
② 徐复观. 中国文学精神[M]. 上海：上海书店出版社，2006：2.

是以个人为中心的心，不是纯主观的个性，而是经过提炼升华后的社会的心，是先由客观转为主观，因而在主观中蕴蓄着客观的，主客合一的个性。①

论者认为，这种个性与社会性统一的根源，在于伟大的诗人能够"得性情之正"。这种"性情之正"是诗人的性情、好恶，能够与天下人的性情、好恶相感相通。要做到此点，需要诗人道德心的培养，打通个性与社会性之间的隔阂。由此，诗人的个性不是一己之性情的抒发和满足，而是经由道德心的培养或者带有政教人伦特色的修身实践，达致个性与社会性的统一。因此，诗教中的言志与载道、修身与政教本是二而一之事。

徐复观先生的上述观点，将传统文学理论中诗的个性和社会性问题统一起来，是中肯之言。但徐先生用"个性和社会性"这一对概念框架去分析传统文学思想时，似乎已"强加"了一种概念框架于传统文学上。"社会性"是一个相当晚近的西方学术术语。在中国传统文学观念中，有"天"、有"国"、有"家"、有"身"，但没有与"社会"相对的概念。而且在传统观念中，家、国、天这些空间是一个连续统，不可作截然划分。因此，用个性与社会性两分框架，去分析传统文学的创作者，需慎重。

近来，一些国内对传统诗教理论的研究，呈现了一种新的研究气象。这些研究试图拒斥西方文学观念强加于中国传统文学的观念束缚，尽力按照传统文学本来的生长方式和在世形态去理解这些文本。俞志慧在研究先秦儒家诗教理论时，明确反对那些拒斥诗教之政教功能的观点。论者认为，诗教的政教功能本然就内含于《诗》学逻辑中，"不能因为读者之志不符诗人之旨而否定当时指向立德立功的诗学和开放活泼的阐释方式"。所以，"笔者坚持认为，若拘囿于六朝以来的'文学'内涵（即被许多人艳称"文学的自觉"）的法执，吾土文学泉源中固有的清新刚健特质就会

---

① 徐复观. 中国文学精神 [M]. 上海：上海书店出版社，2006：2.

被轻忽、被淡出"。而作者认为,这种"流行的文学'自觉'观念的产生及相关论证,与上世纪以来以西方为中心的话语霸权及由此而来的本土话语权力的缺失有着密切联系"。①

中国的传统诗教理论,逃不过它在这片土地上与生俱来的政教特色。如若因为外来的某一时髦的观点,而刻意远离并拒斥这一点,既不能对自己文化的温情敬意,也没有同情性理解,也更难突破某一概念框架的束缚。对诗教的政教功能,可以不认同、不接受,但是必须带有一种同情性的理解,才能公正地看待传统诗教论在传统社会、传统文化中所扮演的角色。因此,对诗教的理解,应该追求如古人那样去理解他们所理解的《诗》学、《诗》教。在此基础上,人们才可以有理有据地评判这种传统诗教论。在这种观念下,俞志慧对传统诗教的研究,彰显了先秦诗教的核心功能不是教人作诗,而是教人"用诗"。论者认为,《诗大序》中的"六义",即风、雅、赋、比、兴、颂,不涉及作诗之学,而是"渊源于与教学活动相关的用诗之学"②。《左传》《国语》中的大量称诗,也更多地与用诗之学有关。这种用诗之学,有助于学诗者在祭祀、政治、外交、军事等重大场合与他人交流,以此显示自己的身份地位并被贵族阶层接受。因此,在先秦时期,像孔门这样的教诗者和习诗者,其教诗、学诗的目的都不是为了学作诗。先秦存世文献和地下材料中,迄今也未见有关于如何作诗的讨论。在先秦的政治生活中,在种种重大场合中,大量地用诗而非作诗,才能彰显礼乐文明的真实面貌。只有在这种大背景中,才能理解《诗》学及其《诗》教。

《诗》教在先秦文学中,突出的功能是政教。在孔门中,《诗》教的目标就是政教目标——培养君子儒。俞志慧论道:

---

① 俞志慧. 君子儒与诗教:先秦儒家文学思想考论 [M]. 北京:生活·读书·新知三联书店,2005. 137－138.

② 俞志慧. 君子儒与诗教:先秦儒家文学思想考论 [M]. 北京:生活·读书·新知三联书店,2005:100.

从《孔子诗论》和《礼记》等传世文献中孔门所引诗分析，在孔门诗学中，几乎所有的诗——不论吟咏情性还是抒发政教之志，都能与小者修己德、大者治国家挂起钩来。孔门教诗习诗足共自身作为君子儒的目标定位、社会责任感、历史使命感在诗学思想中的投射，因而其诗学思想有泛政治化、泛道德化、泛伦理化倾向……①

　　所以，"传统'诗言志'的命题，不仅仅是一个有关文学的抒情性特征和表现倾向的美学命题，更是一个有关文学的道德性的命题"②。总而言之，《诗》在政治社会中，具有明显的实际政治功用。因此，孔子"不学《诗》，无以言"的命题，正是就政治、军事、外交、盟会等重大场合之赋诗而言，这并非说，不学诗连日常话语都不会了，而是不能用"诗"赋诗明志。

　　吴承学在《中国早期文体观念的发生》中，关注早期文体观念的发生之际，指明中国早期的文体谱系观念的发生，是基于礼仪、政治与制度建构之上的。因此，中国早期许多文体功能、文体类别，是从文体使用者的身份与职责延伸而来的。因此，中国的文体之诞生，是建立在"礼乐文明"或"文官政治""政治治理力"这一结实的中国上古史脉络中。③ 这种从文体的发生学角度建构的论点，对理解"诗"这种文体在先秦时期的存在方式，颇有启发。先秦"诗"的诞生，并非一些天赋异秉的个体就能完成的。它们是在整个政治社会的礼乐文明中孕育出来的、特殊的"诗"。因此，《诗》本身就有很强的政治、伦理特色，并存在于日常政治伦理实践中。由此而来，与它相关的教化，必然存在很强的政教特色。因此，用

---

① 俞志慧. 君子儒与诗教：先秦儒家文学思想考论［M］. 北京：生活·读书·新知三联书店，2005：111.

② 俞志慧. 君子儒与诗教：先秦儒家文学思想考论［M］. 北京：生活·读书·新知三联书店，2005：123.

③ 转引自：胡晓明. 治理艺术、文明习性与文体观念——吴承学的《中国早期文体观念的发生》序［M］. //胡晓明主编. 诗道、诗情与诗教. 上海：华东师范大学出版社，2019：11.

文学自由主义的观点来理解先秦之《诗》、先秦之《诗》教,必然有削足适履之嫌。这种自戕的后果是,《诗》从具有永恒教化地位的"经"的位置跌落为一本文学诗集,不再是教化千秋百代之"经典"。清人曾言:"古人视经重,故视诗弥重。夫诗之所以为经者何哉?古人立言,皆思有益于天下后世,大而君父之大伦,细至昆虫草木,莫不旁引曲譬,使人观感有悟,足以为戒,足以师。故曰温柔敦厚,诗教也。"① 因此,要理解《诗》教,离不开理解《诗》之为"经"之所在。

(2)《诗》教与《诗》经、六经

《诗》作为经,并非必然之事。陈明珠在其研究中,讨论了《诗》作为"经"的内涵。论者提出,《诗》之为"经",既有这些诗之为"经"的特殊性,又有这部经之为"诗"的特殊性。② 从"经"的角度来说,特重《诗经》的政教意义。而就"诗"本身而言,《诗》中之"诗",都是从自然物事或场景中兴发的,诸如"关关雎鸠,在河之洲""桃之夭夭,灼灼其华""呦呦鹿鸣,食野之苹"……《诗》中之诗,从来不是抽象的"天理"和"礼教",而是感于物而动其情,咏其志而达诸性的诗。因此,论者认为,《诗》之诗总是关切着万事万物的"性"与"情"。这是"诗"之为诗的特殊性,是《诗经》作为文学传统的基石所在。因此,作者提出,在诗的世界里,人事无法单纯或抽象地存在,总是有一个"自然的视野、自然的包裹";人类并非单独和隔离的存在,而是"处身于天地之间、万物之中"。因此,《诗》作为"诗"和《诗》作为"经"的会通之处,"在于自然和人事、生命秩序和礼法安顿的密切相关"。换句话说,《诗》所言的物、人、事,即便是"男女之间的情思情事",都是万物之间的生生之意。因此,《诗》带有"经"的特点。"所谓'两间莫非生意','万物莫不

---

① 转引自:蒋寅. 在传统的阐释与重构中展开——论清初诗学基本观念的确立[M]. //马奔腾主编. 诗教与诗学. 北京:人民出版社,2018:21.

② 陈明珠. 古典诗教再思:《诗经》解读四篇[M]. //柯小刚主编. 诗经、诗教与中西古典诗学. 上海:同济大学出版社,2016:230.

适性'，这是《诗经》非常不同于其他经，更不同于现代观念的一种宏阔视野"。[1]

对《诗》之所以为"经"的分析，如若置于经学的整体视野，《诗》之为经的特殊性和普遍性则更为显明。《庄子》是最早论及六经的先秦典籍，孔子谓老聃曰："丘治《诗》、《书》、《礼》、《乐》、《易》、《春秋》六经。"[2]《庄子·天下》也最早对六经的性质作了说明。"其在于《诗》、《书》、《礼》、《乐》者，邹鲁之士、缙绅先生多能明之。《诗》以道志，《书》以道事，《礼》以道行，《乐》以道和，《易》以道阴阳，《春秋》以道名分"。[3]

吴小峰从教育课程的设置角度，阐释了《天下篇》中六经之间的教学顺序和内在关系，揭示了六经之间的深层勾连。论者提出，《天下篇》中，将《诗》、《书》、《礼》、《乐》四经与"邹鲁之士、缙绅先生"关联，可能正是孔子推广文教的结果；其中，不提《易》《春秋》二经，是因为二经可能存在与前四经不同的特质，因而不是孔子推广文教的教学内容。这种课程安排，源于六经之教内在的教育次序和教育逻辑。"以《诗》为首的六经次序，在先秦几乎是学术共识，以《诗》、《书》、《礼》、《乐》、《易》、《春秋》的顺序排列六经，很有可能是孔子晚年的定论"。[4]《诗》之所以为六经之首，是因为《诗》是"君子教养的门户"，"认同《诗》之志的学子，才有可能接下去完成后面的三经或五经的教养"[5]。君子完成了前四经的教育后，好学深思者才可以继续学习《易》《春秋》。论者认为，前四经

---

[1] 陈明珠. 古典诗教再思：《诗经》解读四篇 [M]. //柯小刚主编. 诗经、诗教与中西古典诗学. 上海：同济大学出版社，2016：230—231.

[2] 《庄子·天运》.

[3] 《庄子·天下》.

[4] 吴小锋. 古典诗教中的文质说探源 [M]. 上海：华东师范大学出版社，2016：108.

[5] 吴小锋. 古典诗教中的文质说探源 [M]. 上海：华东师范大学出版社，2016：108.

谈论的是人间政治本身，后二经谈的是人间政治的基础。首先，从《庄子·天下》中的"《易》以道阴阳"，以及《周易·系辞上》中的"一阴一阳之谓道"来看，《易》阐明人世政治背后的"道"。而《庄子·天下》点明"《春秋》以道名分"，说明《春秋》阐明了政治制度的实质，《春秋》所道的"名分"是制作礼乐的依据。

  《春秋》从现实政治世界的名分推至政治世界背后的阴阳之道，《易》本于自然的阴阳之道显现为政治世界的种种名分。《易》，由天道而人事；《春秋》，由人事而天道。人世政制的正当性基础出于自然的阴阳之道，名分应该以阴阳为基础，人法大地，天地法自然。①

因此，《易》和《春秋》是关涉政制的"大书"。《易》深入理想政制背后，阐明了各种制度的制定原则。这些制定原则得到阐明后，不仅可以随时代变化对不合理的制度作一番斟酌损益，而且还可以对现实政治的各种乱象进行褒贬进退、拨乱反正。这就从讲述各种制度的制定原则的《易》，过渡到讲述现实政治的《春秋》。因此，前四经基本上属于"理想政制"，具有正面意义。而后二经则需要学习者随时代变化，"斟酌损益""褒贬进退""拨乱反正"，非一般君子可学的内容。因此，两经作为提高性课程，只能作为六经的"殿后"部分，供有才力者继续学习。

论者对《庄子·天下》上述分析，有助于人们把握六经之间的关系。《史记·孔子世家》也记载了孔子晚年编撰六艺之事。据《史记》，孔子编撰六艺，其时"周室微而礼乐废，诗书缺"，孔子"追迹三代之礼，序书传"。因此，《书》《礼》都是孔子整理编订的。《诗》经孔子"去其重，取可施于礼义"，剩三百零五篇，"孔子皆弦歌之"。经孔子删《诗》《书》、定《礼》《乐》，自此礼乐文明"可得而述"，由此王道可备、六艺可成。

---

① 吴小锋. 古典诗教中的文质说探源[M]. 上海：华东师范大学出版社，2016：109.

孔子晚年好《易》，述《彖》《系》《象》《说卦》《文言》。最后，鲁哀公十四年"西狩见麟"之际，孔子悲叹"吾道穷矣""吾道不行矣，吾何以自见于后世哉"。由此，孔子"因史记作《春秋》"①。这是《孔子世家》对孔子或编修或撰述经典之历程的描述。其中，作《春秋》成为了孔子最后的"天鹅绝唱"。张祥龙认为，《春秋》在六艺中，占有特殊的地位。

  乐是六艺的灵魂，而《春秋》则是收结和一个活的开头，它收结了《诗》《书》《礼》《乐》《易》的内在精神，化入二百四十二年的历史中，通过极为独特的写作方式和传承方式，把儒家的思想又再激发到后来的历史之中，直接参与了中华文明的构成。②

张祥龙在其著作中，分析了《春秋》独特的写作方式和传承方式，为人们重新认识《春秋》教打开了一种新的思路。这种特殊的《春秋》教，并非凭空而来，似乎是在继承《诗》教。

（3）从"《诗》亡"到"《春秋》作"

《诗》经的教化理想，似乎在先秦时期就面临着生死攸关之局。"王者之迹熄而《诗》亡，《诗》亡然后《春秋》作"。③ 这一判语，既点出了《诗》亡的命运，又点明了"《诗》亡"与"《春秋》作"之间的承接关系。那么，如何理解《孟子》中的这句话呢？

---

① 《春秋》是我国最早的编年史经典典籍，是第一部传下来依年月而制作的记事书。流传下来的《春秋》并不只是一本独立的典籍，而是围绕《春秋》经文，形成了一个异常复杂的文本世界。围绕着《春秋》，形成了"三传"。三传分别是《春秋公羊传》《春秋穀梁传》和《春秋左氏传》。人们现在读到的《春秋》并不单独流传于世的，而是包含在西汉初期由儒士口传而写定的《公羊传》、《穀梁传》中的。而现在的《春秋左传》是西汉末年传出了古文《左传》，经由刘歆校订而来的。西晋杜预编订分列《经》、《传》。三传中，关于《春秋》经文并非完全一致，同时三传也各具特色。

② 张祥龙. 先秦儒家哲学九讲：从《春秋》到荀子 [M]. 桂林：广西师范大学出版社，2010：35—36.

③ 《孟子·离娄下》.

徐复观提出：

> 《诗》亡是指在政治上的"诗教"之亡。……诗在对王者的教育上有其重大意义……因为诗在当时是反映政治社会的典论与真实，即《王制》所说的"命太师陈诗以观民风"，所以便成为政治上的重大教育工具……周室文武的遗风（迹）尚在时，诗还发生政治教育的作用，使王者能知民情而端刑赏。诗教既亡，统治者与被统治者之间，失掉了沟通的桥梁，与风谏的作用……①

徐先生的观点，再次点明《诗》与政教的密切关系。因此，《诗》亡，是《诗》之政亡，《诗》之教亡。张厚知也认为，《诗》亡放在《春秋》作的语境下，是指当时现实政治文化功能的衰亡。②

陈雪雁则进一步提出，《诗》亡，是"用《诗》之亡"，"反映了《诗》的功能性消解，表现为《诗》政和《诗》教的式微"。因而，孟子所言的《诗》亡，不是《诗》的一部分或一环节的衰亡的结果，而是"王者之迹熄"的结果。③《诗》之兴亡，系于王迹。"王者之迹熄"历代的阐释有：

> 赵歧解曰"太平道衰，王迹止熄"；孙奭释言"周之王者风化之迹熄灭"；郑玄云"王室之尊与诸侯无异"；陆德明曰"幽王天，平王东迁，政遂微弱"；朱熹以为"平王东迁，而政教号令不行于天下也"；吴淇云"王者之迹熄"则"牺轩之使不出"、"朝聘之礼不行"；

---

① 徐复观.《两汉思想史》第三卷[M]. 上海：华东师范大学出版社，2001：155－156.
② 张厚知."王者之迹而《诗》亡"解析[J]. 济南大学学报（社会科学版），2011（3）.
③ 陈雪雁. 诗、史与政教：从孟子"《诗》亡"说到王船山"诗史"批判[M]. //柯小刚主编. 诗经、诗教与中西古典诗学. 上海：同济大学出版社，2016：261.

顾镇言"东迁而天子不省方,诸侯不入觐,庆让不行,而陈诗之典废";朱骏声等以为"王者之迹熄"指西周采诗制度的毁坏。①

除了上述历代的阐释,当代学者柯小刚也提出自己的看法。论者认为,"王者之迹熄"就是王者之行迹不见踪影,到处都充斥着僭越、篡弑、诈伪、掠夺等僭主之行迹。②统合上述阐释,可以看到"王者之迹熄"是指与王政、王制、王道相关的各种政治活动、仪式、制度之不行。"王者之迹熄"即整套王政、王制、王道失。那么,运作其中的《诗》必然也会"亡"。《诗》之兴盛,当是王者之迹的一种,而它以王者之政为支点,则《诗》亡乃是王者之政亡的表象。从根本上说,《诗》亡指向的是王者之政的衰亡,也即有周礼乐制度和文明的崩坏"。③

在"王者之迹熄"这一礼崩乐坏的政教背景中,孔子继《诗》亡后作《春秋》,意味着什么呢?柯小刚认为,面对"王者之迹熄"的时代乱迹,孔子作《春秋》,就是要对记载着时代乱迹的史记进行"取义"。"晋之《乘》、楚之《梼杌》、鲁之《春秋》"等史记虽可流传,但其中"王者之迹"已"熄"。因此,所流传的史记文本,流传的不再是道义,而是"王者之迹熄"和"道其不行"之后的无道之迹。这样的文本流传,非但无关斯文之命的传承,反而是斯文之丧的表现。④ 因此,孔子必须"作《春

---

① 转引自:陈雪雁. 诗、史与政教:从孟子"《诗》亡"说到王船山"诗史"批判[M].//柯小刚主编. 诗经、诗教与中西古典诗学. 上海:同济大学出版社,2016:262.
② 柯小刚. 学习、孝悌、交友与事物正义:《论语·学而》释义[A].//王学典主编. 第八届世界儒学大会学术论文集[C]. 北京:文化艺术出版社,2018:324-333.
③ 陈雪雁. 诗、史与政教:从孟子"《诗》亡"说到王船山"诗史"批判[M].//柯小刚主编. 诗经、诗教与中西古典诗学. 上海:同济大学出版社,2016:262.
④ 柯小刚. 学习、孝悌、交友与事物正义:《论语·学而》释义[A].//王学典主编. 第八届世界儒学大会学术论文集[C]. 北京:文化艺术出版社,2018:324-333.

秋》"。孔子的《春秋》要彰显《诗》所指涉的"王迹",传承《诗》背后的"王道"。因此,《诗》亡之后而《春秋》作,意味着《春秋》要继续担当彰显"王者之迹"的重任。由此,孟子所言的"《诗》亡然后《春秋》作",不仅提升了《春秋》的地位,将之与《诗》置于同等的重要性中,而且点出了《春秋》与《诗》在政教精神上的一脉相承。那么,《春秋》承接《诗》的政教精神,到底是什么呢?

(4)诗教:从《诗》教到《春秋》教

《礼记·经解》曾将六经视为一个教化的整体。《礼记·经解》云:

> 孔子曰:"入其国,其教可知也。其为人也:温柔敦厚,《诗》教也;疏通知远,《书》教也;广博易良,《乐》教也;洁静精微,《易》教也;恭俭庄敬,《礼》教也;属辞比事,《春秋》教也……其为人也:温柔敦厚而不愚,则深于《诗》者也;疏通知远而不诬,则深于《书》者也;广博易良而不奢,则深于《乐》者也;洁静精微而不贼,则深于《易》者也;恭俭庄敬而不烦,则深于《礼》者也;属辞比事而不乱,则深于《春秋》者也。"

其中,《诗》教的特点和目标是"温柔敦厚""温柔敦厚而不愚";《春秋》教的特点和目标是"属辞比事""属辞比事而不乱"。在六经的教育体系中,《诗》与《春秋》中,有各自的教化特色和教化任务,二者并行不悖。然而,《经解》只是将《诗》《春秋》放在六经中,并未言明二者之间的承接关系,尤未言明《诗》教与《春秋》教之间的承接关系。探讨此问题,还需从《诗》与《春秋》之间的关系入手。

文体学的视角,往往将《诗》与《春秋》各自归为"诗"与"史"的两种文体。谈《诗》与《春秋》的关系,就演变为讨论"诗"与"史"的两种文体之间的关系问题,以及由此衍生出的"诗史"的问题。胡晓明在《陈寅恪与钱锺书:一个隐含的诗学范式之争》一文中,提出陈寅恪与钱锺书的诗学观代表了不同的诗学范式之争。该文详论了陈寅恪"以诗证史"的诗学观①。

> 诗歌文学不应仅仅被看作是艺术、美学与理论的文本，而更应是文化历史的方方面面的辑集：社会风俗、伦理问题、宗教习尚、制度文物、妇女生活、政治军事事件、民族关系等等的文本。当然不是附会与拼接的关系，而是如水乳交融。陈寅恪以诗所证之史，恰是有机文化史。②

按照陈先生这种诗学观，杜甫的诗应是中国诗的最高典范。杜甫开创了以事/史入诗的诗歌样式，增加了中国诗歌的现实性，他的诗作是中国"诗史"代表和典范。这种诗歌典范，尤显其与西方诗歌的不同处。前者注重"现实人生的体验"，后者注重"宗教性的体验"。"杜甫的诗歌既是个人的生命年谱与生活日记，同时又是唐代社会的诗体年谱与历史实录"。因此，从杜诗中，可以读出"安史之乱、藩镇胡化等重大历史事件的来龙去脉"，"唐代政治制度与人事制度、军事与财政等隐秘情况"，"唐代社会生活中衣食住行等丰富材料"，"唐代知识分子与一般民众的心理、愿望、情感、性格"等。这种"以诗证史"的诗学观，实质上是将"诗"作为史学材料，研究与"诗"相关的"史事"，确证过去发生过的确切之事。这种研究与其说是"诗学研究"，不如说是"史学研究"。从这种观点中，确实可以推论出"古无所谓诗，诗即记事之史"的观念。

张晖的专著，研究了中国"诗史"传统。论者提出，"诗史"的说法，最早见于唐代孟棨撰写的诗论著作《本事诗》中。该书将杜甫的诗称为诗

---

① 胡晓明. 陈寅恪与钱锺书：一个隐含的诗学范式之争 [J]. 华东师范大学学报：哲学社会科学版，1998 (1).
② 胡晓明. 陈寅恪与钱锺书：一个隐含的诗学范式之争 [J]. 华东师范大学学报：哲学社会科学版，1998 (1).

史,并把杜甫的《寄李十二白二十韵》,视为文学史上第一首"诗史"。论者认为,在孟棨那里,这首诗之所以视为"诗史",是因为"杜所赠二十韵,备叙其事。读其文,尽得其故迹。杜逢禄山之难,流离陇蜀,毕陈于诗,推见至隐,殆无遗事,故当时号为'诗史'"[①]。即这首诗详细记载了李白的事情,读者可以通过阅读这首诗,得知李白的事迹。从上述理解来看,"诗史"中的"史"本为"事",且"事"是"诗歌产生时的事实"。因此,"诗史"乃是"本事"之诗。"本事"一词,出于《汉书·艺文志》:

  丘明恐弟子各安其意,以失其真,故论本事而作传,明夫子不以空言说经也。《春秋》所既损大人当世君臣,有威权势力,其事实皆形于传,是以隐其书而不宣,所以免时难也。

  这段话的意思是,左丘明在口授《春秋》时,因担心"空言说经",所以特别强调《春秋》原本的事实,并撰写《左传》一书,将事实记录下来。所以,"诗史"或"本事诗",就是介绍诗歌产生时的事实。论者就孟棨的《本事诗》,还提出一个观点。论者认为,孟棨在《本事诗》中虽然没有直接提到《春秋》,但"本事"一词本身就与孔子说《春秋》有关。"'诗史'概念在其发展过程中一直和《春秋》有着错综复杂的关系;而这种错杂的关系,其实从'诗史'概念一诞生就已经开始了"[②]。
  上述"以诗证史"或者"诗史"的诗学观,点出了诗论中的一个基本问题:"诗"与"史"之间的关系。其中,"史"被视为过去曾发生过的确切之事。因此,以史/事入诗,似乎可以产生新的诗歌样式。但是,陈雪雁借助王夫之的诗学理论,反驳了"诗史"这种诗歌样式及其背后的诗学

[①] 张晖. 中国"诗史"传统[M]. 北京:生活·读书·新知三联书店,2012:10—11.

[②] 张晖. 中国"诗史"传统[M]. 北京:生活·读书·新知三联书店,2012:14.

观。论者认为，诗史的根本意涵就是"事实的直接呈露"[①]。但是，这并非诗之叙事方式。诗之叙事与史之叙事，存在根本差异：史法叙事注重事实的选取、安排与呈现，追求对事实刻画、描摹的逼真性，通过对事的"檃括"使事鲜活；同时，历史叙事面对事实本身，将作者的情感尽量淡化、隐藏与搁置。与此不同，诗法叙事是要"即事生情"的，讲求的是在叙事过程中感情的带出，从而有以情相感之效。论者将诗之叙事与史之叙事二分，其要点在于诗与史对"情"的不同处理方式。按此观点，以史/事入诗，不应该是"以诗证史"，而是"予史以情"，达致"事与情"之交融。

> 事实的呈现并非诗性叙事的目的本身，给出事实的意义在于感情的介入。诗成其为诗而不落入史传之类，正在于诗中事与情的融合不二⋯⋯好诗当是事、情、理的同时到达。叙事同时意味言情，事与情在诗中的交融，船山称之为"情事"。[②]

在论者看来，"事"与"情"交融的诗史才是"诗"，而非"史"。最高的"诗"是有事、有情、有理。论者从诗的立场，反驳了前述注重"事"之真实发生的诗史观。但是，论者反驳的前提，似乎也是不经意间接受了前述"诗史"中"史观"造成的。问题是，这种强调"事"之真实发生的史观真的是诗学中的"史观"吗？是否有另类的"史观"？

钱锺书先生曾提出"史具诗心""史具诗笔"的观点，反对诸如"以诗证史""诗即记事之史"的观点。钱先生反对的并不是史/事能不能入诗的问题，而是反对那种把诗中之事、诗中之史，视为确切发生的事的观

---

① 陈雪雁. 诗、史与政教：从孟子"《诗》亡"说到王船山"诗史"批判[M].//柯小刚主编. 诗经、诗教与中西古典诗学. 上海：同济大学出版社，2016：283-284.

② 陈雪雁. 诗、史与政教：从孟子"《诗》亡"说到王船山"诗史"批判[M].//柯小刚主编. 诗经、诗教与中西古典诗学. 上海：同济大学出版社，2016：285.

点。由此,钱先生反对训诂、考据的方式研究诗。钱氏认为,这种诗学研究的错误,不止是"望文生义",更是错识了诗之本质。[①] 这其中误识的根源,在于没有把握诗与史中的虚实、诚伪的关系。

钱先生认为,"古诗即史"有一定的道理。"先民草昧,词章未有专门","声歌雅颂,施之于祭祀、军旅、婚媾、宴会,以收兴观群怨之效","赋事之诗,与记事之史,每混而难分"。然而,当时的记事之史,"号为实录,事多虚构"。因此,孔子曰:"文胜质则史。"其"史",犹为"诗",文胜质则会导致过多的虚幻、虚构。这是先秦时期的诗史关系。此外,钱先生指出,还有另一种将"诗""史"两分的观点,即"史必征实,诗可凿空"。据此观点,诗应被视为凿空虚构,而史应视为不带一点虚构成分的真实记录。陈寅恪先生开创的"以诗证史"的研究传统,更是将这种追求"史必征实"的史识立场推到了极致。将这种史观运用于诗歌世界,视诗歌为史学材料,力求从诗歌中"显真别幻"。对此,钱先生提出异议,评论道:"流风结习,于诗则概信为征献之实录,于史则不识有梢空之巧词,只知诗具史笔,不解史蕴诗心。"钱先生认为,诗具有"史笔",史也蕴藏"诗心"。由此,才能理解"此《春秋》所以作于《诗》亡之后"之间的关系。

理解《诗》与《春秋》的承接关系,其要点在于理清诗史中"虚"与"实","伪"与"诚"之间的关系。诗可以"述事抒情",但是诗的"述事"并非要记录发生的确切真实。那种认为诗"有实可稽"、"虚不可执",试图从"诗"中求取真实,存在"以辞害志"的危险。在《管锥篇》中,钱先生多处论道,对《诗》做考据之误区。比如,考订《诗经·淇奥》中,"淇竹"是否存焉[②];考据《诗经·河广》中河之方舆与幅面[③]等。这些考订"就辞论辞",有可能错失作者以辞言志之旨。

---

① 钱锺书. 谈艺录 [M]. 北京:商务印书馆,2011:103.
② 钱锺书. 管锥篇 [M]. 北京:生活·读书·新知三联书店,2007:153—155.
③ 钱锺书. 管锥篇 [M]. 北京:生活·读书·新知三联书店,2007:164.

孟子《万章》说《诗》曰："不以文害辞，不以辞害志。……如以辞而已矣，《云汉》之诗曰：'周余黎民，靡有孑遗'；信斯言也，是周无遗民也！"① 钱先生认为，孟子的上述观点隐含"志"与"辞"的问题。文词"有虚而非伪、诚而不实者"，"语之虚实与语之诚伪，相连而不相等，一而二焉。是以文而无害，夸或非诬"。

> 诚伪系乎旨，征夫言者之心意，孟子所谓"志"也；虚实系乎指，验夫所言之事物，墨《经》所谓"合"也。所指失真，故不"信"；其旨非欺，故无"害"。言者初无诬罔之"志"，而造作不可"信"之"辞"；吾闻而"尽信"焉，入言者于诬罔之罪，抑吾闻而有疑焉、斤斤辩焉，责言者蓄诬罔之心，皆"以辞害志"也。②

因此，文词为虚，不等于文词不诚、为伪。诗为虚构之文，不是为了欺人，而是为了表达言者之心意，即孟子所谓"志"。因此，"虚"不应该作为判定诗之高下的标准，而是作为表达诗人的所思所想、所情所感的方式和手段。《关尹子·八筹》："知物之伪者，不必去物；譬如见土牛木马，虽情存牛马之名，而心忘牛马之实。"③ 钱先生也引用古希腊哲人亚里士多德的观点进行佐证：诗行并非逻辑命题（proposition），无所谓真伪（neither has truth nor falsity）。因此，诗歌不是指向事实之真伪，而是"诗言志"。因此，训诂、考据之法用于诗歌研究，不再关切诗人之志，不再关切诗是否达志，是诗学研究的歧路。

这是钱先生从"诗"的方面来分析诗歌之"虚实"和"诚伪"问题。在《管锥篇·左传正义》中，钱先生借由史著的"虚实"和"诚伪"问题，重新阐明了"诗"与"史"之间的关系。钱先生写道：

---

① 转引自：钱锺书. 管锥篇 [M]. 北京：生活·读书·新知三联书店，2007：165.
② 钱锺书. 管锥篇 [M]. 北京：生活·读书·新知三联书店，2007：166.
③ 转引自：钱锺书. 管锥篇 [M]. 北京：生活·读书·新知三联书店，2007：167.

"为例之情有五。一曰微而显,文见于此,而起义在彼;……二曰志而晦,约言示制,推以知例;……三曰婉而成章,曲从义训,以示大顺;……四曰尽而不污,直书其事,具文见意;……五曰惩恶而劝善,求名而亡,欲盖而章。"……按五例迻取之成公十四年九月《传》:"君子:'《春秋》之称,微而显,志而晦,婉而成章,尽而不污,惩恶而劝善。非圣人孰能修之!'"①

"微而显""志而晦""婉而成章""尽而不污""惩恶而劝善"即是《左传》的五种文辞体例。在钱先生看来,这五种体例是"古人作史时心向神往之楷模,殚精竭力,以求或合者也"。这五种体例虽是说明《春秋》的文辞,但是《春秋》本没有这些体例。因为《春秋》本只有"经文",如若没有《左传》,就不可能体现上述文辞体例。而且即便有《公羊传》和《穀梁传》对经义的阐释,没有《左传》,那么,《春秋》读起来也像隐语、谜语和谶语。"传春秋者三家,左氏叙事见本末,公羊、穀梁辞辨而义精"。② 因此,《左传》作为《春秋》三传之一,因其有"史笔",使得《春秋》具有了特别的意义。

钱先生认为,《春秋》经与《左传》的关系,犹如"今世报纸新闻标题之与报道",仅仅是标题,是不可能从标题中,得出"记事之'尽'与'晦'、'微'与'婉'"。《全后汉文》卷一四桓谭《新论·正经》:"左氏《传》于《经》,犹衣之表里,相待而成。《经》而无《传》,使圣人闭门思之,十年不能知也。"③ 有了《左传》,《春秋》中的"事件"才有了本末和来龙去脉。而这点对于《春秋》教而言意味深长。

钱先生提出,在"微而显""志而晦""婉而成章""尽而不污""惩恶

---

① 转引自:钱锺书. 管锥篇 [M]. 北京:生活·读书·新知三联书店,2007:267.
② (宋) 胡安国. 春秋胡氏传 [M]. 杭州:浙江古籍出版社,2010:13.
③ 转引自:钱锺书. 管锥篇 [M]. 北京:生活·读书·新知三联书店,2007:268.

而劝善"五种体例中,前四者是"载笔之体",第五者是"载笔之用"。五种体例融于《左传》的撰作中,表明"史家不徒纪事传人,又复垂戒致用"。因此,史家之史述,并非仅仅是记事记言记行之真实,它还有一个功能是"垂戒致用"的教化功能。这一功能似乎与《春秋》文辞体例或者说《春秋》书法中,特重"微""晦"有关。对此,老生常谈的观点是,《春秋》贵于"省文",是因为《春秋》所谈之事,要"辟当时之害";同时,也因为当时是写在竹简或缣帛,囿于写作的历史条件,文不可能冗长。对此,钱先生在其研究中,还提出了另一种更为重要的原因导致了《春秋》重"微""晦"。

钱先生借刘知几《史通·叙事》中的观点,阐发了《春秋》五种体例中"微""晦"的深长意味。

> 《史通·叙事》一篇实即五例中"微""晦"二例之发挥。有曰:"叙事之工者,以简要为主,简之时义大矣哉!……晦也者,省字约文,事溢于句外。然则晦之将显,优劣不同,较可知矣。……一言而钜细咸该,片语而洪纤靡漏,此皆用晦之道也。……夫《经》以数字包义,而《传》以一句成言,虽繁约有殊,而隐晦无异。……虽发语已殚,而含意未尽,使夫读者望表而知里,扪毛而辨骨,睹一事于句中,反三隅于字外,晦之时义大矣哉!"[①]

刘知几的上述观点,阐释了《春秋》的"晦"文辞体例。《春秋》叙事,以简要为主,省字约文。这是《春秋》叙事之"用晦之道":"一言而钜细咸该,片语而洪纤靡漏。"不论是《春秋》经还是《左传》,都是"隐晦无异"。这样的叙事效果是:"虽发语已殚,而含意未尽,使夫读者望表而知里,扪毛而辨骨,睹一事于句中,反三隅于字外,晦之时义大矣哉!"

---

① 钱锺书. 管锥篇[M]. 北京:生活·读书·新知三联书店,2007:270-271.

因此,《春秋》用"晦",可以达成"事溢于句外"、意犹未尽的叙事效果。这种写作方式推着《春秋》读者,借着文辞所记之事,琢磨事之背后未曾言明之物。这点与诗是相通的。钱先生引用杨万里《诚斋集》中的观点。"太史公曰:'《国风》好色而不淫,《小雅》怨诽而不乱。'《左氏传》曰'《春秋》之称,微而显,志而晦,婉而成章,尽而不污。'此《诗》与《春秋》纪事之妙也。"在此观点中,杨万里将《诗》中叙事抒情的文辞体例与《春秋》中文辞体例相提并论,凸显两种文体在古人那里有相通的纪事特点。因此,钱先生说道:

> 《史通》所谓"晦",正《文心雕龙·隐秀》篇所谓"隐","余味曲包","情在词外";施用不同,波澜莫二。刘氏复终之曰:"夫读古史者,明其章句,皆可咏歌。"则是史是诗,迷离难别。老生常谈曰"六经皆史",曰"诗史",盖以诗当史,安知刘氏直视史如诗,求诗于史乎?……左氏于文学中策勋树绩,尚有大于是者,尤足为史有诗心、文心之证。①

随后,钱先生以"《左传》之记言"为例,更为明确地提出《左传》之记言,与其所说记人之真实说过的话,不如说是"代言"。"盖非记言也,乃代言也,如后世小说、剧本中之对话独白也。左氏设身处地,依傍性格身分,假之喉舌,想当然耳"。②这种史家之记言手法是人之常情。

> 史家追叙真人实事,每须遥体人情,悬想事势,设身局中,潜心腔内,忖之度之,以揣以摩,庶几人情合理。盖与小说、院本之臆造人物、虚构境地,不尽同而可相通……《左传》记言而实乃拟言、代

---

① 钱锺书. 管锥篇[M]. 北京:生活·读书·新知三联书店,2007:271.
② 钱锺书. 管锥篇[M]. 北京:生活·读书·新知三联书店,2007:271.

言，谓是后世小说、院本中对话、宾白之椎轮草创，未遽过也。①

因此，史家之叙事手法，要追求"文欲如其事"，而非"事欲如其文"②，那么，"史传记言乃至记事，每取陈编而渲染增损之，犹词章家伎俩，特较有裁制"，这样才能"如闻其声，如得其情，生动细贴"③。因此，史著注重纪实，也必有"虚"处。这种史法叙事也不只是存在于《春秋左传》中。钱先生提到，西方古希腊修昔底德、古罗马李维的史著，都有这样的写法。

钱先生的上述观点，有助于人们重新理解诗、史两种文体，以及二者之间的关系。诗并没有因为有史/事入诗，就变成了"史"；史也并没有因其有虚构之处，就变成了"诗"。二者在用"虚"上，有相通之处。这种相通之处，在于两种文体都试图以自己的文体特色，超越文辞本身的束缚。诗要求取一种"意在言外"或"言有尽而意无穷"的效果；史要求取"事溢于句外"。因此，不论是抒情之文辞，还是记事之文辞，都不能将"意"束缚在有限的文辞而"以辞害志"。好的诗、好的史都可以让后世读者，在文辞之外，在字里行间中，读出诗人之志、史家之意。钱先生的研究，表明了诗、史两种文体独特的写作追求。然而，还需进一步追问的是，史为什么要像诗那样，追求"言外之物"。理解这个问题，也许有助于回答《春秋》何以承接了《诗》。

"《诗》亡然后《春秋》作"一句，以"作"字结尾。历来对这个"作"都有很多争议。争议的焦点是，《春秋》恐怕不能理解为孔子的"创作"，因在《论语》中，夫子自道只是"述而不作"。李长春在我国传统典籍的创造问题上，提出了一种"制作观"。论者认为，"制作"一词大量出现在汉魏至隋唐的典籍中，其含义有两层：一为立法，即创制垂统；一为

---

① 钱锺书．管锥篇[M]．北京：生活·读书·新知三联书店，2007：272－273.
② 章学诚《古文十弊》之三．
③ 钱锺书．谈艺录[M]．北京：商务印书馆，2011：106－107.

书写作品。两种含义之间的关系是"原本用来指代圣王立法的'制作'要演变成表示具体的书写行为的'制作'"。这意味着制作者"既要对什么样的政治才是正当的政治、什么样的生活才是美好的生活这类问题作出裁决,又要把这种裁决写成经典垂训后世"。①在这种制作活动中,制作者一方面要对人世生活有着深刻洞察、领悟,能够把握政治社会中的正义问题,懂得什么是适合人的生活,才能为人类正当生活立下根本性依据。简言之,制作要以伦理学、政治学为基础。另一方面,要通过创作文本,将他们在这种问题上的认识变成经典文本"垂训后世"。如若按照这种制作观来理解《春秋》,而非按照当下的史学观来理解它,那么,《春秋》之所以"史具诗心",是因为它的制作者不像后世所认为那样,是一本单纯记事史著,它有着更高的写作目标,即成为可以垂训后世的"经"。

《春秋》承接了《诗》,也承接了《诗》之政教特色。同时,相比《诗》而言,《春秋》教的特色,是以史/事为教。那么,这种以史/事为教的教化类型,有何价值,又要达到什么样的政教目标呢?对此,首先需要看看《春秋》所记之事。

对比《春秋》所记之"事"与前文孟棨所举的"杜诗"中的"事",二者的差异昭然若揭。《春秋》所记之事,多是僭越、篡弑、诈伪、掠夺等"王者之迹熄"之事。这些都是关乎家国的"大事"。而孟棨所举的"杜诗"中的"事",虽是个人经历、个人情感的"小事",但是这些小事值得写下,因其本身与当时的时代大事密切相关。这些大事、小事,或被史所记,或被诗所记,都在于它们不是可记可不记的人世琐事,而是经典之事、永恒之事。一种史学观认为,史书所记之事,应该只记现实中确切发生之事,不应像文学作品那样,添油加醋式写下虚构、想象之事。这种以事件是否在现实中发生为准绳的纪事标准,可能掩盖了另一种纪事标准。这种纪事标准,并不将真实发生作为纪事的最高标准,而是将事件是

---

① 李长春. 孔子"述而不作"吗?——廖平对今文经学"制作"说的改造与发展[J]. 兰州大学学报(社会科学版), 2011 (01).

否具有经典和永恒性作为标准。事件的经典和永恒性就在于它们是超越过去、朝向未来之事。它们在人世间,过去会发生,现在会发生,将来也会发生。因此,这些值得记下来的事件不管在历史上具体发生的真实性为何,它们都会一再发生。因此,这些事件在人世间有特殊的政治伦理价值。然而,在历史中,某事到底是偶然发生之史事,还是会一再发生的经典之事,人们的判断是不同的。王安石就认为,《春秋》所记之事,不过是"断烂朝报"。而《春秋》在近代学术中,或被视为只提供历史材料的史书,或被理解为在政治与道德领域有重大价值的经书。[1] 那么,《春秋》所记之事,到底仅是偶然发生之史事,还是值得关注的经典之事?对此,需要对《春秋》所记之事作深入分析。这是本书第一章的核心内容。在此基础上,才能进一步明晰《春秋》教作为对《诗》教的传承,到底传承了什么。此外,在本部分,本书先从历代对《春秋》记事的动机入手,分析《春秋》所记之事到底是"经"还是"史"的问题。

在孟子看来,孔子作《春秋》,是因为"世衰道微,邪说暴行有作,臣弑其君者有之,子弑其父者有之。孔子惧,作《春秋》"[2]。孔子忧惧臣弑君、子弑父等世道衰微、邪说暴行之事而作《春秋》,孟子也忧惧人世间"仁义充塞,则率兽食人,人将相食"的境况。而司马迁在《报任少卿书》中,对孔子作《春秋》的解释是"仲尼厄而作《春秋》",因此,圣人作《春秋》是"贤圣发愤之所作也"。从上述观点来看,孔子作《春秋》的动机,根源于人世间的不正义。面对人间不义,圣人心中愤懑、不平,郁结于心,不得通其道,故而"述往事,思来者"。这就是"发愤而作"。这也许就是韩愈所言的"大凡物不得其平则鸣"[3]。圣人面对人世之不正义,心中自然不平,因而会"文辞之于言,又其精也,尤择其善鸣者而假

---

[1] 秦平. 《春秋穀梁传》政治哲学研究:以秩序为中心的思考 [M]. 北京:商务印书馆,2018:17.
[2] 《孟子·滕文公下》.
[3] 韩愈《送孟东野序》.

之鸣"[1]。对孔子作《春秋》，孟子认为孔子是"惧"，司马迁认为"发愤"，韩愈认为是"不得其平则鸣"。这些心理状态虽有差异，但都表明圣人作《春秋》背后有强大的灵魂动力。这种灵魂动力，就是面对人间的邪说暴行，正气者都会意难平。这是高贵人性的共通之处。柏拉图对话篇《王制》中，推动对话进程的力量也是这种灵魂力量。对话中，像格劳孔这样的年轻人，知道人世间有极度的不正义之事、不正义之人，对这些不义的愤怒与不平，更需要追求正义才能抚平。

由此，可以推想《春秋》所记，并非琐碎小事，而是令圣人惧怕、愤怒之事。而且这些邪说暴行并不仅是偶然之事。那么，《春秋》对这些事情的记录，其目的不止是为了记录这一事件发生的各种事实，它还需要通过记事，把其中的是非正义揭示出来。可见，记事包含着两层真实：事件发生时的事实与事件的价值之真。最好的记事，应该是二者合二为一。但是人世间的事情不可能完美。就"事件发生之真"而言，事件当时的亲历者有意愿和能力，有适当的外在条件进行记录吗？更困难的是，事件当时的亲历者能把握事件的价值之真，并以适当的方式将这一价值之真记录下来吗？这些困难说明对人类重大之事的理解和记录，并非一般人可以完成的。

"太史公曰：'先人有言：'自周公卒五百岁而有孔子。孔子卒后至于今五百岁，有能绍明世，正《易传》，继《春秋》，本《诗》《书》《礼》《乐》之际？'意在斯乎！意在斯乎！小子何敢让焉！'[2] 司马迁上述自序，可见记事、记史之重大，非一般人能完成。因为这种涉及人世价值之真的纪事，涉及对人世的理性认识，只有像孔子这样的圣人，才有智慧把人间大事制作出来。没有这种价值之真，单纯地记事仅能记下发生之事实，不能记下价值、道义。因此，这种重大的记事行动，非一般人之志。所以，太史公之《史记》乃"继《春秋》"。"夫《春秋》，上明三王之道，下辨

---

[1] 韩愈《送孟东野序》.
[2] 司马迁《太史公自序》.

人事之纪,别嫌疑,明是非,定犹豫,善善恶恶,贤贤贱不肖,存亡国,继绝世,补弊起废,王道之大者也。"① 这样的《春秋》才能"文成数万,其指数千""万物之散聚皆在《春秋》"。因此,《春秋》《史记》这种著作,最重要的乃是通过记事、记史,记下人间的价值之真,而非局限在史实中。没有眼界,事之全部细节都在那里,也未必能看出其中的是是非非、善善恶恶。正如王尔德戏谑英国人道:"英国人总是把真实降格为事实。当真实成为了事实,便失去了全部的理性价值。"②

这样记事、记史并不容易。《春秋》记载了"齐崔杼弑其君光"。《左传·襄公二十五》详细描写了齐国大夫崔杼弑杀齐庄公的始末。此记事,入木三分地描画了当时牵涉的历史人物的言行,并将残酷的弑亲、弑君之行呈现出来。然而,这件事得以在史书上记录下来,史官们却付出了生命。《左传》记下了此事。"大史书曰:'崔杼弑其君。'崔子杀之。其弟嗣书,而死者二人。其弟又书,乃舍之。南史氏闻大史尽死,执简以往。闻既书矣,乃还。"当太史在史书上记下了"崔杼弑其君"这五个字时,崔杼杀了太史。太史的弟弟们继续秉笔直书,接着太史的两位弟弟又被崔杼杀死。之后,太史的第三个弟弟还这样写,崔杼只能放过他。南史氏听说太史都被杀了,带着竹简前往,后来听说这件事如实记载了,这才回去。《左传》仅以四十七字,就将史家大义凛然的风范,力透纸背地传递下来。史家用兄弟三人的鲜血,保住了史书上的"五个字"。这五个字带有鲜血的分量。单从此事中,就可以晓见史家在历史中秉笔直书,多么艰难。历史的强者,总希望按照胜败作为记史的标准,但公正不阿的史家坚持以道义为准绳。因此,史家用生命守护的不止是事件发生之时的真实,更是事件所蕴含的道义真实。而像《春秋》这样的史著,之所以如此记事,似乎也不仅仅是记下事件之是非善恶,它似乎带着更高的使命。这种使命似乎

---

① 司马迁《太史公自序》.
② Oscar Wilde. *Complete Works of Oscar Wilde*, London: Collins Clear-Type Press, 1978: 1203.

与千秋教化有关。

钱锺书先生是学贯中西的大学者。在《谈艺录》中，讨论史与诗的文体问题时，他提出一个观点："史云乎哉，直诗（poiēsis）而已。"① 钱先生将"诗"对应古希腊语中的"poiēsis"。古希腊语中，"poiēsis"意指制作诗歌、诗学、诗歌制作。② 单从古希腊柏拉图和亚里士多德两位思想巨擘在其著作中对"poiēsis"的讨论，就可见一斑。本书将在后文详述。钱先生写下"poiēsis"，似乎为人们重新理解"诗"与"史"提供了路标。"邻壁之光，堪借照焉"（钱锺书语）。

亚里士多德在《诗学》中，提出"诗"与"史"的区别，二者的差异不在于是否用了"格律"，而在于讲述之事是"已然发生者"，还是"可能要发生者"。这一观点的枢机，在于诗与史两种文体所记之"事"到底是什么。史注重已发生之事，而诗注重可能要发生之事。然而，这一"可能"是指偶然、不确定吗？并非如此。诗讲述的事乃是普遍可能发生之事。因此，"诗更多讲述普遍之事，而史述更多讲述个别之事"③。所以，亚里士多德认为，诗比史述更具哲学性、更高尚。所以，在此诗学观点中，诗所描述的事并非个别的、偶然可能发生的事，而且可能普遍发生的必然之事。因此，诗所记之一事，内含了现实可能一再发生的"万事"。所以，诗所记之事，乃是"经"。而且，在亚里士多德看来，史家也可能成为这样记普遍之事的"诗人"。"即便偶然制作过去发生的事，也不失为诗人，因为没有什么能阻碍过去发生的事中有一些事是合乎可能如此会发生的，即有可能发生的，职是之故，才成其为诗人"。④

照此观点，《春秋》不止是史作，也是诗作。因为它负载之事，是那

---

① 钱锺书. 谈艺录 [M]. 北京：商务印书馆，2011：104.
② 罗念生，水建馥编. 古希腊语汉语词典 [M]. 北京：商务印书馆，2004：697.
③ 亚里士多德. 诗术 [M]. //陈明珠. 诗术译笺与通绎. 北京：华夏出版社，2020：80.
④ 亚里士多德. 诗术 [M]. //陈明珠. 诗术译笺与通绎. 北京：华夏出版社，2020：81.

些在人类历史一再发生之事、普遍发生之事。因此，古人记"事"，不仅意在记真实发生的事情，更意在记下"事件"，记下反复发生、不断发生之事。这才是具有典型意义的记事行动。这种记事行动是人类生活中具有根本性意义的大事件。这种记事观念，可以让人们重新审视《春秋》所记之史、所记之事。钱先生的观点不谬，"史云乎哉，直诗（poiēsis）而已"。

西方史学传统的开篇之作是希罗多德的《历史》（"*The Histories*"）。书名的古希腊语是"historie"。然而，此词的古希腊语含义并非"历史"，而是"探究（inquiry）"。[①] 史学之父把自己的作品视为对人事的探究，而非单纯的"纪实"。"史"与"事"本是不分的。"人类经历许多事，顺次排列而成史，谓之历史。历史者经历之事也。正在发生的叫事，以后写出来叫史。甲骨文事与史最初是同一个字"。[②] 这里的"顺次排列"表面上看是按照时间发生的先后顺序，但是实质上是事件编排出来形成的顺序。这种顺序表层是发生事件的先后顺序，但内里却是事件与事件内在联系形成的秩序。因此，史学著作的文本编排，与其说是一种编年史，不如说是通过某种特定的事件编排方式，实现对人事的探究。

所以，"史"突出的是"事"，不是小事，而是有记载和传承价值的"事件"。这些事件组合和编排在一起，对后世的读者而言，就不再仅是纪实，还带有叙事效果的经典。对读者而言，文本的记事变成了一种经典叙事。将事件经典化，是因其对后世的教化价值。这种教化的可能性就在于这些事件本身是一种普遍之事。修昔底德提到他的史著目标时，不是为了虚构有趣的故事引人入胜，而是为了有益于那些想要弄清楚过去所发生的事件和将来也会发生的类似事件的人。这些事件之所以会一再发生，就是因为"人性总是人性"[③]。可见，史家记事并非记下个别之事，而是记下普

[①] Seth Benardete. *Herodotean Inquiries*. South Bend: St. Augustine's Press, 2009: 1 (Introduction).

[②] 流沙河. 正体字回家：细说简化字失据 [M]. 北京：新星出版社，2020：67.

[③] [古希腊] 修昔底德. 伯罗奔尼撒战争史 [M]. 谢德风，译. 北京：商务印书馆，1985：18.

遍会发生之事，是人性如此而必然会一再发生之事。所以，记下这些普遍会发生之事，其实是记下"人性"。对人性的理解、反思，才能让人从苦难中获得智慧。这种教化力量是一种文教力量，让言辞的力量自然地进入人心，是言辞而非强力说服人、教化人。像《春秋》这样负载人间大事、蕴藏诗心的史著，对人心将有一种提振和净化的作用。

　　上述分析更显《春秋》与《诗》之间的承接关系。《春秋》并未在格律风格上承接《诗》，但却在诗学精神和政教精神上承接了《诗》。《诗》并不只是言一人之情、一人之心，而是将普遍的事、普遍的情通过《诗》呈现出来。因此，《诗》所绘的是"可能要发生者"。而《春秋》也并非只言一时之事、一地之事、一人之事，而是将人世间普遍之事、普遍之情通过《春秋》呈现出来。因此，《春秋》所记的也是"可能要发生者"。《诗》与《春秋》都作为"经"之面目，试图完成其一以贯之的政教目标。对《诗》而言，这一目标就是"正得失，动天地，感鬼神，莫近于诗。先王以是经夫妇，成孝敬，厚人伦，美教化，移风俗"；对《春秋》而言，就是"上明三王之道，下辨人事之纪，别嫌疑，明是非，定犹豫，善善恶恶，贤贤贱不肖，存亡国，继绝世，补弊起废，王道之大者也"。

　　因此，《诗》《春秋》从表面上看，二者文体不同，教化的内容不同，但是，二者却一以贯之了一种教化理想：诗教。这种诗教不是审美教化或者文学创作教化，而是对人的政治伦理教化。这一政教目标，不是灌输某种政制观念，而是为了过一种适宜人的生活方式。因为政制并非抽象地存在于人的生活，它作为礼制，化于每个人的生活方式中。而政制的道德基础，不是其他，就是一种正义。"政制就是使城邦中的邦民感觉到同一性的东西，这就是他们共同理解的正义"。[①]《诗》作为政教，恰是因为它袒露着对某种正当生活方式的歌颂，它潜藏着某种关于生活方式的根本性安排的愿景。这种生活愿景不可能强加给人。《诗》通过诗行，将这些愿景

---

① 戴维斯.哲学的政治：亚里士多德《政治学》疏证[M].北京：华夏出版社，2012：46.

展现出来，期待人们自愿接受这种对人而言的正义的生活方式。而《春秋》则是以史、事达到上述教化目标。《春秋》不仅是继承《诗》教，它本身也是一种诗教形态。这种诗教形态，丰富并深化了《诗》教。《诗》教，对人的性情的涵化，让人变得温柔敦厚而不愚；《春秋》教以史/事为教，通过惨烈的人事不义，让人明辨是非。《春秋》教与《诗》教，构建起了我国的诗教特色，形成了诗教的"二而一"的存在形态。这些诗教传统思想是本书研究的理论基础。

2. 古希腊正义诗教传统

正义诗教在西方教化传统中，很早就被概念化为一个经典论题。柏拉图在《王制》，把古希腊通过神话系统、口传史诗而形成的正义诗教传统作为反思对象，重思灵魂、城邦的正义内涵及教化问题。这些神话系统、口传史诗是荷马、赫西俄德等诗人的作品。柏拉图笔下的苏格拉底追问，这些诗学作品中言说的"正义"，到底是诗人"虚构""杜撰"的不真实存在之物，还是言说了"正义之是（being）"。苏格拉底认为，这一正义诗学问题并非无关紧要的小问题，而是关乎城邦公民的正义品质，进而关涉城邦的道德基础的大问题。因此，在讨论正确建立城邦的方式中，最佳城邦的建立者尤其谈论了正义诗教问题。

（1）正义诗教的缘起：诗与哲学之争

柏拉图的政治性对话《王制》（*Republic*），其副标题就是"论正义"。[①] 文本中，苏格拉底与一群年轻人讨论正义。面对政治社会中的各种

---

① 对柏拉图的对话作品的"双重标题（the double titles）"，现代学者有不同讨论。有学者认为，根据第欧根尼·拉尔修（Diogenes Laertius），公元一世纪的色拉西洛斯（Thrasylus）为柏拉图的每篇对话附加了一个双重标题，一是取自对话者名字，一是取自对话主题。有学者认为，对话的双重标题很有可能早于公元一世纪的色拉西洛斯，甚至可以归于柏拉图本人。如果是这样，就必须注意每篇对话的副标题，那恰恰是对话主题。比如，柏拉图的《王制》（Republic），其副标题是 On the just or On the justice，那么，应该看重这篇对话的伦理主题——正义德性，而非政治。参见［古罗马］拉尔修. 名哲言行录［M］. 马永翔，译，长春：吉林人民出版社，2010：201－203. R. G. Hoerber. "Thrasylus" Platonic Canon and the Double Titles. *Phronesis*，1957（1）.

形形色色的正义观，柏拉图笔下的苏格拉底竭尽全力反驳了一些关于正义的流俗观点，如"正义就是杀敌助友""正义就是强者的利益"。但这些反驳都是防守性质的，并没有从正面解决"正义是什么"的问题。为了探讨此问题，对话走向了"言辞中的城邦（city in speech）"，即通过在言辞中建构正义城邦的方式，理解正义是什么。建构城邦，离不开对城邦建立方式的探讨。而"诗"关乎是否"以正确的方式建立城邦"[①] 的核心。因为"诗"关乎对城邦护卫者的教化，尤其是正义教化。这种教化能够把城邦护卫者培育为忠诚于城邦利益的人，对内保护共同体利益，对外能够打击和防御敌人。这就像保护羊群的"狗"。如果对这些护卫者没有进行正义教化，他们很有可能退化为危害城邦的"豺狼"。而对城邦而言，后者无疑是"引狼入室"，让掌握战争技艺的护卫者凌驾于城邦之上而为所欲为。因此，在《王制》的第二卷、第三卷中，苏格拉底引导格劳孔、阿德曼托斯等建邦者，出于城邦安全、稳定的需要，首要讨论的教育技艺是对城邦护卫者的教育。

对护卫者的教育包括两种类型的教育。一种是接受与身体有关的体育，一种接受与灵魂有关的文艺教育。教育的目标是让护卫者"在本质上具有哲学，高昂精神，速度及强健等特质"。对话讨论中，重点讨论了对护卫者的文艺教育。这种教育主要是将"故事置于文艺教育中"[②] 的诗教。这种诗教之所以重要，是因为"诗"本身是关于灵魂的事情，为灵魂提供形式（Form）。换句话说，护卫者的灵魂需要"赋形"。问题是谁的诗，或者说什么样的诗才有这种灵魂效用呢？对此，苏格拉底祭出的正是被古希腊人视为所有人老师的荷马。讨论中，苏格拉底认为荷马的诗学作品不适合他们正在建立的城邦。苏格拉底与对话者正在建的正义城邦，将不使用

---

① [古希腊] 柏拉图. 理想国篇译注与诠释（下）[M]. 徐学庸，译注. 合肥：安徽人民出版社，2013：835.
② [古希腊] 柏拉图. 理想国篇译注与诠释（上）[M]. 徐学庸，译注. 合肥：安徽人民出版社，2013：169.

荷马的诗①，甚至提出了要将诗人逐出正义城邦的"合理"建议②。而背后的原因要到《王制》最后一卷才得到进一步论说。在这次论说中，苏格拉底将"荷马"请回来重谈。那么，要重谈什么呢？

诗在文艺教育中，本是用来为灵魂塑形的。但肃剧诗人及其他所有的摹仿者，真的有能力区分灵魂的事情吗？这些摹仿者对这类事情并没有"解药"，他们摹仿的仅是"看似是"的存在。因而他们的诗作很可能败坏灵魂。因此，在卷十中，重谈"荷马"，是因为可以通过荷马这位"最富有诗意之人而且是悲剧诗人中的翘楚"所具有的诗艺，审查诗人的诗艺到底是什么。荷马被某些人视为"知道所有的技艺，所有与德性及恶有关的俗事与神圣之事"。要言之，人们认为肃剧诗人是把握人事真相并具有善恶知识的人。那么，肃剧诗人真的知人事、知善恶吗？

苏格拉底讨论了荷马在公领域和私领域中的作为，认为"荷马尝试论述最重要及最精美的事情，战争，将领职务及城邦管理，还有人的教育"。③ 荷马通过诗学作品，讨论了城邦的战争事务、城邦的军事部署、城邦的统治与管理、城邦的教育等人事中"最重要及最精美的事情"。在苏格拉底看来，处置好这些事情的前提，是具备与德性、恶的有关的俗事与神圣之事相关的技艺。那么，像荷马这样的大诗人有这样的技艺吗？由此，苏格拉底直接提出，在公共生活中，诗人能否直接统治一个城邦，让这个城邦因他而有较好的管理，或者诗人能否塑造好的立法者，让人们在立法者的管理下而获益；就战争而言，诗人是否曾经领导或参谋了打得精彩的战事。另外，荷马作为有智慧的人，是否像著名的哲人泰勒斯那样，在技艺或其他专业上有所创新和发明。

---

① [古希腊]柏拉图. 理想国篇译注与诠释（上）[M]. 徐学庸, 译注. 合肥: 安徽人民出版社, 2013: 191.

② [古希腊]柏拉图. 理想国篇译注与诠释（上）[M]. 徐学庸, 译注. 合肥: 安徽人民出版社, 2013: 237.

③ [古希腊]柏拉图. 理想国篇译注与诠释（下）[M]. 徐学庸, 译注. 合肥: 安徽人民出版社, 2013: 851.

在私人生活中，荷马有没有这样一种教育技艺，能够教育人们并让人们变得更好。对此，柏拉图笔下的苏格拉底提出的考察标准，就是看荷马能否像毕达哥拉斯那样，能够做同时代中某些人的"教育向导"，将这些人导向荷马式的生活道路。通过考察荷马在公共和私人生活的作为，苏格拉底想要知道，像荷马这样的肃剧诗人，是否真如普通看法所认为的那样"知道所有技艺，尤其是知道所有与德性、恶的有关的俗事与神圣之事"。而考察的结果是"从荷马开始，在作诗方面有才艺的人，都只是德性的影子的模仿者（imitators of phantoms of virute）"①。这些人在人事上并没有抓住灵魂的真理。

上述对荷马诗艺的讨论，并不像卷三那样将荷马及其诗教直接逐出城邦，而是严肃讨论"哲学与诗之争"。这一争论的实质，是哲学还是诗才拥有关于灵魂、关于善恶、关于德性、关于正义的知识。因此，"哲学与诗之争"代表着逻各斯（logos）与谜索思（mythos）之争。② 诗人因为缺乏这些知识，很有可能让人因为"诗的引诱而忽略正义及其他德性"③。因此，真正的诗应该是内含灵魂、善恶、正义本质的哲学之诗。而存在的问题是为什么是"哲学之诗"呢？对此，一方面哲学也许并没有充足的理由证明某个哲人掌握了绝对真理，但哲人更清楚如果诗不朝向事情之真，那么，诗对人的影响很有可能是弊大于利的；另一方面，即便哲人在掌握灵魂、善恶、正义方面的知识要优于诗人，但是又有多少人愿意接受哲学的启蒙呢？因此，在某种层面上，哲学不如诗；哲学要完成其教化使命，它需要"作哲学之诗"，而非直接进行正义的哲学启蒙。因此，《王制》中绝对不是不要诗教，恰恰是诗教在城邦中的作用太重大了，城邦尤其要慎重考虑什么样的诗学作品适合在城邦传播。因此，柏拉图所挑起了哲学与诗

---

① Plato. *The Republic Of Plato*. Trans. by A. Bloom. New York：Basic Books，1991：283.
② 陈明珠. 诗术译笺与通绎［M］. 北京：华夏出版社，2020：258.
③ ［古希腊］柏拉图. 理想国篇译注与诠释（下）［M］. 徐学庸，译注. 合肥：安徽人民出版社，2013：881.

之争,是站在教化立场,希望通过内含灵魂正义的哲学之诗给灵魂赋形。那么,哲人如何作诗呢?哲学之诗是什么呢?

(2)哲学之诗:以伦理学、政治学为基础的诗学

亚里士多德的《诗学》被视为"西方第一部专业、完整、系统"的诗学著述,在诗学史上据有经典地位[1]。这部著作并非一套有关"诗"的学问,而是关于"诗"的制作技艺。因而有亚里士多德《诗学》中译者将书名翻译为"诗术"。这是一本哲人对如何作诗的思考的书。而作诗首先是一种制作的技艺。那么,何为制作技艺呢?在《尼各马可伦理学》中,亚里士多德提到在灵魂的活动方式中,肯定和否定"真"的方式有:科学、技艺、明智、智慧和努斯。技艺作为灵魂把握"真"的方式之一,其本质是对可变化的事物进行合乎逻各斯的制作,从而使某事物得以生存。[2] 诗术作为一种技艺,也是根据逻各斯对可变事物进行制作。那么,这是一种什么样的制作技艺呢?

诗术作为一种技艺,它本质是摹仿,包括摹仿媒介、摹仿对象、摹仿方式等三个方面的内容。不同的诗学作品在上述三方面会存在差异。《诗学》对"诗"的制作和研究,关注的并不是"诗"类型学、发生学,而是着眼于"诗"在本性上的完善。[3] 因此,亚里士多德在《诗学》中视"肃剧"为诗学典范。对肃剧,亚里士多德作了一个界定。

> 那么,肃剧是对行动的摹仿,这一行动是严肃的(stature)且完整(complete),有分量(magnitude),凭悦人的言辞(sweetened speech),并将各种言辞类型分别地用于适当的部分中;它(肃剧)是通过人们的表演而非通过呈报(report),通过怜悯(pity)和恐惧

---

[1] 陈明珠. 诗术译笺与通绎 [M]. 北京:华夏出版社,2020:1.
[2] [古希腊] 亚里士多德. 尼各马可伦理学 [M]. 廖申白,译注. 北京:商务印书馆,2006:169—172.
[3] 陈明珠. 诗术译笺与通绎 [M]. 北京:华夏出版社,2020:192.

(fear)，实现对这些感情体验的净化/疏泄（cleansing）。①

在亚里士多德看来，肃剧最重要的要素不是肃剧的各种扮相、歌曲，而是情节、性情、思想、言辞。② 其中，情节要素是核心，它涉及肃剧对一个好的/郑重的/严肃的、完整的、有分量的人的行动的摹仿。"情节是悲剧之元，就如其灵魂一般。"③ 那么，情节到底如何制作呢？

首先，情节要摹仿人类行动、活动。这里的"行动"是指古希腊语中的"praxis"。在古希腊语中，这个词主要有五种含义，第一种，社交，交易，航海，事情的结局，好结果；第二种是行事，作为，（尤指戏剧中的）行动；第三种是战斗，军事行动；第四种是（好的或坏的）情况、景况，

---

① 本段中译参照 S. Benardete and M. Davis 翻译的 On Poetics。详见 Aristotle. On Poetics. Trans. by S. Benardete and M. Davis. South Bend：St. Augustine's Press，2002：17—18. 同时，本部分的翻译参考了以下三个中译本的翻译：第一个译本："悲剧是对某种严肃、完美和宏大行为的摹仿，它借助于富有增华功能的各种语言形式，并把这些语言形式分别用于剧中的每个部分，它是以行动而不是以叙述的方式摹仿对象，通过引发痛苦和恐惧，以达到让这类情感得以净化的目的。"详见 [古希腊] 亚里士多德. 论诗 [M]. //苗力田主编. 亚里士多德全集（第九卷）. 北京：中国人民大学出版社，2009：649. 第二个译本：悲剧是对行动的摹仿，这一悲剧是对行动的摹仿，这一行动好/严肃（good/serious）且完整/完备（complete/perfect），有分量/伟大（having magnitude/greatness），凭悦人的言辞，以各种种类分别地在各部分中/依次（in the parts/in turn）应用；表演而非通过叙述/呈报（narration/report），靠怜悯（pity）和恐惧（fear）实现对这些激情的净化/疏泄（purification/purgation）。转引自 [美] 戴维斯. 哲学之诗：亚里士多德《诗学》解诂 [M]. 陈明珠，译. 北京：华夏出版社，2012：49. 第三个译本："悲剧是对一个高尚、完整、有分量的行动的摹仿，以悦耳的言辞，其种类分别用于各个部件，做 [动作] 而不是通过叙述，通过悲怜和恐惧进行调节，达致使诸如此类情感恢复平衡的目的。"详见 [古希腊] 亚里士多德. 诗术 [M]. //陈明珠. 诗术译笺与通绎. 北京：华夏出版社，2020：76. 从这些译本来看，亚里士多德讨论的肃剧重点不是其悲剧结果的"悲"，而是肃剧的摹仿对象——人类行动的严肃、郑重、宏大有分量。因此，本书在论述"tragedy"时，主要理解并翻译为"肃剧"，但偶尔也根据行文需要，翻译为"悲剧"。

② 陈明珠. 诗术译笺与通绎 [M]. 北京：华夏出版社，2020：331—332，335—336.

③ 陈明珠. 诗术译笺与通绎 [M]. 北京：华夏出版社，2020：233.

遭遇，命运；第五种是收债，收罚金，惩罚，报复。① 而理解亚里士多德这里所用的"praxis"，需要联系亚里士多德的伦理学思想。在《尼各马可伦理学》中，亚里士多德在"属人之善（human good）是什么"这一伦理框架中，谈论"praxis"。要弄清楚对于人而言的最高善是什么，亚里士多德认为应该弄清楚什么是人的活动（ergon）。这种活动是人之为人的独特的工作（work）或者功能（function）。就像木匠和鞋匠具有某种独特的功能，人应该有独属于他自己的功能。这就是人拥有逻各斯（logos）的实践活动（praxis）②。这种拥有理性的实践活动，不仅指理性的潜能，更是理性的实现活动（energeia）。③ 随后，亚里士多德以此为起点，从人之独特活动（ergon）中，推导出了属人之善。如果人的独特活动就是灵魂的一种遵循逻各斯或至少是分有逻各斯的现实活动，那么，人的活动本身就是一种生活、生活方式（zoe），是一种人的灵魂和行动拥有逻各斯的现实活动。

> 如果是这样，并且我们说人的活动是灵魂的一种合乎逻各斯的实现活动与实践，且一个好人的活动就是良好地、高贵地完善这种活动；如果一种活动在以合乎它特有的德性的方式完成时就是完成得良好的；那么，人的善就是灵魂的合德性的实现活动。④

上述亚里士多德在伦理学中，对"人类行动或人类活动"的理解，主要有以下几点：拥有逻各斯的活动；现实活动或者实现活动，而非仅指拥

---

① 罗念生，水建馥编. 古希腊语汉语词典 [M]. 北京：商务印书馆，2004：715.

② [古希腊] 亚里士多德. 尼各马可伦理学 [M]. 廖申白，译注. 北京：商务印书馆，2006：19.

③ [美] 萝娜·伯格. 尼各马可伦理学义疏——对亚里士多德与苏格拉底的对话 [M]. 柯小刚，译. 北京：华夏出版社，2011：53.

④ [古希腊] 亚里士多德. 尼各马可伦理学 [M]. 廖申白，译注. 北京：商务印书馆，2006：20.

有逻各斯的潜能活动；活动本身就是一种生活；活动的完成是合乎活动特有的德性方式完成的。对人类活动，亚里士多德强调活动的理性特征、实践特征和德性特征。因此，在亚里士多德的诗学思想中，肃剧用情节摹仿的人类行动，就是摹仿具有这种理性、实践和德性特征的人类活动。

其次，情节的摹仿就要摹仿一个"整体"。

> 正如在其他摹仿技艺中，一个摹仿是对一的摹仿，则情节也是如此，既然情节是对行动的摹仿，就是对一即这个整体的摹仿。事件成分要组合到这样，以至若任何成分改动或删削，就会使整体变化和松动。①

情节所摹仿的人类行动本身是一个完整的整体，具有自足性。那么，情节中的诸多事件，要恰当地组合在一起，才能反映出这一人类行动的完整性。那么，情节设计的第二点，就是如何恰当地组织和安排这些事件。这种组织和安排是根据事件在时间上发生的先后顺序吗？陈明珠注疏道，事件的构合并不依赖于是否真实发生，而是"依赖于事件的相互关系"②。那么，事件间的相互关系是从哪里来的呢？

> 从前面所述［来看］就很清楚，诗人之功不在于讲述已然发生者，而在于讲述可能会发生者，即依可能如此或必然如此有可能发生者。史家和诗人的区别……在于，一个讲述已然发生者，另一个讲述可能要发生者之类。因而，诗比之史述更具哲学性、更高尚，因为诗更多讲述普遍之事，而史述更多讲述个别之事。此普遍者，是根据可能如此或者必然如此某一类人可能会说或会行［之事］，这就是在

---

① ［古希腊］亚里士多德. 诗术 [M]. //陈明珠. 诗术译笺与通绎. 北京：华夏出版社，2020：80.
② 陈明珠. 诗术译笺与通绎 [M]. 北京：华夏出版社，2020：256.

[给人物]取名字的同时，诗所瞄准者；至于个别者，是阿尔喀比亚德斯说经历或遭遇之事。①

从亚里士多德的上述说法来看，诗人安排事件的组合，是按照"依可能如此或必然如此有可能发生者"。这种"可能发生者"是一种普遍之事，是"根据可能如此或者必然如此某一类人可能会说或会行[之事]"。那么，什么是"可能如此或者必然如此"？玛高琉斯的注疏是"诗人之职不在于处理现实之事，而是处理典型之事（the typical），即受制于接近必然的可能性（moral certainty）或自然规律（laws of nature）的潜在之事（the potential）"。②那么，如何理解道德必然性（moral certainty）呢？

伯纳德特提出，在亚里士多德那里，伦理学无法精确，moral certainty 就是伦理学的最高标准。这是伦理学研究上应追求的"道德上确实的事"。③在《尼各马可伦理学》中，亚里士多德提到伦理学所研究的高尚与正义行动，往往包含着许多差异与变化（fluctuation）。对此，人们认为高尚、正义的存在仅仅是依习俗（convention）而非自然（nature）。善也显出类似的变化，因为善对许多人带来伤害。比如，像财富、勇敢这样的善，有时给人带来伤害。尽管如此，亚里士多德认为，伦理学的研究仍是精确的。"当谈论这类题材并且从如此不确定的前提出发来谈论它们时，我们就只能大致地、粗略地说明真；当我们的题材与前提基本为真时，我们就只能得出基本为真的结论"。④这就是与伦理学研究题材相容的、适合于伦理学的精确性。这就是伦理学的基础"道德上确实的事"。

---

① [古希腊]亚里士多德. 诗术[M]. //陈明珠. 诗术译笺与通绎. 北京：华夏出版社，2020：80.
② 陈明珠. 诗术译笺与通绎[M]. 北京：华夏出版社，2020：255.
③ [美]伯纳德特. 情节中的论辩：希腊诗与哲学[M]. 上海：华东师范大学出版社，2016：539.
④ [古希腊]亚里士多德. 尼各马可伦理学[M]. 廖申白，译注. 北京：商务印书馆，2006：7, 21, 38.

诗人在诗学作品上制作普遍者和典型者，也是建立"道德上确实的事"的理解。因为这种"道德上确实的事"，暗含着某种人事潜在的必然性。因而，情节对诸多事件的组织和安排就是根据这种人事必然性进行设计的。只有理解了"道德上确实的事"以及人事的必然性，设计的故事情节，才会具有像命运一般的必然性。可见，情节才是肃剧诸要素中最重要的要素，通过事件的组织和安排，展现这种必然性。之所以展现这种必然性，是因为这种必然发生之事，并不仅仅发生在个别人身上的偶然之事。这些严肃事件可能发生在任何人身上，尤其有可能发生在好人身上。这些重大事件往往与人的苦乐密切相关。

因此，诗学作品的制作是以伦理学为基础的。诗人必须知人事、知灵魂、知善恶，才能制作出具有普遍性意义的事件。此外，在亚里士多德那里，伦理学与政治学不是分开的。邓文正认为，《尼各马可伦理学》是亚里士多德的道德哲学，但他的《政治学》却是道德论的延续。前者探讨人间美善理论的复杂情况，而后者则是研究将道德论放入政治社会中会碰到什么困难。[①] 或者说，如亚里士多德所言，政治学是城邦中研究最高善的科学[②]，它必然包含伦理学。"真正的政治家，都要专门地研究德性，因为他的目的是使公民有德性和服从法律。如果对德性的研究属于政治学，它显然就符合我们最初的目的"[③]。由此可见，诗学作品的制作不仅以伦理学为基础，也是以政治学为基础的。所以，科斯曼评论道，在更深的意义上，亚里士多德的诗学应该视为他的伦理学、政治学的续篇，而不仅仅是

---

① 邓文正. 细读《尼各马可伦理学》[M]. 北京：生活·读书·新知三联书店，2011：8.

② [古希腊] 亚里士多德. 尼各马可伦理学 [M]. 廖申白，译注. 北京：商务印书馆，2006：5—6.

③ [古希腊] 亚里士多德. 尼各马可伦理学 [M]. 廖申白，译注. 北京：商务印书馆，2006：32.

一种以人类行动理论为中心的哲学研究兴趣。① 诗人要有人世伦理、政治的见识，才能制作出具有教化意义的诗学作品。

(3) 古希腊的正义诗教

正义是政治社会的道德基础的核心。因此，诗学作品对人的行动的摹仿，必然与正义相关。艾略特·巴特基说道："我们确实宣称，在所有的艺术中，诗最能够激发起有关好与坏、义与不义的讨论。"② 因此，对那些正义诗学作品的研究，有助于人们理解人的正义行动，认识不同的正义观念，认识人的正义行动。"正义"是古希腊诗学作品中的一个母题，展现在不同的诗学作品中。如，荷马的《伊利亚特》、赫西俄德的《工作与时日》、古希腊肃剧诗人们以《俄瑞斯忒亚》为题材的肃剧、喜剧诗人阿里斯托芬创作的《云》《鸟》等喜剧，甚至是修昔底德创作的《伯罗奔尼撒战争史》，色诺芬的《齐家》《居鲁士的教育》等。这些作品都是正义诗学，内含着正义诗教的功能。正义问题之所以成为众多不同类型的作品的母题，显然与正义问题作为政治社会的根本问题相关。这些正义诗学作品的制作，以及柏拉图、亚里士多德对诗学、诗教的探索，成为了本书研究的理论基础和理论指引。

(三) 重思的计划：正义诗教研究

不论是我国古典诗教传统，还是西方古希腊的正义诗教传统，都有悠久的文化积淀。这些积淀昭示出，正义诗教在人类文明中的重要性。作为一种古老的教化形式，正义诗教不仅内含着希望被传承下去的正义理念，也蕴含着如何继承这些正义理念的教化理念。这些正义理念和教化理念凝聚在一起，作为一种范导性观念，影响并型塑后世的正义故事的制作。由此，正义诗教可以作为一种研究视角，观察、审视和解析不同时代的正义

---

① A. Kosman. *Virtues of Thought*: *Essays on Plato and Aristotle*. London: Harvard University Press, 2014: 117.

② 刘小枫. 古典诗文绎读：西学卷古代编 [C]. 李世祥，邱立波等，译. 北京：华夏出版社，2008: 200.

故事，揭示其中蕴含的正义理念及教化理念。

正义诗教作为一种研究视角，指引本书研究对象的选取。从前文对中、西正义诗教观的梳理来看，对诗学作品的关注，既不应局限在特定的作品类型中，也不应局限在虚构的或纪实的作品中。古今中外的诗学作品，如西方古希腊游吟诗人荷马吟唱的《伊利亚特》，东周时期孔子"作"的《春秋》，古希腊悲、喜剧诗人们创作的各种剧作，修昔底德的《伯罗奔尼撒战争史》，柏拉图的《王制》、色诺芬的《居鲁士教育》，西方希伯来传统中的《圣经》，中东伊斯兰教苏菲派鲁米的《玛斯纳维》，明代吴承恩的《西游记》，西方启蒙传统中卢梭的《爱弥儿》……都可以视为正义诗教的经典。这些作品看起来如此的不同。按照现代学术体系，它们也被分隔在哲学、文学、史学等不同的人文社会学科中进行研究，但是这些文本在其诞生之际，并没有明确地自我定义为哲学、文学、史学作品。因此，可以尝试悬置现代学术置于这些经典作品的"学科框架"，从正义诗教这一研究角度，将它们归置在一起，展现不同时代、不同地域的智识者，为认识和理解人世间的正义问题而创造出来的作品。因此，对这些传承下来的经典作品，重要的事情不在于这些作品是虚构还是纪实，是文学、史学还是哲学，是长篇还是短篇，而在于这些作品是否展现了人类的美好生活、正当生活的描画，是否完整展现了人类高贵、有分量的事件，是否展现了人类正义与不义的必然性、可能性。

对于如此辽阔的正义诗教世界，本书无法进行全面研究。本书从前述"'孔融让梨'背后的现代教化之争"中，构建了两种正义诗教的原型故事作为研究对象和研究引子。一个原型故事就是"孔融让梨"，一个原型故事就是代表西方最早现代权利论的正义诗教故事——"爱弥儿种豆子"及其续篇"爱弥儿择业"。后者都出自法国思想家让-雅克·卢梭的《爱弥儿》中的两个小故事。这两个原型故事所代表的正义观念，是对我国当下影响最大的正义观念。因此，本书从正义诗教的视角，梳理两个原型故事背后各自的政治伦理思想脉络，明晰其中的正义观念和教化观念。同时，为了加深对这两个原型故事的思考,本书还设计了一个"比较视角"。这个"比较视角"是以古希腊正义诗教作品为参照系。之所以选择这个参照系,是因为这个参照系中含有两个正义诗教母题:弑亲和生存技艺。这两个母题恰好也是"孔融让梨"背后的《春秋》正义诗教的母题和"爱弥儿种豆子"背后的西方现代正义诗教的母题。由此,本书的研究内嵌了三个层面的比较研究:一是中、西方古典正义诗教思想对比;二是西方古、今正义诗教思想对比;三是中、西古今正义诗教思想对比。这三层对比,有助于理解我国当代教育实践中,"孔融让梨"和"爱弥儿种豆子"两种正义诗教所构成的现代教化之争。

在研究思路上,为了理解"孔融让梨"这一原型故事,本书一方面回到了生发"孔融让梨"的思想土壤,通过《春秋》中的正义诗教,理解此故事所蕴含的正义观念。另一方面,对勘古希腊肃剧中的正义诗教,展现在同一教化主题时中、西古典正义诗教的异同。其次,为了理解"爱弥儿种豆子"及其续篇"爱弥儿择业",本书也一方面爬梳此故事内含的现代正义观念,另一方面也选取了古希腊哲人色诺芬的《齐家》与《居鲁士的故事》中的正义诗教进行对勘。最后,再重新回到"孔融让梨"和"爱弥儿种豆子"两个原型故事上,重思两个原型故事所代表的教化之争。由此,重识"孔融让梨"的现代遭遇。

设计这样的研究思路,一方面是因为本书希望通过对正义诗教原型故事的研究,展现这些原型故事中蕴含的一般性的正义理念;另一方面也希望通过本书的研究弄清楚"孔融让梨"这一传统故事在当下所遭遇的教化之争。只有弄清楚这两个问题,人们才能在全球化与逆全球化并存的时代,在不同地域、不同时代的正义诗教故事相遇在华夏大地上之时,明晰到底要给孩子讲什么样的正义故事,理清要教孩子做什么样的正义之人的教育大问题。一些多元文化的倡导者认为,不同类型的正义故事"相遇"在一起,是可以和平共处的,孩子们到底喜欢哪种故事留待个体自由选择。然而,这个论点本身就建立在现代自由权利论基础之上的。有了这种

"前见",在面对不同正义故事的教化之争时,人们就不可能公平地评断这些故事。"孔融让梨"不再被欣赏和推崇,似乎就是这种"自由选择"的必然结果。因此,本书的研究试图后退一步,公平地展现这些源于不同地域、不同时代的正义故事原型,不盲目地赞扬某种强势的正义故事,以此,更为全面地展现道德教育中的正义诗教。

根据上述研究思路和问题意识,本书主导性的研究视角是"正义诗教"。正义诗教作为一种研究视角,在本书中有三层含义。首先,正义诗教作为研究视角,指引本书关注正义故事的诗学制作手法。关注诗学制作,一方面关注这些正义故事是如何制作出来、如何撰写出来,另一方面关注这些正义故事是如何引导和教化它的读者的。因此,本书着重对正义故事进行情节、人物性情、场景/场域等方面的分析。通过对这些方面的分析,展现这些正义故事背后的伦理、政治观念。因为没有一套伦理、政治观念,一种典型的正义故事是不可能被制作出来的。因此,正义诗教作为一种研究视角的第二层含义,就是阐明其中的"必然性或可能性",揭示其中的伦理与政治基础。同时,正义诗教作为一种研究视角,它的目标并不是为了证成某一种正义诗教的绝对正当性,而是将不同的正义诗教原型放在一起,让它们之间有所对话、有所交流,从不同的原型中进一步揭示正义诗教的本质。这些不同正义诗教原型构成的"复调",才能增进人们对道德教育中的正义诗教的理解和把握。

在上述研究视角考量下,本书具体的研究内容是:第一章回到我国传统文化的脉络中,尽可能如其所是地理解"孔融让梨"被制作时,被赋予的价值内涵和教化意蕴;接着,再探入"孔融让梨"故事的思想基础,借助《春秋》三传中的正义理念和古典智慧,挖掘其根植的道德和政治基础,揭示其作为一种正义诗教所内含的正义理念和教化理念。为了更好地理解《春秋》的正义诗教传统,本书还选取了同一时期、不同地域的正义诗教传统作为参照。这就是本书第二章的内容。第二章,选取了古希腊肃剧中有关阿伽门农家族的弑亲问题作为"古典正义诗教"的对观内容。阿伽门农家族的弑亲悲剧展现了《春秋》中相同的正义难题——弑亲问题。弑亲问题是古希腊肃剧中的重要母题。古希腊肃剧诗人与哲人对这些弑亲悲剧的呈现和反思，展现了这些古希腊智识者对人间正义难题特有的问题意识和解题思路。以此为对照，有助于人们理解我国传统的正义诗教所具有的普遍性和特殊性。

前两章通过对中、西方古典传统中正义诗教的梳理，为重新理解"孔融让梨"内含的诗教传统奠定了基础。然而，要理解"孔融让梨"的现代遭遇，不得不回到现代正义诗教中。前文简要地分析了"孔融让梨"所遭受的现代自由主义权利论的批判。然而，权利论本身也是一种正义理论。夏勇认为"对某个人来讲，当他认为或者被认为应该从他人、从社会那里获得某种行为时，这种'应该获得'，就是粗浅的权利观念"①。"应该获得"就是权利最简单、最始初的含义。这种权利代表着可以由道德和习俗来支持的表示应然的正义观念。因此，正义概念是权利概念的逻辑起点。"在历史有什么样的正义观，就有什么样的权利义务观。权利现象的不同历史类型，实际上也是正义观念的不同历史类型"②。程燎原、王人博在研究中也曾提出社会主义"正义"是权利的道德基础。换句话说，权利的道德基础就是某种"正义"，即"每个人都享有某些不可缺少的权利和自由"③。

因此，现代权利论本身就是一种正义理论。"所谓正义，首先和根本上涉及的就是确认、维护和保障个体之人作为自由体而具有的权利、责任与尊严"。④ 因而，"孔融让梨"的现代遭遇，实质是一种正义观念遭遇另一种正义观念。一种来自我国的传统人伦思想，强调个体对家人、对他人

---

① 夏勇. 人权概念起源：权利的历史哲学 [M]. 北京：中国社会科学出版社，2007：4.

② 夏勇. 人权概念起源：权利的历史哲学 [M]. 北京：中国社会科学出版社，2007：24.

③ 王人博，程燎原. 权利论 [M]. 桂林：广西师范大学出版社，2014：140.

④ 黄裕生. 权利的形而上学 [M]. 北京：商务印书馆，2019：139.

义务履行的正义观念；因而，对个体而言，履行自己的人伦义务，才是正义的。一种来自现代西方思想，强调个体权利实现的正义观念；因而，捍卫个人权利，保护个人权利不被侵犯，才是正义的应有之义。这种权利论正义观也有其诗教传统。本书第三章回到了西方现代正义诗教的源头处。

在西方现代教育思想中，卢梭《爱弥儿》最早宣扬了权利论的正义诗学作品。"爱弥儿种豆子"和"爱弥儿择业"两个故事，呈现了西方现代正义诗教的原型。结合霍布斯的《论公民》《利维坦》、洛克的《政府论》（下篇）、卢梭的《论人类不平等的起源》《社会契约论》及其他政论作品的研究，可以弄清楚这些西方现代正义诗教原型中蕴含着西方最早的现代正义观念。同时，借助古希腊另一种正义诗教为其对照框架，可以增进对西方现代正义诗教的理解。正义的生存技艺，也是西方正义诗教传统的母题之一。从中诞生了许多关于战争技艺、家政方面的诗教经典。第四章着重以色诺芬的《齐家》和《居鲁士的教育》中的正义诗教，对勘卢梭的现代正义诗教，以此在西方正义诗教的脉络中，重新审视西方现代正义诗教的特殊性。以上述研究内容为基础，本书的最后部分再次回到了"孔融让梨"所遭遇的现代教化之争，并以"让梨"和"造梨"为象征，重新审视中国传统的正义诗教和西方现代正义诗教两种不同的正义诗教为政治社会奠定的道德基础，以此重思这场教化之争。

（四）重思的价值：再识正义诗教的教化价值

重思"孔融让梨"背后的中、西正义诗教之争，不是简单地判决在这场竞争中谁输谁赢，也不是简单地维护我国的正义诗教传统，而是更为广泛地再识正义的内涵，正义诗教的教化价值。

自西方启蒙运动后，崇尚"科学"的现代风潮也渐趋影响道德教育领域。随着"科学"旗帜的扩大，一些思想家想要把道德变成像科学一样有着确定性基础的学问。以此，教授道德的教育就不再面临"道德是否可教"的千古难题，转而可以实现道德教授的梦想。这正如西方现代启蒙哲人伊曼努尔·康德所设想的道德教育。康德受近现代科学思潮的影响，试图为道德奠定更为稳固的基础，构建了先验的理性主义的道德哲学。这种道德哲学认为，有理性存在者可以破除自然欲望和其他经验性的影响，以其实践理性（practical rationality）获得真正的道德行动原则。其中，最为根本的道德法则是"你要仅仅按照你同时也能够愿意它成为一条普遍法则的那个准则去行动"。① 从这唯一的定言命令中，可以推导出道德行动的普遍化原则、目的原则以及自律原则等三个派生命令。这些道德知识看起来是确定的、牢固的，而出于这些原则而行动就是真正的道德行动。康德的上述道德哲学理论仿佛是真确的道德知识。学生只是从自己的实践理性出发，获得了这些道德知识，学生就获得了道德教育。

康德在《道德形而上学》中的"伦理教学法"部分，慷慨激昂地写道，"德性必须被获得（不是生而具有的）……德性能够并且必须被教授，这是从它并非生而具有得出的；因此，德性论是一种教义"。② 康德将其道德哲学理论当作确定无疑的道德知识，通过教师的理性启蒙，学生就能获得道德知识或德性。对此伦理教学，康德提出的教学范例是"道德问答"。这种道德问答是指教师通过设计问答手册，帮助学生从其理性中引出定言命令，并在不断回顾这一道德命令体系的过程中，在道德决疑论问题的讨论中，磨练学生的判断力，使学生不断确认这一命令体系的真确性。康德这样以道德知识为基础建构的道德教育形态，看起来是确定的、有牢固基础的形态。这种道德教育理论影响了现代性的道德教育构想。随后的许多现代道德教育构想，都是想要学生获得真理般的"道德知识"，认为学生只要"知道德"就必然"行道德"。如果学生的道德行动没有实现，那么，问题不是出在道德知识上，而是出在道德行动主体上。他没有坚强的意志，没有坚定地服从实践理性对自己作为理性存在者发出的绝对命令。

按照这种道德理论，道德教育往往倾向于教授确定的道德知识。这些

---

① 康德. 道德形而上学奠基[M]. 杨云飞，译. 北京：人民出版社，2013：52.
② 李秋零主编. 康德著作全集第6卷：纯然理性界限内的宗教，道德形而上学[M]. 北京：中国人民大学出版社，2007：487.

道德教育构想具有"知性论德育"①的特征。虽然康德所谓的"道德知识",与"知性论德育"中所教授的"道德知识"有先验论上的区别,但是二者的共同特征就是对"知识"的笃定。这种"笃定"充满了教育幻想。这种幻想认为通过教授道德知识,学生就获得了道德教育;获得了道德知识,学生就会做出道德行动。这种道德教育构想看起来是颇具吸引力的。按照这种逻辑,要紧的事情是"道德知识"。如若有真确的道德知识,道德必然可教。然而,这种建基于"精确的"道德知识基础上的道德教育追求,真的可行吗?

在西方现代哲人杜威看来,这种道德教育构想存在错误。错在把"教伦理"等同于"哄骗和灌输道德准则"②。这种道德教学不是直接从学校中发生的事情生成出来的道德教学,也不是那种引起学生注意到他作为学校一分子的生活意义的道德教学。所以,这种教学更容易流于形式,而且会让那些拥有许多道德准则却一知半解的儿童,变得冷漠和无动于衷。而且在杜威看来,上述构想根本上是建立在错误的道德观念上的。"这种伦理学观念建立在这种假设上——如果你能教儿童足够的道德规则和区别,你就以某种方式发展和促进他的道德存在"。③ 对此,杜威认为,必须在理论上反对这种道德假设,因为它歪曲了伦理学的科学方法和科学目标;而且也必须在实践上反对道德规则的灌输,因为这种道德规则的灌输不可能比天文公式更能培养品格。杜威的上述批判更多的是从学生道德学习、从道德实践的角度进行辩驳的。但是更为要紧的问题,道德教育追求"精确

---

① 高德胜. 知性德育及其超越——现代德育困境研究 [M]. 北京: 教育科学学院, 2003: 21—26.

② J. Dewey. Teaching Ethics in the High School. In J. A. Boydston (ed.), *The Early Works of John Dewey*, 1882—1898, vol. 4, Carbondale and Edwardsville: Southern Illinois University Press, 1971: 54.

③ J. Dewey. Teaching Ethics in the High School. In J. A. Boydston (ed.), *The Early Works of John Dewey*, 1882—1898, vol. 4, Carbondale and Edwardsville: Southern Illinois University Press, 1971: 55.

的"道德知识是否可能。

前文探讨了亚里士多德对伦理学研究精确性的看法。在亚里士多德看来，高尚（高贵）与公正的行为，包含着许多差异与不确定性。因此，讨论善、公正、勇敢等题材时，就不能像数学家那样追求精确性，只能追求与这些题材的本性相容的"确切性"。因此，对人间道德事务的探究，只能追求一种"大体的真理"。亚里士多德对政治学、伦理学的上述理解，是与其对政治学、伦理学的学问性质的理解分不开的。因为政治学、伦理学这类学问不能像数学那样追求精确性知识。这样一个观察，隐含的是哲人对人世间道德事务的基本把握。

在康德的道德哲学中，哲人一开始把道德主体从"人"转变为了"有理性的存在者"。这一转变表面上看起来不太重要，只是在凸显人的理性本质。事实上，这一转变至关重要。因为对"有理性的存在者"而言必然为真的道德理论，对"人"这种存在者而言并不必然为真。或者说，对有理性存在者而言，道德真理必然是其行动原则；道德真理是什么，有理性存在者就做什么。建基在"有理性的存在者"之上的道德理论，看起来就像一个完美的道德真理。因此，教师所做的教育引导，就是通过各种问答手册、各种决疑性问题，帮助学生获得这些道德真理。如此精美的、没有人的经验和自然倾向的污染的道德理论，似乎无可辩驳。然而，悖谬的是，这种在概念层面越是精妙绝伦、完备充分的美德，似乎在人世间越不可能。因为这种道德是"有理性的存在者"的道德，不是"人"的道德。这种道德理论早已抽象掉了人的自然的欲望、激情，剥离掉了累积在人身上的各种历史的、习俗性的偶然之物。这种将人从特定时空限定中隔离开，变为纯粹的理性者的道德理论，虽然能在概念上，推论出完美的道德体系，但是，在现实中这种道德体系越是抽象、越是脱离特殊，它在人的经验上似乎就越不可能体验。所以，特雷安塔费勒斯评论道，"美德在概念上的无可辩驳，必然在经验上不可能"（What is conceptually apodictic about virtue is by necessity empirically impossible)①。

　　因此，康德所追求确定性的道德知识，越是具有精确性、普遍性，这种道德知识就越不可能被教授。因为道德事务经过极端的抽象化后，已经被大大地简化了。这样的道德事务，已经远离人的道德事务在世状况。因此，即便这种抽象化的道德事物被教授了，在效果上也不可能真正被教授。因为学生在生活中遭遇的道德事务，远远不是这类被抽象化的道德事务。因此，关于这种道德事务的知识越是精确，道德的教授就越不可能。"如果美德是悖论般地千真万确，美德的可教性就是真正悖论的（if virtue is paradoxically true, its teachability is truly paradoxical）"。② 然而，没有精确的道德知识，道德教育就不可能了吗？除了这种建基于精确性之上的道德教育设想，中、西方的古典智识看都向人们昭示了另一种道德教化可能——诗教。这种诗教似乎没有确切的道德的知识，但是这种诗教却犹如"水中之盐，不见其形"，可以做到润物细无声的效果。"诗可以教诲，然教诲必融化于诗中，有若糖或盐之消失于水内"。③

---

①　J. S. Treantafelles. On the Teachability of Virtue: Political Philosophy's Paradox. *Interpretation*. 2002（30）.
②　J. S. Treantafelles. On the Teachability of Virtue: Political Philosophy's Paradox. *Interpretation*. 2002（30）.
③　转引自钱锺书. 谈艺录 [M]. 北京：商务印书馆，2011：56.

第一章
中国传统正义诗教——"孔融让梨"典故管窥

在新的时代背景中，讲好一个传统故事并不容易。这种困难的产生，不仅因为时代的变化带来了人们生活的变化，导致人们对传统故事的时代背景的理解有隔阂，还因为时代的变化带来了价值观念的变化，导致人们不再轻易认可和接受传统故事的教诲。那么，新的时代如何讲好"孔融让梨"的故事？在一个价值变迁和价值多元的时代，要讲好"孔融让梨"故事，显然不能只关注讲故事的方法和技巧问题，更要关注故事背后所负载的价值是否得到认同和传承的问题。

一、"孔融让梨"：在传统文化中

从保存下来的文献来看，"孔融让梨"最早记载于李贤注《后汉书·卷七十·郑孔荀列传第六十》中。书中，记载了"兄弟七人，融第六，幼有自然之性。年四岁时，每与诸兄共食梨，融辄引小者。大人问其故，答曰'我小儿，法当取小者'。由是宗族奇之"。这一典故广为流传的版本，则是《三字经》中的12字内容："融四岁 能让梨 弟于长 宜先知"。如今，大家读到的白话文"孔融让梨"的故事，大都以上述古本内容为基础，进行加工、改编，再创造的。下文选取九个不同时代的"孔融让梨"故事版本。通过这些版本，可以一窥不同时代的人们对"孔融让梨"故事的不同理解。

（一）民国前后的不同阐释

施孝峰主编的《三字经古本集成》，收集了自宋代以来不同时代的《三字经》及其注解本。从这些注解本中，人们可以看到对"融四岁 能让梨 弟于长 宜先知"一句话的不同阐释（见表1）。①

表1 《三字经》古本中对"孔融让梨"的注释

版本	出处	注释内容
版本1	《三字经集注》（宋）王应麟著 佚名注释	又有幼而弟者，汉鲁国孔融，年四岁，即知友爱。时家有馈梨一筐，诸兄竞取之，融独后，择其小者。人问故，答曰："我本小儿，当取小者。"此弟于长者宜先知也。
版本2	《三字经注》佚名著（明）赵南星注释	后汉孔融字文举，汝州人。四岁有恭让之礼。与诸兄共食梨枣，辄取其小者。人问其故，答曰："我小儿，法当取小者。"由是宗族奇之，官至大中大夫。
版本3	《三字经训诂》（宋）王应麟著（清）王相注释	敦伦笃谊，友于为重。兄弟之义，幼学所宜知也。汉时，鲁国孔融年始四岁，即知友爱敬让之道。人问："尔何独取小者？"答曰："我本小儿，当取小者。"即此可观其谦恭敬让之一端。日后罹钩党祸，兄弟一门争死，其孝友之风，灿然千古矣。
版本4	《三字经注解备要》（宋）王应麟著（清）贺兴思 注释（清）朗轩氏订补	敦伦笃谊，友恭为重。兄弟之义，幼学所宜知也。汉时孔融，鲁国人也，孔子第三十二代嗣孙。年甫四岁，便晓得逊让之礼。一日，有邻人送一筐梨。诸兄将大的选去，融在旁从容取一小梨。众人曰："你如何不取大的？"融对曰："诸兄年长，正宜用其大的。我乃弟辈，年纪尚且幼小，焉能犯上，而取僭越之罪也？"后为北海太守，其性宽容好士，

---

① 施孝峰. 三字经古本集成 [M]. 沈阳：辽海出版社，2008.

续表

版本	出处	注释内容
		尝曰："座上客常满，樽中酒不空，吾无忧焉。"今观孔融，行年四岁且知逊让之礼如此。凡为人弟者，处手足之情，切莫因小忿而失大义，勿正长短以伤和睦。执其天性之美，笃其天性之美，笃其孝顺之情，当以孔融为法，要知逊让之礼也。
版本5	《国音白话三字经注解》（宋）王应麟著（民国）史务民 订补 注释	孔融在四岁的时候，能够拿大的梨子，让给那些哥哥去吃，自己吃那很小的梨子。在他居然对于兄长，能尽做弟弟的道理，凡是做弟弟的人，应该要先知道的。

除了上述《三字经》不同阐释版本中的"孔融让梨"，一些语文教科书和儿童读物也讲了"孔融让梨"的故事（见表2）。

表2 语文教科书与儿童读物中的"孔融让梨"

版本	出处	注释内容
版本6	小学《语文》（一年级上册）第22课《孔融让梨》，人民教育出版社1984年版	从前有个小孩儿，叫孔融。他四岁的时候，有一天和哥哥一块儿吃梨。 孔融拿了一个小梨。爸爸看见了，问道："你为什么不拿大的呢？"孔融说："我是弟弟，应该吃小的。"
版本7	小学《语文》（一年级上册）第15课《孔融让梨》，语文出版社2004年版	孔融是东汉时期的文学家。他从小就十分懂事。 孔融四岁那年，有一天，母亲端来一盘梨给孩子们吃。几位兄长让孔融先拿。孔融看了看，拿了一个最小的。 父亲看见了，问孔融："盘子里那么多梨，你为什么不拿大的，只拿小的呢？ 孔融说："我年纪小，吃小的，大的让兄长吃。"

续表

版本	出处	注释内容
版本8	儿童读物《三字经·百家姓·弟子规》,吉林出版集团有限责任公司2009年版	孔融是东汉末年的文学家,有五个哥哥和一个小弟弟。 　　一天,孔融的家里吃梨,父母让孔融先挑。可是他不挑好的,不拣大的,只拿了一个最小的。父亲见了,感到很纳闷,就问孔融:"这么多的梨,又让你先拿,你为什么不拿大的呢?"孔融回答说:"我年纪小,应该拿个最小的,大的留给哥哥吃。" 　　父亲又问他:"你还有个弟弟哩,弟弟不是比你还要小吗?"孔融说:"我比弟弟大,是哥哥,应该把大的留给弟弟吃。"父亲听了,哈哈大笑,轻轻拍着孔融的脑袋,称赞道:"你真是一个好孩子。"

从上文选取的不同时代的解说或阐释版本来看,对"孔融让梨"的不同阐释存在着认识上的时代差异(见表3)。这种时代差异,尤以民国时期的白话文阐释本为时代分水岭。这些差异如下:

表3 "孔融让梨"不同阐释版本的诗学分析

时期	版本	人物	故事情节与言辞
宋代、明代、清代	版本1	孔融、诸兄、人	事件:家有馈梨一筐,诸兄竞取之,融独后,择其小者。
			言辞:人问故,答曰:"我本小儿,当取小者。"
	版本2	孔融、诸兄、人、宗族	事件:"与诸兄共食梨枣,辄取其小者。"
			言辞:人问其故,答曰:"我小儿,法当取小者。"

续表

时期	版本	人物	故事情节与言辞
	版本3	孔融、诸兄、人	事件：时有馈送其家梨一筐，诸兄竞取之，融独后，又择其最小者取之。
			言辞：人问："尔何独取小者？"答曰："我本小儿，当取小者。"
			增加典故：兄弟一门争死。
	版本4	孔融、邻人、诸兄、众人	事件：一日，有邻人送一筐梨。诸兄将大的选去，融在旁从容取一小梨。
			言辞：众人曰："你如何不取大的？"融对曰："诸兄年长，正宜用其大的。我乃弟辈，年纪尚且幼小，焉能犯上，而取僭越之罪也？"
			增加典故：后为北海太守，其性宽容好士，尝曰："座上客常满，樽中酒不空，吾无忧焉。"
民国	版本5	孔融、那些哥哥	事件：孔融在四岁的时候，能够拿大的梨子，让给那些哥哥去吃，自己吃那很小的梨子。
改革开放之后	版本6	孔融、哥哥、爸爸	事件：有一天和哥哥一块儿吃梨。孔融拿了一个小梨。
			言辞：爸爸看见了，问道："你为什么不拿大的呢？"孔融说："我是弟弟，应该吃小的。"
	版本7	孔融、母亲、兄长、父亲	事件：有一天，母亲端来一盘梨给孩子们吃。几位兄长让孔融先拿。孔融看了看，拿来一个最小的。
			言辞：父亲看见了，问孔融："盘子里那么多梨，你为什么不拿大的，只拿小的呢？"孔融说："我年纪小，吃小的，大的让兄长吃。"

续表

时期	版本	人物	故事情节与言辞		
	版本8	孔融、五个哥哥、一个弟弟、父母	事件：一天，孔融的家里吃梨，父母让孔融先挑。可是他不挑好的，不拣大的，只拿了一个最小的。		
			言辞：	父亲见了，感到很纳闷，就问孔融："这么多的梨，又让你先拿，你为什么不拿大的呢？"孔融回答说："我年纪小，应该拿个最小的，大的留给哥哥吃。"	
				父亲又问他："你还有个弟弟哩，弟弟不是比你还要小吗？"孔融说："我比弟弟大，是哥哥，应该把大的留给弟弟吃。"	
				父亲听了，哈哈大笑，轻轻拍着孔融的脑袋，称赞道："你真是一个好孩子。"	

从故事的人物来看，故事主要人物一直是"孔融"和"诸兄"，但是配角却有变化。民国前的版本，提及了"人""宗族""邻人""众人"等配角，并没有提及孔融的父亲、母亲；民国后的版本，只提及了孔融的父母，其他"宗族""邻人"人物都没有提及。那么，这些配角在故事中起到什么作用呢？在民国前的阐释版本中，这些配角起到推动故事情节的作用，如"邻人"送来梨；"人"或"众人"作为旁观者，询问孔融，引出孔融让梨的缘故。此外，他们对故事内容也起到烘托作用。如，孔融的"宗族"作为旁观者，仿佛"看到"了孔融的让梨行为，进而对其行为感到惊奇，从而侧面说明人们对孔融让梨行为的赞扬。而民国后的阐释版本去掉了这些匿名人物，代之以母亲、父亲来推动故事情节的发展，增强了对故事内容的烘托作用。比如，梨不是由邻人赠送，而是由"母亲端来"；由父亲与孔融对话，引出孔融让梨的缘故，而父亲对孔融让梨行为的肯定和表扬，对孔融的让梨行为有一个烘托作用。那么，民国前后的这些配角的变化，意味着什么呢？

(二) 一个孝悌伦理的教化典范

从上述对孔融让梨故事不同版本的分析来看，这些短小精悍的故事包含了诗学制作的主要成分：情节、人物性情、思想、言辞等。但在故事内容上有很大差别，尤其体现在民国前后的故事版本中。民国前的故事版本中，增加了与孔融相关的其他事件和人物性情来烘托孔融的形象。如，提及孔融家"一门争死"的典故，增加孔融"宽容好士"的性情。此外，这些民国前的故事版本，还直接点明了故事的教益所在。如"敦伦笃谊，友于为重""兄弟之义""逊让之礼""为人弟者，处手足之情""做弟弟的道理"等。而民国后的各版本则以近似白描的方式，描画了"孔融让梨"一事，并没有对人物形象进行烘托，也不点明任何教诲。同样一个"孔融让梨"，为什么在民国前后的版本中有如此大的差异？仅仅是因为阐释者不同吗？下文将从民国前后不同版本中的"配角"入手，探索上述问题。

对于配角，人们往往认为无关紧要，然而，仔细一想，也许并非如此。因为配角的存在，有助于烘托主要人物，更重要的是陪衬人物的思想、态度有助于揭示故事的教诲。就配角的功能来看，配角的出场，展现了"孔融让梨"故事发生的场域。"场域"不仅仅是一个行为发生的空间位置、具体场所，它本身包含着与行为相关的诸多社会因素，如人的社会关系、各种社会力量、文化力量等。① 民国后的各版本的阐释，在自觉或不自觉的情况下，把孔融让梨的故事建构为一个"家庭"场域中发生的故事。因此，故事中，有父母、哥哥、弟弟等核心家庭的人物出场。这对习惯了现代核心家庭的读者而言，丝毫不奇怪。现代读者自然认为，"孔融让梨"故事不论是其实际发生的情境，还是故事中所预设的发生情境，都应该是在核心家庭中。然而，从民国前的版本中的配角来看，故事的发生场域，未必在核心家庭中。

民国前的版本中，往往有"宗族""邻人""众人"这些配角。那为什

---

① [法] 布迪厄·皮埃尔. 实践感 [M]. 蒋梓骅，译. 南京：译林出版社，2003：101-104.

么会有这样的陪衬人物，而不是孔融的父母呢？可以看到，"宗族"、"邻人"或者"众人"这些配角，反映了故事发生的场域，不是核心家庭，而是我国传统宗族社会。因此，这些"孔融让梨"的创作者和阐释者，预设了这个故事发生的场域是宗族社会。

在中国传统社会中，宗族才是构成整个社会系统的有机细胞。"宗族制度对近代以前的中国社会的整个结构起支持性作用"。[①] 宗族的产生，是因为家庭人口的扩大，两代人的核心家庭，必然会随着未成年的子女成家而"分居析产"[②]。这些家庭之间存在血缘关系，它们联结在一起构成了家族。随着家族人口的增长，再分裂为若干个血缘关系较近的家族。最终，这些家族组合成了规模较大的社会亲族集团，即宗族。因此，宗族是一种血缘组织。"组成宗族的各个家庭的男性成员，有着一个共同的老祖宗的血缘因素，都是共同祖先'一本'演化而来，相互之间是族人关系"。[③] 古代的宗族属于多级结构的血缘集团，按照血缘关系的远近，一般分为宗族、家族和家庭三级。

在传统社会中，宗族可以划分为贵族宗族和平民宗族。前者是指皇族、世袭贵族、士族等具有特权等贵族宗族。与之相对的就是没有特权的平民宗族。平民宗族中又可以划分为：官僚宗族、绅衿宗族和平民宗族。"在分封制与士族制下，平民出身的官僚宗族组织的特点并不突出，到了宋元时期，随着科举制的发展，官僚宗族逐渐取代士族宗族，成了社会上最主要的宗族组织形态"。[④] 到了明清时期，宗族群体发展为绅衿领导的、以平民为主体的组织。[⑤]

从社会学功能论来看，宗族在中国传统社会中，有以下一些功能。郭

---

① 常建华. 二十世纪的中国宗族研究 [J]. 历史研究，1999 (05).
② （日）井上彻. 宗族的形成和构造 [J]. 西南民族学院学报（哲学社会科学版），1990 (3).
③ 冯尔康，阎爱民. 宗族史话 [M]. 北京：社会科学文献出版社，2012.
④ 冯尔康，阎爱民. 宗族史话 [M]. 北京：社会科学文献出版社，2012.
⑤ 冯尔康，阎爱民. 宗族史话 [M]. 北京：社会科学文献出版社，2012.

政凯认为,宗族的职能偏重于祭祀祖先,同一始祖的后代在观念上的聚合,不是作为一个经济实体而存在的。① 冯尔康、阎爱民认为,宗族的功能还包括政治功能和社会生活方面的功能。宗族的政治功能,是指它在历史上,是宗法政治的工具,起着维护地方社会秩序和保护封建王朝政权的作用;宗族的社会生活功能,指宗族中,在经济方面族人之间有互助的义务;在社会交往方面,族人常常在一起参加婚丧嫁娶、文化娱乐方面的活动。由此可见,对一个家庭来说,家族和宗族是其主要的社会关系。完全摆脱宗族和家族的家庭,在中国传统社会中,不是主流。这种社会功能论,有助于人们把握宗族作为社会现象,是传统社会中的一个基础性的组织。但是,在中国漫长的古代社会中,人们为什么要建构宗族这种社会组织?为什么要选择宗族这种生活方式?

宗族作为社会组织,其形成并非一蹴而就。宗族也并非一个单纯的组织模式或者一种组织结构理论在现实中应用而成的。在漫长的社会生活中,宗族要从建构、管理、组织模式、生产方式、日常生活、文化观念、伦理道德等诸多方面,由表及里,层层深入的方式,才能逐渐形成的。而其中的关键,是宗族生活所需要的伦理道德。冯尔康、阎爱民认为,"儒家道德对中国传统社会影响深远,其学说是希望通过修身、齐家、治国、平天下的努力,达到德治的圣世。齐家是修、齐、治、平中的关键步骤。齐家,自然要注意搞好家庭与宗族的治理,这就须重视以孝悌精神进行教化"。② 这种儒家伦理道德,就是孔融让梨故事在民国前的版本中提到的:"敦伦笃谊,友于为重""兄弟之义""逊让之礼""为人弟者,处手足之情"等。那么,蕴含在孔融让梨故事中的"孝悌"到底是什么?

(三)孝悌内涵解析

1. 何谓"孝悌"

孝悌是传统家庭、传统宗族社会的基本伦理道德,是人的基本行为准

---

① 郭政凯. 中国古代宗族的伸缩性 [J]. 史学集刊, 1993 (3).
② 冯尔康, 阎爱民. 宗族史话 [M]. 北京: 社会科学文献出版社, 2012: 87.

则,也是社会秩序的道德基础。其中,"孝"是规范父子之间的关系,"悌"主要是规范兄弟之间的关系。

"孝"在《说文解字》中隶属于"老部"。流沙河先生在解释"孝"字前,先解"老"。

> 高龄古称考,又称老……甲骨文考老二字同样长发前披,不同的只是考扶杖而已。金文考改扶杖为柯字的古写,作声符用。金文老从倒人,暗示走路容易跌倒。认清老字,就很容易。你看小子热帖爷爷,讨得欢心。爷爷抚摸小子头顶,显得满意。下孝上慈不亦乐乎。①

"老""孝"的甲骨文、金文的写法(见图1与图2),展现了"孝"字所内含的文化内涵。"孝"就是"善事父母者"②。《诗经·蓼莪》歌颂父母的生养之恩。"父兮生我,母兮鞠我。拊我畜我,长我育我,顾我复我,出入腹我。欲报之德。昊天罔极!""孝"就是要感念父母对自己的养育之恩,以孝爱父母为报。"夫孝,天之经也,地之义也,民之行也"。③"天之经"是指孝是天之常法。"义"本是"万事之纪",是大地万物运行准则。孝就像大地有山川高下、水泉流通有准则一样,孝就是符合大地万物运行准则的行为。"民之行"是指民所履之道,即"孝悌恭敬"。

从字源学的角度来看,"悌"的本字是"弟"。但"弟"字源上并非一开始就是亲属之间称谓的名称,而是"第"的本字。④汉代许慎《说文解字·卷十·弟部》中,"弟",乃"韦束之次弟也。从古字之象。"徐灏《说文解字注笺》:"革缕束物谓之韦,展转围绕,势如螺旋,而次弟之义

---

① 流沙河. 白象解字[M]. 北京:新星出版社,2020:411.
② 汤可敬(译注). 说文解字(三)[M]. 北京:中华书局,2018:1720.
③ 《孝经·三才章第七》.
④ 陈璧耀. 汉字里的中国:咬文嚼字精选一百篇[M]. 上海:上海远东出版社,2018:23.

生焉。"① "弟"的篆体字形，是一条革缕束绑着兵戈（或农具）。这种字形看起来，革缕有攀附兵戈之意，即兵戈对革缕对保护。而革缕着展转围绕兵戈，势如螺旋，就是一圈一圈的依次缠绕，逐渐向前延伸。因此，"弟"就是缠绕的次第，也就是按次序递进的意思。所以，"弟"是"第"的本字。

"弟"的亲属称谓是次第义的引申。母亲所生子女也是有次第的。总是兄在前，弟在后，兄弟是依次而生的。这本是自然的事情。然而，我国传统文化中，赋予家庭这种自然的血缘关系以伦理特性。因此，兄弟关系也变成了由"悌"所规范的人伦。"悌"字从心从弟（见图3），本义是"善兄弟"。"悌"由心而发：为弟者，心中有兄；为兄者，心中有弟。兄弟间彼此诚心友爱之意。且以弟又有"次第"意，即有顺的意味。因此"善兄弟者"，弟对兄当恭顺，而兄对弟亦当爱护。从悌字来看，弟弟在家庭中的地位，依附于被宗法制度赋予特权的哥哥，辅佐哥哥实现家族繁荣昌盛。同时，哥哥也要友爱照顾弟弟。因为兄弟之间有先后次序，兄在先弟在后。为了顺应这个次序，做弟弟的就要顺从兄长，以兄长为尊。这就是兄弟、长幼之间的互动关系。这种就是兄弟之间的友爱和睦的关系。

图1 "老"字的甲骨文、金文（从左到右）

图2 "孝"字的甲骨文、金文（从左到右）

---

① 汤可敬（译注）．说文解字（二）[M]．北京：中华书局，2018：1095－1096．

图 3　"悌"字的篆文

"悌"也可以运用到宗族中，表示对同族的其他兄弟友爱和睦。它是传统社会中，在宗族同辈人之间的关系伦理。这也是李贤注在《后汉书》中，转引《融家传》中的内容，点明了"孔融让梨"一事的社会效应——"由是宗族奇之"①。可见，"孔融让梨"故事一开始就是一个宗族社会中"经典"。此外，在民国前的阐释版本中，孔融和哥哥们食梨的场景中，并没有家中父母或其他长辈出场。由此，可以推想，在这个食梨的场景中，如果有父母在，或者其他同族长辈在，那么长者就不再是兄，而是父母或者其他长辈。那么，好梨就应该孝敬父母或者长辈。这就是"孝"。孝、悌实质都是幼者对长者、卑者对尊者的敬重、服从；同时，孝、悌还隐含着长者对幼者、尊者对卑者的慈爱、关爱。由此，"悌"也是"孝"。在兄弟关系中，兄本是长者，长者为上，为上者为尊。"兄道友，弟道恭，兄弟睦，孝在中"。所以，"悌"也可以归到"孝"中，以悌待兄，就是以孝待兄。因此，孝悌连用，表示尊敬、顺从长者，形成长幼有序、尊上敬上的人际秩序。因此，"孔融让梨"故事是一个孝悌伦理的典范。

2. 孔融的"孝悌"

虽然现代读者质疑四岁孔融"让梨"是否可能，但是从引论对孔融的父亲和诸兄的品行和事迹的介绍来看，孔融一家作为孔子之后，深受孔子思想儒化。这样的家世背景、家庭教养，四岁孔融"让梨"并非不可能之事。更重要的是，不论孔融四岁是否真让梨了，"让梨"这一事件的伦理意涵是什么？

对"孔融让梨"故事，现代人往往关注在"让"字上。而现代人难免

---

① 李贤注《后汉书·郑孔荀列传》.

持现代的欲望主体观，质疑甚而否定四岁孔融"让梨"的可能性。同时，现代人也难免以现代物质条件水平为前见，先入为主地认为，四岁孔融即便能"让梨"，但这一"让"不足为奇，不值得大书特书。对此，下文将从"梨"的角度入手，探索"让梨"背后的孝悌观念如何作为一种伦理规范，作用于古人的日常生活中。

前文梳理了不同时代的"孔融让梨"版本。在这些版本中，除了上文提到的差异，在不同的版本还有一个故事细节差异较为明显。这就是与"梨"有关的细节。民国前的版本提及"梨"时，往往称梨是"馈赠、赠送"而来的。至于"梨是谁赠的"的问题，一些版本忽略了，一些版本提及梨是"邻人"相赠的。但无论如何，这些民国前的版本都保留了梨是"馈赠"而来的细节。而民国后的版本，梨是怎么来的细节，被弱化了。在这些版本中，梨要么是母亲端来的，要么就不提梨是怎么来的，只重一家人"分梨"。这个细节上的差异真的无关紧要吗？

民国后的版本，弱化了"梨是从何而来"的情节，似乎孔融一家自然就有梨可食。这个情节的弱化，似乎与现代阐释者自身的生活处境有关系。对现代人而言，梨作为常见水果，是寻常百姓家都能消费得起的水果。因此，食梨是一件不足为奇之事。在"孔融让梨"故事中，"梨是从何而来"的情节就是一个无足轻重的情节设计。这一情节的弱化说明了什么呢？或者反过来说，民国前的版本为何一直保留"梨是馈赠而来"的细节呢？

查阅已有的史学研究，虽然没有发现直接研究东汉时期有关梨等水果的物价研究，但是可以根据已有的古代社会的物价研究著作，大致判断梨等水果在古代社会中的消费情况。

以现代人的视角观"孔融让梨"，似乎让梨还是不让梨，都不是一件值得后世铭记的事情。因为"梨"是如此普通、常见之物。换言之，"梨"不会成为人们之间的竞争对象。而民国前的阐释版本，一直保留"梨是馈赠而来"的细节，也许，是因为"梨"在古代家庭中的存在状况，并非如现代社会一般。梨与食梨之事，都不是寻常家庭中的普通事情。

有关汉代的物价研究提到，当时的枣在每斤 1—3.3 钱之间；每棵橘子树可收益 200 钱；谷价是每石 80—100 钱。① 宋代的物价研究提到，北宋元符时期（公元 1098—1100 年），四川戎川所产荔枝丰收，每斤 8 文；南宋后期，福建所产的名优荔枝"皱玉"，1 颗 100 文。北宋时，柑橘每斤六七文到 15 文；南宋时，柑橘每个的价格是 6 文或 7 文；丰收时，1 文 1 个。这些是普通柑橘的价格。如果是名优品种，柑橘每个的价格高达 100 文、200 文。北宋，僧人说："三钱买个郑州梨。"即郑州梨每个 3 文。而北宋熙宁时期前后（公元 1068 年），全国的平均粮价是每石 700 文。

这些不同时代的物价，因为通货膨胀、币制、商品产量、市场消费的不同，似乎很难进行确切的纵向比较。但是，把这些物价与当时老百姓的普遍收入进行对照，也可以大致判断像梨、橘等水果的市场消费状况。汉代的物价研究提到，"佣价 10 钱左右，平均每日 8 到 10 钱"②。宋代的物价研究提到，北宋后期的洛阳山区的伐木工，一天的收入 100 文左右；南宋前期的四川渔民，一天的收入 100 文；北宋中期淮西打零工的佣者，一天的收入约为 100 文；一些独自养活自己的村姑、青年妇女打零工，一天的收入为数十文。从上述记述来看，宋代下层百姓每人每天的普遍收入是在数 10 文至 100 文之间。而"北宋至南宋时期，维持一个人生命的最低生活费用，折合成铜钱大约是 20 文左右……宋人家庭每天的日常费用，就普通百姓而言，大体上低于所收入的 100 文。节俭的士大夫，也是这种水平"③。这些只是宋代普通人以吃饭为主的日常费用。而还有其他必不可少的费用，如"维持简单再生活和服装的更新、住房的折旧、年节应酬、生老病死、婚嫁等"。

从普通百姓的收入来看，老百姓的收入仅够有饭可吃，不大可能有钱

---

① 丁邦友. 汉代物价新探 [M]. 北京：中国社会科学出版社，2009：130—134.
② 丁邦友. 汉代物价新探 [M]. 北京：中国社会科学出版社，2009：130.
③ 程民生. 宋代物价研究 [M]. 北京：人民出版社，2008：567.

消费水果。"梨"并非古代平常老百姓能买得起的东西。那么，孔融的父亲曾官至东汉时期的"泰山都尉"，那么，作为官宦家庭，孔融家有钱买梨吃吗？

孔融父亲大约在汉桓帝永兴二年（公元154年），被擢升为"泰山都尉"。此时，孔融大约一岁。孔宙为泰山都尉，直至公元163年。公元163年，孔宙卒，孔融大概十岁左右。在汉代官秩中，孔融父亲当的"泰山都尉"属"比千石"，月俸为"8000钱"，实际收入是"40（谷/斛）"和"4000钱"[①]。从前文提及的孔融一家相关历史传记来看，他们一家大概是七口人。如果他们家的收入只是他父亲的月俸，那么，每个人每天的生活费用只有38－47钱左右。这些钱要花在吃、穿、住、行上，以及生活中的其他开支上。由此推想，孔融家并不会有多少富余的钱。也许，孔融家作为官宦家庭还是有余钱买梨的，不会不买梨。但是，考量家风的影响，节俭的家风也可能导致孔融家即便有钱买梨等水果，也不会常买，因为梨不是生活必需品。故而，在民国前的版本中，梨由他人馈赠而来、不是由家里买来的细节，是一个非常重要的细节。而且这一情节，还反映出在亲密的宗族社会中，彼此间的相互"馈赠"就是一种常见的交易方式。[②] 由此可推论，"食梨"对孔融家的小孩、大人来说，都是一件不常有的稀罕事。那么，对于如此少见的梨，一家人该如何食梨呢？

在现代社会中，一家人食梨都不会有很大的问题。每个人都有权利吃梨，但每个人不见得想吃梨，有些人可能不喜欢吃梨，不想吃梨。因此，在现代家庭中，不存在分梨的难题，想吃就吃，不想吃就不吃，尊重个人自由和选择。换句话说，食梨一事，不会引发什么家庭内部矛盾和纠纷，不会成为一个需要去关注的伦理道德问题。那么，在传统家庭中，食梨是一件什么样的事情？

---

① 黄惠贤，陈锋主编. 中国俸禄制度史 [M]. 武汉：武汉大学出版社，1996：55.

② 费孝通. 乡土中国 [M]. 上海：上海人民出版社，2007：69.

从前文的分析来看，在古代物质匮乏的时代，食梨都不是寻常百姓常见之事。而孔融家即便有梨可吃，梨的数量必然是有限的，而且梨本身存在大大小小的自然差异。但是，美味的梨应该是孔融家的孩子们都想吃的。那么，在食梨时，到底应该拿哪个梨来食呢？围绕"食梨"这件日常生活之事，孔融所受的教化针对的是对梨的"择取"这一主体行为上。这与前文提及的西方人的理解不同。西方人把"孔融让梨"理解为了"孔融分梨"，因此正义的事情是孔融按照某种大家都一致同意的原则进行分梨就是公正的事情。换句话说，西方人把这个故事读成了一个分配正义的故事，把其间的道德问题理解为一个权利分配的正义问题。但是在"孔融让梨"原本的文化脉络中，不是一个主体实现自由权利的故事，而是一个主体在面临具体的生活事件时，如食梨之时，他应该怎么做的问题。因此，同是食梨的正义问题，在西方自由主义权利者那里，食梨的正义问题是每个主体食梨的权利是否得到实现；在儒家孝悌伦理者那里，食梨的正义问题是每个主体让梨的义务是否得到履行。

因此，"孔融让梨"呈现了一个主体"在家中"让梨的行动。这一诗学故事的制作构成了我国传统社会培养人之孝悌德性的教化资源。这一教化资源，经由《三字经》这本宗族学校常用的蒙学教材[①]的传播，逐渐化为了国人的"日用之知"。随着传统伦理脉络的断裂，甚而消亡，"孔融让梨"这一典故所负载的孝悌伦理，也慢慢被忽略、遗忘，只剩下一个缺乏伦理内涵的文化躯壳。那么，"孔融让梨"真的只能是一个传统伦理遗迹吗？这种伦理真的会随着宗族社会的消亡而消亡吗？对此，还需要顺着"孔融让梨"典故背后的伦理脉络，探明古人为什么将"孝悌"这一伦理德性作为传统社会的道德基础。

---

① 欧阳宗书. 中国古代宗族教育管窥 [J]. 南昌大学学报（人文社会科学版），1992（1）.

二、孝悌何以为德：基于《春秋》"传闻世"的分析

从宋代的童蒙读物到现代学校的小学教材，"孔融让梨"一直在不断再造为一个教化资源。从国人的垂髫期开始，"孔融让梨"就不断闪现在国人的生活中。这一小小的文化存在看起来简单，可以平滑地溜进儿童心灵，遇不到什么严肃反驳。但在崇尚自由权利的时代，"孔融让梨"进入儿童心灵的旅程不再那么平顺。2012年上海那位小学生对"孔融让梨"的回答，即是一个例证。这个例证表明现代儿童对"孔融让梨"有异议。而且在这样的时代，儿童可以写下自己的真实想法——"孔融让梨我不让"。许多成年人对"孔融让梨"也有诸多异议，尤其不解在这个时代还需要在学校或者家庭中讲"孔融让梨"的故事吗？这种不解表明人们不再理解"孔融让梨"与"家"之间的关系，也不再理解"孝悌"何以是一种伦理德性。也许，"孔融让梨"这样的现代遭遇也给国人一个重新审视这个小小的诗教作品的机会，有助于人们重新理解它试图面对的人性问题，以及它试图弥缝的人性裂痕。

从前文对孔融及其父兄的介绍来看，孔融四岁能让梨和他所受的伦理教化传统密切相关。孔融一家作为孔家后代，深受其家学《春秋》的影响。[①] 文献记载，孔融及其父兄都有治《春秋》的传统。《隶释·汉泰山都尉孔宙碑》载孔融的父亲"天资醇嘏，齐圣达道，少习家训，治严氏《春秋》"；据《隶释》卷六《孔谦碣》载"孔谦……祖述家业，修《春秋经》"；《隋志》则载有"梁有《春秋杂义难》五卷，汉少府孔融撰"。此外，从《后汉书》孔融列传中，也可以看出孔融一生作为也很受《春秋》思想的影响。《春秋》也许蕴含着孔氏家族所要完成的最为根本的学习内容。这些历史残迹也许向人们提供了一个线索，引导人们探寻孔融"让梨"的行动，可能与《春秋》的教诲密切相关。回到《春秋》，有助于揭

---

① 谢志平. 东汉儒家学者丛考 [M]. 广州：中山大学出版社，2019：136.

示"孔融让梨"的内在义理，理清孝悌之德的内涵及其道德基础。那《春秋》是一本什么样的书？它讲了什么？又蕴含了什么人世教诲呢？

(一)《春秋》中的不义弑亲

《公羊传》《穀梁传》中的《春秋》经文，记载了鲁隐公元年至鲁哀公十四年间之事，共计242年。《左传》中的《春秋》经文所记之事，从鲁隐公元年至鲁哀公十六年"孔丘卒"为止，共计244年。据《公羊传》所言，孔子将鲁国历史分为：传闻世（隐桓庄闵僖）、所闻世（文宣成襄）、所见世（昭定哀）。这种分法看起来是根据孔子的经历拟定的。

> 昭定哀时期是孔子及其父亲生活的年代，很多事情孔子亲眼所见，故为所见世。文宣成襄时期是孔子祖父生活的年代，期间发生的事情，孔子能够听闻到，故为所闻世。隐桓庄闵僖时期是孔子高祖、曾祖生活的年代，期间发生的事情，是孔子辗转听闻到的，故为传闻世。①

下文考察《春秋》所记之事，截取了传闻世"隐桓庄闵僖"五位鲁君元年之事作为分析断面。之所以选取《春秋》这部分内容作分析，有以下一些考量。

从那种以史事是否真实发生为准绳的史学观来看，"传闻世"所记之事乃孔子辗转听闻的内容，其史学价值没有"所见世""所闻世"高。然而，从传统《公羊传》"微言大义"的视角来看，这辗转听闻的内容则更有价值。太史公在《史记·匈奴传》中说道，"孔氏著《春秋》，隐桓之间则章，至定哀之际则微，为其切当世之文而罔褒，忌讳之辞也"。离孔子生活的年代较远的鲁隐公、鲁桓公时期的事情写得显著明白，而到了鲁定公、鲁哀公时期的事情则写得隐晦含蓄。两种写法的差异，是因为"所见

---

① 黄铭，曾亦（译注）. 春秋公羊传 [M]. 北京：中华书局，2016：13.

世"切近时下政治，记事者如若评判是非、针砭时弊，要用隐晦、忌讳之辞，才能让记事者全身而退，远离时害。因此，相对而言，"传闻世"所记之事，反而给记事者留出了更大的空间制作"义例"。"《春秋》本为旧史，不过记事而已，后经孔子之笔削，遂得为经矣。盖经虽承旧史，然非为记事而作，以其别有圣人之义例存焉"。①对此，金克木认为，孔子所作《春秋》本就是"符号书"，"每一人一事都可以当作符号而含有意义"。②这些"符号"的象征意义，通过"记"的方式，通过"传"的阐释，将符号内含人间道义价值地呈现出来，故称之为"义例"。而《春秋》本有"慎始"观念，即"谨始例（《春秋胡氏传》）"。因此，传闻世作为《春秋》之始，必然重要。而"隐桓庄闵僖"五公的元年记事，则更是重中之重。

从传闻世的元年记事来看，记事的主要内容和相关传解都是围绕着继位之君是否正统而展开的。《春秋》经中的第一条记事是"元年春王正月"。《公羊传》、《穀梁传》和《左传》三传对此记事，都着重点明这条记事的核心是"不书（鲁隐公）即位"的问题。为什么隐公即位不写"即位"，难道其即位不正统，其中另有曲折隐情？这一问题仿佛是三传刻意留下的"阿里阿德涅之线"，导引着读者沿此问题，探索此义例中的"大义"。

在《春秋》中，所有不书"即位"的记事，都说明"即位"这件事不顺，有争议。即位问题的"始例"，即隐公与桓公两公继位的正统问题。鲁隐公之父鲁惠公，有儿子息（即鲁隐公）和儿子允（即鲁桓公）。据《穀梁传》，二者皆非鲁惠公正夫人之子，是鲁惠公的庶子。息贤且长；允幼。而鲁惠公有立儿子允为鲁君的意愿。然而，鲁惠公还未立允为继位者，即薨。鲁人虽推息为鲁君，但他有让国于允的意愿。鲁隐公十一年（前712年），公子翚谄媚隐公，对隐公说道："百姓安子，诸侯说之，盍终

---

① 曾亦. 前言［M］. //春秋公羊传. 北京：中华书局，2016：6.
② 金克木. 书读完了［M］. 上海：上海文艺出版社，2017：72.

为君矣。"① 对此，隐公严正否决，坚持要将君位返还于允。公子翚怕这个话传到鲁桓公那里，对自己不利。于是，在鲁桓公面前谗言、诬陷鲁隐公不返还君位。由此，鲁桓公同意公子翚的计谋，乘鲁隐公钟巫之祭时，杀掉鲁隐公。鲁桓公本是继位之君，却是在弑杀先君之后，谋得君位。

继位问题第二个义例就是鲁桓公之后的继位问题。鲁桓公十八年（公元前694年），鲁桓公与夫人姜氏到齐国后，鲁桓公在齐国被弑。因鲁桓公被齐国所弑，其子姬同（即鲁庄公）于公元前693年继承君位，但因鲁桓公非正常死亡，鲁庄公继位不顺，《春秋》经也不书"公继位"三字。继位问题第三个义例就是鲁庄公之后的继位问题。鲁庄公在位三十二年。尽管鲁庄公是正常病亡，但是鲁庄公死后，却引发了鲁国诸侯内部因争权夺位，而导致的惨烈的弑亲事件。《左传》记载了这场即将开启的争位大战的序幕。这个序幕是从两件看似无关紧要的事情开始的。一件是鲁庄公娶孟任之事。鲁庄公在娶孟任时，答应将孟任立为正室夫人。第二件事是记孟任生子子般，子般因圉人荦调戏自己的姐妹而鞭打圉人荦之事。记述两事后，《左传》才记鲁庄公在公元前662年病重之时，对立君的安排。鲁庄公问叔牙②君位继承的问题。在《公羊传》中，叔牙因鲁庄公正室夫人哀姜无子（鲁庄公的正室夫人不是孟任，而是齐国之女——哀姜），并以鲁国"一生一及"③的继君传统为借口，建议立庆父。鲁庄公问弟季友，季友则支持鲁庄公立孟任之子子般为鲁君。之后，季友以鲁庄公之名，逼死叔牙。鲁庄公死后，季友按鲁庄公遗命，立子般为鲁君。仅两个月之后，庆父就怂恿圉人荦刺杀子般。子般被刺死后，季友逃亡陈国。

---

① 《左传·隐公十一年》.
② 庆父、叔牙、季友是鲁庄公的弟弟.
③ "一生一及"的继君方式是父死子继为"生"，兄死弟继为"及"。在《春秋》经传中，鲁国的君位继承方式是：鲁隐公是"父死子继"，鲁桓公是"兄死弟继"，鲁庄公是"父死子继"。按照"一生一及"的继君方式，鲁庄公应该把君位传给弟弟，而不是自己的儿子。但这种继君方式非正统。参见黄铭，曾亦（译注）. 春秋公羊传[M]. 北京：中华书局，2016：219.

先前，庆父与哀姜私通。哀姜虽无子，但媵妾叔姜（哀姜妹妹）生子——公子开。庆父与哀姜打算立叔姜之子为鲁君。所以，子般死后，庆父立公子开为君，即鲁闵公。鲁闵公于公元前661年即位，时年约八岁。齐桓公显然支持叔姜之子为鲁国国君。在《公羊传》《穀梁传》中，记载了季友为安定社稷，将闵公托付给齐桓公，齐桓公则支持季友回国。后来，庆父在闵公二年（公元前660年），指使卜齮杀死鲁闵公。季友带着鲁庄公之妾成风的儿子——公子申，逃到邾国。之后，庆父逃到莒国，季友和公子申回到鲁国。季友立公子申为鲁国国君。这就是继承闵公之位的鲁僖公。鲁闵公被害，哀姜事先知道内情，所以，她逃到邾国。在鲁闵公被弑之后，齐人向邾国索取哀姜，并在夷地杀了她。鲁僖公请求齐国送回哀姜的灵柩。庆父逃到莒国后，鲁国以财货换庆父。当庆父到达鲁国蜜地后，庆父派公子鱼入朝请求赦免。庆父没有得到赦免，于是上吊而死。

　　在传闻世的五公中，鲁隐公、鲁桓公、鲁闵公都被弑。虽然第三位继任者鲁庄公没有被弑，是正常病故，但是鲁庄公之后的君位继承却导致了整个家族内部的大残杀。为君位祭上的第一滴血的是，季友以庄公的名义逼死的叔牙。为这场争位大战而死的第二人，是鲁庄公欲立为接班人的庶子子般。子般被刺死后，庆父与哀姜立庶子公子开为鲁君，即鲁闵公。仅仅两年之后，庆父就指使卜齮弑杀鲁闵公。鲁闵公是这场争位大战中死掉的第三人。因鲁闵公被害，哀姜事先知道内情，因此，齐国在夷地杀死了从齐国嫁出的鲁国正夫人。这是这场争位大战中死去的第四人。而上吊而死的庆父，则是这场争位大战死去的第五人。在这场争位大战中，鲁庄公的夫人，鲁庄公的两个儿子，鲁庄公的两个弟弟都因此而死。

　　以上就是《春秋》三传在传闻世中"隐桓庄闵僖"五公的元年记事。这些记事都围绕君位的更替和继承问题而展开。其中，最为显眼的事件就是鲁国国君家族成员之间相互残杀。其中包括：弟杀兄、兄杀弟、妻杀夫、兄杀妹夫、叔杀侄。这是发生在人伦关系中，惊世骇俗的血亲、姻亲、配偶之间的残杀事件。这些家族内部骇人的血腥事件，被《春秋》不血腥的文字记录下来。那么，孔子为什么要为后世记下这些事件呢？要让后世铭记什么呢？难道也如某些现代人那般，有偏执的猎奇心理？

(二)《春秋》中的正义理念

《春秋》"传闻世"中，突出的事件是诸侯家族成员为了权位，发生了你死我活的残酷争斗。这种争斗似乎并非个例，血亲之间相互残杀的不义之事，已凝结在我国的语言文化传统中，如兄弟阋墙①、祸起萧墙②、同室操戈③……这些发生在血亲之间的"流血事件"，尤显其悲剧性。同时，这些悲剧往往发生在拥有权势的王族、公族之中。这些血亲之间相互残杀之事，似乎并非王公贵族家的私事，反而是关乎家国命运、关联家国政治的正义基础的大问题。"正义"问题在我国传统社会中，最早现身的场域就是在王侯之家中、在家国之中，它现身在权位的继承或者分配问题上。任何一个政治社会，权位的继承或者公职的分配，都需要一套正义原则作为基础。④ 对此，《春秋》中的作者给出的方案是，建立"诸侯壹聘九女"的礼制及相应的子嗣继位制度。从这一权位继承的礼制安排，可以探索其背后的正义原则及正义观念。

1. 正义之"序"：程序·次序·秩序

《春秋》将权位的继承或分配问题与"人之家"关联起来。"一家之始"，源于异姓男、女间的婚媾。在春秋诸国中，最为显眼的"家"是那些著名的王公贵族之家。通过"诸侯壹聘九女"的礼制，这些"家"中首先形成的人伦关系是"夫妇"，其中包括丈夫与嫡妻、丈夫与媵妾之间的关系。其次，通过生育，家中形成了人伦关系包括父子、兄弟。《春秋》赋予了这些人伦关系以道德和政治的内涵。

---

① 《诗经·小雅·棠棣》.
② 《论语·季氏》.
③ 《左传·昭公元年》.
④ 亚里士多德在《政治学》中，就寡头政制和民主政制中公职分配正义问题的讨论。详见亚里士多德. 政治学 [M]. 吴寿彭，译. 北京：商务印书馆，1965：139—144.

《公羊传》提到了规范一家之始的"诸侯壹聘九女"的礼制。所谓"诸侯壹聘九女",指诸侯一生只娶一次,一次性娶好嫡夫人及媵妾,之后不在续娶。"诸侯娶一国,则二国往媵子,以侄娣从"。① 所娶"九女"包括:嫡夫人及其侄(嫡夫人兄之子,即侄女)、娣(嫡夫人兄的妹妹);右媵及其侄、娣;左媵及其侄、娣。这套礼制不仅规定了诸侯只娶一次,还规定了妻妾之间的尊卑关系,以此,确定诸侯子嗣之间的尊卑关系及继位顺序。具体的继位顺序如下:

> 嫡夫人无子,立右媵,右媵无子,立左媵,左媵无子,立嫡侄娣,嫡侄娣无子,立右媵侄娣,右媵侄娣无子,立左媵侄娣;质家亲亲先立娣,文家尊尊先立侄;嫡子有孙而死,质家亲亲先立弟,文家尊尊先立孙;其双生也,质家据见立先生,文家据本意立后生:此皆所以防爱争。②

这套礼制的设置,使诸侯家族在古代有限的生活条件下,繁衍生息,并尽可能生养合适的继位者。然而,子嗣众多,如何从中确定继承者,却是大难题。"诸侯壹聘九女"礼制的设置,有助于化解权位争夺的残酷性。按此礼制,诸侯的子嗣在其未出生之际,就在家庭内部的人伦关系中,占据了一个伦理位置。通过这套礼制,妻妾之间的尊卑,国君诸子之间的嫡庶,得到了一种秩序化的安排。这使得诸侯子嗣之间除了有一个基于自然生育而形成的长幼之序外,还有一个基于政治伦理关系而形成的尊卑次序。由此,形成了嫡出的兄弟之间、庶出的兄弟之间的尊卑次序。这直接与诸侯子嗣的继位顺序挂钩,并由此确定了诸侯子嗣之间的君臣关系。因此,按照"诸侯壹聘九女"礼制,诸侯子嗣之间形成了一种合法、正当的继位顺序。

---

① 《公羊传·庄公第三》.
② 黄铭,曾亦(译注). 春秋公羊传 [M]. 北京:中华书局,2016:4-5.

"诸侯壹聘九女"的礼制，将继位之君的正当性和合理性置于正当、合适的夫妻关系之下。这是将权位继承问题设置了一个正义程序和正义标准。古人面对权位问题时，想到的首要举措就是"谨始"，即"贵建本而重立始"①。因此，正义程序就是从"正义的开端"——一家之始开始的。正义之始，始于夫妇。正一家之始，即是"正夫妇"。夫妇正，家中的其他人伦关系才得以正。这实质上是一套从正夫妻关系到正子嗣之间的关系，再到正君臣之间关系的正义程序设计。这套程序设计，完成了"从一家之始到一国之始"的制度搭建工作。这套礼制作为规范，既塑造了权势家族内部的人伦关系，又确定了权位的合法继承人，在当时起到了稳定家国政制的作用。这一礼制，也奠定了我国随后两千多年的王朝家族统治的基础。然而，有研究者认为，根据当时的历史现实，虽然有媵妾，但是不可能完全按照这套礼制而来②，因此，诸侯国君不可能一次娶"九女"。其实，这种考据之说并不影响此礼制作为一种独特的正义原则所具有的政治和道德意义。这种为权位的继承问题而提出的正义解法，从一家之始点开始，考虑了继位者生育的偶然性，并以此为条件，形成了权势家族内部子嗣之间继位的合理顺序。这有助于解决因权位争夺而导致的权势家族内部的无序、乱序的状态。借由自然的"长幼之序"和人为设定的"程序"，走向了家国的"秩序"。

这种礼制虽被西方现代政治学说视为"君主世袭制"而不符合现代民主制的潮流，但是，单从它作为一种正义解法来看，它实质上是一种柔性的正义规范，在其正义框架中，也有诸多特殊的道德价值。作为礼制，它可以节制诸侯的好色本性，制止诸侯为了个人情欲而一娶再娶的行为，由此可以避免妻妾之间尊卑关系的混乱，导致子嗣之间的继位顺序难定的困

---

① 舒大刚，杨世文主编. 廖平全集（第6册）[M]. 上海：上海古籍出版社，2015：28.

② 陈东原先生认为，这是汉儒的穿凿附会。春秋虽有诸侯婚娶之时有从媵之事，但从现实情况来看，"诸侯壹聘九女"，不太可能。参见陈东原. 中国妇女生活史[M]. 北京：商务印书馆，2015：27-29.

难。此外，这一礼制也可以培植和加深诸侯家族内部的人伦力量。按照这一礼制，诸侯所娶的妻妾之间，本有一种基于同姓诸侯的陪嫁关系，因而二者存有同姓之间的血缘关系。这层关系有助于增进妻妾之间的人伦情谊，尽可能减少诸侯家族的内部争斗，尤其是缓和诸侯子嗣之间因争夺权位而导致血亲仇杀。总体来看，这套礼制在解决继位难题上，一方面可以规范合法继嗣者的产生，避免了血亲之间的你死我亡的残酷争夺；另一方面也没有悖逆人性，在人性与政治之间，它走了一条中庸之路，设想了一条符合当时历史处境的正义出路。那么，作为一种正义解法，它建基于何处，又是如何被设想出来的。

2. 正义之"基"：自然

"诸侯壹聘九女"的礼制以及相应的继嗣安排，是将继位之君进行程序化的安排，使得权位继承问题有了一个确定的程序和规则。这看起来是人为的政治技艺制作的结果。但是，这种制度设计并非只是人的主观构造。在古人的观念中，它也是源于一种客观的宇宙正义或者自然正义，是对天道的摹仿。儒家以"天道"的自然秩序，为上述程序和规则提供了合法性论证。

《春秋》权位争夺的始例就是一开篇的隐、桓之争。然而，三传对此各有异辞。隐、桓继位争议源于鲁惠公在娶妻、娶妾上的不正。《左传》在《春秋》经之前，增加的记事就是鲁惠公娶妻之事。"惠公元妃孟子。孟子卒，继室以声子。生隐公。宋武公生仲子。仲子生而有文在其手，曰为鲁夫人。故仲子归于我。生桓公而惠公薨，是以隐公立而奉之"。这条记事的增加，有助于人们了解隐、桓继位争议的原因所在。按照《春秋》作者的正义逻辑，这种争议就是源于鲁惠公在娶妻、娶妾上的不正。因为这种"不正"造成的继位难题，所以三传对隐之母、桓之母的地位问题各执一词。《公羊传》认为，桓之母仲子为右媵，隐之母声子为左媵。所以，桓之母贵于隐之母；因而，桓公虽幼，却贵于长而贤的隐公，是继正位者。《穀梁传》则认为声子和仲子都是后娶的夫人，隐公和桓公都是庶子，应该按长幼之序，确定继位之君。《左传》认为声子是妾，仲子是续弦夫人，所以，仲子是正室夫人，其子桓公理当为继君。只因桓公年幼，故暂由隐公摄政。三传对隐公与桓公继位问题，虽有不同的解释，但三者都试图根据"诸侯壹聘九女"的礼制及相应的子嗣继位标准，厘定鲁惠公所娶妻妾之间的地位关系、隐桓之间的嫡庶关系。

然而，《公羊传》和《左传》的解释，却有现实和逻辑的罅隙。按照"诸侯壹聘九女"的礼制安排而生育出来的嫡长子，才具有正当的继位合法性。但是，在面对隐、桓继位的争议中，《公羊传》和《左传》对此礼制都有偏离。《公羊传》提出，立君规则是"立嫡以长不以贤，立子以贵不以长"。但现实的罅隙是，隐、桓都非嫡长子，那么只能按照子嗣的尊卑关系来定。而子贵又是由"母贵"决定的。因此，《公羊传》曰"子以母贵，母以子贵"。但在历史中，隐公之母和桓公之母之间的尊卑关系，并不是由"诸侯壹聘九女"的礼制而形成的。据《左传》，鲁桓公的生母为宋君之女，其生下后，手纹像古文"鲁"字。于是，嫁到鲁国。鲁桓公之母嫁到鲁国，并没有遵循诸侯嫁娶礼制。因此，生母的地位是否尊贵，产生了很大的争议。[①] 傅隶朴就认为，桓公生母仲子是鲁惠公的三夫人，其地位并没有隐公之母——声子尊贵。[②] 如若一再强调"母贵"，无疑将继位之君的合法性标准，偷梁换柱到母亲的地位上。但是，生母的地位是否尊贵，并不是由天决定的，而是由历史的具体处境决定的。这不合于"天道"。所以，《公羊传》对隐、桓之争的阐释，既存在现实的罅隙，也存在逻辑罅隙。

相比之下，《榖梁传》的阐释，就纠正了此问题，将天道作为一以贯之的君位继承标准。在阐释"鲁隐公让国"的问题时，《榖梁传》一开始

---

① 据《史记》载，鲁惠公的正室无子，惠公的妾声子生息。息长大后，娶宋国之女。宋女到了之后，惠公见宋女美丽就夺过来当自己的妻子，并将宋女立为正室，将宋女所生之子允立为嗣君。等到惠公死了之后，因为允年幼，鲁人让庶长子息摄政，治理国事。这就是"行君事"的鲁隐公。见《史记卷三十三·鲁周公世家第三》.

② 傅隶朴. 春秋三传比义（上）[M]. 中国友谊出版公司，1984：3.

就直指让国问题的核心：权位"让桓正乎"。《穀梁传》的回答是"不正"，因为隐公让位于桓公，并不符合正道。鲁隐公看似"成人之美"，让国于桓公。但这种恩惠是"小惠""小道"，不合正道。《春秋》崇尚道义，而不是私授恩惠，伸张道义而不伸张邪恶。鲁隐公的让国做法就是伸张邪恶。这其中的邪恶始于隐公之父——鲁惠公想要把君位传于桓公。这种想法不合乎正道。那么，这个"正道"到底是什么？

《穀梁传》在此事的阐释倾向上，压根不提生母的尊卑问题，而是着力于父、兄、弟之间的人伦关系上。《穀梁传》的阐释是，"兄弟，天伦也，为子受之父；为诸侯受之君"。看来，"兄弟，天伦也"才是关键。继位之君的安排上，符合兄先弟后的天然人伦次序才是正道。晚清儒家学者廖平的阐释是，隐公和桓公两公都不是嫡出，二者的长幼次序是天定的兄弟之伦。隐公年长，更适宜继承君位，但是惠公偏爱幼子，私自想要立桓公。这种"父命"本是"邪命"，隐公不应信守。父命之恶在于父亲的心不能"胜邪"，竟然偏私，欲私立桓公为君。因此，"先君之心，邪正交战，孝子当将顺其美，匡救其恶，称先君之命，明长幼之节，绝幼弟僭越之心，杜臣下观望之隙。隐不务此，而存匹夫之信，以国与桓"。① 以此，廖平批评了隐公的让国之行。之后，廖平进一步强调，"继立之道"应以"天伦、父命为重"。鲁隐公和鲁桓公都是庶子，就应该按照天定的兄弟之伦，继承君位。"欲乱其伦，是弃天也。《春秋》奉天先于君父，故言天伦，以明其不若于道"。②

因此，《春秋》中的正道乃是天道，人伦乃"天伦"。天道才是家族内部秩序的基础。引入"天道"这个绝对的价值实体，充实家庭内部亲属关系的神圣性，为家庭内部的秩序奠定了一个客观的价值基础。这个客观的

---

① 舒大刚，杨世文主编. 廖平全集（第6册）[M]. 上海：上海古籍出版社，2015：28.
② 舒大刚，杨世文主编. 廖平全集（第6册）[M]. 上海：上海古籍出版社，2015：31.

价值基础，要求家族成员，谨守自己的本分，不僭越。这种伦理名分的安排本是"天命"。"故有大罪，不奉其天命者，皆弃其天伦。人于天也，以道受命；其于人，以言受命。不若于道者，天绝之；不若于言者，人绝之……"① 因此，廖平阐释隐公即位的正当性时，提出隐公即位既是听从父命，也符合天命，而且父命符合天道，才是父命。

在这种规范性思维链条中，最为要紧的是"天道""大道"。"周汉以来，承担宇宙人生终极依托重任的是'天'，所谓'天道'、'天理'、'天命'、'天性'是也"。② 这种"天"为人伦、父命提供的价值根据。所谓"大受命于天，下受命于君，是大受命也"。③ 因此，"父承子继"的权位继承原则看起来是以天道、天命为准绳的。这种原则将由人自然的血缘关系而产生的先后次序，变成了一种价值秩序。按照这一价值原则进行权位的分配就是正义的，反之，则不义。从《春秋》的思路来说，这种正义不能视为是一种"人为道德"（artificial virtue），因为这种正义的基础系于"天"，人力无法干涉天命决定的人伦次序。因此，在《春秋》的正义逻辑中，继位问题的正当性基础，不在人，而在天。言外之意是，按照人伦次序继承权位，是自然正义。那么，如何理解这种自然正义？

《春秋》经，开篇记事是"元年春王正月"。对这条记事，《公羊传》《穀梁传》的阐释虽集中在"隐、桓之争"上，但这一争议是围绕着"公即位"这一大事展开的。而这一大事系于"元年""春""正月"之时上。因此，此记事与其说是在凸显权位争夺，不如说是凸显权位确定之"时"。这个"时"并非现代线性时间中某一确定的时间点，而是借此明义，象征特殊的、重大事件发生在恰当或不恰当之时。因此，这个"时"蕴含着政治与道德意蕴，而非物理意义。对此，董仲舒首发"正五始"之说。"是

---

① 《春秋繁露·顺命》.

② 郭智勇. "义"之美与"仁"之善——从《吕氏春秋》与《春秋繁露》"天性"之区隔看中国文化内在的两种价值取向［J］. 暨南学报（哲学社会科学版），2008（06）.

③ 《穀梁传·庄公元年》.

故《春秋》之道，以元之深正天之端，以天之端正王之政，以王之政正诸侯之即位，以诸侯之即位正竟内之治。五者俱正，而化大行。"① 《春秋》中的义道，就是"元之深正天之端""天之端正王之政""王之政正诸侯之即位""诸侯之即位正竟内之治"。而这一套正义原则，包含"五始"。"五始"者，《春秋纬》云：元为气之始，春为岁之始，王为受命之始，正月为年之始，公即位为君国之始。"五始"正，则天地、四时、人道、政教与一国之治皆正，从而化育流行、天下大治。②

"元""春""王""正月""公即位"为"五始"。"五始"之间存在道义逻辑上的先后次序关系。首以"元"或"元气"之正为先。"元"是"气之始"，造起天地，为天地之始。"元犹原也，其义以随天地终始也。故人唯有终始也，而生死必应四时之变。故元者为万物之本，而人之元在焉"。③"元"之上为无，"元"之后为春。春，天地开辟之端，养生之首，四时之始。四时，是天之所为。因而，"春"即为"端正不偏"。因此，"王正月"本是"承天地之所为也，继天地之所为而终之也"④。因此，"王正月"意味着以道化民、开一国之治之始。因此，王政始于"天"，始于"元气"，始于"万物之本"。那么，一国开端之处本应为"正"。因此，"政莫大于正始"⑤。

上述汉儒的"正五始"的观念，蕴含着朴素的宇宙正义或自然正义观。汉儒将"元"或"元气"为天地万物的本始之气。而"元气无不正"，因此，"天地四时自亦井然有序，阴阳调和，风雨时至，万物遂得化育流

---

① 《春秋繁露·玉英》.
② 陈徽.《尚书·洪范》与公羊"大一统"思想——以"建用皇极"与"正五始"为中心[J].云南大学学报（社会科学版），2020（06）.
③ 《春秋繁露·玉英》.
④ 《春秋繁露·玉英》.
⑤ 公羊寿传．何休解诂．徐彦疏．十三经注疏：春秋公羊传注疏[M] 北京：北京大学出版社，1999：10.

行"①。这种宇宙正义为人间秩序奠定了正义的基础。《尚书·尧典》中，帝尧的第一件政事即是遵循并利用这种正义在人间秩序的显现。《尚书·尧典》曰：

> 乃命羲和，钦若昊天，历象日月星辰，敬授民时。分命羲仲，宅嵎夷，曰旸谷。寅宾出日，平秩东作。日中，星鸟，以殷仲春。厥民析，鸟兽孳尾。申命羲叔，宅南交。平秩南为，敬致。日永，星火，以正仲夏。厥民因，鸟兽希革。分命和仲，宅西，曰昧谷。寅饯纳日，平秩西成。宵中，星虚，以殷仲秋。厥民夷，鸟兽毛毨。申命和叔，宅朔方，曰幽都。平在朔易。日短，星昴，以正仲冬。厥民隩，鸟兽鹬毛。帝曰："咨！汝羲暨和。期三百有六旬有六日，以闰月定四时，成岁。允厘百工，庶绩咸熙。"

从上述记事内容来看，帝尧的第一件政事就是命令羲氏、和氏，恭谨遵循昊天，推算、观测日月星辰的运行情况，造设春、夏、秋、冬四时之法，并将此历法敬谨地授予民众。"盖君道莫大于敬天勤民，故尧特以治历明时为首务如此"②。为什么帝尧所为的第一件事是"治历明时"呢？先来看看这件政事的主要内容。

文中，帝尧命令羲仲居于嵎夷，并将此地命名为"旸谷"，意为日出之地。在那里，以"宾"的仪式，祭祀日出，兢兢业业地以对待太阳初出；同时，训导万民，辨别察看、依次安排春天的农作。这里"东作"中的"东"即是日出的方向，亦是岁起之地。古人将东方配春，那春天的耕作，即"东作"③。当"日中"，即昼与夜均分、傍晚南方天空正中看到鸟星时，就可确定是春分。此时，人们分散在田野中劳作，鸟兽正交尾孕

---

① 曾亦主编. 中国社会思想史读本 [M]. 上海：上海人民出版社，2007：76.
② (明) 张居正. 尚书直解 [M]. 北京：九州出版社，2010：2.
③ 屈万里. 屈万里全集：尚书今注今译 [M]. 上海：上海辞书出版社，2015：6.

别。帝尧命令羲叔居于南交,即极南之地,主持对日的敬致之礼,依循时序,安排夏耘(即"南为")。在白昼最长的日子、傍晚南方天空正中看到大火星之时,就是夏至。这时,民众就高地而居(避免夏季洪水);鸟兽毛羽渐稀而皮见。帝尧命令和仲居于西,叫昧谷,即日落之地。主持对落日的礼祭,循时序,秋收(西成)。在夜与昼平分之日、傍晚在南方天空正中看到虚星时,就可确定是秋分。这时,秋收已成,民众回到平地居住,鸟兽长出了新毛。帝尧命令和叔居于朔方,叫幽都,即极北之地。此时,岁事已毕,除旧迎新,辨别考察变易(北易),太阳从南而归。在昼最短之日,傍晚在南方天空正中看到昴星,可以确定是冬至。这时民众都入室,避风寒;鸟兽羽毛柔软丰盈,自暖其身。遵照这种历法,就能"允厘百工,庶绩咸熙"。

  帝尧所为的第一件政事,具有重大的政治意义。通过"治历明时",帝尧划分并命名了华夏民族的生存之地,构造起了整个华夏民族的生存空间。自此政治行动之后,华夏民族就生存在东起"旸谷",西至"昧谷",南起"南交",北至"幽都"之地中。正是帝尧的第一件政事,才使得华夏民族的生存之地在无名的宙宇中显现。因此,《尚书》记载此事,其首要的政治意义不在于它是否实际发生,而在于它在政治观念层面确定了华夏民族的生存空间。这种生存空间的设定,并非任意为之,而是有意识地置于"宙宇"之中。"往古来今曰宙,上下四方曰宇"。[①] 华夏民族生存之地的命名,就是根据"宙宇"中的诸多星体来设定的。一方面是根据太阳的位置,确定空间方位,并对空间进行命名,即东南西北;另一方面根据太阳与其他恒星[②]的位置,确定时间次序,并对时间进行命名,即春夏秋冬。"无论时、空,都是由具体的日、月、星来定的。东南西北配合春夏

---

① 《淮南子·齐俗训》.
② 鸟星、火星、虚星、昴星,是古代春分、夏至、秋分、冬至的标准星。鸟星,古代对一恒星的命名,现代天文学家定为长蛇座阿尔法星 α。火星,古代对一恒星的命名,现代天文学家定为天蝎座阿尔法星 α。虚星,古代对一恒星的命名,现代天文学家定为宝瓶宫 β。昴星是一簇恒星名称,现代天文学家称为昴星团。

秋冬。地和天是对立的，又是密切有关联的"。① 因此，上述记事中的"东春""南夏""西秋""北冬"，实质是对华夏民族生存时空的秩序化。将"东南西北"空间方位与"春夏秋冬"的时序配对起来，形成了一种基于天之秩序而来的人间秩序。

《尧典》中的这条记事，展现了古人在寻找人间的秩序时，并非基于一种空想，而是基于自然秩序的顺势而为，使人间的生活"顺时顺天"。在秩序化的时空中，华夏民族得以展开他们在天地间的生活：东作、南为、西成、朔（北）易。在这天地的四方（宇）、四时（宙）中，人们劳作、收获、变易待新。而展开这些生活的时机，也是由"天"来定。"此人之能顺四时之序，观空间中天象之东西南北之位，与自然界物类相接，以有其人群生活上之事或政事，固与人类文化历史俱始"。② 这代表了古人所推崇的政治理想："造历既成，颁行天下。以信治百官，使百官每有所遵守。凡春而东作，夏而南为，秋而西成，冬而朔易，以至庆赏刑威等事，莫不以时君心，而众功自然熙广矣。"③这一理想隐含的政治正义理念是，"最好的人间政治是法天道的政治，人间政治必须与天道自然的节律合拍"④。这就是说，将人世间的正义秩序系在"天"上，由天划定人世生活的基本时空，并确定人在世间的基本的生活和行动方式。基于天的秩序，人事才有秩序。古人的政治观中，一国之基奠基于天道或宇宙正义中。

这种宇宙正义，是孕生万物的根本动力。"道生一，一生二，二生三，三生万物"。⑤ 天之大仁、大德，使天地万物发育生发。

---

① 金克木. 书城独白 [M]. 上海：生活·读书·新知三联书店，1991：11.
② 唐君毅. 中国哲学原论：原道篇（下）[M]. 中国社会科学出版社，2006：426.
③ （明）张居正. 尚书直解 [M]. 北京：九州出版社，2010. 4.
④ 吴小锋. 古典诗教中的文质说探源 [M]. 上海：华东师范大学出版社，2016：26.
⑤ 《道德经·第四十二章》.

道生之，德畜之，物形之，势成之。是以万物莫不尊道而贵德。道之尊，德之贵，夫莫之命而常自然。故道生之，德畜之；长之育之，亭之毒之养之覆之。生而不有，为而不恃，长而不宰。是谓玄德。①

天道乃是一种"生"之大道。②"天地之大德曰生""天何言哉，四时行焉，百物生焉，天何言哉""生生之谓易"……这种让万物欣欣向荣的"生生"之德，不是万物之不死，而是能够有始有终、生生不息。这一"生"依赖于天地四时有序、阴阳调和、风调雨顺，依赖于自然和谐秩序的循环往复。在这样的宇宙秩序中，人世的所有秩序都以这种宇宙秩序为本。因此，一国之政，其开端始于厚德载物、化育万物的"天"，那么，一国其始正，即其本正。而一国之始，乃是"公即位"。而正当、合法的权位继承人，就是按"诸侯壹聘九女"的嫁娶之礼而出生者。

　　男女的结合、生育源自天地阴阳化生之理，因而具有参赞天地化育的神圣性。经学对生生之德的尊崇，深藏着对"生"之道，"化"之端的智慧性惊奇，因而充满神圣感……天居高理下，为人经纬，所以，人宜顺天之则，正婚姻之礼。王者选择配偶，要以天地之德为准绳，才能顺奉天命、统理万物使各得其宜。③

因此，按照"诸侯壹聘九女"礼制而产生的"正位者"，也是由天之生生之德而来的人。他继承权位，是天命。"天"为人世的政治统治安排

---

① 《道德经·第五十一章》.
② 余治平. 唯天为大——建基于信念本体的董仲舒哲学研究 [M]. 北京：商务印书馆，2004.
③ 陈明珠. 古典诗教再思：《诗经》解读四篇 [M]. //柯小刚主编. 诗经·诗教与中西古典诗学：古今通变文集. 第一卷. 上海：同济大学出版社，2016：189.

了一位合适的权位继承者,统管人世。因此,由上述礼制选出的权位继承人,就是合法的继承人。在此正义逻辑中,一国之君的产生本身寄于"天"的正义自然安排。因此,《春秋》中"父承子继"的立君标准,在观念上内含了一种基于"天"的自然正义。自然秩序、政治秩序两套秩序联系起来,人世之序彷佛从自然大序中,演化出来。家之序、国之序也就从中渐次生成并展开。这些秩序产生的要核,在于按照自然的出生顺序和相应的礼制安排,形成"父父子子"的天伦关系。"父承子继"这一立君程序,似乎排除现实世界中那些充满偶然性、特殊性的因素,让一国之始、一国之君有了固定化的产生方式。这种正义程序性解法,因模仿"天"的"生育""化育"行动,权势家族的"生育"带有神圣性,嫡长子继承权位也就具有神圣性。那么,在这种正义逻辑中,会形成什么样的正义之人的理念呢?

3. 正义之"人":名分·仁义·孝悌

《春秋》以天道作为权势家族内部秩序的基础,将人伦制作为"天伦"。引入"天道"这个绝对的价值实体,建构家庭内部亲属关系的神圣性,试图为家庭内部秩序奠定一个客观的价值基础,以便在家庭成员之间,形成一种有条理、有顺序的伦理结构。在这个结构中,每个家庭成员都占据一个位置,并凭借伦理关系上的"名"而被界定和显出。"夫妇父子君臣,皆由礼成,由名成也"。[①] 这一礼制的建立,其要核是"立名"与"正名"。"立名"就是通过确定家庭成员的伦理名分,建立起家庭成员间的伦理关系,并从"父""子"的伦理关系中推出"君""臣"的政治关系。"一切父子夫妇君臣上下名分皆从礼出。一切齐家治国平天下皆政也,皆正也。礼教即名教也……"[②] 有君、父之名,就要尽君、父之道;君、父之道即君、父之实,臣、子亦然。有立名,就可正名。"'君君、臣臣、

[①] 丁耘. 道体学引论[M]. 上海:华东师范大学出版社,2019:159.
[②] 丁耘. 道体学引论[M]. 上海:华东师范大学出版社,2019:160.

父父、子子',即春秋教之正名实"①。当特殊的人事变得紊乱无礼时,就可以根据上述礼制对其进行褒贬进退,判摄其是非得失。这就是"正名",亦是《春秋》教的特色。"伦理名分,则多出于孔子之教。孔子在这方面所作功夫,即论语上所谓'正名'。其教盖著于《春秋》"。② 这种儒家的正名观念,其实践范围从家到国,并始终用于政教人伦之事中,判摄人事的是非曲直。

《春秋》对公元前 722 年"郑伯克段于鄢"一事的褒贬,尤显这种"正名"实践。郑庄公和共叔段本是亲兄弟,是郑武公和武姜的儿子。但郑庄公出生时,足先出。武姜因难产受到惊吓而讨厌庄公,因而偏私其弟共叔段,并想立后者为君。随后,《左传》记下了三件共叔段犯上作乱的不义之事。按照"立嫡"传统,郑庄公成为继位者是符合道义的理所当然之事。而共叔段借母亲武姜对自己的宠爱,不断做僭越之事,试图夺取权位。庄公于鄢邑,讨伐了共叔段,导致后者出逃至共邑。所谓的"多行不义必自毙"的典故正是出自此处。"不义"一词首先出现在诸侯家族的权位争夺场域中。上述记事内容结束后,《左传》进一步解说了此记事中的"微言大义"。此微言大义正是围绕"郑伯克段"上的"名",进行道义判摄的。记事中用"段"不用"弟",用"郑伯"不用"郑庄公",是有特殊的考虑。不称共叔段为弟,是因其行为不按"悌道"对兄恭顺,因而不用"弟"这一伦理名分;称郑庄公的爵位名而非君名,因其行为不按"悌道",对弟友爱,因而称呼其爵位之名,讥刺郑庄公。此外,用"克"表明二者相争,像是两个毫无血缘关系的国君进行交战,没有丝毫的人伦情谊。因此,在此义例中,"郑庄公"和"共叔段"各自不再据"名"行事,兄不像兄,弟不像弟,二者不配以伦理名分相称。

上述《春秋》义例,通过"名实"之辨,显示了《春秋》教的"正

---

① 牟宗三. 牟宗三先生全集 2:名家与荀子 [M]. 台北:联经出版事业有限公司,2003:82.
② 梁漱溟. 中国文化要义 [M]. 上海:上海人民出版社,2011:111.

名"特色。这种特色是按照伦理名分，评判事件的是非、正义的。由此可见，《春秋》之"道名分"，就是将具体史事置于伦理名分的考量下进行评判，由此彰显义道。"春秋以道名分，何谓也？礼者，名分也，普遍也。史者，以名系于天时、地域、人事也，特殊也。名者唯名，系于事物，义则生焉"。[1] 因此，从"立名"到"正名"，就是一个确定每个人在礼制的安排中，据自己的伦理名分应该如何言行、如何予取的问题。其中的"义"，是每个人明晰自己的名分，谨守自己的本分，不僭越，由此家族成员之间形成各安其位、各守其分的正义秩序。"一切名器之不紊、不僭、不滥，一切恰如其分，则礼乐可兴矣"。[2]

从这种思想观念的角度来看，正义是一个人在伦理秩序中能安于其位、各守其分。这里的"义"，古通"谊"，有以下几个方面的意涵。首先，义，谊者，人所宜也。[3] "义"即人所适宜的位置、所适宜的事物，以及人做适宜的事情（见表4）。

表4　汉语文献中的"义"及其内涵

"义"的内涵	汉语文献
适宜	《韩非子·解老》：义者，谓其宜也。 《礼记·祭义》：义者，宜此者也。 《礼记·中庸》：义者，宜也，尊贤为大。
适合	《左传·桓公二年》孔颖达疏：合宜为义。 《论语·学而》邢昺疏：于事合宜为义。
适当	《淮南子·缪称》：义者，比于人心而合于众适者也。

其次，这种"义"首要的不是对他人是否正义，而是对"我"是否合宜。"义"繁体为"義"，从我，从羊。所以，"义"首要的是与我有关。

---

[1] 丁耘. 道体学引论 [M]. 上海：华东师范大学出版社，2019：160.

[2] 牟宗三. 牟宗三先生全集2：名家与荀子 [M]. 台北：联经出版事业有限公司，2003：80.

[3] 汤可敬（译注）. 说文解字（一）[M]. 北京：中华书局，2018：494.

"义者，谓宜在我者。宜在我者，而后可以称义。故言义者，合我与宜，以为一言。以此操之，义之为言我也"。① 由此，"合我与宜"，就是使人自己的所受所获、所作所为与人自身相适宜、相适合。由此，"义"之核心，不再"正人"，而在"正我"。董仲舒比较"仁"与"义"的差异时，指出"仁之法在爱人，不在爱我。义之法在正我，不在正人。我不自正，虽能正人，弗予为义。人不被其爱，虽厚自爱，不予为仁"。② 因此，"合我与宜"也意味着"以义正我"，人要根据"义"的标准，衡量和纠正自己的所受所获、所作所为。由"合我与宜""以义正我"，每个人才能"各得其宜"。所以，荀子曾曰：

> 夫贵为天子，富有天下，是人情之所同欲也；然则从人之欲，则势不能容，物不能赡也。故先王案为之制礼义以分之，使有贵贱之等，长幼之差，知愚、能不能之分，皆使人载其事，而各得其宜。然后使悫禄多少厚薄之称，是夫群居和一之道也。③

面对"人情之所同欲"，"礼义"本身就是一种分配方式。这种分配方式的分配角度，不是按照一个绝对标准进行均分，而是家族中拥有血缘伦理关系的每个人，都能根据"贵贱之等""长幼之差""知愚、能不能之分"，做自己能做之事情，由此"皆使人载其事，而各得其宜"。这种各得其宜的"义"就是"群居和一之道"。荀子的上述论述中，有些观点值得商榷，但是强调主体的差异性，强调主体的合宜性，强调主体之间"各得其宜"的正义理念，确实闪耀着思想的光芒。

上述基于伦理名分而来的礼义，化作个人具体的行为要求，就是人的孝悌之德。为人子者是否"孝"，为兄弟者是否"悌"，为父母者是否

---

① 《春秋繁露·仁义法》.
② 《春秋繁露·仁义法》.
③ 《荀子·荣辱第四》.

"仁",就彰显一个人的"义"或"不义"。所以,在这种正义理念中,孝悌本是正义之德。按照这种观念,在继位问题上,权势家族的子嗣就应该接受天伦次序对权位的安排,为兄为君,为弟为臣,而且为君者和为臣者,都要各安其位、各守其分。由此,一方面,嫡长子不能推托继承权位的"天命"。嫡长子必须遵从父命、天命,继承权位,这就是"孝"。国君的其他子嗣也要孝,遵从天、遵从父、遵从兄。另一方面,嫡长子作为兄,也要以悌道对待弟弟。这种"孝悌之德"作为权位争夺问题的正义解决方案,看起来不可思议,然而,置于儒家的正义逻辑中,似乎又不难理解。从《春秋》的视角来看,孝悌作为儒家解决人世间正义问题的解决方案,它不仅仅是家庭父母、子女之间的一种情感状态,更是传统正义理论的一部分,为整个传统社会构建了一种道德基石。因此,儒家的孝悌观不仅是个人的修养,更具有政治、伦理意义。有了孝悌,《春秋》中倡导的正义秩序才能得到保障。孝悌是"君子"之本。"君子务本,本立而道生。孝弟(悌)也者,其为人之本欤"?[①] 那么,以孝悌为基础的正义理论有何特殊性。

(三)《春秋》中的古典智慧

从西方现代正义理论来看,正义理论往往关注社会制度如何分配基本权利、如何划分利益的问题。[②] 这是一种在所有自由、平等的公民中进行公平分配的理论。这种分配理论试图借用"无知之幕"的理论手段,让所有生活着的公民以及未出生的公民都能达成一个最低限度的制度安排的共识,让每个人在公平制度的环境下获得自己应得的权利。但我国古典智识者在思考有关分配正义的起点问题时,一开始就不是从一个假设的起点开始,而是从现实起点,即一个人的"家"开始。这种不同的起点,让我国的古典智识者在处理分配问题上有独特的解法。

---

① 《论语·学而·第二章》.

② [美]约翰·罗尔斯. 正义论 [M]. 何怀宏,何包钢,廖申白,译. 北京:中国社会科学出版社,1988:序言2,7.

上文从《春秋》两百多年的记事中，截取了传闻世"隐桓庄闵僖"五公的元年记事。从《春秋》呈现的"义例"来看，最为严酷的事情是权位的继承问题造成诸侯家族内部血亲间的残杀之事。这个问题不只是鲁国的问题，它是中国接下来两千多年的各个王朝的头等大事。"传位不妥当，天下也定不下来，还会乱"。① 这些普遍性难题似乎不仅仅是这些权势家族的内部问题，它们仿佛关涉人间最为基础性的正义问题。为了君位、权位，人就可以杀父、杀夫、杀兄、杀子、杀女吗？如若仔细审视这一大问题，它将不止是那些权势家族中的问题，而是每个家庭都可能遇到的。这就是人为了某种名、某种利而伤害甚至杀害自己的血亲。这种不义如若被认可并接纳，那势必导致"人伦的解体"。无"家"、无人伦，人何以有家，何以立国？因此，这种导致家破人亡、无家无国的不义，乃是人世间中根本性的不义。因此，权位继承问题，关乎当时政治社会的根本性的正义问题。

对于权位继承问题，《春秋》的作者一开始就把它置于家—国的场域中。对此，深受西方公、私领域划分的现代读者会认为，这种处置方式看起来不像是处理政治社会的公共问题，更像是处理私人领域的家庭问题。这也坐实了一种对传统儒家文化进行批评的常见观点。这种观点强调传统儒家文化所推崇的德性品质，不过是个体的私德，② 是为一家之私天下服务的③。"《春秋》，天子之事也"。④ 那《春秋》所记之事，是关于"天子"一家之私事，还是关乎天下的公事呢？《春秋》的思想努力是为私天下服务的？《春秋》是否有可能把这些问题从私人领域拯救出来，变成一个涉及政治社会基础的正义问题？或者说，《春秋》是否包含着一种政治社会

---

① 金克木. 书读完了 [M]. 上海：上海文艺出版社，2017：47.
② 参见文碧方. 也论"仁"与"孝弟"以及"公德"与"私德"——兼评刘清平先生在儒家伦理上的有关观点 [J]. 社会科学战线，2005 (02).
③ 参见蔡祥元. 儒家"家天下"的思想困境与现代出路——与陈来先生商榷公私德之辨 [J]. 文史哲，2020 (3).
④《孟子·滕文公下》.

的基础性的正义理论？回答这些问题，可能要回到《春秋》作者对人间正义问题的独特见识。

1. 正义之难

在权位继承问题上，春秋当时的继位方式，有禅让、父承子继、一生一及等。然而，这些不同的继位方式并没有解决君位继承问题，反而引发了诸多争议和流血事件。《春秋》简化这些选君标准，力主"父承子继"。"子"就是正室夫人所生的第一个儿子，即嫡长子。这个继承方式看起来简单可行，因为按照礼制而组建起来的家庭必然有"夫妻"，"夫妻"必然会生子。同父同母的子嗣，自然具有年龄上的前后次序。同父异母的子嗣，也有年龄上的先后。因此，按照子嗣之间的尊卑地位、长幼顺序，就可以确立正统的继位者。这一确定的立君程序，看起来简约、易于操作，只要一以贯之，就能逐渐成为一个受到习俗认可的继位原则。《春秋》制定这个继位原则，如果始终参照这个原则执行，那么，君位的传承似乎不会出现什么争夺问题。然而，哪怕如此单一的继承方式，在人世中，也会生发出相当多的复杂情况和实践困难。《春秋》给出权位继承的正义方案，与其说是昭彰正义，不如说是昭彰正义在人世间的困难，显出正义在人世间的独特困境。

(1)《春秋》正义与强者正义

《春秋》中"诸侯壹聘九女"及其相应的子嗣继位礼制，呈现出封建制度的特征。"天子建国，诸侯立家，卿置侧室，大夫有贰宗，士有隶子弟，庶人、工、商，各有分亲，皆有等衰。是以民服事其上，而下无觊觎"。① "天子""诸侯""卿"都是权力位置，"建""立""置"则代表权力关系与权位的资源分配方式。"天子建国即周天子封建各诸侯，诸侯立家即诸侯国君立卿大夫，卿立侧室即是卿大夫立下级的卿或大夫"。② 天子分

---

① 《左传·桓公二年》.
② 陈来. 古代思想文化的世界：春秋时代的宗教、伦理与社会思想 [M]. 北京：北京大学出版社，2017：251.

封各诸侯，是将一个确定领域的土地、民人封赐给诸侯；诸侯"立卿"意味着在赋予"卿"管理权力的同时，也给予"卿"占有一块土地和管理此土地上的民人的权力；"卿置侧室，大夫有贰宗"，也包含着同等性质的财富和民人的分配与相应的管理权力。①

天子、诸侯、卿、大夫之间一般都有宗法亲属关系。因此，周制实质上是"宗法的封建领主制"②。在上述西周宗法制的规定中，诸侯的宗子或者嫡长子继承诸侯权位具有合法性，诸侯的其他诸子则立为卿。同理，卿之宗子可以继承父亲的官职，而卿之别子则被立为侧室。因此，这些权位在更替上，主要以族内继任为主。由此，形成了一个从上到下的多级封建封君体系。这种权力架构像俄罗斯套娃，从天子之天下、诸侯之国到卿大夫之家，每一层都套着下一层，每一层内部的权力关系都以家中"父—子"关系为原型而形成上、下级权力结构。这种结构既包括不同权力位置之间的关系，也包括每一权力位置和民人、土地的属从关系。

因此，在春秋时期的政治体系中，天子的"天下"、诸侯的"国"、卿大夫的"家"，虽范围大小不同，但都是一个政治单位。这些政治单位必然存在大大小小的权位。在周制中，一个权位对应着大小不一的统治范围，以及相应地对土地、财富和民人的管理和统治。因此，权位也被视为一个掌控着所辖范围中所有资源的位置。某人占据这个权位，也就占有了这个位置上所拥有的所有资源。在春秋中期以前，这种"宗法的封建领主制"都是相对稳定的社会组织体系，但是到了春秋中、后期，原来在权力位置序列中处于下一级者，以不同的方式和手段扩张自己的实际权力和占

---

① 实际运作中，随时代及宗族之繁衍分化，由周初天子分地赐予，建立诸侯之国。逮诸侯国渐大之后，以迄春秋中叶，为诸侯分赐采邑，建立卿大夫家之盛世。春秋中叶以后，卿大夫之族强大，多置侧室与贰宗，唯不再采行土地分封形式，成为依附性强之宗族组织，与诸侯、卿大夫之独立性有别，宗法封建系统至此而止。李新霖. 从左传论春秋时代之政治伦理 [M]. 台北：文津出版社，1991：1.
② 陈来. 古代思想文化的世界：春秋时代的宗教、伦理与社会思想 [M]. 北京：北京大学出版社，2017：251.

有领域，以致最终取代上一级权位占有者。这在孔子看来，就是"犯上作乱"。

　　礼乐征伐不出于天子，而出于诸侯；政不在国君，而在大夫；甚至政不在大夫，而在陪臣。这一切就是孔子当时所看到的普遍的政治现实，在他看来无疑是政治乱象。春秋时代天子、诸侯、大夫、陪臣关系的变动，打破了以往权力转移和利益分配的制度安排——"礼"，全然改变了旧有的礼制秩序，孔子将此种情形称为"天下无道"。①

这种"天下无道"的实质，是权位争夺。权位之所以成为争夺的对象，与人们对"权位"的认识有关。天子、诸侯、卿、大夫等权位往往是人所渴望之物。人们认为占据权位就等于占有了权势与财富。"夫贵为天子，富有天下，是人情之所同欲也"。② 权位看起来是"私位"，任何人只要凭借权势，就可以争夺权位。而且执掌权位，就可以掌握控制他人生死、富贵的强大权势。如：

　　凡人君之所以为君者，势也……一曰：凡人君之德行威严，非独能尽贤于人也；曰人君也，故从而贵之，不敢论其德行之高卑有故。为其杀生，急于司命也；富人贫人，使人相畜也；良人贱人，使人相臣也。人主操此六者以畜其臣，人臣亦望此六者以事其君，君臣之会，六者谓之谋。③

把权位理解为掌握他人生杀予夺、富贵贫贱的力量，导致争夺者为了

---

① 陈来. 古代思想文化的世界：春秋时代的宗教、伦理与社会思想 [M]. 北京：北京大学出版社，2017：261.
② 《荀子·荣辱第四》.
③ 《管子·法法》.

权位你死我活，不顾彼此之间的人伦关系。《春秋》所记残酷可怕的事，多为此类权位争夺事件。在这种争夺逻辑中，谁的权势大，谁就可以成为权位的"正当"占有者。这种"强者正义"看起来没有问题，符合政治现实。16世纪的意大利政治思想家马基雅维里在《君主论》中更为精炼地总结为："拥有武装的先知都胜利了，没有武装的先知都灭亡了。"[①] 换句话说，占有权位的决定性因素在于强力。即便是那些有智慧的先知，没有权势的支持，也不可能胜利。在这种逻辑下，权位的占有和继承问题，不再是"谁是合法的权位继承者"的问题，而是"谁有权势，谁就是权位继承者"的问题。然而，拥有权势、暴力就能让权位的争夺变得合法而正义吗？这里面潜藏着人间重大的正义问题，是《春秋》的作者以及其他认真思考政治问题的思想家所遇到的普遍难题。

(2)《春秋》正义与历史的荒谬性

《春秋》所面对的正义难题，不仅有强者正义，而且还会遭遇正义的历史荒谬。"诸侯壹聘九女"及其子嗣继位礼制虽然规范了权位的继承方式，但是在历史中，这一礼制难免产生疑难甚至荒谬。"父承子继"的继位原则，是在众多的子嗣中安排"嫡长子"作为继承者。然而，在具体的历史中，有太多不可控的意外和偶然。如，国君娶到合适的女子为正室夫人，但是正室夫人在孕育生命的时候，所生的孩子必然为男孩吗？即便嫡夫人所生之子为男孩，嫡长子出生之后，长大成人期间，会不会夭折、早亡？而且这样的嫡长子即便顺利长大成人，会不会具备作一国之君所需的各种才能和品质？……看来，嫡长子制本身也是潜藏争议、祸端和荒谬。

其中，常见的荒谬现象就是"幼主"或"儿皇帝"的现象。先君意外早亡或者有偏爱之心，往往会产生幼主问题。如，《春秋》经传中记载的第一例争位问题——隐、桓之争。《公羊传》提出，鲁隐公虽为庶子但隐公仍旧继位，是因为考虑鲁桓公年幼，恐怕大臣不能真心辅佐，因而由隐

---

① [意]尼科洛·马基雅维里. 君主论[M]. 潘汉典, 译. 北京: 商务印书馆, 2009: 27.

公摄政。由此，埋下了日后桓公与隐公争位的问题。再如《春秋》记载的鲁闵公。鲁闵公即位时年仅八岁，两年后被弑时，也就十岁。进入宗庙后，在祭祀仪式上，还引发了鲁闵公与鲁僖公之间的"昭穆难题"①。对于现代人而言，鲁闵公作为孩子就被绑架并献祭在权力的祭坛上，既是他个人的悲剧，也是国家的悲剧。一种允许懵懂小儿端坐权位的制度设计，本身就是一种荒谬。

此外，这种"父承子继"礼制还带来另一处荒谬之事。这就是"立长不立贤"。这一标准意味着，权位的继承者不是诸侯子嗣中最贤能者，而是嫡长子。只要是嫡长子，不论贤能与否，他继承权位就是正当之事。这里隐含着嫡长子继承制的荒谬。亚里士多德也质疑这种权位的世袭制度，并不能保证权位是由贤能者继承。②另外，即便是贤能的王者，也并不必然生育和教育出贤能的继承者。这种嫡长子世袭制的历史困难，淋漓尽致地体现在前述隐、桓之争中。隐公虽贤，但因其为庶子而贱；桓公虽不肖，但因其为正室夫人之子而贵。所以，《春秋》提出了一个令现代人颇感荒谬的继位标准："《春秋》之义，诸侯与正而不与贤也。"③按照现代人的政治逻辑，占据权位的人理当是成熟的贤能者，像隐公这样"长且贤"者才适合继承权位。

上述两种荒谬现象，其实质都在于二者违背基本的政治正义逻辑。按照这种逻辑，权位应是由贤能之人占据。贤者，才能在处理国事上有公心；能者，才能把异常复杂的国事处理得恰如其分。贤能作为统治资格的标准，在西方古典政治哲学中，被视为是"自然"。"柏拉图特别点明，第六种资格（智慧者统治无知者）最高，因为它是唯一依据自然进行统治的，是不带暴力地对自愿的臣民行使自然的统治。尽管诗人品达也声称强

---

① 《左传·文公二年》.

② Aristotle. Politics. In J. Barnes (ed.), *The Complete Works of Aristotle*, vol. 2., Princeton: Princeton University Press, 1991: 69.

③ 《春秋穀梁传·隐公四年》.

者统治弱者是'自然'的，但更为自然的是根据智慧所行使的统治"。① 正如，柏拉图的《王制》，所探求人性的正义高峰，就是哲学王统治城邦。哲学王占据权位之所以是正当、合理的，是因为经过训练、培养和各种考验之后，哲学王拥有占据权位所需的全部德性：节制、勇敢、智慧、正义。为王者，乃是天赋异禀、才能卓越、品质超拔的"哲学王"。这是《王制》对权位的继承问题，提出的培养方案和选君方案。这一方案始终以君王所需的德性才能为旨归。这种培养和遴选"哲学王"的方案，看起来符合政治正义、政治理性。这种方案也曾出现在《尚书》中。

《尚书》中的两篇公文《尧典》《皋陶谟》，记载了尧舜两位统治者的政治事迹。文中，浓墨重彩之处，是二者对继位君的考察和选拔。首先是帝尧长期考察舜的品质和才能后，才把权位传给他。其次，帝舜考察诸大臣的作为后，最终选拔禹来接替权位。由此，形成了权位"禅让"的千古佳话。"禅让制"实质也是以贤能为权位继承的标准。这一古制不论是否是历史的真实记载，它被记录并传承下来，表明它的作者已经看到了权位与贤能之间的合理关系。对照《王制》及《尚书·尧典》中的贤能逻辑，《春秋》树立起来的"父承子继"继位原则有违人的政治理性。因为它允许非贤能者占据权位。非贤能者居正位存在不正义和荒谬。"不正义"在于《春秋》所立的"父承子继"，沿用了"家长制"，并把权位的继承问题局限在"家"这一私人领域中，没有转化为一个政治共同体的公共事务，让一家之主变成了一国之君；荒谬之处在于最终选出的权位继承者很可能不具备做君王的贤能。难道《春秋》的正义解法真的不正义、荒谬吗？

先回到《尚书》。《尧典》和《皋陶谟》中虽彰显了权位继承的禅让制，但是两篇公文潜藏着另一暗流。当帝尧、帝舜与大臣讨论选贤任能时，都提及了尧的儿子——丹朱。帝尧选派担任"若时登庸"职务的人，有人推荐丹朱。帝尧认为丹朱愚鲁、不守忠信，不能担当这一职务；帝舜

---

① 林志猛. 柏拉图论混合政制 [J]. 哲学动态，2019 (08).

在与大臣讨论用人选贤时，就将丹朱作为不肖典型。"无若丹朱傲，惟慢游是好，傲虐是作。罔昼夜頟頟，罔水行舟。朋淫于家，用殄厥世，予创若时"。① 丹朱傲慢，好游玩懒惰，行为放纵轻浮；帝舜严厉惩罚他，灭绝他的后代，使其父子不得相继。② 两篇公文两处提及丹朱，似乎别有深意。作为尧的儿子，丹朱被认为可以担当大任，然而，帝尧并没有因为他是自己的儿子，就把大任交给他，之后更没有将权位传给他。而帝舜甚至因为丹朱的恶劣作为，灭绝了他的后代。两篇文章似乎一再提及丹朱，似乎有绕不过去的事情。绕不过去的事情可能就是丹朱是尧之子。丹朱如若贤能，那么，他本应该担当大任；然而，他并非贤人，舜甚至灭绝了他的后代来惩罚他，让其父子不得相继。

《尚书》在这里似乎已隐含着两种继位原则：贤能原则和父承子继原则。这两种原则在历史现实中，恐怕常处于激烈的竞争中。禹之后，权位就是传给了禹之子——启。然而，蹊跷的是《尚书》并没有记载这一权位继承原则从贤能原则到父承子继原则变迁，是如何发生的。难道是因为启既是禹之子，又是大家公认的贤者？《尚书》只留在了一篇启攻打有扈氏时的战争动员令——《甘誓》。这难道是在暗示启继承权位，是因为他手中握有权势吗？这是不是意味着以贤能为标准的"禅让制"，不可能持续下去；而在抢夺权位上，权势显然远比贤能标准直接、有效？

再回到柏拉图《王制》。《王制》按照城邦政治的正义逻辑，培养和选拔哲学王作为城邦的统治者。这样的人占据权位，符合政治正义逻辑。然而，像"哲学王"这样集天赋、才能、品质于一身之人，实在是世上稀有之人。哪怕严格遵照《王制》中生育、养育、教育程序，"哲学王"也不见得能被培育和选拔出来。何况还要保障每一世代都能出现这样的超拔之人。这似乎是人间可望而不可即之事。因此，《王制》越是在言辞中建构超拔、完美的政治统治者，在人世间也就越难培养或发现这样的完美无

---

① 王世舜，王翠叶（译注）. 尚书［M］. 北京：中华书局，2012：47.
② 王世舜，王翠叶（译注）. 尚书［M］. 北京：中华书局，2012：48.

暇的人担任统治者。而且即便以贤能作为权位占据的绝对标准，困难的问题仍是如何考核和认定某人是否贤能。正如《曾子问》曰："立适以长不以贤何？以言为贤不肖，不可知也。"① 因而，贤能很难化作一个简单、明了、易行的选君标准。如果以贤能为标准，贤能很有可能被"操作"出来，并成为弑君、篡权的借口。因此，以贤能为占据权位的标准，虽在逻辑上无悖谬，但在历史实践中却有相当的不可能性。这似乎是人世中难以回避的历史荒谬。这恰如"父承子继"制在历史上导致"儿皇帝"这种荒谬现象。

2.《春秋》的正义智慧

《春秋》"传闻世"中的元年记事，围绕权位继承问题，呈现了人间的不义事件。这一不义事件显示了正义问题在人世间的存在状况。这种状况，一方面体现在一种蛮横的"强者正义"上。这种正义观将权势视为了正义本身。按照此种逻辑，谁有权势，谁就占据权位。另一方面，就权位继承问题，人世间面临的正义问题夹杂着难以克服的困难。嫡长子作为正位的继承者，应该具有合适的年龄，合适的治国才能和性情品质。然而，这些相配之物，能够天时地利人和地汇集于一人，实属偶然，非人力可控。在权位继承问题上，自然正义或者宇宙正义并没有真正生育"天之子"。政治社会的正义并没有自然正义作为保证，不义或者不完美早已潜藏于政治社会的开端处。而且许多人将权位视为满足一己之欲的私位，对权位虎视眈眈，助推了权位继承问题上的不义。此外，错综复杂的政治处境和国内外的权势力量，更是让权位继承问题盘根错节。因此，解决这么大的正义难题，需要智慧。

（1）权势争夺与道义准绳的确立

"强者正义"始终是一个难以解决的痼疾沉疴，在现实中引发了诸多残暴血腥的事件。诸多智识者对此付出了艰辛的思考力量。在以正义为主

---

① 《白虎通·卷三·封公侯》.

题的《王制》中，苏格拉底奋力辩驳了色拉叙马霍斯的这种"强者正义"。在对话中，色拉叙马霍斯提出城邦的统治来自于有强力的统治者。谁拥有力量，谁统治就是正义的①。在这种观点下，权位的占据就是一个权势比拼的问题，而非正当合理的问题。苏格拉底的论辩，回到了"统治"这件事情本身。对于权位的争夺者而言，权位是一个攫取个人利益的私位。照此理解，统治者是为了自己的利益而统治。但是，苏格拉底与色拉叙马霍斯据理力争的是，占据权位的人到底为了自己的个人利益，还是为了被统治者的利益。苏格拉底以"牧羊人与羊群"之间的关系为隐喻，表明一切统治，不论是公共还是私人统治，如果是好的统治，其寻求的利益都是被统治者、被照顾者的利益②。因此，从统治这件事本身来看，统治者的个人利益，不是直接将统治变成为个人利益服务的手段，而是通过服务被统治者的利益的方式，间接实现个人利益。那种将权位变成满足个人私欲者，乃是僭主，而非正直的君王所为。正直的君王只能从统治的辛劳中，获得被统治者给予的报偿。

  从上述苏格拉底的论辩来看，面对"强者正义"时，苏格拉底所做的事情是回到统治这件事情本身，将正直的君王与不义的僭主、合法的统治者与有野心的强者区分开来。从这种区分可以看到，那些渴求权势的人本质上是想要通过权势占有更多东西之人，这样的人本身就把为被统治者服务的公共位置变成了为个人私利服务的私位。这种变形的统治目的，将其他人视为达到自己占有并掌控更多人和物的工具和手段。在此不义逻辑中，不仅是人民，甚至是自己的血亲都会成为这些僭主满足自己野心的工具。在某种情势下，杀掉血亲攫取或保住自己的权位，不足为奇。因此，《王制》的努力，就是从理性层面回到了"权位是什么"的问题上，探明

---

  ① Plato. The Republic Of Plato. Trans. by A. Bloom. New York: Basic Books, 1991: 15—17.

  ② Plato. The Republic Of Plato. Trans. by A. Bloom. New York: Basic Books, 1991: 23.

权位作为政治生活公职，应为公共利益而非私利服务的职位。《春秋》在解决"强者正义"问题，也在寻找类似的出路，将权位视为一个客观位置。

《春秋》以"父承子继""嫡长子制"作为权位的继承或者分配原则。这一原则是根据人伦关系之间的名分确定的。这种人伦名分既是建构家庭成员关系的模型，也是家庭成员之间的分配模型。这种模型实质上是一种"政制"。从政制的角度，理解并建构家庭关系及家庭分配关系，并非只有《春秋》。亚里士多德在《政治学》中，也有这种视角。亚里士多德区分了以下两两相对的三类政制：君主制—僭主制、贵族制—寡头制、荣誉制—民主制。他以君主制—僭主制作为理解和建构父子关系的模型。父亲可以像君主那样照顾孩子们的利益。最好的君主制就像一种家长制。如果父亲把孩子像奴隶那样对待，就像暴君作为主人只顾自己的利益，那么，这种家庭关系是一种僭主制。对夫妻关系，亚里士多德用了贵族制—寡头制作为理解模型。在家庭这一共同体中，夫妻二人根据各自的能力，对各自适合的事务进行统管。这种关系像贵族制。如果丈夫统管家里的一切事务，或者偶尔妻子作为女性继承人统管家里的一切事务，就是寡头制。因为这种统管不是根据二者各自的能力和德性，而是根据权势和财富。家中兄弟年龄相仿，彼此之间也是平等的，他们的关系像荣誉制。但如果年龄相差很大，就不再是这种平等的兄弟情谊。民主制常常就出现在那些没有主人的家中（因为每个人彼此平等），也出现在家长软弱的家中。在其中，每个人都各行其是。①

从亚里士多德的上述分析来看，理解和建构家庭关系实质也是在家中引入"政制"维度。而《春秋》以人伦名分建构家庭关系，与此有异曲同工之妙，其实质上也是用某种"政制"来型构家庭关系。具体而言，这种"政制"可以看作"君主制"。君主制，在起源上也是源于家长制。这与亚

---

① Aristotle. *Nicomachean Ethics*. Trans. by W. D. Ross, Oxford: Oxford University Press, 2009: 155—156.

里士多德所讲的"父亲像君主那样照顾孩子们的利益"有相通之处。在这种理想关系中,父母作为长者,自然会照料、管理儿女。父母是管理者,子女是被管者。这是一种基于血缘关系而形成的家庭生活的自然秩序。"父"就是一个权位。"父"在这种秩序中,不仅仅是用于称呼,它是一个"名"。为父之人,站在父亲这一位置上的人,要照料、看管家庭。按照这种家长制逻辑,在一个政治共同体中,也存在一个统治和管理共同体的位置——权位。占据这个权位之人被视为"君父"。①

《春秋》设想的嫡长子继承者,属于"家长制",把权位的继承者视为一个像父亲那样照料和看管家的人。这种思路实质上也把权位视为共同体中的客观职位。这一职位承担着照管共同体的责任。在"父承子继"的原则中,从表面上看,继承的是"父位",但父位本身又是从其父那里继承而来的。由此,无限倒推,必然存在一国君位之始的问题。在汉儒对《春秋》的解释中,君位之始是被归结为承继"天命"。承担这种天命,意味着要承担像"天"那样化成万物、生生不息、彝伦攸叙。因此,权位本身是一个必然存在的客观位置,占据这个位置的个体不论是谁,都要承接担负让天下苍生生生不息的"天命"。所以,《尚书·皋陶谟》中有言,"无旷庶官,天工,人其代之"。各种权位本是"天工",如若在其位者不称其职,那么,这样的人如何替天行事、厚德载物?!在这种家长制的预设中,权位不是一人之私,它不能私占、私授。私占、私授不正当。"天子不能以天下与人"。②这样才不会出现《春秋》齐灵公欲废天子时,云"在我而已"③的说法。

《春秋》将权位继承问题置于"人之家"中进行思考。这些家不是普通的"人家",是王之家、诸侯之家,是掌握政治社会各种资源的权势家

---

① 对这种由家到国的政治设想,亚里士多德在《政治学》开篇就提出了异议,不能将城邦政治家、君王、家长或者奴隶主等同起来。参见亚里士多德. 政治学[M]. 吴寿鹏,译. 北京:商务印书馆,1965:3—4.

② 《孟子·万章上》.

③ 《左传·襄公十九年》.

族。这些"家"横跨"家—国"的场域。然而，将权位问题放入"家"中进行思考，并不必然意味着占据权位者是为某家的一己之私服务的。对今人而言，出生在这些家族中的人，并不具有继承权位的政治合法性，因其不是被民主选举出来的。因此，《春秋》中所设想的君主世袭制，更容易被现代读者视为是权势家族在瓜分天下，因而这种权力的分配方式不正义。然而，现代民众不曾深思的是，民主选举作为统治阶层的产生手段，也并不能保证选举出来统治集团占据权位，就能够真正为公共利益服务。在柏拉图的《王制》中，民主制并非最佳政制，而是仅好于暴君或者僭主制的一种政制。民主制在《王制》中处于这种位置，是因为民主所追求的自由并不等同于善，极端的自由会导致极端的奴役。而且，这其中还潜藏着另一种危险。那些权势家族通过隐秘的手段，找寻自己的政治代理人，让这些代理人在政治前台为一家之私服务。因此，哪怕现代民众选举罢免了那些少数权势家族的政治代理人；哪怕采取极端的手段，打倒一批权势家族，也不能保障没有其他权势力量兴起并窃夺国家公器为一己之私服务。因此，古人看得清楚，权位总是要有人来承担的。无论是谁来承担，要紧的问题都是这些权位的占据者如何有心怀天下的公心，有为天下谋利的意愿和能力。因此，《春秋》端正了人们对权位的认识。那么，将"权位"视为一个客观存在的职位，意味着什么呢？

权位并非一个个体任意欲望的对象，也不是权位的占据者可以任意使用的对象。权位作为政治共同体中必然存在的客观位置，需要占据者有品质、有能力去完成这个位置所需要完成的使命。此外，这个权位的获得，不是靠暴力、权势而来。暴力、权势虽能用强力抢夺权位，让人们服从于暴力者，但是这一抢夺并不具有正当性。如果君位是一个客观存在的位置，是为了完成像天那样化成万物之使命的职位，那么，权位的力量是来自权位本身，而非居于权位上的具体个体。以此观之，那些所谓拥有权势者或者强力者，他自身并不拥有多少力量，他以不正义的方式，僭越本分，窃取了权位上的力量而公器私用。这样的暴力夺位者一开始就没有

"居正位"。

《春秋》树立了"父承子继""立嫡立长"原则。这些原则作为权位分配的程序和标准,构建起了一种"正义秩序"。这种秩序来源于家庭中人伦名分而构建起来的。《春秋》为中国传统政治社会的权位继承问题,立起了一个道义准绳。这一准绳绝非什么具有普遍适用性的完美标准。然而,它却是一个超越个人任意意志的确定根据。这一根据在历史中虽常常被扰乱和破坏,但它始终是一个准绳。不论时局如何、权势如何、功败垂成如何,人们都可以按照这一准绳,对那些篡夺、僭越进行评判。"发现是非善恶取决于公理而不取决于暴力……公理发现以后,从此世界上没有可被武力完全屈服的人"[1]。

因此,对于诸侯国家族内部的争夺问题,《春秋》的记事方式,就有意识把争夺问题视为权位获得的正当性问题。这是一个正义问题,而非一个自然丛林中靠强力、权势争夺的问题。因此,那些以权势争夺权位之事,虽然一时可以以权势作为其篡夺"正位"的保障,但不可能得到道义的承认。因此,《春秋》一开始追求就很高,要用道德来规范政治,用"正义"来分配权位。有权势的人虽凭借一时权力的强大争夺了权位,但这种压倒性的强力并不能将这一争夺合理化。用强力取得的权位,永远缺乏正义基础。因此,《春秋》将权位的继承问题表述为"谁才是真正合法的权位继承者",并以此为视角,审视权位继承问题。这也可以看到《春秋》并非单纯的记事之作。它借史、事昭彰了人间正义。道义作为一种力量,对那些窃国者、盗国者(kleptocrat),起到了震慑作用。所谓"孔子成《春秋》而乱臣贼子惧"[2]。

(2) 最佳正义与政治中的中道

《春秋》在权位继承问题上,建立了一个道义准绳,并将权位视为一

---

[1] 钱锺书. 写在人生边上;人生边上的边上;石语 [M]. 北京:生活·读书·新知三联书店,2002:21.

[2] 《孟子·滕文公下》.

个"正位",而非权势野心家所认为的"私位"。然而,困难的问题是,谁能居正位?有正位,就必然有居正位者吗?《王制》中,构想的是培养集诸多德性、才能于一身的"哲学王"来继承正位。然而,如前所析,适当年龄、才具、性情汇集于一人实属历史偶然,非人力所能完成。问题是,在如此重大的权位继承问题上,人世间真的找不到最适合的人,担当权位吗?难道在人世间,追求权位问题上的最佳正义是不可能的?

柏拉图的《王制》旧译为《理想国》。这一译法常会让人误认为,这本书的作者是在追求最佳政制:"理想国"由哲学王统治。然而,这种最佳正义看似可能,实则不可能。因为哲人作为智慧的爱好者和追求者,并不会主动掌握权力,因为掌握权力并不能增进他的智慧,反而会让他被迫卷入诸多的繁杂事务中,管理他人之事。因此,真正热爱智慧的哲人,不爱金钱、不爱荣誉,并不会主动成为"哲学王"。而且哲人也不会因自己贤能而主张自己成为合法统治者。因为像苏格拉底这样的哲人并不宣称自己拥有了智慧,他仅仅是爱智慧的人。所以,对话进行到《王制》第九卷卷末,再回到最佳正义的可能性问题上时,"最佳正义"已不再期待在城邦这样宏大的事物上得以实现,而是在爱好智慧的人的"灵魂城邦"中得到追求。[1] 因此,柏拉图的《王制》并没有期待实现现实中"最佳正义",没有期待完美的哲人能真正拥有权位,因为这需要"神圣的运气(divine chance)"[2]。

既然在权位继承问题上,不可能追求"最佳正义",不可能期望"最佳之人"能够作为权位的正当继承者。那么,只能追求"次好"。这种次好的政制就是混合政制。对此,柏拉图在《法义》、亚里士多德在《政治学》中,均有讨论。

---

[1] Plato. *The Republic Of Plato*. Trans. by A. Bloom. New York: Basic Books, 1991: 274-275.

[2] Plato. *The Republic Of Plato*. Trans. by A. Bloom. New York: Basic Books, 1991: 274.

最佳的制度就应该是这样一个共和国，在其中，教养良好而又深具为公精神的土地贵族（他们同时又是城邦贵族），服从法律而又完成法律，进行统治而又反过来接受统治，他们雄踞于社会而又赋予社会以其特性。古典派们谋划和举荐了各种貌似有利于最佳者统治的体制。其中影响最大的或者当推混合政制，它是王权、贵族制和民主制的混合。在混合政制中，贵族制的因素——元老院的庄重肃穆——处于居间的也即最为核心和关键的位置。混合政制实际上（而且它也旨在于）成为一种由于加入了君主制和民主制的体制而得到期了加强和保护的贵州制。①

这种混合政制，将政制中最为重要之物——贤能、法治、自由进行了混合。"现实可行的最佳政制并非哲人王的统治，而是贤人在法律之下的统治或混合政制"②。这种混合政制将贤人的人治与礼法的法治结合起来。礼法为人类政治事务提供了一般准绳，让统治者不会凭私意行事；贤人的人治，可以在礼法不能判决的特殊事例中，进行权宜平衡。"这意味着，应当由最好的人担任统治者并进行立法，但城邦事务应依法治理，只在法律无法囊括且不具权威的问题上让个人运用其理智"③。这种混合政制暗含着贤人政制，将"德"作为稳健政治社会的必要基础。这种贤人政制在西方近现代政治思想中似乎被勾销。在西方近代思想家看来，政治社会不需要贤人政治，一方面是因为人的德性完全是偶然之物，难以成为政治社会稳定的基础；另一方面根据现代社会契约论，可以让政治社会提供强大的共同力量，防范那些篡夺公权力的野心家，在此基础上建立自由政制，在其中每个人都自己管好自己，自己做自己的主人。因此，有了这种西方现

---

① ［美］列奥·施特劳斯. 自然权利与历史［M］. 彭刚，译. 北京：生活·读书·新知三联书店，2006：144.
② 林志猛. 柏拉图论混合政制［J］. 哲学动态，2019（08）.
③ 林志猛. 柏拉图论混合政制［J］. 哲学动态，2019（08）.

代制度正义，就不用再劳神人的正义问题。制度正义似乎可以代替人之正义，成为政治社会的基础。然而，制度正义是否真的解决人间的正义问题？

揆诸上述分析，围绕权位争夺形成的正义难题，既有外在权势的不义抢夺，也有权位继承自身内含的难题。在政治社会中，最为重要的权位问题上，出现不义似乎就有必然性。人世并不必然配合人的正义安排，整个宇宙正义并不配合人间正义。因此，《春秋》为权位继承问题，提出的合法性根据——天道。然而，天道为那些"合法"继承人提供的正义基础却非常有限。但从另外的角度来看，《春秋》的方案，又在竭力适应这一有限的正义基础。因为儒家在《春秋》中建立起来的礼制，似乎是面对人世间正义处境而给出的一套折中方案。这套方案一开始就不是以"最佳贤能者"为选拔目标，而是根据人世现实，建构了一系列的礼制进行调和。《春秋》提出的政制，似乎也是一种混合政制。但是，与西方古典政治哲人不同，《春秋》的作者构想了一种特殊形态的混合政制。这种混合政制将"正义"与"贤能"相混合。

所谓"正义"，是指权位的继承者或者说居正位者，是按照特定礼制产生的合法继承人。按照礼制这一普遍规则，产生的继位者就是居正位者。这一继位者继承权位就是正义的。因此，按照礼制，居正位者并不是因为他的贤能而成为居正位者，而是因为他的人伦名分。作为嫡长子，必须继承权位。然而，嫡长子制并不能保证权位继承者具有相配的统治贤能。而稳健和优良的政制必须含有贤能因素。因此，贤能必须吸收进统治因素中，成为统治力量。贤能虽不是获得权位的充分条件，但是权位继承者得以合法化的必要条件。因此，居正位者最好自身拥有适宜权位的品质、才能，但是，人世间的事情不可能如此完美。那么，退而求其次。居正位者即便不是最贤能，品质不是最高的，但是他可以求贤，让其他人帮助自己处理国事。这些有才能的人应该积极辅助居正位者，因为居正位者所致力的是政治社会的共同利益。所以，占据权位，贤能虽不是充分条件，但是居正位者必须要以德治国。"皇天无亲，惟德是辅"。[①] 在此思路下，哪怕居正位的人还处于婴幼儿期，同样可以在其他顾命大臣的协助下，承担作为天命继承者的使命。

由此可见，《春秋》的问题意识，不是思考人是否凭德性，凭劳动，或凭需要而"应得"，而是放置在万物皆有其位的秩序中，思考人之"应得"。在《春秋》中，这种"应得"不是根据个人的功绩或者需要，而是根据人的伦理名分。这一伦理名分的原则，运用在家的秩序中、国的秩序中，以及天下的秩序中。因此，《春秋》的正义逻辑，其实质是在一套秩序中，各安其位、各得其宜。从中可以看出，《春秋》在权位继承问题上，选择了一种折衷方案，而非追求最佳正义。这种折衷方案虽然不符合现代理念，但它仍旧内含着选君的正义原则和正义程序，并以此作为权位继承问题上的道义准绳。《春秋》由继位之君而构建起来的礼制，由家到国，由国到家，内含了一种"执中"的智慧。这是考虑现实可能性、人性可能性之后作出的一种中道选择。这一选择在现代推崇的民主政制中遭到了诸多批评。本书的研究，并不意在捍卫这种选择，也不讨论现实中的政制运作的实际情况，也不深入讨论秦制与周制的问题，本书仅是将其作为一种正义解法，观看其解决人间的正义逻辑。不过，如若进一步悬置现代理念，也许这套正义逻辑还有另一番智慧。

(3) 正义与仁义

权势家族内部，为了争夺权位而不惜杀害自己的血亲。对此，《春秋》的解法中还包括一个补充原则，即令后世奇怪的"亲亲之道"的原则。在"郑伯克段于鄢"一例中，《春秋》着重提出这一原则。在郑庄公、共叔段的问题上，人们常常认为是共叔段的问题，因为他不遵循天命，想要篡夺权位。但是《春秋》的批评却朝向了"郑庄公"。按照《春秋》所提倡的孝悌之德，郑庄公与共叔段之间的人伦关系本应是"兄友弟恭"。但是，

---

① 《尚书·蔡仲之命》.

在"郑伯克段于鄢"中，恰恰兄不像兄、弟不像弟。其中，《穀梁传》对兄长郑庄公的讥刺，则更为明显。郑庄公处心积虑地放大弟弟犯上作乱的恶，而不是及时教导和制止。而且追杀弟弟时，已到鄢地，其杀机之深，"犹曰取之其母之怀中而杀之"，完全不顾及血亲间的情谊，非要将弟弟逼入绝境。这种恶就像从母亲怀里夺过婴儿来杀掉。因此，郑庄公的做法完全不符合"缓追逸（放）贼"的亲亲之道。《左传》还补充了"郑伯克段于鄢"之后的一件事。这就是郑庄公因其母亲武姜帮助共叔段谋反，而将母亲安置在城颍（古地名），并发誓"不及黄泉，无相见也"。不久，郑庄公后悔，心里惦记母亲，但顾忌自己的誓言，不敢与母亲相见。颍考叔知道此事后，以其孝母之事，告诉郑庄公，将同为人子的"孝"感染庄公，打消庄公的顾忌并提出"阙地及泉，隧而相见"的策略，帮助庄公与母亲和好如初。

按照《春秋》的正义逻辑，家族成员应该按照天伦秩序形成的名分安排行事。"郑伯克段于鄢"中应有的大义是"兄友弟恭"，为弟者顺从为兄者的安排。这种家庭成员的人伦关系及其衍生出来的君臣关系，被看作既是基于天道，又是基于亲人间真实情谊。但是在现实中，家族成员并没有遵循这一道义原则。"郑伯克段于鄢"一例中，为弟者共叔段就想篡夺权位。面对这种犯上作乱的不义行为，《春秋》不是怂恿"以眼还眼，以牙还牙"的复仇正义，而是回到家族成员的具有神圣色彩的"天伦"中。虽然家族成员因欲望、野心，会违反天伦的名分安排，不顺从天命而犯上作乱，但是，不能以此进行暴力复仇，要以亲亲之道重建之。亲人不义，但仍是亲人。这种人伦上的牵绊和挂念，不绝如缕、藕断丝连。因此，还要遵从父慈子孝、兄友弟恭的人伦规范。按照亲亲之道，难免会出现"亲亲相隐"的难题。"亲亲相隐"虽不正义，但它却最大限度地维护了家庭的伦理根基。家人不应该相互背叛，甚至相互仇杀。因此，以"天伦"为基础的道义观念来规范家庭内部的关系。这就是《春秋》面对家族内部的不正义事件中，给出的正义解法。

这种亲亲之道内含了一种正义观念。这种观念认识到，人世间不可能完全按照正义而行。正义在人世间的命运，并没有正义之士所设想的那样，如江河滔滔。不义总是存在。正义问题在人世间显露时，有太多的情感牵绊和微妙之处。考量人性这种情感牵绊的特殊性，对正义的中道追求，不应是那种"以牙还牙、以眼还眼"的绝对正义，而应是"人之正义"，即"仁义"。这种仁义就是"亲亲相隐"背后的正义观念。这种正义以义为首，但以"仁"来补充"义"或辅佐"义"。因此，面对正义问题时，凭靠绝对正义并不能解决人间正义问题，还需要用"仁爱"来调和。这体现古人独特的正义考量。用仁义，而非单是"义"来解决人间的正义问题。

（4）正义与让道

《春秋》中的正义逻辑，是基于血缘人伦关系建立起来的秩序。这种秩序体现了每个个体都按照伦理名分的要求，各安其位、各得其宜的正义原则。但是正如前文的分析所言，考虑人世状况，《春秋》作者还增加了"亲亲之道"补充这一正义原则，解决现实处境中犯上作乱的不义现象。由此，《春秋》推崇的正义，走向了一种更为中道的人间正义——仁义。除了以"仁义"作为绝对正义的补充以外，《春秋》还推崇"让道"。"《春秋》弑杀奔逐之祸多起于争，争为乱阶，欲绝乱原，务须明让"。[①]《春秋》多褒扬吴季札[②]等善让者。

春秋时期吴国吴王寿梦有四子：诸樊（或称谒）、余祭、余昧（一作夷昧）、季札。季札年幼有才，诸樊、余祭、余昧三位兄长共同宣誓，按照"兄终弟及"或"一生一及"的原则，把权位传给季札，而非自己的儿子。但余昧死后，季札没有继位，反而走掉。等到长庶子僚[③]继位后，他

---

① 舒大刚，杨世文主编．廖平全集（第6册）[M]．上海：上海古籍出版社，2015：629．

② 参见《公羊传·襄公二十九年》《穀梁传·襄公二十九年》《左传·昭公二十七年》。

③ 吴王僚是吴王寿梦的庶子，还是吴王余昧之子，有历史争议。

才回国并承认僚为国君。但是，诸樊之子阖庐不服气，认为僚不遵从先君之命，即位的人该是叔父吴季札，如果叔父吴季札不受，那么，继位者应该是阖庐而非僚。于是他派专诸刺杀了僚，然后致国于季札。季札不接受，说："尔弑吾君，吾受尔国，是吾与尔为篡也。尔杀吾兄，吾又杀尔，是父子兄弟相杀，终身无已也。"① 由于不愿家族内部的相互残杀，季札终生不入吴国国都。

这一史例充分展现了在现实政治中权位继承的复杂局面。这种复杂局面，与继位者是否具有贤能密切相关。吴季札有贤能，但并非嫡长子。为此，吴王家族选择了"兄终弟及"而非"嫡长子制"作为继位标准。从这个细节来看，吴王家族虽然是世袭制，但把贤能作为选君的原则。吴王家族这样做，就是为了让吴季札继位。诸樊、余祭、余昧三位兄长都按照"兄终弟及"的原则，继承权位。然而，余昧之后的权位继承问题，却出现了问题。继位者是吴王僚，并非季札。不论是按照《公羊传》把吴王僚视为吴王寿梦的庶长子，还是按《史记》把吴王僚确实吴王余昧之子，都没有说明为什么是吴王僚继承权位，也没有解释僚继承权是否正当。《公羊传》曰"季子使而亡焉。僚者，长庶也，即之。"也就是说，季札出使，不在国内，所以，僚作为庶长兄，按照"兄终弟及"的原则继位。对此，也有很多争议。有人认为，季札故意出使在外，不继承权位，等待僚继位后，再回国并承认僚为国君。但是，留下的典籍并没有详细讨论吴王僚继承权位是否正当。

《史记·吴太伯世家》的记载，似乎有意张大吴王家族的"让国行动"。"让国"不仅体现在吴季札上，而且早已体现在吴国的先祖吴太伯那里。吴太伯似乎就开创了这种"让国"行动。据《吴太伯世家》，太伯、仲雍、季历都是周太王之子。季历贤能，其子昌也有圣德。太王想立季历为王，以便把权位传给昌。这就是后来的周文王姬昌。于是，太伯、仲雍

---

① 《公羊传·襄公十九年》.

二人避居句吴，按照吴、越当地的习俗，纹身断发，表示自己不可奉承宗庙，以让位季历。孔子称道太伯的让国行为为"至德"。"太伯，其可谓至德也已矣。三以天下让，民无得而称焉"。① "太伯三让天下"的具体史实似不可考，但用"三"来表达太伯屡次让国，说明太伯让国并非假意。而太伯的十九世孙吴季札似乎有意学习先祖的让德。

　　季札贤能，其父寿梦本来想让季札继位，但季札推让。于是，季札的哥哥诸樊作为嫡长子，继立权位。这是季札第一次"让国"。吴王诸樊元年，再次想让位于季札。但季札自比曹子臧②，再次让国。吴国人坚持立季札，季札甚至"弃其室而耕"的方式来拒绝。季札坚持认为，嫡长子继承权位，才合于礼制。13年后，诸樊过世，命令权位传于弟弟余祭，这样按照"兄终弟及"的原则，最终可以传位于季札。这样既符合先王寿梦的意愿，也嘉奖季札的让国之义。17年后，余祭过世，弟弟余眛继立。4年后，余眛过世，要将权位传给弟弟季札。"季札让，逃去"。③ 这是季札第三次让国。之后，吴国人认为，先王之命是"兄卒弟代立"，以便传位于季札。但季札"逃位"，就立余眛之子为王。因此，僚继位为王。但诸樊之子光认为，季札不受国，那么，应该立他为王。所以，公子光伺机篡位，弑杀吴王僚，后为吴王阖庐。据《公羊传》，弑杀吴王僚后，公子光还假意想把权位让位季札。但是，季札再次拒不受。《史记》叙述吴季札的让国行动，似乎再造了季札先祖吴太伯"三让天下"的政治行动。也许，这也是《史记》将《吴太伯世家》位列"世家第一"的原因所在。

---

　　① 《论语·泰伯》.
　　② 曹子臧，春秋时期曹国曹宣公之子。曹宣公死后，其庶子负刍弑太子而自立为君，即曹成公。各国诸侯和曹国人都认为新立的曹君不义，晋国抓住曹成公，想要让子臧进见周天子而立他为曹君。子臧辞曰："《前志》有之，曰：'圣达节，次守节，下失节。'为君，非吾节也。虽不能圣，敢失守乎？"因此，子臧离开曹国，成全曹成公继续在位。参见《左传·成公十五》.
　　③ 《史记·吴太伯世家》.

"嘉伯之让，作吴世家第一"。①

《史记》对"让道"的推崇，不仅体现在"世家"这一开篇诸侯国君王的言行中，在"本纪""列传"两种体例中，对帝王和代表性人物的言行事迹，也尤其突出其"让德"。《五帝本纪第一》记载的是黄帝、颛顼、帝喾、唐尧、虞舜五帝的言行政绩。其中，着重突出的是五帝之间禅让行动。在"列传"中，居于首位的就是"伯夷列传"。这一列传中，伯夷、叔齐两兄弟最为显眼的行动就是二者的让国之行。而且《伯夷列传第一》开篇就从尧、许由的让德开始；接着商汤"让"天下于卞随、务光，而卞随、务光要么以投水而死的方式，要么以逃隐的方式，推让不受；之后又写到吴太伯的让天下行为。因此，伯夷、叔齐两兄弟具有与前面诸多人物一脉相承的让德。看来在儒家典籍中，有意张大"让德"，尤其是在权位上的相互推让、让贤。"让道"似乎也是《春秋》对权位争夺，开出的解法。那么，为什么如此重视"让道""让德"？

前文在权位继承上，点明了历史的荒谬性。这种荒谬性归根结底在于政治社会中，占据权位的个体并不必然具有贤能。而权位又要求这种贤能，否则掌握"天下重器"者就可能做出危害整个政治社会的不义之事。然而，贤能似乎又是可遇不可求的。以此为思考背景，再思上述让国事件，就存在奇异之处。一方面是权位要求有贤能者才能继承权位，因此，有一种强烈的让贤要求蕴含在权位继承问题上。另一方面，那些被看重的贤者，又有一种推让不受的力量。这两种力量在上述史述中交织不已。值得追问的是，为什么会有这两种力量。如前文所述，权位应该由贤能者占据，非贤能者理当让贤。然后，困难的事情的确是"贤贤不可知"。因此，"让贤"不能成为权位继承上的绝对原则。在《春秋》的语境中，贤能者占据权位的最佳正义只能让位于在人世间可行、可操作的正义，即嫡长子继承制。树立这个标准，虽然不是最佳正义，但却可以起到"防争"作

---

① 司马迁《太史公自序》.

用。因此，在"让贤"与"贤者推让"中，有一种人世间特殊的张力。有时候，让贤的力量成功了。如，吴太伯虽为长子，并非最贤能者，但他却能让贤不争，而且做到了"让贤"。然而，在他的十九世孙那里，同样的难题再次出现。作为嫡长子的诸樊，想要让贤，但是其弟吴季札一再不受。这里不必追问诸樊是否真有让国之心，但留下的历史就是季札一再拒受，导致了后来吴王阖庐弑杀吴王僚，吴国也最终亡于阖庐之子夫差手上。也许，值得进一步玩味的是"吴季札为什么要一再推让"，难道他已看出哥哥们是假意推让？还是说他作为贤者看到了更多的事情，所以，他坚持不受权位？要回答这个问题，可能还需要深入理解"让道"。

《春秋》中，"让道"不仅是在人事上，也在自然中。"让"作为一种正义原则，似乎贯穿在天、人之间。《春秋》经在"定公元年"有一条"九月，大雩"的记事。《穀梁传》对这条记事进行了详细的阐释。这一阐释围绕"雩"这个求雨的祭祀到底何时进行的问题展开。原文如下：

> 雩月，雩之正也。秋大雩，非正也。冬大雩。非正也。秋大雩，雩之为非正何也？毛泽未尽，人力未竭，未可以雩也。雩月，雩之正也，月之为雩之正何也？其时穷、人力尽，然后雩，雩之正也。何谓其时穷、人力尽？是月不雨，则无及矣；是年不艾，则无食矣。是谓其时穷、人力尽也。雩之必待其时穷人力尽何也？雩者，为旱求者也。求者请也，古之人重请。何重乎请？人之所以为人者，让也。请道去让也，则是舍其所以为人也，是以重之。焉请哉？请乎应上公。古之神人有应上公者，通乎阴阳，君亲帅诸大夫道之而以请焉。夫请者，非可诒托而往也，必亲之者也，是以重之。①

雩祭应安排在适合的月份，困难的问题是"哪个月份才适合"。"秋大

---

① 《穀梁传·定公元年》.

雩，非正也"，因为"时"不正。此时"毛泽未尽，人力未竭"。也就是土里长的草木、五谷尚有水分，草木与五谷仍欣欣向荣，而且人们还有许多救旱之术未用。此时雩祭，为"时"过早。而蝗灾加重时，雩月就到了。此时，时无可待，人们也无其他救旱之术，是举行雩祭的恰当之时。如果此时没有雨，那么禾麦就没有收获。这年不能收割粮食，虽国家有一些储备，但是老百姓没有，就会发生饥荒。忧民望雨，君王应该进行雩祭。

《穀梁传》为何如此郑重地讨论了雩祭之时？对今人来说，雩祭不过是古人没有掌握科学知识而产生的"迷信活动"。这种迷信活动就是为了有及时雨，让庄稼长得好，老百姓有收成。然而，《穀梁传》却借此阐发了其中的道德内涵，仿佛天不下雨也是自然正义之体现。

雩祭的仪式是君王带领诸大夫向上天"哀号祝祷"，为干旱之事祈求。"求"代表的是"主动"请求。在古人看来，这种主动的请求并不好。请求背后是希望对方赠予。所谓"请者，不与而求之"。然而，"赠予"意味着有可能是在"争东西"。在古人看来，向上天求雨，有可能是在向上天"争"雨。这里雨多了，可能其他地方就无雨。对于这种"争"，古人心里顾忌颇多。因此，在国家发生旱灾之时，民众有可能遭灾之时，才能举行雩祭，才能祈求上天赠雨。但古人知道这本质上是在上天那里"争雨"。"争雨"是有道德欠缺的。所以，古人对雩祭非常看重，看重的是背后的道德观念，不向天多争东西。那么，为什么不能"争"呢？

按照天道观念，天下雨与否都是天之正义。天道包含着万事万物的秩序，人不能因为自己的利益，破坏这一秩序。因此，不能求雨，即不能"争雨"。"争"破坏的是整个秩序。因此，雩祭这一求雨仪式背后，代表的是一种"不争"的观念。"不争"背后，也预设了在一个既定的秩序中，自有安排，无需去争。而"争"的观念如若在人世大行其道，就会导致"大者弑乱，小者忿杀，无以自立"。在廖平看来，不论是对君子还是普通老百姓，"争"都会导致乱。而乱的根源是每个人不能自足、不能自立，只能靠"争"来占有更多。陈柱论道，今世盛称"天演竞争"之说，学者一闻及"让"字，几何其不笑为迂阔乎？然一争一让，诚当别论。今试就一国之人而论之，倘人人崇让，则其极也，可以路不拾遗；人人好争，则其极也，父子兄弟亦不能相容，而出于相杀，则其得有不足以偿其失者矣。此其理岂不至易明乎？惟众人为物欲所蔽，故知进而不知退，知得而不丧，故终不免于相争相杀，欲遂其小利，而不免乎大害。至圣人则不然，不为外物所惑，能灼知利害之辨，知有得之于此，而于彼有不胜其失者；有丧之于今，而于后有大乎此之得者。故礼让之事兴焉。此非专为私人利害计也，为众群之利害，亦不能不出乎此。此古之言群治者，所以多贵乎让德也。①

这种内含让道的正义观，包含着对人世的特殊理解。人人都希望拥有各种好东西，然而，无论人类技术如何发展，相对于人的欲望而言，再多的好东西也是有限的。因此，在分配问题上，追求让道更能维持一个共同体内部的和谐。让道是一种"群治"，这是对人世境况有深入领悟之后的正义观念。

《春秋》在解决权位争夺问题上，以让道为原则，构想了一个兼具普遍性、可操作性的权位分配方案。这一方案也是一个教化方案，使让道化到人心中，以"让德"拴住相争的欲望和野心。"让道"被视为人道，视为人应该走的道路。而举行雩祭则是"请道去让也"，这是"舍其所以为人也"，所以，古人非常重视何时举行雩祭。古人在君王为民求雨之事上，都如此慎重，那么，对其他职权、荣誉、财富等可分之物的分配，古人的想法和做法就可想而知了。总体而言，《春秋》贵"让"。孔广森云："《春秋》拨乱之教，以让为首。君兴让则息兵；臣兴让则息贪；庶民兴让则息

---

① 陈柱：公羊家哲学［A］. // 刘小枫，陈少明主编. 犹太教中的柏拉图门徒. 北京：华夏出版社，2007：230.

讼。故天下莫不乱于争，而治于让。"① 而"让"不是不要，不是多要，而是要每个人获得合于其身份地位、合于其本性之物。这就是按照伦理名分的安排，获得与自己相宜之物。因此，《穀梁传》解释道"人之所以为人者，让也。请道去让也，则是舍其所以为人也，是以重之"。古人将"让"作为人之为人的本性。由此，再看吴季札一再拒让权位，似乎就不是什么难解之事。人面对分配问题时，遵循让德、让道，内含着人对宇宙秩序、人心秩序的理解和领悟，是一种更为审慎的行为方式和生活方式的选择。

面临人世间的不义，《春秋》内含着一种古典智慧。在重大的权位继承问题上，它看到了人性之难、人性历史处境之难。所以，纵观《春秋》对不义的解法，它一面也如西方思想家那样，以政治中道，追求一个稳健、可行的制度设计，用程序正义、制度正义带来家国秩序。另一方面，它又不像一些人那样，执着认为制度正义可以作为一个一劳永逸的正义解法。因为它深知面对人世间的不正义，寻找任何完美程序性的解法或者礼制都不是根本出路。因为"处处有礼，处处违礼"。所以，不义的存在，不是因为没有完美的制度规约，而是因为没有完美的灵魂。因此，《春秋》与其说它是在给政治方案，不如说它是在给灵魂出路。它要面临的最大困难，是来自灵魂本身的不义。《春秋》面对的是每个灵魂可能出现的不义。因此，《春秋》的正义解法本质上一个道德教化的解法。《春秋》作为一首正义之诗，要教化人心的不义，让人各安其位、各得其宜。各安其位是正，各得其宜是义。在柯小刚看来，这才是"事物正义"。② 这样看来，《春秋》的解法并不局限于私人领域中的不义问题。它想要解决的是整个政治社会最为基本的不义问题。就这点而言，《春秋》关注的不只是私事，而是关涉政治社会基础的根本大事。因为政治社会的根本基础乃是人心、人的灵魂。对此正义问题，仅靠外力的强制是不足的，需要更为绵长的教

---

① 《春秋公羊通义·襄公二十九年》.
② 柯小刚. 学习、孝悌、交友与事物正义：《论语·学而》释义 [A]. //王学典主编. 第八届世界儒学大会学术论文集. 北京：文化艺术出版社，2018：324.

化力量。

3. 正义与《春秋》教

人们回看《春秋》，不免觉得它奇怪。《春秋》记叙的历史事件，绝大多数是不义之事。看着这些不义之事，圣人有解法吗？《春秋》这"一纸空文"何以救世？

面对不义，《春秋》的作者设想通过设立礼制，让人世间的无序慢慢走向有序。秩序的建立，往往意味着按照一条主线形成一个次序、秩序。《春秋》所主张的这个"序"，就是以男性的血缘关系为主线，以孝悌伦理为规范，形成"父父子子"秩序，并用"夫妇、父子、兄弟、君臣、朋友"五伦，明人伦，化风俗。然而，在治序力量背后，总潜藏着异质的乱序力量。虽有"诸侯壹聘九女"的礼制，但在《春秋》"传闻世"中，却有诸侯一再违礼。鲁惠公后娶宋女仲子，并因宠爱宋女，而特立其子为储君。这就导致鲁惠公的长子鲁隐公被弑。鲁桓公通过弑兄的方式获得君位，不正。最后在齐国又遭杀身之祸。而鲁桓公之子鲁庄公，在礼制之外，又娶孟任，并答应立孟任为正室。这意味着孟任之子，将是继位之君。但是鲁庄公按礼制娶了齐女哀姜为正室夫人。虽然正室夫人没有儿子，但是陪哀姜出嫁的妹妹叔姜有子。这最终导致了鲁庄公死后家族内部的仇杀惨剧。面对如此骨感的现实，那"诸侯壹聘九女"的礼制就是一句空话。这样的礼制能够限制人的疯狂和不义吗？不能。《春秋》恰恰就是记叙了这些"不能"。

《春秋》三传所记叙之事，看似有些悖谬。这些事往往不是"正义战胜邪恶"的绝对胜利，反而是正义的失败。从这种"处处有礼，处处违礼"的人间现状，人们看到的是正义在人世间的命运多舛。这种记法与古希腊思想家修昔底德的史笔《伯罗奔尼撒战争史》如出一辙。"无论以何种方式理解，正义在人世间的处境都比我们所期望的更为羸弱。在政治生活中，我们一次又一次地遭遇不正义（或者被愤然指为不义的事情）"。①那智识者们为什么会记下这些"正义的失败"呢？

孔子深知作《春秋》，有可能成为"空言"。孔子在面对春秋史实时，应该预料到不可能轻而易举地消除现实生活中的不义力量，否则弑父弑君、伤害亲人的事件不会层出不穷。人间不义背后是人性永恒的困境——欲壑难填的本性、权势争夺的野心。对于人性深处的不义，依靠强力"以暴制暴"，是不可能化解的。那么，对人间不义到底应该怎么办？回到《春秋》的文本世界，人们可以目睹一个奇怪的文本世界。阅读《春秋》中的记事，除了记事的内容以外，最惹人注目的就是对这些事件的"记法"。就传世文本来看，《春秋》实质上是没有独立成篇的《经》传世的。流传至今的《春秋》经，是在《公羊传》《梁传》和《左传》中。对于我们这些后世读者而言，读《春秋》就意味着读《公羊传》《穀梁传》和《左传》。否则，直接读《经》根本不可能读懂。所以，张祥龙说道，当孔子在作《春秋》时，脑子里就有了与《经》相匹配的"传"。当把《春秋》给子夏的时候，孔子是既传了"经"，也传了"传"。②《春秋》文本隐含着一个不可见的存在维度：《春秋》的口传维度。张祥龙先生曾推论，《春秋》中的"经"在孔子那时已经用文字写出来的，但是孔子传给弟子的"传"不是写出来的，而是口传出来的。那么，《春秋》的口传维度到底意味着什么？

对熟悉现代印刷术的现代人而言，《春秋》的口传维度存在明显的瑕疵。这种"口传"，必然存在着不确定性，容易造成异议。对《春秋》的第一件记事，《公羊传》与《穀梁传》就有不同的传解内容。《公羊传》赞成鲁隐公让位于桓公之志。而这一让位的正当性在于鲁桓公有继位的正当

---

① [美] 欧文. 修昔底德笔下的人性 [M]. 戴智恒，译. 北京：华夏出版社，2015：11.

② 张祥龙. 先秦儒家哲学九讲：从《春秋》到荀子 [M]. 桂林：广西师范大学出版社，2010：43.

性。这一正当性，就其根本而言，是因为鲁桓公的母亲更为尊贵，所谓"子以母贵，母以子贵"。但是《穀梁传》对此却是截然不同的态度。《穀梁传》强调的是兄弟之间的"天伦次序"，强调在家庭内部形成的自然的长幼秩序。从表面上看，两传的矛盾会让人怀疑孔子是否向弟子口传了《春秋》经的传解。或者孔子既然有对《春秋》经的传解，他为什么不写下来呢？写下来、写清楚，就不会有《春秋》传解中的"非常异义可怪（何休语）"？真是这样吗？

像《公羊传》与《穀梁传》两传对《春秋》经中"鲁隐公让国"一事的差异性解释，的确很容易让人怀疑这不是孔子所传的传解。如果是孔子所传的"传"，为什么会有如此矛盾的解释呢？对于习惯寻求某种教科书式的标准答案的人而言，这点的确怪异。然而，有没有这种可能，孔子就没有想传一个事无巨细的、关于人间正义问题的标准答案给后世？对此，张祥龙先生有一个解释是"《春秋》是残本"。但《春秋》作为"残本"，是可以填空、充实、补足的"残"。

回到《公羊传》《穀梁传》，传解的内容是按照传中一个又一个的问题展开的。这些问题是谁提的？这些回答又是谁在回答？如果认同张祥龙先生的观点，孔子在传《春秋》经时，也传了《春秋》传，那么，大概率的事情是孔子把成文的《春秋》经直接给了学生，但是在给《春秋》的传解时，不会字字都讲清楚，而是鼓励弟子对《春秋》经提问、思考，同时提点学生在理解《春秋》经时，注重主要的思想原则，然后弟子们根据各自对这些原则的理解，对《春秋》经中的问题做出自己的判断和问答。这体现了《论语》中"不愤不启、不悱不发"因材施教的教育原则。这种教育原则，给学生留足了思考的空间。所以，《春秋》作为"残本"，并不是说它丢失了内容或者作者没有写完整，而是说它本质上是"残"。在张祥龙看来，这种"残"是为了"造成一个不寻常的意义生成结构"。

《春秋》的文字只是"谜面"或带有"谜语"性质的半密码，它总在刺激人们、鼓励人们、邀请人们去找出谜底，或破解它。谜面总是要把事情说得很"残"，要说得不那么清楚，但这个残不是无希望的。①

这种补足《春秋》的希望，就在于《春秋》的"残"为后世读者留下了一个"意义生成结构"，每个进入《春秋》文本世界的读者都可以去补足。但能补足多少，就完全看读者自身的天赋。因此，任何时代的读者都可以进入《春秋》为读者留出的这个空场，生成属于这位读者自己的意义。因此，《春秋》的正义教化，不是给了一个具体的、事无巨细的正义操作方案，而是让人从现实中抽身而出，进入一个文本世界，通过观察前人之行事，对人事有所领悟，进而慎重地安排自己的作为。但是这一领悟并不是获得一个定论，或者一个正义问题的固定解法，或者一个具体行动原则。因为做一个正义的人，做一个正义的行动，不可能如纸上谈兵那样，将一个单一的、绝对的正义标准，运用在人世间。这不可能是人间正义的在世方式。审慎的做法，是让《春秋》的读者能够通过《春秋》创造的特殊的文本世界，回到具体的正义情境中，真实而又具体地思考人世处境以及人应该有的作为。通过这种不断的情境式的思考、反思，读者得以领悟出一种实践智慧和人间真意。这在张祥龙先生看来，就是儒家特有的思想和言说方式——"非普遍主义的情境中生意成真"。

"儒家是人类思想史、哲学史、政治史、文化史上最典型因而也是最独特的非普遍主义学说。"② 孔子所倡导的"礼"并非一套完备的、普遍化、绝对化的行动准则，要求人时时、处处都做到。在儒家那里，"礼"不可能完全规则化，虽然可以对"礼"进行规则化的描述。但是"礼"中

---

① 张祥龙. 先秦儒家哲学九讲：从《春秋》到荀子 [M]. 桂林：广西师范大学出版社，2010：45.
② 张祥龙. 先秦儒家哲学九讲：从《春秋》到荀子 [M]. 桂林：广西师范大学出版社，2010：22.

还含有难以描述、难以说尽的内容。这些内容与"时"有关。"礼以时为大"。比如，对父母的孝。对父母的孝，总是一个人对自己父母的"孝"。这个人、这个人的父母都是有血有肉、活生生的生存的人。因此，对父母孝敬，总是在生活的情境中，在人生的实际境遇中。那么，一个人对父母的"孝"不可能遵循一套事先都约定好的规则，让一个人践行就可以了。"孝"的实现方式是需要一个人沉浸到自己的生存处境中，在儒家经典的引导下，从"家"这一具体生存结构中获得"意义"。"儒家非普遍主义讲的是一种意义机制，各种意义、道义、诗意、天意，乃至活在天地乐感之中的神意，都由这种意义机制原发地生成"①。这些终极意义就是"某个情境所生成的意义真理和神圣意蕴"。这就是儒家非普遍主义学说所具有的"情境生意成真而得其神韵"的特点。

这种意义生成机制融合在《春秋》的教化中。阅读《春秋》本身就是进入一个又一个的非普遍主义的情境中，洞察人世的复杂性、异质性，领会《春秋》内含的天道人伦，从中找到治疗人灵魂不义的"解药"。这是《春秋》中特有的教化智慧。问题是，如何才能让读者进入《春秋》的文本世界呢？对此，可以再次回到《春秋》的口传维度。

对于孔子为什么没有写下《春秋》经的传解一事，一些人认为这是为了躲避时害。如，司马迁在《史记·十二诸侯年表》里说："七十子之徒口受其传指，为有所刺讥褒讳挹损之文，辞不可以书见也。"但张祥龙援引蒋庆的看法，这个解释并不充分。因为春秋时期的思想控制并未那么严，否则哪有百家争鸣。孔子在《论语》中对当政者的斥责、批评并没有多么隐讳。所以，张祥龙提出，孔子以口传的方式教弟子《春秋》经的传解，有基于思想本身的"深意"。孔子晚年有很深的"思想传承焦虑"②。

---

① 张祥龙. 先秦儒家哲学九讲：从《春秋》到荀子 [M]. 桂林：广西师范大学出版社，2010：30.
② 张祥龙. 先秦儒家哲学九讲：从《春秋》到荀子 [M]. 桂林：广西师范大学出版社，2010：12—15.

孔子虽有抱负，但一生为政业绩并不高。他那关于人美好的生存方式的思想，很有可能随着他的去世而消亡。"子曰：'弗乎弗乎，君子病没世而名不称焉。吾道不行矣，吾何以自见于后世哉'"?[①] 这种思想传承的焦虑，让孔子在晚年作了两件事："第一是传授给当时只有二十多岁的曾参以孝道；第二是编辑、传解乃至创作'六艺'，赋予它们'深切著明'的蕴义，使其成为后世儒家的生长点。"[②] 由此，司马迁说道，孔子"自见于后世"，就是通过"因史记作《春秋》"[③]。《春秋》传解的口传维度，有助于孔子"自见于后世"。

麦克卢汉（Marshall McLuhan）研究"口语"这种媒介时，提出倚重口语（the spoken word）的文化，是一种倚重面对面交流的文化。在交流过程中，双方不仅有语言的交流，而且还有双方语气、表情、情绪以及其他身体语言的交流。这些非语言类的交流信息，在口语交流中，是稍纵即逝的。但是这些信息不可小觑，往往影响交流信息的获得。然而，这类非语言类交流信息往往在书面语（the written word）记录过程中被简化、弱化，甚至被忽略。此外，口语交流的环境、交流的背景也会影响双方。口语作为每个人的母语（mother tongue）潜移默化地影响了口语的使用者"独特的认知、感知世界的方式，以及在世界中的行动方式"[④]。麦克卢汉对口语的媒介分析，析出的是口语交流的独特的"身体在场性"。对教化实践而言，这种在场性意义重大。在张祥龙看来，《春秋》的口传方式就是要引入这种"身体在场性"。

> 以口说的形式让传解流传，就使它无法被充分对象化，而总要在

---

① 《史记·孔子世家》.
② 张祥龙. 先秦儒家哲学九讲：从《春秋》到荀子 [M]. 桂林：广西师范大学出版社，2010：14.
③ 《史记·孔子世家》.
④ M. McLuhan. *Understanding Media：The Extensions of Man*. London and New York：Routledge Classics，2001：86.

未来和当场被一次又一次地实现出来,以便一次次给予《春秋》经文以新的生命……以这种方式,孔子对于《春秋》经文的原传就被身体化、时间化了。①

这种"身体化"意味着学习《春秋》离不开活生生的、有身体的人之间的交流。因此,《春秋》每次口传都是师徒之间进行的,是以"活人对活人"的方式当场实现出来的。这种口传维度不仅增加了师生之间的亲密感,让学生能够"亲其师而信其道",而且在面对面的交流中,学生有什么不懂的地方,可以立即向老师发问。在这种深入的对话中,《春秋》避免了僵死的书面语对思想的限制。然而,这种口传必然也存在着信息的流失和错解的情况。《公羊传》与《穀梁传》不同的传解内容即是明证。但仔细想想,孔子这样传"传",是不是就是他的意图所在?他并没有要把一个永恒真理传给后世,而是要激发后世思考他所想过的问题。这也是《公羊传》与《穀梁传》文本流传下来的另一层思想效果。虽然两传所传的内容有差异,但是正是这种差异会进一步激发人去思考两传所讨论的问题本身。回到问题本身,是不是有助于后世读者参与到孔子与他的弟子们交流的现场?读者仿佛作为沉默的听众,也列席其中?这种思想效果有什么教化价值呢?对此,不妨借助柏拉图在《费德若篇》中的观点。

对话中,苏格拉底提及一个古老的埃及故事。有一个古老的埃及神,叫忒伍特,他擅长发明。文字正是他发明的。埃及王塔穆斯在评价忒伍特发明的文字时,认为文字并非如忒伍特所设想的那样,是能够增强人回忆和智慧的"药"②。文字的发明让人依赖文字。人通过文字去"记忆",忽略了"从内回忆属于自己的东西"。人学了文字,看起来自己认识了许多

---

① 张祥龙. 先秦儒家哲学九讲:从《春秋》到荀子 [M]. 桂林:广西师范大学出版社,2010:54.
② [古希腊] 柏拉图. 斐德若 [M]. //刘小枫(编译). 柏拉图四书. 北京:生活·读书·新知三联书店,2015:391.

东西。然而，这种认识方式不是真正的认识，人们只是凭靠书面文字记住了许多关于智慧的意见而已。苏格拉底从转述的埃及故事中，提出书面语作为媒介，在传递知识上的局限性。这种局限性，在于书面语并不必然记下了清楚、牢靠的东西，而且书面语记下来的东西本身就是一个"死物"，不能回答人们对它自身的任何追问。

与这种被记下来的文字相比，知识还有另外一种存在和传承的方式。这种方式不是被书面语记下来，而是要把知识放进学习者的灵魂中。因此，那些拥有关于正义、美和善的知识的人想要播撒思想的种子，让他的思想在后来者那里生长出来，就必须认真考虑如何播撒这些种子。这样的人不可能将他的这些思想"写在墨色的水里"。因为这些被写下来的言辞，"既没能力在论说中救助自己，又没能力充分传授真实"。所以，这些拥有知识的人，即便要将他们所知的写下来，也不过是"在言辞中玩，讲述编出来的关于正义的以及你（笔者注：指苏格拉底）说的其他东西的故事"[1]。这种做法对于作者而言，不过是为了储存记忆，免得自己年龄大了遗忘。同时，那些后学者，如果愿意，可以通过这些好玩的文字跟踪这些思想足迹。但是，还有一种更为美好的知识播种技艺。

这种播种技艺可以凭靠辩证术这种技艺，找到一个适宜的灵魂，用正义、美和善的知识直接进行播种。从这个适宜的灵魂长出来的"言辞"，就可以脱离播种者本人。因为这个灵魂自身能够把握事物之真，所以，这个灵魂可以为它灵魂中的知识种子提供适宜其生长的养料。这样的灵魂不会像阿里斯托芬笔下的正义逻辑那样，面对不义逻辑的攻讦时，手足无措、不知如何辩驳[2]，反而会挺身而出，以灵魂中自然长出的言辞捍卫自己、捍卫播种者、捍卫正义。这种"刻写在灵魂上（carved or written in

---

[1] ［古希腊］柏拉图. 斐德若［M］.//刘小枫（编译）. 柏拉图四书. 北京：生活·读书·新知三联书店，2015：396—397.

[2] ［古希腊］阿里斯托芬. 阿里斯托芬戏剧六种［M］. 罗念生，译. 上海：上海人民出版社，2015：188—195.

the soul）"的言辞才会是"一个活着的人的话语"。

柏拉图同孔子一样深思过思想传承的问题，以及书写文字对思想传承的影响问题。苏格拉底上述所言的内容，正是柏拉图对这些问题的回答。对此，伯纳德特总结道，对话不同于非对话式的言辞和书写；如果目的是学习，那么，唯一值得严肃推荐的方式就是对话；而教学的典范就是那种能够"把言辞刻写在灵魂上"的引导。[①] 以这种观念看孔子作的《春秋》，孔子"自见于后世"的方式也是通过对话的方式，通过"活人对活人的方式"。可见，孔子保持《春秋》传解的口传维度，实质上就是为了保持《春秋》特殊的教育力量。面对人间正义，暴力对暴力是不可能真正止戈、止恶的。只有通过言辞的教化，用正义的逻辑约束灵魂的不义。要实现这点，就需要不断与这个世界的"新来者"进行交流、对话，启发和引导他们。这样的交流和对话，正是《春秋》这样的经典所承担的垂戒致用的千秋教化。因此，《春秋》的"残"、《春秋》的"口传"维度，都是在等待"新来者"再次打开它。通过深入的对话、讨论，彼此的诘问、辩难，《春秋》的正义教诲慢慢地在人灵魂中自然生发出来。这种深度的《春秋》教，虽然只在少数天赋异禀、心性纯良者展开，但它也可以用另一种方式展开对大众的教化。

三、"孔融让梨"作为一种正义诗教的儿童版

《春秋》以其特殊的制作方式，将人世间所面临的正义问题呈现出来。这种方式不仅呈现了不义事件的产生、发展，同时，也通过事件的记录者、解说者、阐释者的言辞，将义与不义的力量多层面、多维度地展现出来。这就是《春秋》以文字的力量，以"不血腥的东西"记下了"血腥的东西"，修补人世间种种不义造成的人世裂缝。《春秋》对不义问题的这种

[①] S. Benardete. *The Rhetoric of Morality and Philosophy: Plato's Gorgias and Phaedrus*. Chicago: The University of Chicago Press, 1991: 191.

呈现方式，内含着古人对人世间正义事务的独特把握。人间正义问题不像数学问题那样，可以希求一种一劳永逸的解法。正义解法必然内含一种教化，这种正义教化要在每一代新人中展开。人只要存在，对人的正义教化就应存在。因此，《春秋》所记载的"义例"不是一时之"例"，而是能昭示后世的永恒之"例"；而它所实现的正义教化也不是一时一地的教化，而是对后世的永恒教化。"孔融让梨"既是在继承《春秋》的正义理念，又是在继承其教化理念。

（一）"孔融让梨"负载的正义理念

"孔融让梨"在传统伦理中，被视为凸显孝悌之德的经典故事。在前述内容中，孝悌之德并不止是一种外在的道德规范。它作为一种正义体现，实质上构建了人们生活的道德基础。梁漱溟在《东西文化及其哲学》说道，孔子依靠"孝弟（悌）的提倡"与"礼乐的实施"，引导人过一种仁的生活。"孝弟实在是孔教唯一重要的提倡……人当孩提时最初有情自然是对他父母，和他的哥哥姐姐；这时候的一点情，是长大以后一切用情的源泉；绝不对对于他父母家人无情而反先同旁的人有情"。[①] 这种教化引导人过一种"富有情感的生活"，即仁的生活。这种生活自然从情感发端地——"家"入手。在梁漱溟看来，通过"家"可以培养人的孝悌本能，对人的温情态度，消弭社会中暴躁乖戾之气。民情归厚，"民兴于仁"。从梁漱溟先生对传统孝悌文化的阐释来看，"孝悌"构成了人与人关系的基础。这种基础是一种始于家庭而产生出来的情感。那么，以此为基础的分配问题，显然不同于"在一群没有情感联系、只有假设的平等关系的群体中"进行分配的问题。对此，可以用一个小学德育教材中的故事——"妈妈喜欢吃鱼头"[②] 作为例证。

这个故事讲的是一个小孩子的经历。他家小时候很穷，家里难得吃上

[①] 梁漱溟. 东西文化及其哲学 [M]. 北京：商务印书馆，1999：145.

[②] 高德胜，鲁洁. 义务教育教科书教师教学用书：道德与法治三年级（上册）[M]. 北京：人民教育出版社，2018：67.

一次鱼。每次吃鱼时，妈妈都先把鱼头夹到碗里，然后把鱼肚上的肉，挑去大刺之后，放到孩子碗里，剩余的鱼肉就是爸爸的。每次孩子吵着要吃鱼头时，妈妈总说"妈妈喜欢吃鱼头"。因而孩子误认为鱼头真的很好吃。有一次孩子偷偷夹了鱼头来吃，才知道鱼头上根本没有什么好吃的。有一年外婆到家里来，妈妈又买了好吃的鱼。吃饭时，妈妈把鱼肚上的肉夹给了外婆。但是外婆对妈妈说："你忘啦？妈妈最喜欢吃鱼头。"然后，外婆把鱼肉上的大刺挑去，放在了孩子碗中。这个故事中的内容，对于许多中国人而言，并不陌生。哪怕到现在，全国人民的生活水平有了很大的提高，家人之间在食物上相互"让"的场景也不少见。也许，有人从中看到了牺牲，看到了妈妈们的伟大。对这种牺牲和伟大，有人却认为是不公平。从西方现代自由主义权利论来看，家中的每个人都应该有吃到好鱼肉的机会和权利。但是仔细想想，这里面真的没有公平吗？还是有另类的公平？

张祥龙先生根据现象学和哲学人类学的研究，提出在中国人家庭孝悌文化中，内含了一种人类独特的"内时间意识"。从现代工业文明之后的线性时间来看，人往往只能看到自己生命不断奔向终点的过程。但是"家"这种生活方式，却让人形成了另类的时间意识。这种时间意识是超越单个个体生命的更深长的时间意识。这种意识，来自于人类独特的生养孩子的过程。比起其他动物而言，人类的亲代有意识地对子代有重大付出。这种付出不是一时半会儿，而是需要人类深刻地改变自己的生活方式，克服很大的困难，去生养、照料子代。对此，人类必须拥有更长时间的时间意识，才能做出各种事先的预测、计划和事后的反省、回忆，否则就不可能生养、照料子女。

  于是，这人就懂得更精细的权衡，能够更悠长地计划和回报，由此而有伦理和道德感，乃至美感和神圣感。他也就成为了一个完整意义上的人。所以孔子讲："仁者人也，亲亲为大。"（《礼记·中庸》）

儒家的全部学说的根子，就扎在这使人成为人的亲亲而人——仁里。①

因此，人类更深长的时间意识，来自人类的亲代对子代养育和照料的结果。这种经历还会生发出人类另一种内时间意识。人类家庭生活中，有从亲代到子代这样垂直关系，也有祖辈与孙辈这种代际关系，更有从子代到亲代的反向关系。这种反向关系使人的时间感受能力，不再局限在即刻、当下，人还能感受到"过去"，以及人的"终生"。亲代过世时，人对亲代的情感并没有过去，子代会携带他对亲代的认识和记忆，终生不忘。这种对亲代的照料和养育自己的回忆，慢慢让人在时间上感受到了"过去"。同时，在回忆中，亲代的"一生"也被构型出来。因此，人类特有的内时间意识——"过去"和"终生"被构型出来。这样独特的时间意识，带来的人性突破是人类个体不再只想着自己和自己的子代，他还想着自己的亲代。"当人的内时间意识达到能够在代际切身反转时，即能够在养育自己子女时，意识到过去自己父母的同样养育之恩情时，孝意识就开始出现了……从此以后，人成为完整意义上的、为我们熟悉的人"。②

《礼记·郊特牲》曰："夫昏［婚］礼，万世之始也……男女有别，然后父子亲。父子亲，然后义生。义生，然后礼作。礼作，然后万物安。无别无义，禽兽之道也。"张祥龙先生认为，"父子亲，然后义生"中的"义"首先是"仪"。此仪既指礼仪、礼节，也意味着容貌、风度和准则、尺度。其次，这里的"义"也内含适宜、正当、善好、正义、意义等意。因为，在"父子亲，然后义生"中，包含着德性——孝。

父母之慈爱是忘我的纯自发之爱，极其伟大博厚，是义之前提，

---

① 张祥龙. 家与孝：从中西间视野看［M］. 北京：生活·读书·新知三联书店，2017：72.
② 张祥龙. 家与孝：从中西间视野看［M］. 北京：生活·读书·新知三联书店，2017：109.

但其本身却还不是义；因为它虽美善，却不必含自身意识和礼仪意识。所以父母慈，子女也可不肖。而孝意识的出现，特别是对于青春期过后的人而言，却几乎必有自身意识和敬爱化的礼仪意识，所以其中有义。①

因此，孝悌之德，含有人"反本报源的爱敬意识和继承意识"。这是孝中之"义"。对于习惯了西方现代权利论正义的人而言，上述孝中之"义"着实难以理解。如果按照上述内时间意识框架来分析的话，一个经过孝悌儒化之人，在思考分配问题的时候，他想的分配问题必然不是平等个体之间的绝对平均分配，而是以家庭成员的身份来分配。小孩要得到小孩应得的东西；老人得到老人应得的东西。而且对这种基于长幼尊卑之序的不平等分配，不论是分配者还是受分配者看来，都没有什么不公。因为他的内时间意识让他能轻易看到一个人世事实，即谁都是从小孩开始长大的，谁都会成为老人的。因此，对于一个具体的个体而言，他此刻是小孩，他得到了应得之物；在彼刻，他已到耄耋之年，他也会得到应得之物。拥有这种时间意识的人，他不会产生不平感。

这种孝中之"义"奠定了家庭的伦理基础。因此，家庭中的各种分配问题，就是按照长幼尊卑之序进行分配。具体而言，就是每个人根据自己的"名"，获得相应的"分"。这种分配方式不是算术分配的均分，而是根据名分差异进行比例分配。这种分配实质上遵从了"亲亲之道"。这种家庭内部的分配原则和分配观念，导致的结果是"从伦理情谊出发，人情为重，财物斯轻"②。由此，家不止是一个获取生存利益、满足生存欲望之地，而是生活在其中，每个家庭成员都获得应得之物的温情之地。在这种意义上，情谊本身就是一种正义，或者说包含着正义。亚里士多德说道，

---

① 张祥龙. 家与孝：从中西间视野看 [M]. 北京：生活·读书·新知三联书店，2017：147.
② 梁漱溟. 中国文化要义 [M]. 上海：上海人民出版社，2011：81.

"当人们是有情谊的人，他们不需要正义；当他们正义时，还需要情谊，而且真正的正义是被认为是一种情谊性品质（a friendly quality）"①。

这种家庭中的孝中之"义"，是一种仁义，是一种情谊。这种正义德性的形成，建立在家人各自节制自己欲望的基础上。"家"本身是一个集结欲望之地。"人欲之大端曰食曰色曰情曰爱曰生命延续曰相互承认"②。这么多欲望纠缠在家中，家中关系最难理顺。"想一想舜的例子：要在那么恶劣的家庭关系中保持孝悌和顺，一方面要孝敬顽父嚚母、爱护对自己充满敌意的兄弟，一方面又要逃避他们对自己的合伙谋杀，孝悌之难远远超出了一个人所能做到的自然尺度"③。那么，如何才能保持家人之间的关系呢？古人给出的德性方案是"孝悌"。而儒家孝悌之德本是一种驯服欲望的绝佳途径。

人是从父母那里来的。因此，亲情发乎人之自然。孟子曰："孩提之童，无不知爱其亲。"因此，孝悌、慈爱即是人与人之间自然的伦理情谊（义）。"父义当慈，子义当孝，兄之义友，弟之义恭"。④ 梁漱溟先生将这种伦理情谊理解为：

> 人在情感中，恒只见对方而忘了自己……慈母每为儿女而忘身；孝子亦每为其亲而忘身。夫妇间、兄弟间、朋友间，凡感情厚的必处处为对方设想，念念以对方为重，而把自己放得很轻。所谓"因情而有义"之义，正从对方关系演来，不从自己立场出发。

在这种伦理情谊中，一个人不注重个人欲望的满足，而把自己的欲望

---

① Aristotle. *Nicomachean Ethics*. Trans. by W. D. Ross, Oxford：Oxford University Press, 2009：142.
② 柯小刚. 古典文教的现代新命 [M]. 上海：上海人民出版社，2012：97.
③ 转引自：柯小刚. 古典文教的现代新命 [M]. 上海：上海人民出版社，2012：97.
④ 梁漱溟. 中国文化要义 [M]. 上海：上海人民出版社，2011：79.

放低，转而关注自己的亲人。家中老人的孱弱、孩子的柔弱，也极易唤醒和激发人从关注个人的欲望满足转向对亲人利益的照顾和关心。因此，孝悌之德是一种含有人之自然基础的德性。柯小刚认为，孝悌是儒家为人开出的根本的生存之路。孝悌是"人道"或"人之路"的本根。从孝悌中所展开的人之生存道路，不是一个人的独存之路，而是与家人共进之路。这种生存道路就是"仁"。"仁"从"人"从"二"，是在人与人之间展开的道路，走在这条路上，人才是人。因此，孝悌是"君子"之本。所以，在梁漱溟先生看来，孔子思想最初的着眼点，不在社会秩序或社会组织，而在个人的完善。"一个人如何完成他自己，即中国老话'如何做人'"。而一个人的完善不是抽象的人的完善，而是"孝子、慈父……一类之综合"。也就是说，一个人完成他自己，就是尽己孝悌之德。"这就是人所共知的，孔子学派以敦勉孝悌和一切仁厚胚挚之情为其最大特色。孝子、慈父……在个人为完成他自己；在社会，则某种组织与秩序亦即由此而得完成。这是一回事，不是两回事"。[①]

可见，"孔融让梨"这一传统的孝悌故事，实质上负载了一种充满人间情谊的正义观念。"食梨"本是人类日常生活中满足生存之需的普通事件。但是经《春秋》思想儒化的人，"食梨"并非一个动物性行为，而是一个具有伦理内涵的行动。它在具体的时空中，与家人一起食梨。尽管人的欲望可能是吃更多、更大的梨，但是因为是和家人一起食梨，这种欲望被家人间的仁义所节制。因此，按照儒家的孝悌之德，食梨可以超越人的动物性，成为一件充满人间情谊的仁义行动。这种行动被刻写进了"孔融让梨"故事中，而传遍千家万户。

按照孝悌之德，食梨可以是"哥哥吃大梨，弟弟吃小梨"。因为哥哥为兄为长，弟弟应该孝爱、恭顺哥哥，把大梨让给兄长。弟弟如若艳羡大梨，那么，他就僭越了为弟的本分。同时，食梨也可以是"弟弟吃大梨，

---

① 梁漱溟. 中国文化要义 [M]. 上海：上海人民出版社，2011：115.

哥哥吃小梨"。因为哥哥作为兄长，理应友爱弟弟，所以哥哥也可以把大梨让给弟弟。所以，在有些"孔融让梨"的版本中，孔融把梨既让给了哥哥，又让给了弟弟。因为孔融既是哥哥，又是弟弟，所以，他可以把大梨同时让给哥哥和弟弟。这也意味着孔融既可能获得哥哥让给他的梨，也可以获得弟弟让给他的梨。在这种彼此谦让、不争的过程中，兄弟间的情谊变得浓厚。

像让梨这样的日常行为，有很大的弹性。这其中的行动弹性，取决于个人的"让德"。这一伦理德性要求看起来细碎，但是它有更大层面的动态考量。随着伦理情境的变化，让者会变成被让者，被让者会变成让者[①]。这种从孝悌之德派生出的"让德"，有助于人们在面对利益分配时，避免出现你争我夺的无序局面。人与人之间的礼让、谦让、退让……不仅可以维护共同体中的和谐秩序，而且可以增厚人与人之间的情谊关系。因此，小小的"孔融让梨"，实则包含了我国传统正义观念。这种正义观念关注不是绝对平等的主体获得平等之物，而是一种走向基于天然的人伦关系而建构起来的差异性平等。这种差异性平等，构建起了长幼有序、各得其宜的秩序，实现"欲望让道，天道通达"。通过《三字经》这一宗族学校常用的蒙学教材[②]，"孔融让梨"变成了经典的传统伦理的教化资源，而"孔

[①] 让者与被让者的身份变化，似乎是一种自然的事实。笔者与四岁的儿子有过这样一段亲子对话。
孩子：碗里的菜心都是我的。
妈妈：那你有宝宝之后，菜心谁吃呢？
孩子：当然是宝宝吃了。
妈妈：那你吃什么呢？
孩子：我就吃蔬菜的其他部分。
妈妈：那妈妈也想吃最嫩的菜心，你能给我一些吗？
孩子：那把这个菜心给你吧。
这段亲子对话是个案，不具有普遍性。但是，也能看出在亲人之间，让者与被让者身份的动态变化。
[②] 欧阳宗书. 中国古代宗族教育管窥[J]. 南昌大学学报（人文社会科学版），1992（1）.

融让梨"也本身成为了传统孝悌伦理的象征性符号。

(二)"孔融让梨"负载的教化理念

相比《春秋》中的深奥教诲,"孔融让梨"这类典故的教诲,人们往往一读就懂,似乎更容易传播。这种传播方式,看起来也内含了一种独特的教化理念。

1. "孔融让梨"作为一种诗教

"孔融让梨"作为我们这个时代的文化存在,主要有三种文本形态。一是存在于李贤注《后汉书》中。二是存在于宋代以来的不同时代的《三字经》及其注解本中。三是当代根据李贤注《后汉书》与《三字经》的内容,进行的各种文字、图画或者视频形式的再创作。这些形态让"孔融让梨"承担着一种诗教功能。那么,"孔融让梨"何以是一种诗教呢?

首先,从前文的分析来看,"孔融让梨"凸显了让梨的行动并非一个简单的行为,而是一个内含政治伦理意涵的严肃行动。"孔融让梨"摹仿并展现了这一人类行动。对"孔融让梨"进行考据,考证四岁孔融是否"让梨"的史实,并没有抓住"孔融让梨"这一文化存在的道德意义。不论在历史上,四岁孔融是否真的"让梨",或者记载的内容与现实发生的内容是否有出入,这些都不影响"孔融让梨"携带的价值之真。因为各种文本构建的"让梨"影像,关注的是它的道义价值。四岁小儿把梨给哥哥或者弟弟吃,似乎是不起眼的小事。但是经过"孔融让梨"这一诗学制作,它被塑造为了一个人类的重大行动。这一行动之所以重大,是与它内含的正义观念密切相关。"食梨"本身是一种动物性生存行为,但是这种行为,又是一种有可能将人拉低的力量。这就是人为了自己"食梨",不顾天道伦常,不顾人间道义。在"孔融让梨"这一诗学创作中,一种人间道义或者价值之真被赋予"食梨"的行为上。"食梨"是在人之家这个场域中具有伦理内涵的行动。对家人的孝爱或友爱,可以让人让梨于家人,看着家人"食梨",犹如自己"食梨"。"让"这种道德行动在人之家中,最先有了可能。而这种让于家人的道德行动,为人日后让于邻人,让于更遥远的他人，奠定了道德可能。因此，小小的"让梨"行为被塑造为一个关乎人世道德基础的重大行动。

其次，"孔融让梨"作为一种诗教，也继承了我国的传统诗教。第一方面，它继承了《诗》教。孔融与家人之间的让梨之事，被凝练在《三字经》"融四岁 能让梨 弟于长 宜先知"十二字中。利用《三字经》这一文本载体，"孔融让梨"成为易于传播的四字典故。《三字经》所承担的教化传统，庚续了《诗》教传统。这种传统是由《诗》经奠定的"诗化范式"。"诗化范式就是将文化知识转而为诗甚至转而为谣的范式，也即为了便于生童记诵，便于大众接受理解，而将晦涩难懂的传统文化文献转化为适合民间传诵的诗歌、民谣、童谣的形式"。[①] 因此，像传统儒家的孝悌之德这般抽象的文化内容，当它转化为"孔融让梨"四字典故时，转化朗朗上口的"融四岁 能让梨 弟于长 宜先知"十二字童谣时，就会得到最为广泛的民间传诵。

第二方面，"孔融让梨"也继承了《春秋》教。"孔融让梨"不论其虚构成分有多大，它的存在形态都是一件"事"。这一"事"是日常之事，是反反复复发生在过去、现在、未来的普遍之事。"孔融让梨"将孔融让梨这一日常细琐之事"经典化"，成为堪为后世必知的"经典之事"。这种经典化，饱含着一种源自《春秋》的"以事为教"的教化观念。儒家所传之义理，通过"史/事"而深切著明。这些"事"经过圣人的制作，就不再仅仅是人间世琐碎之事，而是内含家国之道德基础的"大事"。这种"微而显，志而晦"的记事特点，将儒家义理隐含在"事"中。当后世再读这些"事"时，让读者琢磨、回味、反复思考所记之事，其中内含的义理"自见"出来，实现一种"事溢于句外"的教化效果。"孔融让梨"体现了《春秋》教中的"以事为教"的理念。

第三方面，"孔融让梨"也融合了《诗》教与《春秋》教。"孔融让

---

① 谢俊贵. 传统文化传承的诗经范式及其创新运用 [J]. 山东社会科学，2021 (6).

梨"并非一个道德强迫之事。"孔融让梨"中的孔融，不像在康德的道德论述中的"有理性存在者"。这种存在者要摒弃自己的感性欲求，按照客观的道德法则对个体意志的规定，坚定地服从绝对法则。① 让梨的孔融，看起来是自然而然地把"梨"给了自己的哥哥、弟弟，并没有感受到客观道德法则对自己意志的"强制"。因为他对哥哥、弟弟有一种基于血缘的人伦情谊。"孔融让梨"乃是"事"与"情"交融之诗，对普通人没有强烈的道德强迫性。2012 年，上海那位写下"孔融让梨，我不让"的小朋友，如果想到了他的梨是让给他的爸爸妈妈或者哥哥姐姐，也许，他的回答将是不一样的。只是这一层道德基础，随着我国的道德的现代转型，对许多国人早已陌生难解。

从上述"孔融让梨"的诗教内涵，还可以引出它的第四个内涵。相比西方现代道德理论研究从某种极端的道德情景中探讨道德规范，"孔融让梨"所代表的传统伦理道德，更关乎日常伦理道德的问题。像孔融让梨之事，是普通人在生活中都会遇到的。因此，"孔融让梨"这种诗教，要把道德教诲用到寻常老百姓家，成为普通人日用之物。这种教诲方式，就如生活中的"盐"，入水即化，其滋养作用悄无声息地进行着的，试图化人心之危于无形中。

2."孔融让梨"作为一种政教

"孔融让梨"不但是一种诗教，也是一种政教。前文对我国《诗》教的分析，突出了《诗》教在先秦文学中的政教功能。这种政教功能，是指在先秦时期，《诗》大量地使用于祭祀、政治、外交、军事等政治生活中的重大场合。不论是这一时期的教诗者还是学诗者，都是围绕着如何在这些重大场合使用《诗》而进行教诗和学诗的。这种《诗》教不是诗歌艺术的教育，而是一种政治伦理的教化。在祭祀、政治、外交、军事等这些政治生活中的重大场合中，人们通过赋《诗》和用《诗》，实现人心的感发

---

① 康德. 道德形而上学奠基[M]. 杨云飞，译. 北京：人民出版社，2013：40-41.

和会通，这才是一种礼乐文明。因此，《诗》是真实存在于日常政治伦理的交流实践中。从《诗》教在先秦时期的存在方式来看，诗教就是用诗中的情、理、事潜移默化地作用于人心。这种诗教是自然融于在日常的政治伦理实践中的。因此，这种诗教也是"政教"。然而，这种政教与传统社会中存在的另一种形态的"政教"，有着天壤之别。下文以《昭明文选》任昉[①]的弹事文——《奏弹刘整》为个案[②]，对勘这两种政教形态。

传统社会中，普通人的社会关系主要是在宗族、家庭、亲戚，以及乡里、邻里之间。而其间发生的纠纷和冲突，也集中在亲族关系、经济关系、社会交往关系、尊卑关系上。比如，亲戚之间，因借钱、还钱造成的矛盾；宗族内部，宗族成员的尊卑秩序造成的矛盾。[③]还有一些是夫妻、婆媳之间的问题。如，夫妻关系平常尚好，往往因为某小事而引发激烈冲突，且一般是丈夫先对妻子斥骂，妻子顶撞，丈夫施以暴力，酿成命案。婆媳之间的矛盾，就是婆婆对儿媳做家务的水平不满或嫌儿媳不听支使，婆婆对儿媳照料、教育孩子的做法不满。[④]这些是宗族社会中常见问题。对于这些问题，传统社会是如何处理的呢？

《奏弹刘整》记载了上述问题中的一个典型个案。案件是西阳内史刘寅的妻子范氏到御史台诉告，告其小叔子刘整侵占财产。西阳内史刘寅是刘兴道的儿子。刘兴道曾为零陵郡太守。共有三个儿子，刘寅、刘整、刘

---

① 任昉（460年—508年），字彦升，小字阿堆，乐安郡博昌（今山东省寿光市）人。南朝文学家、方志学家、藏书家，"竟陵八友"之一。
② 下文对《奏弹刘整》的理解，主要参见了以下两本书的翻译：蒋冀骋主编.古代汉语（下）[M]. 长沙：湖南大学出版社，2015：285-292. 胡彦，刘丽辉等主编. 大学国文 [M]. 昆明：云南大学出版社，2017：267-271.
③ 参见杜家骥主编. 清代社会基层关系研究（上）[M]. 长沙：岳麓书社，2015：37-40，47-49.
④ 参见杜家骥主编. 清代社会基层关系研究（下）[M]. 长沙：岳麓书社，2015：549，571.

温。分家时，三房人之间就财产的分配问题出现争执。①

刘兴道为零陵郡太守时，家里有奴婢四人。分家之前的奴婢教子、当伯，是供整个刘氏家族共同使用的奴婢。之后，刘整用钱补偿给他的姐姐和弟弟刘温后，就把这两个奴婢当做自己的私奴使唤。后来，又夺走了刘寅儿子刘逡的奴婢绿草，私自卖了绿草，获得七千文，分予其姐和其弟，不分刘逡。刘寅的二儿子刘师利去年十月去刘整的别墅，住了十二日，刘整向嫂子范氏索取了六斗口粮。口粮还未送到，刘整就大怒，到范氏屋内的屏风上，将车厢四周的帷帐拿走，用以抵偿上述口粮。后来，范氏把六斗口粮送过去，刘整收了。前二月九日，范氏家不见了车栏、夹杖、龙牵。范氏及刘逡说是奴婢采音偷走了这些东西。刘整听后，就打了刘逡。范氏诘问刘整，何故打刘逡。之后，刘整及其母亲，便到屋前庭院，隔着门帘骂范氏。另外，他家的奴婢采音、教子、楚玉、法志等四人也在刘整母子左右。后来，刘整跟采音说，"他们说你偷了车具、校具（装饰物），你何不进屋里骂呢？"随后，采音进屋争吵，用手误抓了范氏的手臂。

这件家族纠纷事件被任昉郑重地写了下来，并奏请梁武帝，要在政治上弹劾刘整。那么，任昉用什么样的理据来弹劾刘整呢？任昉写道，刘整作为中军参军，只是里巷卑贱之人。直到其姑母为南朝齐高帝之后——刘皇后，他才出仕为官。家族中，他怨恨亲戚，仇恨、不和积蓄已久。本来依礼，叔、嫂之间不交往，但是刘整胡乱放肆，大骂嫂子。本来应该对侄子加倍关心，然后却用棍棒打自己的侄子。任昉举例写道，过去的人，亲人间和睦融洽，衣物用品不专归某人专有。而刘整对侄儿的抚养，却是连"六斗"口粮都要求归还。"人之无情，一何至此。"这不符合名教礼法。从这些弹劾内容来看，刘整所触犯的道义准绳，就是传统孝悌伦理。

从今人看来，任昉这篇弹事文的写作手法有点奇怪。弹事文是弹劾官

---

① 六朝蓄奴之风极盛，奴婢是家庭财产的重要组成部分。参见蒋冀骋主编. 古代汉语（下）[M]. 长沙：湖南大学出版社，2015：287.

吏的公文,是一种建议对弹劾对象进行司法处理的公诉状文。但是在这篇公文中,任昉多引用孝悌伦理的"义例"或典故。如马援奉嫂,不冠不入;氾毓字孤,家无常子;薛包分财,取其老弱;高凤自秽,争讼寡嫂等。任昉用这些典故,显然不止彰显儒家崇尚的孝悌伦理。在这篇弹事文中,这些典故或义例俨然成为了判决刘整行为的依据和标准。从中,也可以看到这些孝悌典故在传统社会中的存在方式。这些典故作为一种"活的"道德标准,直接作用于政治生活。当事人作出与此标准相反的行为,就会得到惩罚。因此,在这篇弹事文中,任昉请求罢免刘整官职。但是在这种做法中,上述孝悌典故的作用,与其说是一种温情脉脉的政教,不如说是带有强力威慑的规训。这种政教带着强力,用威慑、恐惧保障其作用。这种威慑是血腥和恐怖的。在流传下来的一则孔融为官后的记事中,这种恐怖体现得淋漓尽致。

"孔文举为北海相,有遭父丧,哭泣墓侧,色无憔悴,文举杀之"。[①]这件记事不管是否是史实,按照上述政教合一的逻辑,孔融作出上述举动似乎具有某种必然性。在信奉孝悌伦理的孔融看来,父死子哭,其子色不憔悴,"说明"为人子者仅是形孝但实不孝。这种形孝而心不孝者,应该被杀掉,以儆效尤,以正民风。孔融如此"敦风化俗"的行为,与其是彰显孝道,不如说是彰显了孝道一旦被政治化、暴力化后的可怕。这种用政治强力的方式所达到的目的,很难说是教化目的。这种政教逻辑,到了晋代,甚至演化为一种法律原则——"准五服以制罪"。这种法律原则,以当事人之间服制关系的亲疏远近,决定案件的性质乃至于罪行的轻重。具体说来,血缘关系越近,尊者犯卑者,处刑愈重;卑者犯尊者,处刑愈重。有论者认为,准五服以制罪虽将儒家礼教纳入法律中,但却与儒家礼教精神相违背。它违反了儒家"导之以德,齐之以礼"的礼教路线;违背了儒家礼义原则高于礼仪表现的基本立场;违背了儒家家族伦理是父慈子

---

① 《艺文类聚·卷八十五·百谷部·麦》.

孝、兄友弟恭的互有义务，片面强调卑幼对尊长的义务。①

上述法律原则不仅违背了儒家的礼教精神，而且它破坏了政治与伦理教化之间的关系。人的伦理教化本是修身之教，是个体的道德修为，是个体自愿接受的教化。有了这种教化基础，个体才能在"家—国家—天下"不同层级的政治空间中有所作为。所以，前文所言的先秦诗教，就是学诗之后，在重大的政治场合用诗，以表达个人心志，使交流双方达到思想、情感上的会通。这种礼乐文明是与先秦时期的诗教的政教功能分不开的。这种教化将个人的修身与政治实践联系在一起，将个体与家国联系在一起。这种诗教的政教形态，与那种依靠外在强力的政教形态，截然不同。后者虽将道德教诲极大地融入了日常生活，但是它借助外在的强力而非柔化人心之危的诗教力量，使得这种政教变成了一种人性压制的力量，打破了政治与伦理教化之间的应有边界，不能在人性与天道之间形成一个教化通道。这种依靠权力而推行的政教形态，已然变形为强权实现其统治目的的手段。

上述两种形态的政教辩难，凸显了先秦诗教的政教特色。如若按照这种政教特色理解"孔融让梨"，"孔融让梨"的政教特色，首先是它不借外在令人恐惧的强力而进入人心。孔融让梨作为一个简单易懂的小故事，可以让儿童感受并体会四岁孔融将梨让给兄弟的那种美好情谊。这种情谊是万古共通的人性，是值得每个人为兄、为弟、为姐、为妹者学习的。有了这种体会之后，儿童可以在自己的日常伦理实践中，练习这种让德。如，练习把食物或者玩具让给自己的兄弟姐妹。这种在家中就开始的克己复礼的修身训练，可以扩展到"国"和"天下"中，形成了一个人节制欲望、不与他人相争的品质。这种品质是一种正义品质。因此，"孔融让梨"的教化，不是局限在私人领域，它是一种政教合一的教化。这种教化是一种"风教"，如春风化雨般自然作用于人的日常生活，让人在日常政治伦理实

---

① 屈永华. 准五服以制罪是对儒家礼教精神的背离 [J]. 法学研究，2012 (05).

践中，践行孝悌之德。一个人在生活中练习的孝悌之德，也并非个人私德，而是具有政治意义的道德。相对于现代自由主义的伦理实践，"孔融让梨"的政教特色对追求自由的现代人而言，更像是对人性的强迫和压迫。毕竟，信奉现代自由主义观念的个体想怎么吃梨，就怎么吃梨。那么，如何理解"孔融让梨"所代表的我国传统正义诗教呢？对照西方古希腊的正义诗教，人们对此可能有更深入的认识。

第二章
中、西方古典正义诗教对观

《春秋》展现了我国古典智识者在面对人世间的不义问题时,他们的独特思考和解答。从人类历史的横向来看,《春秋》面对的不义问题并不特殊,同一时期的古希腊城邦也遭遇了类似的不义问题。而西方政治社会的智识者对这些问题有着不同的提出方式和解决方式。下文将回到西方文明的古希腊源头,展现古希腊思想家在面临类似的正义问题时,他们的思考和解法,以此镜鉴我国传统正义诗教。

一、西方古希腊肃剧中的正义母题:弑亲

王族内部的残杀事件似乎也是西方文明的源头逃不开的问题。古希腊的神话和传说,流传了许多权势家族的弑亲故事。如,坦塔洛斯—阿特柔斯家族、俄狄浦斯家族。其中,有关坦塔洛斯—阿特柔斯家族的史诗故事和戏剧故事很是显眼。人们现在看到的坦塔洛斯家族的故事,并非由一位或几位诗人独立创造的。这个家族的故事经过不同时期不同诗人的创作。坦塔洛斯用自己儿子的肉飨宴诸神的故事,出自公元前五世纪初的诗人品达的讲述。珀罗普斯赛车赢娶公主的故事,最完整的叙述出现在公元一世纪或二世纪的作家阿波罗多罗斯的作品中。而坦塔洛斯—阿特柔斯家族内部,尤其是阿特柔斯子孙间的血亲残杀之事,犹受关注。许多相关的史诗和肃剧作品被创作出来。如,荷马的《伊利亚特》《奥德赛》两部史诗中有描绘,三位肃剧作家埃斯库罗斯、索福克勒斯、欧里庇得斯也创作了好

些肃剧。其中，得以保存下来的就有"八部"。从后世善良的读者看来，上述古希腊神话传说和戏剧中骇人的家族弑亲事件，不过是古人们的创造，不会是真实之事。

掀去神话传说、戏剧故事中的诗学面纱，人们可以看到故事中可怖之事似乎正好对应着权势家族中的血亲残杀事件。这些事件的典型意义，似乎与《春秋》传闻世中记载的事情，在本质上并无二致。权势家族中，这些不义事件的发生似乎并非偶然，存在某种必然性。这种不义的必然性在权势家族中得到了最为极端的展现。科内尔（David Farrell Krell）洞察到"悲剧世界中的少数家族"的存在。他论述道，在悲剧面前，亚里士多德与荷尔德林都感到"敬畏"。这种敬畏源于他们相信"最重要的事物安家于少数几个极离奇的家族"①。亚里士多德在《诗学》第十三、十四章，确认了杰出的肃剧所描绘的事件类型必定关涉宽泛意义上的"家政"（domestic economy and household management）。因为所谓"悲剧事件"就是"涉及一个（并非完美无瑕的）好人命运的改变——好人'正直'或'公正'而且不偏不倚，或许并非全然高贵、严肃与高致，但肯定比我们卓越；他在判断与行动上的重大过错迫使自己从幸福走向悲苦"②。因此，悲剧之所以在这种"名门望族"中出现，是因为英雄或人类社会的精英往往来自于这些家族。而这种杰出人物却犯下了致命错误，造成了悲剧。因此，肃剧必然关涉特殊家族，如俄狄浦斯一家、阿特柔斯家族，以及类似家族。这些类似家族虽然屈指可数，但这些悲剧性家族本质上属于悲剧。这些家族"恰好受过可怕的事或者做过可怕的事"③。那么，这种可怕之事是什么呢？

---

① 科内尔. 悲剧世界中的少数家族［M］.//刘小枫，陈少明主编. 诗学解诂. 北京：华夏出版社，2006：102.
② 科内尔. 悲剧世界中的少数家族［M］.//刘小枫，陈少明主编. 诗学解诂. 北京：华夏出版社，2006：103.
③ 亚里士多德. 诗术［M］.//陈明珠. 诗术译笺与通绎. 北京：华夏出版社，2020：80.

人与人之间的争斗、仇杀发生在没有血缘关系的陌生人之间,没有人会惊讶,也没有人会悲怜。然而,发生在本应该相亲相爱的血亲之间,必然骇人听闻。肃剧所寻求的可怕之事,就是那些"只有产生在亲者之间的苦难,诸如同胞兄弟或意图杀死兄弟或者儿子杀死或意图杀死父亲,母亲杀死或意图杀死儿子,儿子杀死或意图杀死母亲,或做其他诸如此类的事"①。家庭中,家人本应相亲相爱、充满情谊,却发生了如此骇人的弑亲事件。这种事件无疑是最好的肃剧题材。问题是肃剧瞄准的这些骇人事件仅仅发生在这些少数家族吗?还是说这些少数家族出现的骇人事件恰恰是人类不义的一种极端体现?科内尔认为,这些肃剧恰恰"显现了城邦中的灾难性事物,而且这些事物可能存于自然,存于一切存在之中"②。而"正是从最凤毛麟角的家族,我们认知了存在世界中的严肃事物,而在这个范围内,世界强令或肯允苦难的发生"③。所以,肃剧记下了这些悲剧性家族,让世人记住他们遭受的严酷挫败。

诗人以诗的方式,记下弑亲、乱伦等人世间的可怕之事。这些事情被记下,源于它们损害并危害着政治社会的根基。人与人之间,只有充满了情谊才能形成各种类型的共同体。因此,人在最有情谊关系的共同体中犯下的不义,也就是最不正义的。"例如,抢一个朋友的钱比一个同胞的钱更可恶;拒绝帮助一个兄弟比拒绝帮助陌生人更可憎;伤害父亲比伤害其他任何人更可怕"④。而权势家族中极为显眼的弑亲、乱伦等罪恶,显然威胁到人类社会的基础——家。因此,这样的重大事件必须记载下来。《春

---

① 亚里士多德. 诗术 [M]. //陈明珠. 诗术译笺与通绎. 北京:华夏出版社,2020:80.

② 科内尔. 悲剧世界中的少数家族 [M]. //刘小枫,陈少明主编. 诗学解诂. 北京:华夏出版社,2006:104.

③ 科内尔. 悲剧世界中的少数家族 [M]. //刘小枫,陈少明主编. 诗学解诂. 北京:华夏出版社,2006:105.

④ Aristotle. *Nicomachean Ethics*. Trans. by W. D. Ross, Oxford: Oxford University Press, 2009:153.

秋》正是记载了这些重大事件。既然问题如此根本,那么西方古典智识者在面对这些事件时,他们是如何"记载",又如何思考的呢?

古希腊智识者将这些事件,编织进了肃剧。

> 许多希腊诗人把阿特柔斯的家庭不幸当作无数肃剧的题材。那三大肃剧家传下的三十三个剧本里至少有八个和这故事相关。那八个剧本是埃斯库罗斯的《阿伽门农》《奠酒人》和《报仇神》;索福克勒斯的《厄勒克特拉》;欧里庇得斯的《厄勒克特拉》《伊菲格涅亚在奥利斯》《伊菲格涅亚在陶里克人里》《俄瑞斯忒斯》。①

此外,还有索福克勒斯的《安提戈涅》《俄狄浦斯王》,欧里庇得斯的《美狄亚》等,这些都是以家族内部血亲残杀为主题的经典剧作。古希腊的肃剧诗人们用诗的方式记下了这些事件,那么,这种记载方式又透露了他们对这些不义问题的何种解释呢?下文围绕古希腊三大肃剧诗人就阿特柔斯家族而写下的肃剧作品,展现古希腊智识者对上述不义的思考和解答。

二、古希腊弑亲肃剧中的"结"与"解"

阿特柔斯家族的悲剧,是诗人们心心念念的主题。古希腊三位肃剧诗人流传下来了八部阿特柔斯家族的肃剧。这些肃剧主要围绕阿特柔斯的儿子阿伽门农、阿伽门农的儿女伊菲格涅亚、厄勒克特拉、俄瑞斯忒斯展开。将这八部作品放在一起研究,有助于人们理解古希腊诗人对弑亲悲剧的认识和理解。下文将以埃斯库罗斯的"《俄瑞斯忒亚》(*The Oresteia*)三部曲"为主线,在交待俄瑞斯忒斯的弑亲案的整个神话背景和相关诗学

---

① [美]贝次.《伊菲格涅亚在陶里克人里》1936 年译本材料 [M]. //欧里庇得斯悲剧五种. 上海:上海人民出版社,2015:340—341.

作品内容的基础上，探讨弑亲问题的重要性及其中隐含的重大正义问题。

（一）埃斯库罗斯笔下的《俄瑞斯忒亚》三部曲

1.《俄瑞斯忒亚》三部曲的神话背景

埃斯库罗斯的《俄瑞斯忒亚》三部曲包括《阿伽门农》《奠酒人》《报仇神》，首演于公元前458年，并获得当年戏剧演出的"头奖"。三部剧并非独立的作品，而是围绕着阿特柔斯的儿子阿伽门农而展开的。三部曲始于阿伽门农打赢了特洛伊战争之后，刚回到都城阿尔戈斯之时。阿伽门农回到都城不久，就被其妻克吕泰墨斯特拉杀害。克吕泰墨斯特拉杀阿伽门农的理由是为女儿复仇。当初阿伽门农为了顺利进攻特洛伊，将自己的亲生女儿伊菲格涅亚献祭给了女神阿耳忒弥斯（Artemis）。简言之，妻杀夫，是因为"父杀女"。作为伊菲格涅亚的母亲，克吕泰墨斯特拉要让阿伽门农这位本该保卫女儿生命的父亲，血债血还。

克吕泰墨斯特拉联合她的情夫埃癸斯托斯（阿伽门农的堂弟）杀死阿伽门农。之后，克吕泰墨斯特拉又牵出了阿伽门农家族内部那个由来已久的"杀亲诅咒"。这个"杀亲诅咒"源于坦塔洛斯[①]。坦塔洛斯是阿伽门农的曾祖。传说他是小亚细亚吕底亚境内西皮洛斯的国王。他很受众神的宠爱，但为了戏弄诸神，坦塔洛斯用自己儿子珀罗普斯（又译佩洛普斯）的肉招待神明，结果被神明罚至冥界。被他杀死的儿子珀罗普斯在神使赫尔墨斯的帮助下，起死回生。后来，珀罗普斯娶了厄利斯国王俄诺马俄斯的女儿希波达墨亚。希波达墨亚的父亲俄诺马俄斯，预知他会死在他未来的

---

① 本部分坦塔洛斯家族的内容梳理主要参考了以下古希腊神话传说和戏剧来源。[美]依迪丝·汉密尔顿在《神话：希腊、罗马及北欧的神话故事和英雄传说》中《阿特柔斯家族》的内容，以及国内罗念生和王焕生两位先生在其翻译的古希腊的戏剧著作中，注解的阿伽门农的世系。具体参见：[美]依迪丝·汉密尔顿. 神话：希腊、罗马及北欧的神话故事和英雄传说[M]. 上海：华夏出版社，2019：261-281. [古希腊]埃斯库罗斯. 埃斯库罗斯悲剧六种[M]. 罗念生，译. 上海：上海人民出版社，2016：287-288. [古罗马]塞内加. 塞内加[M]. 王焕生，译. 长春：吉林出版集团股份有限公司，2019：309-310. 晏立农，马淑琴编著. 古希腊罗马神话鉴赏辞典[M]. 长春：吉林人民出版社，2005：63-65，134，410-411.

女婿手中。因此，俄诺马俄斯同他女儿的求婚者进行赛车。凡是赛输的人都会被他处死。珀罗普斯也想娶希波达墨亚，因此收买了俄诺马俄斯的驭手密尔提罗斯而得胜。他后来感觉羞耻（一说由于他嫉妒密尔提罗斯爱上了希波达墨亚），把密尔提罗斯推下海淹死了。密尔提罗斯临死前，朝珀罗普斯下了最可怕的诅咒，诅咒珀罗普斯及其子孙必将兄弟反目、夫妻成仇、血肉相残、乱伦杀亲。这就是这个家族"杀亲诅咒"。那么，这个诅咒最终预言了什么样的亲人间仇杀、乱伦之事呢？

首先，清理一下阿伽门农家族内部关系。坦塔洛斯的儿子是珀罗普斯。珀罗普斯和希波达墨亚有两个儿子：阿特柔斯和堤厄斯忒斯。阿特柔斯与阿厄洛珀的儿子：普勒斯忒涅斯、阿伽门农和墨涅拉奥斯。堤厄斯忒斯的女儿：珀罗庇亚。堤厄斯忒斯和珀罗庇亚的儿子：埃癸斯托斯。阿伽门农与克吕泰墨斯特拉的儿子：俄瑞斯忒斯；阿伽门农与克吕泰墨斯特拉的女儿：伊菲格涅亚、尼勒克特拉。家族内部的仇杀是从家族的第一代坦塔洛斯开始的。

为了戏弄诸神，坦塔洛斯杀儿子珀罗普斯。珀罗普斯的两个儿子——阿特柔斯与堤厄斯忒斯争夺王位。堤厄斯忒斯为了让阿特柔斯的妻子阿厄洛珀帮助自己获取王位，诱奸了阿厄洛珀并使其背叛阿特柔斯。阿特柔斯后来假意同堤厄斯忒斯和好，请他赴宴，并把堤厄斯忒斯的两个幼子杀掉，将其子的肉煮给堤厄斯忒斯吃。众神为这事诅咒阿特柔斯一家人不得好报。堤厄斯忒斯逃走后，从神谕那里得知，他只要和他女儿生下儿子，这个儿子就能杀死阿特柔斯。因此，堤厄斯忒斯强奸了他的女儿珀罗庇亚，后者最终生下了儿子埃癸斯托斯。埃癸斯托斯杀死了阿特柔斯，让他父亲堤厄斯忒斯登上了王位。后来，阿特柔斯的两个儿子阿伽门农和墨涅拉奥斯得到了王位，驱逐了堤厄斯忒斯和他的儿子埃癸斯托斯。阿伽门农为了顺利攻下特洛伊，将他的女儿伊菲格涅亚杀掉以祭神。在阿伽门农攻打特洛伊的过程中，埃癸斯托斯和克吕泰墨斯特拉通奸，并合计杀死了阿伽门农。阿伽门农的儿子俄瑞斯忒斯为父报仇，杀死了他的母亲克吕泰墨斯特拉和埃癸斯托斯①。这就是坦塔洛斯—阿特柔斯家族内部的惨事（见图4）。

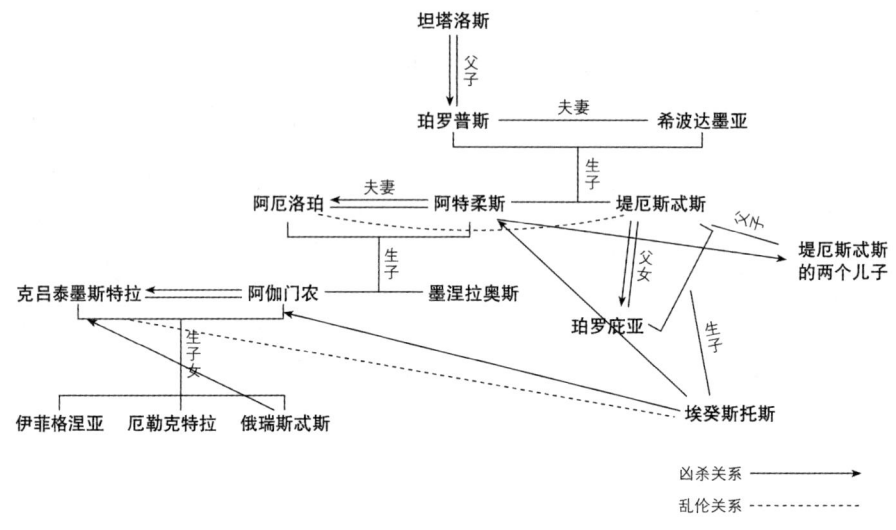

图4 坦塔洛斯家族的杀亲和乱伦事件

埃斯库罗斯的《俄瑞斯忒亚》三部曲大致勾勒了阿伽门农家族中的弑亲事件。在《阿伽门农》中，歌队在进场歌中，唱出了阿伽门农被弑的背景。其中，阿伽门农被弑的肇因始于特洛伊战争。为了海伦这个"一嫁再嫁的女人"，阿伽门农带领阿尔戈斯联军攻打特洛伊。在问卜这场战争的结果时，两只鹰啄食一只怀胎兔子。这一预兆被先知解释为：阿伽门农率领的军队终将攻占特洛伊，奴役特洛伊人，抢劫特洛伊的财富。然而，这

---

① 荷马在《奥德赛》第一卷和第三卷中，对阿伽门农被弑案皆有描述。第一卷一开篇，叙说了宙斯哀叹埃癸斯托斯之死。在这里，埃癸斯托斯也是被阿伽门农的儿子俄瑞斯忒斯杀死。但是宙斯整个叙说的重点是埃癸斯托斯"丧失理智，超越命限"而弑君（即阿伽门农），并娶了阿伽门农之妻。对俄瑞斯忒斯弑母之事，文中反倒只字未提。卷三借英雄涅斯托尔之口，再次叙说埃癸斯托斯的"恶行"。在这次叙述中，仍是以埃癸斯托斯杀死阿伽门农、阿伽门农之子俄瑞斯忒斯复仇为主，并提及俄瑞斯忒斯杀死埃癸斯托斯后，宴饮阿尔戈斯人。从中，间接暗示了俄瑞斯忒斯有可能弑母。
[古希腊] 荷马著. 荷马史诗·奥德赛 [M]. 王焕生，译. 北京：人民文学出版社，1997：2－3，45－46.

一场问卜的献祭，引起了女神阿耳忒弥斯的厌恶。女神阿耳忒弥斯要求另一场献祭，要让阿伽门农献祭他的女儿。在此，歌队唱出，这场献祭"不合法"，最终会导致家庭纷争。因为报仇女神要为所有的罪行报仇。这预示着三部曲的情节安排：阿伽门农弑女后，其妻克吕泰墨斯特拉为女报仇，杀死阿伽门农；俄瑞斯忒斯为父报仇，杀死其母克吕泰墨斯特拉与埃癸斯托斯。整个三部曲内含了父杀女、妻杀夫、子杀母等弑亲行为，而这些不义最终聚焦在"俄瑞斯忒斯为父报仇而弑母是否有罪"上。对于这个问题，埃斯库罗斯在《报仇神》①中，为后世留下了他的思索和解答。

2. 三部曲中古老不义：弑亲

"弑亲问题"到底是一个什么样的问题，剧中的凡人对此一无所知。评断"俄瑞斯忒斯为父报仇而弑母是否有罪"，完全超出凡人的能力。剧中，一开始似乎只有报仇女神知道"俄瑞斯忒斯为父报仇而弑母有罪"。但是凡人似乎既不认识也不尊重报仇女神，他们肯定也不看重这些女神的意见。剧中，除了智慧女神尊重报仇女神以外，其他神也不看重报仇女神。报仇女神原名欧墨尼得斯（Erinys）。据说她们是地或夜的女儿，头缠毒蛇，眼滴鲜血，其形象相当恐怖。当时人们有所忌讳，不敢直呼报仇女神之名，只好叫女神们为"慈悲女神"。但是这些女神是谁，她们的神系和神职是什么，这些内容连女祭司都不知道。换句话说，凡人不懂报仇女神的存在意义。只有凭靠阿波罗神，人们才知道女神们的来历。她们是"古老的女儿"，为了世间存在的罪恶而生长出来的。她们原本居住在幽暗的地底深坑里，为神、人所厌。但女神们却自辩道，她们是古老的神祇，

---

① 埃斯库罗斯的《报仇神》在一些中译文中，也被译为《复仇女神》或者《和善女神》。这主要是因为报仇神的原名是"Eumenides"。古希腊人不敢直呼复仇女神，怕不敬，所以称呼的时候用了这个好听的词。此词含义是慈悲女神。参见罗念生，水建馥编. 古希腊语汉语词典. 北京：商务印书馆，2004：344. 下文对《报仇神》的分析，主要参考了国内罗念生先生翻译的《报仇神》，陈中梅先生翻译的《善好者》，以及下述英译本：Aeschylus. *Oresteia*: *Agamemnon*, *The Libation Bearers*, *The Eumenides*. Classic Books America，2009.

是正义的审判者。女神们说道：

> 一个把清白的手伸出来的人，不至于引起我们的忿怒，他可以一生不受伤害。但是，如果有任何一个罪人，像那人一样，犯了罪，把血污的手隐藏起来，我们就挺身而出为死者作正直的证人，向他追还血债，一直追到底。①

报仇女神实质是"正义女神"，遵奉血债血还的复仇逻辑，尤其要惩罚那些胆敢谋杀亲人的人。所以，剧中女神们自述其神职：

> 这是无情的命运女神分配给我们永远掌握的职权：为有凡人胆敢谋杀亲人，我们就尾追他，直到他进入地下；但是他就是死了，也不能完全自由……每逢家庭间的斗争害死一个亲人，我们就颠覆那个家。不管这人多么强壮，我们都要用新鲜的流血弄得他软弱无力。②

对这些古老的正义女神，凡人却不认识，也不知道这些报仇女神肩负的神职对人类政治共同体的意义，所以剧中的凡人不清楚弑亲问题的重大性。对此，诗人在情节设计上，设计了"神"来引导人从苦难中获得智慧。剧中，就是由智慧女神雅典娜和报仇女神来共同引导凡人。

在剧中，雅典娜声称杀母案太重大了，永恒正义（eternal right）令任何一个凡人甚至是雅典娜自己，都无权判决这桩俄瑞斯忒斯为父杀母的血案。因此，雅典娜提议最好由市民组成陪审团，按照真正的事实进行判断。"我将选派陪审员，让他们发誓公正地判决这件杀人案，我要使这审

---

① ［古希腊］埃斯库罗斯. 奠酒人［M］.//埃斯库罗斯悲剧六种. 上海：上海人民出版社，2016：363.
② ［古希腊］埃斯库罗斯. 报仇神［M］.//埃斯库罗斯悲剧六种. 上海：上海人民出版社，2016：364.

判成为永久的制度"。① 然而，由凡人组成的陪审团对"俄瑞斯忒斯为父报仇而弑母是否有罪"进行投票时，其投票结果是定罪票和赦罪票相等。这样一个情节设计，再次点明凡人并不能理解弑亲问题。换句话说，凡人对俄瑞斯忒斯弑母是否有罪的问题是"无知的"，他们必然达不成一致意见。②

埃斯库罗斯借助"报仇女神"，试图展现这个严肃的弑母问题。在剧中，报仇女神说出了这个案件的重要性。如果俄瑞斯忒斯辩护获胜，那么，古老的法律将会被颠覆；如果弑母者（matricide）能够自由，那么，古老的正义就会迎来新的不义。此类弑父弑母将绵延不绝，父母将遭受儿孙的伤害，只留父母独自忍受。因此，在报仇女神看来，俄瑞斯忒斯这一弑母案不仅仅是个案，而是关涉子女能否敬重父母这一大义问题。从报仇女神的陈述来看，这一案件背后是人类社会的古老正义。没有这一正义，人类不可能繁衍生息下去，人类的政治社会不可能存在。简言之，没有父母、没有家，就没有政治社会。所以，这一案件牵涉人类政治社会中的最为基础性的道义问题。它远远不是个案，是关涉政治社会基础的大事件。因此，这样的案件审理必须公开。智慧女神雅典娜在战神山上建立了一个永久法庭。这个永久法庭审判的第一个案件，就是俄瑞斯忒斯弑母案。

3. 三部曲中的"诸神之争"

剧中，阿伽门农家族爆发如此骇人的杀亲事件，而其中的义与不义，不仅对凡人是一个难题，对神而言，亦是如此。对此，埃斯库罗斯笔下的人与神之间、神与神之间都发生了激烈的争吵。

剧中，俄瑞斯忒斯承认自己为父杀母的事情。但是他一方面拒不认罪，另一方面也不能主张自己无罪。这意味弑母者并不能认识和理解他的

---

① [古希腊] 埃斯库罗斯. 报仇神 [M]. //埃斯库罗斯悲剧六种. 上海：上海人民出版社，2016：368.

② S. Benardete. *The Argument of the Action: Essays on Greek Poetry and Philosophy*, Chicago and London: The University of Chicago Press, 2000：63.

第二章　中、西方古典正义诗教对观　　175

这个弑母行为，更不能判断这一行为的正当性。所以，俄瑞斯忒斯作为被告，一方面不愿意发誓说自己无罪，因为弑母之事是由阿波罗神命令他做的；另一方面，也不愿意让作为原告的报仇女神发誓，怕接下来的审判对自己不利，说自己有罪①。所以，接下来，俄瑞斯忒斯继续遵从阿波罗神的指示，请智慧女神雅典娜来判断这个弑母行为的正当性。为此，剧中的智慧女神建立了审判制度，由凡人组成了陪审团进行审判。

俄瑞斯忒斯一案中，法庭上除了原告报仇女神，被告俄瑞斯忒斯外，还有作证者和辩护者阿波罗神。开庭后，原告与被告开始辩论。被告俄瑞斯忒斯承认自己杀了母亲，但不认罪。不认罪的理由，被告俄瑞斯忒斯给出了三点。第一点，他遵从阿波罗的神示而弑母，所以他是被迫的。第二点，俄瑞斯忒斯认为自己是为父杀母。他的母亲"染上了双重血污"，既杀了自己的丈夫，又杀了自己孩子的父亲。第三点，俄瑞斯忒斯认为报仇女神只追杀弑母者，不追杀弑夫者，不公正。对于凡人俄瑞斯忒斯提出的申辩，诸神也很难回答。神祇间发生了激烈的争吵。

就第一点而言，智慧女神雅典娜开始就提出一个原则：除非被逼迫，没有人会自愿杀母。这个原则看起来好像是智慧女神为俄瑞斯忒斯留下了一个脱罪理由，即弑母是被迫的。这个原则，表明神承认弑母之事不是自然之事、正常之事。只有在极端处境中，人才可能弑母。但蹊跷的是，如果接受这个原则，意味着在某种层面上，神接受并默认弑母之事在人世间的存在。这相当于说，神接受并默认至恶的存在。而这会在根本上颠覆神的正义性。所以，追求正义的报仇女神坚决否认"除非被逼迫，没有人会

---

① 按照古雅典的诉讼习惯，原告可以要求被告发誓，说自己无罪。如果被告答应发誓，则不进行审判，将被告免罪；但是，如果以后发现被告发的是假誓，法庭就要惩罚他。如果被告不肯发誓，则进行审判。被告也可以要求原告发誓，说被告有罪。如果原告答应发誓，则进行审判。如果原告不肯发誓，则不进行审判将被告免罪。俄瑞斯忒斯既不愿发誓，说自己无罪，又不要求原告报仇神们发誓，因为他害怕她们说他有罪。参见［古希腊］埃斯库罗斯. 埃斯库罗斯悲剧六种［M］. 罗念生，译. 上海：上海人民出版社，2016：387（注释）.

自愿杀母"这个原则。女神们不承认,有任何外力可以强迫一个人杀害自己的母亲。因此,上述冲突和矛盾继续推动着情节的发展。

第二点,就血缘问题,凡人俄瑞斯忒斯提出,他与被弑者没有血缘关系。对此,报仇女神反问道,为了尊重父亲、为父报仇报杀父之仇,就可以无视母子之间的血缘关系(mother's right of kin),不尊重"母亲的权利"吗?对报仇女神的上述正义要求,替俄瑞斯忒斯辩护的阿波罗神一再进行反驳。

就血缘问题,报仇女神和阿波罗神,曾在阿波罗神庙,进行了第一次交锋。交锋中,阿波罗神反驳"报仇女神追杀弑母者的正义职权"。对此,报仇女神认为,阿波罗破坏了他们要把弑母者"赶出家门"的职权。因为弑母者不配栖居在地上的家中,只能到地下。阿波罗神认为,报仇女神只关注血缘问题,同样没有解决婚姻和家庭的基础性问题。因为家庭的始点和基础不是亲子关系,而是由男人和女人组成的夫妻关系。所以,如此关注"家"的女神们,居然只关注子杀母的问题,不关注妻杀夫的问题,有违她们的"正义职权"。"那命中注定的、男女的婚姻重于盟誓,受到正义的保护"。所以,阿波罗神认为,报仇女神只是紧追弑母者俄瑞斯忒斯,放纵弑夫者,不公正。这一反驳也是俄瑞斯忒斯援引为自己杀母的第三点理由。对此,报仇女神没有反驳。

在雅典组建的法庭中,报仇女神和阿波罗神进行了第二次交锋。此次交锋中,报仇女神仍抓住血缘问题不放。为此,阿波罗神的辩护策略是,将为父杀母的问题迁移或者偷换为政治问题。作为预言神,阿波罗清楚祂的神示意义重大。这一神示最终关乎男人与女人,关乎整个城邦。所以,祂进一步指出,弑杀的神示直接来自宙斯。难道宙斯让凡人为父杀母?不会的,宙斯之所以指使阿波罗神让俄瑞斯忒斯弑杀克吕泰墨斯特拉,不是让其为父杀母,而是为"一个荣获宙斯赏赐的王杖的高贵的人"而报复杀人者。所以,在阿波罗神的嘴中,阿伽门农之死是"无限尊严的国王、水师统帅之死"。他作为获得宙斯赏赐的权杖的人,他没有死在战场上,而是死在家里；没有死在亚马逊女战士的手上，而是死在家中的女人手里。对于王者而言，这是奇耻大辱。因此，俄瑞斯忒斯报仇，不是为父报仇，而是为"王"报仇。对这套说辞，报仇女神拿宙斯杀父一事反唇相讥。如果要"为王报仇"，那么，当初宙斯不是为了做神的统治者，杀死了他的父神克洛诺斯？宙斯这样的弑君者不应该被复仇吗？报仇女神的反驳，揭示了阿波罗逻辑中自相矛盾之处。由此，报仇女神又把阿波罗神逼回了更原初的血缘问题。

对此，报仇女神和阿波罗神进行了第三次交锋。其中，阿波罗提出了一种"生育论"。按照此种生育论，克吕泰墨斯特拉生了俄瑞斯忒斯，但是没有血缘关系。因为母亲本质上是"保姆"，真正的播种者是父亲。母亲作为保姆，保存和养育"新栽的种子"。因此，一个人可以没有母亲，但不能没有父亲。对此，阿波罗无法举出一个凡人的例子，只能拿"女神雅典娜"为例。雅典娜不是在母亲的子宫中养大的，祂是直接从父神宙斯头颅中出来的。随后，智慧女神也附和，她自己就是一个可以没有母亲，但不能没有父亲的存在。"因为没有一个母亲是我的生身之母；在一切事情上，除了婚姻而外，我全心全意称赞男人；我完全是我父亲的孩子"。所以，这位智慧女神当然要把祂的一票投给俄瑞斯忒斯，赞成其为父弑母的正当性。

在此交锋中，报仇女神在言辞上没有立刻反驳这个论点。在法庭上，报仇女神看起来败诉了。这起弑母案，以免罪并释放弑母者俄瑞斯忒斯而告终。但是，剧作并没有结束。接下来的情节是，报仇女神威胁，这一审判结果践踏了"古老的法律"。女神们的复仇将让这片土地不再生育，让人类毁灭。看来，报仇女神并没有接受上述阿波罗神那套生育论。这种"实证论"并不能解决价值问题。对此，智慧女神似乎心知肚明。因此，智慧女神一再对报仇女神"招安"。招安的方式主要是"威逼利诱"。一方面，雅典娜威逼报仇女神，如若祂们不遵从宙斯的意旨，宙斯拥有强大的霹雳会让这些女神顺从的。另一方面，雅典娜利诱报仇女神，允诺这些女神可以在雅典土地上合法占有一个地洞，接受市民的崇敬。"因为你可能正当地分得一块这地方的土地，永远受人崇敬"。① 最终，雅典娜成功挽留报仇女神在雅典，为雅典引进"新神"。有了这个新神，城邦中任何一个家都可以兴旺发达。报仇女神唱道："不许有凶杀的、早死的命运，让可爱的姑娘过婚嫁生活；不要内讧出现在城市中，不要由于忿怒而急于为人的死进行残杀报复；愿家人间互相有情谊，以喜悦报喜悦，同仇敌忾。这样，人间的许多事才能挽救。"②

(二) 弑亲之"结"：埃斯库罗斯的正义见识

埃斯库罗斯通过创作《俄瑞斯忒斯》三部曲，呈现了弑亲问题。这些作品具有远见卓识。它们呈现的弑母问题，牵涉了根本问题。诗人拥有极高的眼界把这些问题，通过特殊事件，将人事的悲剧性、严酷性展现出来。"悲剧通过殊相述说共相，揭示共相；在悲剧之中并且作为悲剧的共相同时也诉说殊相——这似乎是一个循环"。③ 那么，诗人看到了什么？

《报仇神》一剧最为表层的教益，就是重申"不可弑母"这条古老的不成文法。俄瑞斯忒斯弑母行为在于它不是个案，而是具有普遍性。换句话说，子代对亲代不敬重、不孝敬是家中常见的不义。而弑母、弑父不过是这种不孝、不敬最为极端的表现。因此，治愈这种人间不义，诗人以诗学的方式，为城邦引起了新神——报仇女神。这些可怕的女神专杀那些不敬父母者。这种政治神学最大程度上激发了人的恐惧，有助于震慑子代对亲代的不义行为。这种诗学教益无疑是有助于城邦生活的。但是对作品进行字里行间的诗学分析时，这些诗学内容似乎充满了矛盾和裂缝。

推动《报仇神》一剧整个情节发展的关键问题是"俄瑞斯忒斯弑母是

---

① ［古希腊］埃斯库罗斯. 报仇神 [M]. //埃斯库罗斯悲剧六种. 上海：上海人民出版社，2016：378.

② ［古希腊］埃斯库罗斯. 报仇神 [M]. //埃斯库罗斯悲剧六种. 上海：上海人民出版社，2016：380.

③ 刘小枫，陈少明主编. 诗学解诂 [M]. 北京：华夏出版社，2006：108（译按）.

否有罪"。对这个问题，诗人刻画了诸神之争。天上的宙斯—阿波罗神系认为，俄瑞斯忒斯弑母无罪，因为被弑者该杀。其理由是克吕泰墨斯特拉弑杀阿伽门农破坏了三种关系。一是，破坏了家庭中的婚姻关系。阿伽门农为克吕泰墨斯特拉的丈夫，不应被杀。二是，破坏了政治关系。阿伽门农是掌握权杖之人，不应被杀。三是，破坏了家庭中的亲子关系。阿伽门农是俄瑞斯忒斯的父亲，不应被杀。而地下的报仇女神一系认为，俄瑞斯忒斯弑母有罪，因为被弑者不该杀。其理由是弑杀亲代不正当，会破坏整个家庭和城邦的根基。

　　对观诸神的争论，似乎双方都有逻辑缺陷。就宙斯—阿波罗神系提出的第一个理由来看，如果克吕泰墨斯特拉弑杀阿伽门农破坏了家庭的婚姻关系，那么，阿伽门农杀女献祭，也是破坏家庭的婚姻关系，因为阿伽门农献祭女儿生命之事破坏了婚姻的结晶。而第二个理由、第三个理由也存在悖反。如果克吕泰墨斯特拉弑杀阿伽门农是破坏了政治关系，那么，俄瑞斯忒斯后来杀死克吕泰墨斯特拉和埃癸斯托斯也破坏了政治关系。因为克吕泰墨斯特拉和埃癸斯托斯当时是阿尔戈斯的统治者。如果克吕泰墨斯特拉弑杀阿伽门农，破坏了阿伽门农与俄瑞斯忒斯之间的亲子关系，那么，克吕泰墨斯特拉被自己的儿子杀死，也必然导致亲子关系的破裂。所以，宙斯—阿波罗神系提出的每一条理由，都不足以成为评断双方的普遍原则。因为祂们所支持的做法，也违背了这些价值原则。同样，报仇女神一系的理由，也存在逻辑难以自洽的问题。如果弑杀亲代会破坏家庭和城邦的基础，那么，弑杀子代或亲代间相互残杀就不会破坏家庭和城邦的基础吗？所以，报仇女神的论点被抓住了"小辫"：阿伽门农弑女之后，报仇女神并没有追杀阿伽门农；阿伽门农被弑后，报仇女神也没有追杀克吕泰墨斯特拉。所以，报仇女神提出的反驳理由，也没有那么坚实。

　　上述双方的理由看起来很难逻辑自洽，有非常明显的逻辑断裂。对这些断裂，诗人以诗艺进行了缝合。如，剧中提出，阿伽门农献祭女儿，不是因为作为父亲要杀害自己的女儿，而是作为希腊联军统帅而杀女；俄瑞斯忒斯杀死克吕泰墨斯特拉和埃癸斯托斯,不是刺杀统治者,而是为父复仇;俄瑞斯忒斯杀死克吕泰墨斯特拉,不是刺杀血缘关系者,因为按照阿波罗神的"生育论",生育俄瑞斯忒斯的人不是母亲,而是父亲;报仇女神只追杀血亲间的残杀,克吕泰墨斯特拉与阿伽门农之间没有血缘关系……然而,这些"缝合"似乎只是表面上的,仍留下了可拆解的"针脚"。比如剧中最后的情节设计。智慧女神承认报仇女神对城邦的重大意义,所以,以恩威并施的方式,将报仇女神招安于城邦中。但是,报仇女神对那些杀亲者和胆敢谋杀亲人的人,真的有威慑力吗?在永恒法庭上,在针对"第一例"弑母案中,报仇女神就败诉了,何以保证在接下来的弑母案,报仇女神会胜诉?报仇女神真的是正义女神①吗?理解剧中最后的情节设计,需要回看俄瑞斯忒斯弑亲案的起点。

  阿伽门农家族自相残杀的起点,是阿伽门农献祭女儿。阿伽门农之所以献祭女儿,从表层的情节设计来看,是因为保护动物之神——阿耳忒弥斯看到,希腊联军献祭"一只怀胎兔子"而感到恶心、愤怒,进而要求阿伽门农献祭他的女儿。那么,这一具有神学色彩的情节设计到底隐喻什么?

  熟知特洛伊战争的人们,知道阿伽门农之所以率军攻打特洛伊,是因为他兄弟的妻子海伦被特洛伊王子帕里斯拐走了。然而,墨涅拉奥斯不能再娶另外的女人吗?攻打特洛伊真的是"为了一个一嫁再嫁的女人"吗?显然不是。强权发动战争时,任何一个借口都可以成为战争的导火索。战争的爆发看似是为了一个女人,但这不过是强权者为了掠夺他人的借口而已。战争始终是人类古老的资源获取方式。战争的结果是:胜利者,不论

---

① 伯纳德特对此阐释道,剧中的"正义"非常矛盾。正义(right)在希腊语中是 dike,这意味着惩罚,意味着严惩不贷,但是俄瑞斯忒斯弑母之后并没有得到严惩,而是"无罪获释"。"雅典娜将雅典人的正义系统的创立与俄瑞斯忒斯的无罪获释联系起来。因而,雅典娜一反正义的常理,即一反"正义即严惩不贷"的常理。参见 S. Benardete, *The Argument of the Action: Essays on Greek Poetry and Philosophy*, Chicago and London: The University of Chicago Press, 2000: 62.

已死或未死的，都获得荣誉和财富；而战败者要么被杀害，要么被奴役，其财富也将被洗劫一空。强大的暴力者奉行"强力即正义"[①]。这是人间政治社会的严酷事实。这种对强权的承认和接受，才会导致《报仇神》的结尾部分的情节设计。

初看这个结尾设计，相当蹊跷和讽刺。连永恒法庭上的弑母第一案，报仇女神都没有打赢。那么，对接下来的弑母案，报仇女神如何能赢？但是这一情节设计，也许并非诗艺的不完美，而是人类生活残酷性的反映。诗人为雅典城邦引进报仇女神，是因为他看到弑亲问题对城邦基础的重大意义。但是，这种意义似乎很难被确立。因为，弑亲问题之所以难以解决，源于难题背后还隐藏着另外一种更为强大的强力逻辑。这种强力奉行"强者正义"。剧中，一再强调有权势的宙斯会保护不受法律保护的杀人者。为什么宙斯会保护这样的人呢？也许，在根本上，这些人与宙斯的本质都是一样的——拥有权势。而宙斯之所以能保护这些杀人者，因为神强力在握。这种"强者正义"颠覆了人之家，让人类的"家"处于风雨飘摇中。

因此，如果真有保护动物的女神存在，那么，祂对战争的恶心、对这种强者正义的愤怒，肯定不言而喻。因为，强者的"正义逻辑"是，只要有强力，就可以"杀生"。这种强者正义带来的"战争"，其结果必然是，人之家中的"子"成为了战争的献祭品。普通人家的儿子们在战场上被献祭，对应的就是女神阿耳忒弥斯要求君王的女儿在神坛上献祭。在这种逻辑中，女神要求伊菲格涅亚的献祭是"合法""正当"的。由此，真正反照出那些"不合法、不正当"的事情，是那种以强力为后盾的强者正义。这种"正义"认为只要有强力，就可以对其他生命生杀予夺。因此，"献

---

① 柯亨.《俄瑞斯忒亚》中的正义与僭政［A］.//刘小枫陈，少明主编. 埃斯库罗斯的神义论. 北京：华夏出版社，2008：39.

祭伊菲格涅亚，仅仅象征了城邦拥有将年轻人送上战场战死的正当性"[1]。

因此，从"家"的视角来看，城邦执意进行战争，不啻为另一层意义上的"父杀子""父杀女"。如果是这样，家何以为家？所以，阿伽门农杀女献祭的情节，隐含了在城邦或者政治社会中，政治对家庭、对人伦的潜在损毁力量。作为父亲的阿伽门农真的想献祭自己的女儿吗？从人性的角度而言，这是不可能。因为女儿留着父亲的血脉。但是阿伽门农不仅是伊菲格涅亚的父亲，还是特洛伊战争中希腊联军的统帅。要杀伊菲格涅亚的不是作为父亲的阿伽门农，而是作为联军统帅的阿伽门农。阿伽门农作为希腊联军的统帅，他同意献祭伊菲格涅亚，不论如何，这都是对人伦、对自然的伤害。而这个伤害不过是接下来的特洛伊战争对自然伤害的序曲。虽然十年征战，终让希腊联军踏平了特洛伊，但是，参战双方都付出了惨重的代价。所以，女神对希腊联军献祭"一只怀胎兔子"而感到恶心，是相当具有人性穿透力的情节设计。战场上的死亡，藐视了女神阿耳忒弥斯保护生命的神职。所以，换个角度来看，阿耳忒弥斯在奥利斯要求献祭伊菲格涅亚，也许是一种阻止战争发生的隐晦方式。然而，人的政治野心、强者的权力逻辑对这种阻止置若罔闻。

然而，城邦政治对人家、人伦的损害不止体现在亲代和子代的关系上，还体现在男与女、夫与妻的关系上。在解决"俄瑞斯忒斯弑母是否有罪"的这一关键性问题，宙斯—阿波罗神系在为俄瑞斯忒斯翻案时，一再挑明其母"克吕泰墨斯特拉"该杀。而支撑此点的论据，有两个。一是克吕泰墨斯特拉杀死的是宙斯授予权杖的人；一是克吕泰墨斯特拉虽是俄瑞斯忒斯的生母，但是与她并没有血缘关系。这两点意味着什么呢？为了将俄瑞斯忒斯弑母之事合法化，宙斯—阿波罗神系只能将克吕泰墨斯特拉与阿伽门农的夫妻关系，变为"统治—被统治"的政治关系；同时，将克吕

---

[1] S. Benardete. *The Argument of the Action*: *Essays on Greek Poetry and Philosophy*, Chicago and London: The University of Chicago Press, 2000: 69.

泰墨斯特拉与俄瑞斯忒斯的关系,从亲子关系变为无血缘的政治关系。所以,俄瑞斯忒斯看起来"弑母",实质上他是作为公民,为"王"复仇而已。

上述论证虽为俄瑞斯忒斯弑母找到了"理由"。但是这些政治化的理由却在根本上损害和扭曲了人之家中的人伦关系。而这种损害和扭曲,是直接以降低或弱化女性在家中的地位和作用为代价的。由此,女性不仅在家中的地位和作用被抑制,而且在崇尚强力的政治生活中,其地位和作用更是被抑制。据此,可以理解为什么在剧作中,要设计智慧女神雅典娜只是"父亲的孩子",她是由宙斯无性生育的结果。① 因为女神雅典娜,只有男性化,变成像男性的女性,才能在残酷的政治生活存在下来。所以,雅典娜虽是"女神",但祂的神性是"男神"。这番操作的结果是,在家庭中、在城邦政治生活中,女性要么被弱化,要么被男性化,否则女性无法生存其中。然而,这种对女性的控制方式,真的是"自然正义"吗?女性在政治社会中不具有独立于男性的差异性,对政治社会真的好吗?让女性变成嗜权者,成为动辄就用暴力解决问题的存在,真的正当吗?这些问题留待后文分析。

从上述分析来看,诗人在剧作中留下的"针脚",并非诗人诗艺不精,而是人世的严酷性、悲剧性所在。在人类政治社会中,政治对人伦存在潜在的伤害。这是难以改变的根本性处境。埃斯库罗斯的《报仇神》没有给弑亲问题一个简单的解法。诗人充分地展现了权势家族的弑亲惨剧,以及在弑亲问题上难以克制和束缚的"暴力"。这种不受约束的弑亲暴力,虽然一时有权力的加持,却对政治社会的伦理基础造成了根本性损害。因为它破坏人类最基本的正义——不可弑亲。没有这一正义基础,整个人类社

---

① 伯纳德特在讨论女神雅典娜时,提到生育雅典娜女神的问题。因为其父神宙斯不懂生育的技艺,当宙斯学到了普罗米修斯的秘密时,他就无性生育了女神雅典娜。"女神雅典娜"是技艺的完美成果,由此,在众神中解决了生育问题,也为男性解决了生育问题。S. Benardete, *The Argument of the Action: Essays on Greek Poetry and Philosophy*, Chicago and London: The University of Chicago Press, 2000: 120.

会的基础都将被颠覆，家不复为家，国不复为国。因此，诗人"粗糙"的针脚，不是诗人技艺不完美，而是人世不完美，再高超的诗艺也难以缝合人世的不义裂缝。诗人的努力通过诗学的努力，让人世悲剧呈现出来，帮助人们认识人世间的灾难性事物、严酷性事实。人类居住的世界不是一个完全理性且逻辑自洽的正义世界。

解决"弑亲"这一根本性的正义问题，并没有一劳永逸的解法。因为只要人类繁衍，就有新生者来到这个世上。这些新生者来到这个世间，没有任何保证，可以让这些新生者避免像俄瑞斯忒斯那样，犯下这种极端的弑母罪行。诗人们以诗的方式，不断提醒"不可弑亲"的古老律法，永远教化"新生者"。所以，《报仇神》为城邦引进了新神——"报仇女神"。诗人将"报仇女神"这一古老的神祇，从幽暗的、神人不往的地穴中带回了城邦，其意义是将那些在严酷的政治情势中被驱逐的人性带回来。这种人性是对家的依恋、对父母的尊敬、对亲人的爱，让家成为人可以安然栖居之地。因此，通过诗艺，诗人让"报仇女神"现身于城邦，成为城邦的诗教力量的一部分，让人反思在政治生存处境中，弑父弑母、伤害亲人的不正当性，震慑那些潜在的弑亲者或者破坏血缘人伦关系者。

（三）弑亲之"结"：索福克勒斯的重释

埃斯库罗斯的《俄瑞斯忒亚》三部曲，揭示了"弑母案"中的不义问题，以及这种不正义对政治社会的重大影响。对"弑母案"中的不义问题，古希腊诗人索福克勒斯有另样的认识和理解。在埃斯库罗斯这里，整个弑母案是围绕着"阿伽门农的儿子俄瑞斯忒斯"展开的。但是，在弑母案中，仅是俄瑞斯忒斯面临着"母杀父""为父杀母"的人间困局吗？没有，面临同样困局的还包括"阿伽门农的女儿们"或"俄瑞斯忒斯的姐姐们"。在索福克勒斯笔下，这些女儿是指阿伽门农的次女"厄勒克特拉"、三女"克吕索忒弥斯"、四女"伊菲阿娜萨"。因此，与埃斯库罗斯不同，索福克勒斯围绕着这些女儿们，创作了《厄勒克特拉》一剧。阿伽门农家族弑亲悲剧的视角，从"阿伽门农的儿子"转换到"阿伽门农的女儿们"。

索福克勒斯的这一视角，重新构建了阿伽门农家族中的弑亲事件。

在剧中，阿伽门农的三位女儿只有厄勒克特拉与克吕索忒弥斯出场了，伊菲阿娜萨只是被提及，并未出场。从剧情设计来看，"厄勒克特拉"才是主角。"克吕索忒弥斯"只是用来衬托"厄勒克特拉"为父报仇的决心，以及作为引子，引出"俄瑞斯忒斯"的出场。在埃斯库罗斯的三部曲中，"厄勒克特拉"这一角色仅是知晓并赞同弑母，但她并没有与俄瑞斯忒斯内应外合，成为俄瑞斯忒斯弑母的帮凶。在俄瑞斯忒斯弑母过程和弑母之后，"厄勒克特拉"都是隐身的，其角色作用仅仅是引出主角——"俄瑞斯忒斯"。在剧情设计上，索福克勒斯的《厄勒克特拉》，虽然大体继承了埃斯库罗斯的《俄瑞斯忒亚》三部曲中的布局，但是在一些关键性剧情中，索福克勒斯却有不同的处理。这种不同尤其体现在"厄勒克特拉"成为了这一肃剧的"主角"。通过"厄勒克特拉"与"克吕泰墨斯特拉"之间的对峙，索福克勒斯重新展现克吕泰墨斯特拉弑夫问题，为重解"俄瑞斯忒斯弑母案"提供一种新的诗学理解。

1. 索福克勒斯的《厄勒克特拉》

索福克勒斯设计了"厄勒克特拉"与"克吕泰墨斯特拉"对质的情节，以此重新讨论"阿伽门农弑女问题"与"克吕泰墨斯特拉弑夫问题"。对质中，克吕泰墨斯特拉认为，阿伽门农不该献祭伊菲格涅亚，因为伊菲格涅亚是阿伽门农的女儿，也是"她"的女儿。阿伽门农作为王，无权祭杀伊菲格涅亚。不论阿伽门农为了希腊人的整体利益，还是为了他弟弟墨涅拉俄斯的利益，他杀女儿的行为都不正义。这为克吕泰墨斯特拉弑夫的行动提供了一个复仇理由。对此，厄勒克特拉进行了反驳。她的反驳一方面从她母亲克吕泰墨斯特拉入手，另一方面也从她父亲阿伽门农入手。厄勒克特拉提出，其母弑夫是在她的情夫的怂恿之下进行的。克吕泰墨斯特拉弑夫，源于其个人不义的情欲。因此，在厄勒克特拉看来，为伊菲格涅亚复仇，完全是杜撰出来的虚假理由。在父亲"弑女问题"上，厄勒克特拉认为，阿伽门农完全是"处在强大的逼迫之下"①。而且即便阿伽门农为了他弟弟而杀女是不正义，但对阿伽门农的复仇，也不应是"要杀一个人来偿还另一个人的血"。因为这种"以眼还眼、以牙还牙"的复仇正义，是人间可怕的、无法承受的正义逻辑。这种复仇看似正义，但对人类而言，不是"善"。由此，厄勒克特拉从两方面驳斥其母弑夫的正当性。

"厄勒克特拉"与"克吕泰墨斯特拉"的上述对质，是从"厄勒克特拉"视角展现"克吕泰墨斯特拉"的弑夫动机入手的。但仅靠这一情节，克吕泰墨斯特拉为一己之情欲而杀夫的动机，还不足以树立起来。毕竟就像"俄瑞斯忒斯"那样，"厄勒克特拉"不偏重她的母亲、她的姐姐，而是偏重她的父亲。所以，"厄勒克特拉"的立场有可能让她不能客观、公正地看待其母的弑夫行动。因此，在情节设计上，索福克勒斯还设计了"克吕泰墨斯特拉"的独白。独白的场景是，克吕泰墨斯向阿波罗神隐秘的祈祷。"让我长久过着无灾无难的生活，掌握着阿特柔斯的儿子们的宫廷和王杖"。②这一祈祷情节的设置，凸显了克吕泰墨斯这一人物嗜好权力的一面。由此，克吕泰墨斯特拉杀夫，似乎也不是为了她的女儿复仇，而是为其一己之权力欲。之后的细节描写，再次加重了克吕泰墨斯特拉形象权力化的一面。

当克吕泰墨斯特拉得知俄瑞斯忒斯死时，她的表现好像不是一个母亲对自己儿子之死的悲伤和难过。克吕泰墨斯特拉说道：

> 他是从我的生命里长出来的，却背弃了我的哺乳和养育之恩，出外流亡，自从他离乡别井后，他从没有回来看看我，还指控我是杀他父亲的凶手，威胁我要行凶，因此不论白天夜晚，那甜蜜的睡眠从没

---

① [古希腊]索福克勒斯. 厄勒克特拉[M]. //索福克勒斯悲剧五种. 上海：上海人民出版社，2015：172.
② [古希腊]索福克勒斯. 厄勒克特拉[M]. //索福克勒斯悲剧五种. 上海：上海人民出版社，2015：174.

有笼罩过我,每一个临近的时辰都使我在有杀身之祸的恐惧中度过。①

这段言辞表明,"俄瑞斯忒斯之死"对克吕泰墨斯特拉而言,不是儿子之死,更像是敌人之死。这一细节再次弱化了俄瑞斯忒斯与克吕泰墨斯特拉之间的人伦关系。此外,索福克勒斯还在其他情节和细节上,弱化二者的人伦关系。剧中,阿伽门农被弑后,是俄瑞斯忒斯的姐姐厄勒克特拉将其送出避难的。厄勒克特拉一再表示,克吕泰墨斯特拉是"不像母亲的母亲"。她似乎才是俄瑞斯忒斯的"母亲",因为照看和保护俄瑞斯忒斯不是克吕泰墨斯特拉,而是她厄勒克特拉。"我从前对你的养育是徒劳,我曾经时常那样辛苦而愉快地养育你。你母亲对你的喜爱从没胜过我对你的喜爱。那宫中没有人是你的保姆,只有我才是,我永远被称为你的姐姐"。② 那么,在《厄勒克特拉》中,上述关键性情节、人物的变更,意味着什么呢?

2. 弑亲之根源:人性不义对人伦的潜在破坏

在《厄勒克特拉》中,主角虽是"厄勒克特拉",但剧中关键性的情节却是围绕"克吕泰墨斯特拉"展开的。这包括克吕泰墨斯特拉弑夫和克吕泰墨斯特拉被其子所弑的两个情节。这种情节和主角的变更,似乎是索福克勒斯有意拆除克吕泰墨斯特拉"在阿伽门农家中"的人伦关系。

首先,拆除了克吕泰墨斯特拉作为阿伽门农妻子这一人伦身份。婚姻关系的破坏,表面上看是因为阿伽门农弑杀了二人的女儿——伊菲格涅亚,但在"厄勒克特拉"看来,这是因为克吕泰墨斯特拉个人不受管控的"情欲"。其次,拆除了克吕泰墨斯特拉作为母亲的人伦身份。在"克吕泰墨斯特拉的祈祷"中,阿伽门农被弑的原因,被设计为克吕泰墨斯特拉的

---

① [古希腊] 索福克勒斯. 厄勒克特拉 [M]. //索福克勒斯悲剧五种. 上海:上海人民出版社,2015:177—178.

② [古希腊] 索福克勒斯. 厄勒克特拉 [M]. //索福克勒斯悲剧五种. 上海:上海人民出版社,2015:187.

"权欲"。所以，在人物形象设计上，克吕泰墨斯特拉作为母亲，并不关心她的子女，而是关心她的"王杖"。"她被称为母亲，却一点不像母亲"。不论是克吕泰墨斯特拉的"情欲"还是"权欲"，这些不义的欲望不仅破坏夫妻关系，而且会进一步破坏亲子关系。因此，"克吕泰墨斯特拉"的个人毁灭，根源在于她不义的欲望。不义的欲望腐蚀了她的人性，让她不再做人妻、人母，不再具备人伦身份。那么，索福克勒斯为什么要拆除克吕泰墨斯特拉的人伦身份？

拆除克吕泰墨斯特拉的人伦身份，似乎为厄勒克特拉与俄瑞斯忒斯弑母，提供了一种"正当性"。这种"正当性"就是姐弟二人所杀之人，并非自己的母亲，而是杀害父亲的"敌人"。这导致了他们在弑母之时，很像是对敌人的快意复仇，一点都不念母。这种情绪主导了索福克勒斯的《厄勒克特拉》剧情设计。俄瑞斯忒斯弑母一事的计谋，是由俄瑞斯忒斯想出来的；弑母过程，俄瑞斯忒斯对其母亲没有一点犹豫、怜悯；弑母之后，他也一点也不后悔。而其姐厄特克特拉，不仅与俄瑞斯忒斯合谋弑母，而且在这之前，她还表达了自己敢独自弑母的决心。剧中，当她误以为俄瑞斯忒斯死亡后，厄特克特拉立刻怂恿妹妹克律索忒弥斯一起杀死杀父的仇人。但妹妹拒绝之后，厄特克特拉仍要执行这一弑母想法。她说道，"这件事我得亲自动手，独力进行，决不能失败……这个决心我早就下定了，不是最近的事"。[①] 所以，厄特克特拉在弑母过程中及弑母之后，对自己的母亲没有一点的犹豫、怜悯和忏悔之心。

在索福克勒斯那里，"俄瑞斯忒斯弑母案"有一种必然性。这种必然性源于克吕泰墨斯特拉之不义性情，她个人的情欲、权欲让她不复为人妻、人母。由此，厄勒克特拉、俄瑞斯忒斯弑母似乎就有一种道义上的"正当性"，他们是为父复仇而杀死了克吕泰墨斯特拉。所杀者不是"母亲"，而是"敌人"。

---

① ［古希腊］索福克勒斯. 厄勒克特拉［M］.//索福克勒斯悲剧五种. 上海：上海人民出版社，2015：184.

索福克勒斯将《厄特克特拉》创作为性情肃剧，为姐弟杀母一事提供了一个看似圆通的解释。由此，"俄瑞斯忒斯弑母案"似乎没有悲剧性，厄特克特拉、俄瑞斯忒斯杀克吕泰墨斯特拉仅仅杀掉"仇人"而已。索福克勒斯的作品似乎解开了"俄瑞斯忒斯弑母案"的悲剧之结。那么，如何看待索福克勒斯的这种诗学解法呢？

3. "母"不仁不义，即可"弑母"？

在解决"俄瑞斯忒斯弑母案"中的悲剧性上，索福克勒斯没有像埃斯库罗斯、欧里庇得斯那样使用"机械降神"。他将"俄瑞斯忒斯弑母案"归为"人事"。这一人事仿佛不需要"诸神"的介入和插手，人们就可以"理解"俄瑞斯忒斯弑母一事。换言之，人们可以"理解"克吕泰墨斯特拉被子女所杀，完全是因她自身的性情造成的，是她咎由自取的。所以，整部剧停止于弑母成功之时。歌队长对俄瑞斯忒斯说出了最后的话："阿特柔斯的后裔啊，你遭受了许多苦难，好容易获得自由，经过今日的奋斗，这件事才告完成"。① 然而，这种诗学解法却隐含着诸多问题。

索福克勒斯将"俄瑞斯忒斯弑母案"归于克吕泰墨斯特拉的性情悲剧。因此，在人物设计上，塑造了"克吕泰墨斯特拉"的特殊性情。在索福克勒斯的诗学塑造中，"克吕泰墨斯特拉"看起来不像"人妻""人母"，更像一位满足一己之欲的"僭主"。而"僭主"这种人性特质，往往是与政治相关的男性化形象。那么，将"克吕泰墨斯特拉"塑造为"僭主"，意味着什么？"克吕泰墨斯特拉"男性化暗含着政治、权力对女性的影响。像克吕泰墨斯特拉这样的女性，宁愿追求成为一个掌握权杖之人，而不是成为一个好妻子、好母亲。但是索福克勒斯这样的诗学塑造似乎没有必然性。因为让一个女人不爱她的孩子，而是去爱权位，似乎是令人难以置信的事情。母子、母女间的亲子关系本身是一种天然的人伦力量。这种血浓于水的关系，是人世间人与人之间的关系中难以消除的关系。但是索福克

---

① [古希腊]索福克勒斯. 厄勒克特拉[M]. //索福克勒斯悲剧五种. 上海：上海人民出版社，2015：199.

勒斯的诗学设计把"克吕泰墨斯特拉"塑造为爱权力者,违背人之常态。所以,剧中,作为姐姐的厄特克特拉代替克吕泰墨斯特拉,成为俄瑞斯忒斯的关心者和照料者,难免成为令读者诧异的人物塑造。这种人物形象的巨大反差,既让人追问"克吕泰墨斯特拉"为什么会成为一个爱权力、不爱亲人的人,也让人反思"阿伽门农"这样的男性,不也是爱权力胜过爱亲人吗?

这些追问和反思,可以让人们洞见"政治对人伦的潜在伤害"。然而,索福克勒斯将弑母的悲剧性,归结于人自身,似乎也有硬伤。因克吕泰墨斯特拉是"不义者",厄特克特拉、俄瑞斯忒斯这对姐弟就有杀害母亲的合理性和正当性吗?对此,深受我国传统孝道文化影响的人一眼就能看出,这其中隐藏着我国传统儒学中常常讨论的"亲亲相隐"的问题。在"俄瑞斯忒斯弑母案"中,亲亲相隐的难题被极端化地呈现出来。难道父母不义,子女就可以杀害父母?如果这种弑杀逻辑成立的话,那无疑会损害家的根基,从而影响整个政治社会的根基。在埃斯库罗斯那里,这种损害已经借"报仇女神"之口揭示出来。因此,索福克勒斯这样的诗学解法,看似是在解决人间的弑亲悲剧,但是他的解法是一种奇怪的解法,会造成下述逻辑推论:如若父母不义,子女就可以弑杀父母。这一推论如若成为政治社会的大众意见,这一推论迟早会成为子女对父母不孝、不敬,甚至是弑杀父母的理由和借口。然而,在中国传统文化中,《弟子规》这一童蒙读物中就表明"亲爱我,孝何难?亲恶我,孝方贤。亲有过,谏使更,怡吾色,柔吾声。谏不入,悦复谏。号泣随,挞无怨"。因此,孝爱父母、孝敬父母,不是因为父母是否是仁义之人,而是因为他们就是父母。由此可见,索福克勒斯的解法,不仅没有解决人伦悲剧,反而加重了人伦悲剧,导致人伦的丧失。因此,化解"俄瑞斯忒斯弑母案"的悲剧性,不宜将它制作为人物的性情悲剧,需要另辟蹊径。

(四)弑亲之"解":欧里庇得斯对人伦的重建

阿伽门农家族的弑亲问题,隐含着人间根本性的正义问题。这是严肃的智识者都不会逃避的问题。古希腊另一位肃剧诗人欧里庇得斯，也创作了阿伽门农家的诗学故事。在解决阿伽门农家族的弑亲问题上，欧里庇得斯也如索福克勒斯那样，回到了"阿伽门农的女儿们"这里。他不仅再次塑造了"厄勒克特拉"，而且还再造了"伊菲格涅亚"，以此重解人间的弑亲悲剧。

1. 欧里庇得斯的《厄勒克特拉》

索福克勒斯在其《厄勒克特拉》中，将"克吕泰墨斯特拉"塑造为一个不义的"僭主"。这种诗学制作思路并没有很好地缝合"弑母案"中的人间不义。对此，欧里庇得斯将"克吕泰墨斯特拉"还原为一个人们更为熟悉的女性形象。首先，主导阿伽门农被杀之事的人，不是克吕泰墨斯特拉，而是埃癸斯托斯。想要成为"阿尔戈斯王"的是埃癸斯托斯。同时，对阿伽门农子女的迫害，不是出于克吕泰墨斯特拉，而是埃癸斯托斯。埃癸斯托斯怕厄勒克特拉复仇，打算杀掉厄勒克特拉，但被克吕泰墨斯特拉救下来了。"因为，杀死丈夫她还能找到一个借口，但是杀害子女她却生怕遭到世人憎恨"。[①] 因此，"克吕泰墨斯特拉"仍旧是保护子女的"母亲"。

在"厄勒克特拉"人物设计上，欧里庇得斯也跟随索福克勒斯的做法，从"厄勒克特拉"的视角，呈现"克吕泰墨斯特拉"的人物形象。厄勒克特拉控诉自己的母亲不义的情欲，不再踞守人伦身份。一方面，她的母亲不再遵守人妻的义务，对婚姻不忠；另一方面，她的母亲不再遵守为人母的义务，对自己的子女不管不顾。"女人是汉子们的朋友，不是儿女们的朋友呀"。所以，在随后与母亲对峙的过程中，厄勒克特拉控诉克吕泰墨斯特拉弑夫，表面上是为女复仇，但实质是为了遮掩她情欲的放纵。弑夫之后，克吕泰墨斯特拉把阿伽门农的祖业交给了她的情夫，不是阿伽门农的儿女。"如果像你说的，父亲杀你的女儿，那么，我和我的兄弟有

---

① ［古希腊］欧里庇得斯. 厄勒克特拉［M］.//古希腊悲剧喜剧全集：欧里庇得斯悲剧（中）. 南京：译林出版社，2015：74.

什么得罪了你？你杀了丈夫之后为何不把祖先的家业还给我们，却把它作为妆奁，买进了一个情夫"？① 所以，在欧里庇得斯的剧作中，厄勒克特拉认为，其母弑夫的原因是其不义的情欲。剧中的厄勒克特拉一开始也有杀母之心。

但在克吕泰墨斯特拉的自辩中，她认为破坏婚姻的不是她，而是厄勒克特拉的父亲——阿伽门农。克吕泰墨斯特拉认为，阿伽门农为了城邦或是为了他的弟媳而杀女献祭，这是"情有可原的"：

> 他把我的女儿从家里
> 带到了船队羁留的奥利斯，
> 谎称要把她嫁给阿基琉斯为妻；
> 在那里他把伊菲格涅亚放在了
> 祭火上，割断了她雪白的面颊。
> 如果他是为了救城邦免于灭亡，
> 或是为了保全别的儿女，有益于家庭，
> 为了多数人牺牲一个人，倒还情有可原。②

因此，真正让克吕泰墨斯特拉起杀心的，不是因为女儿被献祭，而是因为阿伽门农对他们婚姻的不忠。"他又把一个神灵附身的疯狂女郎带到我的身边，让她抢占我的婚床，一个家里养着两个新娘"。正是阿伽门农行为不忠，妻子才会学丈夫的行为，另觅新欢。所以，阿伽门农是她的敌人，不再是她的丈夫。克吕泰墨斯特拉认为，她弑夫的根源在于无忠贞情谊的婚姻。在厄勒克特拉的一再控诉中，克吕泰墨斯特拉承认自己杀夫的

---

① ［古希腊］欧里庇得斯. 厄勒克特拉［M］.//古希腊悲剧喜剧全集：欧里庇得斯悲剧（中）. 南京：译林出版社，2015：140.
② ［古希腊］欧里庇得斯. 厄勒克特拉［M］.//古希腊悲剧喜剧全集：欧里庇得斯悲剧（中）. 南京：译林出版社，2015：140.

错误，对自己的行为后悔。"其实呢，我对自己所做的事情，女儿啊，也不完全高兴……哎呀，我不幸的想法啊，我对我丈夫生气得过分了"。① 同时，克吕泰墨斯特拉也承认，之所以不再关心和看管厄勒克特拉与俄瑞斯忒斯，一方面是因为她"害怕"，害怕俄瑞斯忒斯为父复仇；另一方面，她也无法控制埃癸斯托斯的固执脾气，无法让他停止羞辱自己的女儿。

对弑母的行动，欧里庇得斯也有新编。对弑母一事的策划，不再是俄瑞斯忒斯本人，而是阿伽门农的仆人、俄瑞斯忒斯的保傅。俄瑞斯忒斯听从保傅的建议，先杀埃癸斯托斯；而整个弑母的具体操作，则由厄勒克特拉一人想出来并参与实施。而在弑母的过程中，俄瑞斯忒斯一看到母亲，就开始犹豫。"我们怎么办？我们的母亲——也杀了她……哎呀！我怎么杀她，生我养我的母亲"。② 在此，欧里庇得斯借"俄瑞斯忒斯之口"提出，不可能有被神所逼迫杀母之事。因此，俄瑞斯忒斯认为，阿波罗神不可能神示让他弑母这一"太荒唐的神谕"。所以，在欧里庇得斯笔下，厄勒克特拉有更为坚定的杀母之心。"亲爱的姑娘，你促使你的兄弟做了可怕的事情，他本不愿意的"。③ 所以，弑母之时，俄瑞斯忒斯用衣服蒙住了眼睛，厄勒克特拉将她的手和俄瑞斯忒斯的手放在一起，握住那剑柄，将剑刺进了母亲的脖颈。

弑母之后，厄勒克特拉和俄瑞斯忒斯面临血淋淋的弑母现场。俄瑞斯忒斯最开始忏悔。"盖娅啊，看见人间一切的宙斯啊，请看这邪恶的流血工作。"随后，厄勒克特拉也后悔道，"太伤心了，兄弟啊，这是我的过错。我是女儿，她是我的生身母亲，伤心呀，我对她的怒火燃烧得太过旺盛了。"姐弟两人都意识到自己的弑母行为，是不为任何城邦、任何家庭

---

① ［古希腊］欧里庇得斯. 厄勒克特拉［M］.//古希腊悲剧喜剧全集：欧里庇得斯悲剧（中）. 南京：译林出版社，2015：144.
② ［古希腊］欧里庇得斯. 厄勒克特拉［M］.//古希腊悲剧喜剧全集：欧里庇得斯悲剧（中）. 南京：译林出版社，2015：136.
③ ［古希腊］欧里庇得斯. 厄勒克特拉［M］.//古希腊悲剧喜剧全集：欧里庇得斯悲剧（中）. 南京：译林出版社，2015：151.

所容的。俄瑞斯忒斯说道，"但是我到别的什么城邦去呢？有什么虔诚的外邦人肯见我这杀母者呢？"厄勒克特拉也悲叹，"哎呀，哎呀，我到哪里去呢？我去参加什么歌舞队呢，去和什么人结婚呢？哪个丈夫肯接受我做他的新娘？"①

欧里庇得斯的《厄勒克特拉》并没有着力将克吕泰墨斯特拉塑造为至恶之人。因为不论克吕泰墨斯特拉是否为不义者、至恶者，她的品行与罪恶都不可能成为厄勒克特拉和俄瑞斯忒斯姐弟俩弑母的正当理由。因此，在情节设计和人物设计上，欧里庇得斯都致力于凸显这场弑母案的人伦悲剧。这种悲剧性在于家庭的人伦解体。为夫的阿伽门农想要"两个新娘"；为妻的克吕泰墨斯特拉也对婚姻不忠。为父的阿伽门农同意弑杀自己的女儿来献祭；为母的克吕泰墨斯特拉同意情夫对自己子女的迫害。为女的厄勒克特拉执意杀害母亲，为父报仇；为子的俄瑞斯忒斯被推动着杀害母亲。但是在这种家庭解体的力量背后，欧里庇得斯又潜藏着"和合"的力量。这就是弑夫者事后有后悔和害怕；而弑母者不仅在弑杀过程中有犹豫，而且在弑杀之后也后悔莫及。人物这些情感的存在，象征着破碎家庭关系背后，仍潜藏着人伦的力量。因此，欧里庇得斯的《厄勒克特拉》的悲剧性就在于即便潜藏着人伦的力量，但剧中的弑母行为仍旧发生了。对于这种悲剧性，简单地归于人物性格缺陷显然是不够的。那么，在此剧中，欧里庇得斯如何医治其中的不义呢？

欧里庇得斯的常用手法就是"机械降神"。在此剧中，这也不例外。《厄勒克特拉》中降临的神，不是其他神，恰恰是克吕泰墨斯特拉的两位已成神的兄弟——卡斯托尔和波吕杜克斯。②卡斯托尔颁布神示，俄瑞斯

---

① [古希腊]欧里庇得斯. 厄勒克特拉[M]. //古希腊悲剧喜剧全集：欧里庇得斯悲剧（中）. 南京：译林出版社，2015：151.

② 据说，卡斯托尔和波吕杜克斯是斯巴达王后勒达所生一对兄弟。哥哥拥有永恒的生命，弟弟则是凡人。卡斯托尔死后，波吕杜克斯上天乞求宙斯，希望能够让卡斯托尔复活，甚至宁愿放弃自己的不朽为代价。宙斯后来安排兄弟二人轮流在地上与冥间生活，每日一轮换。如此，兄弟平分了不朽与死亡。

忒斯的命运就如埃斯库罗斯《报仇神》中所言。那么,如何理解欧里庇得斯这样的剧情安排?

　　对此,首先值得思考的是为什么欧里庇得斯降下的"神"会是卡斯托尔和波吕杜克斯两兄弟。也许,从这里开始,欧里庇得斯就想打破那种无止境的血亲复仇的人间惨剧。按照血亲复仇的逻辑来看,克吕泰墨斯特拉被杀,那么,作为与她有血缘关系的亲人必然会寻求复仇。照此逻辑,卡斯托尔和波吕杜克斯应为克吕泰墨斯特拉报仇。但是,已经成神的卡斯托尔和波吕杜克斯并没有采纳人间的血亲复仇逻辑,只是给予弑母者应有的惩罚。因此,欧里庇得斯的《厄勒克特拉》的诗学正义,不是将克吕泰墨斯特拉塑造为该杀之人,从而默认并执行那种古老的报复正义。他的诗学创作为"不义"下了一个终止符。在"俄瑞斯忒斯弑母案"中,欧里庇得斯让弑母者承担了其弑母行为所应得到的惩罚。这就是在弑母之后,俄瑞斯忒斯要接受命运规定他所做的一切事、该受的一切苦。这是"关于这一血案的命运规定"。① 俄瑞斯忒斯被报仇女神追逼得发狂,四处流浪、无家可归。这种对弑母行为的惩罚作为一种纠正性正义,纠正着弑母行为犯下的不义,弥补了弑母行为对人伦、政治社会基础的损害。欧里庇得斯这种解法作为一种事后的纠正性正义,不仅为此剧中不义的弑母行为找到了一种解法,而且也可以震慑并警醒后世,从而解开了"俄瑞斯忒斯弑母案"中的悲剧之"结"。欧里庇得斯的诗笔也未停留于这种事后正义。通过诗的力量,欧里庇得斯让阿伽门农家族的悲剧回到了它的起点,即阿伽门农杀女献祭的问题上。通过"复活"阿伽门农的长女"伊菲格涅亚"这一角色,欧里庇得斯不仅从"阿伽门农的次女厄勒克特拉"的视角来展现弑亲问题,也从被献祭的长女——伊菲格涅亚的视角来展现弑亲问题,为人间的弑亲惨剧找到更多出路。

　　2. 欧里庇得斯的两部"伊菲格涅亚"肃剧

---

① [古希腊]欧里庇得斯. 厄勒克特拉 [M]. //古希腊悲剧喜剧全集:欧里庇得斯悲剧 (中). 南京:译林出版社,2015:156.

围绕阿伽门农家族的弑亲悲剧，欧里庇得斯除了创作《厄勒克特拉》这一弑母肃剧，还创作了两部"伊菲格涅亚"肃剧。后者包括以杀女儿为内容的肃剧《伊菲格涅亚在奥利斯》与以杀弟弟为内容的肃剧《伊菲格涅亚在陶里克人中》。"伊菲格涅亚"是古希腊较为普遍的肃剧主题。"埃斯库罗斯写了一个'伊菲格涅亚'，那是一个'三部曲'的第三部，第一部是'女祭司'，第二部是'护婚'，这第三部表演在奥利斯的献杀。索福勒斯所写的'伊菲格涅亚'也是关于这故事的。自从欧里庇得斯表演了本剧，人家都喜欢这故事"。① 但是埃斯库罗斯和索福克勒斯两位诗人的"伊菲格涅亚"肃剧都没有流传下来。在《诗学》中，亚里士多德在讨论情节的制作问题时，就以欧里庇得斯的《伊菲格涅亚》为例，讨论情节梗概、情节的穿插和延长的问题。② 那么，古希腊诗人和哲人为什么心心念念着"伊菲格涅亚"呢？下文从《伊菲格涅亚在陶里克人中》开始。

　　《伊菲格涅亚在陶里克人中》这部剧在情节上紧接俄瑞斯忒斯弑母之后，被复仇女神追逼而四处逃亡。在埃斯库罗斯的《俄瑞斯忒亚》三部曲和欧里庇得斯的《厄勒克特拉》中，相关的情节设计都是在神示的指引下展开的。如俄瑞斯忒斯得到阿波罗的神示，到雅典向智慧女神雅典娜乞援，并在战神山的法庭上，接受审判并获免罪。这些情节也体现在《伊菲

---

① ［美］贝次.《伊菲格涅亚在陶里克人里》1936年译本材料［M］.//欧里庇得斯悲剧五种. 上海：上海人民出版社，2015：343.

② 在《诗学》中，亚里士多德探讨道，"不管是已经制作好还是自己制作，都应一般性地阐明其情节逻辑，然后再加入穿插，扩展延长。我所说的是，可以这样来考虑这个普遍性，比如《伊菲格涅亚》：一个被献祭的少女在献祭者前神秘消失了，被安置到另一个国度，此地有以异乡人向女神献祭的习俗，她担任了女祭司之职。一段时间后，女祭司的弟弟碰巧来到这儿。神出于某个缘故指定他去那里，这在普遍性之外，以及为什么目的去那儿，也在情节之外。他到那儿就被抓了起来，就在快被用来献祭前让自己被认出，这可以像欧里庇得斯那样，也可以像珀鲁伊多斯那样制作，根据可能如此，他说出不仅他姐姐，而且他自己都会被用来献祭。他至此得救。这往后，就要安上名字，加入穿插。穿插务求合宜，例如在俄瑞斯忒斯那里，他以发疯被抓，又以净罪得救。"详见亚里士多德. 诗术［M］.//陈明珠. 诗术译笺与通绎. 北京：华夏出版社，2020：89.

第二章　中、西方古典正义诗教对观　　197

格涅亚在陶里克人中》一剧中。但此剧中,不同的情节是,不是所有的报仇女神都对战神山上的审判结果表示同意。一些报仇女神在审判之后,仍紧追弑母者俄瑞斯忒斯不放。因此,情节又被推动起来。俄瑞斯忒斯再受阿波罗的神示,去陶里克"盗取"女神阿耳忒弥斯的雕像,并把这个"从天而降"的雕像送到雅典。这才是阿伽门农家族的弑亲悲剧的结点。欧里庇得斯为什么要新增这些情节呢?难道欧里庇得斯认为,埃斯库罗斯为雅典仅引进复仇女神还不够,还需要引进女神阿耳忒弥斯?要理解阿伽门农家族的弑亲悲剧的这个结束之处,就需要回到这一系列弑亲悲剧的开始之处——阿伽门农家族的第一个弑亲行为。

初看《伊菲格涅亚在奥利斯》,似乎是一出"父杀女"的悲剧。然而,此剧却缠绕着相当复杂的情节设计,即杀女与不杀女两种行动力量纠结着。剧情一开篇,就是阿伽门农的"反悔"。阿伽门农听了杀女的神示之后,本想解散希腊联军,"因为我永远不会容忍杀死我的女儿"。① 因此,阿伽门农在此剧中,实质上是第一个反对杀伊菲格涅亚的人。但是墨涅拉奥斯——阿伽门农的弟弟,伊菲格涅亚的叔叔却举出一切理由,劝说阿伽门农承受这"杀女之祸"。墨涅拉奥斯抢了阿伽门农写的"第二封信",知道阿伽门农反悔了,不想杀自己的女儿。于是,墨涅拉奥斯大骂阿伽门农,指责他为了自己和自己女儿的利益而放弃了城邦利益,是背信弃义。对此指控,阿伽门农又给出了另一个基于私人利益的反驳。这就是发动特洛伊战争不是为了什么城邦利益,只是为了墨涅拉奥斯找回他的妻子。为了墨涅拉奥斯的个人利益,阿伽门农却要失去自己的女儿。

> 我不想杀我的孩子。为了惩罚你那最恶劣的妻子
> 叫我日日夜夜痛苦流泪,为了对自己所生的

---

① [古希腊]欧里庇得斯. 伊菲格涅亚在奥利斯[M]. //古希腊悲剧喜剧全集:欧里庇得斯悲剧(上). 南京:译林出版社,2015:10.

儿女做了这违反法律违反正义的事情。①

之后,墨涅拉奥斯看到阿伽门农为自己女儿留下的眼泪,他也流泪,并改变自己的想法。作为伊菲格涅亚的叔叔,他也不想自己的侄女被杀。而这"第二封信"带出了《伊菲格涅亚在奥利斯》一剧中,第二个反对祭杀"伊菲格涅亚"的亲人——伊菲格涅亚的叔叔墨涅拉奥斯。

欧里庇得斯笔下的阿伽门农和墨涅拉奥斯两兄弟都最终因为"家"的缘故,拒绝并反对因特洛伊战争这一政治因素而导致的杀女之事。然而,随后的剧情表明,政治因素导致的弑女悲剧似乎成为了"命运",哪怕是王者也难以反抗。当阿伽门农和墨涅拉奥斯两兄弟达成了一致,不想祭杀伊菲格涅亚时,阿伽门农说道,希腊联军会强迫阿伽门农杀女的,因为那些渴望荣誉的"英雄",如奥德修斯,必然会怂恿希腊联军这样做。这一迫使阿伽门农"祭女"的政治情势,一直贯穿剧情。在随后的剧情设计中,这一政治情势裹挟"城邦的共同利益"而进一步放大。当阿伽门农面对妻女,为他自己弑女的决定辩护时,他就用的是"城邦利益"的说辞。阿伽门农说道,他决定"祭女"来成就特洛伊战争,是因为希腊联军可以打败特洛伊,这样可以"制止他们再来抢劫希腊人的妻女"。所以,阿伽门农认为,他的决定不是为了自己的兄弟,而是为了整个希腊。

> 孩子啊,不是墨涅拉奥斯
> 使我不得自由,我也不是在顺从他的意愿,
> 那是希腊,我不得不献出你,那是为了它,
> 不论我情愿不情愿;这我们没法拒绝。
> 因为,自由,孩子啊,必须尽你和我的

---

① [古希腊]欧里庇得斯. 伊菲格涅亚在奥利斯[M]. //古希腊悲剧喜剧全集:欧里庇得斯悲剧(上). 南京:译林出版社,2015:27.

能力所及给予维护，希腊人的妻女
必须不被蛮族人强力劫夺。①

然而，与上述政治情势中的"杀女"力量相对的是，另外一种反对力量。这是欧里庇得斯巧妙设计的英雄"阿基琉斯"所代表的政治力量。阿基琉斯未正式出场之前，本就只有一个"名"。但是，剧情设计却让拥有强烈的荣誉精神的阿基琉斯愿意为伊菲格涅亚说话，并站出来保卫她。为了城邦共同利益，阿基琉斯是同意献祭伊菲格涅亚；但是阿基琉斯不同意，这种献祭是以他的"身名"为借口而实现的。这种诡计不光荣，是对阿基琉斯"身名"的羞辱和不尊重。阿基琉斯的这一动机，导致他在剧中一直站在伊菲格涅亚这边。可见，在这种缠绕性的情节设计中，政治因素既是造就这一弑女悲剧的"症结"所在，又是解开这一悲剧之"解法"所在。这导致在情节设计上，结局变成了：伊菲格涅亚最终被祭杀，但不是被迫被祭杀，而是她自愿赴死。而她的赴死理由正是"政治理由"。

伟大的希腊如今会注视着我，
船队的出航、弗律基亚的覆灭，全系于我一身；
如果为了这次帕里斯抢走海伦，
我们给了蛮族人以毁灭的惩罚，
这可使他们今后不敢再从幸福的希腊
抢走妇女，即使他们想要那么干。
既然我一死可以成全这一切，
那么，作为希腊之解放者我的名誉就会很光荣。
再说，我也不应该太爱惜我的生命，
因为你生我是为了全希腊的共同利益，

---

① [古希腊]欧里庇得斯. 伊菲格涅亚在奥利斯[M].//古希腊悲剧喜剧全集：欧里庇得斯悲剧（上）. 南京：译林出版社，2015：84.

不只是为了你自己一个人。①

从伊菲格涅亚在剧中的自述来看，她愿意自我献身是基于"高贵的政治理由"——"为了全希腊的共同利益"。但对她母亲而言，这始终是一个"伤心的理由"。这种"伤心的理由"仅有"高贵的政治理由"，就能抚慰母亲的心吗？

到此为止，全剧的主要情节都已呈现出来。从本剧的情节来看，情节的"结"在于政治对家、对人伦的损害，而情节的"解"也正是以政治的方式来解决的。城邦的战争，虽以城邦中各家各户的儿女为代价，但是却换来了城邦利益，让城邦的"妻女"不被抢夺，城邦的利益得到捍卫。《伊菲格涅亚在奥利斯》结束于个体利益与城邦利益达成了完美的一致。在个体与城邦的冲突中，真的都有完美结局吗？战争结束后，城邦利益真的被捍卫起来了吗？

欧里庇得斯笔下的《厄特克勒特》，开始于阿伽门农打完特洛伊战争之后。阿伽门农赢得了特洛伊战争，从特洛伊带回（抢回）了特洛伊的"女儿"作为自己的"新娘"。而阿伽门农的这一行为，恰恰成为了阿伽门农的妻子克吕泰墨斯特拉最大的伤害和刺激。这种伤害和刺激比起让女儿为了城邦的利益而被杀，更难让她接受。因为这是对婚姻的不尊重，对婚姻的背信弃义，而婚姻本身是一家之始，这无疑是对人之家的背信弃义。所以，即便在《伊菲格涅亚在奥利斯》中，伊菲格涅亚已经央求克吕泰墨斯特拉，不要因为自己的死而报复阿伽门农。按此逻辑，阿伽门农一家的弑亲悲剧本可以解开，只要人接下来的行动始终是在捍卫城邦的利益、家的利益，那么，伊菲格涅亚的牺牲是可以接受的。然而，阿伽门农的将卡珊德拉作他的第二位新娘的行为，说明城邦利益、家的利益只是他口头上

---

① ［古希腊］欧里庇得斯. 伊菲格涅亚在奥利斯［M］.//古希腊悲剧喜剧全集：欧里庇得斯悲剧（上）. 南京：译林出版社，2015：94－95.

的说辞，他真实的目的就是满足个人的情欲。这种一己情欲是对家的利益的破坏，是对以家为基础的城邦利益的破坏，这导致了克吕泰墨斯特拉杀夫之罪。因此，弑亲悲剧的症结在人的家中，在人的婚姻中。婚姻是一家之始，始点正，家才正。

对此，索福克勒斯在《厄特克勒特》中的解法，是让克吕泰墨斯特拉变成有统治欲望的"僭主"，这样就可以把弑夫行为归咎于克吕泰墨斯特拉个人的性情。这种解法虽然为阿伽门农家中的弑亲悲剧提供了一种解释，但是，这种解释不是对婚姻问题的真正解法。因为女人始终是女人，不是男人；如果雌雄不分，显然是不可能真正建立和和美美的家庭。所以，要解决弑亲悲剧，最终的困难在于婚姻问题、男与女的关系问题。因此，欧里庇得斯看到了弑亲悲剧的发生虽受政治的影响，但真正的根源在"人之家"中。对此，欧里庇得斯围绕"伊菲格涅亚"制作肃剧，试图给出一种新的解法。

阿伽门农家族的弑亲悲剧从表面上看，肇始于女神阿耳忒弥斯强行要求献祭伊菲格涅亚。这看起来是一出"父杀女"的惨剧。而在《伊菲格涅亚在奥利斯》一剧的最后情节中，女神阿耳忒弥斯用神力将伊菲格涅亚摄走，留在祭坛的不是人血，而是一只母鹿的鲜血。因此，《伊菲格涅亚在陶里克人中》一剧紧随这一情节设计：伊菲格涅亚被女神阿耳忒弥斯带到陶里克，并成为女神神庙中的女祭司。作为祭司，伊菲格涅亚在陶里克城邦中，负责的事情就是"献祭无论哪一个踏上这片土地的希腊人"。① 在情节设计上，伊菲格涅亚在奥利斯被希腊人所祭杀；而在陶里克，任何希腊人都会被伊菲格涅亚所祭杀。

此外，伊菲格涅亚的弟弟弑母之后，弟弟俄瑞斯忒斯又被阿波罗的神示引导到陶里克，为雅典盗取女神阿耳忒弥斯的雕像。俄瑞斯忒斯被抓后，他差点也作为希腊人被祭司伊菲格涅亚所祭杀。但是情节设计上又最

---

① [古希腊] 欧里庇得斯. 伊菲格涅亚在陶里克人中 [M]. //古希腊悲剧喜剧全集：欧里庇得斯悲剧（上）. 南京：译林出版社，2015：442.

终让姐弟相认，避免了一场弑亲悲剧。结尾处的情节是智慧女神雅典娜降临，阻止陶里克国王托阿斯对伊菲格涅亚姐弟的追杀。同时，雅典娜还宣布将在雅典为女神阿耳忒弥斯建神庙。在《伊菲格涅亚在陶里克人中》中，阿波罗的神示就是要让弑母者俄瑞斯忒斯去陶里克将女神阿耳忒弥斯的神像带回雅典。由此，弑母者俄瑞斯忒斯不仅终止了他因弑母之罪而遭受的各种苦，而且也将女神阿耳忒弥斯的神像带回雅典了。看来，欧里庇得斯将家族内部的弑亲问题的最终解法，系于"女神阿耳忒弥斯"。智慧女神雅典娜在埃斯库罗斯的笔下，为雅典引进了报仇女神；而在欧里庇得斯笔下，则为雅典引进了女神阿耳忒弥斯。那么，为什么要引进"阿耳忒弥斯"呢？引进这位女神对解决"人家"中的弑亲问题，有何助益？

3. 欧里庇得斯的解法：迎回"阿耳忒弥斯"

将古希腊肃剧作家关于阿伽门农家族弑亲悲剧的作品放在一起，"女神阿耳忒弥斯"似乎成为了阿伽门农家族肃剧中的贯穿性"角色"。整个阿伽门农家族内部的弑亲悲剧，肇始于女神阿耳忒弥斯所要求的"杀女献祭"。伊菲格涅亚被献祭后，她的母亲克吕泰墨斯特拉"为女杀夫"。而俄瑞斯忒斯则"为父弑母"。俄瑞斯忒斯弑母的神示，又是来自"女神阿耳忒弥斯"的孪生弟弟阿波罗神。阿波罗作为预言神，一再指引俄瑞斯忒斯的行动。俄瑞斯忒斯弑母之后，阿波罗的神示再次指引他，去请求智慧女神雅典娜解开他的弑母罪。在雅典娜设置的永恒法庭上，城邦的法律并没有解决弑母问题。在欧里庇得斯笔下，俄瑞斯忒斯又在阿波罗的神示下，前往陶里克将"女神阿耳忒弥斯"迎回雅典。至此，"俄瑞斯忒斯弑母案"中的不义之"结"才得以解开。在整个"俄瑞斯忒斯弑母案"中，"女神阿耳忒弥斯"是阿伽门农家族弑亲不义问题上的关键节点。女神既是导致这场弑母案的起点，又是结束这场弑母案的终点。那么，"女神阿耳忒弥斯"何以成为人间弑亲不义的"结"与"解"呢？"女神阿耳忒弥斯"到底是谁？

古希腊肃剧中，"女神阿耳忒弥斯"虽是阿伽门农家族弑亲悲剧的

第二章　中、西方古典正义诗教对观　203

"结"与"解"。但奇怪的是，这位女神似乎颇为神秘。八部流传下来的阿伽门农家族弑亲肃剧中，"女神阿耳忒弥斯"都没有以第一人称"现身"。这些剧中，阿耳忒弥斯的神意要么由雅典娜、阿波罗等神来宣布，要么由先知或者女神的祭司来传达。女神从未直接"现身"。哪怕在欧里庇得斯两部"伊菲格涅亚"肃剧中，"女神阿耳忒弥斯"在情节上是如此关键性的角色，也仍旧没有正式出场。剧中，只能看到人们对女神的称呼，以及一些与这位女神相关的宗教仪式。不过，在欧里庇得斯现存肃剧中，"女神阿耳忒弥斯"确有出场。这就是在《希波吕托斯》中，女神直接现身。但女神现身说话，并没有谈祂自己。在这些留存下来的古希腊的肃剧中，"女神阿耳忒弥斯"真的是"爱隐藏"的女神。下文将结合欧里庇得斯剧作中的相关细节，分析"女神阿耳忒弥斯"的神性、神职，理解其承载的价值观念，以便认识雅典引进的这位"新神"。

在欧里庇得斯两部"伊菲格涅亚"剧中，与"女神阿耳忒弥斯"相关的内容有以下三点。（1）阿耳忒弥斯的神系：祂是宙斯与勒托之女。（2）阿耳忒弥斯的称谓。女神常被称作"猎神"，如，猎杀野兽的女神、山林狂野中的猎神、杀鹿女神。女神也被称作"月神"和"帮助生育的女神"。这些称谓显示了阿耳忒弥斯的神职。（3）与女神阿耳忒弥斯相关的宗教仪式。在《伊菲格涅亚在奥利斯》中，阿耳忒弥斯是居住在奥利斯的女神。伊菲格涅亚被献祭时，还为阿耳忒弥斯唱歌、跳舞。这些剧情说明阿耳忒弥斯神所的宗教仪式，包括献祭、唱歌、跳舞。[①] 两部"伊菲格涅亚"剧，

[①] 现代研究，发现许多古希腊地区对女神阿耳忒弥斯的崇拜。在爱琴海阿提卡东海岸布劳隆（Brauron），有阿尔忒弥斯的神所。这是古希腊最古老的神所之一。据相关研究，每逢女神节日，这里会举行各种宗教仪式，包括女孩的成年礼。这种宗教仪式中包括让一个女孩装扮成母熊，并用山羊作牺牲献祭给阿尔忒弥斯，其中还有一些竞跑和跳舞的活动等。除此之外，当时古希腊其他地区也有崇拜阿尔忒弥斯的宗教节日和宗教仪式。参见 P. Perlman. Acting the She-bear for Artemis. *Arethusa*, 1989（2）. H. Lloyd—Jones. Artemis and Iphigeneia. *The Journal of Hellenic Studies*, Vol. 103, 1983. J. D. Hughes. Artemis: Goddess of Conservation. *Forest and Conservation History*, Vol. 34, 1990.

间接提到了女神神所的宗教功能。这些功能包括洁净功能、为结婚或求子祷告的功能。此外，两部"伊菲格涅亚"剧中，与女神阿耳忒弥斯密切相关的内容，莫过于《伊菲格涅亚在陶里克人中》中，借智慧女神雅典娜之口，宣布了"女神阿耳忒弥斯"神示。

这些神示中，第一条是为女神阿耳忒弥斯在雅典建立神庙。第二条是为女神取新名，即"陶罗波拉（Tauropola）"女神。"Tauropola"是由 taur＋o＋polos 构成，是指来源于陶里克，到处流浪。这一命名方式，意指俄瑞斯忒斯在复仇女神追逼下，在希腊遍地流浪受苦。其中，神示特别要求在庆祝女神阿耳忒弥斯的节日上，祭司必须用刀在人脖上划出一点血献给女神阿耳忒弥斯，以此免除对俄瑞斯忒斯的祭杀。设置这一宗教仪式值得玩味。这一仪式确定了俄瑞斯忒斯弑母是大逆不道之罪，所以，按理他应该被祭杀。但是，通过"用刀在人脖上划出一点血献给女神阿耳忒弥斯"的宗教仪式，这一祭杀被象征化，并固化在往后的宗教节日上。上述神示内容，似乎要为雅典城邦建立"新神"。新神"阿耳忒弥斯"的引进，似是为了让雅典城邦铭记这桩不义的弑母案。问题是，为什么"女神阿耳忒弥斯"可以作为俄瑞斯忒斯弑母案的解答？

"女神阿耳忒弥斯"之所以成为俄瑞斯忒斯弑母案的关键，与"女神阿耳忒弥斯"的神性相关。女神的神性，首先与其神系密切相关。从阿耳忒弥斯的出生来看，祂的神性继承了其父神宙斯和母亲勒托的神性。宙斯是众神之神，拥有强大的力量。因此，阿耳忒弥斯继承了父神的强力。在神话中，正是宙斯传给了阿耳忒弥斯"弓和箭"。[①] 这样，女神既可以在山林中，也可以在战场上"狩猎"；[②] 既可以保护自己，又可以打击并报复那些藐视女神的人。在赫西俄德的《神谱》中，其母勒托被塑造为温柔、和

---

① 杨慧. 两"希"传统中的女人 [M]. 北京：华龄出版社，2013：16.
② Hugh Lloyd-Jones. Artemis and Iphigeneia. *The Journal of Hellenic Studies*, Vol. 103, 1983.

蔼友善，却屡遭厄运的母亲形象。[①] 勒托遭受了宙斯妻子赫拉的迫害。在分娩之前，勒托被赫拉追迫得无处容身而四处流浪。勒托生下了阿波罗和阿耳忒弥斯，被视为荣耀的母亲之神。[②] 有人认为，勒托似乎是前希腊之神，源于小亚细亚，其名与吕基亚的"Lada"（意为妻子、母亲）相关联。[③] 因此，母神的神性特质及其遭遇，也决定和影响了阿耳忒弥斯的神性特质。勒托作为一位母亲神的形象，象征女性的生育，以及女性对孩子的保护和照料。而阿耳忒弥斯的神性形象，就是帮助女性（雌性动物）分娩的助产女神和各种年幼动物的保护者。在欧里庇得斯剧中，阿耳忒弥斯的女神庙也常常是世人结婚和求子之地。在神系上，女神阿耳忒弥斯常与其弟阿波罗神对举。两位神似乎处于一种对称性的神话结构中。两位都是光之神，一位是照亮白天的日神，一位是照亮夜空的月神。两位神所使用的武器也都是弓箭。

此外，在神系上，阿耳忒弥斯与赫斯提亚、雅典娜，并称为三大处女神。作为灶神，赫斯提亚在每家每户很重要。赫斯提亚像家庭主妇那样，管理火种，看守每家每户的灶炉、炉火。同时，赫斯提亚在城邦中也很重要。因为城邦的神坛也需要火。因此，女神赫斯提亚在每位神的神庙中，都享有一份光荣。女神赫斯提亚显然在城市和家庭，都占据一个重要的地位。第二位处女神是雅典娜。雅典娜从宙斯头脑里生长出来的，是智慧女神，擅长出谋划策。雅典娜显然不关心恋爱的事情。祂专注于各种精巧的技艺，如，纺织、种植、烹饪、陶艺、绘画、音乐等。祂是人类各种手

[①] 赫西俄德的《神谱》中，对"女神勒托"形象的描述是："爱穿黑色长袍的勒托"，"勒托性情温和，对人类和对神灵都和蔼友善"，"在奥林波斯诸神中她是最温柔的"。这些描述里，最特别的是"爱穿黑色长袍"。吴雅凌对此部分的笺释时，提到"黑色"一般与哀伤、悼念有关。参见［古希腊］赫西俄德. 工作与时日，神谱［M］. 张竹明，蒋平，译. 北京：商务印书馆，2011：39. 吴雅凌. 神谱笺释［M］. 北京：华夏出版社，2010：274.

[②] 魏庆征编. 古代希腊罗马神话［M］. 太原：北岳文艺出版社，1999：826－827.

[③] 魏庆征编. 古代希腊罗马神话［M］. 太原：北岳文艺出版社，1999：826.

工、艺术的保护神。祂也是战争方面的保护女神,喜欢打仗。女神雅典娜的智慧和多才多艺,像极了我们这个时代能干的"女汉子"。雅典将雅典娜奉为雅典城邦的保护神,祂在雅典城邦中的地位独一无二。第三位处女神是阿耳忒弥斯。阿耳忒弥斯爱打猎、有弓箭术,喜欢弹竖琴、唱歌、跳舞①,也是助产女神、动物保护神。看起来,这位女神像女战士、女艺者,也像充满野性和母性的少女。问题是,这样的"阿耳忒弥斯"在城邦是什么地位呢?

在欧里庇得斯的《希波吕托斯》和一些神话传说中,阿耳忒弥斯作为猎神,常出现在山林中。山林,明显与城市相对。那么,女神阿耳忒弥斯的位置常在城邦之外。这难道意味着女神在城邦中不重要吗?阿耳忒弥斯的忠实的信徒"希波吕托斯"也喜欢跟随女神在山林中打猎。"他总是跟着处女神,带着快跑的狗,在绿色的树林里除灭地上的野兽,得到了凡人所不可企及的交游"。②看来,希波吕托斯也喜欢跟随女神阿耳忒弥斯在城邦之外、在家之外。这意味着什么?

在《希波吕托斯》,有一处深描的细节。这就是希波吕托斯为阿耳忒弥斯敬献的"花冠"。这个"花冠"不一般。据希波吕托斯所言,这个花冠上的花枝,是从那些牧人不敢去牧羊、铁器不曾进入的、纯洁的草地上采摘的。这些纯洁的草地,是羞耻女神用清洁的河水浇灌的处女地。能在这里采摘花草的人,"只有那些并非教而知之而是天生知道事事节制的人"。因此,希波吕托斯认为,他是人间唯一可以与阿耳忒弥斯作伴、交谈、听见女神声音,但不曾见过女神圣容的人。这一细节凸显了希波吕托斯所理解的阿耳忒弥斯贞洁的神性形象。而在剧中,"希波吕托斯"这一人物形象也力图被塑造为一位极度看重贞洁、节制的人。看来,这些戏剧内容都指向女神贞洁、纯洁的神性特质。那么,到底如何理解女神阿耳忒

---

① 徐康编著. 希腊神话故事 [M]. 南昌:江西高校出版社,2006:43-44.
② [古希腊]欧里庇得斯. 希波吕托斯 [M]. //古希腊悲剧喜剧全集:欧里庇得斯悲剧(中). 南京:译林出版社,2015:535.

弥斯的"贞洁"?

在神话传说中,阿耳忒弥斯似乎异常庄严、贞洁,不愿暴露、不愿被人看见。神话传说流传许多阿耳忒弥斯惩罚猎人的故事。这些猎人在山林中偷窥、破坏了女神的贞洁。① 阿多在研究中,提到了阿耳忒弥斯作为自然的象征,常常被视为"爱隐藏"、不愿被揭示的神性存在。② 从"希波吕托斯的花冠"来看,女神阿耳忒弥斯的纯洁、贞洁象征着一种超越城邦、在城邦之外的自然,处于一种未被人迹所打扰、被人工所污染的状态中。自然本身就是在山林中、在城邦之外的存在。然而,对人而言,女神的这种贞洁到底意味着什么呢?欧里庇得斯似乎以凡人希波吕托斯为例,展现了其中的意味。

阿耳忒弥斯的忠诚信奉者希波吕托斯,也极度看重贞洁。这导致的结果却是他对女性的极端厌恶和憎恨——"厌女症(misogyny)"。这种憎恨似乎源于女人的不贞洁。"我厌恶女人,永远永远,即使有人怪我老说这话。因为她们真的总是很坏很坏。因此,要么叫什么人来证明她们的贞洁,要么还是让我永远谴责她们"。③ 剧中,他极力谴责"家中的女人"。(1)女人是"假的金子,人的祸害",让男人不能"自由地待在家里,不受女人的牵累";(2)"生她养她的父亲要拿出嫁资打发她走,以除掉一个祸害";(3)丈夫花资供养和装扮女人;(4)最轻松的是家里养"一个呆妻子,一个没用的废物",因为聪明的女人有"较多的狡诈",没用、无能的女人因不够聪明而免于荒唐行为。

希波吕托斯这番谴责女人的话,虽然恶毒,但却反映了一种女人的在

---

① 许娥,丁薇编著. 希腊神话及其文学典故导读[M]. 北京:北京理工大学出版社,2012:69-72.

② 阿多在研究中,发现在后世中阿耳忒弥斯形象逐渐等同于伊西斯。参见[法]阿多. 伊西斯的面纱:自然的观念史随笔[M]. 张卜天,译. 上海:华东师范大学出版社,2015:69-71,249-264.

③ [古希腊]欧里庇得斯. 希波吕托斯[M]. //古希腊悲剧喜剧全集:欧里庇得斯悲剧(中). 南京:译林出版社,2015:575.

世状态。这种在世状态围绕着"家"而展开的。女人"在家",意味着女人在世间要么在娘家,要么在夫家。在夫家,女人是宙斯神所安排的,神通过女人实现神想要"播种凡人的种类";在夫家,女人最好是不聪明、没用、无能的呆子,才不会做出损害夫家的狡诈和荒唐行为。然而,不论是在娘家还是夫家,女人都是消耗家庭财富的存在。女性的这种在家状态,反映出一种特有的女性特质的认知:女人是凡人生育繁衍的工具,女人是消耗财富、不能增加财富的人,女人最好是不聪明、无用、无能的人,这一如我国传统某些人所期待的女性特质:女子无才便是德。这些女性认知充满了对女性的憎恨、厌恶、蔑视和贬低。这种认知公正吗?这种认知能够奠定夫妻关系、家庭关系的正当基础吗?

从前文希波吕托斯对女性的憎恨和厌恶来看,他不仅将女性视为家庭动物,而且把这种看法极端化。他将女性仅仅视为家庭的生育工具,家庭物质的消耗者,家庭自由、安宁的潜在破坏者。因此,这样的家庭动物,要么不聪明、无能、无用,要么聪明、有心机、狡诈、做荒唐事。无论为何,这种女性对家庭的益处都是有限的,而其潜在的危害却是巨大。希波吕托斯甚至否认女性的室内劳动,如女性对家务的料理、对孩子的哺育和照料等。希波吕托斯这种女性观,源于他极度看重"贞洁"。这一方面导致他极度"厌女",厌恶现实中不贞洁的女性;另一方面,也导致他把女性在家状态塑造为一种极像监视、囚禁的状态。但是希波吕托斯作为凡人,他真的不喜爱女性吗?希波吕托斯对贞洁的阿耳忒弥斯的信奉,意味着他不是不喜爱女人,而是喜欢极端的贞洁特质。这种极端特质完整地体现在女神阿耳忒弥斯身上。问题是,作为凡人的希波吕托斯,懂得女神的阿耳忒弥斯的贞洁意味着什么吗?"完美的贞洁"就是"守身如玉"吗?这样的女神不过是希波吕托斯自己的幻想,因为他显然忽略了以下的事情。

在神系中,除了贞洁的阿耳忒弥斯之外,还有专司凡人爱情、情欲、婚姻的女神阿佛洛狄忒。欧里庇得斯的《希波吕托斯》中的情节,恰是女神阿佛洛狄忒因为希波吕托斯对自己的藐视和不尊重，而报复、惩罚他。"纯洁的庇透斯教育出来的希波吕托斯，是特罗曾地方的唯一市民，说我生来是生灵中最坏的，他拒绝床笫，不愿结婚"。① 希波吕托斯对贞洁女神阿耳忒弥斯的爱情，超越了人的本性。希波吕托斯与剧中的女主角菲德拉犯下同样的错误——不圣洁的爱情。前者爱恋极端的贞洁爱情，后者追求不贞洁的爱情。② 因此，菲德拉在死之前，说道："我将被爱情残酷地战胜了。然而我的死将成为另一个人的祸害，让他知道，别因我的不幸而高兴：在他感受到了和我同一的病痛时，他将懂得什么是健全的智慧。"③ 换句话说，阿耳忒弥斯所守护的贞洁，并不是让人像希波吕托斯那样希望自己一生都"守身如玉"，从而与女神神游山林，不进入家庭生活。凡人到了适婚年龄，应结婚，进入家庭生活，不应贪恋豆蔻年华，游玩于山林之间。这才是世人应懂得的"健全智慧"。

凡人到了适婚年龄，凡人的贞洁问题则从女神阿耳忒弥斯转到了阿佛洛狄忒。女神阿佛洛狄忒保护圣洁的爱情。等到凡人结婚之后，贞洁问题又交由掌管婚姻的女神赫拉看管。但是女神阿耳忒弥斯并没有离开，等女性怀孕、分娩时，阿耳忒弥斯的神职又是助产女神。因此，虽然阿耳忒弥斯是贞洁的处女神，但是女神也继承其母亲的神职，保护雌性动物的生

---

① ［古希腊］欧里庇得斯. 希波吕托斯［M］. //古希腊悲剧喜剧全集：欧里庇得斯悲剧（中）. 南京：译林出版社，2015：535.

② 其他研究者的看法将两位女神在人性上进行两分。一是情欲、一是贞洁，二者缺一不可。D. C. Braund 分析《希波吕托斯》一剧时，阐释了在女性主角 Phaedra 身上，有着阿佛洛狄忒和阿耳忒弥斯两位女神的影响。一开始，Phaedra 被阿佛洛狄忒激发情欲，而她尤其渴望像阿耳忒弥斯女神那样去打猎，渴望女神的崇拜者希波吕托斯。在阿佛洛狄忒的影响下，Phaedra 尤其想要坚持她的名声。对名声和光荣的看重，这是女神阿耳忒弥斯的典型特点。如果将两位女神在人性上进行分割，只看重一个，而忽略另外一个，都会遭到毁灭。因此，Phaedra 和希波吕托斯犯下了相同的错误。各占一端，不能守其中道。D. C. Braund. Artemis Eukleia and Euripides' Hippolytus. *The Journal of Hellenic Studies*，1980，Vol. 100，1980.

③ ［古希腊］欧里庇得斯. 希波吕托斯［M］. //古希腊悲剧喜剧全集：欧里庇得斯悲剧（中）. 南京：译林出版社，2015：579.

育，助其生产，也保护其幼仔。所以，阿耳忒弥斯也往往被认为是丰产女神。女神的这一神性特质也被希波吕托斯忽视。

但阿耳忒弥斯作为猎神的这点神性特征，没有被希波吕托斯忽略。因为他总是跟随女神在山林中狩猎。然而，凡人希波吕托斯真的理解女神的这一神性吗？前文提及了阿耳忒弥斯是宙斯之女。她从父神宙斯那里获得了弓、箭，获得了权力。所以，在流传下来的神话中，女神阿耳忒弥斯在自然中的生活，并不是和平、宁静的，反而充满了战争味道。这种战争味源自三个方面：一是，女神阿耳忒弥斯热爱狩猎活动；二是，女神与其他神，争夺神职、属地和荣誉等；① 三是，女神能够对那些损害其贞洁的人施加惩罚和报复。这种战争味让女神阿耳忒弥斯的女战士形象尤为突出。这使得现代学者怀疑，《伊利亚特》中在战场中激战的，不是女神雅典娜，而是女神阿耳忒弥斯。② 从某个角度而言，狩猎本身就是一种战争，只是它狩猎的对象是人之外的动物。但女神阿耳忒弥斯毕竟是掌管山林之神，城邦事务不由祂管理。因此，阿耳忒弥斯负责的战争，是发生在城邦与自然之间的居间地带中的；而城邦与城邦之间的战争，当然由女神雅典娜管理。

从阿耳忒弥斯上述神性特质的分析来看，女神在城邦与自然的居间地带中，掌管着两种看似悖谬的力量。犹如女神手里的"弓"所内含的悖谬。赫拉克利特说道，"弓（biós）的名字是生（bíos），它的作用却是死。"③ 因此，阿耳忒弥斯所代表的第一种力量是一种"生"的力量。作为助产女神、动物幼崽的保护神，阿耳忒弥斯有助于动物的生生不息。而神代表的第二种力量是"死"的力量。当女神不被尊重时，处女神阿耳忒弥斯拥有足够的神力，惩罚和报复那些侵犯者，保护自己的贞洁，保护属于祂的应得之物。这种力量看起来是一种野性的力量，一种不愿被征服、掌

---

① 徐康编著. 希腊神话故事 [M]. 南昌：江西高校出版社，2006：44—47.
② H. Mattingly. Artemis of Troy. *Greece and Rome*，1960（2）.
③ 《赫拉克利特残篇48》.

控的力量。女神拥有一种强大的力量，保护祂的秘密不被揭开。因此，女神阿耳忒弥斯的"贞洁"，是蕴含在城邦与自然的居间地带中的一种惩罚性的死亡力量。

女神阿耳忒弥斯在城邦与自然的居间地带所掌控的力量，对城邦有深远的影响。首先，它影响着城邦的基础。阿耳忒弥斯掌控家庭生育、保护家庭中的年幼者。家庭没有生育，没有养育孩子，城邦就没有邦民。因此，阿耳忒弥斯的力量影响城邦存在的根基。其次，它不断守护着城邦与自然之间的界限和居间地带，防止城邦政治的越界。阿伽门农一家的弑亲悲剧正是这种城邦政治的僭越。从表面来看，阿伽门农家族悲剧是个人悲剧，是夫妻和血亲之间发生的相互残杀的人伦悲剧。但仔细去看，这些残杀的发生都深受城邦政治的影响。阿伽门农献祭伊菲格涅亚，是为了希腊联军能够顺利攻打特洛伊。克吕泰墨斯特拉杀夫动机，在埃斯库罗斯的作品中，是为了女儿的死复仇；在索福克勒斯那里，是为了她的权力野心；在欧里庇得斯的作品中，则是因为阿伽门农通过特洛伊战争，带回了"另一个新娘"。对俄瑞斯忒斯弑母的动机，埃斯库罗斯解释为俄瑞斯忒斯为父复仇和为王复仇；索福克勒斯解释是，俄瑞斯忒斯把克吕泰墨斯特拉当作杀父仇人进行杀害的；欧里庇得斯的解释，则是俄瑞斯忒斯被外在情势所推动而弑母。三位肃剧作家的解释虽然不同，但一个显眼的相同点都是城邦政治破坏了自然的人伦关系，城邦与自然之间的界限被破坏了。而人之家正是栖居在这一界限之上。因此，解决这些弑亲悲剧，就要重新迎回"女神阿耳忒弥斯"，让女神保护和看管"家"所处的居间地带，防止类似的不义之事的发生。

同时，从另一个角度而言，在阿伽门农一家的弑亲悲剧中，展现了女性的三种人伦身份：女儿—妻子—母亲。因此，这些悲剧中似乎包含着某种"女人学"。阿耳忒弥斯的神性，似乎与女性特质密切相关。[①] 在现代研

---

① 许娥，丁薇编著. 希腊神话及其文学典故导读 [M]. 北京：北京理工大学出版社，2012：70.

究中，与阿耳忒弥斯相关的宗教仪式，似乎都与女性的生命阶段相关。女性从出生、青春期、结婚、怀孕、生育，都会在阿耳忒弥斯女神庙，举行相关的宗教仪式，由此完成女性从女儿到妻子，从妻子到母亲的人伦身份的转变。① 认识和理解"女神阿耳忒弥斯"，意味着认识和理解"女性的自然本性"。欧里庇得斯迎回"阿耳忒弥斯"，试图更新一种女性认知。只有更好地理解了女性，才能理解并解决"俄瑞斯忒斯弑母案"中内含的人间不义。

在古希腊留存下来的文本中，男人常被视为"政治动物"，是过城邦生活、公共生活的人。② 与此相对，女人似乎常被视为"家庭动物"。作为妻子，女人被视为料理家务，是生活在室内、过私人生活的人。③ 女性被视为柔弱的人。她们比较适合于看管工作，适合静坐室内、照料家务，无力于户外劳动。而且在生育上，也是女性适合哺育子女，男性适合教育子女。④ 上述内容看起来是基于男性与女性的性别特质，对两性的城邦生活和家庭生活进行了两分。亚里士多德在《家政学》中提到，基于男、女的性别差异，两性能力的不同，可以将两性进行室内和室外的劳动分工；在抚养子女方面，女性负责哺育子女，男性负责教育子女。⑤ 这种习俗性的两分框架可以总结为：男性是适合室外生活的人，女性是适合室内生活的人；男性是城邦政治动物，女性是家庭动物；男性是城邦保卫者，女性是被保卫者；男性的德性特质是"动"，女性的德性特质是"静"。然而，这

---

① P. Perlman. Acting the She-bear for Artemis. *Arethusa*, 1989 (2).
② [古希腊] 亚里士多德. 政治学 [M]. //苗力田主编. 亚里士多德全集（第九卷）. 北京：中国人民大学出版社，2009：6.
③ 参见 [古希腊] 色诺芬. 齐家 [M]. //刘小枫主编. 色诺芬的苏格拉底言辞. 上海：华东师范大学出版，2010：33. [古希腊] 亚里士多德. 家政学 [M]. //苗力田主编. 亚里士多德全集（第九卷）. 北京：中国人民大学出版社，2009：291.
④ Aristotle. Politics. In J. Barnes (ed.), *The Complete Works of Aristotle*, vol. 2, Princeton: Princeton University Press, 1991: 4.
⑤ [古希腊] 亚里士多德. 家政学 [M]. //苗力田主编. 亚里士多德全集（第九卷）. 北京：中国人民大学出版社，2009：290-292.

种基于城邦习俗的两性区分,真的是男性、女性天生如此吗?抑或只是"习俗性事物"?古希腊语,习俗是"nomos",对应的英译是"law"或者"convention"。所谓习俗性事物就是那些并不是靠自身就存在的事物,也不是靠人工适当制造出来的事物,而是靠人们把它们视为那样的,或者假定它们是那样的,或者同意它们那样存在的事物。① 因此,上述城邦习俗对男性、女性的区分,实质是一种习俗性事物。然而,这种对两性生活方式作出的城邦与家庭的截然两分,似乎内藏隐患。

> 在一个城邦之中,多数人(的灵魂)有多数人的自然,少数人(的灵魂)有少数人的自然。由于两种人灵魂的自然不同,要将多数人和少数人共同组建成一个城邦,就必然压制、调整某种自然来服从、协调另一种自然。这一压制和调整的行为不属于自然,而属于"人为"。②

因此,在古希腊城邦习俗中,将女性理解为宁静、柔弱的存在,并把女性调教得只适于过静坐的、室内的生活,完全是一个人为的习俗性产物。现实中,人们常常忽视这种性别区分是一种习俗性的结果。这导致了在观念和生活实践中,忽略了女性身上潜藏的自然本性。如若将这种习俗当成了女性的本质,进而对女性任意贬低、蔑视或施加其他不公正对待,那么,在城邦和家庭生活中势必存在着一种基础性的不正义。这种对女性不正义的认识和理解,潜藏着人世悲剧。作为一种自然存在,女性潜藏着的一种自然力量。当受到不公正对待,如,丈夫对妻子不忠诚,对妻子的蔑视、侮辱等,女性有自己的力量进行复仇的。女性的人性本质中,蕴藏

---

① L. Strauss. *The City and Man*. Chicago:The University of Chicago Press,1964:14.
② 张文涛. 哲学之诗——柏拉图《王制》卷十义疏 [M]. 上海:华东师范大学出版社,2012:208.

着来自自然的野性和暴力性。正如，拥有弓箭的阿耳忒弥斯。上述阿耳忒弥斯的神性形象，似乎象征着女人作为一种自然存在，其自然本性超越了习俗中对女性作为"家庭动物"的限定。这种自然本性充满了未被习俗驯服的野性力量。当女性遭受不公正的对待时，这种力量会被激发起来，成为一种惩罚性和纠正性力量。这种力量往往带来人伦悲剧。这样才可以理解欧里庇得斯笔下那么多的悲剧女性：克吕泰墨斯特拉，菲德拉①，美狄亚②。所以，亚里士多德在《家政学》中，谈到男人对待妻子的第一个原则就是"不能不公正"。

> 现在谈谈男人对待妻子的原则，第一条就是不能是不公正的。因为如果遵循了这条原则，他自己也就不会受到不公正的待遇。这一点为公众习俗所倡导，正如毕达戈拉学派的人所声称的那样，如果把妻子视为远离娘家的乞讨者，这是不公正的。丈夫有外遇，就是他给妻子带来的不公正。③

由此，可以理解为什么阿耳忒弥斯会是阿伽门农家族弑亲悲剧中的"结"与"解"。阿耳忒弥斯作为人事悲剧之"结"，这个"结"其实就是自相矛盾的人性。献祭伊菲格涅亚，看起来是女神阿耳忒弥斯提出了一个违背祂神性的不正当要求。因为祂本是助产女神、保护幼仔的女神，而且是一位处女神。按其神性，这样的女神理当保护伊菲格涅亚这位未婚处女。然而，这位女神却执意要求伊菲格涅亚作为人祭。女神阿耳忒弥斯要求的这场献祭，真的有违祂的神性吗？难道女神是自相矛盾的存在吗？或

---

① 《希波吕托斯》中，菲德拉作为继母并没有犯下与继子希波吕托斯的通奸之罪，却为了惩罚希波吕托斯对自己的侮辱而自杀，并嫁祸于希波吕托斯，诬陷他强奸了她。最终导致希波吕托斯的父亲借助神力杀死了他。
② 《美狄亚》中，美狄亚因为丈夫抛家弃子，另娶新娘，进而，怒杀二人之子。
③ [古希腊] 亚里士多德. 家政学 [M]. //苗力田主编. 亚里士多德全集（第九卷）. 北京：中国人民大学出版社，2009：292.

者说,到底有什么样的必然性,促动女神去做看起来违背祂神性的事?这种矛盾必然性,与其说是来自于神,不如说是植根于人性。这种矛盾性体现在,阿伽门农率领希腊联军"必然"要攻打那场著名的"特洛伊之战"。据说,希腊联军攻打特洛伊,是为了保护希腊人的妻女不被抢夺。然而,在阿伽门农这里,抢夺他女儿、剥夺他女儿生命的人,不是外邦人,正是他自己,正是他所率领的希腊联军。因此,保护希腊人的妻女不被抢夺、不被伤害、不被杀害,首要的敌人也许不是别人,而是希腊人自己。如若男人们像希波吕托斯那样,对女性贬低、厌恶和不尊重,那么,他们的妻女们本身早已处于被掠夺、被伤害的必然性中。

所以,阿伽门农家族的弑亲之结,看起来是神编织的命运之结,但这个"结"植根于人性。理清了"阿耳忒弥斯"作为人间悲剧之结,就可以进一步明白"阿耳忒弥斯"作为人间悲剧之解。将男人、女人两分在城邦、家庭中,看似是一种基于性别差异的简洁安排。然而,这种习俗性的两分安排,往往让人忽略了二者的统一。这会危及由男人和女人组成的家庭和城邦两种基础性共同体。因此,作为城邦与自然的居间地带的"女神",阿耳忒弥斯被引入城邦,可以将家和城邦连在一起,守护城邦政治与自然之间应有的界限。"阿耳忒弥斯"作为"解",就是引导邦民重新认识和理解女性。对女性的认识和理解,实质上是重新认识城邦和家庭的自然基础,承认城邦政治的自然维度。这才能将自然与城邦统一起来。这种统一实质上是以一种正义观念为基础的。正义观念是家庭、城邦联合起来的基础。[1]

在《政治学》中,亚里士多德提出,城邦是"足以自足或近于自足"的共同体,而人类是自然趋向于城邦生活的动物。因此,人类在本性上,是一个政治动物。而这种本性仿佛只有男性才具有,男性才是政治动物,才能过公共生活。然而,悖论的是,男性始终只占城邦总人口的一半。不

---

[1] Aristotle. Politics. In J. Barnes (ed.), *The Complete Works of Aristotle*, vol. 2, Princeton: Princeton University Press, 1991: 4.

考虑女性作为城邦整体的另一半，城邦何以成为一个共同体？因此，在《政治学》第一卷结尾部分，亚里士多德许诺了论述"女性"的德性，因为女性占城邦一半的人口，女性的德性与城邦的优劣密切相关。但《政治学》的传世内容，未专章讨论此问题。① 这仿佛哲人的城邦政治学缺乏"女人学"。无论如何，亚里士多德至少指出了一个城邦正义的基础性问题。也就是说，如若不关注女性作为城邦一半人口的地位和德性问题，城邦想要成为一个自足的整体是不可能的。亚里士多德在《尼各马可伦理学》，专门讨论了在家庭这一共同体中，夫妻之间的情谊问题。夫妻间的情谊看起来像是自然的产物，因为人自然倾向于结为夫妇。这种由夫妻结成的家庭共同体，早于城邦，且比城邦更为必需。因为家的目的不止是后代繁衍，还包括两性将他们各自的独特天赋共同投入共有的东西上，以此追求并实现各种生活目的。因此，夫妻之间的相处的问题，实质上是二者如何公正相处的问题。②

可见，在家庭、在城邦中，需要一种奠基性正义观念。这种观念涉及如何公正地对待女性，如何对女性有一种恰如其分的认识和理解。这种努力往往体现在古希腊肃剧作家为世人刻画了众多女性形象。这种刻画揭示了女性在家庭、在城邦中的处境和遭遇，也揭示了古希腊人远比现代人所假想的那样，给予了女性更多的自由和平等。所以，基托在著作中，极力反驳那种观点。这种观点认为古希腊雅典女人就如东方女人那样，深居闺阁，处于被蔑视的地位，远没有现代英国曼彻斯特城市中的女人，享有那么多自由和平等的权利。③ 基托认为，古希腊人对女性的理解，并不是以西方自由、平等的权利来认识女性的，他们有自己的一套独特理解。欧里庇得斯的"阿耳忒弥斯"就呈现出这种理解中的一种。

---

① 亚里士多德. 政治学 [M]. 吴寿彭，译. 北京：商务印书馆，1965：41—42.
② Aristotle. *Nicomachean Ethics*. Trans. by W. D. Ross, Oxford: Oxford University Press, 2009：158—159.
③ [英]基托. 希腊人 [M]. 徐卫翔，黄韬，译. 上海：上海人民出版社，2006：215—231.

欧里庇得斯通过剧作，想要为雅典城邦迎回"女神阿耳忒弥斯"，实质通过政治神学的方式，显现一种"女人学"，让雅典人如其所是地认识女性，尊重女性，公正地对待她们，保护她们在家庭中、在城邦中的位置。否则，家破人亡的人伦悲剧不可避免。没有家、没有邦的"人"，就是一种悲惨的存在。亚里士多德在《政治学》中，提到了这种"人"。这种人，就像荷马所指责那样，是一个"出族、法外、失去坛火（无家无邦）的人"。[①] 这种人本性是好战之人（a lover of war），像棋局上的一颗孤子，是"自然的弃物"。吴寿彭先生在翻译这部分的内容时，尤其注解了"失去坛火"的人。

> 古希腊各个家庭的"炉火"或"坛火"设于"内室"（家甍）。就广义说，希腊人称炉火为家庭。由氏族信仰扩充而及于部族和城邦，火又成为城邦生命的象征。因故流离而去其本土，不得参与家祀的列为重大的悲哀；如果被放逐，不能不离开乡邦、舍其坛火的，则为重大的罪责，仅次于死刑。[②]

上述内容描述了一个不正义之人的形象。这种不义之人，无家、无邦，四处流浪。他的不正义使他不可能成为一种家庭动物、城邦动物。由此，人们可以理解俄瑞斯忒斯弑母之后，对他的罪行的惩罚，最符合他的罪行的一种惩罚不是以命偿命，而是放逐他，让他四处流浪，无家可归、无邦可居。因为他的弑母之行，是违背人性的行为，是最为严重的破坏家、破坏城邦的行为。这就是欧里庇得斯为雅典迎回的新神——阿耳忒弥斯的目的，要为家、城邦奠定必需的正义观念。

---

① Aristotle. Politics. In J. Barnes（ed.），*The Complete Works of Aristotle*，vol. 2，Princeton：Princeton University Press，1991：4.
② 亚里士多德. 政治学 [M]. 吴寿鹏，译. 北京：商务印书馆，1965：8（脚注）.

三、古希腊正义诗教中的古典智慧

面对人间的弑亲不义，古希腊的诗人们表现出极大的惊惧，并通过创作一系列的阿伽门农家族的弑亲肃剧，展现他们对人事的卓越见识。这种见识就是人世间的不义，也许不能简单归咎于人性之恶，其中可能存在人世间难以调和的悲剧性因素。人既然作为城邦动物，他的不义就不仅在他身上，也在他生活的城邦政治中。而城邦政治对家、对人伦的伤害，实质上是政治对自然的伤害。那么，这些古希腊肃剧诗人的思想，还隐含着他们对人世正义问题什么样的古典智慧呢？

如前所述，古希腊肃剧诗人一再关注阿伽门农家族的弑亲悲剧。这种关注源于弑亲问题，不仅仅是所谓的"私人领域中的问题"，它实质上是政治问题、正义问题。在《王制》中，柏拉图笔下的苏格拉底带着对话者探寻"正义是什么"的问题。对这个问题的探索，是将正义议题与整个城邦联系在一起。因为正义作为形式（form），它出现在一个人那里，也出现在"较大的事物"上。城邦就是一个比人更大的事物。[①] 城邦作为政治共同体，是所有共同体中包含其他共同体的最高共同体。[②] "一个完备的城邦，就是一个大到足以自足或近于自足的共同体"。[③] 这种完备、自足的城邦，包含各种各样的人、各种各样的技艺、各种各样的实践。其中，最为显眼的城邦构成因素是"人"。从性别而言，人有男人、女人之分；从年龄而言，人有孩子、青年、老人之分；从政治关系而言，人有统治者、被统治者之分；从人伦关系而言，人有父母、子女之分；从经济关系而言，人有生产者、消费者之分……但是，人的这些差异性都容纳在一个政治共

---

① Plato. *The Republic Of Plato*. Trans. by A. Bloom. New York: Basic Books, 1991: 45.
② 亚里士多德. 政治学 [M]. 吴寿彭，译. 北京：商务印书馆，1965：3.
③ [古希腊] 亚里士多德. 政治学 [M]. //苗力田主编. 亚里士多德全集（第九卷）. 北京：中国人民大学出版社，2009：6.

同体中。问题是，这些差异性如何被完善地容纳进城邦，使城邦构成一个"整体"，并朝向城邦所追求的共同善？这个问题潜藏着城邦政治中基础性的正义问题。

城邦足以自足或近于自足，并不意味着它是和平的存在。不论是为了保护母邦不被外邦所掠夺、侵占，还是为了城邦的生存而向外扩展和掠夺，城邦免不了要发展自己的战争力量，培养邦民的战争技艺。而这意味着对城邦邦民的改造，将一部分或者全部邦民改造为具有战争技艺的人，让他们能够适应那种拥有战争功能的城邦共同体。这就需要城邦的公共教育，通过残酷的战争训练，将邦民培养为具有男性气概，在战场上不惧死且能勇敢杀敌的人。然而，城邦为了自己的利益，将邦民改造为士兵，真的是一件正义之事吗？这里面难道没有潜藏着悲剧？

将邦民改造为具有血气和勇敢品质的士兵，就是城邦要让这些士兵来保护城邦的共同利益。然而，如若城邦穷兵黩武，邦民都战死沙场，那么，城邦的共同利益何在？因此，这种城邦中的共同利益，悖谬性地以本邦邦民的生命作为抵押物。这种城邦利益和邦民个人利益之间的不一致性、难以调和性，完美地体现在了古希腊肃剧人物——希腊联军统帅阿伽门农身上。阿伽门农要献祭他女儿的生命，才能实质性地成为希腊联军统帅，才能率领整个联军攻打特洛伊。然而，值得拷问的是，阿伽门农非要献祭女儿，到底是为了城邦利益，还是为了他自己的政治野心？不论阿伽门农自己的意图是什么，相当明显的是他只有通过领导战争，才能拥有统治权力，才能获得政治荣誉。因此，到底是为了城邦的共同利益，还是为了自己的政治野心，这是人心中不可见的模糊地带、灰色地带，也是人间不义的滋生地带。一旦置身于政治共同体中，人性中这一模糊地带的些微不义，都会被放大。

如若阿伽门农率领希腊联军攻打特洛伊的动机模棱两可、难以辨明，那么，那些参战的其他部落英雄或者普通士兵，他们的参战目的和动机是什么呢？他们真的是全心全意为了城邦的共同利益吗？在《伊菲格涅亚在奥利斯》中，欧里庇得斯设计的情节和人物形象，已经让阿伽门农和墨涅拉奥斯节制了以亲人的性命换取政治成功的野心，但是狡猾的、有心机的奥德修斯仍旧率领众人，不依不饶，誓要献祭伊菲格涅亚。被政治野心和政治荣誉激发起来的众人，盲目的激情已经遮蔽了他们的健全心智。他们坚持要将伊菲格涅亚献祭，好像献祭的不是他们自己的女儿似的，好像在接下来残酷的特洛伊战争中，祭献不是他们自己的生命似的。这些城邦政治中的悲剧性因素，彰显出城邦利益与人的私利之间的鸿沟。因此，仅宣称二者是一致的，仅宣传城邦利益大于个人私利，似乎忽视在现实政治中二者的不一致。而且尤其忽略了那些假城邦利益之名谋私利之人。一个显然的人性真相是，那些习惯了在对外战争中勇猛杀敌、充满战争精神的人，他们被激发起来的"豺狼本性"，并不能轻易地转化并节制为"忠诚的狗"的本性。亚里士多德从城邦的长治久安的角度，也批评了像斯巴达这样只培养"战斗品德"的政体。这种政体虽能在战争中获取胜利，但是并没有培养邦民在和平时期进行统治的才能和品质，因而这种军事政体必然会消亡。[①] 因此，将邦民改造为战争机器，并没有看上去的那么正义且有益。对邦民的这种军事教育，是"战争强加给城邦的一种善"。[②]

同时，将邦民改造为具有血气和勇敢品质的士兵，往往意味着将男性培养为士兵。基于此，在城邦习俗层面，往往将男女分为"过室外城邦生活的动物"和"过室内家庭生活的动物"。然而，这种习俗性的区分，真的有利于两性构成像"家"这样的共同体吗？从表面上看，这种基于所谓

---

① 亚里士多德. 政治学 [M]. 吴寿鹏，译. 北京：商务印书馆，1965：93.
② 伯纳德特对柏拉图的《王制》中教育技艺的阐释，展示了教育技艺在城邦中并非必需的技艺。教育并不是"猪的城邦"所需要的生存技艺。只有"发烧的城邦"才生发出对教育技艺的需要。这种教育技艺针对的就是城邦的"护卫者"阶层。这意味着没有高超的教育技艺，城邦就不可能真正拥有服务于城邦利益的"护卫者"阶层。同时，教育技艺的需要是源于"护卫者"的存在，而"护卫者"的存在则是源于"战争"。因此，在某种意义上，"教育可以视为是战争强加给城邦的一种善。参见 S. Benardete. *Socrates' Second Sailing*: *On Plato's Republic*. Chicago：the University of Chicago Press, 1989：58-62.

的性别差异将两性进行习俗性区分,是一种有效分工。但是值得追问的是,当男性作为城邦动物,被有意识地培养为掌握强力的人,他们会过和平的家庭生活吗?男性作为城邦动物的设定,会不会遮蔽了男性作为家庭动物的规定性?在家庭生活中,在夫妻关系中,拥有强力的男性会尊重和爱护"柔弱"的妻子吗?被培养为具有男子气概的人,会懂得柔情吗?会爱护婚姻结合的纽带(the bond of union)——孩子①吗?对此,诗人们以诗学的方式给予了回答。

在古希腊古老的史诗《伊利亚特》中,一开篇就是希腊联军的统帅与他们的英雄,就"女人"这一战争胜利品的分配问题,发生了争吵。阿伽门农获得的战利品,是阿波罗祭司克鲁塞斯的女儿。在阿波罗神的逼迫下,阿伽门农不得不归还克鲁塞斯的女儿。但阿伽门农的条件是,他要以阿喀琉斯的战利品作为交换。阿喀琉斯因阿伽门农带走了自己的战利品——"美颊的布里塞伊斯",而拒绝参战。②而在荷马的另一部史诗《奥德赛》中,在诸多阿伽门农家族肃剧中,阿伽门农在特洛伊战争结束后,还带走了特洛伊王普里阿瑞斯的女儿卡珊德拉,作为自己的战利品。然而,他却因为得到卡珊德拉,而命丧发妻之手。因为他的妻子克吕泰墨斯特拉并不认同阿伽门农的做法,一个家里怎么能"养两个新娘"?!何况获得第二个新娘还是以献祭第一位新娘的女儿为代价的。

"阿伽门农"这一人物的上述悲剧,充分显现出阿伽门农作为"王"与他作为"夫",以及他作为城邦动物与家庭动物之间的潜在冲突。基于战争的需要,城邦政治将男性培养为战士,将女性培养为家庭主妇。这种安排看似基于两性的自然而更有效率。但是,这种划分潜藏着对人性自然的误识。因此,欧里庇得斯要为雅典城邦迎回"阿耳忒弥斯"。对此,按

---

① Aristotle. *Nicomachean Ethics*. Trans. by W. D. Ross, Oxford: Oxford University Press, 2009: 158.
② [古希腊]荷马. 伊利亚特[M]. 陈中梅,译. 南京:译林出版社,2012: 1-4.

照现代女权主义的看法,这是要为女性争夺权力、夺回权利的解法。在现代权利论正义观时代,这种看法尤其盛行。然而,这是一种特有的现代误解。因为欧里庇得斯要迎回"阿耳忒弥斯",不止是承认女性在城邦政治中地位和作用,更是意在引导邦民认识和理解"人性自然(human nature)"。这种人性自然先于城邦对邦民作出了习俗性两分。没有对人性自然的认识、没有对人性自然的差异性认识,城邦和家作为共同体,都不可能形成和谐秩序。所以,欧里庇得斯所要迎回的"阿耳忒弥斯",看似是要建构一种张扬女性权利的"女人学",但实质从属于一种城邦政治学。这种政治学想要为家和城邦奠定更为稳固的人性基础和道德基础。对此,可以从阿里斯托芬的喜剧《地母节的妇女》得到进一步的理解。

在《地母节的妇女》一剧中,阿里斯托芬让欧里庇得斯与雅典妇女们对质起来。欧里庇得斯写了那么多以女性为主角的肃剧作品,看起来他是为女人们说话的诗人。然而,在《地母节的妇女》中,这样的欧里庇得斯却遭到了雅典妇女的控告和审判。剧中,欧里庇得斯不得不与"女人们"妥协,承诺不再写"女人们"的坏事,"女人们"也答应,不再与欧里庇得斯为敌。这部喜剧彰显了喜剧诗人对肃剧诗人们的特殊观察。作为喜剧诗人的阿里斯多芬,同意肃剧诗人们看到的事情,同意肃剧诗人们所指出的城邦问题,但这些肃剧诗人的解决之道,似乎低估了人性自然。人性自然中,不仅有高贵的东西,也有卑贱的东西。欧里庇得斯通过"女人学",想把女人的德性品质抬高,但是现实中的女人不见得真的愿意在德性品质上,有所精进。这正如其他古希腊的诗学作品,想要抬高男性的德性品质,但人间的实情是败坏和堕落的力量常常阻止这些抬高的力量。因为在人的自然中,既有高贵之处,也有低劣之处。不论是男人还是女人,或者人类其他群体,其实都是这样的自然本性。因此,阿里斯多芬与其说是在嘲笑为女人写肃剧的肃剧诗人们,不如说他在善意提醒诗人们,仅想凭借自己的诗学作品,解决城邦政治与自然之间的冲突,似乎有点异想天开。城邦政治想要将这种人性差异性统一于城邦共同体中,实属难事。

上述问题不仅出现在古希腊悲、喜剧诗人的作品中，也出现在古希腊哲人们的作品中。面对城邦政治与人性自然之间的关系问题，古希腊哲人也是煞费苦心。下述讨论仍围绕城邦对两性作出的习俗性两分展开。

在柏拉图的《王制》中，最佳城邦的建立者在讨论城邦的护卫者问题时，也涉及"女人问题"。凭借建构"最佳城邦"这一影像，《王制》对"女人问题"的讨论超越了将男、女性分属于家庭和城邦的习俗性安排，跃进了一个超越时代的言辞空间中。在这个空间中，最佳城邦安排女性的位置并非在家庭中。这个言辞中的最佳城邦（the city in the speech），奉行的正义原则就是"各司其职（one job principle）"。每个人都按照自己的德性，从事自己的职业。科斯曼认为，这种原则基于人的自然能力（natural ability）、人的差异，对人实现一种功能性分化（a differentiation of function），并将这些分化融合在一个和谐和平衡的整体中。[①] 那么，按照这一正义原则，女性在这个最佳城邦中的位置和功能是什么呢？

在建造最佳城邦的过程中，女性议题很晚才引入。在情节上，引进这一议题的原因，是波勒马霍斯、阿得曼托斯等年轻人，作为最佳城邦的建立者，希望护卫者也拥有女人。为了满足这一欲望，柏拉图笔下的苏格拉底只好讨论女性话题。要将这个话题融入最好城邦的建构中，苏格拉底给出的方案是，要将女性变成跟男性护卫者一样的护卫者。女人作为护卫者，一方面满足了男性护卫者对女性的本能欲望，另一方面也符合最佳城邦的安排。出于这种思考，正义城邦中的护卫者阶层，也出现了具有政治管理能力的女性护卫者。为此，首先，需要重新设定女性特质。

> 没有任何一项管理国家的工作，因为女人在干而专属于女性，或者因为男人在干而专属于男性。各种的天赋才能同样分布于男女两性。根据自然，各种职务，不论男的女的都可以参加，只是总的说

---

① A. Kosman. *Virtues of Thought: Essays on Plato and Aristotle*. London: Harvard University Press, 2014: 183—203.

来，女的比男的弱一些罢了。①

其次，需要参照训练男性护卫者的方式，对女性进行同等的文艺、体育方面的训练和培养。第三，需要安排男性和女性的生活方式。在吃、住上，男性和女性护卫者同食同住；在财产上，与男性一样无私产；在婚配上，表面上以公平的随机抽签的方式进行婚配，但实质上是尽可能地让最优秀的男人与最优秀的女人交媾，让他们生育更多的孩子。

对女性作出上述的培养和教育，其结果是什么呢？明显的结果，就是古希腊社会中常见的男、女二分的习俗性框架消失了。女性不再局限于家庭，不再是家庭动物。那么，由此而来的结果是什么呢？一是，女性护卫者并不是属于任何一个男性护卫者。这意味"共妻"，而"共妻"的实质也是"共夫"。由此，取消现实政治社会中夫妻关系的私属性质。护卫者阶层的共妻共夫的安排，似乎与最佳城邦相匹配。二是，女性护卫者的孩子不再是属于"自己的"。共妻共夫的安排，意味着护卫者阶层的孩子也是大家共有的。这也取消孩子的私属性。三是，女性护卫者的身体也不再属于"自己的"。这些女性护卫者如男性护卫者那样，被完全改造为了具有公共性精神（public-spirited）的人。对护卫者的改造，是从身体到灵魂的彻底改造，让他们在观念层面上，将所有"自己的……"改变为"大家的……"。比如，这是"自己的东西"，变成这是"大家的东西"；这是"自己的女人"，变成这是"大家的女人；这是"自己的孩子"，变成这是"大家的孩子"。这种观念层面的灵魂改造，其结果是将人的一己之欲望，不论是男性还是女性的欲望，都改造为具有公共性质的欲望。在最佳城邦中，要紧的不是男性或者女性这种性别差异，而是这些人是否具有城邦性，是否是城邦动物。因此，这种改造消解了性别差异，把人按照最佳城

---

① [古希腊] 柏拉图. 理想国 [M]. 郭斌和，张竹明，译. 北京：商务印书馆，1986：187.

邦所想要的样子进行改造。那么，把女性塑造为这种适合最佳城邦的动物，意味着什么？

从表面上看，最佳城邦中的女性护卫者和男性护卫者拥有相同的地位、品质和能力，因此，那些将女性限制于家庭生活中的传统习俗性区分，不再重要。这种在对话中、在言辞中的政制安排，超越了当时的历史环境，超越了当时对男、女性别作出的习俗性区分。但细思量，这一正义城邦给予女性的政治位置，仍旧吊诡。在言辞中建立起来的最佳城邦，虽然超越对女性的习俗性安排，认为女性也有和男性一样的管理才能，女性可以参与城邦的管理，仿佛女性具有与男性一样平等的政治地位。但是，这样的女护卫者真的是女性吗？真的是基于女性的自然本性吗？她们看起来很像雅典守护神——雌雄同体的雅典娜。因此，在城邦政治上，女性的政治地位的存在，要么是把女性变成男性，像雌雄同体的雅典娜；要么就是空缺，女性限制在家中。换句话说，除了像男性那样做城邦动物，女性是没有基于其自然本性的政治生活方式的。

正义之邦的护卫者是公共人，他们不能是"有私的"。因此，女性护卫者也不能"有私"。而这最大程度上与女性的生育本性相悖。女性作为天然的生育者，对自己的孩子有一种天然的情谊（philia）或者母爱。这种母爱是"母亲不计任何回报，希望孩子好，而且为了孩子好而行动的"，它代表了"所有人类关系中自私性的根源，即一个人对自己的存在的偏爱"，而孩子"犹如从他们（父母）身上分离出来的另一些自我"。[①] 显然，对孩子的爱，是女人最为私己性的爱。这是女人的天性。然而，想要成为城邦的护卫者，女性必须割弃自己这部分天性，不再拥有"自己的孩子"，只能拥有"我们的孩子"。女性不做人伦意义上的母亲，女性不再拥有自己的孩子，女性就可以像男性那样有力量、有男子气概、有公共精神，也就可以像男人那样成为城邦管理阶层，做城邦的统治者。值得追问的是，

---

① R. Burger. *Aristotle's Diglogue with Socrates: On the Nicomachean Ethics*. Chicago: the University of Chicago Press, 2008: 171.

像男性那样成为城邦的统治者和管理者，对女性来说，就是一种自然正义的实现吗？抑或它始终是以女性的一部分天性为代价而实现的？

从上述分析来看，在城邦政治和人的自然本性的关系问题上，有两处成问题的地方。一处问题，存在于城邦共同体要按城邦需要对人性作出安排和设计。《王制》通过女性护卫者的培养与教育议题，极端地呈现了城邦政治对女性自然的改造。然而，这种安排和设计令人困惑之处，一如城邦要把男性培养为士兵、培养为战争机器之处。人性只能遵从城邦政治，按照其一时一地的需要而作出设计和安排吗？第二处问题是，城邦共同体要根据城邦利益，将人性中的异质性部分，安排进一个和谐的统一体中，如何可能？一个最佳城邦是正义之邦，也就是一个要尽可能满足人的需要，容纳人的差异性的政治共同体。然而，连最佳城邦似乎也不能做到这点。似乎人的差异性增加一分，就会成倍地增加城邦成为一个统一整体的难度。因为差异性的增加，意味需要更高的政治统摄性技艺，将这些差异性安排在一个秩序井然的整体中。这种高超的政治统摄性技艺似乎并非人力可为。因此，普罗泰戈拉在其讲授的神话中，只有最高的神——宙斯才能掌握正义的技艺。[①]

这两处问题的存在，使得人这种生活在政治共同体中的存在，似乎必然面临着不正义的处境。这种处境一方面是政治社会对人的习俗性要求，要让人成为家庭动物或者城邦动物或者其他政治存在；另一方面是人作为一种自然存在，他/她的自然本性与这种习俗性要求之间并非是无缝对接的。换个角度来说，城邦无法容纳人的所有差异性，它并不能让人在城邦生活中完全实现他/她的自然本性。那种完全实现人之本性的正义城邦，似乎不存在，似乎也是不可能存在的。在现实城邦政治中，城邦只会从自己的角度，挑选人的自然本性，培养那些它认为合宜的部分，压制那些无用的甚或有害的部分。然而，令人怀疑的是这种挑选、培养、压制真的是

---

① [古希腊]柏拉图. 普罗泰戈拉 [M]. //刘小枫编译. 柏拉图四书. 北京：生活·读书·新知三联书店，2015：72.

从城邦整体利益角度进行考量的吗？即便是从城邦整体利益的考量，但仍可追问，这种基于城邦共同利益的人性改造是否充分、是否正义。对人性的改造限度在哪里？又如何保障这种限度？

可见，古希腊智识者在正义议题上的独特见识，是他们洞察到了一种潜藏在城邦政治与人的自然本性之间的张力。他们所关注的分配和应得的问题，不是各种可见之物的分配和应得，而是最重要的人性品质、能力方面的分配和应得问题。而且他们将正义议题放置于城邦政治与人的自然本性之间的张力中。这种见识导致了这些古希腊智识者在追求正义上，一方面沉思城邦政治生活对人的影响，尤其是沉思其中的不义问题；另一方面，沉思城邦政治如何才能达致对人性合乎自然的安排。这样的正义问题意识，绽出了古希腊智识者独特的正义古典智慧。

四、中、西方古典正义诗教对观

我国传统经典《春秋》中的弑亲事件、古希腊肃剧中的弑亲事件，展现了不义在人世现身的第一场域——家。家中的不义的表现，或是亲代辛苦生养和教育的子代，不但不报亲恩，反而弑杀亲代；或是亲代伤害，甚至杀掉与自己血脉相连的子代；或是子代之间手足相残。这些亲人之间反目成仇、骨肉相残之事，实在令人费解。前述诸多古典智识者通过各种著述，帮着人们理解这些人间重大事件，弄清楚这些匪夷所思的行为的前因后果。这些分析有助于人们从整体上把握人间正义的在世状况，理解正义诗教的内涵，洞悉正义诗教的必要性。

（一）复仇正义、强者正义与司法正义

亲人间因着血亲关系，本应相亲相爱、相扶相助。然而，在中、西方古典文本中骇人的弑亲事件中，人们看到的是骨肉相残，而且这种残酷似乎具有某种必然性。也就是说，这种弑亲行为看似是一种"正义"。如，所谓的"复仇正义"。在《春秋》义例中，鲁庄公之父鲁桓公在齐国被杀，而参与弑杀的人就是鲁庄公的母亲文姜。那鲁庄公应该为父复仇吗？对此,《春秋公羊传》认为鲁国之臣应该"讨贼",为鲁桓公被弑复仇。但是《公羊传》和《左传》都看到政治大势,齐国的国力强大,鲁国没法为鲁桓公复仇。"鲁人告于齐曰:'寡君畏君之威,不敢宁居,来修旧好,礼成而不反,无所归咎,恶于诸侯,请以彭生除之。'齐人杀彭生"。[1] 因此,齐国弑杀鲁桓公之事,最终只是杀了一个"替罪羊"来消解桓公被弑之事。然而,鲁桓公被弑,罪魁祸首是鲁桓公夫人,即鲁庄公之母文姜。人们可以谅解鲁庄公无法举一国之力向强齐复仇,但是他是否要为父杀母、为父绝母呢?鲁庄公其实遭遇了古希腊肃剧人物俄瑞斯忒斯同样的人间难题。

古希腊肃剧中,俄瑞斯忒斯坚持复仇正义。不论是俄瑞斯忒斯独自弑母,还是他和姐姐合谋弑母,都呈现了子代弑杀亲代这一重大不义事件。然而,对于弑母是否正义,这些为人子女者,似乎并不知晓。尽管在剧情中,他们的弑母举动有着前因——因父为母所杀。但是这个前因似乎也不能证明弑母的正当性。因此,俄瑞斯忒斯和他姐姐坚持复仇正义,到底是一种什么样的正义?

索福克勒斯在其肃剧《埃阿斯》中,展现了被伤害的埃阿斯令人恐怖的复仇正义。埃阿斯因没有获得自己应得的战利品,而打算对自己的同胞复仇。女神雅典娜用她的神法,让想要复仇的埃阿斯发了疯,使他把羊群误作为自己的复仇对象进行疯狂的砍杀。等他清醒过来之后,看到自己的疯狂,看到了自己疯狂的结果,不仅没有复仇,而且还使自己沦为了笑柄,终而自刎身亡。[2] 埃阿斯的复仇正义,恐怖之处在于他的愤怒。这种得不到应得之物的痛苦,让他把自己的友军视为了敌人,让自己手中的武器朝向了自己的友军。他的痛苦、他的复仇正义反而让他自己变成了不义者。索福克勒斯借埃阿斯的复仇行动,勾勒出了人间的复仇正义。这种正

---

[1] 《春秋左传·桓公十八年》.

[2] [古希腊]索福克勒斯. 埃阿斯 [M]. //刘小枫主编. 高贵的言辞——索福克勒斯《埃阿斯》疏证. 上海:华东师范大学出版,2010:89-91.

义是当主体受到语言和行为上的伤害后，把一种睚眦必报的复仇意图、复仇行动视为是正当的。这种正义要求对对方造成至少是同等的伤害，才能平息自己的愤怒和痛苦，纠正或者补偿对方对自己的伤害。这种复仇逻辑，是一种不顾一切都要给对方以伤害和打击的报复欲。愤怒和报复的痛苦欲望主导着人的行动，让人一意孤行。悲剧人物俄瑞斯忒斯和他的姐姐厄勒克特拉身上，也有埃阿斯般的痛苦。他们的父亲被不正当地杀害了，这种想要复仇的痛苦深深地影响了二人。问题是，这种复仇痛苦被满足和实现之后，又会怎样呢？在欧里庇得斯的《厄勒克特拉》中，人们可以看到这种复仇结局。当姐弟二人终于为父杀母之后，二人又陷入了杀母的痛苦中，并成为无家可归的流浪者。通过诗学作品，复仇正义的荒谬性通过极端的"为父杀母"的行动呈现出来。睚眦必报的复仇正义，不是人能承受的正义，不是人间应有的正义。

对复仇正义的分析，除了看到其中疯狂的痛苦所必然造成的荒谬的结果，还可以进一步拷问，复仇正义的基础到底何在。肃剧中，俄瑞斯忒斯弑母之行之所以成功，就在于在剧情设计上的一个特殊之处。这就是剧作家让俄瑞斯忒斯要么与母亲独处一室，要么他姐弟俩与母亲独处一室。在这种极端的处境中，没有其他人的帮助，母亲的力量弱于成年子女。这种情节设计极大地彰显了这种弑母行动的悲剧性。同处一室的事件当事人，本是血脉相连的，然而却因极端的命运处境，变成了似乎没有任何血缘和情谊关系的仇人。血亲间最终以刀刃相见，这是何等残酷的人世场景。此外，这种情节设计也极大地彰显了"力量"作为弑母行动上的决定性条件。俄瑞斯忒斯姐弟俩之所以复仇成功，是因为在当时的处境中，二人有绝对的力量优势，二人可以轻易将母亲置于死地。从中，可以看到此时复仇正义得以确立和完成，不是因为道义，而是因为血腥暴力。因此，在复仇正义的背后，是一种强者正义。没有强力，也就无所谓复仇正义。因为强力确实可以保障弑杀行动的完成，但是，它并不能证成弑杀的正当性。这才会导致肃剧人物俄瑞斯忒斯的命运，他用强力为父杀母，但是他并不能理直气壮地承认自己的弑杀行为是正当的。可以看到不止这种带有私人性质的暴力,无法保障复仇行动的正当性,甚至那种公共权力似乎也不能保障复仇行动的正当性。

在埃斯库罗斯笔下,智慧女神雅典娜为了解决"弑母"这一人间不义,给雅典城邦引进了司法系统。这种司法系统以司法正义代替复仇正义,从而利用合法性暴力,替代充满任意性的私人暴力。从表面上看,引进这种合法性暴力,可以解决人之家中的不义问题。因为公权力看起来是一种公正、不偏倚的力量。但是,埃斯库罗斯通过情节设计,已让读者看到这种不偏不倚的司法正义的正义基础之微弱。

剧中,埃斯库罗斯设计陪审团对俄瑞斯忒斯弑母案的投票结果,是一半对一半。这一情节设计表明,在俄瑞斯忒斯弑母案上,俄瑞斯忒斯是否有罪,陪审团达不成共识,因为他们无法判别俄瑞斯忒斯弑母行为的正当性。他们对正义行为并没有确切的知识,他们无法断案。因此,司法正义虽然在程序上,能按部就班地进行司法审判,最终根据投票结果而判定行为的正当与否。然而,这种司法正义实质上只能是程序正义,这种正义并不能保障实质正义。它只是凭靠合法化的公共权力,从法律上规定什么是正义,什么不是正义。这也是西方近代思想家霍布斯明确提出的正义观念。在霍布斯看来,"没有国家存在的地方就没有不义的事情存在"。[①] 所以,只有国家建立之后,通过国家的合法暴力,才能保证人们遵从国家法律对正义与不义的规定。"在平民的纠纷中,要宣布什么是公道、什么是正义、什么是道德并使他们具有约束力,就必须有主权者的法令,并规定对违反者施加什么惩罚"。[②] 在这种正义观中,正义不具备内在有效性,它

---

① [英]霍布斯. 利维坦 [M]. 黎思复,黎廷弼,译. 北京:商务印书馆,2008:109.
② [英]霍布斯. 利维坦 [M]. 黎思复,黎廷弼,译. 北京:商务印书馆,2008:207.

是凭借国家的强制力量而有效。①

问题是,由国家强制力保障的司法正义,可以作为政治社会的道义基础吗?司法正义似乎不同于那种个人残暴的复仇正义,然而,它作为一种合法化暴力,仍旧是一种"强者正义"。古希腊神话体系中,众神之王宙斯就象征着这种正义。宙斯拥有强大的惩罚性强力,能够慑服那些违背神的意志和秩序的神或者凡人。宙斯正义的实质,就是"谁有强力,谁就是正义"。然而,这种"强者正义"并不适合人世,不能成为人世间政治社会的道义基础。因为在人世间,哪怕是内含司法程序的司法正义,也始终不清楚其惩罚是否是正义的。因为强力并不必然拥有关于正义的完满知识。强者正义,其实并没有多少正当性基础。而且司法正义,虽然辩称惩罚不是为了"报复",而是为了阻遏未来的不义,但这种阻遏仍旧需要复仇正义中一系列核心观念来构建,否则没有阻遏的效果。"如果不能实现复仇正义中的一系列元素比如责任、应得、对当、痛苦等,则难以达到(司法权力)阻遏罪犯的效果"。② 由此可见,所谓的司法正义的惩罚,虽然经过合法程序的肯定和认可,并依靠共同体力量而执行,但它的实质始终是一种复仇正义,只是不再依靠私人力量进行惩罚报复。③ 这种惩罚报复,不论是放逐还是杀害,或者其他惩罚,始终是对人的伤害,始终是以牙还牙、以眼还眼的报复。

然而,在柏拉图笔下的苏格拉底看来,一个正义者不可能伤害他人,不论这个人是朋友还是其他人。只有不义者才会伤害他人。④ 而一个正义

---

① [美] 列奥·施特劳斯. 自然权利与历史 [M]. 彭刚, 译. 北京:生活·读书·新知三联书店, 2006:190.

② 吴新民, 包利民. 柏拉图是否关心正义——从强者/弱者政治学视角看司法正义 [J]. 社会科学战线, 2008 (07).

③ [美] 哈夫洛克. 希腊人的正义观——从荷马史诗的影子到柏拉图的要旨 [M]. 邹丽, 何为登, 译. 北京:华夏出版社, 2016:356-359.

④ Plato. *The Republic Of Plato*. Trans. by A. Bloom. New York: Basic Books, 1991:13.

的政治社会，其公权力虽然允诺可以借用合法暴力对违法者施加惩罚，但是，这种惩罚终究是对人的伤害。这导致对正义的关注，只关注是否违法，不再关注正义是否对人是一种善好。吴新民、包利民在研究中，提出了一种"柏拉图式的司法正义"的观点。这种正义观是从灵魂正义观衍生出来的。如若正义是灵魂之有序、和谐和健康，那么不义就是灵魂的无序、不和谐与疾病。因此，针对这些不义，所做的事情不是进行简单的惩罚，而是怜悯并治疗其灵魂不义。"这种司法正义的本质不是惩罚报复，而是治疗教育"。① 论者提出，这种正义与日常的司法正义关注的对象不同。前者关注的是不义者、违反法律的罪犯，后者关注的是受害人的正义是否得到了伸张。这种不同的关注表明，前者看到在犯罪行为中，真正最大的受害者是罪犯。他是其灵魂的邪恶品质的最大受害者。因此，司法工作不是惩罚，不是使受害人得到抚慰，而是要让罪犯通过改造或者治疗，恢复灵魂正义。这种司法正义对人而言，才是一种"好"。因此，伯格在讨论亚里士多德的《尼各马可伦理学》中，曾提出亚里士多德提出了一个隐秘的问题："'真正的政治家'究竟是一个让公民守法的人，还是一个意在治疗灵魂疾病的医师?"②

上述基于灵魂正义的司法正义，避免了合法化暴力造成的更大的不正义，使正义对人而言是一种"善"。由此，达成正义与善的统一。但是这种正义与善的统一，是以正义教育为前提。但是，这种对灵魂不义的治疗教育，似乎又是不可追求的。按照霍布斯的现代政治理论，通过社会契约，每个人把部分权利让渡给"利维坦"这一抽象人格，使它能够掌握最大的共同权力。这种共同权力能够对那些危害他人安全的人施加惩罚。这种理论相信合法化的暴力可以带来共同体的和平，可以成为人世间持久、

---

① 吴新民，包利民. 柏拉图是否关心正义——从强者/弱者政治学视角看司法正义[J]. 社会科学战线，2008 (07).
② [美] 萝娜·伯格. 尼各马可伦理学义疏——对亚里士多德与苏格拉底的对话[M]. 柯小刚，译. 北京：华夏出版社，2011：68-69.

稳定的基础。这种理论已经不相信正义教育可以成为政治社会的基础,转而信奉"利维坦"的强力作为共同体持久、稳定的基础。然而,从前文的分析来看,就"家"这种共同体而言,坚持以暴力为基础的复仇正义,其后果必然是"家破人亡",让人变成无家可归者,恰如俄瑞斯忒斯的命运。所以,面对家中的不义,更高的正义原则不是复仇正义。那么,对政治共同体而言,坚持以合法化暴力为基础的司法正义,其结果真的是让政治共同体更稳定、更团结吗?抑或是另一种形式的"国破家亡"?

对弑亲事件的呈现和分析,增进了人们对复仇正义、强者正义和司法正义的认识和理解。这些正义都涉及人类政治社会的基础。因此,弑亲问题不仅仅是权势家族的"私事",它牵涉政治社会的基础性正义。从上述分析来看,这种基础性正义,不能以暴力惩罚为基础的正义来达成。中、西方古典正义诗学作品,不仅昭示了复仇正义、强者正义和司法正义三种正义中所内含的"暴力因素",而且还以其独特的方式,为人类共同体提出了另一种非暴力惩罚的正义选项。

(二)正义的培植:从暴力惩罚到诗学教化、灵魂教化

在中、西方古典正义诗教中,人们透过弑亲事件,可以看到人间强大的复仇正义和强者正义。然而,《春秋》文本和古希腊肃剧文本,都让人们看到这些正义不可能成为人世间的道德基础。这些文本为人世间的不义,提供了另外解法。

对鲁庄公是否要为父复仇、为父绝母的问题上,《春秋》三传态度不同。《公羊传》认为,鲁桓公被弑,文姜难辞其咎,鲁庄公虽然不能为父向强齐复仇,但是也不应该"念母"。虽然《春秋》赞许人之"念母"情,但就是不赞许鲁庄公"念母"。《左传》在此事上,甚至认为"绝不为亲,礼也"。[①] 也就说,因为鲁庄公之母合谋弑杀了鲁桓公,那么,鲁庄公就应该断绝与文姜母子关系,这是合于礼的。但是《穀梁传》认为在鲁桓公被

---

① 《左传·庄公元年》.

弑周年之祭即"接练"① 时，《春秋》经记下了"三月，夫人孙于齐"。这说明鲁庄公重新开始以为人子之道来对待她，以仁义对待自己的母亲。"接练时，录母之变，始人之也"。② 这是鲁庄公"念母"之情。而且从随后《春秋》经文记载来看，《春秋》一直在记录文姜的行踪。

鲁庄公二年：冬十有二月，夫人姜氏会齐侯于禚。
鲁庄公四年：四年春王二月，夫人姜氏享齐侯于祝丘。
鲁庄公五年：夏，夫人姜氏如齐师。
鲁庄公七年：七年春，夫人姜氏会齐侯于防。
鲁庄公七年：冬，夫人姜氏会齐侯于谷。
鲁庄公十五年：夏，夫人姜氏如齐。
鲁庄公十九年：夫人姜氏如莒。
鲁庄公二十年：二十年春王二月，夫人姜氏如莒。

《春秋》经对文姜行踪的记事方式，仿佛有一双眼睛一直在关注文姜的行踪，直到她去世。这种记载方式，似乎有深意。《春秋》经多次记载文姜的行踪，似乎是要保留鲁庄公与母亲文姜之间难以隔绝的母子亲情，所以，经文的记载仿佛是一个人子者一直关注自己母亲的去向。但是这种关注又是很奇怪，因为这样的母亲不在家里，不在鲁国操持她应做的事情，而是不断外出，不断"如齐"会见齐襄公。这种关注，似乎隐含着一种恨、一种责备。但是这种恨和责备并没有和鲁桓公被弑的仇恨累积起来，变成弑母的动机和行动。因此，面对母亲的种种恶行，为人子者只能默默关注，而非执意惩罚、复仇。这种无声的关注，也是为人子者规劝母亲的含蓄方式。"人之于天也，以道受命；于人也，以言受命。不若于道

---

① 接练：祭祀名，指父母去世第十一个月祭于家庙，可穿练过的布帛，故以为名。转引自徐正英，邹皓（译注）. 春秋穀梁传 [M]. 北京：中华书局，2016：116.
② 《穀梁传·庄公元年》.

者，天绝之也。不若于言者，人绝之也。臣子大受命"。①《穀梁传》上述评述，确实展现了一种以仁义之道对待弑父的母亲。对母亲，显然不能暴力复仇，母子之间的血脉相连的关系不可能被斩断，所以，为人子者只能以天道人言、道义教诲作一种教化力量，默默劝阻母亲的行为。

在上述分析中，鲁庄公面对母亲的不义，最终是以"仁义"对待自己的母亲。假如鲁庄公同俄瑞斯忒斯一般，执意复仇，为父杀母，会怎样？按诗学作品中的俄瑞斯忒斯弑母事件来推想，鲁庄公如果真的为父杀母、为父绝母，那么，鲁庄公的这些复仇行动同样没有多少正义的基础。这些复仇行动并非建立在为父杀母的"正义"上，仅仅是因为为人子者，掌握了权势和暴力，可以如敌人般杀掉母亲。由强力保障的复仇正义，其结果如俄瑞斯忒斯的命运一般：为人子者，终其一生都可能为其弑母之行所扰。因为他杀掉了一个生育、养育他的人，一个和他血脉相连的人。这种困扰会让人疯狂。而且连母亲都可以弑杀的人，似乎在砍断母亲的头颅之时，也同时砍断他与人世间的联系。他不复为人，他与人世间不再根脉相连，像一个无父无母的孤儿存在于世。这种"孤家寡人"不可能立家立国。

因此，通过极端的弑亲事件，人们可以看到用暴力来解决人世间的不义问题，并非良策。强力虽然可以成为一时一地的惩罚正义，但是从长远来看，这种正义不是长久之计。因为强力作为一种复仇正义，实质是一种事后的纠正力量。这种纠正只是在补偿和重新平衡被不义打破的正义关系。对此，主张暴力合法化的司法正义者，提出暴力惩罚并不止是事后惩罚，而是通过合法化的暴力，对未来的不义达到震慑和阻遏的作用。然而，这种以合法化暴力为基础的司法正义，似乎并不能真正达成遏制未来不义的效果。在《报仇神》中，智慧女神虽然为雅典城邦引进了司法系统，但是女神深知司法正义即便有强力的威慑作用，也不可能真正阻止未

---

① 《穀梁传·庄公元年》.

来的不义发生。因此，当报仇女神在法庭上失败之时，祂们并没有被智慧女神赶走，反而在智慧女神的极力劝说下，"定居"在雅典城邦。这种为雅典城邦引进"新神"的情节设计，意在借用"报仇神"的力量，净化人心。那么，这是一种什么的"力量"？

在埃斯库罗斯《俄瑞斯忒亚》这套三联剧中，《报仇神》是最后一部，而第一部是《阿伽门农》。这部剧的开场歌，引出了阿伽门农献祭女儿的来龙去脉。这是引发阿伽门农家族内部父杀女、妻杀夫、子杀母事件的起点。在一系列悲剧开始的进场歌中，其中间部分赫然写道："是宙斯引导凡人走上智慧的道路，因为他立了这条有效的法则：智慧自苦难中得来。回想起从前的灾难，痛苦会在梦寐中，一滴滴滴在心上，甚至一个顽固的人也会从此小心谨慎。这就是坐在那庄严的舳公凳上的神强行赠送的恩惠。"[①] 这段话道出了悲剧的教化来自于苦难、来自痛苦。那么，这种苦难和痛苦的教化方式到底是什么样的呢？

《俄瑞斯忒亚》这套三联剧中，最终被承认或者引进的新神是"报仇女神"。这种女神被塑造为非常可怖的形象。据说，这些剧在当时的表演中，报仇女神的扮相直接吓哭了一些观剧的女人和孩子。看来，"报仇女神"所诱发的是一种"恐惧"。这种剧情的教化效果，就是震慑那些未来的弑母者。如若他们胆敢再犯俄瑞斯忒斯的弑母恶行，恐怖的报仇女神必将为受害者复仇。报仇女神象征着复仇正义，但是这种正义更多的是象征意义。有着城邦实权的司法正义，才将这种正义现实化为有效的惩罚力量。这种力量将直接作用于人的肉体。这种力量效果是可见的。相对于这种现实化的惩罚力量，诗学作品所构想出来的象征力量并非无力，它反而针对的是不可见的人性部分——灵魂。正是这个部分的存在，让俄瑞斯忒斯愤而杀母，杀母后，灵魂又是极端焦灼、恐惧。这看不见的部分，是人不义的根源所在，而可见的肉体惩罚力量，其实不能抵达灵魂、人心这个

[①] [古希腊] 埃斯库罗斯. 阿伽门农 [M]. // 埃斯库罗斯悲剧六种. 上海：上海人民出版社, 2016：250-251.

部分的。这就表现在"俄瑞斯忒斯"这一人物身上。俄瑞斯忒斯他承认自己的行为的确杀死了母亲，但是他并不能承认自己真的不义，因为他是为父杀母。换言之，他的内心并不认为自己弑母之行是绝对错误的，是不正义的。因此，通过司法程序和司法正义，即便判处俄瑞斯忒斯死刑或者放逐他，以便在肉体层面强制俄瑞斯忒斯接受惩罚，但是这种惩罚的力量并没有抵达俄瑞斯忒斯的灵魂，司法正义并不能真正让俄瑞斯忒斯认识他自己有罪。这种司法正义不过是再次证明"谁有强力，谁就正义"。因此，还需要一种力量可以抵达不义的根源——灵魂。

因此，那些睚眦必报的报复正义，虽是正义在人世间常见的存在形态，但是这种以眼还眼、以牙还牙的复仇逻辑，看似正义，却并不能终结不义，反而再次处于强者正义的不义链条中。如在本章分析的阿伽门农家族的悲剧中，如若按照报仇女神的正义逻辑，弑母者俄瑞斯忒斯定要以死谢罪。然而，俄瑞斯忒斯弑母本是悲剧中的悲剧，如若再以城邦的强力作为手段让俄瑞斯忒斯的生命为此付出代价，那么，家族内部的弑亲问题恐怕不仅没有得到解决，反而还会滋生出更多的血亲残杀。因为城邦强力的存在，虽能震慑人心，但并不能教化人心，让人心真的知错，真的明白弑母之恶永远在道义上说不通。以此相对照，欧里庇得斯要为雅典引进女神阿耳忒弥斯，实质上是为了弑母案在人心上，画上一个更为圆满的休止符。这种休止符并不是以遗忘弑母罪行为代价的。恰恰相反，通过在女神阿耳忒弥斯的神庙中，反复举行相关的宗教仪式，让世人铭记弑亲之不义。俄瑞斯忒斯弑母被免罪，并不是洗刷他的弑母之恶，而是通过宗教礼制，将这种弑母之恶永恒在场化。因此，在雅典的阿耳忒弥斯的宗教节日中，祭司必须用刀划出一点血献祭给阿耳忒弥斯，以示弑母者俄瑞斯忒斯的谢罪。这一小小献祭仪式让俄瑞斯忒斯弑母罪行，成为了人永恒的教训——人不可弑母。这就是欧里庇得斯给不义的俄瑞斯忒斯弑母案写下的解法。

因此，正义诗教的教化对象远不止是让人做出符合正义规则的行为，它更重要的是朝向灵魂深处,从灵魂正义开始。而培养灵魂正义不能靠一个又一个抽象的、外在的正义概念和正义规则灌入灵魂。因为灵魂正义的产生有它自身的规律。如在柏拉图《王制》的讨论中,灵魂正义是需要"正义形式(form)"或者"正义理念"为摹仿对象的。在中国传统儒家思路中,这个正义形式取象于由天然的血缘关系而构建起来的"家"。"家"中自然的长幼次序可以对人的灵魂进行规范,让人在自然而温暖的家庭氛围中,学习如何克制个人的欲望,并学会从他人的角度思考问题,学会关注他人的福祉。以"家"中的伦理道德关系引导人的灵魂秩序的建构。以此为基础,踏上社会中的人才有可能不再是一个只顾个人利益的自私者。这样的"家"对个人很重要,对社会也很重要。所以,很多传统社会都会把"家"看成是社会的有机组成部分。基托评论道:

> 将社会看成是个体的聚合,这在我们是一种常规的看法。但从历史的角度出发,却并非如此,它只是一种地方性发展的产物。常规的看法是社会是家庭的聚合,每个家庭都有它自己责任重大的领袖。这不仅仅是希腊的观念,罗马人、印度人、中国人、条顿人都是如此。[①]

"家"作为一种存在形式,为人的灵魂正义提供一种参照。而《王制》的思路中,灵魂的正义形式则取象于"城邦"。从城邦的生存所需出发,建构起来了城邦各个阶层之间"各司其职"的正义形式。取象于城邦正义的灵魂正义,就是让灵魂的三个部分——理性、激情、欲望处于有序状态。不论是"家"还是"城邦",为灵魂架构的正义形式都有一种宇宙论基础。在儒家文化中是天道与人道的合一;在古希腊的政治哲学中是人在神兽之间。这意味着对人的理解,离不开一个超越人自身的大的框架。如果没有这种出离人自身的超越性框架,人无法认识自己的本质,同时,人

---

① [英] H. D. F. 基托. 希腊人 [M]. 徐卫翔,黄韬,译. 上海:上海人民出版社,2006:221.

也无法走出自己，走向更高的存在可能。这意味着人要去认识万物、认识自己。作为天地间的造物，人的理性让他能够"发问"，能够对天地万物惊异。在此基础上，人对万物、对共同体、对他人负有义务，而不是操控万物服务于一己之生存。人在天地之间存在，不能只顾一己之生存，他得顾及自己作为天地之间的造物，他要学天道那样让万物生生不息。培根那种认为人是世界的中心，万物都要为人效劳，服务于人的观点，[①] 隐藏着人在面对自然万物时的新态度。从古人的思想来看，这种态度无疑是一种自负、狂妄（hubris）。

古典正义诗教着力于对人欲望的教化。这既是为个人培育其灵魂德性，又是为政治社会奠定必不可少的道德基础。在古典正义理论中，正义作为政治社会的首要德性，是勾连个体与共同体、道德与政治的纽带。因此，古希腊诗学作品中的正义古典智慧，不再通过强力解决人间的不义，因为这种解决方式始终是竹篮打水，一种可能的出路就在诗人们留下的故事中。这些诗学故事看似不起眼，没有那种立竿见影的强力，但是它却有一种绵延之力可以作用于人心之上。这种诗教似乎应和着我国传统智慧："人心惟危，道心惟微"。那么，这种作用于人心之上的力量，到底是如何发生作用的？

（三）正义诗教：肃剧作为一种灵魂教化

《春秋》经传内含了一种特殊的教化力量。这种教化力量源于《春秋》作为残本，葆有的口传维度。这有助于后世进入《春秋》建构起来的文本世界，与文本一起探讨人世的不义问题。这种文本与读者之间的潜在对话，有助于《春秋》所崇尚的正义言辞，从后世读者的心灵中生发出来。因此，这种正义教化是指向灵魂的教化。这种经过教化之后形成的正义德性力量，代替了复仇正义或司法正义所凭靠的强力，实现对人心不义的治疗，以此为政治社会奠定更为稳定的道德基础。这是本书在第一章中分析

---

① ［英］培根. 论古人的智慧［M］. 李春长，译. 北京：华夏出版社，2006：64.

的《春秋》的教化设想。从本章对古希腊剧本的分析来看，同样的灵魂教化力量也存在于古希腊传统中。在不同的历史背景和思想传统中，这种灵魂教化有着不同的教化设想。古希腊现存的八部与阿伽门农家族弑亲事件相关的肃剧，昭示着古希腊的智识者对这种抵达人心的力量的构想。借助亚里士多德在其《诗学》《修辞学》《论灵魂》等作品中，对恐惧、怜悯等肃剧性情感的探讨，有助于人们理解正义诗教对灵魂的教化。

1. 肃剧的教化作用与肃剧性情感

亚里士多德在《诗学》中，在界定"什么是肃剧"时，曾提出了肃剧的作用——"katharsis"。

> 那么，肃剧是对行动的摹仿，这一行动是严肃的（stature）且完整（complete），有分量（magnitude），凭悦人的言辞（sweetened speech），并将各种言辞类型分别地用于适当的部分中；它（肃剧）是通过人们的表演而非通过呈报（report），通过怜悯（pity）和恐惧（fear），实现对这些感情体验的净化/疏泄（cleansing）。①

上述翻译将肃剧的教化作用翻译为：通过怜悯（pity）和恐惧（fear），实现对这些感情体验的净化/疏泄（cleansing）。除了上述翻译，目前笔者还掌握了以下一些翻译版本：

> 版本 1：通过引发痛苦和恐惧，以达到让这类情感得以净化的目的②
>
> 版本 2：通过悲怜和恐惧进行调节，达致使诸如此类情感恢复平

---

① 本段中译参照 S. Benardete and M. Davis 翻译的《On Poetics》。详见 Aristotle. On Poetics. Trans. by S. Benardete and M. Davis. South Bend: St. Augustine's Press，2002：17—18.

② [古希腊]亚里士多德. 论诗 [M]. //苗力田主编. 亚里士多德全集（第九卷）. 北京：中国人民大学出版社，2009：649.

衡的目的①

版本 3：靠怜悯和恐惧实现对这些激情的净化/疏泄②

版本 4：靠事件引发的怜悯和恐惧，从而实现对这些感情的净化③

版本 5：通过引发怜悯和恐惧，实现对这些感情的净化④

这些翻译版本，有两个共同点。一是，肃剧的教化作用，与怜悯和恐惧两种肃剧性情感有关系。有译者将这种关系，进一步翻译为：肃剧的教化作用，是通过怜悯和恐惧这两种情感的引发或者调节而实现的。二是，肃剧引发这两种情感的目的是，净化或疏泄这类情感，或恢复这类情感的平衡。归结起来，肃剧的教化作用，就是悲剧对情感的作用：katharsis。在《政治学》中，亚里士多德提到，会在《诗学》中详细解释这个词。⑤但遗憾的是，流传下来的《诗学》并没有详解"katharsis"。在《诗学》第17 章，亚里士多德讨论情节的制作时，讨论《伊菲格涅亚在陶里克人中》中提到的"katharsis"一词。⑥在这里，"katharsis"一词，是指女神阿尔忒弥斯的祭司伊菲格涅亚，要在大海里，用海水为弑母者俄瑞斯忒斯净

---

① ［古希腊］亚里士多德. 诗术［M］. //陈明珠. 诗术译笺与通绎. 北京：华夏出版社，2020：76.

② 转引自：［美］戴维斯. 哲学之诗：亚里士多德《诗学》解诂［M］. 陈明珠，译. 北京：华夏出版社，2012：49.

③ Aristotle. Poetics. In J. Barnes (ed.), *The Complete Works of Aristotle*, vol. 2, Princeton: Princeton University Press, 1991：7.

④ 转引自：P. Destrée. "Aristotle's Aesthetics", *The Stanford Encyclopedia of Philosophy* (Winter 2021 Edition), Edward N. Zalta (ed.), 〈https：//plato.stanford.edu/archives/win2021/entries/aristotle－aesthetics/〉. 2022-10-11.

⑤ Aristotle. Politics. In J. Barnes (ed.), *The Complete Works of Aristotle*, vol. 2, Princeton: Princeton University Press, 1991：174.

⑥ ［古希腊］亚里士多德. 诗术［M］. //陈明珠. 诗术译笺与通绎. 北京：华夏出版社，2020：89.

罪，同时净洗被弑母者俄瑞斯忒斯所玷污的女神像。① 因此，这里的"katharsis"具有净洗罪恶之意。在《政治学》中，亚里士多德提到学习音乐是因为它的诸多益处，也提及"katharsis"，说明音乐的教化价值。② 亚里士多德虽在其著作中，多次提及与"katharsis"相关的内容，但是它的具体内涵是什么，仍旧需要进一步的探究。对此，先从把握亚里士多德对肃剧的理解入手。

2. 肃剧性情感的引发物：情节的设计

肃剧是对行动的摹仿。这种行动是一个严肃的（serious）、完整的（complete）、有分量的（magnitude）重大行动。所谓"严肃的"，是指肃剧摹仿的行动并非随意的活动，而是经过人的筹划的严肃的行动。所谓"完整的"，是指肃剧摹仿的是一个包括开始部分、中间部分、结束部分的完整行动，包括行动的起因、行动的过程，行动的结局。所谓"有分量的"，是指肃剧摹仿一个有分量的、显眼的重大的行动，而非一个琐碎、渺小的行动。剧中，各种人物的行为、行为结果交织在一起，经由情节的设计和安排，成为了一个完整的行动（one action）。因此，肃剧所摹仿的"这个行动"，最紧要之处在于它的情节安排。情节摹仿"这个行动"，即摹仿令人恐惧、值得怜悯的事件。每当这些事情互相走向了与人们的期待或意见相反的结果，就会增强这些事件的令人恐惧和怜悯之情。这样，这些事就比自然发生或者偶然发生，更会让人惊奇。即便在那些偶然发生之事中，那些看起来好像有意为之之事，也是看起来最令人惊奇的。③ 因此，实现肃剧的特有的效果，对情节的安排就是关键。

在《诗学》中，亚里士多德提到了情节安排的三种要素：突转、恍

---

① ［古希腊］欧里庇得斯. 伊菲格涅亚在陶里克人中［M］.//古希腊悲剧喜剧全集：欧里庇得斯悲剧（上）. 南京：译林出版社，2015：513—519.

② Aristotle. Politics. In J. Barnes（ed.）, *The Complete Works of Aristotle*, vol. 2, Princeton: Princeton University Press, 1991: 174.

③ Aristotle. *On Poetics*. Trans. by S. Benardete and M. Davis. South Bend: St. Augustine's Press, 2002: 28.

悟、苦难。所谓突转，指变化发生在那些已经做的事情上，这些事情（的结果）走向了与人们期待或意见相反的方向。比如，阿伽门农为了进行特洛伊战争祭杀了自己的女儿。阿伽门农似乎可以借此实现自己作为伟大国王、伟大英雄的人生意义，但却在胜利之后，像懦夫般地惨死在自己妻子的刀下。所谓恍悟，指人的认识从无知到知的变化。比如，对是敌是友，对是幸福还是不幸的认识，从无知到知的变化。最美的恍悟是与突转同时发生的。对此，亚里士多德举了"俄狄浦斯"的例子。从前文的分析来看，欧里庇得斯笔下的"俄瑞斯忒斯"的相关情节，也同时含有恍悟与突转两个情节要素。这里的俄瑞斯忒斯本来是为父复仇，却在成功地杀死敌人之际，发生了命运的突转：从一个为父复仇的人，转变为一个弑母者。而这种身份和命运的突转都源于同一个行动。同时，他也恍悟敌人并非真正的敌人，而是自己应该以仁义对待的人。这就是对"是敌是友"，从无知到知的变化。情节的第三个要素是"苦难"。苦难是指一种毁灭性、痛苦的行动。比如，那些众目睽睽下的杀害，招致过度的痛苦和伤害类的。

在亚里士多德看来，上述情节要素摹仿特定人物的行动，尤能凸显肃剧的最佳的效果。这种特定的人物有以下的特征：首先，这类人在德性和正义上并不突出，就是像大多数的观众一样；其次，这类人的厄运，也并非他的恶习（vice）和恶行（wickedness）。换句话说，令人怜悯的肃剧人物，是那些像我们一样的普通人。这种人的德性既不突出，也并未败坏。他们之所以成为肃剧主角，要么是遭逢了（suffer）人间骇人之事，要么是做了（do）可怕之事。[①] 那么，这些特定的人物，到底遭逢了或者做了什么样可怕之事？亚里士多德认为，这些令人不寒而栗、值得怜悯的可怕之事，是发生在亲者之间的事。不论什么时候，在那些有情谊关系的人之间，发生了弑杀行为，痛苦、不幸都会随之而来。这种弑杀行为的存在方式，有三种：一是，在知情的情况下，有意识的弑杀行为；二是，在不知

---

① Aristotle. *On Poetics*. Trans. by S. Benardete and M. Davis. South Bend: St. Augustine's Press, 2002: 32—34.

情的情况下，做了这种可怕的弑杀事情，事后才恍悟；三是，在不知情的情况下，筹划做一件不可救赎的弑杀之事，但做之前，突然恍悟。这些弑杀行为的存在方式，除了上述存在方式，没有其他情况。因为这些弑杀行为要么做了（act），要么没做；要么知情（knowingly），要么不知情。由此，可以得到四种类型的情节设计：A. 在知情的情况下，做了某事；B. 在知情的情况下，没做某种；C. 在不知情的情况下，做了某事；D. 在不知情的情况下，没做某事。

其中，亚里士多德认为，最没有肃剧性的，是 B 类情节设计。亚里士多德以索福克勒斯的《安提戈涅》中的人物"海蒙对他的父亲克瑞翁"为例。这个例子中，海蒙对父亲要杀安提戈涅的行为，进行了规劝，但是克瑞翁反而斥责海蒙为自己未婚妻着想，而不是为父亲着想。之后，海蒙在安提戈涅自杀的现场，碰到克瑞翁时，冲动想要刺杀克瑞翁，但是克瑞翁躲开，之后海蒙自杀。[①] 这一情节设计，在亚里士多德看来，是最差劲的情节设计，因为海蒙对整个事件是知情的，他也冲动地想要杀克瑞翁，但是他并没有真正的行动。这样，并没有真正的苦难和痛苦发生，只能引发观众的厌恶，而非怜悯和恐惧这一对肃剧性情感。较好的情节设计，是 C 类情节设计，即在不知情的情况下，做了可怕的事情。比如，在不知情的情况下，弑杀了与自己有情谊关系的人，之后才恍悟对方不是敌人。最好的情节设计，是 D 类情节设计。在不知情的情况下，打算做一件可怕的事情，但是最后发生突转，恍悟不能做这件可怕的事情。

从亚里士多德对情节设计好坏的讨论来看，只有 A 类、C 类和 D 类情节设计，具有引发恐惧和怜悯等肃剧性情感的效果。之所以有这些效果，是因为这些情节都摹仿了一个可怕的人类行动。仅仅是这个行动的实现，就足以引发人的恐惧和怜悯。因此，这种情节就是简单的、单一的行动。如果这个行动是连续的完整行动，其行动的推移没有反转或者恍悟，那

---

① [古希腊] 索福克勒斯. 安提戈涅 [M]. //索福克勒斯悲剧五种. 上海：上海人民出版社，2015：53.

么，它就属于 A 类情节设计。因此，相比知情下的行动，那些不知情下的行动，更能引发观众的惊异。因为知情的情况下，就不会有"恍悟"，行动的悲剧性是行动自身的结果就展现出来，没有引发惊异，也不会引发恍悟。换句话说，戏剧人物和观众都知道"这个行动是什么"。但是"不知情的情况"，就涉及 C 类和 D 类情节设计。C 类设计，是在不知情的情况下，做了某种行为。做了某种行为后，有一种恍悟和反转。因此，做这个行动，导致人从不知情到知情的变化、从无知到知的变化；做这个行动，人的命运最终也转向了与预期相反的方向。这是一种事后令人惊异的恍悟，但大错已无可挽救地铸成。相比之下，D 类情节设计的关键就在于这个行动是本打算做的事情，但在情节设计上，行动者对自己的行动有所恍悟，从而，导致行事的方向转向了与预期相反的方向，即没有做这个行为。因此，正是行动者对自己的行动有所恍悟，才使原本筹划的行动走向了相反的方向，从而没有犯下不可救赎的罪行。这种设计最为巧妙，恍悟和反转同时发生。

从上述讨论来看，情节摹仿肃剧人物的行动，实质是摹仿令人恐惧和怜悯之事。因此，肃剧不是让观众观看某种令人恐惧或者怜悯的场面、扮相，而是根据情节的安排，这些事件的发生、发展，足以引发人的怜悯和恐惧。"即使没有看到，当事件发生时，听到事件的人也会对发生的事情感到不寒而栗和怜悯"。[①] 为什么亚里士多德要强调怜悯和恐惧这些肃剧性情感，是由情节来引发的？对此，需要进一步研究亚里士多德对怜悯和恐惧两种情感的理解。

3. 肃剧性情感的理性基础：想象

在《修辞术》中，亚里士多德谈到，演讲者如何通过言辞，引发听众的怜悯之情。"可以把怜悯定义为一种痛苦的情感，由落在不应当遭此不测的人身上的毁灭性的、令人痛苦的显著灾祸所引起，怜悯者可以想见这

[①] Aristotle. *On Poetics*. Trans. by S. Benardete and M. Davis. South Bend: St. Augustine's Press, 2002: 35.

种灾祸有可能也落到自己或自己的某位亲朋好友头上,而且显得很快就会发生"。① 亚里士多德的上述界定,首先,将怜悯视为一种痛苦的情感。这种情感来自一种毁灭性的、令人痛苦的显著灾祸。而有这种遭逢的人,是那些不应当遭逢这种灾祸的人。因此,怜悯是肃剧引发观众的第一种肃剧性情感。然而,怜悯之情的核心是一种"恐惧",即对一种显著的灾祸的痛苦。差异在于,恐惧是对自己所要遭逢的灾祸的痛苦,怜悯是对那些与自己类似的人所遭受的灾祸的痛苦。因此,"总起来看,每当那些我们自己恐惧的事情,发生在他人身上,就会激发我们的怜悯"。②

因此,理解怜悯这一肃剧性情感,更为重要的是理解恐惧。在《修辞学》中,亚里士多德对"恐惧"进行了界定。"恐惧是一种来自对未来的一种恶的想象(phantasia, imagination),感到痛苦或扰乱(disturbance)。而这种恶要么是毁灭性,要么是痛苦的"。③ 从这一界定来看,要激发人的这种恐惧,首先,要让人想象这是一种极大毁灭性的灾祸,且迫在眉睫。其次,这种祸事已经发生在比自己强的人身上,或者正在发生或已经发生在与自己差不多的人身上。简言之,恐惧就是"凡是发生在或将会发生在别人身上又能激起人们的怜悯的那些事情都是可恐惧的"。④ 第三,这种祸事发生在无法预料的时间中,以无法预料的形式,出自无法预料的人手中。演讲者以上述方式,就能通过言辞,引发人的恐惧。

这一界定的突出之处在于,这种恐惧"来自对未来的一种恶的想象"。其关键词是"想象"。同时,引发这种恐惧的目的,是影响听众的判断。

---

① [古希腊]亚里士多德. 修辞术[M]. //苗力田主编. 亚里士多德全集(第九卷). 北京:中国人民大学出版社,2009:435.

② Aristotle. *On Poetics*. Trans. by S. Benardete and M. Davis. South Bend: St. Augustine's Press, 2002:80.

③ Aristotle. *On Poetics*. Trans. by S. Benardete and M. Davis. South Bend: St. Augustine's Press, 2002:78.

④ [古希腊]亚里士多德. 修辞术[M]. //苗力田主编. 亚里士多德全集(第九卷). 北京:中国人民大学出版社,2009:425.

"像愤怒、怜悯、恐惧和诸如此类的其他感情,以及与它们相反的感情,是能够促使人们改变其判断的那些情感"。① 这是否预示着在《诗学》中,亚里士多德也利用恐惧和怜悯这两种肃剧性情感,影响观众的判断,而不仅仅是引发观众的情感,让观众产生共情?但是《诗学》中,似乎没有"想象"这一关键词?

在《诗学》中,亚里士多德放大的是人的摹仿活动。摹仿作为人的本性,既是诗人创作得以发生的人性动力,又是观众何以观看诗学作品的人性动力。亚里士多德认为,人从童年时代就有的摹仿本性,这是人和动物的区别。人善于摹仿,而且人最开初的学习就是通过摹仿。② 每个人很自然地从摹仿中感受到快乐。这种快乐并非来自感觉。人们对观看影像(images)感到快乐,是因为人们在思考这些影像或摹仿时,有一种学习和恍悟同时发生。从亚里士多德的上述论述来看,人的摹仿活动是自然之事。因此,人们在观看肃剧时,本身就进行着一种自然的摹仿活动。而且这种摹仿活动产生的快乐,更多的来自一种理解或者智性活动的实现带来的快乐。因此,在亚里士多德那里,观看摹仿作品,并非获得一种视觉愉悦,而是在摹仿活动中,实现了一种智性活动。那么,这种理解或者智性活动是怎么发生的呢?

在《论灵魂》中,亚里士多德提到灵魂独特的两种功能:一是,灵魂的区分的能力(the faculty of discrimination),这是理性和感觉的工作;一是灵魂引发具体运动的能力(the faculty of originating local movement)。③ 第二种功能,是建立在第一种功能上。人的行动作为一种动物运动,其行动的原因源于感觉和理性的工作。然而,感觉和理性作为人行动

---

① Aristotle. Rhetoric. In J. Barnes (ed.), *The Complete Works of Aristotle*, vol.2, Princeton: Princeton University Press, 1991: 54.

② Aristotle. *On Poetics*. Trans. by S. Benardete and M. Davis. South Bend: St. Augustine's Press, 2002: 8.

③ Aristotle. On the soul. In J. Barnes (ed.), *The Complete Works of Aristotle*, vol.1, Princeton: Princeton University Press, 1991: 57.

的原因，有着特殊的关系。

在亚里士多德看来，仅仅是理性并不能引发人的行动。因为像思辨理性并不思考什么是可实践的，也不会讨论需要躲避或者追求的对象。而人的行动总是躲避或者追求某个对象。而且即便理性有时候意识到一个需要躲避或者追求的对象，它也会提出追求或者躲避它的要求。比如，理性经常思考那些骇人之事，但是没有要求人一定要有恐惧情感产生。而且，即便当理性命令人，追求或者躲避某物，但是有时并没有什么行动产生。因为人的行动是与欲望一致的。这就是道德软弱时的情况。单单有知识，并不构成人行动的原因。但是，欲求也不能完全解释人的行动。因为那些成功抵抗诱惑的人，尽管有欲求、欲望，但是他们能听从理性，而且拒绝去做欲求追求的事。① 因此，亚里士多德试图建构一种人的行动原因，这种原因不单单是欲望，也不单单是理性，而是二者的混合物——"想象"。

亚里士多德通过"想象"这一理性和欲望之间的中介物，构想了一种包含感官欲望和理性衡量的人性能力。这种起于人的感官的能力，由于加入了理性的因素，使得人的行动的目标可以朝向真正的善好。所以，亚里士多德认为，想象作为一种由感觉的现实活动而导致的运动，如若不是因为感觉或者疾病或者睡眠的影响，是可以含有理性的成分。由此，亚里士多德也将想象分为两类。一类是感觉性的想象（sensitive imagination），在所有动物那里都有；一类是慎思性的想象（calculative or deliberative imagination），只在那些能够衡量的动物那里才有。② 然而，要培养人的这种慎思性的想象，并不容易。因为这种想象要活动起来，就需要衡量的能力，而且需要"一个标准"来进行衡量。因此，这样的想象活动，就必须

---

① Aristotle. On the soul. In J. Barnes (ed.), *The Complete Works of Aristotle*, vol. 1, Princeton: Princeton University Press, 1991: 59.
② Aristotle. On the Soul. In J. Barnes (ed.), *The Complete Works of Aristotle*, vol. 1, Princeton: Princeton University Press, 1991: 61.

从影像中制作一个"统一体"(make a unity out of a few images)。①《修辞学》是通过言辞制造的影像,展现这样的"统一体";《诗学》则是通过摹仿人的行动来制造的影像,展现这样的"统一体"。这种"统一体"就是人事的必然性或可能性。

由此,不论是《修辞学》还是《诗学》,两种政治技艺都试图通过恐惧,引发人进行那种包含慎思性成分的想象活动。因为恐惧是对未来发生的灾祸的影像而感到痛苦。因此,恐惧这种情感本具有慎思成分。"恐惧可以让人能慎思(deliberation)"。②《修辞学》和《诗学》制作的"影像",引导人通过想象活动进行理性衡量和判断。这种慎思性的想象,可以从演讲者或者诗人制作的影像中,形成某种统一体(a unity)的认识,从而把握人事的某种必然性和可能性。由此,帮助人们形成正确的意见,并在正确的意见指引下行事。

4. 肃剧作为独特的灵魂教化方式

从前述分析来看,《诗学》展露的肃剧的教化,就不仅仅只是引发或者生产某种情绪,而是通过生产特定的情感,形成特定的意见。就《诗学》而言,引发"恐惧"这一核心的肃剧性情感,就是通过这一情感所含有的慎思成分,让观众通过诗人制作的影像,对人事有一种认识和恍悟。这是一种由肃剧引发的特有的认识活动。这种认识活动实现了一种与众不同的灵魂教化方式。

肃剧实现的灵魂教化方式,仿佛是某种"巫术或者黑魔法",引导灵魂进入或者离开幽冥之地。在幽冥之地,人们可以观看各种前前后后被倒腾的幽灵影像(phantom image)。③ 这种独特的诗学空间,并不仅仅是为

---

① Aristotle. On the Soul. In J. Barnes (ed.), *The Complete Works of Aristotle*, vol. 1, Princeton: Princeton University Press, 1991: 61.

② Aristotle. *On Poetics*. Trans. by S. Benardete and M. Davis. South Bend: St. Augustine's Press, 2002: 80 (Appendices).

③ Aristotle. *On Poetics*. Trans. by S. Benardete and M. Davis. South Bend: St. Augustine's Press, 2002: 22 (Footnot).

了享乐，更像是对人事进行独特的哲学探究。

> 所有人本性上就有知的欲望。我们从感觉中感到的快乐即有这种迹象，因为即便排除这些感觉的有用性，它们自身也受到人们的喜爱。在它们之中，人们尤其喜好视觉。这不仅因为一种行动观点，而且即便我们不做任何事情的时候，和其他几乎所有事情相比，我们更偏爱视觉。理由是，视觉使我们知，而且照亮事物之间的区别。①

在亚里士多德笔下，古希腊肃剧诗人似乎有意将观剧的过程，朝向一种探究人事的哲学过程。因为诗人制作影像时，并非随意安排影像之间的关系和结构，而是根据诗人所理解的某种人事必然性进行的。诗人按照这种必然性，将这些影像放在一个完整的行动统一体中。因此，诗人通过诗学作品，以特殊的方式，引导观众感受和认识这种必然性。这种特殊方式不是单纯的说理，而是通过突转和恍悟等情节要素，让人们对行动和事件产生巨大惊奇和惊异。因为这些行动原本大家都是这样认识和理解，但行动的发展方向却走向了完全相反的方向。与此同时，人的命运也发生了突转，从幸运转向了不幸或相反。这种突转引发了人们的惊异，人们对眼前肃剧中发生的事情，感到迷惑不解："为什么人事会变成这样？"这种惊异和好奇的引发，让人意识到自己在人事上的无知，进而让人思索这种事发生的原因。这就是爱智慧的活动或者哲学活动的开端。② 因此，通过观看肃剧的活动，人们不单单获得诗人埋藏在情节背后的人事必然性的认识，更重要的是人们经历了一种哲学探究活动。这种活动是一种对人事原因探究的活动，是一种追求智慧的活动。因此，观看肃剧，是一种哲学活动；

---

① Aristotle. Metaphysics. In J. Barnes (ed.), *The Complete Works of Aristotle*, vol. 2, Princeton: Princeton University Press, 1991: 2.
② Aristotle. Metaphysics. In J. Barnes (ed.), *The Complete Works of Aristotle*, vol. 2, Princeton: Princeton University Press, 1991: 5.

而观看肃剧的快乐，也不是某些情感释放的快乐，而是对人事进行慎思后获得的智性愉悦。这种愉悦，在亚里士多德看来，才是与肃剧本质相容的快乐。

亚里士多德的《诗学》，展现了肃剧作为一种教化，所特有的灵魂教化效果。这种效果作为一种"katharsis"，不像亚里士多德在《政治学》中所展现的音乐活动中那样，去疏泄、排遣情感，更像是通过对影像的沉思，获得一种理性的净化力量。因此，观看古希腊肃剧诗人们创作的阿伽门农家族的弑亲悲剧，可以领着观众进入一种充满影像的幽冥之地。在剧场，观众虽然并没有亲身经历肃剧人物所做的极端骇人之事，也没有处于肃剧人物的悲惨遭遇，但是，通过观看这些重大的人类行动的影像，观众获得了人事之知。这种教化效果体现在本章研讨的古希腊弑亲肃剧中。

在埃斯库罗斯在《俄瑞斯忒斯》三部曲中，"报仇女神"似乎是推动剧情发展的关键力量。从表面上看，这种推动力量似乎源于报仇女神拥有的强大神力。问题是报仇女神真的有巨大的神力，可以惩罚那些不义之人吗？如果女神们真有神力，还会如剧情所言的那样，出席人间的法庭，接受凡人的最终审判？所以，"报仇女神"必然是虚构出来的，"女神们"并不拥有改变人世的直接力量。那么，诗人所虚构的"报仇女神"，对人间事务的影响力量到底是什么？虚构出来的"报仇女神"，作为一种神学观念，显然是居住在人心上的。营造"报仇女神"的观念，实质是在营造一种关于死的观念。在故事中，报仇女神来自幽冥地穴，"作为古希腊悲剧中一支独特的歌队，复仇女神也仍然包含歌队的原初含义：从词源学意义上而言，chorus 意为 chora（Ort/place，处所），复仇女神的处所是下界和冥府"。① 而幽冥之地或冥界（Hades）就是逝者所往之处。然而，无人能看见"冥界"，直到诗人展现了"冥界"。"复仇女神把实在等同于冥界。

---

① 龙卓婷. 宗法正义与城邦正义——埃斯库罗斯《和善女神》中的第一场论辩［EB/OL］.（2022-04-22）［2022-09-11］. https://mp.weixin.qq.com/s/OfTEqpHFi6AuGT55fQs1XQ.

然而，冥界对人而言是不可见的"。①这就好像"死亡"原本对人而言是不可见的。因此，报仇女神象征一种来自死亡观念的力量。而"人的死亡到底意味着什么"，是一个建构起来的观念。这个观念与人的道德密切相关。

在俄瑞斯忒斯弑母案中，如若俄瑞斯忒斯没有一种死亡观，那么，他杀掉母亲，就如同一个强者出于自保杀掉了敌人，看起来是天经地义的。然而，这个敌人之死似乎不同于其他敌人之死，因为这是俄瑞斯忒斯母亲之死。那么，母亲之死必然会影响着俄瑞斯忒斯，尤其是导致母亲之死的凶手正是自己。诗人在剧作中，俄瑞斯忒斯的母亲被谋杀后，她的存在并没有消失得无影无踪，而是幻化成另一种冥界存在。"冥界"被假定为所有人的最终归宿。按照这种"冥界"认识，俄瑞斯忒斯必然会在冥界重遇他的母亲。然而，他如何再见他的母亲——一个被儿子谋杀而死的母亲。通过"冥界"的存在，死后的克吕泰墨斯特拉，对俄瑞斯忒斯而言，不仅仅是一个"尸体"，而变成了只有他自己才能看得见的幻象，逼迫他发狂。俄瑞斯忒斯感受到他的不正义。不论他杀母的动机是什么，杀母始终不义，一个人怎么可以杀死生育自己的人？因此，"冥界"一词，潜藏着一种关于"死的观念"。这种观念有助于防止人堕落成凶残、野蛮、无法无天的野兽。"冥界将所谓的人性神圣化"。② 因而，伯纳德特认为，肃剧的灵魂是"冥界"。③

古希腊诗学中，埃斯库罗斯的"报仇女神"带来了关于"死的观念。与此相对，欧里庇得斯的"阿耳忒弥斯女神"似乎带来了关于"生"的观念。阿耳忒弥斯似乎象征一种自然的生生不息的力量。所谓"自然"，并不仅仅是人们各种生产和生活物资的供应地。阿多提出，在古希腊中，自

---

① S. Benardete. *The Argument of the Action*: *Essays on Greek Poetry and Philosophy*, Chicago and London: The University of Chicago Press, 2000: 67.
② S. Benardete. *The Argument of the Action*: *Essays on Greek Poetry and Philosophy*, Chicago and London: The University of Chicago Press, 2000: 135.
③ S. Benardete. *The Argument of the Action*: *Essays on Greek Poetry and Philosophy*, Chicago and London: The University of Chicago Press, 2000: 141.

然（phusis）主要有两个含义："一方面，它可能指每一个事物的组成或本性，另一方面，它可能指一个事物的实现过程、创生过程、显现过程或发展过程。"① 阿多认为，这个词似乎让人想起了植物的生长这一原始意象：它既是生长的幼苗，又是已经结束生长的幼苗。这个词所表达的基本意象是"事物的生长和涌现，是这种自发过程所导致的事物的显现或表现"。②古希腊人对"自然"的这种认识，意味着古希腊人的这种自然观，代表着他们已经认识到事物有其自然本性（nature）。这种自然本性内含生长的力量，事物的生长或者发展过程是一个自发的过程。这是一种"生"的力量。

如果女神阿耳忒弥斯象征着"自然"，那么，女神象征的是一种源于事物内部的、生生不息的力量。这种力量不是城邦政治可以随意改造和控制的。言外之意，城邦政治对人之自然的改造，必须节制、有限度。否则，人性身上野性的自然力量，就会反噬人性。因此，古希腊的诗学作品，重新奠定人对一生一死的理解。通过诗学作品，在城邦之外，建立了一个人力所不能及的"生死之域"。对生死之域的认识和理解，可以重新照见人性，有助于人在各种共同体生活中，保持人的人性，保持人作为神兽之间的居间动物的本性，不致于堕落为比野兽还可怕的野蛮存在。

因此，肃剧的教化效果，并不仅仅是释放或者净化人们的感情，更是在引导人对人事的探究。这种探究朝向了对人事某种必然性的认识和理解。这有助于人们重新审视那些未经审视的行动意见。由肃剧带来的这种慎思性想象，有助于人们形成正确的意见。这种正确意见，不单单是欲望的产物或者理性推断的结果，而是人这种具有灵魂和身体、理性和欲望复合体的产物，对人事有着整体性认知后产生的结果。这种意见包含着特有

---

① [法] 阿多. 伊西斯的面纱：自然的观念史随笔 [M]. 张卜天，译. 上海：华东师范大学出版社，2015：13.
② [法] 阿多. 伊西斯的面纱：自然的观念史随笔 [M]. 张卜天，译. 上海：华东师范大学出版社，2015：23—24.

的人世智慧。由此，导致人的行动原因，不同于那些仅仅是按照欲望而行的动物的行动原因。人有了这种独特的行动原因，才可能引导人的行动朝向真正的善好。这就是肃剧独特的灵魂教化。

（四）正义诗教：作为一种政教

《春秋》教和古希腊的肃剧教化，分别以政治史学、政治神学为依托，呈现了两种不同的诗教形态。二者的诗教形态虽不同，但二者都以自己的方式展现了"人事"。不论是《春秋》中的史例，还是古希腊肃剧中的悲剧事件，都不是人间偶然、个别之事。它们展现了人事的某种普遍性。这种普遍性的呈现，似乎含有某种源于人生存于世的悲剧性结构所导致的不义的必然性。这种结构是人处于政治与自然之间，人既是政治动物，又是自然动物。然而，在政治与自然之间，人类如何守其中道，不让二者互相越界，是人世间的大难题。

人作为政治动物，必然生活在共同体中。政治共同体也必然要培养适合此政体的人。如，在以军事行动为中心的荣誉政体中，政治共同体鼓励它的邦民为了共同体利益、为了政治荣誉而在战场上勇敢杀敌。然而，对人的这种政治性的培养，与人的自然性相容吗？"阿伽门农"这一经典肃剧人物的命运，展现了这种不相容性。即便在欧里庇得斯笔下，阿伽门农没有过度的政治野心，能够从家的角度，节制自己对军事荣誉和政治权力的渴求。但是，他所处的政治情势，让他处于祭女的必然性之中。这种必然性处境，哪怕像阿伽门农这般的王者，也无力抵抗。除非重新反思并改造这种以军事荣誉为核心的政体原则，否则像阿伽门农这类权势家族的杀女、杀儿之事，就不可避免。这些人事悲剧，展现了人的政治性对政治与自然边界的破坏。而人的自然性，也可能破坏政治与自然之间的边界。欧里庇得斯笔下那位追求无拘无束、自由散漫于山林中的希波吕托斯，追求自由的本性，完全不顾及人的政治本性，不顾及人的政治责任，最终也带来了个人毁灭。《春秋》史例中，这种追求个人自然欲望满足的本性导致的个人毁灭，也不乏其例。如，郑庄公之弟共叔段。

人作为一种政治动物和自然动物，处于政治与自然之间双向性的悲剧结构中。这种悲剧，要么是政治忽视并侵犯人的自然性，要么是人之自然对人的政治性的腐蚀、败坏。这种来自政治与自然的双向性冲突，都易于让人走向毁灭。由此，回看《春秋》的教益，就不仅仅是协调和处理私人家庭的内部关系；回顾古希腊"俄瑞斯忒斯弑母案"的悲剧教化，也不仅仅是呈现个别王族的悲剧。这种经典作品都是从根本上，提醒人们注意政治与人之自然之间的张力、冲突，以及由此带来的毁灭性力量。这些问题都集中在人之家中突显出来。出现在人之家的悲剧性事件，并非人事偶然，而是代表着人事必然性。因此，拯救政治与自然边界的失衡，其关键力量源于"人之家"。"家"作为政治与自然之间的居间物，它既是政治社会的基本单元，同时，它又植根于自然中。

因此，《春秋》的教化与古希腊肃剧教化，围绕着人事即人之家事而展开。这些教化作品，一方面提醒人们注意人的政治性对人的自然性的侵犯。这种侵犯体现恢弘的政治生活的影响，忘记他的自然性，忘记他作为有死者（the mortals）的事实，让人倨傲狂妄、不可一世，追求超越人之本分的东西。另一方面，它们也提醒人们注意人的自然性对人的政治性的侵犯。过度张扬人的自然欲求，比如，那些对荣誉、财富的渴求，不可能带来政治生活的稳定性。对此，这些教化作品提出的解决方案，主要是要张大家庭伦理，要以家庭伦理，尽可能地守住人在政治与自然的合理边界。

这些家庭伦理，在具体的历史现实和思想脉络中，呈现出不同的德性内容。在先秦儒家那里，这一家庭伦理具体化为孝悌之德；在古希腊肃剧那里，这一家庭伦理具体化在诸神的威慑和引导下，在家要孝敬、尊重父母。这些家庭伦理的具体道德要求或者德性内容虽然不同，但是它们的实质内涵都是家庭伦理离不开对人的自然性和政治性的教化和引导。也就是说，家庭伦理一方面要葆有人的自然性。也就是说，让人不要忘记作为人之子，人的身体性、人的有死性、人的脆弱性，是不可忘记或者忽视的人性事实。因此，在政治生活中，尤其是在波澜起伏、疾风骤雨的政治情势下，人都不应该忘记或者偏离这些人性事实，节制人的行动。另一方面也要厚植人的政治性。在大地上，没有政治提供的共同体力量，一个家、一个人难以为继。所以，人天然是政治动物，他是生活在政治社会中的存在。但是人的自然倾向，如希波吕托斯那般追求自由的极端倾向，忍受不了任何来自政治社会的束缚，只想如神一般自由生活在自然中。这也是超越人之本分的想法，忽视了人作为人之子，人的身体必然处于特定的政治空间中。没有这一政治空间的保护，这一身体随时都处于被自然摧毁的状态。

因此，古希腊肃剧诗人，要为邦民迎回"报仇神""女神阿尔忒弥斯"，让"女神们"照管人间政治与自然之间的界限。而《春秋》的作者，却是通过史例，张大"家"背后蕴含的神圣天伦，将"家"蕴含的自然因素作为政治的道德基础，建立政治与自然之间的合理边界。由此可见，面对政治与自然的双向性的悲剧结构，单是复仇正义或者司法正义等这些强者正义、事后正义，都不足以解决问题。因为对人之生存的悲剧性结构，将随着每一代新生代的降临而重新生发出来。因此，对这些不义的解决方法，从来都不是一劳永逸的，必须随着新生代的降临而再生。《春秋》和古希腊肃剧体现的正义解法，就是这样一种试图在新生者那里再生出来的解法，即正义诗教。

《春秋》作为我国古典正义诗教形态，古希腊肃剧作为西方古典正义诗教形态，并不仅仅局限在私人领域，它本身是一种政教。如前文所言，人处于一种人的政治性与自然性潜在冲突的结构中。因此，单靠一人之力，或者一家之力是不可能解决其中的问题的，必须依靠共同体的力量。政教就是这样一种共同体力量。它不同于那些以合法暴力为基础的法律力量，它是一种柔性的教化力量。一方面，它教导节制人的欲望和野心，另一方面，它也让人提防人卑下的自然本性对政治共同体的腐蚀。一个稳定、长久的政治社会的建立，离不开政治社会对政教事业的关注和支撑。

同时，没有这种政教事业对人的教化，人将不成其为人。

> 人类天生就注入了社会本能，最先缔造城邦的人乃是给人们最大恩泽的人。人一旦趋于完善就是最优良的动物，而一旦脱离了法律和公正就会堕落成最恶劣的动物。不公正被武装起来就会造成更大的危险，人生而便装备有武器，这就是明智和德性，人们为达到最邪恶的目的有可能使用这些武器。所以，一旦他毫无德性，那么他就会成为最邪恶的动物，就会充满无尽的淫欲和贪婪。①

因此，政治社会不仅可以通过法律约束人性，还可以通过政治社会的公共教育、家庭教育，政治社会的风俗习惯约束人性。②这些共同体的力量可以约束人性，尤其是那些居于统治地位的人性蜕变。共同体是防止人堕落的最后防线。以此，人才能居于神兽之间。这是中、西方思想家都想通过建构共同体的力量，葆有的人性中道。

这种政教不同于前文例举的《奏弹刘整》一文所展现的政教。后者，展现的政教力量，仍是以暴力为基础的。这种政教与其说是教化力量，不如说是一种政治控制和威慑力量。相对而言，《春秋》和古希腊肃剧则展现了另一种以诗学为基础的教化力量。《春秋》教，不是以强力为保障的教化力量，而是一种基于《春秋》史例，不断阅读文本与文本对话的教化过程。这种教化如前所言，就是让人从现实中抽身而出，进入一个文本世界，通过观察前人之行事，而领悟自身应该如何作为，如何克己复礼。在这种修身之教的基础上，再通过"家""国""天下"这些不同层级的政治实践，完成人的教化。而古希腊肃剧，则是使用一种戏剧力量。对人们而

---

① ［古希腊］亚里士多德. 政治学［M］. //苗力田主编. 亚里士多德全集（第九卷）. 北京：中国人民大学出版社，2009：7.
② ［古希腊］亚里士多德. 政治学［M］. //苗力田主编. 亚里士多德全集（第九卷）. 北京：中国人民大学出版社，2009：271-286.

言,这些肃剧作品不是一个静态文本。

"古希腊人不会像现代人那样,选择好时间和剧目后再去观看一场全年每天都在重复的演出。古希腊每年会在两个节日期间上演悲剧。每个节日都包括一场为时三天的竞赛,每天会连演三场同一位作家的剧本,该作家是事先早已选定的。演出由国家负责准备和组织,因为悲剧诗人和能够负担所有费用的富裕公民,需要由城邦的一位高级行政官员亲自来挑选。最后,演出的那一天,所有民众会被邀请前来观看:自伯里克利时代起,贫穷的公民甚至能借此领取一小笔观剧津贴"。[1]

因此,罗米伊提出,古希腊这一时期的戏剧表演具有国家重大活动的性质。剧作家是以公民身份写作,并面向自己的同胞。所以,雅典城邦将肃剧引进雅典人生活,是将肃剧与城邦政治密切相关,像战争与和平、正义和公民责任这些事关城邦兴衰的重大问题必然是古希腊肃剧的重大主题。[2] 所以,像古希腊诗人以诗学的方式,解决了人世间的不义。这种解决方案,看起来像在为城邦生活开创一种新的习俗。在俄瑞斯忒斯弑母案中,这种习俗就是通过在阿耳忒弥斯的神庙中举行特定的宗教仪式。如若诗作中的上述建议,变成了城邦政治的实践,那么,久而久之就会成为人们的生活方式的一部分,就会让人铭记俄瑞斯忒斯弑母案的教训,让世人懂得以更好的方式处理不义。

这种诗学解法本身很有智慧。一方面,它潜在地利用了政治的力量。虽然在阿伽门农家族的肃剧中,人的不义深受城邦政治的影响。但"解铃

---

[1] [法]雅克力娜·德·罗米伊. 古希腊悲剧研究 [M]. 高建红, 译. 上海: 华东师范大学出版社, 2017: 3.
[2] [法]雅克力娜·德·罗米伊. 古希腊悲剧研究 [M]. 高建红, 译. 上海: 华东师范大学出版社, 2017: 3—6.

还须系铃人"。解开人间的不义，还需要城邦政治的力量。因为一个政治群体的生活方式和德性品质主要是由政体或政制奠定的。[①] 政治社会所倡导和张扬的正义，所反对和否定的不正义，随着城邦习俗的形成，最终成为个体生活方式和品质。比如，在古希腊斯巴达的城邦正义中，偷盗只要不被抓到，不仅不是不义，反而是人机智、勇猛的体现。换句话说，偷盗只要不被抓住，在斯巴达就是正义的。因此，解决人的不义问题，不可能丢开城邦政治的力量。在古希腊的诗学作品中，面对城邦中的人世肃剧，诗人们的办法就是利用城邦力量。比如，为城邦迎回"报仇女神""阿耳忒弥斯女神"；"智慧女神雅典娜"命令雅典人在战神山上建立"永久法庭"。因此，这些古希腊的诗学作品，通过政治神学将政治的潜在力量，展现出来，化解人间的不义，纠正那种古老的"以牙还牙、以眼还眼"的血腥正义，让城邦生活中的正义问题，从一种冤冤相报的正义中走向一种由城邦守护的律法（nomos）[②] 正义。

可见，古希腊肃剧这种诗教力量，最终是政治社会的共同力量，并非单单只是个别诗人们的努力。一如《春秋》的教化。《春秋》的教化，并非停留在个人领域，而是要从人的修身—齐家—治国—平天下的伦理政治空间中，不断展开的。这是融入人的生活的日常政治伦理实践，由此构建一种礼乐文明。因此，诗教并非一种审美品质的教化，它本质上是一种政教，朝向人们在人世间的政治伦理生活的。所以，亚里士多德讨论肃剧的诗教力量的文本，虽然散布在他的伦理学、辩证法、修辞术中，但是这些

---

① Aristotle. *Nicomachean Ethics*. Trans. by W. D. Ross, Oxford: Oxford University Press, 2009: 198—203.
② 在解读《俄瑞斯忒亚》三部曲中，有论者认为这是一种从复仇式的惩罚正义，走向更为理性的政治正义。这就是城邦法律的建立。参见柯亨.《俄瑞斯忒亚》中的正义与僭政[A].//刘小枫，陈少明主编.埃斯库罗斯的神义论.北京：华夏出版社，2008：24—41. 这种解释虽应和了剧作雅典娜在雅典战神山上建立的法庭这一情节设计，但是却忽略在这一法庭受理的第一个案件的判决结果，是一半对一半。换句话说，俄瑞斯忒斯弑母正义与否，在人间的法庭上，仍旧悬而未决。因此，剧作中所立的战神山法庭，看似是一种城邦法律的建立，其实质更像一种"神的律法"的建立。

学问或者技艺都是从属于政治学。① 换句话说，没有政治学，就无法理解诗学、诗教。正是政治学"规定了在城邦中应当研究哪门科学，哪部门公民应当学习哪部分知识，以及学到何种程度。我们也看到，那些最受尊敬的能力，如战术、理财术和修辞术，都隶属于政治学"。② 亚里士多德以他的灵魂学说、伦理学说、政治学说为基础，重新改造了诗学，使其成为哲学之诗。这种哲学之诗，并不是朝向少数人的。通过哲学之诗，一个良善的政治共同体的公民就可以得到一种教化，这种教化是在不知不觉中，引导邦民通过诗学制作的影像，经历一种哲学探究活动，从而帮助邦民对人事形成一个正确的意见。由此，使得人的行动朝向真正的属人之善。因此，诗教必然是从属于政教的。

---

① ［古希腊］亚里士多德. 修辞术［M］. //苗力田主编. 亚里士多德全集（第九卷）. 北京：中国人民大学出版社，2009：339.

② ［古希腊］亚里士多德. 尼各马可伦理学［M］. 廖申白，译注. 北京：商务印书馆，2006：6.

第三章
西方现代正义诗教
——卢梭《爱弥儿》中的正义故事探幽

早在 19 世纪末,卢梭的政治著作《民约论》(今译《社会契约论》)就开始传入中国。随后,卢梭的《爱弥儿》也很快被引介到国内。《爱弥儿》最早发表在罗振玉 1901 年创办的《教育世界》杂志上。这是我国最早的教育学专门刊物。作为一种"教育救国"的手段,此刊物专门用于介绍世界各国的教育经验。《爱弥儿》发表在 1903 年《教育世界》的第 53—57 期上。这是根据山口小太郎与岛崎恒五郎 1899 年的日译本,而完成的节译本,当时名为《爱美耳钞》。① 这是最早被明确标识为"教育小说"译介入中国的西方作品。当时的教育出版社在编辑出版《教育世界》同时,还汇编了七辑《教育丛书》。后来,单独成册的《爱美耳钞》收录于《教育丛书》的第三辑。《爱弥儿》被视为欧洲启蒙文学中最重要的"教育小说",引进这一"教育小说"显然不仅仅是近代中国文学史、教育学史上的重要事件。

《爱弥儿》出版于 1762 年 5 月。"上市不到一个月,巴黎索邦神学院发表文告,谴责《爱弥儿》宣扬异端邪说,巴黎警方奉命封杀,巴黎高等法院随之签发对著名作家卢梭的逮捕令,并当庭撕掉《爱弥儿》,然后焚

---

① 吕顺长. 清末中日教育文化交流之研究 [M]. 北京:商务印书馆,2012:85—92.

烧。"① 在第一卷中，卢梭介绍了《爱弥儿》试图将好人与好公民结合起来的教育培养目的。在卢梭看来，这种教育目的往往产生两种矛盾的教育制度：公共的、共同体的教育制度与特殊的、家庭的教育制度。二者矛盾的背后，是政治社会与人、共同体与公民之间的矛盾。处于不同推动力的漩涡中，教育常常在培养好人与好公民之间，无所适从。所以，卢梭打算尝试一种"混合的办法"，将两种相反的、矛盾的教育目的结合在一起，为人的幸福清除障碍。② 亦即从家庭教育出发，先将人培育成"好人"；然后，探讨这种"好人"在何种意义上又能成为"好公民"。对此，卢梭认为，必须以探查人的整全、自然倾向、发展为前提。也就是说，必须探查自然人（the natural man），了解人的状况（man's estate），认识自然对人的呼唤。在卢梭看来，他的工作就在于教人如何生存（living）。

> "首先，他将是一个人。所有一个人应该之所是，在需要的时候，他像任何人那样知道如何是；当命运如它可能的那样试图改变他的地位，他将永远都在自己的地位上。'命运我抓住你了，而且锁住了你的所有进路，这样你不再靠近我'"。③

如若"一个人应该如何生存"是《爱弥儿》中的核心问题，那么，正义问题必然是其题中之意。卢梭在《爱弥儿》中开篇不久，就提到柏拉图的《王制》。④ 在布鲁姆看来，卢梭将自己的《爱弥儿》视为一本想与柏拉

---

① 刘小枫.《爱弥儿》如何"论教育"——或卢梭如何论教育"想象的学生"[J]. 北京大学教育评论，2013（01）.
② [法] 卢梭. 爱弥儿——论教育（上卷）[M]. 李平沤，译. 北京：商务印书馆，2006：9—12.
③ Plato. *The Republic Of Plato*. Trans. by A. Bloom. New York: Basic Books, 1991: 42.
④ Jean-Jacques Rousseau. *Emile or On Education*. Trans. by A. Bloom. New York: Basic Books, 1979: 40.

图的《王制》相比肩,并欲取而代之的作品。① 而《王制》这一政治性对话的副标题正是"论正义"。② 可以推想,《爱弥儿》是一本教人如何正义生存的著作。在《爱弥儿》中,关于生存问题,人们可以读到两个关键性的爱弥儿教育故事,一是"爱弥儿种豆子",一是"爱弥儿择业"。这两个故事浸透着一种现代正义观念。

一、卢梭的正义诗教:"爱弥儿种豆子"

"爱弥儿种豆子"出现在爱弥儿儿童期的教育中。在卢梭看来,此阶段虽是消极教育阶段,不是道德教育阶段,但是,仍需要将一些与爱弥儿处境相关的、必要的、有用的道德概念教给他。而这一必要且有用的道德概念就是爱弥儿在其人生中首先要学的正义观念,以防止爱弥儿相信自己是万物的主人,防止其毫无顾忌地、无知地伤害他人。③ 因而,"爱弥儿种豆子"是爱弥儿在儿童期唯一接受的道德教育,也是他人生中第一次接受道德教育。而"正义"正是这次道德教育的教育主题。

在布鲁姆的英译本中,"爱弥儿种豆子"占据的篇幅仅有 3 页半。对于一本 450 页的文学巨著而言,3 页半的小故事看起来微不足道。连国内著名的卢梭作品的翻译者李平沤先生也提到,这点内容看起来像是"题外话"。但李先生随后提到,这一"题外话"并非无关紧要的离题话,而是卢梭用来证明其感性教育论点的,即诸如财产的占有以及契约和契约的履行等道德观念,儿童可以不需要理性地参与,通过感觉就可以获得。④ 李

---

① A. Bloom. Introduction. *In Emile or On Education*. J. J. Rousseau, New York: Basic Books, 1979: 4.
② [古罗马]拉尔修. 名哲言行录 [M]. 马永祥,译. 长春:吉林人民出版社,2010: 203.
③ Jean-Jacques Rousseau. *Emile or On Education*. Trans. by A. Bloom. New York: Basic Books, 1979: 97.
④ 李平沤. 如歌的教育历程:卢梭《爱弥儿》如是说 [M]. 济南:山东人民出版社,2008: 80.

平泅先生的上述解释虽为"爱弥儿种豆子"故事的存在找到了一个理由，但仍不能说明为什么卢梭要用"财产观"为例，论证"儿童可以通过感性理解道德观念"的论点。难道不能用其他的道德观念来论证此论点？而且从故事形式上来看，卢梭在短短的3页半的内容中就写下了一个情节曲折、跌宕起伏的故事。而李先生的解释并没有说明卢梭为什么要对这么短小的故事进行如此精心的布局。也许，从诗教的角度，更能帮助人们理解这个小故事。

教育学的研究往往把《爱弥儿》视为一个关于教育规律的哲学论文。然而，卢梭在书中前言部分说道，"人们将会认为这与其说是教育论文，不如说是一个幻想家对教育的一个'梦'"。[①] 看来，卢梭已经预料到读者将他的《爱弥儿》或看成哲学论文或看成一个充满梦幻色彩的文学作品。这一预言似乎在提醒后世读者，不能忽视《爱弥儿》这部作品的双重性：哲学性与诗性。恰如哲人柏拉图在《王制》中，同样以对话这一作品形式，制作了一个美轮美奂的正义诗学故事。如若我们重视卢梭的诗教，那么，阐释"爱弥儿种豆子"也不能仅着眼于文本内容的表层观点，也应关注卢梭对文本的谋篇布局。下文将着重以故事的情节设计为锁钥，联系卢梭的"二论"和《社会契约论》等作品，以期在卢梭的整体思想背景下，理解卢梭的这一短小精悍的诗学故事背后的正义教诲。

（一）"爱弥儿种豆子"的表层：一个劳动教育故事

从文本的表层来看，"爱弥儿种豆子"是卢梭设计的一个单纯的劳动实践故事。故事中，卢梭化身为导师让·雅克（Jean-Jacques）对爱弥儿这位想象出来的学生进行教育。导师秉承自然教育理念，顺应爱弥儿摹仿农人劳作、耕种的自然冲动，鼓动并帮助爱弥儿像农人般耕作，种植属于自

---

① Jean-Jacques Rousseau. *Emile or On Education*. Trans. by A. Bloom. New York: Basic Books, 1979: 34.

己的劳动果实。① 然而，这一劳动实践故事似乎并不仅仅是满足爱弥儿的自然冲动，而是一个颇具"狡计"的教育事件。

在导师的协助下，爱弥儿翻耕了一小块土地，亲手种下了自己的豆种，此后日日浇水，关注豆苗的成长。然而，在卢梭笔下，故事情节随之急转。爱弥儿精心种植的豆苗，却被人铲掉了，连土地都完全被翻耕了，压根看不出来这是爱弥儿投入自己时间、精力，甚至是自己人格的地方。之后，情节发生突转。原来爱弥儿的耕种行为不是善好行为，而是作恶行为；爱弥儿不是受害者，而是作恶者。正是爱弥儿的耕种行为，毁掉了菜农罗伯特先生早已种下的马耳他瓜种子。爱弥儿似乎侵犯了罗伯特家的祖传之地，其无知的侵犯行为毁掉了他的劳动成果，浪费了他的劳动。最后，导师代表爱弥儿，与菜农罗伯特达成一个协议，罗伯特将部分土地赠予爱弥儿种植，而爱弥儿不再破坏罗伯特的土地。

在"种豆子"这一短短的故事中，卢梭就设计了四个情节。第一个情节是爱弥儿躬身劳作，种植豆种，感受以劳动为基础的财产观；第二个情节是爱弥儿种植的豆苗被铲掉，爱弥儿深感不平、不义；第三个是反转情节，在与铲掉爱弥儿豆苗的菜农对质中，爱弥儿作为受害者的身份反转为作恶者；第四个情节是双方和解，达成协议。单单一个"种豆子"的故事，卢梭就设计了如此多的曲折往复，其意图何在？在文本的语境中，卢梭提到，这是他要先于自由（liberty）而给爱弥儿的财产（property）教育。这就是在一年的劳动实践教育中，培育爱弥儿的财产观。这种财产观将个人占有物，上溯至由劳动而来的先占权利（the right of the first occupant）。② 即个人财产的合法根据来自于个人劳动，"劳动"保障了人对"物"占有的排他性权利。这种基于劳动实践的财产观教育简单、直接、

---

① Jean-Jacques Rousseau. *Emile Or On Education*. Trans. by A. Bloom. New York: Basic Books, 1979: 97—101.

② Jean-Jacques Rousseau. *Emile Or On Education*. Trans. by A. Bloom. New York: Basic Books, 1979: 99.

易行。对我们现代读者而言,"爱弥儿种豆子"读起来稀松平常,恰似孩童玩过家家般的游戏,似乎并无深意。问题是卢梭如此费心思地写下"爱弥儿种豆子"的教育故事,真无深意?抑或是我们难以理解,卢梭为什么如此重视劳动财产教育?

当下,财产问题虽然是一个关系国计民生的重大问题,但人们绝少跟孩子讲财产问题。这里面不是因为人们忽略了,而是人们有一个基本判断。因为儿童所吃、所喝、所用之物都不出于自己,而是受之于父母、受之于成人社会。在现代法律体系中,儿童的财产权虽受到法律承认和保护,但作为法律观念,儿童在其日常生活中并不常见,也不常用。因而,人们很少和儿童探讨财产、财产权问题。人们觉得这种探讨本身也超出了儿童的理性水平。而且在当下的教育实践中,人们虽不从财产角度,教导儿童人与物的关系,但也会对儿童进行与"物"有关的道德教育。这种道德教育或是一种感恩教育的形式,或是一种懂得分享的慷慨教育。比如当下在我国小学道德与法治课上,就设计了《分享真快乐》[①]《我们的衣食之源》[②] 等课文,培养学生慷慨大方、懂得分享、懂得感恩的道德品质。这样的教育判断与洛克(John Locke)在《教育漫话》中的思考若合符节。关于儿童拥有和占有物品的问题,洛克的教诲也是培养儿童为人慷慨大方(liberality)的品质,让儿童懂得割舍他们拥有的物品。而对儿童的财产观的培养,要等待其语言水平和理性成熟之后才能教。[③]

那么,为什么卢梭对爱弥儿进行"物"的教育,不是对爱弥儿进行有关感恩或慷慨品质的道德教育,而是劳动财产教育呢?换言之,卢梭为什么要费尽心思这么早地教爱弥儿财产的劳动起源理论呢?回答此问题,需

---

① 孙彩平,鲁洁. 义务教育教科书:道德与法治一年级(下册)[M]. 北京:人民教育出版社,2016:58—61.

② 高德胜,鲁洁. 义务教育教科书:道德与法治四年级(下册)[M]. 北京:人民教育出版社,2019:53.

③ J. Locke. Some Thoughts Concerning Education. In *The Works of John Locke*, Vol. 9, London: Thomas Davidson, 1823:100—101.

先对卢梭写下"爱弥儿种豆子"故事进行细致的文本分析。

（二）"爱弥儿种豆子"：农业劳动·财产·正义

"爱弥儿种豆子"这一教育故事，出现在爱弥儿儿童期的教育中。卢梭首先教爱弥儿的道德观念是"正义"。卢梭的正义教育似乎与众不同。他所教的并不是让爱弥儿如何去尽为人正义的义务，而是教他享得正义对待的"权利"。卢梭批判常见的教育错误，就是先给儿童讲义务，后讲权利。这种教法并非出于"必然"，也不能吸引儿童，不能为儿童所理解。"人首要的正义观并非产自于我们欠负的正义，而是产自于欠负我们的正义"。① 因此，关于正义的教育，卢梭的教法不是教爱弥儿理解他的义务，而是他的权利。卢梭对爱弥儿进行"种豆子"的劳动财产教育，正是这种正义教育。在卢梭看来，对现代人而言，这种正义教育远比培育孩子感恩、慷慨的品质，更重要、更基础。

卢梭的正义教育，首先让儿童拥有属于自己的东西。有了属于自己的东西，才懂得要保护自己的东西。一旦被他人所毁坏或夺去，儿童就会第一次产生强烈的不平感。卢梭想要儿童从"欠负的正义"中学习何为正义。卢梭将此思想转化为想象中的教育实践时，首先让爱弥儿弄明白"什么是属于自己的东西"。在卢梭看来，儿童能随意拿到、使用的东西，父母给儿童的东西，以及他人赠送的东西，都不能算真正属于爱弥儿的东西。因为这些东西的获得方式并不出自于"必然"，仅是偶然之物。只有从无到有的劳动创造出来的东西，才是真正属于自己的。因此，卢梭通过种豆子这一劳动实践，想要爱弥儿学的财产观就是自己劳动出来的东西才是自己的财产。这种东西才是真正属于自己的、别人无权占有的。那么，卢梭为什么要给爱弥儿讲这种财产观呢？为什么要讲这种劳动占有方式，而非其他占有方式呢？

从现代政治理论的脉络来看，卢梭让爱弥儿通过种豆子所学的内容，

---

① Jean-Jacques Rousseau. *Emile Or On Education*. Trans. by A. Bloom. New York: Basic Books, 1979: 97.

正是现代政治理论的基础——财产的劳动起源理论。虽然在"二论"① 中,卢梭对此理论已有论述,但并非其首创。洛克在其《政府论》(下篇),首次系统地阐述了财产权的劳动起源理论(labor theory of property rights)。卢梭让爱弥儿学的财产观,很像是洛克财产理论的儿童版本。洛克在其财产理论中,首先针对当时的神学背景,提出了每个人要从由神所创造的、人类共同拥有的万物中,真正获得生存保障和舒适的物质条件,实现人自我保存的权利,就需要一种必要的先占手段作为分配方式。换句话说,需要一种财产分配方式,合理地分配生存物资。随后,洛克论证了劳动才是正当的占有方式。"无论在哪里,任何人如果愿意对原来共有的东西加以利用,那么,劳动就会带来财产权(a right of property)"。② 这种基于劳动应得(labor-desert)原则的占有方式,与那种暴力抢夺、不劳而获的占有方式相比,更是一种避免冲突、能带来和平的分配方式。这是任何勤奋而理性的人都会同意的财产分配方式。

洛克从人天然的自我保存的权利中,推论了通过劳动获得私人财产的正当性。这一推论将人的财产牢牢归结于人的劳动,证成了劳动占有财产的合法性,成为了现代人承认和保护个人财产的根本理据。然而,这一财产观并非天赋观念,需要哲人对大众进行理性启蒙,才具有实践意义。启蒙的核心就是向现代人宣传,劳动才是每个人占有生存物资和财产的正当方式。如若能将此观念植入人心中,那么,被启蒙的现代人会将占有自己的劳动成果视为天经地义之事。这是现代哲人未竟的正义教育事业。卢梭设计的"爱弥儿种豆子"正是在继承上述教育任务,将现代人正当的占有方式教给爱弥儿。这种占有方式比起人在自然状态下你死我活的激烈竞争、凭靠强力占有的方式,要正当、文明、合理得多。凭靠自己的劳动而

---

① "二论"是指卢梭在第戎学院的有奖征文活动而写的第二篇论文,即《论人与人之间不平等的起因和基础》。

② J. Locke. Two Treatises of Government. In *The Works of John Locke*, Vol. 5, London: Thomas Davidson, 1823: 364.

生存，凭靠劳动占有财产，是现代人必须学习的正义，是现代人都应具备的正义品质。这是卢梭通过"爱弥儿种豆子"向现代人传达的第一个正义教诲。然而，卢梭通过"爱弥儿种豆子"这一教育故事，想要教诲的内容不止这些。

仔细探查卢梭在"爱弥儿种豆子"这一教育事件中透露出的劳动启蒙内容，其实与洛克的财产劳动理论并不完全相同，其中内含着卢梭对洛克思想的反思。在他看来，劳动作为一种合法的先占权利，仅是必要条件。这一先占权利若要成为一项合法且正当的权利，还需要其他条件的限制。

卢梭在叙述"爱弥儿种豆子"一事中，夹叙夹议地提到了另一类土地占有方式。卢梭认为爱弥儿这种通过耕耘土地而占有土地的方式，要比努涅斯·巴尔博亚（Nunez Balboa）将西班牙国王的旗子插到南美洲土地上，占领南美洲的方式，更神圣、更值得尊重。对此，在《社会契约论》中，卢梭诘问了像努涅斯·巴尔博亚这样，仅仅通过某种仪式性的说明，是否就能合理证明对南美广袤土地的占有是正当的。卢梭也进一步对劳动占有土地的方式，提出了疑问。"如果将人的必然需要和劳动作为先占权利的根据，那么，人们为何不尽可能地扩大自己所占有的土地呢？对此权利进行限制，可能吗"？[①] 从这些诘问中，可以看到卢梭并不将劳动视为先占权利的充分条件，他认为让一个人按自己的需要和劳动而无限占有土地，并不正当。因此，在《社会契约论》中，卢梭提出要使对任一土地的先占权利（the right of first occupancy）正当化，必须满足以下三个条件：

> 首先，这块土地之前没有任何人居住；其次，人所能占的土地范围只能是满足他生存所需；第三，他拥有这块土地，不是靠一种仪式性的说明，而必须要劳动并耕种。后者才是所有权的唯一标志，在缺

---

① Jean-Jacques Rousseau. *The Social Contract and The First and Second Discourses*. Edited by S. Dunn. New Haven：Yale University Press, 2002：168.

乏法律所有权中，这一标志应该被他人所尊重的。①

这三个条件是卢梭为劳动占有土地的方式立下的限制。那么，为什么卢梭要立下这些限制呢？在展开对这个三个条件的分析前，对比洛克在《政府论》（下篇）中，对劳动占有土地是否过度问题的讨论，有助于弄懂卢梭提出上述条件的意图。

洛克在论述劳动占有土地是否过度的问题上，其论述颇为诡异。洛克认为人在自然状态下，并不需要对人们占有土地进行限制。一是因为可供人开发和耕种的土地有很多，所以不存在因个体过度占有土地而损害了他人对土地的占有；二是因为劳动占有的方式可以增加"人类共同的积累（the common stock of mankind）"；② 三是因为从土地上出产的农产品一般易于腐烂、败坏，人们不会过度占有土地来生产这些易于腐烂之物。而且人们即便开垦了新的土地，也会因为没有剩余劳动力又重新变为荒地。因此，他肯定了通过劳动占有土地的充分合理性。也就是说，劳动即是正当占有土地的充分条件。以此为基础，洛克进一步论证了货币占有的正当性。洛克认为，像金、银、钻石等货币的发明与使用，可以促发人们超过自己的生存所需，将土地上出产的、个人无法消费完的生存物资，以贸易的方式卖给他人，换取货币。这种方式既能让人将那些易于腐坏的剩余产品通过交换成货币的形式而储藏起来，又不至于在占有人手里坏掉而浪费生存物资，也更不会伤害他人。因此，洛克认为人们积累货币财富是合理的。对这些经久不坏的东西，他愿意积累多少就可以积累多少。超过人正当财产界限的不再是财产的数量，而是任何东西在其中毫无用处地老化、

---

① Jean-Jacques Rousseau. *The Social Contract and The First and Second Discourses*. Edited by S. Dunn. New Haven: Yale University Press, 2002: 168.
② J. Locke. Two Treatises of Government. In *The Works of John Locke*, Vol. 5, London: Thomas Davidson, 1823: 359.

坏掉。①

纵观洛克的论述，他以在自然状态下人们不会过度开发土地为基础，证成了人们在货币发明之后，积累和扩大个人财产的正当性。与古典哲人常常教导的"勿贪财"的教诲相比，洛克不露声色地证明了人们"生产性的贪欲（productive acquisitiveness）"②的合理性。因此，洛克的理论不仅不会限制人们对土地的开发、对财富的占有，而且还要极力说服人们相信私人财产的扩大是有利于人类的共同福祉。这与洛克在其教育论著中暗暗将贪欲合理化，如出一辙。

在教育儿童不正当地霸占东西时，洛克认为儿童尚未达到理性水平，不懂何为财产，因而不适合通过财产教育，解决儿童此类行为问题。最安全的方式就是进行道德教育。一方面，将儿童培养成一个慷慨大方、懂得赠予与割舍的人；另一方面，不让儿童产生一种占有超过自己需要的贪欲。具体而言，在生活中，就要锻炼儿童的慷慨品质，让儿童感到为人慷慨大方，总是能得到对方以及旁观者的回报的。③ 那么，洛克上述道德教育真的是德性教化吗？洛克教育意图真的是用人的慷慨之德来钳制人的贪欲吗？对此，卢梭带有揶揄和讽刺的口吻说道，洛克所教的慷慨大方品质，不过是让孩子成为了守财奴（miser）。因为这种教法是让孩子为了赢得最好的回报，才让自己表现得"大方"。"这是一种放高利贷式的慷慨，为了拥有一头牛而事先给人鸡蛋"。④ 而一旦没有了回报，儿童也不再慷慨地给予了。可见，这种德性教化所教的慷慨行为，并非真正的德性品质，

---

① J. Locke. Two Treatises of Government. In *The Works of John Locke*, Vol. 5, London: Thomas Davidson, 1823: 365.

② L. Strauss. *Natural Right and History*. Chicago: the University of Chicago Press, 1953: 248.

③ J. Locke. Some Thoughts Concerning Education. In *The Works of John Locke*, Vol. 9, London: Thomas Davidson, 1823: 100.

④ Jean-Jacques Rousseau. *Emile Or On Education*. Trans. by A. Bloom. New York: Basic Books, 1979: 103.

不过是出于一时的个人算计而装出的慷慨表现。这种教育实质上是教人将慷慨之德变成实现贪欲的巧妙工具而已。

在其政治论述和教育论述中，洛克并不想要限制人的欲望。那么，卢梭和洛克是同样一个立场吗？卢梭真想限制人的贪欲？对此，需要爬梳前述卢梭对土地占有提出的三个限制条件。

从对土地占有提出的第一个限制条件来看，卢梭首先限制了土地的劳动起源学说的适用范围。卢梭并不像洛克那样，将此原则作为普适性原则，适用于所有土地占有行为。在卢梭看来，洛克将此原则用于西方早期殖民者对美洲土地的占有行为中，必然会引出一个"先占权利"的冲突问题。美洲原住民对土地的占有方式，并不必然按照洛克理论所预设的那样，通过人工劳动对土地的开发、利用而占有土地的。原住民对土地的占有，是因为他们早已居住在那里了。那些以洛克的劳动理论作为殖民逻辑的人，并不能否定原住民这种以居住方式占有土地的正当性。卢梭承认原住民长期居住在土地上这一历史事实，可以作为原住民占有土地的正当依据。因此，卢梭认为对任一土地的占有必须满足的第一个必要条件是"这块土地之前没有任何人居住"。在进行土地开发之前，首先要确保这一土地是"无主之土"。否则，就会像美洲原住民与后来的殖民者之间就"先占权利"的问题发生激烈冲突。在"爱弥儿种豆子"这一教育故事中，卢梭就为此"冲突"埋下伏笔，将它作为推动故事发展的第二个故事情节。

导师既然引导爱弥儿开垦土地、播种属于自己的东西，那么，在翻耕土地之前，导师真的不知道这块土地是菜农劳作的土地吗？对此，导师显然是假装不知这块土地是"有主之土"。这才导致了爱弥儿精心栽种的豆苗被菜农罗伯特铲掉的后续事件。导师想通过这一深刻的教训，让爱弥儿明白，要开发和耕耘属于自己的土地，首先要确定这块土地是否是无主之土。如果无知地在别人的土地上进行劳动，不仅浪费自己的劳动，还会无知地伤害他人。因此，卢梭不像洛克那样相信，人只要勤劳就可以正当地占有属于自己的土地。因而，劳动占有土地的第一个限制就是不能在有主之土上进行土地开发和占有。然而，这一限制又隐含着另一个正义问题。这就是如若地球上没有了无主之土，那么，像爱弥儿这样的后来者，如何正当地占有属于自己的土地呢？先出生于世的人就比后出生的人更有权利占有土地吗？

这就是卢梭第二个条件中的内容：要限制土地的占有范围。对全部人类而言，对土地的占有不仅是一个共时性事件，也是一个历时性事件。因此，一种正当的土地占有原则，就必须能满足先来者和后来者对土地的需要。对此，劳动作为先占权利的依据，并非唯一的正当性根据。因此，一项正义的土地占有原则，不仅要在同时代中具有正当性，也要在代际之间具有正当性。这一正义原则背后隐藏着比先占者权利更为根本的人的生存权利。[1] 因而，每个后来者都可以以此权利，向先占者提出自己的权利诉求。如果不承认后来者的生存权利，不与后来者达成一个有关土地占有的新契约，那么，有产者与无产者之间将不可避免地走向战争状态。因而，卢梭要用社会正义原则限制人对财产占有的贪欲。

卢梭提到的第三个条件是，"劳动并耕种作为所有权的唯一标志，应该被他人所尊重的。"[2] 通过这一条件，卢梭点明了劳动虽是个人财产起源的必要条件，但这种劳动占有方式如若不被他人尊重，那么，通过劳动占有土地的方式显然得不到保障。因此，承认并尊重他人通过劳动而占有土地，是财产的劳动理论中必不可少的一环。这一环，卢梭不仅在理论上完善洛克的财产理论，也通过教育实践故事启蒙现代人。这是卢梭"爱弥儿种豆子"这一劳动教育故事中的核心部分。此故事中，导师设计让爱弥儿亲眼目睹自己辛勤播种、耕耘的豆苗被破坏的状况，激发了爱弥儿的"不正义感"。这是一种因自己劳动而占有土地的正当权利遭到侵犯之后而产

---

[1] C. Pierson. Rousseau and the Paradoxes of Property. *European Journal of Political Theory*. 2013 (4).

[2] Jean-Jacques Rousseau. *The Social Contract and The First and Second Discourses*. Edited by S. Dunn. New Haven: Yale University Press, 2002: 168.

生的不正义感。从这一"被欠负的正义"中,导师让爱弥儿学习什么是正义。如果每个人都想保护自己的劳动成果不被破坏,个人的劳动被尊重,那么,合乎理性且正义的事就是彼此达成互不侵犯的协议,并信守这一协议。而此协议的核心精神就是对他人劳动的承认与尊重。这就是卢梭向现代人传达的第二个正义教诲。这一教诲菜农罗伯特是怎么学会的,卢梭对此虽未言说,却在"爱弥儿种豆子"后面,讲述了"爱弥儿打破窗户"①的故事,向读者勾勒了爱弥儿如何学会对他人劳动的尊重的。

卢梭提出正当的土地占有权利的第二个和第三个条件,其意图是限制土地占有者的占有范围,承认并尊重他人劳动。这两点构成了"爱弥儿种豆子"故事的第三个和第四个情节的核心。爱弥儿需要有自己可以耕种的土地,他无知地在有主土地上的耕种行为,破坏了他人的劳动;但爱弥儿生而为人,就有正当的生存权利,因此,最好的方式是通过契约的方式,双方达成彼此同意的土地分配协议。然而,在故事中,这个协议的达成过

---

① 在儿童期,爱弥儿常犯的行为问题就是损坏他人的东西。在卢梭看来,这就是爱弥儿没有学会尊重他人劳动、他人财产的结果。对此,卢梭设计了循序渐进的教育过程。爱弥儿最初损坏东西时,大人不要生气,而是要将他能损坏的东西放在他拿不到的地方。在他再次损坏东西后,大人就不要着急去修理或者恢复东西的原状,而是让他自行感受东西损坏后不能用的不利之处。这就是卢梭有名的教育策略——"自然后果法"。比如,损坏了家具、窗户,儿童会头一个感受没有了家具、窗户的不方便。有了这种体会之后,大人不用说教,而是直接修理被损之物。如若之后,爱弥儿再次损坏东西,比如再次打破窗户,就要改变教法,直截了当地告诉他,"这些窗户是我的,是我费力地安装在这里的,我要保护它们"。随后,采取惩罚措施,把他关在没有窗户的黑屋中。对这个新措施,爱弥儿开始的反应是大哭和大声嚷嚷。大人不应理会。等到他折腾累了,他就会改变声调,在那里呜咽、抱怨。这时让一个家仆出现。家仆不要找其他借口不放他,而是回答,"我也会保护我的窗子的"。然后,再让这个犯错小孩在黑屋里呆上几个小时,直到他感到厌烦,而且能记住这个教训,就让一个人建议他向大人提出一个协议(agreement)。这个协议就是他保证不再打破窗户。他提出这个协议的时候,大人应立刻接受,并说"这是很好的想法,这个契约让我们都是受益者。为什么你不早点想到这个想法呢"?卢梭认为,这样的教育过程将使爱弥儿学会承认并尊重他人的财产,并将此契约视为神圣、不可违反的誓言。由此,爱弥儿成长为一个能够承诺并遵守契约的人。参见 Jean-Jacques Rousseau. *Emile Or On Education*. Trans. by A. Bloom. New York: Basic Books, 1979: 100.

程并不顺利。

当菜农罗伯特说"每个人都尊重他人的劳动,所以他的劳动才能得到承认和保护"之后,爱弥儿马上反驳"但是我没有土地啊"。爱弥儿的反驳代表着后来者正当的权利诉求。那么,这样的权利伸张如何才能得到满足?先占者到底应该如何面对后来者的这一诉求呢?对此,回到文本中,可以看到卢梭笔下的罗伯特的反应,仅仅是冷淡地说,"这和我有什么关系"。这句回应表达了像罗伯特这样的人,对他人生存利益惯有的冷漠态度。① 那么,像罗伯特这般自私的人,为什么会赠予爱弥儿一块土地呢?当罗伯特对爱弥儿的生存利益表达了一种冷漠态度后,导师向罗伯特提出了一个互惠的土地转让协议。如果罗伯特划拨一块土地给爱弥儿,那么,这块土地的一半收成将归其所有。导师想以一种互惠的利益,诱导像罗伯特这样只关心自己利益的人能进入契约关系。但随后的情节设计颇为奇怪。卢梭让罗伯特拒绝了这个互惠协议,并提出了一个愿意划拨一块土地给爱弥儿的协议。这个协议附加的唯一条件就是爱弥儿要尊重菜农劳动,不要破坏他的劳动果实。一个自私自利之人为什么会拒绝一个增进自己利益的协议呢?

从罗伯特对爱弥儿"但是我没有土地啊"一句的反应来看,他本质上是一个自私自利的人。他不关心他人是否还有机会通过劳动满足自己的生存需要,他只想保护他自己的土地不被破坏。然而,要想自己占有的土地不被破坏,他就不得不与后来者进入契约关系。因为每个人都有比劳动财产权更高的生存权利。每个后来者都可以以此权利,向先占者提出自己的权利诉求。像罗伯特这等自私之人,虽从本性上不愿意将土地与他人共享,但是,如果不承认后来者的生存权利,不与后来者爱弥儿达成一个新的有关土地占有的契约,那么,有产者与无产者之间不可避免地走向战争

---

① 有研究者将罗伯特后来赠予爱弥儿的一块土地的行为,阐释为菜农罗伯特的"慷慨品质"。这是不符合上下文的。参 M. P. Nichols. Rousseau's Novel Education in the Emile. *Political Theory*, 1985 (4).

状态。因而，在这一情节中，"菜农罗伯特"不仅没有慷慨品质，而且也没有正义品质，但他会被迫成为一个正义的人。所以，"罗伯特"并不需要爱弥儿将土地收成分一半给他，这并不合理。这其中包含着对现代人的第三个正义教诲，要让他人承认并尊重自己的劳动占有权利，其前提是他人也同样能够通过自己的诚实劳动占有生存物资，以满足自己生存需要。

这就是卢梭从"爱弥儿种豆子"这一教育故事中所要教导的内容。卢梭的上述教育设计并非简单、枯燥的说教，而是基于生活实践让爱弥儿学做一个具备现代正义品质的人。这种人凭靠自己的劳动而占有生存物资，是一个自食其力而不支配他人的人，同时，也承认和尊重他人的劳动和他人获得财产的权利，遵守不侵占他人劳动成果的现代契约。这种正义品质是一种必要的人为德性。[①] 这就是在"爱弥儿种豆子"背后，卢梭想要现代人学习的现代正义品质。这一品质内含的正义观，是一种劳动正义。这一正义观是即将到来的新世界，必不可少的道德之基。但是，纵观"爱弥儿种豆子"这一教育事件，卢梭在教诲人不要过度占有土地问题上，仅仅是说对土地的占有不能影响其他人的生存。但这个限制和卢梭在《社会契约论》中提到的第二个限制条件"人所能占的土地范围只能是满足他生存所需"，还是有差异的。前者仅仅是一个对个体土地占有的客观限制，并不涉及对土地占有者主观欲望的限制。问题是一个人凭借自己的劳动，不侵占他人的东西，不影响他人的生存权利，就可以无限扩大自己的占有物吗？是否卢梭也如洛克那样，最终是默然承认人的贪欲？抑或他对爱弥儿的劳动教育还未完成呢？

(三)"爱弥儿种豆子"中潜藏的自由危机

通过"种豆子"这一教育事件，导师教给了爱弥儿应首要学会的正义观。在卢梭看来，这种以劳动财产为要核的正义教育，可以避免让人误以为自己是万物的主人，可以支配、占有万物，也可以避免人无知地伤害他

---

① D. Hume. *A Treatise of Human Nature*. New York: Barnes & Noble, 2005: 368.

人。在此正义世界中，每个人都有平等的生存权利，每个人都凭靠自己劳动生存，同时，也承认和尊重他人的劳动所获。问题是对人而言，这个看似正义的世界真的"好"吗？人成为了"有产者"，就真的幸福了吗？那些受到劳动伦理教诲的个体，虽不侵犯他人但处于永恒劳役中，会自由吗？

回到"爱弥儿种豆子"这一教育故事的细节中，可以看到卢梭有意跟随洛克的劳动理论之处，就是将人拥有他劳动及其劳动成果的依据，奠定在人的人身权上。洛克说道：

> 自己的人身是每个人所有的财产，这一所有权没有任何人可以有任何正当要求。因此，他的身体的劳动，他双手的工作都可以正当地属于他的。因此，人的人身以及他的劳动都属于他自己的。①

因此，在洛克的劳动理论背后，暗含着新的主体理论。个人劳动与个人的独立人格在洛克理论中存在着互涵关系（interrelated）。只要人做自己主人，就能占有从自己的劳动中收获的东西；只有从个人劳动中占有财产，才会创造出具有独立人格、不依附他人的人。因而，在"爱弥儿种豆子"一事中，导师不单单想让爱弥儿领会正当的劳动占有理论，更想让爱弥儿理解劳动与其人格的关联。卢梭这样叙述：

> 我们每天都来浇水，看到它们发芽时惊喜万分。为了增进爱弥儿的激动心情，我告诉他，这是属于你的，并向他解释"属于"这个概念。我让他感到，他投入了时间、劳动、努力，乃至他的人格在这里。因此，在这世上，有属于他自己的东西就是他能要求所有权，除了他以外，无人能染指。正如，他能够从他人紧拉自己的手臂中，

---

① J. Locke. Two Treatises of Government. In *The Works of John Locke*, Vol. 5, London: Thomas Davidson, 1823: 364.

抽回自己的手臂。①

因此，爱弥儿的劳动教育并不仅仅是一种劳动技能教育、劳动财产教育，更是一种培育独立人格的自由教育。然而，当个人凭靠自己的劳动而成为"有产者"时，人就必然是独立、自由的吗？抑或再次变成奴隶，只是这次奴隶主不再是人，而是财？

对此，洛克似乎没有过多的疑虑，但卢梭却给后世留下了他的反思。他的思想就像一种预言——也许，对"物"的占有并不必然让人自由。当人通过劳动成为有产者时，很有可能进入了新的地牢，套上新的枷锁。因此，在"爱弥儿种豆子"一事快要接近尾声时，卢梭留下了一个颇令人疑惑的脚注和一句颇值得深入研究的结语。在脚注中，卢梭提到爱弥儿从"种豆子"中所学的正义知识，迟早会从他内心中生发出来。但也正是在这里，人开始将自己置于与自己矛盾的境地。② 随后，在正文中，卢梭写下了这样的结语：

> 拥有这种财产观的爱弥儿做梦也想不到，按照这些观念枷锁的所有链条，当他为种豆子而挖一个洞时，也在为自己挖一个地牢，他的财产知识不久就会把他关进去了。③

那么，为什么爱弥儿拥有了财产观，就会走向自我矛盾的境地？财产的劳动启蒙学说为何会成为爱弥儿的枷锁、地牢？理解这些问题，还需回到卢梭在"二论"中的相关论述。

---

① Jean-Jacques Rousseau. *Emile Or On Education*. Trans. by A. Bloom. New York：Basic Books, 1979：98.
② Jean-Jacques Rousseau. *Emile Or On Education*. Trans. by A. Bloom. New York：Basic Books, 1979：100.
③ Jean-Jacques Rousseau. *Emile Or On Education*. Trans. by A. Bloom. New York：Basic Books, 1979：100－101.

在"二论"中，卢梭描述了人在自然状态下根本不需要财产，也没有财产观。因为财产观在他生活中是无用的。自然人凭靠自己的身体构造、动物式的本能，他的生存需要就能得到满足，因而，他也无需与他人发生争夺、冲突。因此，在原初自然状态下，人本身就是幸福的生灵。这是卢梭笔下的"伊甸园"，而人类被赶出伊甸园，就是因为人类吃了知识树上的"苹果"。在卢梭这里，"苹果"就是财产观。[1] 卢梭写道，财产观并不是人的天赋观念，而是建基在人的身心发展、勤奋和理性启蒙基础上的。在"二论"中，卢梭核心的理论工作就是追溯财产观的起源，以及财产观对个人、对人类社会的影响，尤其是其道德影响（the moral effect of property）。财产占有问题不仅是一个经济问题，更是一个道德问题，它的出现对人的素质、品行以及人的社会关系产生巨大而深远的影响。

在自然状态下，自然人除了天然的自我保存需要以外，本没有其他需要。自然人活得自由且幸福。但是随着人理性、情感、社会性的发展，家庭和初期社会的建立，生产技艺的进步，人步入了剧变的关键点，其生存方式从原来的单子式的自足状态走向了与他人分工合作的共存状态。这种生存方式的变化，一方面增加了人对他人的需要，因为没有他人的帮助，他自己无法独自生存；另一方面也增加了人的贪欲，因为他发现占有更多生存必需品的好处。这两种需要打破了人独立自足的状态，人与人之间平等的基础消失了，财产观形成了，劳动变得必不可少。从上述内容来看，卢梭以自然人孤独的生存状态为对照，提出劳动并非必然之事，而是由于人欲望需要的增多，才变得必不可少的。因此，对劳动，卢梭不会像洛克那样持肯定的态度，不以人类共同福祉为由，肯定并鼓励人做更多的劳动，因为洛克的劳动逻辑迟早会将人类推入永不停歇的劳役（perpetual labour）中。在这种社会中，人与人之间的奴役、依附性也将随之而来。这就是卢梭从洛克的财产劳动理论中发现的自由危机。如果不对人的财产

---

[1] S. Pierce. Locke vs. Rousseau: Revolutions in Property [DB/OL]. (2019-03-18) [2020-09-17]. https://digitalcommons.lasalle.edu/the_histories/vol15/iss1/7.

进行限制，将其限制在满足自己生存需要的合理范围内，那么，这必然导致财产观产生后给人类自由带上的第一个枷锁——永恒的劳役。如若能够对其限制，那么，人类仍旧处于早期自然人所拥有的自由而幸福的黄金状态，与财产相关的劳动也不会随着人的贪欲而增加，人的劳动就会限制在合理的范围内。因此，卢梭在《社会契约论》中对劳动占有土地提出了第二个限制条件——"人所占的土地范围不超过他的生存所需"，不仅仅是对外的限制，更是对内的限制。前者是为了他人的生存权利而限制个人的劳动占有；后者是为了主体的自由而限制过度的劳动占有。这就是卢梭的深意所在。

然而，随着生活的富足、财富的增加，人的欲望需求真的能被限制吗？在卢梭看来，财产观的产生不仅增加了人的生存需要，更激发了人的其他欲望需求。而这个欲望需求增加的过程，本就是一个败坏人性、德性的过程。因此，财产观的产生不仅可能成为危及人自由的生存枷锁，更有可能成为人德性品质的腐蚀物。"财产这个恶魔会影响它触及到任何事物"。[①] 卢梭细腻地描述了财产观对人性、德性的败坏过程。自然人本是自由而独立的人，完全凭借一己之力就能生存。然而，进入社会状态后，人在社会中的生存取决于"他的财产、个人能力（或是为人效劳的能力或是损害他人的能力）、心智、漂亮、力量或技巧，功绩和才能"。[②] 没有这些，个人不可能在社会中获得公众尊重（public respect）。因而，在社会状态下，人的生存不再取决于每个人天赋的生存本能，而取决于他的社会存在、社会地位。这就意味着人本是靠天然本能就能生存的生灵，进入社会状态后，先要变得社会化才能活下去。在这个社会化的过程中，在人性被重塑的过程中，人会变得更好吗？

---

① Jean-Jacques Rousseau. *Emile Or On Education*. Trans. by A. Bloom. New York: Basic Books, 1979: 354.
② Jean-Jacques Rousseau. *The Social Contract and The First and Second Discourses*. Ed. by S. Dunn. New Haven: Yale University Press, 2002: 122.

一个人要在社会中生存，意味着一个人要有功绩、才干，才能在社会中立足。这样的社会生存环境会对人产生三个影响。第一个影响，是个人可能会变得虚假，对他人也充满欺骗。就人性而言，拥有超拔他人的素质、禀赋或才能，对大多数人而言都是不可能的，但社会又看重这些素质、才能。这样的社会生存现实，就会逼迫人弄虚作假，让自己假装拥有这些素质，使自己看上去比实际更优秀、更有才能。因而，走出自然状态的人迎来的，将是一个看起来人人都有才能、都会表现自己的社会。第二个是增加人对社会、对其他人的依附性。在社会状态下，人增加了对自然、对同类的新需要。在某种意义上，这让他变成了他人的奴隶，即便他看起来是主人。"富人需要穷人的服侍，穷人需要富人的帮助，而中产者离开了富人与穷人，也不能保持自己的财富"。① 这样的主奴关系实质上增加了人与人之间相互奴役、相互依附的关系。第三个影响是人在生存需要、不必要的需要之上，再增加胜过他人、赢得社会承认的需要。这是因为人们生活在一起，相互观察、比较不可避免。这种比较将激发人想要胜过他人、得到他人关注的欲望。此种欲望在财产占有方面的体现，就是渴望占有比他人更多的财富。"那种永不餍足的、增加自己的相对财富的野心，与其说是出于生存的必然性，不如说是为了胜过他人"。② 因此，在那种无节制地占有财富的背后，不仅是对财富本身的贪欲，更是要胜过他人的野心与获得他人承认的渴望。这种野心与渴望鼓动人产生一种相互伤害的黑暗倾向（inclination）、一种隐秘的嫉妒。这种隐秘的嫉妒更为危险，它为了更安全地达到目的，常常会装出善意的样子。

　　卢梭这一连串对财产、财产权的控诉，最猛烈地是对人性的败坏及其滋生的灵魂恶的抨击。这种灵魂恶是指人变得虚假、欺诈、耍手段、傲

---

① Jean-Jacques Rousseau. *The Social Contract and The First and Second Discourses*. Ed. by S. Dunn. New Haven: Yale University Press, 2002: 122.

② Jean-Jacques Rousseau. *The Social Contract and The First and Second Discourses*. Edited by S. Dunn. New Haven: Yale University Press, 2002: 123.

慢、严酷、贪婪、野心、嫉妒、恶意、伪善、好战。这就是"文明人"灵魂的道德缩影。这一道德缩影以劳动、财产为线索,展现了人从孤独自然状态进入社会状态之后,在人的欲望变迁中,人性、德性的下坠状态。那么,这一下坠状态到底是如何造成的呢?对此,需要联系卢梭的人性理论进行思考。

在布鲁姆看来,卢梭不关注肉身与灵魂两分的人性理论,而重视自爱(amour de soi)与自恋或自负(amour-propre)两分的人性理论。[①] 这种人性理论是理解卢梭思想的一把钥匙。自爱作为人天然拥有的一种自我保存欲望,就它自身与人的关系而言,就是好的、有用的。这一欲望也不必然关联到他人。自恋或自负是人进入社会状态后,从上述天然的自爱中衍生出来的相对的、人为的自重和自负情感。这种从自爱中衍生出的情感,往往是与他人对自己的评断相关的、与他人进行比较相关的情感,如愤怒、骄傲、虚荣、怨恨、报复、忌妒、愤怒、竞争、奴役、侮辱、乖戾、悖逆等情感。[②] "自恋虽是一种关照自己的激情,但他来源于通过与他人的比照而对自己的确认"。[③] 因而,人在社会状态下,不再像在自然状态下那样,以自我保存欲望作为生存动机和行动原则,而是转向了如何满足这些有害的自恋情感。因此,人的灵魂中出现了两种声音,一种是来自天然的自爱的声音,一种是来自相对的、人为的自恋的声音。这就使灵魂出现了自我与自我相矛盾的困局。这是财产观产生之后可能给人戴上第二个枷锁——自己与自己相矛盾。那么,财产观的产生,如何使人原初的自爱,变异为人的自恋、自负之情呢?

比尔宁(Andrew Geoffry Billing)对卢梭所用的"amour-propre"一

[①] A. Bloom. Introduction. *In Emile or On Education*. J. J. Rousseau. New York: Basic Books, 1979: 4.

[②] [美]艾伦·布鲁姆. 巨人与侏儒——布鲁姆文集(增订本)[M]. 秦露等,译. 北京: 华夏出版社, 2007: 268-269.

[③] 渠敬东,王楠. 自由与教育:洛克与卢梭的教育哲学[M]. 北京: 生活·读书·新知三联书店, 2012: 182.

词，进行了法语词源学分析，从更深的角度阐释财产观对人性的影响。①作者提到在 1727 年弗雷迪埃通用字典中，"propre"一词可做形容词、名词。此词的第一个意思是指能够将此实体与彼实体相区别的独特特征。因此，"propre"也被认为是事物身上通常具有的品质、优点。这个词的第二个意思是拥有某物，即一种对物的所有权。这个意思与卢梭在二论中所用的"amour-propre"更接近。但卢梭对此词的使用，使这个词在含义上有了新的变化。它不再向内指涉自己，也向外指涉自己的所有物。卢梭对"amour-propre"一词的认识，反映他在人的自我认识方面，观察到一种新的人的自我认识观。在这种自我认识中，人把拥有自我、拥有人格和拥有财产等而视之。作为一种财产形式的"人格"，就是人在社会状态下拥有的"自我社会价值（own social value）"，而人就是这种"自我社会价值"的所有者（proprietor）。而麦金太尔在其研究中提到，理查德·奥弗顿早在 1646 年就对此作了论述：

> 每一个实际存在的人，都有自然赋予的个人财产（propriety），这是不能被任何人所侵犯和篡夺的；每一个人他就是他自己，因而他有他的个人财产，否则他就不是他自己了，所以别人如果擅自剥夺他的任何东西，就明显违背和冒犯了真正的自然原则，明显违背和冒犯了人与人之间平等和正义的准则。"propriety"这词虽然与 property 这词不是一个词，却是 property 的前身。②

当人以"拥有财产"的方式理解人自身时，这一理解方式将会对人的自我认识产生巨大影响。现代人作为有产者，不仅拥有物质财产，更重要

---

① A. G. Billing. Rousseau's Critique of Market Society: Property and Possessive Individualism in the Discours sur l'inégalité. *Journal of European Studies*, 2018 (1).
② [英] 麦金太尔. 伦理学简史 [M]. 龚群, 译. 北京：商务印书馆, 2003: 210-211.

的是拥有不可见的财产——"人格"。这个"人格"在单纯的自然人那里是不存在的，是在社会状态下被建构起来的。而这种由社会地位、社会尊重所构建的"人格"并不具有绝对价值，而是在不断变化的社会坐标中被标定的相对价值。这种标定的过程就是一个不断与他人比较的过程。在这个无尽的比较过程中，人"若强于他人，便会变得傲慢，进而使自己无限膨胀；他若弱于他人，便会有忌妒心，产生怨恨"。①

这是财产观产生之后，对人的自我理解、自我建构的影响。随着财产观的产生、财产权的确定，"人格"价值的高低，最终在货币财富所构建的价值坐标系中得到判定。② 在社会状态中，货币的发明和使用本是有助于人们用于商品交换的工具。随着人为的自恋情感施加在货币之上，货币作为财产象征不再单单被视为一种交换工具，更是人为了满足自己胜过他人的自恋工具。这种对财产的贪欲、通过占有财产而胜过他人的野心代替了人原初的自爱动机，成为了人新的生存动机和生存目标。因而，人在社会状态下，不再像在自然状态下那样，以自我保存欲望作为生存动机和行动原则，而是转以不择手段地占有财富来满足自己这些有害的自恋情感。这种对财产的贪欲、通过占有财产而胜过他人的野心，与人原初的自爱动机，在人的灵魂中形成两种自相矛盾的"声音"。这就是爱弥儿学了财产观之后，易于掉入的财产地牢。

借由"二论"中卢梭对财产观的论述，人们可以理解卢梭在"爱弥儿种豆子"这一诗学故事结尾中留下的伏笔。这一伏笔指涉了劳动启蒙教育中蕴藏的自由危机。这一危机肇始于财产观的产生，但其根源在于财产观触发了人灵魂中另一生存动机、生存目标。这就是通过占有财产满足人在

---

① 渠敬东，王楠. 自由与教育：洛克与卢梭的教育哲学 [M]. 北京：生活·读书·新知三联书店，2012：182.
② 麦克卢汉谈及货币这种媒介的影响时，提到当人的价值与货币的价值相连时，导致的结果是：公民的贬值伴随德国马克的贬值。当人的单元与货币单元变得混淆不清的时候，就既有脸面尽失又有价值尽失。详见 M. McLuhan. *Understanding Media: The Extensions of Man*. London and New York: Routledge Classics, 2001: 156.

社会状态下想要胜过他人的自恋需要的生存目标。这一生存目标与人天然的自爱本质，构成了人的自我矛盾，成为了人难以摆脱的灵魂枷锁。

在卢梭的笔下，财产观的产生不仅给人带来劳役枷锁、灵魂枷锁，还会进一步制造制度枷锁。随着财产权的产生，人们之间的不平等进一步拉大，并显著地变成了拥有财产的人和没有财产的人的区别。伴随富人、穷人分化状况而来的是支配、奴役与暴力、盗窃。也就是说，富人以他们的强力（strength）巧取豪夺、奴役他人，占有越来越多的东西；而穷人则也以生存之需（need），暴力抢夺或反抗。富人与穷人之间不断爆发冲突，社会状态旋即变为可怕的战争状态。在这种战争状态中，穷人本是一无所有，因而不怕失去什么。但富人思来想去都发现自己的损失最大，同时，他们也知道自己的巧取豪夺没有正当性。由此，富人们想出了一个前所未有的绝妙主意，"收买那些攻击他的人作为自己的力量，把对手变成自己的保卫者，向他们灌输不同的准则，而且自然权利对他怎样不利，他就怎样为他们制定对他自己有利的新法规"。[①] 因此，富人告诉穷人，既然大家都无法确保自己的安全，大家都惶惶不可终日，那么大家就应该在一起建立一个公正、和平的政治社会，每个人都毫无例外地遵守其中的法律。这一霍布斯式的社会契约理论，在卢梭看来，不过是富人欺骗穷人而建立起来的。因为在此社会契约下所制定的法律，并没有真正出于公意。它只是代表少数人的利益和意志，是将富人的私有财产以受法律保护的权利固化下来。这种私有财产制度和不平等的法律，不过是富人的制度，使富人更有势力保护自己不正当的财产。而对穷人而言，则是新的枷锁。这一枷锁永远取消了人天赋的自由，将巧取豪夺变成不可改变的权利，而且为了少数野心家的利益，把整个人类推向劳作、奴役、苦难的深渊。这是财产观产生之后可能给人带上的第三个枷锁——制度枷锁。

在卢梭看来，上述财产观制造的重重枷锁，所奴役的并非只是穷人，

---

① [法] 卢梭. "论文"及其他早期政治著作（影印本）[M]. 维克多·古热维奇（编译）. 北京：中国政法大学出版社，2003：172－173.

穷人只是被奴役得更加悲惨，富人也同样遭受奴役。因为富人是如此依赖穷人的存在，没有穷人他们也无法生存下去。按照"主奴辩证法"的规则，富人看似在奴役穷人，其实也被穷人所奴役。因而，富人和穷人都是奴隶。财产这一恶魔（the demon of property）在自由人的项上戴上了劳役枷锁、灵魂枷锁和制度枷锁，将人推入巨大的财产地牢中。正如卢梭在《社会契约论》中开篇不久就提出：人生而自由，却无处不在枷锁（chain）之中。[1] 那么，卢梭可给人们留下打开牢笼、枷锁的钥匙吗？

卢梭在"二论"中猛烈地批判了财产观对人性、对社会的败坏。对此，人们难免不主观臆测，卢梭的批判目的是否是要"毁灭社会"，"取消'我的'和'你的'"？[2] 真是这样吗？卢梭在其《政治经济学》提出"财产权是公民所有的权利中的最神圣的权利，在某些方面甚至比自由更为重要"。[3] 单凭这个论点，人们就很难说卢梭会像后世某些激进思想家那样，认为应该取消私有财产制。那么，人们如何理解卢梭对财产的批判？如何理解卢梭给人们的财产与劳动的教诲呢？

卢梭的许多论题都被人们视为惊世骇俗、充满悖谬性（paradoxical）的奇论。比如，他在"一论"中提出科学、学问、艺术对人而言，不过是用花环装饰的枷锁而已，它们的进步并不能提振人类道德状况。在财产问题上，人们也认为卢梭的观点充满了悖谬。[4] 然而，卢梭提出的许多悖论式的观点"并非其思想自相矛盾，而是表面的矛盾或者说与大众意见的矛

---

[1] Jean-Jacques Rousseau. *The Social Contract and The First and Second Discourses*. Edited by S. Dunn. New Haven: Yale University Press, 2002: 156.
[2] ［法］卢梭. "论文"及其他早期政治著作（影印本）[M]. 维克多·古热维奇（编译），北京：中国政法大学出版社，2003: 203.
[3] ［法］卢梭. 政治经济学 [M]. 李平沤，译，北京：商务印书馆，2013: 32.
[4] J. McAdam, "Rousseau: The Moral Dimensions of Property," in *Theories of Property: Aristotle to the Present*. Ed. by Anthony Parel, Thomas Flanagan. Waterloo, Ontario: Wilfrid Laurier University Press, 1979: 181−202.

盾"。① 正如皮尔逊（Chris Pierson）所言，"对卢梭而言，悖论并不说是真正的矛盾。悖论是那种看起来好像它一定错误的论点，但这个论点能够被证明，并加以更为充分地阐释，必然是正确的"。② 因为卢梭提出的悖论性论点往往是基于他对人性本质上的悖谬性的关注所决定了的，也是现代性自身的矛盾。③ 因而，他的思想论述必然具有一种内在张力。这种张力的存在正是卢梭对现代政治思想、现代教育思想的巨大贡献。④ 卢梭在《爱弥儿》中曾无畏地说，"普通读者请原谅我的悖论。当一个人思考时，这些悖谬是必然的。不论你可能说什么，我宁愿是以一个悖论者，而非一个偏见者"。⑤ 然而，这种直言和理智真诚也让卢梭遭受到了许多误解和批判。如当时的文坛名人伏尔泰就嘲笑卢梭的"二论"："先生，我收到了你诋毁人类的新作，谢谢……从来没有人像你这样花这么多心思使我们变成野兽"。⑥

因此，理解卢梭的思想，一个很大的挑战就是人们不自觉地带着某一偏见去读卢梭，这样就会错过卢梭论题中本有的广度、深度，而不能如其所是地体会到卢梭深厚的思想功夫。因而，在理解卢梭有关财产问题上的悖论观点，如若人们摒除某些"前见"，而随卢梭的悖论展开一场理智冒险，那么，人们可能就会对"财产"这一"看似"善好之物，有更多的认

---

① Jean-Jacques Rousseau. *Emile Or On Education*. Trans. by A. Bloom. New York：Basic Books，1979：484.

② C. Pierson. Rousseau and the paradoxes of property. *European Journal of Political Theory*. 2013，12（4）.

③ D. Ohana. Jean-Jacques Rousseau and the Promethean Chains. *Politics，Religion & Ideology*，2017，18（4）.

④ D. Ohana. Jean-Jacques Rousseau and the Promethean Chains. *Politics，Religion & Ideology*，2017，18（4）.

⑤ Jean-Jacques Rousseau. *Emile Or On Education*. Trans. by A. Bloom. New York：Basic Books，1979：93.

⑥ [法] 卢梭. 论人与人之间不平等的起因和基础 [M]. 李平沤，译. 北京：商务印书馆，2007：161.

识。财产真的是枷锁吗？财产的本质就是"恶"吗？还是其他什么原因使它们变成了人的枷锁？人们又是如何带上这个枷锁的，是否有可能打破这个枷锁？对于这些问题，卢梭是否给出了他的回答呢？卢梭曾说过，他的《爱弥儿》才是他对人幸福问题的最终解答。① 关于劳动、财产的话题，也许可以回到《爱弥儿》中，看看卢梭设想了什么样的教育钥匙来打开"财产"压在人头上的枷锁呢？

二、卢梭正义诗教续篇："爱弥儿择业"

卢梭通过"爱弥儿种豆子"这一诗学故事，阐释了一个现代人应具备的基本正义观。这一正义观以劳动占有财产为核心，教导人要凭靠自己诚实的劳动而生活，同时也承认并尊重他人的财产、劳动，不侵占他人的劳动成果。这是爱弥儿一生所应遵从的基本财产观、正义观。然而，这些观念更适合于像鲁滨逊那样完全生活在孤岛上的人，或者说孤独地生活在自然状态中的人。而爱弥儿是最终要生活在社会状态中的人。那么，进入社会状态后，他要如何生存，如何秉承他在儿童期学到的正义教诲呢？

（一）"爱弥儿择业"：导师的"就业指导"

在卢梭的描述中，人之所以进入社会状态，是因为人的生存需要的增加，单靠一己之力不可能满足自己所有的需要。通过分工，通过与他人的劳动交换，才能更好地实现自我保存。而且社会分工比一个人像全能之士（Jack-of-all-trades）那样自给自足，更有效率。因此，在社会大分工背景下，每个人都要做一份工作，满足他人的需要；同时，他人也要做一份工作，满足其他人的需要。在这里，每个人都各司其职，是一个"我为人人，人人为我"正义社会。因此，在这种社会分工中，爱弥儿要成为正义的人，就必须从事一份为他人服务的工作。

---

① 埃利斯. 卢梭的苏格拉底式爱弥儿神话［A］. //刘小枫，陈少明主编. 卢梭的苏格拉底主义. 北京：华夏出版社，2005：45.

对那些在社会之外的孤独的自然人而言，他不亏欠任何人，他愿意如何生活就如何生活，这是他的权利。但是在政治社会中，人在这里的生存，必然花费他人的劳动，这是他亏欠于他人之处。而他对他人的亏欠，是通过他的工作来偿付的。所以，去工作是每个社会人不可或缺的义务。因而，不论是富人还是穷人，有权势者还是弱势者，任何一个懒惰的公民都是一个无赖。①

因此，爱弥儿要在社会中生存下来，他必须做一份能满足他人需要的工作。这份工作不仅会让爱弥儿在社会中生存下去，而且也能证明爱弥儿是一个自食其力、不依赖和奴役他人的正派人士。这是爱弥儿在社会状态下首要具备的正义性——去工作。

然而，如前所述，卢梭在"二论"中，阐述了人从自然状态过渡到社会状态，从孤独的生存过渡到以社会分工为背景的共存，存在一个自由危机。这个危机就是由交换的必然产物——货币带来的。因此，爱弥儿在少年期学习的内容，就是如何避免由积累货币财富带来的自由危机。对此，卢梭向爱弥儿首先简单讲解了货币的特点、本质及其社会经济意义。在社会状态中，人们为了满足自己的生存需要，交换就成了必然。而交换的完成就需要一般等价物。这就导致了货币的发明（the invention of money）。货币使不同类型的货物，在价格上相互比较。② 因此，货币是社会真正的纽带。货币的最初形式是作为实体物的货币，如牛、贝壳、羽毛、金银等。而货币财富对人的道德影响，卢梭并没有把他"二论"中的相关论

---

① Jean-Jacques Rousseau. *Emile Or On Education*. Trans. by A. Bloom. New York: Basic Books, 1979: 195.

② Jean-Jacques Rousseau. *Emile Or On Education*. Trans. by A. Bloom. New York: Basic Books, 1979: 189-190.

述，以讲解的方式直接告诉爱弥儿，[①]而是再次发挥他教育想象力，设计了一个充满狡计的教育事件。通过生活中的亲身经历，感知货币对人的道德影响。这个教育事件是导师带着爱弥儿参加的两次宴会。一次是在富人家的大型宴会，一次是在农家的一顿家宴。

  在富人家的大型宴会上，不用导师说教，爱弥儿就可以直观感受到，富人家的"一顿饭"不仅耗费大量的人力、物力、财力，充满各种排场、奢侈、浪费、繁文缛节，而且还不能让人尽情地、自由地享受食物。这次宴会不是一次自给自足的宴会。如果不奴役他人，不依靠他人劳动，这场宴会根本就不可能存在。而在农人的家宴中，爱弥儿享用到的食物，都是农人的劳动所获；家宴也无任何奢侈、浪费、繁文缛节，大家在席间自由吃饭。从这两场宴会中，爱弥儿看到，同是"吃饭"，富人不单要吃饱，而且还要满足自己作为一个富人的自负与虚荣。这两顿饭表明人是如何偏离自己的天然生存目标，而满足自己无意义的自恋的。为了满足这一自恋情感，富人不仅变得过度挥霍而不正义，而且也让他失去了自由，过度地依赖他人。通过"两次宴会"，导师让爱弥儿学到了自由、正义的真谛。由此，引出了爱弥儿接下来的学习内容，即如何在社会大分工背景下，不卷入货币财富带来的诸多枷锁。对此，卢梭对爱弥儿的劳动教育转到了劳动职业教育，引导爱弥儿思考并选择他在社会状态下将要从事的劳动。此处教育的关键是在职业选择过程中，将社会状态下应有的"正义且自由"的劳动观教给爱弥儿，让爱弥儿仍旧像人在自然状态下那样，只受物的必

[①] 卢梭的《爱弥儿》的确充满了教育智慧。这种教育智慧来源于他的儿童立场。对爱弥儿的正义教诲，卢梭按照爱弥儿的儿童期、少年期、青年期，精心设计了不同的教育阶段。在爱弥儿儿童期，设计"种豆子"的劳动实践活动，引导爱弥儿学习财产的劳动起源理论；在少年期，设计"参加两次宴会"的生活实践活动，引导爱弥儿体会货币财富对人的道德影响；在青年期，爱弥儿理性成熟之后，直接以讲述的方式，引导爱弥儿理解基于公意而建立真正让人正义且自由的政治社会。

然性影响，把自己的劳动限定在对自我保存的有用性上。① 那么，爱弥儿到底要从事何种劳动，选择何种谋生的行当呢？

在所有生产性职业中，离自然最近的劳动是体力劳动（manual labor）。卢梭似乎有意以色诺芬②为榜样，将农业讴歌为最正义、最有用、最高贵的职业，是人应选择的首要行当（first trade）。③ 但是做农民，意味着要依赖土地。对土地的依赖难免存在一个因失掉土地而失去自由的隐患。"敌人、贵族、有势力的邻居，哪怕一场官司，都很有可能让人失去土地的"。④ 因此，爱弥儿在学会了干农业后，为了避免失去土地，沦为他人的奴隶，他还需要再学一个新的行当。在卢梭看来，爱弥儿所要选的应是那种能让其处于永远不失掉的地位，永远能得到公众尊重的谋生行当。这种地位不似地主、侯爵、王子那般的相对地位。这种相对地位受命运的影响。虽在位时万人敬仰、不可一世，但很有可能只是一时荣耀。在卢梭看来，那些手艺才是最不依赖命运、财富和他人的谋生行当。⑤ 因此，导师给爱弥儿的职业建议就是"做木工"。卢梭的奇论总是令初读者一头雾水、不可思议。"木工"这种行当不是常常被人视为卑贱的营生吗？它真

---

① Jean-Jacques Rousseau. *Emile Or On Education*. Trans. by A. Bloom. New York：Basic Books，1979：85.

② 色诺芬在《齐家》中，苏格拉底向青年克利托布勒斯推荐的发家技艺，就是"务农"这一自由民的生存方式。对贤人而言，务农生活是最高贵、最好、最愉快的。因为务农：(1) 可以取得必需品，自给自足；(2) 简单易学，令人愉快；(3) 让人拥有健壮优美的身体；(4) 拥有关心朋友和城邦的闲暇；(5) 为了保护自己的劳作成果，务农最能激发人的勇敢品质；(6) 为城邦培养最好、最善良的邦民。参见［古希腊］色诺芬. 齐家［M］.//刘小枫主编. 色诺芬的苏格拉底言辞. 上海：华东师范大学出版，2010：29—31.

③ Jean-Jacques Rousseau. *Emile Or On Education*. Trans. by A. Bloom. New York：Basic Books，1979：195.

④ Jean-Jacques Rousseau. *Emile Or On Education*. Trans. by A. Bloom. New York：Basic Books，1979：195.

⑤ Jean-Jacques Rousseau. *Emile Or On Education*. Trans. by A. Bloom. New York：Basic Books，1979：195.

的能让人处于永远不失掉的地位，能得到社会的尊重吗？那么，卢梭到底如何证成"木工"是值得选择的职业呢？

首先，木工是一项纯粹的机械技艺，虽不会让人富裕，但也不至于让人挨饿，因为这是人们离不开的行当。其次，这个职业更多的是需要手工，而非头脑。因而才能平平者也是可以胜任的。在这里，卢梭也批驳一种常见的职业选择观。普通人往往不假思索地认为，那些有头脑、有知识、有才干的行当才值得选择，而像手工劳动、体力劳动常被人轻视，不值得选择。但卢梭不这样看。有头脑、有知识的行当，虽让人能够获得更多的财富，而且看起来也比手工行当更高级，但仍不是自由的职业。因为这些行当仍依靠命运。要有命运的适当安排，这些知识、才干才能发挥出来。然而，个人是无法控制环境因素的。如果没有合适的环境，这些有头脑、有知识才干的人，仍旧会像没有才干的人那样饿死。此外，职业选择还应考虑社会的堕落对人的败坏。在一个堕落的社会中，个人为了创造展现才干的机会，不得不变得趋炎附势、阿谀奉承，同时，也会勾心斗角、嫉贤妒能，尤怕有人胜过自己。由此，呈现出一种反讽式的命运。人们当初选择的那些职业，是看起来让人感觉有头脑和知识、才干的。这种行当似乎也更让人可以致富和高人一等。然而，在堕落的社会，这样的职业往往败坏人，让人不仅依赖金钱，更依赖富人。这样的职业，不仅让人仍旧依赖于命运，而且还让人失去了自由，加重了奴役的链条。两相对比，爱弥儿选择木工之类的行当并不悖谬，远比那些依赖头脑、知识、才干的职业，更能保护人的自由、人独立自主的品性，更能保护人的灵魂免受恶的玷染。

从导师对爱弥儿的劳动职业教育来看，他要引导爱弥儿选择的行当，首先是自由的。这让他独立、自主，不依赖于他人，不依赖于社会环境，不依赖于命运。其次，这样的行当也不会腐蚀人灵魂，不会引诱人去做那些龌龊的、与人性不相容的勾当。因此，爱弥儿选的是一个正直的行当。最后，这个行当当然也是有用的。不仅有用于公众，而且哪怕是人生活在社会之外，生活在孤岛上，也能直接有用于个人的生存。只有选择这样的行当，爱弥儿不论处于何种境地，都会拥有一个自由、健康、真实、勤劳、正义的人生。① 这就是"做木工"何以值得选择。这是卢梭对人进行的职业价值观教育。那么，对爱弥儿这样的个体，具体应该如何引导他进行职业选择呢？对此，卢梭进一步发挥了他的教育想象。

要帮爱弥儿找到适合的职业，首先要根据爱弥儿内在本性，寻找适合于他个性的行当。对此，卢梭又提到一个人们常常犯的错误。这就是人们常常把孩童偶尔因为环境影响而喜欢的某一技能，混淆为孩童的天然禀赋。换句话说，人们把孩童偶然的喜好当成了孩童的天性，进而将其作为孩童的本性加以引导、教育，这必然导致孩童命运的错置。卢梭借孩童喜欢画画为例谈论了此事。在卢梭看来，不仅是家长，连孩童本身都不免被自身似是而非的冲动所欺骗。② 像孩童学习画画不见得就是其天赋，仅仅是因为他的模仿本能而已。卢梭提到一个画家的仆人的例子。仆人看到自己的主人作画，就想成为一个画家。之后，他坚持练习画画的技能，弥补他在天赋上的不足。虽然这位仆人的恒心、进取心、刻苦的精神受人尊重，但是在画画上他永远只能画那些置于门上装饰板上的画。"谁不曾被他自己的热情所欺骗，认为自己热爱的就是自己的禀赋所在呢"？③ 然而，一个人喜欢某个工作和适合此工作，是有天壤之别的。教育者在认识孩童的本性时，很重要的事情就是要有敏锐的观察力，辨别孩童是因一时的冲动爱好，还是个人的天性所致。这样，才能为孩童找到适合其本性的职业奠定基础。

其次，卢梭谈到了当有职业选择的余地和空间时，应该如何考虑学生

---

① Jean-Jacques Rousseau. *Emile Or On Education*. Trans. by A. Bloom. New York: Basic Books, 1979: 197.

② Jean-Jacques Rousseau. *Emile Or On Education*. Trans. by A. Bloom. New York: Basic Books, 1979: 198.

③ Jean-Jacques Rousseau. *Emile Or On Education*. Trans. by A. Bloom. New York: Basic Books, 1979: 199.

的个体差异性。卢梭说道，有用的职业有很多，不可能为了尊重而都学。其实，只要不贬低这些有用职业中的任何一个就可以了。当没有其他因素影响而能够对职业进行选择时，应考虑这些有用的职业对个人的吸引力，以及与个人倾向的契合性。对个体而言，如果有职业选择的自由，那么首先要选择适合自己性别的职业，选择那些不损害自己身体健康、不让自己减寿的职业。但不应该拒绝那些艰苦的、甚至是危险的工作。因为这样的工作，既锻炼力气，也培养勇气。对那些有选择的人而言，也可以考虑工作是否卫生、清洁。这个不是由于舆论的缘故，而是由个人感官决定的。此外，还可以考虑这样的职业是否能让人勤奋，是否能让人多动点脑筋。因此，卢梭认为适合爱弥儿的第二职业就是做木工。卢梭给出了以下一些择业理由：（1）做木工是一项干净、有用的工作；（2）做木工虽是室内工作，但也能充分锻炼身体；（3）完成这个工作需要人的勤奋和技能；（4）木工虽以实用为主，但也不排除典雅和品味。因此，像做木工一样的职业劳动，是有益于人的身心的。卢梭也提到，如果学生本人确实有思辨科学的天赋，也可以学习适合他本性的行当，比如，制作数学工具、眼镜、望远镜等。

  选定爱弥儿所要从事的职业之后，进入职业训练时，卢梭强调职业训练不仅仅是学做木工的技能、技巧，更重要的是学做木工的生活方式。因此，爱弥儿从早到晚都在师傅家学习，在师傅家吃饭、睡觉，真正像一个木工那样去生活。此外，爱弥儿学做木工的时候，注意不要激发他的自负心（vanity）。这种自负心会让人只把"自己"动手制造的东西看作是有价值的，而不管其制造的东西是否真正有用。要让爱弥儿向真正的好木匠学习，做出好的木工活不是为了炫耀自己。卢梭最后总结道，对爱弥儿的劳动职业教育，不仅要培养和锻炼爱弥儿用身体和手工劳动的习惯，也要在不知不觉中培养爱弥儿反思冥想的爱好，使爱弥儿像农民那样劳动，像哲人那样思考，不至于像个野人那样懒惰、无所事事。①

(二)"爱弥儿择业"与卢梭的正义教诲

上述导师对爱弥儿择业指导的分析，似乎没有初看起来那么惊世骇俗了。反而，在这一悖谬主张下，隐藏着世人少有的清明主张。这样的择业主张，通过把爱弥儿培养为农民、木匠，导师把爱弥儿的生存处境提拔到了一种绝对地位中。这种在社会分工体系中的绝对地位，可以让爱弥儿永不失业，永不依靠富人，永不失去自由，靠自己的劳动就能正直生活。在爱弥儿整个劳动职业教育阶段，卢梭要处理的核心教育矛盾仍是围绕着人自然、朴素的自我保存的欲望与人为的、自视甚高的自恋欲望之间的内在人性矛盾。在卢梭的《爱弥儿》中，二者的矛盾时时刻刻出现在人生路上。

无论是在幼儿期的哭声，童年期的损坏物品，少年期的职业选择，青春期的社会交往，成年期的恋爱选择，导师对爱弥儿自爱心的教化都贯穿教育的始终。当此矛盾出现在爱弥儿的谋生问题上时，卢梭的核心教诲仍是爱弥儿的职业选择如何不受社会偏见、社会舆论的影响，始终符合天然的自爱原则，选择适于自己本性的职业。在社会状态下，人们往往受制于社会偏见与社会舆论的蛊惑，不再安于自己的本分，而是想要获得那种能给自己带来更多财富、更多权势、更高地位、更多尊重的职业。然而，这种僭越自己本分的追求，往往在人心中生长出竞争、嫉妒、忌妒、自负、贪婪，以及卑劣的恐惧等危险情感。这些情感让人偏离了"自我保存"这一原初的生存动机和行为原则，追求不择手段地胜过别人，以满足自负心。因此，在劳动职业教育过程中，应防止触发爱弥儿心中的自负、虚荣之情，让爱弥儿的职业选择不超过自己的生存所需。这就能让爱弥儿在社会状态中不仅能够生存下去，而且依旧保持健康的状态，不与自己相矛盾，让自己卸下由财产观带来的灵魂枷锁。尽管如此，卢梭对爱弥儿的教

---

① Jean-Jacques Rousseau. *Emile Or On Education*. Trans. by A. Bloom. New York: Basic Books, 1979: 202.

育仍未完成。

经导师的种种调教后，对经商、理财、官职之类的职业，爱弥儿自然认为这些职业不适合他。他所选择的生存方式要为人善良、正直，靠自己的劳动挣得面包，并和自己爱的人独立生活。由此，在社会状态下，人的生存方式才能仍旧是幸福、光荣、健康的，一如人在原初的自然状态下。最后，爱弥儿认为自己仍应该是农民，只要有一小块土地供他耕耘，他就可以通过自己的双手，满足自己和家庭的需要。这是爱弥儿选择的正义、可靠，同时又能保持自由、独立的谋生方式。然而，导师提醒爱弥儿，不应遗忘其中存在的政治问题。只要爱弥儿生活在社会状态中，他就始终面临一个属于他的东西遭到侵占的潜在危险。因此，卢梭对爱弥儿最后的教育就是政治教育，即如何在政治社会中保护自己生命、财产的安全，如何保护个人正直劳动成果不遭他人掠夺。① 问题是世界上存在一个能够让爱弥儿正义、自由地生存下去的国度吗？这就涉及卢梭在"二论"中提到的制度枷锁的问题。

卢梭批判霍布斯的社会契约论是建基于"富人对穷人的欺骗"之上的。因为没有"公意（general will）"，基于社会契约论所建立的政治社会，不可能保护所有人的利益，仅仅保护富人的利益而已。参照其《社会契约论》思想，卢梭将一种基于公意而建立的正义且有益的政制，以讲授的方式直接教给了爱弥儿。在这种政治社会中，法律作为人民共同意志，将人们联合起来的共同力量，维护和保障每个联合者的人身和财产安全。通过社会契约，人失去了自然自由（natural freedom），限制了他在自然状态下对他的欲求之物和他所能得到的一切东西的无限权利，以此换来了公民自由（civil freedom），以及他拥有的所有东西将被视为合法财产（property）的权利。自然人占有所有物（possession）仅仅是靠个人的力量或者是靠先占者的权利，但在公民状态下，公民拥有的是受成文法保护的、确

---

① Jean-Jacques Rousseau. *Emile Or On Education*. Trans. by A. Bloom. New York: Basic Books, 1979: 456－457.

定的财产所有权 (a positive title)。① 在政治社会的法律的保护下，个人财产变成合法的财产权，不仅受个人保护，也得到政治社会的承认和保护。

虽然卢梭在"二论"中猛烈批判了财产权作为一种人为建制（human institution），对人心的腐蚀、对社会风气的败坏，但是它仍具有重塑的可能性，可以作为一个良好、秩序生活的基本因素。② 因为对个人而言，财产是支撑个人独立、自主的必要条件。如前所论，洛克与卢梭的财产理论，都将财产与人的独立人格联系在一起。对财产的保护观念，等同于对自己的保护。人已经相信对他的所属物的伤害，等于对他人格的冒犯、蔑视。③ 因此，拥有不受他人侵占的财产的人，实质上是拥有独立人格的人。因此，对爱弥儿的劳动财产教育本身也是自由教育。所以，卢梭在《政治经济学》中提出财产权是公民"最神圣的权利"。其理由有三：一是因为它与人的自我保存最密切有关；二是财产权最容易被他人掠夺，比人身更难保护；三是财产是政治社会的真正基础，是公民承担和履行义务的前提，而且公共的花销都需要公民的财产支持。④ 因此，财产理论不仅关乎个人的独立、自由，也关乎国家的独立、自由的问题。后者成为了卢梭在讨论科西嘉、波兰的治国之道中的核心问题。⑤ 这些政治经济政策的安排，都要在公意的指导下，以全体人民的利益为鹄的。因此，"在财富方面，任何一个公民都不能富到足以用金钱去购买另外一个人，也不能穷到被迫

---

① Jean-Jacques Rousseau. *The Social Contract and The First and Second Discourses*. Edited by S. Dunn. New Haven：Yale University Press，2002：167.

② R. F. Teichgraeber. Rousseau's Argument for Property [J]. *History of European Ideas*，1981 (2).

③ R. F. Teichgraeber. Rousseau's Argument for Property [J]. *History of European Ideas*，1981 (2).

④ [法] 卢梭. 政治经济学 [M]. 李平沤，译. 北京：商务印书馆，2013：32.

⑤ 参见 [法] 卢梭. 科西嘉制宪意见书 [M]. 李平沤，译. 北京：商务印书馆，2013：17—39. [法] 卢梭. 论波兰的治国之道及波兰政府的改革方略 [M]. 李平沤，译，北京：商务印书馆，2014：72—84.

出卖自己"。①

通过《社会契约论》，卢梭打开了束缚在人身上的制度枷锁，但《社会契约论》始终是《爱弥儿》的一个附录而已。之所以是"附录"，是因为按照上述公意运行的政治社会，是可遇不可求的。但是对每个生命短暂的个体而言，不可能都要等到政制重建之后，才能过上自由、幸福的生活。这就是卢梭通过《爱弥儿》所展现出来的教育野心，他要为"爱弥儿"奠定一个可以战胜命运的绝对地位。这个地位不是让人去做国王、做富人、做贵族，而是做"人的地位"。这个地位不论处于何种政治状况，人凭靠自己的能力而活，就能活得自由、正义、幸福。像爱弥儿学会了干农活，如果有土地，他就可以凭靠土地而活；如果没有了土地，他也可以通过做木工，在社会状态下生存下去。因此，卢梭牢牢让爱弥儿依靠自己的劳动，不需要太多的知识、头脑、财富，就能活得正义且自由。

> 只要我是独立的、富裕的，我就凭靠财产生存下去。当我的财产束缚我时，我会毫不费力地放弃它。我有双肩，可以自食其力而生存。当我的双肩不能用时，如果有人赡养我，我就活下去，否则就死去。即使我没有被遗弃，我仍会死去。死亡并不是对贫穷的惩罚，而是自然的法则必然结果而已……这就是我选择的人生道路。如果我没有了那些自恋之情，就作为一个人的境况而言，我可以像上帝那样独立、自由的存在了。②

这是卢梭通过《爱弥儿》这一教育故事，教给现代人的生存方式。无论处于社会状态还是非社会状态下，无论是否有头脑、知识，人都可以凭

---

① Jean-Jacques Rousseau. *The Social Contract and The First and Second Discourses*. Edited by S. Dunn. New Haven: Yale University Press, 2002: 189.
② Jean-Jacques Rousseau. *Emile Or On Education*. Trans. by A. Bloom. New York: Basic Books, 1979: 472.

靠自己的劳动力量，正义且自由地生存下去。《爱弥儿》是卢梭为即将进入社会大分工、大生产的现代人留下的一把"正义钥匙""自由钥匙"，以解开可能套在现代人项上的劳役枷锁、灵魂枷锁、制度枷锁。

卢梭以"爱弥儿种豆子"及其续篇"爱弥儿择业"，为现代人谋划出了新的生存方式和生活方式。这种正义诗教向现代人展现了另类的"正义"。这种正义不再是个体在家庭生活、城邦生活中形成的德性，仅仅是人的生存权利。这种正义观的逻辑起点是人自我保存的权利如何实现的问题。从这种个体生存视角出发，个体要实现自我保存的权利，首先就要发展自己的能力，保存自己。对每个身心健全的普通人而言，每个人都能拥有的生存能力就是劳动。因此，卢梭的正义教诲的第一个内容，就是要教爱弥儿、教每个现代人要自己劳动。而一个人能占有自己的劳动成果，其必要条件是不被他人侵占。因此，正义教诲的第二个内容是现代人要达成一个和平协议，每个人都承认和尊重他人的财产占有的权利，遵守不侵占他人财产的协议，由此，保证个人的财产安全。但是个体与个体之间的和平协议，如果没有更强大的力量作为后盾，那么，这种和平协议时时都可能被违背。因此，卢梭通过"公意"的概念，改造了霍布斯的社会契约论，让自然状态下的个体联合起来而形成的共同力量，建立真正正义且有益的政治社会。而且在社会状态下，更有效率的劳动方式不是每个人自给自足，而是一种社会大分工，因此，基于个人劳动而来的个人正义，在社会状态下，就变成了一个人做一份工作，让自己的劳动能够交换他人的劳动。这是现代人正义的生存方式。

通过《爱弥儿》，卢梭为现代人宣扬了新的生存方式。这一生存方式是正义且自由的。那么，其中的"正义"是如何建构的，其内在的脉络和理路是什么？又如何看待这些新的正义教诲呢？

三、西方现代正义诗教背后的现代正义解法

卢梭在《爱弥儿》中的正义诗教，其背后的正义观念及其正义问题意

识并非卢梭独创。他继承了霍布斯的正义观和正义问题意识。到底什么才是大规模、持久的政治社会的道德基础，是一个重大问题。霍布斯在《论公民》中，着重讨论了这个问题，并以自然状态为逻辑起点，建构了一种新式的权利论正义观。

《论公民》中，霍布斯一开篇就质疑了西方古典政治哲学的基本假设——人天生就是政治动物。在霍布斯看来，人们之所以联合起来共同生活，并非出自人的本性，而是出于偶然（by chance）。这从根本上否定了人天生就是政治动物的人性假设。在此基础上，霍布斯进一步解释了人们之所以要寻找伙伴，不是因为对他人的爱，而是希望寻找那些更有声望、对自己更有利的人为伴。要言之，人们联合起来，不是出于对他人的友爱，而是出于自己的利益，出于自己能够从他人那里获得荣誉和利益（commodum）。这种利益包括意愿的目标、对自身的善、身体和心智的快乐、荣耀等。"所有社会都是因为利益或者荣誉之故而存在的，即爱自己的结果，而非爱他人的结果"。[①] 但是一个大规模或者持续性的社会（large or lasting society）不可能以荣誉这种激情为基础。因为荣誉本身就是个体之间的比较、竞争而产生的，所以，不可能是每个人都拥有的。因而，一个政治社会不可能以"荣誉"为其基础。这只能增加人与人之间的竞争，不会让人们长久地联合起来。那么，只剩下"利益"这一选项作为政治社会的基础。

因此，霍布斯在其政治学说中，构想了以利益为基础的政治社会基础。这就是人的自我保存的权利。

> 因为每个人想要对自己好的，逃避对自己恶的，在所有自然的恶中，主要的恶是死亡；而且是由一定的自然冲动让人这样做的，如同石头要往下掉一样。因此，一个人利用他所有的努力来保存、保卫自

[①] T. Hobbes. *On the Citizen*. Edited by R. Tuck & M. Silverthorne. Cambridge: Cambridge University Press, 1998: 24.

己的身体和身体部分，免于死亡和痛苦，就不是荒唐、应受谴责的，也没有违背真正理性的教诲。没有违背理性的正确理性，那么，所有人都同意，这样做就是正当的（justly），是一种权利。①

这种自我保存是人的天赋权利。这种权利（right）是每个人根据正确理性的教诲，尽可能地利用自己的自然能力（facilities），实现自我保存的自由。因此，每个人尽可能保护自己的生命就是首要的天经地义之事（the first foundation of natural right）。从这种自然正当中而来的自然权利（the right of nature）就是人自我保存的权利，以及人利用所有手段和所有行动实现自我保存的权利。这是自然赋予每个人对万物的权利（a right to all）。"每个人都被允许对任何人做任何事，无论他想要什么、他能得到什么，他都可以去占有、使用和享受"。②这意味着在自然状态下，人可以为所欲为。这些占有、使用和享受在纯粹自然状态（state of nature）中，都具有天经地义的正当性（with right）。

以人的利益、人的自保权利作为政治社会的基础，意味着其中最根本的正义问题，就是人的权利是否得以实现的问题。要实现这种权利论正义观，需要新的正义解法。

（一）政治解法：正义与政治权力的结合

在霍布斯的"自然状态"构想中，人的自我保存成为了最终生存目标，且每个人都声称对万物都具有天赋权利。由此，出于人自我保存的任何行为，就具有了"自然正当性"。如野兽般的掠食天性、暴力和诡诈都不能视为邪恶，它们都是必要的战争性德性（the virtue of war）。这是在自然状态下，每个人的必备技艺。同时，在自然状态下，缺乏得到人们承

---

① T. Hobbes. *On the Citizen*. Edited by R. Tuck & M. Silverthorne. Cambridge: Cambridge University Press, 1998: 27.

② T. Hobbes. *On the Citizen*. Edited by R. Tuck & M. Silverthorne. Cambridge: Cambridge University Press, 1998: 28.

认的、公正的裁决者。那么，人人声称拥有万物的自然权利，必然导致人与人之间相互敌视、相互争夺。"在人进入社会之前的自然状态，就是战争；而且不是单一战争，而是所有人对所有人的战争"。① 这是自然状态下"人人相互为敌"的战争状态。霍布斯对这些通过自然状态而展现出的人性，并没有做道德评判，而是视为人为了生存下去的正当作为。霍布斯无不遗憾地认为，连卓越的政治家如加图等人，都不能正视人民的这种豺狼本质（wolf-like element），承认人出于自保的一切行为的正当性。因此，政治哲学家不是要对人的狼性作道德评判、道德教化，而是将其做政治之用。霍布斯的政治设计并非要改变人的这种本性，只是制造人为的锁链约束它，使人们在一个和平、安定的生存环境中，实现自己的欲望。霍布斯的思路蕴含着正义问题的政治解法。具体说来，就是将自然法的理论与政治权力结合起来。麦金泰尔认为，在路德和马基雅维利之后必然会兴起一种道德与政治结合在一起的理论。②

霍布斯所构建的自然状态学说，将人之正义归结为人能够实现其天然的自保权利，避免遭受的最大不义就是——横死。在这种境况下，霍布斯推论，第一条自然法就是确定人自我保存的自然正当性。③ 而每个人都能实现自我保存，其必要条件必然是和平。和平的实现，就需要每个人自愿放弃对万物的权利，放弃的方式是通过契约，每个人都同意彼此放弃同样

---

① T. Hobbes. *On the Citizen*. Edited by R. Tuck & M. Silverthorne. Cambridge: Cambridge University Press, 1998: 29.
② [美]阿拉斯代尔·麦金太尔. 伦理学简史[M]. 龚群，译. 北京：商务印书馆, 2003: 181.
③ [英]霍布斯. 利维坦[M]. 黎思复，黎廷弼，译. 北京：商务印书馆, 2008: 98.

的自由权利。① 这一契约必须履行。履行、遵守契约就是正义的。因此，失约就是不正义的（unjust），不履行信约就是不义（injustice）。上述自然法的内容中，正义的内涵就是自我保存的自然正当性，服从自然法，履行契约。但是这种自然法要真正发挥效力，实现和平，还需要"更多的东西"。这就是人们通过订立契约的方式，建立一个国家。这个国家可以运用共同权力震慑和惩罚那些违反自然法的行为。这就是霍布斯设计的"利维坦"。

利维坦作为人模仿上帝的技艺而制作的人工作品。它的存在并非"自然"，而是通过人为设计才出现的。在霍布斯看来，"利维坦"这一抽象人格，始于这样的伟大时刻："我承认这个人或这个集体，并放弃我管理自己（governing myself）的权利，把它授予这人或这个集体，但条件是你也把自己的权利拿出来授予他，并以同样的方式承认他的一切行为。"② 因此，像这样统一在一个抽象人格中的一群人就形成国家（commonwealth）。国家通过人人授予（托付）它的权力，执行所有人的意志，对内谋求和平，对外抵御外敌，使人们获得和平、安定的保障。"一大群人相互订立信约、每人都对它的行为授权，以便使它能按其认为有利于大家的和平与共同防卫的方式运用全体的力量和手段的一个人格"。③ 这种建国方式是人们一致同意订立契约而建立起来的。契约内容是人人都放弃自我治理、自我统治，共同交由国家来统治，承认国家统治的

---

① 第二条自然法：在别人也愿意这样做的条件下，当一个人为了和平与自卫的目的认为必要时，会自愿放弃这种对一切事物的权利；而在对他人的自由权方面满足于相当于自己让他人对自己所具有的自由权利。参见［英］霍布斯. 利维坦［M］. 黎思复，黎廷弼，译. 北京：商务印书馆，2008：98. 另见［英］霍布斯. 论公民［M］. 应星，冯克利，译. 贵阳：贵州人民出版社，2003：15. 因为所有人必定无法维持他们对所有东西的权利，必须转让或放弃某些权利。

② ［英］霍布斯. 利维坦［M］. 黎思复，黎廷弼，译. 北京：商务印书馆，2008：131—132.

③ ［英］霍布斯. 利维坦［M］. 黎思复，黎廷弼，译. 北京：商务印书馆，2008：132.

正当性、合法性。这也是霍布斯自然法的第二条内容教给人们的教诲,当有必要建立具有强大震慑力的共同权力时,人们应该通过契约的方式,同意放弃自我管理的权利,交由国家来管理。由此,国家作为抽象人格,获得了每个人授权,能够行使所有力量和手段应对国家事务。那么,国家的职责就在于运用全部力量、手段保障人民的安全,维护国家安全和国内和平。

霍布斯通过新的政治设计,解决了自然状态中人与人之间的战争状态。人要实现生存,并不必然要诉诸战争技艺,而是通过人们的立约行为,将每个人自我保存的权利部分转让给第三方——国家。国家形成的共同力量,能够更为有效地保护每个人的权利不被侵犯。这是霍布斯为人世间的正义问题,提供的政治解法。这种解法利用强有力的外在力量,压制人可能犯下的不义行为,让人得以在一个相对安全的环境中,实现自我保存。虽然对自然状态中的战争问题,卢梭有自己的思考进路,但他基本上同意霍布斯的解决方向,用政治社会的共同力量压制不义的暴力。

尽管卢梭在行文中时,对霍布斯的思想提出了批评和修正,但有研究者认为卢梭的政治学说更接近霍布斯,而不是洛克。[1] 卢梭将霍布斯视为"迄今所有天才中最卓越者之一",[2] 还为霍布斯学说遭受的恶评鸣不平。[3] 卢梭对霍布斯的追随,体现在卢梭同意霍布斯重新理解人类社会的思路以及政治社会的建构方式。卢梭与霍布斯在政治理论上的主要分歧是,以霍布斯的方式所建立的政治社会并非真正"正义且有益"的社会。因为这种

---

[1] [法] 勒赛克尔 (Lesaikeer). 导论——让-雅克·卢梭:生平与著作 [M]. // [法] 卢梭. 论人类不平等的起源和基础. 桂林:广西师范大学出版社,2009:32.

[2] 转引:[法] 自勒赛克尔. 导论——让-雅克·卢梭:生平与著作 [M]. // [法] 卢梭. 论人类不平等的起源和基础. 桂林:广西师范大学出版社,2009:32.

[3] 人们往往将格劳修斯的政治学捧上了天,将霍布斯骂得"狗血喷头"。但在卢梭看来,这证明了没有几个人真正读懂了他们两个人的著作。在卢梭看来,二者的理论完全一模一样,只是使用的表达方法不同罢了。参见 [法] 卢梭. 爱弥儿——论教育(下卷)[M]. 李平沤,译. 北京:商务印书馆,2006:703-704.

政治社会是建立在强者对弱者、富人对穷人的欺骗上。霍布斯的社会契约论就是富人的统治策略。但卢梭认为这种联合所建立的政治社会并不正义，因为这个富人的发明只是保护了富人的利益，国家的法律只是保护富人的财产。对于穷人，法律不过固化了人与人之间的不平等，让穷人获得了锁链，而不是自由。[1] 对此，卢梭在《社会契约论》中，进一步将这个问题精炼为政治社会中个体任意意志、众意与公意不一致的问题。正义的政治社会的法律所出自的意志不能是个别意志或众意，必须是"公意"。公意是对全体人民作出的普遍性规定。"每个人都共同把自己的人格（person）和所有他的力量放在公意的最高指导下；由此，每个人才成为了整体中不可分割的部分（an indivisible part of the whole）"。[2]

霍布斯、卢梭等现代哲人将人的生存视为最大的正义问题。通过理论构建了第三方强制力作为正义实现的有力保障。那么，将正义与政治权力结合起来，意味着什么呢？在正义与政治权力的这场现代结合中，正义的内涵、来源、效力发生了变迁。霍布斯为现代政治学说打造了新的道德哲学。这种新的道德哲学就是以保护人自然权利为目的的自然法。"十七世纪自然法理论的革命，部分地就在于运用这种权利语言表达普遍的道德规范。我们开始把假定每个人都拥有的诸如生命与自由之类的东西说成是'天赋'权利"。[3] 通过霍布斯的自然法革命，人们开始把道德哲学的核心概念从善、德性、正义转到人的权利上。施特劳斯认为权利作为现代政治的道德原则，霍布斯乃是首创者。以权利为目标的道德哲学，带来了道德领域极大变化，极大地改变了对道德原则的理解。"由自我保全的自然权利或对死于暴力的恐惧这种不可逃遁的力量，推演出自然法或道德法则的

---

[1] Jean-Jacques Rousseau. *The Social Contract and The First and Second Discourses*. Edited by S. Dunn. New Haven: Yale University Press, 2002: 123—126.

[2] Jean-Jacques Rousseau. *The Social Contract and The First and Second Discourses*. Edited by S. Dunn. New Haven: Yale University Press, 2002: 164.

[3] [加] 查尔斯·泰勒. 自我的根源：现代认同的形成 [M]. 韩震等，译. 南京：译林出版社，2001：15.

努力，引起了对于道德法则内容的影响深远的修正"。①

对古人而言，道德原则是那些神律或祖传之法禁止人做的事情。这种习传法一般都有一个古老的、神圣起源，规约人不可做不义之事。而在这种与政治权力相结合的正义理论中，正义不再具有一个古老的神圣起源。它只是起于政治社会中人们的约定和同意。正义的首要内涵变成了不以暴力或欺诈手段夺取根据法律规定应属旁人的任何东西。这些"东西"的合法所有者具有受国家保护和承认的正当权利。如对自己生命、财富以及生活手段的合法拥有。因此，在人与生命、财产和其他生活手段相关的正义问题上，霍布斯将其界定为权利问题。如此一来，正义与否的判断，最终取决于国家法律对所有权的界定。因此，在霍布斯那里，正义作为人的德性，最为主要的是一种政治德性。这样的政治正义是遵从法律的要求，不侵犯他人的合法权利。因此，正义是服从国家在所有权方面的法律规定，是现代国家中不可或缺的政治德性。

在这种新的理论中，正义的来源和效力也出自国家的法律。在霍布斯的理论中，善恶、是非、正义与不正义必然由国家界定。"善恶行为的尺度则显然是国法"。② 这并不是说国家发现了善恶的客观尺度，而是说国家仅仅为了避免人们的纷争，依靠国家的强制力，将国家理解的善恶作为判断标准。因此，道德哲学中的善恶与否、正义与否都由国家予以确定。那么，在霍布斯看来，在没有国家存在的地方，理所应当不存在判断事物的善恶的共同准则，这些准则必然由个人自己决定；在有国家存在的地方，

---

① [美] 列奥·施特劳斯. 自然权利与历史 [M]. 彭刚, 译. 北京：生活·读书·新知三联书店, 2006：190.
② [英] 霍布斯. 利维坦 [M]. 黎思复, 黎廷弼, 译. 北京：商务印书馆, 2008：251-252, 207.

主权者的意志、国家的法律即是善恶的标准。①

"虽然自然法禁止偷盗、淫乱，等等，但如果民法命令可进行这种侵犯，那这种行为就不能被看成是偷盗、淫乱，等等。在古代，拉克代蒙人通过特定的法律允许孩子对他人的东西小偷小摸，他们所规定的就是，那些东西不属于那个人而属于小偷小摸者；这种小偷小摸不算偷盗"。②

既然国家对善恶的界定具有最高的权威，那么，善恶、正义很难说具有客观尺度，而仅仅是来自某国家的法律规定。从中，人们可以推论"没有国家存在的地方就没有不义的事情存在"。③

国家建立之后，正义与不义的规定是由国家法律决定了的。"在平民的纠纷中，要宣布什么是公道、什么是正义、什么是道德并使他们具有约束力，就必须有主权者的法令，并规定对违反者施加什么惩罚"。④ 因此，个体正义与否，是由国家的法律决定了的。此外，也只有国家的共同权力

---

① ［英］霍布斯. 利维坦［M］. 黎思复，黎廷弼，译. 北京：商务印书馆，2008：551. 霍布斯说道，"亚里士多德和其他异教哲学家都根据人的欲望来给善恶下定义，当我们认为善恶是根据各人自己的准则支配每个人的，那么这说法便一点问题也没有；因为在人们处于除开自己的欲望就没有其他法则的状况下，是不可能有善行与恶行的普遍法则存在的。但在一个国家中这一尺度便是错误的，应成为尺度的不是私人的欲望，而是法律，也就是国家的意志和欲望"。

② ［英］霍布斯. 论公民［M］. 应星，冯克利，译. 贵阳：贵州人民出版社，2003：150.

③ ［英］霍布斯. 利维坦［M］. 黎思复，黎廷弼，译. 北京：商务印书馆，2008：109.

④ ［英］霍布斯. 利维坦［M］. 黎思复，黎廷弼，译. 北京：商务印书馆，2008：207.

才能强制人们履行信约，此时正义才得以保障。① 因此，霍布斯断定，没有更大的权力震慑人们的贪婪、野心，没有切实可靠强制力量约束人们，就不会产生有效力的契约。相比之下，那种处于人之德性的正义就不那么具有规范人行为的有效性。因此，"正义"在国家主权之下，才是有效的道德概念。在施特劳斯看来，当霍布斯将正义等同于在国家强制力量之下履行契约的习惯时，正义也就不再具备内在的有效性，正义之德的内涵在霍布斯那里发生了剧变。② 在这种政治社会中，公民的首要德性就是服从国家、遵守法律规定。这是公民首要的正义之德。

霍布斯服从法律的政治正义，只关注人的行为是否符合法律要求，不关注与此行为相应的内在灵魂状态。这时人们服从法律的行为往往是出于人对国家强制力的"恐惧"。"如果没有对某种强制力量的恐惧心理存在时，就不足以束缚人们的野心、贪欲、愤怒和其他激情"。③ 因此，有论者进一步将利维坦中公民德性归为人的"恐惧之德"。④ "恐惧"成为霍布斯理论中公民正义之德的根源。在施特劳斯看来，霍布斯将恐惧作为人的道德根源（the origin of morality），可以制服人虚弱的自负，使人不以荣誉为目的，而是"诚实地承认他的软弱和他对死亡的恐惧"。⑤ 这样的灵魂状态更易臣服、服从利维坦的安排，遵守利维坦的法律。利维坦公民做出的

---

① 对此，王利提到霍布斯想要人们遵守信约，而遵守信约的有效性，霍布斯不是通过道德教育加强人们的道德修养，以推动人们履行信约，其解决之道乃是诉诸强制性的权力，即诉诸政治而非道德的方式。从而，让人们慑于惩罚的恐惧而放弃破坏信约。参见王利. 国家与正义：利维坦释义［M］. 上海：上海人民出版社，2007：161.

② ［美］列奥·施特劳斯. 自然权利与历史［M］. 彭刚，译. 北京：生活·读书·新知三联书店，2006：190.

③ ［英］霍布斯. 利维坦［M］. 黎思复，黎廷弼，译. 北京：商务印书馆，2008：103.

④ 孔新峰. 从自然之人到公民：霍布斯政治思想新诠［M］. 北京：国家行政学院出版社，2011：190.

⑤ ［美］列奥·施特劳斯. 霍布斯的政治哲学［M］. 申彤，译. 南京：译林出版社，2001：21.

符合法律的正义之举,并非出自他的灵魂正义,而是通过算计理性(the calculative intellect)做出的避免被惩罚的权宜之举。

(二)经济解法:正义与经济制度结合

霍布斯、洛克等西方现代哲人,预设人在自然状态中,可以利用万物来实现自己的生存。但是为了进入政治社会,为了维持稳定的、和平的社会状态,每个人都必须放弃他的部分权利,以便所有人能联合起来。人们联合起来形成的政治共同体,可以保障每个人在和平环境中实现自我的保存。进入政治社会,暴力抢夺、侵占他人合法的财产是不正义的,那么,人要靠什么手段生存下去呢?洛克在《政府论》(下篇)中提出了财产的劳动起源学说。每个人可以通过自己的劳动获得生存物资。对此,卢梭不仅接着洛克的财产的劳动起源论讲,还细化了政治社会中以个人劳动为基础的生存方式中可能存在的正义问题。对这些问题的考虑,卢梭给出了现代人新的正义教诲。从前文来看,这些正义教诲主要包括三点:一是要凭靠自己的劳动而生存,凭靠自己的劳动占有财产;二是对他人劳动的承认和尊重,每个人都能够通过诚实劳动占有生存物资,满足自己的生存需要;三是彼此都遵守互不侵犯的协议。这是卢梭教授的劳动正义。问题是要如何才能实现这种劳动正义呢?

要实现劳动正义,其前提是"每个人"都可以通过自己的劳动而生存。但是,这其中存在两个困难:一是如何让每个人都获得和平的生存技艺;一是如何让每个人都愿意使用这种生存技艺。根据社会契约论,生活在这种契约论建构的国家中的每个个体,都有多样化的自我保存手段可以选择,只要这些手段不违反国家法律。然而,卢梭看得深远。生存手段如果随个人的喜好、能力去选择,那么,这种契约论国家迟早会重新回到战争状态。因为进入社会状态,货币迟早会出现。货币的出现,会在政治社会中分化出善于占有财产的富人和不善于占有财产的穷人。因此,不同的生存手段造成的财富不平等的现象,必然打破人与人之间的平等关系。因此,卢梭的现代正义诗教,教授爱弥儿从事农业和必要的手工业等职业,是深思熟虑的。个体的生存手段最终关联着契约政治社会的命运走向。

在《爱弥儿》中，导师教爱弥儿的农业和木工活，看起来完全是为了教他一个人如何生存。但是在卢梭的其他著作中，农业和手工业就不仅是个人的生存技艺，而是事关国家根本的产业。卢梭为科西嘉和波兰提出的治国建议中，均提到发展农业的主张。在《科西嘉制宪意见书》中，卢梭提出科西嘉的治国原则应该是"发展农业"：

> 必须制定一套办法，使人民遍布于全国各地，在全国各地扎根，在各个地方都努力耕作，热爱乡村生活与田间劳动，感到乡村生活是那样的美和切合人们的需要，以致从此永远不愿离开。①

科西嘉发展农业不仅能增加粮食，有利于人口的繁衍，而且还能提高全国人民的素质和风尚。因为农业能让家庭丰衣足食、人口众多。一个人对家庭的依恋，就会增加人对土地的依恋。人对土地的依赖和爱，就会转移到他对国家的依赖和爱。而且长期的田间劳动，有助于培养国家军队所需要的那种体格强壮和性格坚忍的士兵。人们变得勤劳，而不是去当懒人或者烧杀抢掠的坏人。把人的生存手段变成了和平的生产技艺，就能让人正直地生活下去。对波兰的建议中，卢梭也认为让波兰的人民喜欢田间劳动和生活必需品的生产，就可以让波兰人养成热爱自由、和平的人。这样，既不怕谁，也不求谁，一切都能自给自足，生活得幸福。② 问题是如何才能让人民喜欢农业这种生存手段呢？

在我国历史上，老百姓没有脱离户籍、土地而谋生的自由。在战乱时期或者在横征暴敛的时期，就会频繁出现"逃户"问题。这是当时的人们

---

① [法] 卢梭. 科西嘉制宪意见书 [M]. 李平沤，译. 北京：商务印书馆，2013：6.
② [法] 卢梭. 论波兰的治国之道及波兰政府的改革方略 [M]. 李平沤，译. 北京：商务印书馆，2014：73.

挣脱沉重赋役及人身束缚的常见反抗方式。① 因此，要让每个人都安于做农民，过耕田种地的生活并非一件易事。卢梭在针对科西嘉人的建议中，提到了两个办法："一个是使科西嘉人热爱田间劳动，在耕种土地中得到他们的尊严和权利；另一个办法是使为人父者依恋他们的家庭，用家庭的纽带来加强对土地的依恋。"同时，卢梭还提出了"重农抑商"政策。

许多人认为，商业和农业是可以兼顾的，但是卢梭却认为二者互不相容。因为商业的繁荣增加了货币财富的流通速度。这导致人与人在财富的聚集和获取方面，出现不平等的现象。商业和发达的工商业诱惑人们从事赚钱更多的行业，就会使农村地区劳动力流失，人口集中于城市这些工商业繁荣、挣钱更容易的地区。此时，人们会把金钱看成是必需物。"肯定无疑的是：哪里的金钱成为第一需要之物，哪里的人民就会放弃农业，转而去从事能挣钱的工作"。② 这就导致那些因经营商业或从事工艺生产而富起来的人，在赚够了钱之后，便把他们的钱用去买田置地，雇人替他们耕种，而失去土地的庄稼人像商品或货物那样出售自己。"全国人民就会分化成终日坐享其成的有土地的富人和辛勤耕地但到头来却没有饭吃的可怜的农民"。这就不可能维持让每个人都凭靠自己的劳动而生存的局面。

卢梭这些"重农"思想与前述所言的"农战一体"的临战体制，并不一样。它不是为了"富国强兵"，而是为了让老百姓有一个物质生活的保障，让每个人都拥有正义的生存手段。问题是如何防止政治独裁者将农业纳入战争机器中，变成另一种"农战"呢？卢梭在《社会契约论》中建立的国家理论有助于解决这个问题。通过社会契约，卢梭想要建立正义且有益的国家。这种国家不是属于某位僭主的，而是代表全体人民利益的国家。

---

① 李治安. 秦汉以降编民耕战政策模式初探［J］. 文史哲. 2018，(6)：5—23，163.

② ［法］卢梭. 科西嘉制宪意见书［M］. 李平沤，译. 北京：商务印书馆，2013：26.

要寻找一种结合形式（a form of association），能够联合所有的共同力量（common force），卫护和保障每个结合者的人身和财产（goods），而且由于这一结合而使每一个与全体相联合的个人又只不过是在服从他自己，并像以往一样的自由。①

建立这样的国家，就是要让公意行使人们联合起来形成的共同力量，以此保护每个人的生命、财产和安全。这种正义的国家或者接近正义的国家，就是尽可能使人自由、平等的国家。自由是公民自由，包括只受公意限制的自由与受成文法保护的财产权。平等是指在权力和财富方面有限制性的不平等，而非一切权力和财富的绝对相等。这样的自由和平等就是政治社会中全体人民的最大幸福。② 在这种政治社会中，任何权力（power）都不会演变为暴力，且权力的行使是按德性品质的等级和公意的规定分配的。在财富方面，任何人都不能富得能购买他人，也没有任何人穷得要出卖自己。③ 实现上述自由与平等的政治社会才是自然正义的社会。

有了这样的制度安排，任何人都不能以国家的名义从根本上改变国家的产业政策，让老百姓的农业生产服务于国家的战时体制。将农业作为正义的生存技艺，并以经济制度的方式，将其固化为政治社会的生存方式，卢梭的上述思想将农业变成了正义的事业。在其中，每个人都可以依靠自己的劳动而生存，每个人都不会想着通过不劳而获、掠夺他人等不义的方

---

① [法]卢梭."社会契约论"及其他晚期政治著作（影印本）[M]. 维克多·古热维奇（编译）. 中国政法大学出版社，2003：49.
② [法]卢梭. 社会契约论：政治权利的原理[M]. 李平沤，译. 北京：商务印书馆，2011：58.
③ [法]卢梭."社会契约论"及其他晚期政治著作（影印本）[M]. 维克多·古热维奇（编译）. 中国政法大学出版社，2003：54，78.

式，获取自己的生存资源。如果洛克把人的劳动建构为了一种价值根据，[①]那么，卢梭则把劳动生产建构为道德价值的来源，从而让人的生存具有了道德意义。这种以农业为基础的现代劳动正义，能够让每个人实现生存权利，而且这一权利的实现具有正义性。因此，对现代人而言，正义就是每个人都有劳动和工作机会，能够通过自己的劳动而生存。

  西方现代哲人为人的生存问题提供了新的正义解法。从这些解法中，霍布斯、洛克、卢梭等西方现代哲人搭建了人类生活方式的新设想。尽管历史现实并非完全按这些设想进行着，但是这种新设想背后的权利论正义，的确成为了西方政治社会的道德基础。随着历史的发展，这种权利论的生存正义，也吸引了许多非西方政治社会试图将这一道德基础引进自己的国家中。问题是现代人成为勤劳、自力更生的人，人就是正义的？这种正义真的终结了政治社会内部和外部的战争问题吗？人们真的不需要战争技艺？上述脱胎于现代政治的正义诗教值得再审。

[①] 洛克提出，"正是劳动使一切东西具有不同的价值……在绝大多数的东西中，百分之九十九全然要归功于劳动"。参见［英］洛克. 政府论（下卷）［M］. 叶启芳，瞿菊农，译. 北京：商务印书馆，1964：27.

第四章
西方古、今正义诗教对观

西方现代正义诗教教给了现代人权利论正义,这种权利论正义本质上是一种生存正义、劳动正义。为现代人构造的劳动正义,到底意味着什么呢?卢梭在这种劳动正义中,似乎对有些问题并没有说透。通过深入西方古典对生存技艺的讨论,有助于人们理解西方现代正义诗教没有说透的地方。

一、西方古典正义诗教的母题:生存技艺

人的生存离不开各种生存物资。在人类史上,生存物资的获得要么通过战争技艺,要么通过和平技艺。对这些生存技艺的问题,西方古希腊、古罗马的智识者创作了许多探讨战争技艺、和平技艺的经典正义诗学作品。荷马的《伊利亚特》(*Iliad*)、希罗多德的《历史》(*History*)、修昔底德的《伯罗奔尼撒战争史》(*History of the Peloponnesian War*)、色诺芬的《居鲁士的教育》(*Cyropadia*),都向人们展现了人类通过战争技艺,占有生存物资的正义问题。战争技艺似乎就是通过战争、通过暴力,占有他人的生存物资的技艺。在古希腊、古罗马的历史中,通过和平技艺的方式获取生存物资的方式主要是农业和商业。但奇怪的是大多数古希腊、古罗马的智识者都有"重农抑商"的思想,所以,他们写下了的作品几乎都是讴歌"农业"这一和平技艺,而非"商业"。如赫西俄德的《工作与时日》(*Works and Days*)、色诺芬的《齐家》(*Oeconomicus*)、亚里士多德

的《家政》（*Oikonomika*）、维吉尔的《农稼术》（*Georgics*）等。这些作品中，核心的词是"家（Oikos）"。

在古希腊语中，"Oikos"意指主要有四个含义：一是，指向与家相关的空间和建筑，如房屋、寓所、住处、房间、餐厅、庙宇、议事厅、宝库和财库；二是，指与家庭事务相关的事、财，如家政、家务、家产、家财，房子和动产；三是，专指家庭；四是，专指家族。① 可见，古希腊语中的"家"，与现代家庭完全是两回事，前者要大得多。现代意义上的家庭，是由亲代和子代两代人构成的"核心家庭"，家庭功能更多的是生育、抚养、赡养、情感交流、休息娱乐方面的功能。但古希腊语中的"Oikos"，不仅是人际单位，也是经济单位、政治单位，拥有土地、牲畜、屋舍、器具、武器等。而且这种"Oikos"共同体追求自给自足。所以，从种田的农民到放牧的牧民再到手工的工匠，这些人都依附在贵族的血缘家庭中，形成一个"大家庭"。这种"Oikos"才是荷马时代的基本单位，它不需要商业交换，生产与消费是一体的。② 所以，阿喀琉斯在诗中，要"回老家"，"统治"他的佛提亚，是指他的"Oikos"在佛提亚。而这个"Oikos"是靠阿喀琉斯的权威得以运行的，他是"Oikos"的核心。而阿伽门农的"Oikos"在阿尔戈斯。二者的"Oikos"互不统属。在特洛伊战争中，阿伽门农所率领的希腊群豪，都有着自己的"Oikos"，他们之间并没有统属关系。大家只是联合起来打仗，并选了一个最能打仗、最富有的"Oikos"领袖来当他们的军事酋长。所以，这些"Oikos"的首领本是平等的，所获的战利品本应平均分配。因此，阿喀琉斯在《伊利亚特》一开篇，才能理直气壮地顶撞阿伽门农这位名义上的"人民的国王"，抨击他在战利品分配上的不公。

---

① 罗念生，水建馥编. 古希腊语汉语词典 [M]. 北京：商务印书馆，2004：588.

② D. Leshem. What Did the Ancient Greeks Mean by "Oikonomia"?. *The Journal of Economic Perspectives*, 2016, 30 (1).

可见，古希腊语中关于"Oikos"的事务，本就是政治事务，而家政或齐家中，尤为重要的是如何生存、如何获得生存物资的问题。这是西方正义诗教中的一个重要母题。卢梭在《爱弥儿》中的正义诗教归属于上述诗教传统中。因此，将卢梭的正义诗教放回这一传统，有助于把握卢梭正义诗教的普遍性和特殊性。为了聚焦研究主题，本章并不打算研究整个古希腊、古罗马在生存技艺的所有诗学作品，只挑选了色诺芬的作品进行对勘。选择色诺芬（Xenophon），也是因为卢梭对色诺芬作品的熟稔。在《论科学与艺术》中，卢梭两次提到色诺芬的作品《居鲁士的教育》（Cyropædia），并在脚注中提到了该书中的一个正义故事——"居鲁士评衣"。① 这个故事就是一个关于财产问题的正义教育故事。同时，卢梭似乎也有意学色诺芬在其《齐家》中的做法，将"务农"这一获得财富的和平技艺，讴歌为最正义、最有用、最高贵、人应选择的生存方式。② 色诺芬的这两部作品《居鲁士的教育》和《齐家》恰好关涉农业和战争术两种生存技艺。将色诺芬的作品和卢梭现代正义教诲进行对勘，有助于我们理解卢梭的教诲，理解西方现代正义的新解法。

二、西方古典正义诗教：以色诺芬的诗学作品为例

（一）战争技艺：《居鲁士的教育》中的正义诗教

1. 卢梭笔下的色诺芬故事

卢梭熟悉色诺芬的《居鲁士的教育》。在《论科学与艺术》（简称"一论"）中，他提到此书两处内容。在论证"任何时代，科学文艺都会造成道德的败坏"这一论点时，卢梭提到了"在这个独特的国家（波斯）中，

---

① Jean-Jacques Rousseau. *The Social Contract and The First and Second Discourses*. Edited by S. Dunn. New Haven: Yale University Press, 2002: 62.

② 卢梭对色诺芬的作品相当熟悉，单在他的《爱弥儿》中，他就提到了色诺芬的《居鲁士的教育》《远征记》（*Anabasis*）等著作。参见 Jacques Rousseau. *Emile Or On Education*. Trans. by A. Bloom. New York: Basic Books, 1979: 51, 343.

人们学习德性如同我们学习学问；他们轻而易举地征服了亚洲，而且是唯一一个国家享有其政制史被误解为一部哲学传奇故事（a Philosophical Romance）的光荣"。① 卢梭这里所说的"哲学传奇故事"就是色诺芬的《居鲁士教育》。这本书在卢梭看来，是波斯的"政制史"，而非"哲学传奇故事"。卢梭认为，这本书表明早期波斯民族是一个保持质朴民风，并用德性铸造自己幸福的民族。这是卢梭在"一论"中，第一次提到色诺芬的《居鲁士的教育》。在"一论"中，第二次提到此书，是卢梭在论证社会追求科学文艺的后果时提到的。卢梭说道，政治社会追求科学的后果，不仅会造成人们勇猛武德的消失，而且也会伤害人们的道德德性。这体现在儿童的学校教育中，学校什么都教，就是不教大度、平等、节制、人道、勇敢，以及对祖国的爱这方面的做人义务。卢梭认为，教育就应让儿童学做人。卢梭专门撰写了一个长长的脚注来解释这种教育。

　　卢梭写的这个脚注包括三段。在第一段中，卢梭主要借助蒙台涅的看法，注解何为真正的教育。蒙台涅认为，斯巴达人接受的是他们伟大的国王——来库古（Lycurgus）的教育。这种教育看重对儿童的义务方面的培养，好像高贵的年轻人都鄙视任何束缚，只想要教勇敢、审慎、正义的老师，不想要搞学问的老师。第二段，卢梭援引的是蒙台涅笔下的柏拉图的看法。柏拉图告诉人们，古波斯王室中的长子接受的是这种教育：出生后，被交到享有权威的、有德性的宦者手里。宦者负责让王子的身体健美；7岁时，教王子骑马、打猎。到了14岁，王子被交给了四个人，即国家中最智慧、最正义、最节制和最勇敢的人。第一个人教他宗教，第二个人教他真诚（truthful），第三人教他征服自己的欲望，第四个人教他无畏。这都是在教王子成为好人，而不是成为学者。第三段，是卢梭转述了色诺芬《居鲁士的教育》中的"居鲁士评衣"的故事。卢梭对这个故事的转述如下：

---

　　① [法]卢梭."论文"及其他早期政治著作（影印本）[M].维克多·古热维奇，编译．北京：中国政法大学出版社，2003：11.

  米底亚国王阿斯提亚齐斯（Astyages）让居鲁士讲讲他学到的教训。居鲁士讲了他在学校里老师让他判断一个案例的事情。这个事情是，一个大孩子有一件小衣服，一个小孩子有一件大衣服。这个大孩子把自己的衣服给了这个小孩子，拿走了小孩子身上的那件大衣服。老师让居鲁士对这个案例进行公正评断。居鲁士认为，事情就应该这样办。因为两个孩子都各自拿到了适合自己的衣服。但老师训斥居鲁士，因为他费心考虑的是适合、合宜（appropriateness），而不是正义。一个人首要考虑的是正义。正义是对那些属于自己的东西，没有人能够拿走，没有人会遭到不正义的强迫。而居鲁士因为自己的评断而遭到惩罚。①

  这个故事放在卢梭的脚注中，构成了一个非常奇怪的正义诗学的文本结构。一层正义诗学是，大孩子拿小孩子的大衣服的故事；二层正义诗学是，居鲁士评判这个故事；三层正义诗学是，卢梭引用了"居鲁士评判'大孩子拿小孩子大衣服的故事'的故事"。对此，卢梭对文本的第一层故事和第二层故事未置评论。卢梭只是评论道，居鲁士因为学正义学得不好而遭到惩罚，而自己因为"忘记了一个希腊词的过去时"而被老师惩罚。言外之意，居鲁士在学校至少学的是与德性有关的事情，而他自己的求学经历仅仅是学细枝末节之事。问题是，卢梭并未对色诺芬写下的这个故事进行论说，只说居鲁士在学习正义，没说居鲁士学得怎样。为什么卢梭在这些正义问题上保持沉默？对照原文，卢梭的转述与色诺芬在《居鲁士的教育》原文中未有太大差异。但是，卢梭并没有把这个故事的整个脉络展现出来。仔细观察色诺芬在这个小故事中讲的正义教诲，有助于我们理解卢梭为什么对居鲁士的正义观保持沉默。

---

① ［法］卢梭."论文"及其他早期政治著作（影印本）[M]．维克多·古热维奇，编译．北京：中国政法大学出版社，2003：23．

第四章　西方古、今正义诗教对观　　319

2. 色诺芬的故事：居鲁士式的正义

卢梭提到的"居鲁士评衣"的故事，是在《居鲁士的教育》第一卷中。从这一卷的第二章起，主要是讲波斯人尊崇习俗和律法的生活方式。这种生活方式中，波斯人尤其注重对人的教育。波斯人的城邦中有一个自由广场。广场上的建筑分为四块：一块是给孩子的，一块是给年轻人的，一块是给成年人的，一块是给超过兵役年龄的人。对孩子的教育，文中着重描述了在公共学校中孩子们学习的公平和公正的内容。而学习正义的方式，就是孩子们听老师讲一些讼案。这些讼案是成年人世界中常见案子。如偷盗、斗殴、欺诈、毁谤等，以及一类涉及忘恩负义的讼案。其中，色诺芬专门解说了"忘恩负义的讼案"。① 随后，这一卷的第三章，讲到居鲁士接受的个人教育时，就提到了他在公共学校中学习正义的事情。

居鲁士认为自己在学校里已经把正义学明白了。因为他学会在讼案中如何断案。但是居鲁士举的例子，恰恰是他断案断错的例子。因为断错了，他还"挨过一次鞭子"。这就是卢梭提及的"居鲁士评衣"的那个讼案。这个案子原来的内容是，一个大孩子穿了一件小长衣，一个小孩子穿了一件大长衣；大孩子把小孩子的长衣扒下，把自己的小长衣给了小孩子，自己穿了大长衣。居鲁士在裁决的时候，认为这样做两方面都不错，因为双方都得到了最适合自己的衣服。但这样的裁决，居鲁士却被他的老师打了一顿。他的老师说，居鲁士所做的裁决只是根据"哪个合适，哪个不合适"，而他应该判定的是那件大一点的长衣应该属于谁，谁拥有大衣的权利。"是那个凭借自己身强力壮就把那件衣裳抢到手的人呢？还是那个本来就拥有并且是花钱买来那件衣服的人呢"？②

---

① 这类讼案就是"嫌疑人被证明确实没有能够在自己能力允许的情形下回报人家的恩惠，那么，他就将面临重重的责罚"。因为"这种忘恩负义之人将对神明、对父母、对祖国以及对朋友的责任忘得一干二净"。详见［古希腊］色诺芬. 居鲁士的教育［M］. 沈默，译笺. 北京：华夏出版社，2007：12.

② ［古希腊］色诺芬. 居鲁士的教育［M］. 沈默，译笺. 北京：华夏出版社，2007：30.

卢梭在他脚注中转述的"居鲁士评衣",虽然大体内容差不多,但是还是有一些差异的。一个差异是原文提到了判断标准是"衣服应该属于谁,要考虑谁拥有这个权利",这个权利的根据到底是"凭借人的身强力壮",还是"本来就拥有且花钱买来的"。这些差异,卢梭未提,直接说了要按照正义来判断。随后原文的其他内容,卢梭就没有说了。在原文中,还有以下一些内容。首先,居鲁士总结了他从这次案例评断中学到的正义观就是,"合乎礼法才是公正的,而超越礼法借助于暴力就是卑鄙"。其次,居鲁士还说了他可以在自己外公这里学正义。但居鲁士的母亲却说,居鲁士在外公这里学的公正的事情,可能在波斯就很不一样。居鲁士的母亲说道:

> 譬如,你的外公认为自己是统辖所有米底亚人的主公,这就足够了;可在波斯,同样的情形下,就要有一个基本的公正,你的父亲必须为国家提供既定的服务,并且承担既定的义务,这些做得怎么样也不是凭他自己想的,而要有一个依据……如果你在你外公的学校里学会了去爱僭主而不去爱国王,接受了僭主的想法,认为僭主而且只有僭主才应当拥有比其他所有人都要多的东西,那么,当你回到波斯去的时候,你就该被处死了。①

这些都是卢梭未提及的原文内容,而这些内容显然与正义相关。那么,这些正义内容是什么?

回到原文情节,故事中提到这些正义内容都是因为居鲁士想要说服他的妈妈,让他留在他外公统治的米底亚。而居鲁士说服他妈妈的理由是他完成了最重要的学习——对正义的学习。在他妈妈看来,他应学的"国王的正义",但他外公的正义看起来是僭主的正义。僭主正义就是"僭主而

---

① [古希腊]色诺芬. 居鲁士的教育[M]. 沈默,译笺. 北京:华夏出版社,2007:30.

且只有僭主才应当拥有比其他所有人都要多的东西"。而"国王的正义"是一个"基本的公正",即政治社会的习传正义。这是人们在政治生活中约定俗成的生活规则。如不能偷窃他人财物。这种习传正义具有很强的地方性。如文中所言的有关"忘恩负义"的礼法规定。这种礼法要求人在有能力的情况下,如若没有回报对方的恩惠,就会面临责罚。因此,居鲁士的母亲说,居鲁士在外公统辖的米底亚所学的正义,很有可能与他在波斯所学的正义不同。在波斯,一个人要为国家提供服务,承担义务,做事要有一个依据。这种习传正义虽然也存在问题,但它是一个基本的公正。居鲁士向他妈妈信誓旦旦地说他已经学到了这种正义了。问题是居鲁士真的学到了这个公正吗?抑或是另外一种公正?我们需要进一步研究居鲁士在米底亚的生活经历。

居鲁士最终成功地留在了米底亚,和他外公生活在一起。在这段生活经历中,色诺芬主要描写了居鲁士的两件事。一件是狩猎之事,一件是战事。而狩猎本身又是战事的训练。因此,这两件事上实质上是一件事,狩猎即战事,战事即狩猎。那么,居鲁士会成为一个成功的"狩猎者"吗?

故事情节中,居鲁士想去参加真正的野外的狩猎活动,但按照习俗规则,像他这样的孩子只能在外公的王宫里玩一些狩猎游戏。但是居鲁士想了许多谋略猎获他外公的心,让外公同意他参加野外的狩猎活动。居鲁士在他外公面前显得一门心思都在野外狩猎上,不能狩猎让他很不开心。鉴于此,他外公就同意他和舅舅一同去野外打猎,并额外安排骑术娴熟的卫队守卫居鲁士的安全。居鲁士外出狩猎的过程中,不断询问他的随从狩猎问题。如,哪些动物可以猎杀,哪些要躲开。得到的回答是要躲开的是熊、野猪、狮豹,可以猎杀羚羊、麋鹿。

但当居鲁士看到一只牡鹿时,这些告诫都忘记了,为了得到猎物,居鲁士奋不顾身地朝前冲。在追逐牡鹿时,居鲁士的马骤然扬起前蹄,几乎要把他甩出去,但是幸运的是他依然稳坐马上。居鲁士猎获了这只牡鹿。他的护卫赶过来呵斥居鲁士,居鲁士懊悔地听着。突然,他听到了野猪的声音。居鲁士发狂似地跃上马。野猪朝他们冲来，居鲁士直接迎过去，一箭射中猪头。居鲁士的舅舅觉得实在应该教训这个孩子，他的胆子实在太大了。但舅舅越是训斥居鲁士，居鲁士越想把猎物作为礼物呈送给他的外公。他舅舅却认为，把猎物献给外公，外公就知道居鲁士不顾自己的安危独自跑出来狩猎。那么，米底亚国王、居鲁士的外公就不仅会训斥居鲁士，而且还会训斥居鲁士的舅舅没有管好他。但居鲁士却固执地认为，即便自己挨外公的鞭子，即便舅舅惩罚他，他也要把猎物献给外公。他的舅舅不得不让步，并说了一句"好吧，随便你，你和我们的国王简直一模一样"。

色诺芬对这件狩猎之事浓墨重彩，并非多余。从中可以看出居鲁士的天性。虽然居鲁士向他妈妈保证，他不会学他外公的僭主正义，也不会成为他外公那样的人，但是恰恰在狩猎这件事上，他舅舅对他的评价就是居鲁士和他的外公"简直一模一样"。那居鲁士到底本性是什么样的人呢？既然居鲁士和他的外公"一模一样"，那他外公是什么样的人呢？居鲁士的妈妈作为米底亚国王的女儿，已经对儿子居鲁士说出了。她的父亲就是位僭主，认为自己是米底亚的主人，应当拥有比其他所有人都要多的东西。这是一种想要占有的比别人更多的东西的本性，一种要做别人主人、认为自己应该拥有更多东西的僭主本性。那居鲁士的舅舅说，居鲁士和他的外公一模一样，是不是在影射居鲁士本性上也是一个僭主呢？对此，要结合居鲁士判断"孩子的衣物"这个案子来看。

"居鲁士评衣"中，居鲁士断案之所以错误，是因为在教正义的老师看来，居鲁士并没有尊崇波斯的习传正义。在有关大孩子强夺衣服这件事上，习传正义判断"衣服属于谁"的标准，并不是"衣服适合谁就属于谁"，而是"衣服本来属于谁就属于谁"。但居鲁士判案援引的正义，并非这种习传正义。居鲁士提出的正义是，衣服到底归谁所有，就看谁穿着合适。大孩子穿大衣服，小孩子穿小衣服，这种正义看起来是一种自然正确的。这种自然正当扩大到整个政治社会，就是根据每个人的本性、需要或才能，给予每个人应得的（giving to everyone what is due to him according to his nature）。这种正义原则放在"居鲁士评衣"这一小故事中，就如居鲁士所言，大孩子适宜穿大衣服，小孩子适宜穿小衣服。这看起来是自然正确的事情，是对两个孩子都好的事情。问题是适合每个人的本性需要的正义是什么样的呢？这种"居鲁士式的正义"到底是什么正义？

从表面上来看，居鲁士提出的解决方案是适合每个人的，是一个公正的判决。但是这种正义明显是从"强者"角度提出的。因为每个人都可以声称某样东西"适合"他自己。在这个大、小孩子的衣服的争端中，大孩子声称这件事情适合自己，看似有拥有这件大衣服的正当理由，但是小孩子难道就不会长大吗？他长大之后，衣服不就适合他了吗？如果允许这种适宜论的正义观，那么，这个大孩子处于不断长大的过程中，难道他都有理由去抢夺适合他自己的大衣服吗？这种适宜论的正义观，很可能为那些强者占有他人物品提供了一种正当性论证。当人们都声称某个东西适合自己时，人们之间就会出现冲突，而冲突的结果必然是"强者"获胜。因为他有强力保护适合他的东西。当一个强者主张这种自然正义的时候，就很像柏拉图《高尔吉亚篇》中的卡里卡勒斯、《王制》中的色拉叙马霍斯主张的"强者正义"。居鲁士式的适宜论正义，就是一种强者正义，把物品的归属问题界定为"谁有强力就谁能占有物品"。这种居鲁士式正义观，在他后来的征战中得到了印证。居鲁士曾对他的波斯部队说：

> 这个世界都认可这样的规矩：一个城邦，一旦在战争中被拿下来，那里所有的市民以及他们全部的财产就都应当归胜利者所有。所以，你们将现在得到的东西据为己有，而没有出于你们的好心让那些市民仍然保留他们所希望保留的东西；这不能说是不公正的。[①]

[①] ［古希腊］色诺芬. 居鲁士的教育［M］. 沈默，译笺. 北京：华夏出版社，2007：400.

但是果真如此吗？适宜强者、满足强者需要，真的是天经地义的吗？强者正义就是天经地义的吗？从居鲁士的本性来看，他是天生要成为统治、支配他人的人。他的本性就是占有比别人更多的东西。那么，他这样的僭主正义吗？或者说，强者正义能为居鲁士这样的僭主奠定合法的统治根基吗？

3. 不义之根源：僭主式的欲望

居鲁士的青少年时期的教育结束后，就进入了居鲁士建立卓越战功和霸业的内容。居鲁士青少年时期的狩猎之事，似乎预示着居鲁士将征服世界、猎获各类君王、笼络各种才能之士。因为狩猎作为一种技艺，所猎获的动物，包含着"人"这种动物。像居鲁士这样的僭主式人物，从小就擅长察言观色、谋略和笼络人心。对人心的占有，比其他东西的占有更为有用，因为可以驱使他人达到自己的目标。

> 居鲁士高贵的英勇事迹、胸有成竹的攻伐、和大方的犒赏作风广为流传，这些同样也是言辞，正是此类言辞吸引了成千上万的民众热爱居鲁士并投奔了他的帝国，奖赏还没影呢，那些人就先在心里边收下了居鲁士的恩赐，或者下定决心为这个值得敬佩的朋友牵马坠镫……他决意平定四海，创立帝国。为了达到目的，他就得使尽浑身解数以获取他人的忠诚和效劳，他需要争取的不仅包括身边的智囊团和随从，还有全体士兵，甚至所有被他征服的人。①

因此，居鲁士这样的人物，他想占有的不仅是可见的物质财富，还包括荣誉、名声、忠诚，以及他人对自己的服从。为了满足这种占有更多的僭主式欲望，居鲁士不择手段。"色诺芬总结了居鲁士制敌的三件无名法

---

① 鲁宾.《居鲁士劝学录》中的爱欲与政治[A]. //刘小枫，陈少明主编. 色诺芬的品味. 北京：华夏出版社，2006：86-87.

宝：骤然荡平之、威逼恐吓之、以利诱降之"。[①] 色诺芬笔下的居鲁士，就是一个不断通过战争技艺，通过大大小小的、可见不可见的争夺，满足他的征服欲、占有欲。色诺芬制作的《居鲁士的教育》，展现了"居鲁士式的正义"。这种"正义"展现了僭主式人物的本性。这样的人本质上想要占有比别人更多的东西。如果按照居鲁士所主张的"正义就是适宜"的观点，那么，适宜居鲁士这样的僭主式本性的正义，就是让他发挥禀赋、征服他国、奴役他人，成为人上人。而居鲁士巧言令色的能力、"胡萝卜加大棒"的统治手腕，使他能将其巧取豪夺的行为装扮成一种"共同利益"。然而，不论居鲁士说了什么好听的话，不论居鲁士如何用言辞美化他的行为，他的行为最终展现出来的目的，不过是为了他自己。而且更可怕的是，居鲁士如此笼络人心的权术，会让人们"自愿服从"，自愿为了暴君的利益而舍弃自己的幸福。因此，居鲁士式的正义，最终结果也就是强者正义。不论如何装扮这种强者正义，这种"正义"始终是强者的私利而非公义。由此看来，"正义就是适宜"并非人间正义。

在《居鲁士的教育》中，色诺芬着重描写了居鲁士的狩猎之事，及居鲁士的征服事业。由此，展现了居鲁士的僭主式正义。从上述分析来看，像居鲁士一样的僭主式人物，根本没有学会正义。因此，居鲁士的僭主式正义，无法成为居鲁士建立的波斯帝国的道德基础。居鲁士靠武功霸业，打造的波斯帝国，在其死后，随即分崩离析、土崩瓦解。这样的帝国结局，指向了色诺芬在《居鲁士的教育》一开篇就提出的问题：

> 曾几何时，我们一直都在思考这样的问题：为什么民主政制时常会因为人们对政治制度改变的渴望在一夜之间就被推翻？君主政制和寡头政制为什么遇到民众运动就会一下子垮台？还有一些人，他们本

[①] 鲁宾.《居鲁士劝学录》中的爱欲与政治 [A]. //刘小枫，陈少明主编. 色诺芬的品味. 北京：华夏出版社，2006：89.

来已经成为僭主,而且一直细心地维护自己的统治,这些人看上去也的确具有惊人的睿智与成功;可是,他们为什么同样也会在转瞬之间就倒台了呢?有一些人,为什么刚刚开始就显得那么不堪一击?①

这些问题指向的是一个政治社会的道德基础的问题。即,什么样的正义,才能为政治社会奠定一个长久的、稳定的道德基础。之所以没有这种稳定的道德基础,是因为政治社会的强者常常奉行的是"强者正义"。这种"正义"让那些强者认为,他们理当统治他人,驱使他人为自己的利益服务,由此,满足自己的征服欲和占有欲。因此,换句话说,政治社会不稳定或者不义的根源,就在于一种僭主式的欲望的存在。当霍布斯面对这个不义问题时,他构建了"利维坦"这个在政治社会中拥有最大强力的人造品,对抗和压制这种僭主式的欲望野心。问题是,"利维坦"真的可以压制或者驯服僭主式的欲望吗?抑或它会以另外的方式存在下去?卢梭提及"居鲁士评衣"故事时,对"居鲁士式的正义"保持沉默,是不是因为他已经看到了存在的问题?那么,卢梭的劳动正义能够对抗和压制这种欲望吗?这些问题还留待考察。

(二)和平技艺:《齐家》中的正义诗教

在《爱弥儿》中,爱弥儿应选择的职业和生存行当首要的是农业。对于现代读者而言,这一观点令人惊异。但是回到西方思想脉络中,卢梭的提议并非什么奇谈怪论,而是有深厚的思想渊源的。农业作为和平的生存技艺,在西方古典思想中,与自由人生活方式密切相关。而这一话题往往归于"齐家(Oikonomia)"这一主题。②"齐家"是一种家庭管理

---

① [古希腊]色诺芬.居鲁士的教育[M].沈默,译笺.北京:华夏出版社,2007:1—2.

② 在《家政学》中,亚里士多德分析家庭的组成部分,首先考虑了生活资料。生活资料作为"出于自然的财富",处于首位的获得方式就是农业。参见[古希腊]亚里士多德.家政学[M].//苗力田主编.亚里士多德全集(第九卷).北京:中国人民大学出版社,2009:290.

(household management)的技艺。在古希腊，这是自由人最渴望拥有的技艺之一。在赫西俄德的《工作与时日》、色诺芬的《齐家》、亚里士多德的《家政学》、维吉尔的《农耕术》等经典著作中，这一主题都得到了反复探讨。这些作品关注如何管理家什、衣物，翻耕土地的恰当方法，选择妻子的建议，激励家仆的忠诚服务等。

卡洛·纳塔利（Carlo Natali）研究"Oikonomia"时，探讨了希腊化时期的思想家使用"Oikonomia"的语义学内容。"Oikonomia"一词的第一个含义是"家庭管理"，包含三种意涵。一是，指掌控家庭内部事务。这一内部事务，常常由妻子完成，与男人负责的家庭外部事务、政治活动相对。二是，指男人作为一家之主，负责管理财产。三是，指哲人管理自己的所属物（possessions）。[①]"Oikonomia"的第二个含义，是一种比喻意义上的意涵，意指一种成功管理大的或者小的复杂结构的能力。比如，安排一份菜的配料、分配奖品、安排军备、处理城邦或者部落政治事务、管理联盟、管理宗教节日集会等的能力。"Oikonomia"的第三个含义，指城邦的财产安排。这与政治经济学的现代观念相近。"Oikonomia"的第四个含义，是指宇宙的良好秩序、自然的良好秩序。"Oikonomia"的最后一个含义，是指一个修辞学的术语，意为一篇演讲内容中，各个部分的组织安排。

从纳塔利的上述分析来看，"Oikonomia"在希腊化时期，不论是作为动词还是名词，指向的是针对某一事务的秩序安排。对"家"，最为重要的秩序安排或者"家政"，必然是关于家的生存和繁衍生息。由此，形成了与家相关的技艺——齐家术（oikonomike）。在古希腊哲学文献中，尤其是在色诺芬和亚里士多德的思想中，探求齐家的知识或者技艺，属于哲学的一个部分。它作为伦理学的部分，是一种与伦理道德、实践相关的学

---

① C. Natali. Oikonomia in Hellenistic Political Thought. In A. Laks & M. Schofield (ed.), *Justice and Generosity: Studies in Hellenistic Social and Political Philosophy*, Cambridge: Cambridge University Press, 1995: 97.

问。因此，如何正义地为家庭获取生存物资，是其应有之义。正如纳塔利所指出的，古希腊和希腊化时期的齐家思想中，有一个特别的观点。这种观点认为，在一个典型的传统社会中，从农业中获得财富，往往被认为是在伦理上更好的方式，而且在社会层面，这种财富获取的来源比其他财富获取来源更可接受。色诺芬、亚里士多德二位哲人明确表达了，通过农业获得财富比通过纯粹的商业活动获得财富，在道义上更具优先性。这种财富的道义优先性（the ethical superiority of wealth）或者说农业的道义优先性（the ethical superiority of agriculture），被视为一种普遍性观点。[1]希腊化时期的哲人菲洛德谟（Philodemus）明确拒绝了某些特定的财富获取来源。他认为，对一个智识者而言，军事、政治、征服、马术、挖矿或者奴隶工作，都是不合适的获取财富的方式。适当的方式是用一种高贵的方式指导自己从农业中获得财富。[2] 色诺芬的《齐家》，似乎向人们展现了这种高贵地从农业中获取财富的方式。

1. 色诺芬笔下的"齐家"

《齐家》的主要情节是苏格拉底向年轻人克利托布勒斯提出了理家问题，希望引导克利托布勒斯控制自己的欲望。然而，克利托布勒斯自认已经学会控制欲望，只想从苏格拉底那里学致富术。对苏格拉底这样一位选择自愿贫穷的生活方式的人而言，他不可能教克利托布勒斯发家致富的技艺。在克利托布勒一再追问下，苏格拉底只好讲了他与另外一位被大家公认的"贤人"伊斯霍马霍斯之间对话。伊斯霍马霍斯之所以被认为是"贤人"，似乎与他拥有的财富有关。

从文本来看，《齐家》属于特殊的苏格拉底对话。在柏拉图笔下，苏

---

[1] C. Natali. Oikonomia in Hellenistic Political Thought. In A. Laks & M. Schofield (ed.), *Justice and Generosity: Studies in Hellenistic Social and Political Philosophy*, Cambridge: Cambridge University Press, 1995: 106.

[2] C. Natali. Oikonomia in Hellenistic Political Thought. In A. Laks & M. Schofield (ed.), *Justice and Generosity: Studies in Hellenistic Social and Political Philosophy*, Cambridge: Cambridge University Press, 1995: 120-121.

格拉底往往是和年轻人直接谈论"正义是什么""勇敢是什么"等有关德性的本体论问题。但是色诺芬笔下的苏格拉底却迥然不同。其中，苏格拉底不是和年轻人讨论上述阳春白雪的问题，而是和年轻人谈论人间烟火的问题——理家。对这种下里巴人才关心的事情，克利托布勒斯一开始都不想讨论。克利托布勒斯这位年轻人想要谈的是"最美的""特别适合自己关切"的学问。这种学问能让自己发家、有财产，但又不想陷入如何理家、管理田产、驯服奴仆、教育妻子等琐碎且辛苦的齐家事情中。① 苏格拉底面对的年轻人，是既想大展宏图，又想以轻松、愉快的方式干大事业的人。因为这种方式，不仅可以留名，获得相应的奖赏，而且不费力气。看来，克利托布勒斯可能会羡慕居鲁士那样通过战争技艺而发家的人，而非苏格拉底推荐的和平的、正义的生存方式——农业。

为了改变克利托布勒斯对农业的看法，让其愿意投身农业，苏格拉底只好以年轻人崇拜的偶像为教化手段。而克利托布勒斯表现出来的崇拜对象就是波斯国王。因此，为了让克利托布勒斯相信从事农业是适合他这种青年的发家技艺，苏格拉底特意提到，据说波斯国王特别看重农业和战争技艺，"认为这是两种最高尚、也最必需的事业，而且他本人也的确从事这两种技艺"。② 波斯国王重视战争技艺，是因为只有用战争技艺，他才能控制臣民、抵御外敌，由此获得纳贡和臣民上交的赋税。对波斯国王而言，战争技艺本就是一种获取财富的技艺。同时，战争技艺也为农业提供了一个和平环境，保证臣民的农业生产。臣民耕种好了土地，自然增加国

---

① 在西方古典的"齐家"这一主题下，往往包括以下的内容：A. 经济的本质；B. 获得货物的正当方法，财富和经济福利观念，农业和贸易；C. 与妻子和孩子之间的关系，母亲与孩子之间的关系；D. 土地拥有者的日常生活；E. 与奴隶的关系，奴隶的类型，奴隶制的合法性，家中主妇对家里奴隶的管理；F. 家作为建筑，它的功能和特点；G. 照管土地。C. Natali. Oikonomia in Hellenistic Political Thought. In A. Laks & M. Schofield (ed.), *Justice and Generosity: Studies in Hellenistic Social and Political Philosophy*, Cambridge: Cambridge University Press, 1995: 97.

② [古希腊]色诺芬. 齐家[M].//刘小枫主编. 色诺芬的苏格拉底言辞. 上海：华东师范大学出版社，2010：20.

王的财富。据说波斯国王也重视农业。因为农业本身就能生产出财富，帮助波斯国王维持庞大的军需。看来，波斯国王的确看重战争技艺和农业，看重两种技艺能带来的财富。这恰好迎合了克利托布勒斯发家致富的愿望。由此，也可说服克利托布勒斯农业并非低贱之事。然而，波斯国王所拥有的技艺，似乎并不美。没有人会说战争技艺是一种"美的技艺"。因此，讲完了战争技艺和农业的致富作用之后，苏格拉底又讲了波斯国王的花园。波斯国王对花园的设计、劳作、耕耘，让他花园上的土地能生产美好的东西。以此，苏格拉底让克利托布勒斯看到搞农业、种植业也可以是美的。因此，苏格拉底有意让克利托布勒斯看到"农业"是最美的、适合他自己的发财术，帮助他转向农业发家致富的技艺上，远离"战争"这一不义的发财技艺。

苏格拉底以克利托布勒斯的偶像——波斯国王为手段，吸引他从事农业。在此基础上，苏格拉底又进一步宣传农业何以是一种值得选择的、能让人幸福的、正当且美好的生存方式。苏格拉底跟克利托布勒斯说道，"从事农业看似也很轻松快乐，同时还能发家，并且锻炼身体以便他们能做对自由民有利的一切事情"。[①]随后，苏格拉底论说了，土地如何为人提供愉悦的美味、美景，土地如何对人有用、有好处。其中，对人的好处，就是有利于人形成以下的品质：不软弱、能够忍受严寒酷暑、可以增强人的男子气概等。土地对人的好处，不仅对人的身体和灵魂有影响，对人的政治生活、宗教生活也有影响。在宗教生活层面，农业让人有祭品可以祭神，让人变得虔诚。在政治生活层面，农业似乎促进人的战争技艺和统治技艺。农业让人身体强壮，且有男子气概，即使发生了战争不能继续进行农耕工作，人也可以迅速进入那些引发战争的国家，通过武器获得自己所需的东西。"在战争时期，靠武器来维持生活往往比用农具来维持生活更

---

① [古希腊] 色诺芬. 齐家 [M]. //刘小枫主编. 色诺芬的苏格拉底言辞. 上海：华东师范大学出版，2010：26.

为安全"。① 而且干好农业意味着能够团结众人，因此，干农业的人就像带兵打仗的将领，能够通过奖惩的方式，统治其他人。"有人说得好，农业是其他所有技艺的母亲和保姆。因为农业繁荣的时候，其他一切技艺都兴旺；但是在土地不得不荒废下来的时候，无论是在海上进行还是陆地进行的其他技艺都将岌岌可危了"。② 所以，苏格拉底说道，农业是任何自由的普通人能够得到更多快乐、更多好处的职业。

苏格拉底总结道，对于贤人来说，最好的工作和最好的知识就是农业。农业让人获得了生活必需品，自给自足，而且农业似乎简单易学，轻松愉快，让从事农业的人身体优美健壮，同时也让人有闲暇关注朋友和城邦。农业能够激发从事农作的人勇敢刚毅等战争品质，敢于保卫自己的劳动成果。因此，农业带来的生活方式应该受到城邦的最大重视，"因为农业生活可以为共同体培育出最好、最善良的邦民"。③

听了苏格拉底对农业的大肆赞美，克利托布勒斯相信"农业的确是最美、最好、最愉快的谋生方式"。但是克利托布勒斯仍然怀疑从事农业让所有从事农业的人获得好处。因为明显有人靠农业发家致富，而有人却什么都得不到。为此，苏格拉底向克利托布勒斯讲述了贤人伊斯霍玛霍斯的农业生活，似乎在向克利托布勒斯推荐伊斯霍玛霍斯的生活方式。以上就是《齐家》对话的大致内容，那么，通过这个文本，色诺芬要传达什么样的正义教诲呢？

2. 色诺芬《齐家》中的正义教诲

色诺芬《齐家》这部对话，从它的文本结构中，呈现了诸多可见和不可见的对话。从对话主体来看，主要是苏格拉底与年轻人克利托布勒斯的

---

① ［古希腊］色诺芬. 齐家 [M]. //刘小枫主编. 色诺芬的苏格拉底言辞. 上海：华东师范大学出版，2010：27.
② ［古希腊］色诺芬. 齐家 [M]. //刘小枫主编. 色诺芬的苏格拉底言辞. 上海：华东师范大学出版，2010：27.
③ ［古希腊］色诺芬. 齐家 [M]. //刘小枫主编. 色诺芬的苏格拉底言辞. 上海：华东师范大学出版，2010：30.

对话、苏格拉底与贤人伊斯霍玛霍斯的对话。但这些对话却有着奇特的结构。文本其实只是一组对话,这就是苏格拉底与克利托布勒斯的对话。随着情节的展开,才带出了苏格拉底与贤人伊斯霍玛霍斯的对话。换句话说,这是"大对话"套着"小对话"。就像《一千零一夜》中大故事套小故事的文本结构。然而,在整部对话中,苏格拉底转述他与贤人伊斯霍玛霍斯之间的"小对话",却占据全文三分之二的内容。因此,注意文本结构和情节设计,有助于人们理解对话中的教诲。

柏拉图笔下的苏格拉底,其基本形象就是"审查生活"。

> 如果我(苏格拉底)又说,人所能做的最大的好事,就是天天谈美德以及其他你们听见我谈的东西,对自己和别人进行考查,不经考查的生活是不值得过的,那你们就更加不肯相信我的话了。[①]

但是在《齐家》这部对话中,在听完贤人伊斯霍玛霍斯对他自己生活的描述后,苏格拉底居然没有"说话"。对话在这里戛然而止。那么,苏格拉底听完贤人伊斯霍玛霍斯的生活描述,他对伊斯霍玛霍斯的生活真的认同吗?或者说,伊斯霍玛霍斯的生活真的既美且善,值得苏格拉底将其推荐给克利托布勒斯?对此,需要先呈现伊斯霍玛霍斯的生活方式。

(1)农业与贤人伊斯霍玛霍斯

《齐家》的第一部分是苏格拉底与年轻人克利托布勒斯之间的对话。在文本顺序中,这部分对话内容先于苏格拉底与伊斯霍玛霍斯之间的对话,但是仔细缕析文本内容,苏格拉底与伊斯霍玛霍斯之间的对话,在时间上是先于苏格拉底与克利托布勒斯之间的对话的。这种奇怪的文本结构似乎有意以一种奇特的方式审查伊斯霍玛霍斯的生活。因为在《齐家》中,苏格拉底讲述他与伊斯霍玛霍斯之间的对话,源于克利托布勒斯想学

---

① [古希腊]柏拉图. 苏格拉底申辩篇[M].//柏拉图对话集. 王太庆,译. 北京:商务印书馆,2010:50.

发家致富的技艺。但是，当初，苏格拉底专门找贤人伊斯霍玛霍斯聊天，其意图与克利托布勒斯的意图不同。苏格拉底说道，他找伊斯霍玛霍斯，不是为了学习如何从农业发家致富，而是因为伊斯霍玛霍斯是人们公认的"贤人（perfect gentleman）"[①]。苏格拉底想从伊斯霍玛霍斯这位"贤人"身上，发现什么是"既美且善"的人，这样的人又过着什么样的生活。施特劳斯认为，这种苏格拉底式对贤人生活的关注，在某种意义上包括了所有伦理学和政治学的主题。[②] 因此，苏格拉底与伊斯霍玛霍斯对话之后，对贤人伊斯霍玛霍斯的生活，必然是有判断的。那这个判断是什么呢？这个判断和苏格拉底向克利托布勒斯推荐的农业生活方式，有何关系？

《齐家》巧妙展现了伊斯霍玛霍斯的生活，其展现逻辑是按照这位贤人如何安排自己时间展开的。一开始的情节铺垫，就呈现了贤人异常忙碌的生活方式。因为苏格拉底老早就想找伊斯霍玛霍斯聊天，但几乎看不到他空闲的时候，所以苏格拉底一直没有机会和他聊天。直到有一天，苏格拉底看到他在神庙的柱廊上坐着，看起来很悠闲的样子，就和他聊起来。但伊斯霍玛霍斯并非真的空闲下来了，他坐在那里不是因为他的闲暇，而是他在等与他约好的外地人。贤人给人们的第一印象就是"忙"。这与苏格拉底的"闲"形成了对照。接下来，伊斯霍玛霍斯向苏格拉底主动展现了他的生活。

伊斯霍玛霍斯认为，自己不过室内生活。他的妻子可以把室内的事情照顾得很好。这一细节似乎暗示出伊斯霍玛霍斯也可以像女人那样将室内事情安排好，如若他的妻子不能做好室内家务管理。所以，伊斯霍玛霍斯才有能力教育他的妻子，使他的妻子变成能够料理家务事的女主人。苏格拉底请伊斯霍玛霍斯详述了他对妻子的教育。在结婚之前，他的妻子所受

---

① 在古希腊语中，"贤人"的字面意思就是"既美且好的人"。这里的"美"既是可以指涉外在的美，也可以指涉道德的美，即高贵。

② [美] 施特劳斯. 色诺芬的苏格拉底言辞 [M]. 杜佳，译. 上海：华东师范大学出版，2010：141.

的教育主要是"节制"。然而，伊斯霍玛霍斯对"节制的人"的理解却是：对节制的人——无论男人还是女人来说——都不仅仅是要尽可能地保管好他们的财产，而是要尽可能用正当、得体的方式来增加财产。他把"节制"这种原本节制欲望的德性，变成了一种有助于财富增殖的手段。所以，伊斯霍玛霍斯对妻子的教导是，妻子应该劳作、勤勉，照顾好室内的家务，养育孩子，妥善照管家里的东西，安排奴仆工作，家里的衣、食、住等方面的事情都要安排好。这是伊斯霍玛霍斯对妻子的"节制"教诲。

接下来，伊斯霍玛霍斯讲了他的生活原则和生活方式。伊斯霍玛霍斯认为，他一生极力遵守的原则就是要做一个"审慎勤勉"的人。"首先敬奉神明，然后向他们祈祷，再努力以这种方式立身处世，使我能够得到健康有力的体魄，城邦中的荣誉，朋友的忠诚，并且在战争中高尚行动又能安然无恙，还能光明磊落地增加我的财富"。伊斯霍玛霍斯这一原则的显眼之处在于"光明磊落地增加财富"。苏格拉底接着提了一个奇怪的说法："成为富人，会有很多钱财，这本身会有很多麻烦的。"对此，伊斯霍玛霍斯并不在乎，认为钱财是必需的，"因为对我来说，为诸神举办壮观的献祭，当朋友需要时援助他们，还有看到这个城市从不因缺乏钱财而没有装饰，是令人愉快的事情"。看来，伊斯霍玛霍斯确实是一个忙碌者，忙着挣钱，忙着把钱花在"高贵之事"上。苏格拉底认为这是很美的事，适合那些贤能之人。

但是，苏格拉底对伊斯霍玛霍斯的生活原则的兴趣，首先不在于如何赚钱，而是他如何在和平生活中保持身体健康有力，如何在战争中高尚行动又能安然无恙。但伊斯霍玛霍斯认为，像赚钱、保持身体健康有力、在战争中行动又能安然无恙，是相互关联的。这三件事是可以统一在一起的。如果一个人有足够的食物可吃，他就会健康、强壮一些；接受军事训练后，在战场上就能更好地保全自己；如果以勤勉努力，不软弱无能，就能发家致富。于是，苏格拉底就请伊斯霍玛霍斯讲讲，一个人需要如何辛劳来保持力量和健康，如何接受军事训练，如何勤勉努力获得盈余，用以帮助朋友并使城邦强大。随后，伊斯霍玛霍斯讲了他早上早起之后、在吃早餐之前做的事情。在这段时间，伊斯霍玛霍斯安排了健康有力的活动、战争的训练，以及赚钱的事情。这样的生活方式让伊斯霍玛霍斯总是健康、强壮，既是最熟练的骑手之一，也是最富有的邦民之一。

讲完这些后，苏格拉底本打算放走伊斯霍玛霍斯，让他去忙，因为伊斯霍玛霍斯总是很忙。但是，伊斯霍玛霍斯认为，他不急着离开，因为他约好的客人还没来，也因为他培养的管家可以帮着照管他的事务。随后，苏格拉底将对话转到了如何培养管家、训练奴仆上；接着，又讨论了如何经营照管农场，如何根据土壤性质耕种合适的作物，以及如何翻耕、休耕、播种、收割、栽种等。讲完了这些具体的务农之事，对话内容又被苏格拉底转到了农业的致富问题上。务农的事情看起来不难，但是有些人丰衣足食，有盈余；有些人却连必需品都没有，甚至还负债。伊斯霍玛霍斯认为，造成农业致富上的不同结果，不是因为农民的农作知识的问题，而是因为农民的勤奋劳作。"土地很好地辨别出那些坏人和懒汉"。① 因此，在伊斯霍玛霍斯看来，对于那些勤勉谨慎、全情投入农业经营的人来说，农业是最有效的赚钱方式。看来，伊斯霍玛霍斯的确是勤奋、忙碌的有钱人。他提到了他父亲在农业的赚钱方式。他的父亲经常买进荒芜的土地，通过改善土地，将荒地变成肥沃的田地，然后再卖出去，从中获利，赚取差价。伊斯霍玛霍斯把他父亲的这种务农方式理解为热爱农活、热爱劳作的典范。最后，伊斯霍玛霍斯提出，务农仅靠勤奋劳作是不够的，还需要统治技艺。当奴仆、农工不愿意勤奋劳作时，不愿服从主人的命令时，有统治技艺的人是"使工人在工作上充满热情、精力充沛、坚韧不拔的人"，是"那些能够完成最好的事情、创造大量盈余的人"。这种"统治驯顺服从的属下"，让人们甘心服从的统治本领，不是靠学来的本领，而是靠"神授"的本领。

---

① ［古希腊］色诺芬. 齐家［M］.//刘小枫主编. 色诺芬的苏格拉底言辞. 上海：华东师范大学出版，2010：87.

这就是伊斯霍玛霍斯向苏格拉底展现的生活方式。在伊斯霍玛霍斯谈论自己的生活之前，他认为这个话题能与苏格拉底聊，是一件很荣幸的事情。这样，他可以从苏格拉底那里获得指点，纠正自己做得不好的地方。但是苏格拉底却说，自己不能公正地纠正一个"完美的贤人"。苏格拉底被认为是一个"爱扯闲淡、妄想丈量空气的人"，苏格拉底的穷困也遭到了许多"指指点点"。文本的上述内容，似乎有意将苏格拉底的生活方式与伊斯霍玛霍斯的方式进行比较。那么，苏格拉底真如他所推脱的那样，没有纠正伊斯霍玛霍斯的方式吗？虽然伊斯霍玛霍斯讲完他的生活之后，整个对话就戛然而止，但是苏格拉底这位以审查邦民生活方式为己任的雅典公民，[①] 在色诺芬的文本中，以另一种方式"纠正"了伊斯霍玛霍斯的方式。

伊斯霍玛霍斯的生活原则和总体生活方式，让他过着一种看上去像贤人一般的生活。这种贤人不仅能够打理好自己的家业，增进自己的财富，而且在公共生活中能够竭力为朋友、为城邦服务。这种贤人生活的目标并非满足私欲、逐取财富，而是追求生活得高贵，成为一个既美且善的人。对此，伊斯霍玛霍斯却表现得好像不知道人们为什么称呼他为"贤人"。不过，奇怪的是，伊斯霍玛霍斯虽认为自己已经尽可能公正地对待每个人了，但他却常遭到他人诽谤，甚至遭到审判，被判受罚或赔偿损失。而提出审判的人中，还包括他的妻子。这些奇怪的文本细节，似乎要导引人们思考伊斯霍玛霍斯的生活方式是否真如他自述得那么好。

从伊斯霍玛霍斯自述的生活原则来看，他追求的是"健康有力的体魄""城邦中的荣誉""朋友的忠诚""在战争中高尚行动又能安然无恙""光明磊落地增加自我的财富"。对人而言，这些目标看起来都是有益的"善"。问题是伊斯霍玛霍斯如何获得这些善的事物？

从伊斯霍玛霍斯的生活安排来看，他主要是在早起后、吃早餐前的这

---

① [古希腊]柏拉图. 苏格拉底申辩篇[M]. // 柏拉图对话集. 王太庆，译. 北京：商务印书馆，2010：30-31.

段时间做事情。① 在这段时间中，他安排了散步、练习战争所需要的骑术、检查农耕情况等事情。这样既安排了锻炼身体的活动，又进行了战争的训练，赚钱的事情也没有耽误。这些有序的安排让伊斯霍玛霍斯获得了"健康有力的体魄""在战争中安然无恙""增加财富"。那么，"城邦中的荣誉""朋友的忠诚"，他又是如何获得的呢？对这些内容，文本并没有进行正面描写，只留下了对话中的两处细节。一处是，"当他们要求与我交换财产以支付战船或者训练合唱队的费用时，没有人要去寻找贤人，而只是很清楚地叫我伊斯霍玛霍斯";② 一处是，"因为对我来说，为诸神举办壮观的献祭，当朋友需要时援助他们，还有看到这个城市从不因缺乏钱财而没有装饰，是令人愉快的事情"。③

上面两处细节，显示伊斯霍玛霍斯帮助了朋友和支持了城邦活动。但是他帮助和支持的方式是什么呢？主要是为城邦和朋友提供资助。看来，伊斯霍玛霍斯的财富为他资助城邦和朋友提供了前提条件。但是伊斯霍玛霍斯的这些资助真的能赢得城邦的荣誉和朋友对他的忠诚吗？从伊斯霍玛霍斯屡遭"诽谤"和"审判"来看，伊斯霍玛霍斯获得的荣誉似是而非，赢得的忠诚也模棱两可。也许，伊斯霍玛霍斯只是一位看起来"既美且善"之人。

在文本中，在讲述自己的生活方式之前，伊斯霍玛霍斯提到，他在苏格拉底面前讲述自己的生活方式，是一件"荣幸之事"。看来，伊斯霍玛霍斯大概知道苏格拉底的特点。苏格拉底专门审查人的生活方式，或者更确切地说，他是审查人的生活是否真正有德性。那么，再回到伊斯霍玛霍斯的生活细节中，看看他的生活是否真正有德性。

---

① 古希腊人一天只吃两顿。
② ［古希腊］色诺芬. 齐家［M］.//刘小枫主编. 色诺芬的苏格拉底言辞. 上海：华东师范大学出版，2010：33.
③ ［古希腊］色诺芬. 齐家［M］.//刘小枫主编. 色诺芬的苏格拉底言辞. 上海：华东师范大学出版，2010：53.

伊斯霍玛霍斯在介绍他的生活时,引人注目的是他常常说他在"教授德性"。如他教授妻子"节制",教会管家"忠诚、勤勉、正义"等。从柏拉图的《申辩篇》《普罗泰戈拉篇》《美诺篇》①等对话中,"教授德性"这个话题是苏格拉底异常关心的。然而,伊斯霍玛霍斯这位被称为贤人之人,却像普罗泰戈拉那样,自称可以教人忠诚、勤勉、正义等德性。但从伊斯霍玛霍斯对这些教育事情的回答来看,他教授德性这件事很是可疑。

　　对于妻子的教育,伊斯霍玛霍斯认为,他教了妻子"节制"德性。但他教他妻子的是,照管家里的财产,帮助丈夫增加家里的财产。这种"节制"似乎再次体现在伊斯霍玛霍斯对妻子化妆这件事的处理上。妻子化妆之后,伊斯霍玛霍斯并没有感到妻子的美丽,而是让妻子不要注重这种"欺骗性的装扮"。②最美的妻子应该是能够把家管好的女人。这一细节再次说明,伊斯霍玛霍斯教授妻子的"节制"品质,其实质上是千方百计地把妻子变成他的"合伙人",变成他发家致富的助手。只有妻子变成了"勤勉持家"的好助手,他的财富才能得以保存和积累起来。因此,"节制"一词成为了伊斯霍玛霍斯爱财如命的遮羞布。

　　对于管家的忠诚、勤勉、正义的培养,也是这种情况。伊斯霍玛霍斯教管家"忠诚",仅仅是当农业收成很好的时候,慷慨大方地奖赏管家。教管家"勤勉谨慎",仅仅是根据管家的本性,或用利益或用荣誉笼络人心。而他教管家"正义",仅仅是让管家学会"对主人的东西敬而远之,不偷窃任何东西"。而教的方式,首先就是以严苛的法律严惩不贷相威胁。"偷窃行为应受惩罚,如果某人行窃时当场被抓住,将受到监禁,如果拘捕,将被处以死刑"。③其次,伊斯霍玛霍斯还借用波斯国王的法律,不仅严惩偷窃的人,而且还要奖励那些不偷窃的人。这种奖励不仅让不偷窃者

---

① 这两篇对话都讨论了"德性是否可教"的问题。
② [古希腊]色诺芬. 齐家[M]. //刘小枫主编. 色诺芬的苏格拉底言辞. 上海:华东师范大学出版,2010:50.
③ [古希腊]色诺芬. 齐家[M]. //刘小枫主编. 色诺芬的苏格拉底言辞. 上海:华东师范大学出版,2010:66.

得到实际好处,而且还能得到像"自由民"一般的对待。这是伊斯霍玛霍斯对管家的教育。据伊斯霍玛霍斯所言,这是培养管家身上最重要的品质——正义。但这种方式与其说是一种德性教育,不如说是一种威逼利诱的规训。

从对妻子、管家的教育来看,伊斯霍玛霍斯这位贤人哪里是在教人德性,他明明是在用权术,控制妻子、管家,使这些人能够服从自己的命令,帮他管好室内事务和室外事务,以此增进他的财富。所以,《齐家》的最后一章,揭露伊斯霍玛霍斯的齐家之术,实质是一种"统治术"。他比其他农夫更高明的地方,就在于他有这样的统治术,能够驯服他人,让人甘心服从于他的统治,借他人之力实现他增长财富的欲望。他对城邦的义务、朋友的义务,不是竭尽全力地帮助城邦、朋友变得更好,只是以他的财富资助城邦和朋友,从中捞取贤人名声。所以,对自己的贤人名声,并不如伊斯霍玛霍斯所说的那样,他不知道或不在乎。其实,他非常在乎。所以,在后文,文本以一个不起眼的细节,揭示了伊斯霍玛霍斯的虚伪。苏格拉底说,伊斯霍玛霍斯之所以逗留在市场,是为了等待那些约好碰面的外地客人。虽然对方失约了,但是伊斯霍玛霍斯还是在等待,证明自己的诚实守信。所以,苏格拉底讥笑伊斯霍玛霍斯,认为他很担心失去自己贤人的美名。[1]

不过,伊斯霍玛霍斯说自己不知道自己是不是"贤人",似乎也说出了另一种真实。因为他自认其所作所为对得起所有人、对得起城邦,本可担当贤人美名,但奇怪的是,他常被诽谤、被审判。这说明伊斯霍玛霍斯并不自知,他未能"认识自己",他不知道自己是不是"贤人"。所以,总体上看,伊斯霍玛霍斯这种人实质上如其父,都对财富有着僭主式的欲望。所以,在本性上,伊斯霍玛霍斯是一种僭主式的人物。通过隐秘的权术统治他人,驱使并奴役他人来增加自己的财富;而且还贪恋荣誉和名

---

[1] [古希腊] 色诺芬. 齐家 [M]. //刘小枫主编. 色诺芬的苏格拉底言辞. 上海:华东师范大学出版,2010:57.

声，希望自己获得美名。这样的伊斯霍玛霍斯与《居鲁士的教育》中的居鲁士何其相似！二者的差异在于前者主要是通过农业这一和平技艺获得财富、荣誉和对他人的统治，而后者主要是通过战争技艺获得这些东西的。伊斯霍玛霍斯代表着另类的"僭主"。

(2) 农业与苏格拉底式的正义

对话中，苏格拉底虽然都和对话中的两位人物交谈了齐家之术，但是苏格拉底却从来没有获得擅长齐家的美名。不论是从苏格拉底的财产，还是苏格拉底妻子的情况来看，苏格拉底似乎都不能担当擅长齐家的美名。然而，在柏拉图的《申辩篇》中，苏格拉底为自己辩护时，提到自己不像大多数人那样关心"齐家（oikonomia）"。而他在色诺芬的《齐家》中，却被安排去和两位人物交谈齐家之术。那么，如何理解这种人物设计？也许，色诺芬的春秋笔法不仅揭示了伊斯霍玛霍斯这类靠农业生活的人的本性，而且还巧妙地展现了可以与之对峙的另一种生活方式。

在文中，苏格拉底自贬不能"公正地纠正"一个完美的贤人，但他所过的生活，似乎就是对伊斯霍玛霍斯式生活的最大纠正。在对话的一开始，年轻人克利托布勒斯就把"理家"理解为"发家"，意即把"理家"理解为能够让自己占有更多东西、拥有更多财富的技艺。对此，苏格拉底一开始就想帮助年轻人重建财富观。财富是对人有益的所属物。人对所属物所拥有的知识，不仅包括如何操作、使用所属物的知识，更包括相关的伦理道德知识。这种知识让人知道如何利用物品，真正增进自己和他人益处。因此，财富并非无条件的善，知道如何用财富，把财富用得好，才能让"财富"这一外在善成为属人之善。但是人们花更多的时间在如何赚取财富上，而非学习如何恰当使用财富上。这暗含着人们花更多的时间赚钱，而不是花时间学习善、德性。但不是所有人的生活方式都是如此。苏格拉底就走向了另一种生活。这种生活真正关心德性、关心属人之善。这种生活方式不需要奋力积累财产，就可以过上一种致力于追求德性的生活。这种生活方式体现在文本的一个插曲中。

对话中，苏格拉底提到了"马"的故事。有一天，苏格拉底看到许多人跟在一匹马后面，还听到有人谈论它。于是，苏格拉底走到马夫面前，问他这匹马是不是有很多财产。马夫打量眼前这个提问人，觉得这个提问人有点疯狂，反问道："一匹马怎么会有财产呢？"从这个回答中，苏格拉底如释重负，并领悟道，"即使是一匹穷马，只要它天性上神骏不凡，它也能成为一匹好马。"① 这一领悟的要点在于，一个人不管他的财产情况如何，他都可以成为一个好人。言外之意，对于追求德性的人而言，拥有财产并非获得德性的必要条件。对这些人而言，他们完全不需要那些合法技艺来保护他的财产。可见，苏格拉底向伊斯霍玛霍斯求学，并非学发财致富的技艺，而是学成为有德性的人的技艺。"在美德中开始，那会是美好的一天"。② 苏格拉底上述观念中，隐藏着一种哲人的正义观。

苏格拉底式的哲人正义，在人的财产或所属物问题上，有着另类的正义理念。这种正义理念以智慧为基础。因此，人正义地拥有某物，是指人知道如何使用某物而对人有益。这才是真正的财产正义。按照此逻辑，苏格拉底并不认为拥有大量的所属物或者拥有更多的东西，才对自己有益。对他而言，他只需要拥有一点东西，就能对自己有益。因此，他不需要那些生产大量物品的生产性技艺，或者给自己带来大量所属物的技艺。苏格拉底只关心灵魂的技艺，让自己的灵魂趋于完善。因此，苏格拉底这样的穷人，不需要积累财富，不需要拥有大量所属物，他就能做正义的事情。苏格拉底的正义是哲人的正义。高挪英在研究色诺芬的作品时指出，出现在《苏格拉底的辩护》中的"哲人的绝对正义"就是"满足于自己的所有，不需要别人的任何东西"。③ 那么，这种自足何以是一种正义呢？用传

---

① ［古希腊］色诺芬. 齐家［M］.//刘小枫主编. 色诺芬的苏格拉底言辞. 上海：华东师范大学出版，2010：52—53.
② ［古希腊］色诺芬. 齐家［M］.//刘小枫主编. 色诺芬的苏格拉底言辞. 上海：华东师范大学出版，2010：53.
③ 高挪英. 正义的等级和上行的哲学内涵——论《居鲁士上行记》的作者与书名［J］. 求是学刊. 2011（2）.

统儒家的正义观观之，这是一种更高的正义。《春秋繁露·仁义法》讲到，"义者，谓宜在我者。宜在我者，而后可以称义。故言义者，合我与宜，以为一言。以此操之，义之为言我也。"这种适宜不是我向别人宣称或证明地位、财富、权力更"适宜"我，而是我要考量，地位、财富、权力是否"合我与宜"。这是对自我的限制，不过分占有。这就是一种人的正义。

但是苏格拉底式的正义，只属于城邦中热爱智慧的少数人。这种以智慧为基础的财富观，对政治社会而言，是相当不能接受的。因为这种观点蕴含的是，那些没有知识，不懂得所属物如何有益于人的人，就不配拥有这些所属物。正如，疯狂的人、失去理智的人不应该让他手中握有武器。然而，这种观点不可能成为政治社会的主导性的财产分配观，因其潜藏着一种危险。

如何使所属物有益于人的知识，恐怕不是人人都可能有的知识。如若以此为财产分配的标准，那么，这种标准很有可能被滥用，成为所谓的"有知识的人"抢夺他人所属物的借口。正如"居鲁士评衣"案例中，那位抢夺小个男孩长衣的大个男孩。在此刻，小个男孩拥有这件长衣，对自己没有显见的益处，因为太长了不能穿。然而，这也不能按大个男孩的"正义逻辑"，把长衣抢过来，将短衣给小个男孩。因此，在政治社会中，更为稳固的正义基础，是一种法律正义。人们认为属于自己的东西，是按照法律规定的私人所有。色诺芬《齐家》和《居鲁士的教育》中的正义故事，似乎讲出了政治社会中正义观念的悖论性质。这一难以解决的悖论就是，人们按照法律正当拥有的东西，并不见得就适合自己、有益于自己；适合自己的、有益于自己的东西，按照法律又不属于自己。

因此，苏格拉底式的正义，将人所属之物与适合人、有益于人之物统一起来。统一的基础，就是张大灵魂的利益，降低对物质利益的要求。也就是说，追求灵魂的智慧、节制，追求灵魂的正义。但是这种统一相当困难。克利托布勒斯拒斥苏格拉底的教诲，是这种统一之难的明证。但色诺芬这样一部正义诗教作品的创作，让人们得以窥见苏格拉底式的正义。这种正义彰显的是哲人的正义。哲人的正义，不是为朋友、为城邦提供某种可见的物品，而是引导朋友和城邦关注智慧、德性、正义这些不可见的灵魂之善。布鲁姆在其《爱的阶梯》中，向我们区分了两类施恩者。他提到像苏格拉底这样的人似乎如此的自私，只专注于自身完满和受益的德性，但是，他的这种做法或许是他能够给予他人的最伟大的恩惠。"有两种施恩者，一种人一心给我们提供我们所需要的东西，另一种人尽管对我们漠不关心，但是他们本身作为范例就能够提升我们，使我们更加高贵。后者代表更高的目的"。[①] 哲人的正义，教化年轻人认识到人有了所属物，要尽可能像贤人那样生活，管好自己的家的同时尽可能为母邦尽责。正如在柏拉图笔下，苏格拉底自比为城邦的"牛虻"，专门刺激城邦走向善。对年轻人，他也极力规劝大家不要只顾财产而忘了自己的灵魂，让那些像克利托布勒斯这样不热爱智慧的年轻人，可以向贤人学习，勤勉持家，管好家庭事务，尽可能为城邦和朋友服务，防止年轻人学僭主的方式，不择手段地占有。这就是苏格拉底的正义教诲。

三、西方古、今正义诗教对观：正义与生存技艺

西方古典正义诗教中，对生存技艺的讨论，不仅关注农作这种靠个人劳动而实现的生存方式，同时也不回避战争技艺这种生存方式。色诺芬的《居鲁士的教育》和《齐家》，展示了西方古典哲学在上述生存主题上，与西方现代哲人不同的哲学思考。对观西方古、今正义诗教，西方现代正义诗教似乎没有教诲战争技艺的事情。难道在西方正义诗教的现代框架中，就没有战争问题了吗？西方现代正义诗教可以终结人类的战争问题？

（一）劳动正义与战争

以武力或者温和专制强迫他人服从自己，并掠夺他人所属之物，是人

---

① [美]布鲁姆. 爱的阶梯 [A]. //刘小枫选编. 柏拉图的《会饮》. 北京：华夏出版社，2003：232.

类历史上屡见不鲜的生存手段。但以战争技艺为基础的生存方式，并不能成为一个大规模的、持久的政治社会的基础。所以，战争主题似乎不是霍布斯的《利维坦》、洛克的《政府论》、卢梭的《社会契约论》中的要题。这些论著虽提到了"战争状态"，但这仅仅是自然状态下的人与人之间的敌对状态，不是国家与国家之间的敌对状态。而霍布斯、卢梭等西方思想家提出的政治学说，试图终结人与人之间的战争状态。但是这是在理论上思考如何结束国内内战，那国与国之间的战争呢？卢梭对科西嘉、波兰的治国意见中，并没有让科西嘉、波兰两国通过战争、武力来保持自己的独立、自由。在卢梭看来，按照他的建议来治国，似乎既不会有征服欲去征服其他国家，也不会有被其他国家征服的危机。这种国际正义的实现有赖于本国内部正义的实现。而这种内部正义主要是以农业与简单的工商业为基础的。

卢梭设想的国家本身就是和平的国度，能够满足本国的需要，不用去掠夺别国。同时，以农业为主的国家，本没有多少货币财富，那些强国也不会起意掠夺它。而且即便遭受了侵略，以农业为主的国家公民，有保卫自己国家的决心和能力，不让自己失去土地。因此，在卢梭的设想中，以农业为本的国家没有战争之虞，也没有被侵略或瓜分的危机。这种国家能从战争中保持独立、自由。因此，卢梭所描绘的政治社会，并非是一个充满货币财富的地方，只是一个不穷不富的、不依赖他国的独立、自由且正义国家。对此，他给波兰的治国建议即是佐证。卢梭谈到"波兰军队"问题时提出，波兰没有必要建立常备军。常备军往往不能保卫国家，而常备军往往被用来征服其他国家或者奴役本国国民。一个国家真正的保卫者是他的人民。"每一个公民都有义务当兵，但谁也不把当兵当作一门职业"。①在必要的时候，全体人民都应当为兵。这种民兵可以训练有素，而且时刻做好为国家效力的准备，尽全力为国家服务，因为"保卫自己的财产总是

---

① [法] 卢梭. 论波兰的治国之道及波兰政府的改革方略 [M]. 李平沤, 译. 北京：商务印书馆, 2014：86.

比保卫别人的财产更愿意多出力气的"。① 在卢梭看来，一个国家不被征服，就是因为它在人民心中产生这种热爱——"在美德的鼓舞下产生的并与美德不可分离的对祖国和自由的热爱"。②

在卢梭的上述论述中，他设想国家本身就是和平国度，这样国家不会侵略其他国家，不会犯下战争问题上的不义问题。这种正义的根基就在于它实现了内部正义。而这个正义的基础就是"劳动正义"。但这一劳动正义真的能缔造国际正义吗？国与国之间真的不会有战争？对此，先看看历史上农业这类和平技艺和战争技艺的关系。

据考古学研究，农业出现在新石器时代。人类最初的农业是旧石器时代的采集型经济。人类将采摘来的可供食用的野生植物籽加以收藏，然后进行栽培以增加收获量。这是新石器时代居民的一项具有明确目的性的生产活动。③ 这对人类而言，是巨大的技术进步。农业发明对人类社会影响重大，改变了新石器时代居民的经济结构，让人们的基本生存需求在一定程度上得到了保障。这也为人们向平原地区转移、聚集，实现相对稳定的定居生活创造了必要条件。就农业自身而言，这是一项凭靠人的劳动而生存的和平技艺。但是在人类史上，农业似乎与战争密切相关。

我国历史上，有名的"商鞅变法"将"农战"作为秦国的基本国策。作为秦国争霸政策的一部分，农业奠定了秦国完成一统天下的基础。商鞅为秦国提出的"富国强兵"的政策，其核心就是"壹民"。所谓"壹民"就是全国只能存在一种民，即农战之民；全国之民只能从事一件事，即农战。

---

① ［法］卢梭. 论波兰的治国之道及波兰政府的改革方略［M］. 李平沤，译. 北京：商务印书馆，2014：87.
② ［法］卢梭. 论波兰的治国之道及波兰政府的改革方略［M］. 李平沤，译. 北京：商务印书馆，2014：92.
③ 张江凯，魏峻. 新石器时代考古［M］. 北京：文物出版社，2004：4.

商鞅要把秦国各行各业的人都转化为耕战之民，首先得压缩非农生产之人的生存空间，商鞅在《垦令》篇列举20个措施来驱民耕战，其中有将商业、娱乐业、客店业、手工业、运输业、打猎、捕鱼、采集、采矿等行业人，转化为农耕之民的各类具体措施。①

但商鞅深知老百姓最不愿意干的两件事就是"农"和"战"。"夫农，民之所苦。而战，民之所危也"。② 人性似乎确实好逸恶劳、好富贵名利。因此，商鞅提出，秦君要掌控人性所好的一切资源，以人性所好为赏罚，驯化自己所需要的臣民。即民的"富贵名利"只能出自利禄官爵，而"利禄官爵"又只能出自国君之手。如此，所有的老百姓都会从事农战，因为只有农战才能获得富贵名利。农战的国策让秦朝从战国列强中脱颖而出，最终一统天下。虽然秦朝国运短祚，但是这种"富国强兵"的农战政策却变着花样影响了中国两千多年的历史。在李治安看来，商鞅开创的农战政策形成了我国历史上在西汉、隋、唐等大一统王朝，都普遍推行的"编民耕战模式"。

它以户籍、授田及"军功爵"为基础或保障手段，划一编制五口之家，国家直接统辖编民，直接向编民课以赋税、劳役和兵役，产业方面重本抑末，追求藏富于国与举国动员。其主要特征是：国家对百姓及地主经济实施包括授田、户籍、赋役在内的全面强制性管控统辖，就被管控百姓而言，尤以徭役、兵役沉重，故特名"耕战"，或曰"编户征徭之民"。③

---

① 胡铁球. 商鞅构建农战之国的理念及其影响——以《商君书》为中心讨论[J]. 社会科学，2016 (1)：135－152.
② 《商君书·算地》.
③ 李治安. 秦汉以降编民耕战政策模式初探[J]. 文史哲. 2018 (6)：5－23, 163.

这种编民耕战模式，将土地与劳动者结合起来，客观上实现了"耕者有其田"，让农业生产与人口集中起来，实现社会经济发展。但是这种模式本身不是为了老百姓，而是隶属于专制王朝的政治统治。所谓"编民"就是编户齐民，在户籍在册的人没有迁徙、流动的自由，只能依附于土地。"编户齐民自帝制国家分授且占有、使用土地，其'齐民'身份亦受国家法律保护，同时需履行编入国家户籍、提供赋税、劳役、兵役等"。[①] 而这种编民耕战模式运用得最为常见且最为得力的时候，就是历史上"削平群雄和秦、西汉、隋、唐和明等王朝创建之初"。[②] 这是一种"临战体制"。

这种将农业和战争联系在一起的临战体制，不止出现在我国历史上。回看古希腊人修昔底德所作的《伯罗奔尼撒战争史》，一开始提的特洛伊战争，就内含这样一种临战体制。修昔底德认为，这场战争之所以持续十年，就是因为农业和战争的关系。阿伽门农率领的希腊联军并没有足够的给养，而是带了部分粮食出征，希望能够边作战边就地取食。因此，战争一开始，希腊联军并没有投入全部军力攻下特洛伊，而是留下部分军力将其围困，其他军力被分散到其他地区从事耕作和劫掠。在这里，农业直接关联着特洛伊战争的胜败。[③] 因此，战争离不开农业，尤其是长时间的战争，更需要农业直接提供军需供给。而色诺芬在《齐家》中，借苏格拉底之口，讲述了波斯国王的统治术。波斯国王统治术的要义，就是如何将战争与农业结合起来。文中说道，波斯国王最看重农业和战争技艺。这两种技艺被认为是"最高尚、最必需"的事业。战争技艺能让国王统治国家、保卫国家；同时，有了战争为务农提供的安定环境，农业就可以耕作得很

---

① 李治安. 秦汉以降编民耕战政策模式初探 [J]. 文史哲. 2018 (6)：5－23，163.

② 李治安. 秦汉以降编民耕战政策模式初探 [J]. 文史哲. 2018 (6)：5－23，163.

③ [古希腊] 修昔底德. 伯罗奔尼撒战争史 [M]. 何元国，译. 北京：中国社会科学出版社，2017：9－10.

好，就能为军队提供必备的给养，给国王缴纳必需的赋税。① 因此，在这些想要开疆拓土的专制王国里，农业本身是和平的生存技艺，但是它往往和战争联系在一起，成为战争的一部分。在这种情况下，农业不见得就是正义的。

可见，农业并不必然就是和平的生存技艺。那么，西方现代正义诗教，仅仅教授人们从事农业、手工业之类的生产技艺，就能实现劳动正义，最终实现国内和国际和平吗？也许，战争的存在方式，只是换了一种形态，让人们看不见了。

（二）劳动正义与技术主义的绝对正义

如若要实现卢梭所设想的劳动正义，那么，就要保障个人真的能够从自己的劳动中实现个人的生存。这就是要从劳动中获取自己的生存物资，这些生存物资包括吃、穿、住方面的物资。这些生存物资都是从农业那里获取的原始生存资料。要获取这些生存资料，就需要人具备相应的农业知识、农业技术，以及相应的身体条件和品质，如农业劳动所需的体力，能够勤劳、不懒惰。问题是从事农业只需要这些条件就够了吗？有了这些条件就能有收获吗？《齐家》中，当苏格拉底向克利托布勒斯宣传了从事农业诸多益处后，克利托布勒斯提出的唯一异议是，农业这种技艺面临着不可测的自然。

> 但是就农业中的大部分事情而言，人们不可能预测：因为有时候冰雹、霜冻、旱、涝、虫害，实际上还有其他一些情况，常常会破坏构想得很好，也执行得很好的计划；突发的疾病有时也会让喂养得好好的羊群惨遭毁灭。②

---

① ［美］列奥·施特劳斯. 色诺芬的苏格拉底言辞——《齐家》义疏. 杜佳，译. 上海：华东师范大学出版社，2008：20—24.
② ［法］卢梭. 论波兰的治国之道及波兰政府的改革方略［M］. 李平沤，译. 北京：商务印书馆，2014：28.

对于这一异议，苏格拉底的回答是这种情况是"为诸神所掌握"。在人类事务中，不管是农业活动还是战争活动，诸神都是主人。所以从事这些活动都要取悦诸神，靠祭品和占卜寻求诸神的指示。从苏格拉底的说法来看，从事农业也要虔诚敬神。虽然对话中带有神学色彩，但确实指出了从事农业的关键性问题。俗话说，农业是"靠天吃饭"的。自然状况对农业影响是根本性的。除了风调雨顺这些自然气候条件，还需要土壤肥沃，无虫灾、旱灾、水灾或者其他自然灾害的危害。时至今日，有现代科技支撑的现代农业，也不能从根本上逃离自然条件对农业生产的限制。但是对这些问题，卢梭在其正义框架中，都没有讨论。从《齐家》中的讨论来看，要保证劳动正义的实现，就需要一种绝对的自然正义或宇宙正义来保证。这种自然正义或宇宙正义，似乎不受偶然和机运的影响。人有"一分耕耘"，就有"一分收获"。正如《齐家》中所言，"土地，作为一位女神，她教导那些有能力学习的要正义，因为谁最好地服侍她，她回报谁的好东西就最多。"① 这位"土地女神"所教的正义就是一种自然正义，让人自食其力，反对不劳而获、坐享其成。但是自然或者宇宙真的关心人是否勤劳工作、不偷懒吗？是否真的会奖赏那些勤奋者？农业背后真有自然正义的支持吗？

有人会说，劳动正义在古代的科技条件下是不可能实现的，但是在现代科技条件下，人们应该相信这种劳动正义，相信人只要勤奋劳作必然就有收获。这意味着在卢梭的劳动正义背后，存在一种新的技术主义。这种技术主义认为完全可以认识自然、征服自然，让自然服务于人的生存，让人可以自足。

魏因伯格在其著作《科学、信仰与政治》一书中，讨论西方近代思想中一种基于技术主义的绝对正义观。作者认为，在马基雅维利、培根、霍

---

① [古希腊]色诺芬. 齐家 [M]. //刘小枫主编. 色诺芬的苏格拉底言辞. 上海：华东师范大学出版，2010：27.

布斯、洛克等现代思想家都在倡导一种主宰自然与命运的科学事业。对西方古典哲人来说，人的技艺不论如何发展，都不能让政治社会变得完全自足和正义，因此，要用伦理德性压制人对技艺的热情，克制人想要通过技艺获得完美正义的热望。但是西方现代哲人却认为，这种技艺观阻碍了人征服自然和命运，阻碍了人发现完美正义。人完全有可能通过"制造一个放纵欲望和肉体满足的完满经济来实现绝对的正义"。① 因为人的生存目标就是自我保存、就是人欲望的满足，而生产性的实用技艺就可以满足人类欲望。这样一来，不正义不再是人的问题，而是由于缺乏能够满足人欲望的生产性技艺。而这导致了人们相互争夺、侵犯。简言之，人的不正义，其根源不在人身上，而在没有生产性技艺上。因此，科技向人们承诺，它可以使他们从"欲望"这一不正义的根源中解放出来，提供满足人生存性欲望的生产性技艺。从而，实现个人、实现政治共同体的完全自足和正义。魏因伯格认为，这是现代事业中特有的乌托邦幻想，认为"总有一种生产技艺会给人类带来完全的自由和正义"。②

在这种技术主义的绝对正义中，国内、国际中的热战似乎消失了。但是，出现了一种全新的战争的形式。这就是通过科学技术展现对自然的"战争"。科学技术，要征服自然，令其为人类服务。强令自然正义配合人间正义，似乎就没有代价？这种代价并不用等到现代科技充分发展后才能看到。现代科技事业的开创者培根已预见，并小心翼翼地写进了他的寓言故事《新大西岛》中。在这则寓言故事中，这个大西岛躲在世界一隅，通过伟大国王的改造，变成了一个与古雅典、古大西岛不同的"新大西岛"。这个新国度就是一个拥有科技力量的技术国家，人们的生存资料完全由一

---

① [美]魏因伯格. 科学、信仰与政治：弗兰西斯·培根与现代世界的乌托邦根源 [M]. 张新樟，译. 北京：华夏出版社，2008：13.
② [美]魏因伯格. 科学、信仰与政治：弗兰西斯·培根与现代世界的乌托邦根源 [M]. 张新樟，译. 北京：华夏出版社，2008：9.

个名叫"萨罗门学院"①的科技力量提供,人们的痛苦、疾病也由萨罗门学院的科技力量解决。这是一个看起来富饶、人民衣食无忧、无病无痛的国度。

培根通过寓言故事向16世纪的人们展现了一种科技乌托邦景象。这样安定、富足的景象打动了许多后世者。配合《学术的进步》《新工具》等著作,培根彻底将哲学从伦理学的关注中转回到了对自然哲学的关注。②但培根认为,打开的科技事业不是没有代价的。细读《新大西岛》,即可发现这种科技乌托邦所缺失之物。在这个科技乐园中,虽然每个人的生存欲望、生存自由都得到了保障,但是这个科技乐园限制了人们对财富的欲望,而对荣誉、知识的欲望也局限在那些有志于从事科技的人身上。而生活在这个乐园的大多数人,不是直接从事科技事业,就是从事科技事业的服务者。而在这些人中,除了学科技以外,并没有学其他知识、技能的自由。所以,表面上看起来富足的科技乐园,实质上大多数是被科技喂养的人群,没有知的自由、思的自由和政治自由。一切都由萨罗门学院安排好了。所以,新大西岛看不到穷人、乞丐,同样也看不到闲人、艺术家、诗人和作家。而且只能看到两类杰出人物:要么是生育了优秀子嗣的大家长,要么就是杰出的科技发明者。

有了科技力量的加持,此国度实现了一种基于技术主义的绝对正义,但是由科技缔造的国度值得向往吗?当科技帝国强令自然遵从自己的需求的时候,被征服和改造的不仅仅是自然万物,还包括人的自然本性。技术主义的绝对正义,外表光鲜亮丽,掩盖了它对人性的征服之战。这种征服和控制在赫胥黎的《美妙新世界》中得到了淋漓尽致的描绘。当这种"完

---

① 萨罗门学院的目标就是"了解事物的生成原因及运动的秘密;拓展人类帝国的边界,实现一切可能实现之事"。[英]培根. 论古人的智慧 [M]. 李春长,译. 北京:华夏出版社,2006:138.

② 唐燕. 道德教育之吊诡处境——培根道德哲学现代转向的影响探微 [J]. 道德与文明. 2019 (1):128-135.

满"正义实现后,人们连哭的权利都没有了。因为通过生产性技术,人类感官欲望、身体欲望都可以得到满足。此时,人们似乎没有哭的理由了?!因此,劳动正义背后技术主义的绝对正义,打开了新的战争形式——对自然的战争。如果说许多古老文明流传对自然的尊崇和顺应,那么,现代科技文明早就把这些态度,视为迷信,扫进了历史垃圾中。问题是"女神阿尔忒弥斯"真的不会"复仇"吗?

(三)劳动正义与僭主式欲望

劳动正义的实现,预设着人们有足够的生存物资,就会停止彼此的纷争和战争。但是生存权利得到满足的人,真的"知止"吗?在《居鲁士的教育》中,人们看到了一种强者无法餍足的僭主式欲望在人性中的存在形态。这种占有欲不止,征伐之战就不息。那么,以劳动来实现生存正义的思路,可以满足这些僭主式欲望吗?或者强大的国内法律就能压制这种欲望吗?这种僭主式欲望是否会开启另一种战争形态,以获得满足?

按照霍布斯、洛克、卢梭等西方思想家的设想,每个人进入政治社会的原因都是因为可以实现自我保存的权利,因为政治社会保障每个人的生命、财产和安全。而洛克、卢梭设想了劳动这一和平技艺进行资源分配的方式。这使得劳动正义成为了政治社会不可或缺的道德基础。同时,卢梭用自由来限制人们过度占有财富的欲望和野心,防止人成为财产的奴隶。然而,卢梭锻造的这把自由钥匙,真的能打开现代布尔乔亚灵魂深处的枷锁吗?

财产的劳动起源说以及新的政治理论都保护了私人财产的神圣性。但是人们的生命、财产、安全得到保障之后,有些人并没有止于此。通过自己的劳动,人们想要占有更多的财富。而财富的积累形成了新的社会力量——资本。根据马克思的经济学研究,西方近代资本主义通过劳动进行原始资本积累之后,生产迅速扩大,通过剥削劳动者的剩余价值,积累起了大量的财富。资本具有逐利本性,想要扩大生产,卖出更多的产品,以获得利润。为此,不仅要开发本国市场,还要打开外国市场。这时资本主义国家的对外战争，不再是为了占领他国领土，而是为了打开别国市场，实现贸易自由。我国充满血泪的近代史即是资本主义全球扩张的证据。此时，农业、工商业看似都是和平的生存技艺，但是再也不是农业和工商业服务于战争，而是战争服务于农业和工商业，帮助农业和工商业打开他国市场，同时也帮助这些行业掠夺他国各种生产原材料。

而在当下全球化时代，资本更加自由。它在全球寻找最适合的生产基地。一旦本地劳动者要求更多的福利，一旦本地政府要求跨国公司和企业对本地承担更多的社会责任，这些跨国公司就像受到束缚一样，马上寻找新的生产基地。哪里的原料多，哪里劳动者成本低，哪里生产成本低，哪里约束少，它就去哪里生产。这时，不再是资本主义强迫人们劳动，而是人们害怕没有劳动机会、工作机会。人的失业也被解释为个体不再符合人才市场的要求，人就像过时的工具一样被淘汰了。

> 不是因为那些失业者自身的不足或道德过错，而纯粹仅仅是因为缺乏能满足所有需要和渴望获得工作的人的岗位……他们（笔者注：失业者）新的地位不是自己选择退出的结果，因为这种排除是经济逻辑的产物，那些被烙上排除印记的人自身无法对其施以控制或影响。①

在这种情况下，人除了变成更适合资本要求的工具，就别无其他生存方法。因此，资本主义的劳动正义面临着难以克服的问题。一方面，它宣扬每个人要劳动，要自食其力才是一个正义的、合格的社会成员；另一方面，人们的工作机会、劳动机会压根儿就不在自己手上。人们想劳动、想工作而不得。西方福利国家为了缓解劳资矛盾，通过税收和社会福利的方式进行调节，但是这种措施似乎又在肯定，一个人"不劳而获"的正义性。这也构成了西方社会尤其是美国社会特有的价值矛盾。一方面鼓励人

---

① [英]齐格蒙特·鲍曼. 工作、消费、新穷人[M]. 仇子民，李兰，译. 长春：吉林出版集团股份有限公司，2010：138.

们自食其力,一方面又认同人们"不劳而获"。这样的社会是分裂的。富人因为这是自己的辛苦所得而不愿意交税,因为这会鼓励更多的不劳而获的社会寄生虫,而穷人因为自己的生存需要和生存权利而要求社会提供更多的福利对待。

政治社会分化为穷人与富人,卢梭在"二论"中就已经预言了。最有权势的人把自己的"强力"视为侵占他人财富的正当性;最悲惨的穷人把自己的"需要"视为侵占他人财富的正当性。"平等的状态被打破之后,随之而来的是可怕的混乱:富人的强取豪夺、穷人的到处劫掠和人们疯狂的贪欲,这一切扼杀了人的天然的怜悯心和微弱的公正的声音,使人变成了吝啬鬼、野心家和恶人"。[①] 因此,国内战争似乎不可避免。尽管这种战争可能不再以热战的形态存在,转换为劳资双方的矛盾和斗争。围绕着生产原材料、消费市场的争夺问题,各种显性或隐性的国际战争也必然存在。

所以,无论是政治社会内部,还是外部,人们或因自己的"强力"或因自己的"需要",希望自己占有更多的东西。这种希望"获取更多"的欲望,成为现代人,不论是富人还是穷人,最为基础性的爱欲特征。僭主式的灵魂成为了现代性主导性的灵魂特征。西方的劳动正义,不仅没有限制这种人性欲望,反而为这种占有更多的现代僭主式灵魂提供了合法性基础。因此,西方现代政制所预设的劳动正义,如若不正视它背后潜在的僭主式欲望,那么,它既无法成为一国之道德基础,也无法成为国与国之间关系的道德基础。然而,现代经济发展和生产的扩大,正是建立在这种欲望基础上的。因此,要求现代人克制他们的僭主式的欲望,无疑是侵犯了他们天然的权利,会被视为"不正义"的。这些僭主式灵魂在声色犬马中,虽然彼此之间热战不再,但是潜藏着各种矛盾、冲突、斗争。这种战争形态被美化为"生存竞争"。这看起来比那些血腥的热战,文明多了。然而,这种生存方式正义吗?

---

① [法]卢梭. 论人与人之间不平等的起因和基础[M]. 李平沤,译. 北京:商务印书馆,2007:98.

结语
重识"孔融让梨"的现代遭遇

"孔融让梨"和"爱弥儿种豆子"作为正义诗教的原型故事,虽然产生于不同时代、不同地域,其内涵也各不相同,但是二者都试图教诲人们如何正当地获取所欲之物。将两个正义诗教的原型故事并置在一起,一方面有助于我们弄清楚两个原型故事背后各自的正义理论及其内在理路;另一方面也有助于我们反思当下权利论正义理论对孔融让梨故事的强势批判,尽可能公正地展现两个正义原型故事。公正地展现两个故事,对我们而言,尤为重要。许多人认为,权利论正义观代替"孔融让梨"所代表的传统正义观,是大势所趋,是一场值得推动的现代道德转型。但是这一道德转型真的毫无疑问? 也许,在没有弄清楚这场道德转型到底是什么之前,我们应当审慎地看待这场始于西方现代性的道德变迁。

一、"孔融让梨"中的正义解法:始于"家"

作为我国传统正义诗教的典范,"孔融让梨"像一个古代文化的索引,可以借此回到《春秋》教,一窥传统正义观的全貌。《春秋》教的传统正义观建立在"天道"之上,以孝悌为其德性表征,构建了基于人的婚姻、血缘关系的伦理秩序。在这一秩序中,每个个体都占据一个伦理位置。每个个体也据此获得与自己的伦理位置相一致的名和位。传统正义观的核心就是每个人各安其位、各得其宜。这一正义观成为了传统社会的道德基础。"孔融让梨"作为儿童版的正义诗教,就是从人的垂髫期开始,引导人谨守自己的人伦本分，遇事不争，多谦让、友爱，养成孝悌之德。上述以人伦关系为基础的传统正义观，的确独树一帜。然而，这一正义观背后的问题意识，却具有普遍性。古希腊肃剧诗人也看到了人之家中的纷争和不义问题。这些问题关涉人类社会最基本的正义要求，是政治社会的根本问题。对此，古希腊的肃剧诗人，通过展现权势家族的弑亲事件，将这一根本问题揭示了出来。

从古希腊的肃剧诗人的诗作来看，权势家族的弑亲事件，并非历史上某个家族偶然遭遇。这种弑杀悲剧，展现了政治社会的根本性不义。这种不义，首先现身于人之家中。人作为人之子，是胎生之子。因此，人首先是自然之子。人的根、家之根在自然之中。而家要繁衍、存续下去，就必须处于特定的政治空间，借助政治共同体力量的保护。因此，人之家位于政治与自然之间的居间地带，既受制于具体的政治社会，又受制于自然。然而，处于这一中间地带，人之家并非风平浪静。因为自然与政治之间的和谐一致，并非必然，二者似乎存在潜在的对抗性。

人类要繁衍生息，需要自然提供生存的必需品。因此，人的知识和技艺必然包含对自然的征服。这种征服不仅是征服万物来为人类生存服务，而且也是征服人自身。人类要让野生动物为自己的生存服务，需要把野生动物驯化为适合家养的动物；同样，人类为了建立政治共同体，也需要把人驯化为适合共同生活的政治动物。相比于其他野生动物，人是一种更难驯化的动物。但无论如何，政治社会持续下去，就需要将人驯化为政治动物，让人具备此共同体所需的品质和能力。这其中，正义作为政治社会的道德基础，显然是一个稳健的政治社会的邦民所应具备的基础性的德性品质。因此，为了人的生存，政治对自然的驯服，有其必然性。然而，这种驯服真的合于自然吗？自然必然按照人的技艺、人的意志存在吗？在古希腊神话体系中，女神阿尔忒弥斯用弓箭，报复并惩罚那些偷窥自然奥秘、试图征服自然的狂妄者，似乎就在隐喻自然对人的技艺的反抗。

人的技艺是城邦中的技艺，是政治社会中的技艺，隶属于政治学。

"这门科学规定了在城邦中应当研究哪门科学，哪部门公民应当学习哪部分知识，以及学到何种程度。我们也看到，那些最受尊敬的能力，如战术、理财术和修辞术，都隶属于政治学"。① 因此，人的技艺与自然的对抗关系，反映的是政治与自然之间潜在的对抗。而政治对自然的对抗，在人世中却有可能走向极端。人生活于世，需要发展知识和技艺，掌控自然，控制偶然性对人事的影响。然而，在世状态有可能让人误以为他可以征服并掌控一切，让人之邦在不可控的偶然性洪流中，雄踞一方。在古希腊肃剧中，希腊联军统帅阿伽门农，率领希腊联军企图踏平特洛伊，抢占他们的财物和女人。为此，阿伽门农不惜祭杀他的女儿。不管阿伽门农杀女的动机是什么，他的这一弑亲行为，都展现了作为王者的阿伽门农所代表的政治力量，可以凭靠武力这种战争技艺征服一切。这种征服行动，象征着各路"英雄"想凭靠战争，获取战利品，并留下不死的声名。对此，这些想要获得永恒的英雄，为了成就壮举，不惜舍弃自己的"女儿"或者"儿子"。然而，"女儿"或者"儿子"仅仅是无足轻重、可以任人宰割的东西吗？"女儿""儿子"不仅是某人的孩子，某个城邦的孩子，他们还是自然之子。这些孩子的出生并不由这些强权者决定的。尽管那些强权者可以鼓吹所谓的"共同体利益"，以邦民的生命为筹码，征服和控制他人、他族，但是这种"一将功成万骨枯"的征伐之战，无论历史如何界定它们的功败垂成，都可以视为一种忽视人之自然的"狂妄之事"。因此，肃剧中，女神阿尔忒弥斯要求阿伽门农祭杀女儿，似乎就有一种必然性在其中。这种必然性来自"自然的复仇"。这种看似极端的肃剧，是以这种政治神学的方式，暗暗斥责政治社会不能一意孤行地征服和掌控一切，舍弃了它与自然的关系。

上述对自然与政治关系的理解，以另一种方式体现在《春秋》思想中。因为《春秋》所记之史例，不乏权势家族内部的弑亲惨剧。所以，

---

① ［古希腊］亚里士多德. 尼各马可伦理学［M］. 廖申白，译注. 北京：商务印书馆，2006：6.

《春秋》建构基于天道自然的伦理秩序，本身就是对这些人世惨剧的一种解答。通过这种解答，《春秋》的作者与古希腊肃剧作家一样，看到了人世不义的根本问题存在于人的生存处境，位于自然与政治之间。因此，从上述理解来看，不论是《春秋》经传，还是古希腊肃剧所关注的弑亲问题，并不单单展现"私家之事"。这些经典著作的作者，看到了人世中某些严酷的必然性。这种必然性源于政治与自然之间的对抗。而这种对抗，最为显著的出现在那些权势家族中，而且往往是以不可思议的悲剧展现出来。诗人们的功劳在于他们理解了这些悲剧，并将他们制作出来。这些制作隐含着诗人们的人事智慧。

"家"既然是处于政治与自然之间的居间地带，那么，"家"本来可以成为一个政治与自然之间的缓冲地带。当"人"遭遇自然本性的下坠力量时，家作为缓冲地带，可以发挥它特有的伦理情谊和教化力量，引导人节制自然本性中"兽"的一面；当"人"遭遇政治社会的狂暴风浪时，家作为缓冲地带，它含有的自然因素，可以作为一种持续性的纠正性力量，限制那些来自政治社会的疯狂和过度。因此，家位于政治与自然之间的中间地带，它可以被建构为"缓冲地带"，守护政治与自然之间的应有边界。这种守护，在《春秋》那里，体现为张大自然天道，将人伦视为"天伦"，并将这种天伦视为政治社会的基础和行动准则；而在古希腊肃剧那里，则是借助政治神学，让"诸神"降临人间，让"神"看管和保护人之家，使政治与自然之间保持适当的界限。以此，再回看《春秋》经传和古希腊肃剧，对权势家族的弑亲问题的解法，就具有特殊意义。

埃斯库罗斯在《报仇神》中，按照女神雅典娜的要求，在雅典战神山上建立了"永恒法庭"。但是，这一法庭的存在，其意义与其说是政治社会的真实建制，不如说是诗人想在人心中建立起正义法庭。这一法庭是以复仇女神的惩罚作为恐惧手段，震慑家中出现的弑亲、对父母不孝的行为。但是这一法庭看起来始终是一个防范手段和惩罚手段，并不是"家"这一场域所特有的手段。欧里庇得斯的两部"伊菲格涅亚"肃剧，让人们看到独属于家的东西。这就是在家中,人与人之间有着不同于政治关系的人伦关系。这种人伦关系包含着人伦情谊。这是人与人在家庭生活中,生发出来对家人的爱。这些从家中生发出来的"爱",本可以抵抗政治社会对人伦关系的败坏力量,保持人的自然本性。这如同《春秋》儒家思想所展现出来的、潜藏于人之家中的特殊力量。这种力量展现了家不止是一个生产和消费的实体,它更是一个充满人伦情谊的伦理实体和教育实体。

因此,《春秋》经传和古希腊肃剧对人间不义的解法,因为借助了自然天道或城邦诸神的力量,而具有特殊的教化力量。这种解决不义问题的力量,并不是诉诸那些合法或不合法的暴力,而是借助柔性的教化力量。这种教化力量,建基于家庭生活中自然生发的人与人之间的伦理情谊,建基于《春秋》经传和古希腊肃剧等经典内含的人世智慧。这些智慧既包含对人世正义问题的智慧,又包含对正义问题的教化智慧。这种包含伦理情谊和认识智慧的教化力量,都意在厚植家的自然根基和政治根基,让家在"政治与自然"之间的中间地带上,真正起到一种缓冲作用。在这些大的人类文明传统中,回看"孔融让梨",可以看到它隐藏着中、西方古典智识者所关心的人间正义问题。同时,它也展现了古人对这一正义问题的解决思路。既然人世正义问题首先现身于家,那么,正义的解法也可以"始于家"。

正义在人类文明史上绵延了很久。然而,到了近代,西学渐进后,这一正义问题似乎消失了。新的西学视角,创造了"母权制、乱伦禁忌、弑父弑君"三个新的人伦神话。[①] 在这些新神话之上,家之中的不义问题,似乎只是传统社会才会遇到的问题。它起源于特定的家庭模式、特定的家庭伦理观念的问题。如若更换一种家庭模式及其家庭伦理观念,这些正义问题也就不存在了。在我国近代史上,新文化运动的一些倡导者就极力批判中国传统家庭模式和家庭伦理。这些倡导者想引进西方的家庭模式。这种

---

① 吴飞. 人伦的解体:形质论传统中的家国焦虑[M]. 北京:生活·读书·新知三联书店,2017:40.

家庭模式以个体自由、个人权利为首要正义，试图建立一种"个体契约式家庭"。① 在这种新式家庭中，似乎不存在不义。真的如此吗？

二、西方现代政治理论中的"无家性"

霍布斯在《利维坦》中，重新界定了人的本质。霍布斯将生命理解为"运动""活动"。机械式的感觉活动是人最为基础和先天的活动。这种感觉活动是外在物体作用于人的感觉器官而形成一系列表象的过程。这种感觉，让人区分哪些是令人满足、向往、渴求之物，哪些又是人极力避免、逃离、不高兴的事物。由此，形成了人基本的欲望、激情。这些欲望要么是人与生俱来的食、渴等身体的欲望，要么是人追求事物有用性的欲望，包括人追求权势、财富、荣誉、知识的欲望。而后一种有用性的欲望，不过是满足前一种欲望的手段。在霍布斯的界定中，人生命的本质就在于欲望的实现。实现生命的过程就是欲望的持续满足，不停地获取生命的福祉（felicity），让生命尽可能处于持续的繁荣昌盛之中（continual prospering）。② "欲望终止的人，和感觉与印象停顿的人同样无法生活下去"。③ 因此，不断地实现自己的欲望，获取并积蓄有助于自我保存的手段，才是人真正的福祉、幸福所在。

从人的欲望本质中，霍布斯进一步推论，人最为根本的权利就是保存生命。这意味着在世上，人首要的正当之事，就是人的自我保存。同时，在纯粹的自然状态中，人采取的任何自保手段都是正当的。"就纯粹的自然状态而言，或说是在人用彼此的协议约束他们自身以前，每个人都被允许对任何人去做任何事，无论他想要什么、他能得到什么，他都可以去占

---

① 张祥龙. 家与孝：从中西间视野看 [M]. 北京：生活·读书·新知三联书店，2017：59.
② [英]霍布斯. 利维坦 [M]. 黎思复，黎廷弼，译. 北京：商务印书馆，2008：45，72.
③ [英]霍布斯. 利维坦 [M]. 黎思复，黎廷弼，译. 北京：商务印书馆，2008：72.

有、使用和享受"。① 那么，在自然状态下，为求自保，人极端的弑父行为也是正当的吗？这是霍布斯在注释中，自己提出的问题。而他的回答是："我们不可能将自然状态下的儿子理解成这样一种人，他一生下来就处在某个人的权力掌握或权威控制之中，他得把自己生命的保存交付给那个人即他的父亲、母亲或某个养育他的人。"② 如何理解霍布斯的这个回答？他承认还是否认人在自然状态下的弑父行为的正当性？

霍布斯的上述回答，涉及"儿子的身份"问题。孩子是父母生育、养大的，或者是养父母养大的。这一自然事实往往成为了家庭父权制的基础。父亲有权利管理、统治孩子。但是，从霍布斯的回答中，可以推论人在自然状态下，人的首要身份，不是"某人的儿子"，而是"自由的人"。只是因为他弱小，他才被置于父亲的统治之下，或者是他父亲有强力能够控制儿子。而儿子接受父亲的统治，不过是因为他能以此实现自我的保存。然而，当他付出了接受统治的代价，却无法实现自己生命的维系时，谁也不能否定他为了自保而做的必需之事。

> 无论是臣民还是家中的孩子或奴隶，没有人会因为面临国家或父亲或主人要惩罚他的威胁（无论这种威胁有多严重），而不去尽其所能、竭尽全力去做一切对保护他的生命和健康所必需的事情。③

简而言之，在自然状态下，人为了实现天经地义的自保权利，采取任何自保手段都是必需的、合理的。那么，由此可以推论，如若儿子接受了父亲统治，却没有实现自我保存，甚至面临父亲的惩罚的威胁，那么，在

---

① [英]霍布斯. 论公民[M]. 应星，冯克利，译. 贵阳：贵州人民出版社，2003：8.
② [英]霍布斯. 论公民[M]. 应星，冯克利，译. 贵阳：贵州人民出版社，2003：13.
③ [英]霍布斯. 论公民[M]. 应星，冯克利，译. 贵阳：贵州人民出版社，2003：97.

极端情况下，儿子为了自保而弑父，就是无可厚非的。因为在这种极端情况下，弑父只是实现自我保存的必需手段。对于那些熟悉权利逻辑的人而言，这种弑父行为是极端环境下的极端事件，人们难以置喙。而且这只是自然状态下的情况。如果按照社会契约论，人们进入政治社会中，每个人的生命、财产、安全都将得到国家共同力量的保护，那么，弑父之事、对父母不孝的事情几乎不太可能发生。所以，接受权利论正义的人可以绕过弑父是否正义、不孝顺父母是否不义的大难题，安心致力于个人生命的保存。由此，建立"西方人的个人契约式家庭"，就不会再遇到中国传统家庭中存在的不义的问题。换句话说，对崇尚自由权利的家庭而言，中国传统家庭的"孝悌"完全是多余的个人德性品质，因为新式家庭并没有传统家庭所关注的不孝、不悌的行为。果真如此吗？

"弑父"所包含的观念，并不仅仅是在肉体上对父亲的杀害，更是在精神上对"父亲"的伦理和政治含义的消解。与中国传统思想、西方古典思想相比，霍布斯上述"弑父"观念不仅去除了"父—子"之间的伦理道德意义，更是消解了其中的政治意义，取而代之的是"父与子"之间，作为抽象意义上的"人"之间的自由与平等关系。这意味着什么呢？回到卢梭的《爱弥儿》，霍布斯的思想后果就更为明显了。

卢梭的《爱弥儿》传入我国已经一百多年了。至今不仅被许多人研究，而且在图书和幼教市场上也被不少人追捧。对于其中的关键性细节，我们似乎不太注意。其中一处细节是，爱弥儿所接受的教育看似是家庭教育，但这场家庭教育中，父亲和母亲居然是缺席的。在《爱弥儿》，卢梭认为能够教爱弥儿的人应该是拥有广博的知识，也具备胜任教育工作的各种才能，是才智超群、出类拔萃的人。但是这样的人，除了孩子的父亲，没有人会愿意花时间、花精力教育孩子。这样的界定从表面上看起来很重视孩子的教育，要给孩子挑选最适合的教师。但是这样的界定无疑拉高了对教育者要求。换句话说，拉高了对父亲的要求。父亲要受过教育、有教养，愿意和自己的孩子做朋友，才能做孩子的父亲，才能引导孩子做人。[①]正是出于这种考虑，卢梭才不厌其烦，自己担任了"爱弥儿"这个虚构人物的导师。而卢梭要教的，显然不是儒家所言的"如何做儿子"，而是"如何做人"。在卢梭那里，人的本质就是自由。所以，卢梭所教的"如何做人"是"如何做自由人"。

《爱弥儿》这一逻辑设定，潜在地意味着，除了像卢梭这样的人，没有人可以成为孩子的父亲，引导他成为一个自由的人。除非这样的人本身就是一个自由的人。因此，也只有卢梭这样自由思想家，才能担当此重任。他们才是孩子们真正的父亲，即"精神之父"。同时，这也意味着，生物意义上的父亲身份，并不具有教育孩子的合法性。这样的父亲，不再拥有天然的教育权威、教育权利。因此，在崇尚自由权利的家庭中，孩子享有最大的自由。这些自由包括孩子反对父母、孩子反抗父母的自由。这并不是什么大惊小怪之事。这恰好是对孩子自由、孩子权利尊重的结果。因为孩子的反抗、反对，是"有理"之事。因为在这种家庭中，父母没有天然的教育权威，而且他们也没有多少才能、教养可以教人做自由人。可见，这种家庭似乎不存在对父母不孝的问题。或者说，反对父母、反抗父母、不顺从父母，不再被视为对父母的不孝，只是"父母们"没有受过教育、没有教养、没有才能的必然结果。尤其是这样的"父母们"不懂父母与子女之间的关系，最为基础的模型不是人伦关系，而是自由、独立个体的之间的平等交往关系。换句话说，家庭中父母与子女之间的关系，首位的不是血缘伦理关系，而是人作为自由、平等者之间的关系。

在《爱弥儿》中，"家"作为伦理实体和教育实体都被弱化，甚至消解了。孩子可以从家中独立出来，接受一种能够让他成为独立、自由地存在的教育。从自由主义权利论者看来，这是毫无疑问的事情。因为人的本性就是自由。这种自由权利的人性观点，从根本上掏空了我国传统的家庭

[①] Jacques Rousseau. *Emile Or On Education*. Trans. by A. Bloom. New York: Basic Books, 1979: 49－51.

伦理的基础。所以，对深受儒家文化影响的人而言，卢梭在《爱弥儿》中以如此方式取消了父亲的教育权威，看似有理，但实则"争夺"。争夺的实质是到底谁有资格教孩子，谁教的内容是真正做人的道理。在儒家看来，首先要教的不是孩子的自由权利，而是孩子如何做儿子、做兄弟、做朋友等做人的义务。因此，在主张自由主义权利论的家庭中，"弑父"的含义，不是在肉体上杀掉父亲，其实质是消解父亲作为精神之父的地位。那么，这种弑父算不算家中的不义呢？就西方现代自由逻辑的框架来说，这不算不义。因为要紧的是每个人在国家法律的框架下，如何实现自己的权利。因此，这样的行为即便属于弑父行为，也并非不义，而是出于人的首要正义——自保权利。在自由主义的权利论逻辑框架中，一开始就预设了人的无家性。人可以是一种无家的动物。张祥龙认为，这种观点意味着家庭关系、亲子关系并没有人性根据，只是人与其他动物都有的、纯粹的动物本能的结果。①家再也不像儒家伦理所预设的那样，能够成就人性、完善人性，能够让人性充分发展。没有家，人照旧可以成为人性充分发展的人。这种人性充分发展的人，才是符合自由本性的人。

然而，不论是我国传统，还是古希腊传统，都是从共同体的角度，思考正义。这种正义都是为家、为国的正义。这种正义，不仅是任何共同体都需要的基础性的正义观念，而且也是那些要生活在家中、生活在国中的人必备的德性品质。用此正义要求，对照西方自由主义权利论所塑造的人，后者显然不是正义之人。因为以自由权利为最高道德要求的人，是不会把对家、对国的义务置于自己的权利之上的。由此，以自由权利为正义要核的人，否认人是一种家庭动物和城邦动物。要是这些共同体不能满足自由者的需要，他是有自由权利，离开这些共同体的。因此，在这种自由逻辑之下，一个无家、无邦的人并不是正义的人，而是自由的人。那么，这种自由主义权利论的正义观，会构想什么样的政治社会，会让人过什么

---

① 张祥龙.家与孝：从中西间视野看［M］.北京：生活·读书·新知三联书店，2017：60.

样的生活。

三、西方现代正义解法：从"让"梨到"造"梨

人们信奉以自由主义权利论为核心的正义观，会带来新的生存方式和生活方式。如若人本性不再是家庭动物，那么，获得自由的人，就可以从家庭中走出来，走向自由市场，通过市场上的自由而平等的劳动交换，获取自己的生存所需。自由的人也不用担心这种交换不自由、不平等，因为国家的法律以强制力为后盾，保障人与人之间的平等且自由的劳动交换。卢梭的《爱弥儿》及其附录《社会契约论》向人们展现了新的生活图景。

新的生活方式最为显眼的是，它是在科学技术力量的支持下形成的。弗朗西斯·培根通过《学问的进步》《新工具》《论古人的智慧》等一系列著作，展现了自然哲学变为生产性技艺，为人类福祉服务的可能性。[①] 在这些不断更新的生产性技艺的支持下，人类获得生存物资的能力大大提升，人类的物质生活水平也有显著提高。而其中的道德基础就是一种现代劳动正义。这是一种通过生产性技艺满足人的欲望而实现的正义观。如果这种正义观放回到"孔融让梨"的事件中，那么，其中的正义解法，不应该是教人们彼此谦让，不争"梨"，而是应该大力发展先进的农业栽培技术，即"造梨"技术。通过先进的"造梨"技术，让每个人都能吃上梨，让每个人都能通过自己的劳动，获得自己应得的"梨"，从而满足人人都能吃上梨的欲望。由此，再也不存在"梨"不够的问题，因而，人们再也不用节制自己的欲望，无需讨论分梨的正当性问题。因此，生产性技艺，成为了解决人在生存上的不义问题的关键。按照此思路，每个人在政治社会中，都应该学会和使用一种生产性技艺，以便在社会中和其他人进行劳动成果的自由、平等的交换。这就是卢梭在"爱弥儿择业"中的教诲。有

---

① 唐燕.道德教育之吊诡处境——培根道德哲学现代转向的影响探微[J].道德与文明.2019 (1)：128-135.

了这种社会大分工体系，人们不仅能吃上"梨"，还可以通过交换吃上"苹果"，吃上人们喜欢吃的任何东西。在此逻辑之下，除了这些生产性技艺外，还需要另外一类交换性技艺，即那些让人们可以把自己生产的物品，放在市场上，进行公平交换的技艺。

因此，西方现代哲人对生存正义问题，看似是一种政治学解法，但实质上是一种政治经济学解法。这种解法，一方面是个人如何获得一种生产性技艺，使得自己可以有与他人进行交换之物；另一方面国家能够充分保障人们生产、交换活动的正常进行。这就是"政治经济学"这门现代学科所关注的核心内容。亚当·斯密在其著作《国民财富的性质和原因的研究》中，对上述两个问题进行了开创性的研究。参照这一研究，人们可以初窥以经济为中心的现代政治社会的模样。

在这种以经济为中心的政治社会中，首要的变化是在社会公共生活中，一系列新的机构的产生。按照契约论的国家学说，国家的建立是为了保障人们自我保存目标的实现。因此，国家的首要责任，就是保护本国的安全，免受其他国家的暴行和侵略。[①] 对此，国防机构的建立和相应费用，就是必要的事务。国家的第二个责任，就是在政治社会中，保护公民的生命、财产安全，不受其他任何人的侵害、侵犯。[②] 因此，国家有必要建立一个公正严明的司法行政机构，解决公民之间的民事和刑事纠纷。除此之外，现代国家还要建设便于人们进行商业交换的基础设施，像交通道路方面的建设。同时，在亚当·斯密看来，为了让公民都有获得生计的手段，国家应该尽可能地建立公共教育设施，帮助人习得基本的读、写、算、几何学和机械方面的知识和技能。另外，还需要建立像宗教一类的，能帮助人养成和平、宽容等精神状态的公共设施。这一套新的机构的建立，都是

[①] ［英］亚当·斯密. 国民财富的性质和原因的研究（下卷）[M]. 郭大力，王亚南，译. 北京：商务印书馆，2014：263.
[②] ［英］亚当·斯密. 国民财富的性质和原因的研究（下卷）[M]. 郭大力，王亚南，译. 北京：商务印书馆，2014：280.

西方自由主义权利论的国家学说的逻辑必然。照此推理下去，除了这些带有公共性质的机构以外，还需要如下一批新的机构的建立，如保持健康的医疗机构、照料幼儿与老人的机构、个人娱乐休闲的机构。由此，生产厂家、企业公司、商业中心、学校、医院、幼儿园、养老院、公园、博物馆等一大批现代人熟悉的机构，在现代社会如雨后春笋般，层出不穷。

如若将中国传统的"家"作为参照，那些传统家庭模式中的人类基本活动，如幼儿和老人的照料、人伦教化、生产技艺传授、医疗与健康、休闲娱乐，等等，统统都从家中转移到家之外的广阔的社会领域。其中，人们的行为都要转换为劳动，并现实化到具体的、可以进行买卖的"商品"或者"服务"中。在不同的商品和服务之间，人们借助货币价格，可以进行等价交换。同时，这些商品或者服务的生产，或是由个体进行投资经营，或是由某个集体共同进行投资经营。因此，传统政治社会中"家"所包含的活动和事务，被庞大的商业体系所替代。一个以经济、商业为核心的现代政治社会建立起来了。在这种社会中，人们之间的交往主要以经济关系为主。

由国家法律保护的经济关系，成为了现代人得以生存的基础性社会关系。相比儒家所倡导的以孝悌之德为核心的人伦关系，这种以个人权利为基础的经济关系，让人获得了更多的自由。其中，每个个体不再依附于家庭，他可以凭靠某一生产性技艺和平等、自由的商品交换，从而实现自我的保存。相比传统家庭提供给人的生存物资，自由市场提供的物资不仅更多，而且种类也更为繁多，选择性也更广。因此，围绕着人的生存，现代人不用学习家庭共同生活中那些必要的德性，转而学习作为一个在商业社会如何诚实劳动、不欺诈、信守各种合同契约的人。由此，人们不仅看到正义之德的具体内涵在传统社会和现代社会中的差异，而且还能看到正义之德的培育和运用，如何从家庭场域转移到市场场域，如何从家庭转移到公司、企业等社会机构。正如吴飞所言，"以夫妻关系为主轴的现代核心家庭，本身不再是一个道德共同体，更不再是培养社会道德的学校……在这种情况下，为了维护社会道德，就需要另外一种社会组织，那就是职业群体，因为只有职业群体才能在经济和道德功能上取代家庭。"①

如若沿用孔融兄弟食梨这一人类生存的象征，那么自由主义权利论所教导的不是如何在兄弟之间"让梨"，而是每个兄弟要学一门生产技艺，要么直接通过自己的劳动生产"梨"，或者通过自由平等的商业交换，从他人那里获得"梨"，并信守彼此之间交换的基本规则和约定。这种人与人间彼此"让梨"的道德思路，让位于人自己"造梨"的经济思路。这是洛克、卢梭等西方现代哲人，为人类正义问题找到的一种新的解答思路。这些新的解答思路，不仅带来了人们新的生存方式，也造就了人们新的人际关系观和人性自我观。对此，先来看看"让梨"思路，塑造的人际关系和人性自我认识。

在"让梨"的思路中，首先可以看到，"梨"不是人自己"造梨"的结果，而是由邻人"馈赠"而来。这隐含着人与人之间不是基于商品交易关系而形成的自由平等的交易主体，而是因为人们生活在一起，人们自然地相互照料、彼此看顾。因此，"梨"不过是人们礼尚往来、增进彼此之间的情感联系的手段。这不同于一种市场式的交换，也不同于一种陌生人之间的同情性赠予，这是一种邻人之间温情友爱的分享。

其次，在"让梨"的思路中，一个人面对"食梨"问题时，首先想到的不是自己"食梨"的权利，而是自己是否应把梨让给其他人吃。这暗含着对他人的义务。但是这种义务不是一种外在、生硬强加的义务，是一个人对与自己生活在一起的人自然挂念、惦记的结果。这自然生发了自己想要把"梨"留给他人的意愿。这么好的"梨"可以留给家人、留给朋友、留给邻人尝尝，这种意愿的满足远远超过了自己一个人"食梨"时的满足。从中，可以看到这种人际关系远不是"依赖"，而是人与人之间的自然"依恋"。

---

① 吴飞. 人伦的解体：形质论传统中的家国焦虑［M］. 北京：生活·读书·新知三联书店，2017：273.

第三,在"让梨"的思路中,不关注"梨"到底是由谁"造"出来的。这并不意味着"让梨"思路不关注人的劳动创造。而是"梨"的存在本就不是单凭人力就可以实现的。在"让梨"的思路中,不仅有人我之际,还有天人之际。劳动能够生产出"大梨""好梨",离不开"天公作美"。没有风调雨顺,人们的辛苦劳作是不可能有收获的。因此,在"让梨"的思路中,暗含着一种对自然的"感恩",感恩其成人之美。这种感恩出自于人不可操纵"天"或者"自然"的事实。因此,由"天时地利人和"而出产的"美果"是如此之珍贵,岂能一个人独享?作为一种天地间的造物,作为一种神兽之间的存在,人对"梨"永远不能归结为简单的身体消化过程,而是一个绽出人性可能性的过程。因此,"让梨"并不是一个简单的禁欲主义,它既在培养美德,又是在塑造一种人间可欲的生活方式。

与此相对,在"造梨"的思路中,将造成人与陌生人之间在商品交易市场中形成平等交换的主体关系。因此,我造梨,你造苹果。我买你的苹果,你买我的梨。"我卖你买""你卖我买"形成了现代社会中基本的人际关系。这里内含着一种独立、自由的主体之间的关系。因此,现代自由家庭中,流行的是"约翰争苹果"的故事(见上文"三、'孔融让梨'背后的现代教化之争"),要让孩子在家中就学会凭靠自己的劳动获得生存物资、获得好的生活条件,不能依赖他人。这是现代自由主体从家庭就要学习的人际关系观。一种自由且平等的主体关系观,保证每个人都能凭靠自己的劳动生存。以这种劳动观为基础,在现代性发展出相当多的劳动形式。这种劳动形式不再局限于农业劳作,也不再局限于身体劳动,而是扩大到任何可以在市场售卖的行为,都可以视为"劳动"。凭靠多种多样的创造性的劳动,现代人生活得自由而又正义。在卢梭那里,这种正义还包含着一种对陌生人的人际关系。这就是对方是受苦者,现代自由主体有一种天然的德性——同情的缘故，就会救济穷人。① 比如，免费赠"梨"。

同时，这种"造梨"思路，也塑造了人的自我观。人能够通过自己的劳动创造东西，不仅能够让自己自食其力、独立生存，更重要的是能够让人独立而自由。不论在何种处境中，人都可以不依赖他人。当他能够劳动时，他可以通过自己的劳动来交换生存物资、生存服务；当他不再能够劳动之时，他可以凭靠自己积累的财富来购买生存物资和生存服务；当他不再能够劳动、也没有积蓄时，他还可以靠他人对他的同情而生存下去；当这些都没有的时候，他也可以平静地接受死亡。这就是卢梭在《爱弥儿》中，向人们描绘的自由且正义的人将要度过的一生。在《王制》中，苏格拉底把这种人的自由性进一步描绘出来了。

> 因此，他会这么一天天生活下去，满足那些立刻冒出来的欲望，有时他酩酊大醉，有时聆听笛声，彼时他只喝水，故意让自己消瘦，现在他参加体育锻炼，然后再次懒散，对什么事都不关心，而有时他又把时间花在哲学上，好像他完全沉浸在哲学中。他常常参与城邦公共事务，常常从座位上跳起来，说出或做出自己碰巧想到的事；如果他偶尔羡慕某些军人，他就会朝这一方向跑，如果羡慕做金钱生意的人，他又向那一方向跑。在他的生活中，既无什么秩序，也无什么必然使命，他却声称这是一种甜蜜、自由、幸福的生活，他一生就指望这个。②

对这种自由的人，文中的苏格拉底随后评论道，就像他所在的民主城邦那样，他身上装满了各种不同的性情、品质，是一个华丽、五彩缤纷的

---

① [法] 卢梭. "论文"及其他早期政治著作〈影印本〉[M]. 维克多·古热维奇，编译. 北京：中国政法大学出版社，2003：154.

② Plato. *The Republic Of Plato*. Trans. by A. Bloom. New York: Basic Books, 1991: 239—240.

人,大多数男人和女人都会羡慕他的生活方式,因为这种生活方式包含着最多样的政制和品质。这就是令人羡慕的"现代自由人"。

四、政治社会的道德基础再思:"让梨"与"造梨"

人类社会的繁衍生息离不开各种共同体的力量。而共同体的建立和维系离不开"正义"这一道德基础。所以,不论是中国的"让梨"思路,还是西方的"造梨"思路,都内含了一种正义逻辑。这种逻辑构成了一个政治社会的道德基础,并现实化为政治社会的政治制度、经济制度,最终化为每个人的生活方式。"造梨"的思路,使人从家中独立出来,凭靠个人的生存技艺而实现个人的保存,并以自由主义权利论这种自由伦理,重新构建家、国的道德基础。这是西方现代哲人为解决正义问题,提出的新解法。这一解法并不希求灵魂的正义,单靠现代生产性技艺、商业贸易,就能实现人间正义。这种人间正义也可以推行为全球正义。那些科技落后、市场经济不发达的社会,可以通过建立以保障个体自由、权利为目标的新政体,追求这种人间正义。这种正义的景象是,每个人可以通过自己的劳动生产,通过自由、公平的商业贸易,实现自我的保存,过上一种相当舒适且便利的生活。这种正义景象成为了许多个体、许多国家追求的现代梦。而这一现代正义景象的内在理路,是将人的权利的实现作为正义的内涵,使得正义的目标从人的灵魂完善、灵魂正义,转向了一种靠生产性技艺为基础的正义。因而,"造梨"的思路,是将现代科技和经济力量,而非灵魂力量,作为完美、自足的正义的前提性条件。

由此,人之家的道德基础,不再以人的血缘人伦为核心,转而以个人的自由权利为核心。此正义论似乎从根本上解决了家庭中存在的不义问题。家中不再发生争梨的问题,因为每个人都可以通过自己的劳动,通过市场,获得自己想要的梨;家中也不再发生不孝顺的问题,因为在家中,每个人都是平等的自由主体,家庭成员之间应该是一种民主、自由、平等的交往关系。在这样的家中,子女对父母的孝顺、遵从也并非必然的道德义务。因为父亲作为子女的生养者，对自由主义者而言，并不具有道德优先性。没有对父母孝顺的道德义务要求，当然就不存在孝顺或不孝顺这类道德或不道德的现象。同时，如若按照自由主义权利论，每个人最重要的不是他的义务，而是他自我保存的权利，那么，人在家庭中无法实现他的权利，他就有绝对充分的理由反对这种家庭模式，并离开这个家。成为无家的人，并不会被现代人视为不义之人，也不会被认为这是什么悲惨遭遇，反而是值得讴歌的自由。这就是现代人所喜欢的易卜生的戏剧《娜拉》。然而，这种"个体契约式的家庭"真的不再产生不义，也不再产生人世悲剧了？抑或现代人处于其中，对其中的悲剧性浑然不知？

从表面上看，自由主义权利论似乎消解了家中的不义问题，似乎不存在儿子是否孝顺和敬重父母的问题、父亲是否慈爱的问题、生存物资是否分配不公的问题。然而，从前文对古典弑亲悲剧的分析来看，家庭间的不义事件，并不仅仅是个人品行败坏，而是人处于政治与自然的双向性结构中的某种必然处境。如若自由主义权利论作为一种正义解法，解决了家中的不义问题，那么，这种解法意味着将人从政治与自然双向性悲剧性结构中解放出来。那么，西方现代正义的解法，真的可以一劳永逸地将人从人世的悲剧结构中拯救出来吗？

建基自然权利论之上的正义观，看似是一种道德。但是这种道德首要的意义，不是指引人形成灵魂德性，而是通过生产劳动为人的权利实现奠定合理性和正当性。既然人自我保存的权利是首要的正义，是天经地义之事，那么，自食其力、不侵占他人财产的人，就是正义的人。这种正义，一方面支撑了个体为了扩大物资资料的生产和占有的合理性，支撑了自由商业贸易的合理性；另一方面也支撑了国家功能不再关注邦民德性的完善，转而关注对外抗击外敌入侵的国防力量的建设、对内公正评判民事纠纷的司法力量的建设，以及与生产、消费有关的商业、教育方面的公共设施的建设。因此，要实现自由主义权利论的正义逻辑，不仅要改造自然，还要改造国家。

对自然的改造，不仅是改造自然万物来服务人的生存，而且要改造人性。培根在《学术的进展》一书中，反对像亚里士多德这样的古典哲人，试图给人性以教化。在培根看来，认识和把握人性，不是让每个个体得到基于其本性的道德教化，而是为了某种道德和政治利益，对其使用恰当的方法进行管理和控制。最为有效的方法，就是诉诸情感之间的对抗，用一种情感来控制另一种情感。即统治者通过巧妙地运用奖惩方式，恰当地激发人的"恐惧"和"希望"两种情感，实现对其他情感的抑制和约束。①霍布斯的政治学说，正是利用了"恐惧"和"希望"这两种情感。"使人们倾向于和平的激情，是对死亡的恐惧，对那些必要的舒适生存之物的欲求；对通过人们的勤劳获得这些必要之物的希望"。② 在此种情感逻辑中，"希望"是由"恐惧"派生出来的。因此，恐惧这种情感才是首要和根本的。所以，在《论公民》中，霍布斯就说道，人对横死于他人暴力的恐惧，才是大规模的、持久性社会的起源。由此，在正确理性和自然法的指导下，每个人通过契约，让渡自己部分的权利，共同托付给一个抽象的人格——利维坦。利维坦作为主权国家，将利用凝聚起来的共同力量，对外抗击敌人的侵略，对内惩罚那些不遵守法律，侵犯他人生命、财产的不义者。

霍布斯知道，要建立这样的国家，需要适合其国家形式的"质料"。因此，在《利维坦》的开篇处，霍布斯定下的写作目标，就是通过自然哲学找出人性中适合于建造"利维坦"的质料。在书中，霍布斯一再宣称他的人性学说属于自然哲学部分，是以几何学为范型，追求"对人类行动模式的认识，能像数字大小关系那样确切"，③ 以"发现"关于人性的确切、

---

① [英]培根. 学术的进展 [M]. 刘运同, 译. 上海：上海人民出版社, 2007：154.

② [英]霍布斯. 利维坦 [M]. 黎思复, 黎廷弼, 译. 北京：商务印书馆, 2008：97.

③ T. Hobbes. *On the Citizen*. Edited by R. Tuck & M. Silverthorne. Cambridge: Cambridge University Press, 1998：4.

清晰的真理。① 这是"第一次把道德及政治哲学置于科学基础上"② 得出的结论。纵观霍布斯获得的"人性真理",不过是通过他所谓的"阅读人""阅读自己内心"的方法而获得。这种看似科学的、得到清晰说明的"人性基本要素",不过是霍布斯的"界定"。在霍布斯看来,这些界定犹如平面几何学的几何公理,从这些确定的"公理"出发,就可以搭建关于人性的知识大厦。但是,霍布斯的人性学说真的是其"发现"的真理,还是他为其政治学说,量身定做的一个人性假说?

亚里士多德在《论灵魂》中,通过引入"质料—形式""潜能—实现"两组概念,展现了另一种人性认识。这种认识建立在对人的身体与灵魂之间关系的认识。人作为一种拥有灵魂和身体的复合体,他的能力,不仅仅只是感觉和欲望能力。灵魂作为身体的实现形式,除了感觉和欲望能力以外,还包括营养能力、思考能力、运动能力。③ 因此,人展现人之为人的活动,不仅仅是欲望活动,还有人的情感活动、理性活动、人的实践活动。与亚里士多德的人性学说相比,霍布斯的人性学说,出于建造"利维坦"的需要,将"人"这一质料大大地简化了。在这一简化的版本中,人的本性被界定为欲望的实现,将人性的自我保存视为首要的正义。由此,人的所有理性活动、人的实践活动,都转变为与人的自我保存相关的活动。理性活动窄化为实现自我保存的计算理性,人的实践活动转变为用于生存物资的生产和消费有关的经济活动。这些转变将人的实践活动单一化,也将人的形象单一化为只关心财富、财产权的"经济人"。至于其他的古代社会关注的祭祀活动、道德和政治实践、闲暇都不再成为人类活动的中心。

---

① [英]霍布斯. 利维坦[M]. 黎思复,黎廷弼,译. 北京:商务印书馆,2008:2—3.
② [英]霍布斯. 利维坦[M]. 黎思复,黎廷弼,译. 北京:商务印书馆,2008:451.
③ [古希腊]亚里士多德. 论灵魂[M]. 陈玮,译. 北京:北京大学出版社,2021:85.

同时，"国家"作为一种政治共同体，其目标和功能也经历了变革。在亚里士多德的政治学说中，人们可以看到城邦之所以作为一种政治共同体，是因为它"足以自足，或近于自足"。这种自足源于城邦容纳了人的各种各样活动、技艺、科学，包含大大小小的共同体。人们的各种欲求、目的都能在城邦中得到追求和实现。因此，人们在政治共同体中，可以实现生活的完满。由此，城邦的正义，就在于尽可能容纳差异，并将这些差异融合为一个和谐的"统一体"。然而，这种正义城邦的实现太有难度。要将差异融于一个和谐的整体中，需要超高的政治技艺。在霍布斯等西方现代哲人的政治学说中，政治不应该去追求这种完美城邦，应该追求那种可以实现的正义之邦。这种正义之邦，就像"利维坦"，它能实现每个人的生存权利。这种新的正义观念，带来了新的共同体观念。

既然自我保存的权利是第一位的，而契约论国家的建立，不过是这种权利实现的派生物，因此，人的权利在价值上高于政治共同体。在这种逻辑下，政治共同体不过是个体生存的手段。因此，共同体在价值上并不优先于个人。由此，这种共同体，不再是人的父邦或祖国，它们仅仅是人偶然的出生之所。人没有必要非要继承它的文化和习俗，人可以自由选择他生活的国家。只要这些国家能够更有利于他生命、财产的安全。那么，照此理路，当共同体在某一危机中面临解体的危险时，并没有什么更高的道德，可以要求个体为它献身。在这种自由主义的权利论逻辑中，国家的解体，并不是一个重大的事情。这只是意味着人们从政治社会再次回到了自然状态，人们可以通过契约，再造一个新的"利维坦"。因此，没有任何值得依恋、值得人奉献的祖国观念。这种共同体的观念，也适用于像家这样的其他共同体。家如若不能更好地实现人的自由权利，人是可以在毫无道德负担的情况下，离开它的。因此，无家、无国不再被视为不义的人的存在状态，转而成为了人自由的"徽章"。这种关于个体与政治共同体之间关系的论述需要重审。

在西方现代自由主义权利论及其政治经济学说中，古典悲剧背后的政治与自然之间的对抗,似乎不再具有悲剧性。首先,看起来不存在政治对自然的过度征服。因为,"政治"本身就是为了实现人的自我保存的。其次,也不存在人的自然对政治的腐化。因为每个人实现自我保存的权利都是正当的。只要他、她遵守共同体的法律,他想要拥有什么样自我保存手段,都是正当的。比如,他想要积累多少财富就可以积累多少财富。因为除了个体的生存利益,不存在超越个体的共同体利益。"共同体是虚构体,由那些被认为可以说构成其成员的个人组成。那么,共同体的利益是什么呢? 是组成共同体的若干成员的利益总和"。① 在这种思想框架中,人所处的悲剧性结构,似乎被完美地消解了。然而,西方这种现代正义逻辑所构建的个人正义和政治正义,真的解决了人在政治与自然对抗中的悲剧性处境吗?

西方现代哲人为正义问题提出的现代解法,其逻辑起点是对人性的界定。西方现代哲人从"人的自保本性"这一确定的"人性公理"开始,搭建了人性学说和政治学说。但是,仔细分析这种人性学说,它最终构建的是一种僭主式的人性。这种人性本质就是"渴望占有更多"。卢梭洞见到了这种人性学说的危险性,指出这种人性学说很有可能把人导向"财产地牢",同时,把整个人类推向劳作、奴役、苦难的深渊。由此,卢梭以"自由"作为解法,试图打破这种人性学说带来的劳役枷锁、灵魂枷锁、制度枷锁。但是,卢梭的解法似乎并不成功,人们学会了"渴望占有更多",就不会停下来。"知止"本身是一种智慧。这种智慧在西方自我保存的欲望者那里,似乎没有存在的基础。鲍曼的《工作、消费、新穷人》一书,展现了这种人性预设的后果。这就是现代人的身份,在生产型社会、消费型社会、全球资本主义社会中,遭到了不断地再制。②

---

① [英]边沁. 道德与立法原理导论 [M]. 时殷弘,译. 北京:商务印书馆,2009:58.
② [英]齐格蒙特·鲍曼. 工作、消费、新穷人 [M]. 仇子民,李兰,译. 长春:吉林出版集团股份有限公司,2010:29-30.

结语 重识"孔融让梨"的现代遭遇 377

在生产型社会，工作伦理惯于将人的身份制作为"有工作的人"。这种有工作的人作为劳动生产者，才是"正常的人""正义的人"。相反，没有工作的人，就是那些懒散、不工作的穷人。在以消费活动为中心的社会中，消费美学将人塑造为拥有多种选择自由和新奇经验的"消费者"身份。在这种社会中，重要的事情不是兢兢业业地工作，而是消费。由此，穷人或者不正常的人，就是那些没有消费能力的人。哪怕这些人没日没夜地辛勤工作，但是由于他们自身的问题，他们的劳动产值达不到成为一个完美消费者的要求。在全球资本主义市场中，经济的推动力是科技，是资本的自由投资。因此，那些没有科技含量的劳动力，尽管辛勤工作，但仍被视为一种冗余，一种资本的负担。资本要在全球寻找符合它要求的廉价劳动力。在这样的时代，不论是发达国家还是发展中国家，都有大量的"新穷人"产生。这些穷人不是不想工作，而是他的劳动在市场上，已经无人"购买"。在这种社会中，人变成了"新穷人"，除了他自己以外，没有其他可责备的对象，只能怪他自己无法适应市场对他提出的新要求。

鲍曼的上述分析，展现了在西方现代正义逻辑中，对人性的改造和制作。在西方现代自由主义权利论人性学说和现代政治经济学说中，人在现实处境中，被塑造为生产者、消费者，或者新穷人，这些都是市场和社会发展的必然结果。这种现代人身份的制造，似乎没有不义的问题。这些身份制作，似乎完美地统一在自由主义的权利论的正义逻辑中。

上述西方现代哲人建基于权利论之上的人性学说和政治经济学说，看似提出了一个完美的正义蓝图。这一蓝图作为人间不义的解法，试图解开古老的不义问题。然而，这种解法本身蕴含着不义。这种不义，首先体现在对人性自然的伤害。当人性简化为一种欲望的满足之后，人的现实身份就能轻易地被固化为劳动生产者或者不断追求欲望满足的消费者。人要么就是没日没夜的工作者，要么就是在市场上迷失的消费者，要么是无法售卖劳动力、消费无能的"新穷人"。这些身份是现代人无法逃开的身份魔窟。人穿梭于这些"身份丛林"中，不知疲倦地迎合市场需要，将各种偶然的市场要求组装在自己身上,成为市场可售卖的"劳动力";当人的劳动售卖出去后,获得货币补偿之后,人迅速在消费市场上进行各种购买。在生产与消费中,在卖与买之中,人的一生就这样过去了。由此,也造就了现代人特有的精神状况。在自己的劳动无法售卖时,人变得焦虑、恐惧;在购买狂欢和消费狂欢后,又处于空虚、无聊中;在自己生产和消费能力不匹配时,人又陷入"新穷人"身份的苦恼、自责、愤恨中。

这些现代人特有的焦虑、恐惧、空虚、无聊、自责、愤恨等精神状况,成为了现代人无法承受的精神痛苦。这种痛苦被现代心理学这一意识形态,诊断为个体的"精神疾病",让个体凭靠自己的财力,去寻求并购买"适合"自己的个体化治疗方案。这些人类状况的出现,表明人并不像那些西方早期现代哲人所预设的那样,只要实现了自我保存,实现了欲望的不断满足,他的正义和幸福也就实现了。所以,施特劳斯追问道"富足(affluence)是幸福和正义的充分且必要条件"[1]吗?像西方现代哲人那样去制作人性、创造质料,是不是就对人的自然本性做了不正义的事情?

然而,西方现代哲人的人性学说,不仅对人的本性做了不义的设计,对人类共同体也做了不义的设计。如果国家仅仅是保护每个人实现自己的欲望,那么,国家作为一个共同体似乎就没有独立于个体的公共利益存在,它只是个体利益的总和,它只是个人实现生存的手段。然而,在卢梭的思想中,不论个体利益的总和是多少,这种追求个体利益的意志,终归是"私意",不是"公意"。同时,在这种国家学说中,每个人的主要的活动是生产和消费的活动。但是,消费活动始终是"个人、独立且最终是孤独的活动",是社会团结的天敌。[2] 这种人性学说和国家学说,不可能建构起公共利益的观念。

---

[1] L. Strauss. *The City and Man*. Chicago: The University of Chicago Press, 1964: 6.

[2] [英]齐格蒙特·鲍曼. 工作、消费、新穷人[M]. 仇子民,李兰,译. 长春:吉林出版集团股份有限公司,2010: 74.

因此，现代政治学说造就的社会是个体化的社会。每个人都是单枪匹马地应对各种问题。人们看到了越来越多超越个体，甚至超越国家的区域问题、全球性问题。当今全球气候问题的凸显，更为真切地向人们展现了人类真的处于命运共同体中。然而，确实没有一种共同力量来应对这一危及人类生存的根本性问题。西方现代自由主义权利论作为一种正义理论，能够成为人类命运共同体的道德基础吗？也许，这种根本性问题的凸显，已经完全超出了自由主义权利论给出的正义解法。因此，自由主义权利论作为一种正义理论，只是"一种"正义理论。它不是人类社会唯一的道德理论。如若人类社会中，所有大大小小的共同体，都以这一理论为圭臬，将其视为所有共同体唯一的道德基础，那么，那些超越个体的人类共同问题，怎么去解决？这种正义理论，能激发出人类的共同体力量吗？英国政治哲人斯威夫特早在18世纪初，就在《一只桶的故事》的序言中，提到一个寓言。霍布斯的"利维坦"就像一只鲸鱼，会攻击和破坏"共同体"这条在海洋中航行的大船。因为它撕扯并玩弄其他所有的宗教和国家治理方案，将它们中的大多数视为空洞无物、枯燥乏味、嘈杂吵闹、呆板木讷、轮换使用的方案。① 也许，认真审视斯威夫特写下的这个寓言，就不会轻易把权利论正义理论视为共同体唯一的道德基础。

　　回头再看本书引论部分提及的"时代德育考题"——"孔融让梨我不让"。对此，本书的研究并不是为了给这样一道时代重大考题一个答案。本书仅是努力澄清这一考题的"题干"到底是什么。这道考题的题干，蕴含了两种正义逻辑之间的冲突问题。这两种正义逻辑，经由"孔融让梨"和"爱弥儿种豆子"这些诗教原型的分析，可以归纳为"让梨"和"造梨"这两种正义逻辑。对这两套正义逻辑的分析，可以看到人们不假思索地将自由主义权利论的正义逻辑视为是一种"先进"的正义理论，视为其他政治社会都应该争先恐后地拥抱的新的正义逻辑，是成问题的。本书通

---

① J. Swift. *Gulliver's Travels and Other Writings*. New York: Bantam Books, 2005: 351−352.

过回到《春秋》经传和古希腊肃剧的文本世界，展现了古典的正义诗学和诗教传统。这些内容有助于我们对勘与现代权利论正义逻辑不同的正义逻辑。不论对这些来自古典的正义声音，人们有何认识和理解。这些声音，潜在地调低了权利论正义逻辑的音量，由此，人们可以听到不同的声音，避免被权利论正义逻辑的时代强音，搞得"偏听"，甚至"耳聋"。

由此，人们可以公平地看待"让梨"和"造梨"两种正义逻辑。二者都是智识者就人间的正义问题，提出的正义解法。虽然二者的正义逻辑都是在为共同体奠定道德基础，但是由于二者的正义逻辑不同，导致他们的正义解法的侧重点不同。"造梨"这种新的正义逻辑，其着眼点不在人的德性，而在政治力量、科技力量和经济力量。由于现代科技和经济力量的强大，人们不自主地崇拜权利论，并奉它为绝对真理。然而，鉴于当下的人类处境，人们有理由质疑这种正义论真的能将人类命运带向光明吗？未来的命运，无人可知。在这种处境下，教育作为一种文明的保护性力量，就不能只讲一种强势的正义故事。它应该审慎，应该作出更多的努力，公平地展现不同的正义诗学故事，让人们知道不同的正义故事的存在。这样，人们遇到根本性的问题时，才可能重新思考那些据以为真理的正义观念，是否本身就存在问题。这样才能避免某一种正义观带来的绝对主义，对人类生活造成的更大不义。因此，我国的教育不能丢弃我们传统的正义故事，不能盲目地将以自由主义权利论为基础的正义故事视为唯一的正义故事。像我国传统的正义故事、古希腊正义观故事，还有其他文明的正义故事，都值得去讲。只有尽可能地讲好正义的故事，保存更多的正义智慧，人们才能够审慎地对待自己秉持的正义观。因为看起来是正义的事情，对人而言，并不必然是善好的事情。